JN284659

元刊雜劇の研究

三奪槊・氣英布・西蜀夢・單刀會

赤松紀彦　井上泰山　金文京
小松謙　佐藤晴彦　高橋繁樹
高橋文治　竹内誠　土屋育子
松浦恒雄　編

汲古書院

＊外箱および扉の插繪は國立公文書館所藏の『全相平話三國志』による

目次

元刊雜劇の研究――三奪槊・氣英布・西蜀夢・單刀會

元刊雑劇の研究

——三奪槊・氣英布・西蜀夢・單刀會

解説①

一、元雜劇テキストの成立

「漢文・唐詩・宋詞・元曲」という言い方がある。これは、各時代の文學を代表するものは何であるかを考えた結果として明代の人々が出した結論であった。これに近い言葉は元末葉子奇の『草木子』にすでに見えるが、この形で定着したのは明代後期、おそらくは復古派の影響によってであろう。「文は秦漢、詩は盛唐」と唱えた復古派は、續く時代においてもそれと竝ぶものを摸索し、宋の詞と元の曲にたどり着いたわけである。(2)

このように曲という韻文ジャンルの最高峰と定義された元曲の中でも、特に重視されたのは曲を歌詞に用いた演劇、いわゆる元雜劇であった。この方向が定着するのもやはり明代後期のことであろうと思われる。元代當時にあっては、知識人の間では曲はあくまでも詞にかわるジャンルだったのであり、從って當時重視されたのは文人の手になる散曲（演劇の歌詞ではなく、單なるうたとして制作された曲）であった。散曲作者の方が雜劇作者より明らかに身分が上であること、『太平樂府』『陽春白雪』といった元代に刊行された大規模な曲選がいずれも散曲のみを收めることはそのあらわれであろう。事情は明代前期にあっても基本的には同じであり、明代中期以降に刊行された曲選『盛世新聲』『詞林摘艷』『雍熙樂府』も散曲を主體とし、雜劇の歌詞は、前後の脈絡を完全に切り捨てた散曲同様の形態でかろうじて收錄されるのみであった。

しかし明代後期になって狀況が變化する。これはおそらく、李卓吾に代表される人々が戲曲・小說の價値を主張し始めたこと、そしてそれと表裏する形で、商業出版の急速な擴大に伴い、娯樂讀書が一般化し始めたことに由來しよう。戲曲を讀み物として味わおうとする動きがここに生じ始めるのである。こうして完備した形態を持つ雜劇集が多

數刊行される。その代表が、編者臧懋循により徹底的な校訂、というよりは改編を加えられた『元曲選』百種であった。(3)

つまり、元雜劇の主要テキストが刊行されたのは、その成立から三百年前後を經た後のことなのである。果たしてそのテキストには信頼が置けるのであろうか。かつては『元曲選』を用いて元雜劇について考察し、またそこで使用されている語彙を元の言語と見なして語學研究の對象とすることが當然のように行われていた。しかし今日では『元曲選』は、編者臧懋循が先行するテキストに大幅に手を入れて成立したものであることが明らかになっている。では臧懋循が基づいたもの、例えば古名家本と呼ばれるテキストは元代當時の姿を傳えているのか。成立時期から刊行までの長い年月を考えるだけでも、この點には疑問が生じざるをえない。しかも、演劇とは上演されるたびに何らかの改變が加えられるものなのである。もし古名家本などのテキストが上演用臺本に依據しているとすれば、當然元代當初のものとはかなり異なる形態を取っているに違いない。では、元雜劇が持っていたであろう本來の姿を知ることはできないのか。實は、元代に刊行されたものと思われる雜劇テキストが少數存在する。それが、本書において扱ういわゆる『元刊雜劇三十種』（以下『元刊雜劇』と略稱）である。

『元刊雜劇』は、後に詳述するように誤字・脱字・當て字に滿ちており、粗惡さゆえに信頼性の低い無價値なテキストであると斷ずる論者すら過去には存在した。(4)しかし、作品の制作と比較的近い時期に刊行されたテキストであることは、特に雜劇のように上演の都度改變を被るジャンルにおいては、この上ない重要な意味を持つ。事實、『元刊雜劇』は明代に刊行された諸本とは大幅に異なる内容を持ち、しかもそのほとんどすべての異同において、『元刊雜劇』の方が古い形態をとどめているものと認められる。もとより後に述べるように、『元刊雜劇』といえども原作そのままではなく、ある程度の改變を被っている部分が存在することは明らかである。しかし、それでもなお、明代の諸本に比べればはるかに原型に近いものと思われる。つまり、元雜劇とはそもそも何であったかについて考えようとすれば、『元刊雜劇』は避けて通れない存在なのである。本書は、從來テキストの粗雜さ、内容の難解さゆえに十分には活用されてきたとは言い難い『元刊雜劇』を、誰もが容易に讀むことができるようにすることをめざすものである。

まず本文の譯注に入る前に、『元刊雜劇』の性格を可能な限り論じ、更になぜ粗雜なテキストと考えられるものが刊行されたのか、またなぜ明代諸本とこれほどまでに大きな差異が生じたのかについて論じてみたい。なお、『元刊雜劇』の流傳の過程はそれ自體非常に興味深い問題ではあるが、ここでふれることはしない。詳しくは岩城秀夫「元刊古今雜劇の流傳」(『中國戲曲演劇研究』(創文社一九七三)所收)を參照されたい。

二、『元刊雜劇三十種』の題名

『元刊雜劇』は合計三十種殘されている。次にその題名と、それぞれの作者に比定される名を列擧しよう。

1　大都新編關張雙赴西蜀夢全　關漢卿
2　新刊關目閨怨佳人拜月亭　關漢卿
3　古杭新刊的本關大王單刀會　關漢卿
4　新刊關目詐妮子調風月　關漢卿
5　新刊關目好酒趙元遇上皇　高文秀
6　大都新編楚昭王疎者下船　鄭廷玉

7　新刊關目看錢奴買冤家債主　鄭廷玉
8　新刊的本泰華山陳摶高臥關目全　馬致遠
9　新刊關目馬丹陽三度任風子　馬致遠
10　新刊的本散家財天賜老生兒　武漢臣
11　古杭新刊的本尉遲恭三奪槊　尙仲賢
12　新刊關目漢高皇濯足氣英布　尙仲賢
13　趙氏孤兒　紀君祥
14　古杭新刊的本關目風月紫雲庭　石君寶（戴善甫ともいう）
15　大都新編關目公孫汗衫記　張國賓（酷貧）
16　新刊的本薛仁貴衣錦還鄉關目全　張國賓（酷貧）
17　新刊關目張鼎勘魔合羅　孟漢卿
18　古杭新刊關目的本李太白貶夜郎　王伯成
19　新編岳孔目借鐵拐李還魂　岳伯川
20　新編關目晉文公火燒介子推　狄君厚
21　大都新刊關目的本東窗事犯　孔文卿（金仁傑ともいう）
22　古杭新刊關目霍光鬼諫　楊梓
23　新刊死生交范張雞黍　宮天挺
24　新刊關目嚴子陵垂釣七里灘　張國賓（宮天挺ともいう）

25　古杭新刊關目輔成王周公攝政　鄭德輝
26　新刊關目全蕭何月夜追韓信　金仁傑
27　新刊關目陳季卿悟道竹葉舟　范康
28　新刊關目諸葛亮博望燒屯　無名氏
29　新編足本關目張千替殺妻　無名氏
30　古杭新刊小張屠焚兒救母　無名氏

排列は王國維に従う。[5]『元刊雜劇』には作者名は一切なく、ここに記したのは『錄鬼簿』などの資料に基づいて比定したものであり、従って作者名を確定できないものも若干存在する。

　これらの題名から何が明らかになるであろうか。まず、「趙氏孤兒」を唯一の例外として、他はいずれも題名の前に長い文句が付いていることである。「新刊」は重刊本ではなく新たに刊刻されたものであること、「新編」は新作であること、「的本」は内容が確かなテキストであること、「足本」は完全なテキストであることをそれぞれ意味する。「關目」は、通常はストーリーのことであるから「ストーリーが全部分かる」という意味かと思われるが、本書譯注部分の「氣英布」の題名に付した注で述べるように、後世においてはセリフのことを「關目」と呼ぶ例があり、あるいは「セリフ入り」という意味かもしれない。つまり、これらはいずれも宣傳文句なのである。こうした長々しい文句が題名に付されているということは、これらの諸本がいずれも商業出版物であったことを意味しよう。後述するように、これらのテキストはいずれも誤字・脫字・當て字が非常に多く、「的本」というのは誇大廣告としかいいようがないのであるが、これも利潤目當ての商業出版物であってみれば當然であろう。だとすれば、これらのテキストはある程度賣れる見込みがあって刊行されたものということになる。また、さまざまな宣傳文句が付されていることは、これらのテキストが同一の書坊から一時に刊行されたシリーズものではなく、さまざまな出自を持つテキストの集成であることを思わせるものである。

題名が明らかにしてくれるもう一つの重要な事實は、これらのテキストが基本的にはおそらく元代に、杭州で刊行されたものと思われることである。杭州を「古杭」と呼ぶ例は、南宋の陳著の「題炳同上人古杭風景圖」詩（『本堂集』卷四十六）など枚擧に暇がなく、朱熹が「再跋楚辭協韻」で『楚辭』について「古杭本」というテキストに言及しているのもやはり杭州刊本のことであろう。つまり、少なくとも「古杭新刊」と題されているものは杭州刊本であることになる。

他方、「大都」とはいうまでもなく元の都であった今日の北京のことであるが、この地名を冠する題名が「東窗事犯」を唯一の例外として、他はいずれも「古杭」の場合とは異なり、「新刊」ではなく「新編」と稱する點に注意すべきであろう。雜劇は北方の音樂である北曲を使用する劇種であり、それゆえ北方の中心都市大都は雜劇の本場ともいうべき地であった。後にふれるように、これらのテキストが刊行されたであろう元代後期においては、雜劇は杭州を中心とする南方において、北方から移住してきた支配階級とその取り巻きを中心に上演されていたものと思われる點からすると、杭州で刊行されたテキストに「本場大都の新作」という宣傳文句が付けられることは自然な成り行きというべきであろう。ただし、唯一「大都新刊」と銘打つ「東窗事犯」については、說明しがたい點が多い。この雜劇は岳飛の物語を題材とした祭祀性の強いものであり、岳飛が信仰の對象となっていた杭州において刊行されてしかるべきであろう。また作者に比定される二人の人物のうち、金仁傑は杭州、孔文卿は浙江溫州平陽の人であって、この點でも杭州で刊行されるにふさわしい。無論「刊」が單なる誤刻である可能性もあるが、三十種中このテキストのみ象鼻に字數を刻するなどの特徴もあり、輕々に判斷を下すことは控えるべきであろう。

以上のように、「古杭新刋」を名乘る八種が杭州の刋本と思われる以上、他のものも杭州で刋行された可能性が高いものと思われる。そして「古杭新刋」が宣傳文句として有效であったことは、周邊の諸都市にまで販路が廣がっていたことを示していよう（もとより坊刻本の常として、「古杭新刋」自體が誇大廣告であって、他の都市で刋行された可能性も排除はできないが、杭州の出版業が非常に榮えていた當時の狀況を考えれば、杭州刋本と見て大過あるまい）。一方、「大都新編」を名乘るテキストは、當然のことながら元代に刋行されたものと思われる。つまり、三十種のおおむねは、元代に杭州で刋行された商業出版物であることが題名から見て取れることになる。ただし、後述するように、中には明代に入って刋行されたのではないかと思われるテキストもまじっており、また內容も均質とはいいがたい以上、例外はかなり含まれると見るべきであろう。

三、『元刋雜劇三十種』の刋行年代

では、刋行年代は元代のいつ頃なのか。刋記がない以上確かなことは言えないが、ある程度その範圍を限定することはできるようである。ただし、後述するように三十種の版式はまちまちであり、また覆刻・補刻本も含まれているものと思われる以上、すべてが同じ時期に刋刻されたはずもなく、以下に述べることはおおよその目安に過ぎないことを承知されたい。

まず、比定に過ぎないとはいえ、收錄されている作品の作者の年代が一應の目安にはなるであろう。判明している作者は、複數が想定される場合兩者をともに數えると二十人になる。そのうち關漢卿・高文秀・鄭廷玉・馬致遠・武漢臣・尙仲賢・紀君祥・石君寶・戴善甫・張國賓・孟漢卿・王伯成・岳伯川・狄君厚・孔文卿の十五名は、曹本『錄鬼簿』前巻の「前輩已死名公才人有編傳奇行於世者（前の世代のすでに亡くなった名士や才人で、制作した雜劇が演じられている者）」、つまりいわゆる前期の作者であり、宮天挺・鄭德輝・金仁傑・范康は曹本『錄鬼簿』後巻の「方今已亡名公才人、余相知者（同時代のもう亡くなった名士や才人で、私と知り合いだった者）」の最初にあげられている四名である。そして『錄鬼簿』に名の見えない唯一の作者楊梓は、『樂郊私語』から泰定四年（一三二七）に沒したことがわかっている。『錄鬼簿』に付された作者鍾嗣成の自序の日付は至順元年（一三三〇）であり、『元刋雜劇』に収められた作品の作者がすべてそれ以前に亡くなった人であるという事實は、これらのテキストが成立した時期について一つの目安にはなるであろう。

更に、作品の中に見える單語も、刋行年代を推定する鍵となりうる。「陳摶高臥」第一折【醉中天】において、道士陳摶が占いを求めてやってきた趙匡胤にうたううたの中に次のような一節がある。

我等您呵似投吳文整。尋你呵似覓呂先生。

「わしがおぬしらを待っていたのは吳文整に身を寄せるようなもの、おぬしをたずねるのは呂先生（洞賓）を求めるようなもの」といった意味になろうが、後の句は狀況に合わず、息機子本など明代のテキストが「尋你呵」を「尋我呵」に改めるのが妥當かもしれない。さて、ここで名の出る「吳文整」とは、正確には「吳文正」、つまり文正と謚された元末の大儒吳澄のことである。これはおそらく、『元史』巻一百七十一「吳澄傳」にその誕生のことを語って、

吳澄、字幼淸。撫州崇仁人。高祖曄初居咸口里、當華蓋臨川二山間。望氣者徐覺言、其地當出異人。

吳澄、字は幼淸。撫州崇仁の人である。五世の祖である曄は、もともと咸口里という華蓋・臨川二山の間に當たるところに住んでいた。望氣をなりわいとする徐覺という者が、この地から異人が出るはずだと言った。

と見えることに由來するものであろう。「文整（正）」が謚である以上、この記述が吳澄沒後のものであることは疑いない。虞集の「故翰林學士吳公行狀」（『道園學古錄』巻四十四）に淳祐九年（一二四九）に生まれて八十五歳で沒したとある點から考えて、吳澄が沒したのは元統元年（一三三三）のことであるから、「陳摶高臥」の刊行も當然それ以降ということになる。そして、はるか以前に沒している「陳摶高臥」の作者馬致遠にこの句が作れるはずもない以上、この部分は元末に改作されているに違いない。つまりこの句は、『元刊雜劇』といえども作者が書いた原作を忠實に傳えるものとは限らないことの證左ともなるのである。

以上の諸點から考えて、『元刊雜劇』の刊行は元最後の皇帝順帝治下の元統年間以降、つまり元代最末期である可能性が高いものと思われる。そして、後述するように覆刻・補刻の形跡が認められる點からすると、かなり後、おそらくは明初にかけて印行されたものであろう。

また「霍光鬼諫」第三折【收尾煞】に「登五門君王望影樓（「五門」に登ってみかどもわが位牌置くたかどのを望まれよう）」、「周公攝政」第四折【喬牌兒】に「見官里步行出五門外（見ればみかどはかちだちにて「五門」の外に出られる）」とある「五門」は、宮城の正門である「午門」のことのように見えるが、この名稱は明代、永樂十九年（一四二一）になって用いられるようになったものである。もとより天子に五門があるという記述は『禮記』「明堂位」の鄭注などにも見えるところであり、「五門」が誤りではない可能性もあるが、もし「午門」が正しいとすれば、これらの雜劇の刊行は永樂年間以降にまで遅れることになろう。

更に、字體の面から考えて元代の刊ではない可能性がある事例も存在する。後に述べるように、「鐵拐李」「范張雞黍」「替殺妻」「焚兒救母」の四種は他とは全く版式を異にする大字本だが、このうち「鐵拐李」に見える「廳」の略字「厛」は、通常明代の刊本にしか見えないものである。この點からすると、大字本は明に入ってから刊刻されたものかもしれない。この事實が持つ意義については、後に述べることとしたい。

四、『元刋三十種』の版式

『元刋雜劇』は、すでに述べたようにいくつかの異なる出自を持つテキストを寄せ集めたものと思われる。そのことは版式の多様さからも見て取れるが、逆に言うと版式の違いは、テキストのグループ分けを行う基準となりえよう。しかも、版式は題名に付された宣傳文句とある程度の對應關係を示しているのである。次に、版式を基準にして宣傳文句・版心及び邊欄の狀態との對應關係を示してみよう。なお、一行あたりの字數は必ずしも一定しない。ここにあげた數字はあくまで一應の目安と考えられたい。

10×21	新刋	上下左右雙邊	范張雞黍
10×16〜21	新編	上下左右雙邊	鐵拐李
10×20〜23	新編足本	左右單邊	替殺妻
10×21〜23	古杭新刋	上下左右雙邊	焚兒救母
14×24	古杭新刋的本	左右雙邊	單刀會・三奪槊
14×24	古杭新刋的本關目	左右雙邊	紫雲庭
14×24	古杭新刋關目	左右雙邊	周公攝政・霍光鬼諫
14×24	古杭新刋	左右雙邊	貶夜郎

14×24	新刊關目	左右雙邊	拜月亭・遇上皇・看錢奴・氣英布・介子推・魔合羅・竹葉舟・博望燒屯
14×24	大都新編關目	左右雙邊	汗衫記
14×24	大都新刊關目的本	左右雙邊	東窗事犯
14×25	新刊關目	左右雙邊	調風月
14×26	新刊關目	左右雙邊	任風子
14×26	新刊關目全	左右雙邊	追韓信
14×27〜30	新刊關目	左右單邊	七里灘
14×27	新刊的本……關目全	左右單邊	陳摶高臥
14×22〜27	大都新編	左右雙邊	楚昭王（白なし）
15×27	新刊的本……關目全	左右雙邊	薛仁貴
15×28	大都新編……全	左右雙邊	西蜀夢（白なし）
16×24	新刊的本	左右雙邊	老生兒
16×25	なし	左右雙邊	趙氏孤兒（白なし）

一見して明らかなように、最も大きなグループを形成しているのは十四行二十四字本であり、その數は十六種にのぼる。そして、「焚兒救母」を唯一の例外として、「古杭新刊」と銘打つテキストがすべてこの版式を取ることは注目に値しよう。つまり、「古杭新刊」の十四行二十四字本、具體的には「單刀會」「三奪槊」「紫雲庭」「周公攝政」「霍光

鬼諫」「貶夜郎」の六種は同一グループに屬することになる。ただし、影印本しか目にすることができないため確かなことはいえないが、このうち「霍光鬼諫」のみ多少匡郭が縱に長いように思われることは氣になるところである。

これと竝んで大きなまとまりを形成しているのが、「拜月亭」「遇上皇」「看錢奴」「氣英布」「介子推」「魔合羅」「竹葉舟」「博望燒屯」の八種からなる「新刊關目」を名乘る十四行二十四字本である。そして、行款が近い十四行二十五字の「調風月」、十四行二十六字の「任風子」「追韓信」も、「新刊關目」を名乘る點からすると、同一グループに含めてよいかもしれない。ただしこのグループについても、「看錢奴」の匡郭はやはり縱に長めに見える。

同じ「新刊關目」を冠しはするものの、「七里灘」は文字が他に比して著しく粗雜であり、同じ十四行二十七字で「新刊的本……關目全」を名乘る「陳摶高臥」と共通するものを感じさせる。この二つは、左右單邊である點でも共通し、獨立したグループと見なすべきであろう。一方、「陳摶高臥」同樣に「新刊的本……關目全」という特徵的な文句を冠する「薛仁貴」は、行數・字體が異なるなど違う點も多く、このグループに歸することができるかどうかはわからない。ただし、匡郭を問題にすれば、三者はいずれも大型の部類に屬する。

「大都新編」を名乘るテキストのうち、「西蜀夢」「楚昭王」の二種は、版式こそやや異なるが、ともにセリフがなく字體が粗雜であること、ともに匡郭が大型であること、そしてこの二種のみ版心が白口雙魚尾であることという共通點を持ち、同一グループに屬するものと認められる。殘る「汗衫記」と「東窗事犯」は、版式が十四行二十四字と中心的なグループと一致すること、題名も「大都新編關目」「大都新刊關目的本」とそれぞれ異なることから、別グループかと思われるが、「汗衫記」の文字はやや粗雜であり、あるいは十四字二十四行グループを翻刻した際、翻刻を實行した書坊の體例にあわせて題名に手を加えたのかとも思わせるものがある。「東窗事犯」は既述のように「大都新刊」を名乘る唯一の例であるが、版式などは十四行二十四字グループと完全に一致する。これもあるいは題名を彫りかえて刋行したものなのかもしれない。

殘る數種の中で最も重要なのは、「鐵拐李」「范張雞黍」「替殺妻」「焚兒救母」の四種からなる十行本である。この四種は、題名・邊欄の樣式ともにまちまちではあるが、他とは明らかに異なる特徵を共通して持ち、一つのグループにまとめるべきものと思われる。この四種は、他に比して著しく粗雜な字體による大字本であり、かつ誤字・當て字の割合も他のテキストに比して高い。また、先述の通り明代以降にしか例の見られない用字の例が少數ながら存在する。そしてこの四種は、「范張雞黍」を例外として、他はいずれも內容・文辭ともに非常に庶民的なものである。大字本であることとあわせて考えれば、これらのテキストは他よりも階層の低い享受層を對象に刋行された可能性が高かろう。その點からすれば、明代刋の可能性があるこれらのテキストは、明代に入って急速に進行する出版の大衆化の先行事例としての意義を持つものといえるかもしれない。これら大字本の文字は確かに粗雜ではあるが、文字が大きくゆったりしているため、他のテキストより讀みやすいという面を持つ。これは、安價で讀みやすいテキストを志向していく明代出版史の出發點に位置づけるにふさわしいものといえよう。

しかし、ではなぜ知識人向け雜劇の代表ともいうべき「范張雞黍」がここに含まれているのか。小說・戲曲を著錄していることで知られる明の高濂の『百川書志』巻六には、「傷梅香」「兩世姻緣」「王粲登樓」と竝んでこの雜劇が「四段錦」の一つとしてあげられている。これはおそらく『雜劇十段錦』同樣に『四段錦』と題するテキストが存在したことを意味する可能性が高かろうが、つまりは「范張雞黍」が明代に非常に愛好されていたことを示していよう。つまり、商品價値が高かったから「范張雞黍」は刋行の對象となったのであろう。

以上のように、多少の疑問は殘るものの、三十種は大きく四つのグループに分類される。卽ち、「古杭新刋」を名乘る十四行二十四字の六種、「新刋關目」を名乘る十四行二十四〜二十六字の十一種、「大都新編」を名乘る十五行二十八字の二種、大字本の四種である。殘る七種については、さまざまな可能性が考えられるものの、明確な結論を出しがたい。從って、『元刋雜劇』は四つ程度の書坊の刋本に、その他雜多な出自のテキストをまじえてまとめられたものと考えることができよう。

更に言えば、これらのテキストには多くの翻刻本・補刻本が含まれているものと思われる。その顯著な事例は「介子推」である。このテキストは、全八葉のうち、初めの二葉と後の六葉で字體が異なり、前者は刷りが惡い。これはおそらく、版木が摩滅したために、使用に耐える最初の二枚のみそのまま古い版木を使用し、殘りは彫り直した結果であろう。似たような事例は隨所に認められ、また印刷狀態が非常に惡いものも多い。つまり、刷りが惡くなっても印行を續け、適宜補修することですませるという態度で出版が行われているのである。これもやはり『元刋雜劇』が大量生產された高級とはいいがたい商業出版物であったことのあらわれと言えよう。

五、『元刋雜劇三十種』の本文

『元刋雜劇』の本文の最も大きな特徴は、セリフ（白）が少數しか記されていないか、もしくは皆無であることである。これはなぜか。實はこの事實が、『元刋雜劇』の性格について考える上で最も重要な鍵を提供してくれるのである。

三十種のうちセリフが皆無なのは、前の表にも示したように、「西蜀夢」「楚昭王」「趙氏孤兒」の三種のみであり、他の二十七種は多かれ少なかれセリフを收錄している。しかし、そのうち複數の役柄のセリフを記しているのは「紫雲庭」「三奪槊」「鐵拐李」「竹葉舟」「焚兒救母」の五種（このうち「紫雲庭」と「三奪槊」はそれぞれ一箇所のみ。また「替殺妻」に旦のセリフの斷片らしきものが認められる）のみであり、他の二十二種は主役である正末・正旦のセリフしか記されていない。しかし正末・正旦以外の役柄のセリフも完全に無視されているわけではない。たとえば「遇上皇」第一折における正末趙元と、その妻の父である「孛老（老け役）」との會話は、『元刋雜劇』では次のようにあらわされている。

〔等孛老云了〕〔云〕這三日喫呵、有些人情來。

この「等孛老云了」の箇所のセリフを、「遇上皇」の明代のテキストである內府本で補うと、

〔孛老云〕趙元、我着你不要吃酒、你怎麼這兩三日又吃酒不來家。

となり、

〔孛老〕趙元、お前に酒を飲むなと言うたに、お前はどうしてここ二、三日また酒を飲んで家に歸らぬのじゃ。

〔正末〕この三日ほど酒を飲んだのは、つきあいがあったのさ。

と、會話が成り立つことになる。つまり、『元刋雜劇』では孛老のセリフは省略されているが、ここに內府本に見えるようなセリフが存在することは「等孛老云了」の五字によって示されているのである。

これは『元刋雜劇』にほぼ共通する特徵であり、正末・正旦以外のセリフは、基本的には「等＋役柄名もしくは人名＋云了」という形で示され、時には省略形として「等云了」「役柄名＋云了」といった形を取る。またこの形式はセリフだけではなく、たとえば「任風子」第三折で「等旦討休書了（旦が離縁狀を求める）」というようにしぐさ、またはしぐさを含んだ一連の動作、更には「遇上皇」第一折に「等孛老旦一折了」というように、「一折」、つまり一區切りをなす一連の動作を示す場合にも用いられているのである。なおこの他に、單に「〜科」としてしぐさを示す事例も多數ある。

この「等〜了」とは何であろうか。この點については過去にさまざまな議論がなされてきたが(6)、單純に考えれば、

「等」は「〜を待って」「〜してから」と考えるべきであろう。つまり「等孛老云了」は「孛老がせりふをいってから」の意であるに違いない。とすると、「等」の主體は當然正末・正旦ということになり、「遇上皇」に卽していえば、「正末が、孛老がせりふをいってから、自分のセリフをいう」ということになる。つまりこれらのテキストは正末・正旦を主體に書かれていることになるのである。

日本における江戸時代の演劇においては、役者は自分の分のせりふしか受け取っていなかったことが知られている。ことは中國においても同じであった。孫楷第氏の「元曲新考」(7)の「折」の條によれば、近世の俳優が芝居の練習に用いる臺本は、セリフと歌詞が各脚色ごとに別々に集められたものであり、これを「單頭」もしくは「單脚本」と稱するとのことである。とすれば、『元刋雜劇』は正末・正旦用の「單脚本」なのではないか。もしそうであるとすれば、『元刋雜劇』が持つ一見奇異な性格は容易に説明されるのである。正末・正旦にとって必要なのは自分のセリフ・うただけであるから、それだけが記錄されていることは當然であるが、しかしそのせりふを言う切っ掛けは不可缺であるから、他の役者の動きもある程度把握しておかねばならない。そこで簡略に他の役者の動きを記錄しておいて、「〜がセリフをいったら」、自分もセリフをいうという形になっていたのではないか。戲文『宦門子弟錯立身』などから元明期に役者が用いた臺本を「掌記」と呼んだことが知られているが、『元刋雜劇』はこの「掌記」に基づいているのではないか。

このほか、このテキストでは、「聖旨」、「皇帝」などの字を「○」で代行する場合がしばしば見られるが、このような例は元代以前の版本には見あたらず、わずかに明の成化年間に刋行された「説唱詞話」に同樣の例がある。これについて『元史』卷一八三「孛朮魯翀傳」に、「翀は禮儀使たるに、行禮の節文を笏に詳記し、至尊に遇わば敢えて直書せず、必ず兩圈をもって識《しる》す。帝偶たま笏を取りて視て、曰く、此は皇帝の字なるやと。因りて大いに笑い、笏をもって翀に還す」という興味深い記述がある。おそらく當時、官吏が文書を作成する際にこのような習慣があったのであろう。それが反映されていることも、このテキストの性格を考えるうえで參考になると思える。

では、なぜそのような不完全なテキストに基づいて、整理の行き届かないテキストを刊行したのであろうか。これが次には問われねばなるまい。

六、『元刊雜劇三十種』の刊行要因

この點を明らかにするためには、まずなぜ『元刊雜劇』が刊行されたのかについて考える必要がある。これ以前に演劇の臺本がまとまった形で刊行された例はない。考えてみれば當然のことであり、演劇とは目で見、耳で聽くものであって、文字の形で讀むものではない。ではなぜ『元刊雜劇』は刊行されたのか。

狩野直喜博士は、『元刊雜劇』の京大覆刻本の序の中で、このテキストを觀劇に當たって讀むための小册子であったと規定された。先にもふれたように、元代後期の杭州における雜劇上演は、モンゴル人・色目人を多く含む北方から南下した支配階級の人々を主たる享受層としていたものと思われる點からすると、地元の人々にとってはそのようなテキストが必要であったことは確かであろう。しかし、當時の出版状況、つまり一度に出版しうる分量やコストの問題を考えると、あたかも石版や活版が誕生して以降と同じように、これだけの書物が觀劇用の小册子というだけの目的で刊行されたとは考えにくい。

そもそも再三粗惡なテキストであると強調してはきたものの、高級出版物以外のテキストにおいては、この程度のミスはあって當然というべきものであり、實際、精美な插繪を持つ點から考えても『元刊雜劇』よりは高級な出版物ではないかと思われる「全相平話」においても、似たような誤字・脱字・當て字が認められるのである。また脱字はともかく、誤字・當て字についていえば、當時は口頭で使用されていた口語語彙を文字に定着するという行爲が始まったばかりの段階にあった以上、その文字表記がまだ一定していなかったのは當然のことであり、一概に誤字・當て字といって片づけるわけにはいくまい。ともあれ『元刊雜劇』は、たとえば南宋で刊行されたものと思われる『大唐三藏取經詩話』などに比べればかなり質の高いテキストであり、使い捨ての小册子の類とは次元を異にするのではないかと思われるのである。観劇用に用いられることがあったとしても、それは副次的な用途に過ぎないであろう。

では、なぜ『元刊雜劇』は刊行されたのか。ここで考えるべきは、當時における曲の位置づけであろう。『錄鬼簿』巻上には、元代前期の散曲作家として、劉秉忠・姚燧といった政府要人を含む、當時の最高の階級に屬していたであろう人々の名が列べられている。つまり、散曲は上流階級の人々の文藝であった。南宋で詞が大量に作られていたにもかかわらず、同時期の金ではほとんど作られていないことを考えると、入聲韻を用いる南方系文藝である詞は、北方の言語には合致せず、歌唱に向かなかったため、知識人が詞の代用品として北方で唱われていた藝能形式である曲を使用したのではないかという推論が成り立つ。事實、上流階級の人々の手になる散曲は、形式を除けば、語彙・内容ともにほとんど詞と選ぶことのないものが大多數なのである。その結果、五代・宋において詞集が刊行されたのと同じように、『太平樂府』『陽春白雪』といった散曲集が刊行されることになる。これらの散曲集が、刊刻・校正などの面において『元刊雜劇』よりはるかにレベルの高い出版物であることは、その享受層の社會階層を反映したものであろう。

しかし、大衆藝能としての曲も存在し續け、雜劇の歌詞として用いられる。雜劇作者が散曲作者より明らかに低い階級に屬する人々により構成されていることはそのあらわれ(8)であろう。とはいえ、馬致遠のように、一流の散曲作者であり、かつ雜劇作者でもある人物が存在する以上、雜劇の曲文を讀みたいという欲求が生じるのも、また自然の動きであろう。まして、文人向けの雜劇を得意とし、散曲作家としても名聲のあった鄭德輝のような作家が活躍していた元代後期の杭州においては、そうした傾向は一段と強かったに違いない。『元刋雜劇』は、こうした需要に答えるために刋行されたのではないか。それゆえに、演劇として鑑賞しようという姿勢が讀者にない以上、插繪などが入らないのもいわば當然ということになる。

明代後期以前の雜劇テキストの刋行狀況は、この推定を裏書きするものといってよい。冒頭でもふれたように、明代後期になって完備した雜劇テキストが刋行されはじめる以前に出された『盛世新聲』『詞林摘豔』『雍熙樂府』といった曲選は、いずれも雜劇の曲文のみを、それも折ごとにバラバラにして、散曲と區別なく收錄したものなのである。つまり、そこでは雜劇の曲文は散曲同樣の韻文として收錄されているのであり、演劇として享受しようという姿勢は全く認められない。これは、明代後期になって演劇というものに價値を見出すに至る以前の知識人にとっては當然の態度であろう。もとよりこれらの曲選にも插繪は付されていない。

他方では、宣德十年（一四三五）の序を持つ『嬌紅記』から、弘治十一年（一四九八）刋の『西廂記』へと受け繼がれる詳細なセリフ・ト書きを收錄するテキストの流れも存在するわけではあるが、少數のみ現存するこの系統のテキストは、いずれも插繪を多數掲載する點が注意される。つまり、この系統は明らかに小說同樣の讀み物として刋行されたものであり、『嬌紅記』が必要以上に詳細なト書きを伴うことはそのあらわれともいえよう。そしてその讀者層は、插繪の多さから考えても、非知識人や女性など、曲文のみを收錄するテキストより低い層にわたっていたのではなかろうか。

以上のような刋行事情を考慮に入れれば、『元刋雜劇』が正末・正旦用の上演用臺本を使用していることも說明可能となろう。つまり、書坊は知識人の需要にこたえるために雜劇曲文を刋行しようとしたが、文字化されたテキストは當時にあっては實演用の臺本しか存在しなかったため、曲文をすべて收める正末・正旦用の臺本を使用したのであろう。當時にあってはセリフはアドリブにゆだねられる部分が大きかったであろうから、正末・正旦用以外の臺本自體存在しなかった可能性もある。

ではなぜ曲文だけを收錄せず、中途半端にせりふやト書きを入れたのか。この點については、これが中國で最初の戲曲刋本であることを考慮すべきであろう。前例がないということは、ノウハウがないことを意味する。どのようにすれば讀者層の要望にこたえうるかが分からなかった書坊は、とりあえず入手した臺本をそのまま刋刻したのではないか（ただし、「三奪槊」のように後半になるとト書きやセリフがほとんどなくなるテキストが存在することは、版木を節約するため後半になって曲文以外を削除していく傾向があったことを示していよう。これはあくまで經濟的な事情によるものである）。

ただ、もし「關目」がセリフの意味であるとすれば、讀み物としてセリフの收錄を要求する方向性もあったことになる。事實、『元刋雜劇』は二つの方向に分かれていくことになる。「西蜀夢」「楚昭王」「趙氏孤兒」は全くセリフ・ト書きを收錄しないが、これは曲文のみを要求する讀者の需要に答えるために行われた措置であろう。ただし、『太平樂府』などに比べば版本としての質が格段に劣るのは、やはり散曲に比べると下に見られていたことの反映か、あるいは出版主體が利益優先の經營を行う廉價本を主として出す書坊であったことのあらわれであろう。そうした書坊なればこそ、機敏に市場の動向を見てこうした書物を刋行したのではなかろうか。他方、大字本の四種、特に「鐵拐李」「焚兒救母」は、正末以外のセリフをも多數收錄し、讀み物化への方向性を示しているように思われる。先にふれたように、大字本の質が他より一層低く、明代になって急速に展開する大衆向け出版の先驅ともいうべき性格を持っていることは、その點で興味深い。

七、『元刊雑劇三十種』の内容

『元刊雑劇』に収められる雑劇の特徴について考察しようとするならば、まず最初になすべきは明代のテキストと比較することであろう。しかし、實はこれが容易ではないのである。

『元刊雑劇』に収められている雑劇には、明本の存在しないものが非常に多く、その數は三十種中十四種（「西蜀夢」「拜月亭」「調風月」「三奪槊」「紫雲庭」「貶夜郎」「介子推」「東窗事犯」「霍光鬼諫」「七里灘」「周公攝政」「追韓信」「替殺妻」「焚兒救母」）に及ぶ。更に、殘った十六種の内容にもかなり大きな落差がある。ここで、兩者の曲牌數を表にして示してみよう。(9)

作者名	作品名	テキスト	各折の曲牌數					
			0	1	2	3	4	計
關漢卿	單刀會	『元刊雑劇』		12	10	15	10＋2	49
		脈望館抄本		10	10	12	9	41
高文秀	趙元遇上皇	『元刊雑劇』		14	9	10	9	42
		于小穀本		14	9	10	9	42
鄭廷玉	楚昭王（公）	『元刊雑劇』	1	10	13	13	9	46
		内府本	／	10	6	13	8	37

鄭廷玉	看錢（財）奴	『元刊雜劇』 息機子本	2 ／	10 11	10 17	8 16	7 13	37 57
馬致遠	陳摶高臥	『元刊雜劇』 古名家本		12 12	13 13	14 14	13 13	52 52
馬致遠	任風子	『元刊雜劇』 內府本＋世本		9 10	10 11	16 16	9 9	44 46
武漢臣	老生兒	『元刊雜劇』 元曲選本	1 1	10 11	10 12	9 12	7 11	37 47
尚仲賢	氣英布	『元刊雜劇』 元曲選本		12 12	10 7	13 13	7＋3 7	45 39
紀君祥	趙氏孤兒	『元刊雜劇』 元曲選本	2 2	11 11	9 12	10 10	13 15	45 50
張酷貧	汗衫記	『元刊雜劇』 內府本		7 8	11 15	12 13	7 10	37 46
張酷貧	薛仁貴	『元刊雜劇』 元曲選本	1 1	9 12	8 10	12 18	7 15	37 56
孟漢卿	魔合羅	『元刊雜劇』 古名家本	2 1	10 12	12 12	11 10	26 27	61 62
岳伯川	鐵拐李	『元刊雜劇』 元曲選本	2 2	10 7	16 10	13 12	13 9	54 40
宮天挺	范張雞黍	『元刊雜劇』 息機子本	2 2	13 14	5 5	18 17	12 25	50 63

范康	竹葉舟	『元刊雜劇』	／	11	13	13	8＋7	52
		元曲選本	1	9	14	13	4＋10	51
無名氏	博望燒屯	『元刊雜劇』		14	12	13	10	49
		内府本		8	9	5	6	28

・10＋2の如き表記は、正末が唱う十曲以外に、正末以外の人物が二曲唱うことを示す。
・「趙氏孤兒」元曲選本には、他に第五折に八曲ある。

一見して明らかなように、十六種のうち七種（「看錢奴」「老生兒」「薛仁貴」「范張雞黍」「博望燒屯」「楚昭王」「趙氏孤兒」）は雙方の内容の落差が大きく、特に「薛仁貴」「楚昭王」「趙氏孤兒」は曲牌數が大きく異なる上に、雙方に存在する曲牌であってもほとんど文言を異にする場合が多く、ある程度近い内容を持つ曲牌は全體の半分前後しかない。これほどまでに差があること自體が『元刊雜劇』の一つの特徴といってよかろう。これは何に由來するものなのであろうか。

第一に考えるべきは、明本の多くが明の宮廷において演じられたテキストに來源を有するという事實であろう。[10]從って、宮廷における上演に不適當な要素は排除される。ここで想起されるのは、明代には「駕頭雜劇」、つまり皇帝の登場する雜劇が禁止されていたことである。洪武六年（一三七三）に發布された『大明律』巻二十六「刑律九」の「雜犯」「搬做雜劇」の項にいう。

凡樂人搬做雜劇戲文、不許裝扮歴代帝王后妃、忠臣烈士、先聖先賢神像。違者杖一百。官民之家容令裝扮者與同罪。其神仙道扮及義夫節婦、孝子順孫、勸人爲善者不在禁限。

なべて樂人が雜劇・戲文を上演するにあたり、歴代の帝王后妃・忠臣烈士・先聖先賢のすがたに扮することを許さず。違背せるものは杖一百。かように扮することを容認せる官人・良民の家も同罪。神仙道扮、並びに義夫節婦、孝子順孫、人に善事を勸める類のものは禁の限りにあらず。

そして、『元刋雜劇』には皇帝及びそれに準ずる存在の登場する雜劇が非常に多いのである。皇帝役を示す「駕」という表記のある雜劇だけでも、「單刀會」「遇上皇」「陳摶高臥」「三奪槊」「氣英布」「薛仁貴」「貶夜郎」「介子推」「東窗事犯」「霍光鬼諫」「范張雞黍」「周公攝政」「追韓信」「博望燒屯」の十四種にのぼり、「西蜀夢」「楚昭王」「七里灘」には「駕」の表示こそないが、それぞれ劉備・昭王・光武帝が登場することは明らかである。更に、セリフを記さない「趙氏孤兒」にも晉侯が登場する可能性があり、また「看錢奴」には「聖帝」即ち東嶽帝君が登場する。つまり、三十種中十九種に皇帝もしくはそれに準ずる存在が登場するのである。これらの雜劇が明代、特に皇帝の御前で演じる機會にそのままの形では上演されえなかったのは、いわば當然であろう。事實、これらの雜劇のうち「貶夜郎」「介子推」「東窗事犯」「霍光鬼諫」「七里灘」「周公攝政」「追韓信」には、いずれも明代のテキストが存在しない。そして、明本を傳える殘りの十二種は大幅に改作されているのである。

「楚昭王」が明の內府本・『元曲選』では「楚昭公」となっているのはその見やすい事例であろう。「公」までは許容されても「王」は認められないのである。そのほかにも、例えば「薛仁貴」において唐の太宗の役が徐茂功にすべて振り替えられているように、皇帝の登場場面は削られるか改められている。その結果、大きな差違が生じることになったのも當然であろう。事實、先に擧げた落差の大きい七種のうち、六種までが「駕」の登場する雜劇なのである。

こうした改變は、單に「駕」の登場を忌避するだけではなく、內容にも關わるものである。「趙氏孤兒」「博望燒屯」には、それぞれ屠岸賈と曹操の簒奪意圖が當然のこととして現れるが、明本ではそれらはすべて改變されている。更に、「駕」の忌避以外にも皇帝の御前上演に由來するであろう改變は多い。「薛仁貴」「范張雞黍」にはそれぞれ農民と知識人の立場からする尖鋭な政治批判が認められ、「看錢奴」では貧民の立場からの激しい富豪批判が展開されているが、これらの要素は明本ではいずれも削られるか、もしくは弱められている。更に、「趙氏孤兒」などに認められる殘忍な表現が和らげられていることにも注意すべきであろう。つまり、明本では全體に『元刊雜劇』の尖鋭・露骨な表現が削除・改變されているのである。

また、『元刊雜劇』の中には古い祭祀演劇の名殘をとどめたものが多數含まれている。具體的には、「單刀會」「楚昭王」「貶夜郎」「介子推」「霍光鬼諫」「東窗事犯」「替殺妻」「焚兒救母」の八種には劇末に祭祀に關わる音樂を演奏しながら儀禮の場面を演じる一段があったことが確認されており、「西蜀夢」「趙氏孤兒」も、ト書きを伴わないためこのことを確認しがたいものの、内容的に明らかに祭祀に由來するものと思われる。[11] そしてこれら十種のうち、明本を殘すのは「單刀會」「楚昭王」「趙氏孤兒」の三篇のみで、しかも後の二種は全面的に改作されているのである。これもまた、明本が主として明の宮廷から出たものであったことに由來しよう。明の宮廷における雜劇の上演は、慶賀的行事の際に宴席で上演されるものであった。そうした場には、宗教性の強い演劇、特に「東窗事犯」などの陰慘な雰圍氣を持つ鎭魂儀禮に由來する作品は全くそぐわなかったであろう。それゆえに、その種の雜劇は排除されていったのではないか。『元刊雜劇』では悲劇の結末に終わる「楚昭王」が、明本ではハッピーエンドに變わっていることも、これに由來するものであろう。

つまり、明代の元雜劇テキストは、元代當時の姿からは大きく隔たったものとなっていることになる。そこでは元來雜劇が持っていた尖鋭な社會批判や粗野で生々しい表現、宗教的性格の強い作品のもつまがまがしさといったものは失われてしまっているのである。もとより、先に見たように『元刊雜劇』とて完全に原型を傳えているわけではなく、かなりの改變を經ていることは間違いない。『元刊雜劇』が實演用臺本に基づいており、演劇は上演の都度改變を加えられる生き物の如き存在である以上、それは當然のことであろう。しかし、その變化は、たとえば時事ネタとして呉文正の名を取り込むといった上演の場において自然に生じたものであり、明代のテキストのような組織的な變更を被ったものとは本質的に性格を異にする。それゆえ『元刊雜劇』は、少なくとも元代において生きた演劇として上演されていた雜劇の姿を今日に傳えるものとしてかけがえのない價値を持つ。元雜劇を理解しようとすれば、『元刊雜劇』を避けて通ることはできない。本書は、このこの上なく貴重でありながら利用困難であった『元刊雜劇』を、非專門家の人々にも利用しやすい形で提示しようとする試みである。

八、テキストその他について

『元刊雜劇』は現在中國國家圖書館（舊北京圖書館）に收藏されているが、原本を直接見た例を聞かない。ここでは『古本戲曲叢刊四集』（商務印書館一九五八）所收の影印本を使用したが、最近北京圖書出版社の「中華再造善本」シリーズの一つとして、色刷りの精密な複製本が刊行されたので、このテキストにより修正を加えてある。ただ、『古本戲曲叢刊』本と比較すると、この本には一部原本の汚れなどを取ったのではないかと思われる節がある。他に一九一四年、京都帝國大學が當時羅振玉が所藏していた原本を翻刻した『覆元槧古今雜劇三十種』があり、一九二四年に上海中國書店から王國維の序を付してこれに基づく石印本が出されているが、「覆」といいつつ嚴密な覆刻ではなく、誤りも多い。

その後、部分的にはいくつかの校訂本が出されたが、三十種すべてを扱ったものとしては、まず臺灣の鄭騫氏の『校訂元刊雜劇三十種』（世界書局一九六二）をあげるべきであろう。同書は、曲學の大家として知られる鄭氏の手になるだけに、非常にすぐれた内容を持つが、元來京大本をもとにしており、その後影印本で手を入れたものの、修正が全體に及んでいない憾みがある。また、校記が必ずしも嚴密ではない點も問題といえよう。次に現れたのが徐沁君氏の『新校元刊雜劇三十種』（中華書局一九八〇）である。こちらは影印本に基づいており、また豐富な用例を引く校記を付して精密な校訂を加えた優れたテキストであるが、どうやら鄭騫氏の校訂本を參照する機會を持たなかったらしく、その成果を取り入れることができていない點、また曲律の專家であった鄭氏とは異なり、時として十分に曲譜を踏まえていないのではないかと思われる箇所がある點が殘念である。續いて、一九八八年には寧希元氏の『元刊雜劇三十種新校』（蘭州大學出版社）が刊行された。こちらは鄭本・徐本をすべて參照しており、その點では最も行き届いたものとなることが期待されたが、寧氏の校訂には武斷が目立ち、斷定しがたい問題についても鄭氏・徐氏の校訂を簡單に誤りとして片づける傾向がある。また校訂にも根據が薄いのではないかと思われる例が少なくない。しかし、一方では鄭氏・徐氏の氣づかなかった問題を解明している場合も時にあり、やはり參照すべき價値はある。

本書においては、主として右の三書に基づく校記を付し、本書の見解は本文において示すこととする。ただし、何が正しいか判然としない事例は多く、その場合には斷定を避け、本文と譯で一應の考えを示した上で、注において他の可能性についても言及することとする。これは、極めて難解なこの種のテキストにおいては武斷は絕對に避けるべきであり、分からない箇所は分からないものとして示すのが校訂・翻譯者の義務であると考えることによるものである。

また、明代のテキストや、明・清に刊行された曲選・曲譜・散齣集（演劇の一段のみを集めたもの）にも見える部分については、本來は校記に含めるべきところではあるが、異同の數があまりにも多いため、校記の分量が膨大になることを避けて、末尾に校勘表を付することとする。これは、演劇テキストが一方では讀み物として整備され、他方では南曲などの中に取り込まれながら實演の場で加工されていく過程を示す好例となるであろう。ただし本書收錄の四篇のうち、「西蜀夢」については、異本が存在しないため、校勘表は付していない。

本書は、京都大學人文科學研究所における「元代の社會と文化」研究班の研究會、ならびに平成十七年度〜十九年度日本學術振興會科學研究費補助金・基盤研究（B）「中國近世戲曲の基礎的研究」に基づいて行なわれた研究會の成果である。研究會において各擔當者が提出したレジメを高橋繁樹と土屋育子がまとめ、それをもとに小松謙が譯注を作成した。校勘表は土屋の手になるものである。ここでまとめた四種は、たまたますべて歷史物になったが、これは單に研究會で取り上げた順序に由來するものであって、格別の意圖はない。また排列ももとになった譯注の發表順に基いている。殘る雜劇についても、順次同樣の譯注を作成していく豫定である。

注

（1）この解說は、金文京「『元刊雜劇三十種』序說」（『未名』三號〔一九八三年一月〕）及び小松謙「元雜劇の祭祀的演目について」（『中國文學報』第五十八册〔一九九九年四月〕。後に『中國古典演劇研究』〔汲古書院二〇〇一〕にⅠの第二章「元刊本考」として收錄）をもとに、小松が多少の新見解を加えて執筆したものである。

（2）小松前掲書Ⅱの第四章「明刊本刊行の要因」參照。

（3）赤松紀彥「『元曲選』がめざしたもの」（『田中謙二博士頌壽記念中國古典演劇論集』〔汲古書院一九九一〕所收）・小松謙「『元曲選』考」（『東方學』第百一輯〔二〇〇一年一月〕。後に小松前掲書にⅡの第五章「『元曲選』『古今名劇合選』考」として收錄）參照。

（4）徐朔方「臧晉叔和他的『元曲選』」（『論湯顯祖及其他』〔上海古籍出版社一九八三〕所收）。

（5）『覆元槧古今雜劇三十種』（上海中國書店一九二四。後述するように京大本に基づく石印本である）に付された王國維の「敍錄」。

（6）太田辰夫「『拜月亭』雜劇考」（『神戸外大論叢』第三十二巻第一號〔一九八一年八月〕。後に『中國語文論集　語學篇　元雜劇篇』〔汲古書院一九九五〕に收錄）では、「等」が主役以外の登場人物にしか付されないことから、「主役に非ざる者を總括する脚色名」であるとする。

（7）『滄州集』（中華書局一九六五）下册所收。

（8）小松前揭書Ⅰの第一章「元雜劇作者考」參照。

（9）この表は小松前揭書Ⅱの第一章「明本の性格」から取った。

（10）注（9）所引の小松論文參照。

（11）詳しくは注（1）所引の小松論文參照。

元刊雜劇全譯校注

凡　例

①　異體字・俗字・誤字も含め、本文の用字については、ひとまず元刊本にできるだけ忠實な字を用い、その上で校勘を加えることとした。ただし、略字は正字體に改めてある。

②　押韻箇所は「。」、韻を踏まない句切れの箇所は「、」で示した。「△」は句中藏韻（一句の中で更に韻を踏む字があるもの）を示す。

③　明らかに字の誤りと思われるものについては、（　）內に正しい字と思われるものを付け加えた。ただし、白話文學の世界で史書とは異なった文字が通常用いられている場合（例えば徐世勣の字の懋功は、白話文學では茂功または茂公と表記される）には、改めることはせず、注で指摘するにとどめた。原テキストには存在しないが明らかに脫字があると考えられる場合には、《　》に入れて補うかたちを取った。また明らかに衍字と思われるものには〈　〉を付した。

古杭新刊的本蔚(尉)遲恭三奪搠(槊)

〔校〕○校勘に使用したテキストは、鄭騫『校訂元刊雜劇三十種』(世界書局一九六二。鄭本と略稱)・徐沁君『新校元刊雜劇三十種』(中華書局一九八〇。徐本と略稱)・寧希元『元刊雜劇三十種新校』(蘭州大學出版社一九八八。寧本と略稱)である。また第二折については『雍熙樂府』(嘉靖四十五年〔一五六六〕序刊本。『四部叢刊續編』所收)及び『盛世新聲』(正德十二年〔一五一七〕序刊本。文學古籍刊行社一九五五の影印本による)をも使用した。詳しくは第二折の校注を參照されたい。

○蔚遲……各本とも「尉遲」に改める。○三奪搠……各本とも「三奪槊」に改める。

〔注〕○古杭新刊的本……「古杭」は杭州のことと思われる。「的本」はしっかりした內容のテキストという意味。

○元刊本末尾には「題目　齊元吉兩爭鋒　正名　蔚遲恭三奪搠」と記されている。本劇は『錄鬼簿』「尙仲賢」の項に著錄されており、天一閣本(卷上「前輩才人有所編傳奇行於世者」)は「三奪槊　齊元吉兩爭鋒　尉遲恭三奪槊」、孟本は「三奪搠」、曹本は「尉遲恭三奪槊」と記す。『太和正音譜』「尙仲賢」の項には「三奪槊」として著錄する。『元曲選』卷頭の目錄には「單鞭奪槊　一作三奪槊」とするが、これは『元曲選』所收の「單鞭奪槊」を尙仲賢作と見せるために編者臧懋循が行った操作であろう。「單鞭奪槊」は全く別の作品であり、『錄鬼簿』『太和正音譜』などにも著錄がなく、とりあえず無名氏の作と見なすべきものと思われる。現存するテキストは元刊本のみ。ただしこの雜劇の第二折の一部が『雍熙樂府』卷九に「叔寶不伏老」と題して收められる。詳しくは第二折の校注を參照。

〔補注〕「三奪槊」の作者と思われる尙仲賢については、天一閣本『錄鬼簿』に「眞定人。湘江省務提擧(曹本は「江浙行省務官)」とする。天一閣本に付された賈仲明の「弔詞」に「四務提擧江淛省」とあることから考えて、曹本の方が妥當であろう。その他の履歴は不明だが、『錄鬼簿』で置かれた位置から考えて前期の作者と思われる。「江浙」で勤務していたということは、南宋滅亡後に南下したのであろう。なお孫楷第『元曲家考略』は大名出身の尙從善、字仲良という當時名醫として知られた人物が尙仲賢かもしれないと指摘するが、當否の程は不明。現存する雜劇のうち、他に尙仲賢の作とされるものとしては「柳毅傳書」「氣英布」がある。

「三奪槊」の物語は、早く『舊唐書』巻六十八「尉遲敬德傳」に

敬德善解避矟、毎單騎入賊陣、賊矟攢刺、終不能傷、又能奪取賊矟、還以刺之。是日、出入重圍、往返無礙。齊王元吉亦善馬矟、聞而輕之、欲親自試、命去矟刃、以竿相刺。敬德曰、縱使加刃、終不能傷、請勿除之、敬德矟謹當卻刃。元吉竟不能中。太宗問曰、奪矟、避矟、何者難易。對曰、奪矟難。乃命敬德奪元吉矟。元吉執矟躍馬、志在刺之、敬德俄頃三奪其矟。元吉素驍勇、雖相歎異、甚以爲恥。

敬德はほこをよけることに長けていた。いつもただ一騎で賊の陣に突入したが、賊どもが群がって突いてきても、最後まで傷つけることはできず、しかも巧みに賊のほこを奪って、逆にそのほこで相手を刺すことができた。この日(單雄信に追われた李世民を救い、王世充の軍を破った日)も、厚い包圍を自由自在に出入りした。齊王元吉も馬上でほこを使うのが得意だったので、そのことをきいて大したことはないと思い、自分で試そうとして、ほこの刃をはずさせ、柄で突き合おうとした。敬德が言うには、「刃を付けていようとどうせ傷つけることはできないのですから、はずさないでください。私のほこは刃をはずさせていただきます」。元吉はどうしても突きあてることができなかった。太宗がたずねて言った。「ほこを奪うのと、ほこをよけるのとでは、どちらが難しいか」。答えて言うには、「ほこを奪う方が難しゅうございます」。そこで元吉のほこを奪うよう敬德に命じ

た。元吉はほこを構え、馬を躍らせ、何とか刺そうとしたが、敬德はあっという間に三度ほこを奪った。元吉は元來勇猛であったので、感心はしたが、ひどい恥辱と考えたのである。

とある。同樣の記事は、『新唐書』卷八十九「尉遲敬德傳」・『隋唐嘉話』卷上・『太平廣記』卷四百九十三「尉遲敬德」にも見える。

また明清の白話文學においては、諸聖鄰『大唐秦王詞話』第三十八回と『隋唐兩朝史傳』第六十二回にもこの話が見えるが、他の『唐書志傳』『隋史遺文』『隋唐演義』『說唐全傳』などにおいては、『隋唐演義』第六十四回にこの話に近い內容が見えるだけで、他はいずれもこの話柄を缺く。なお、史書ではほこを使ってほこを奪うことになっているのが、白話文學では鞭を用いることになっている點は、尉遲敬德と鞭の結びつきが強まったことの現れとして興味深い。

《第一折》

〔疋先扮建成・元吉上　開〕咱兩个欲帶(待)簒位、爭奈秦王根底有蔚(尉)遲、无人可敵。元吉道、我有一計、將美良川圖子獻與官里、道的不是反臣那甚麼。交壞了蔚(尉)遲、哥〻(哥)便能勾官里做也。〔駕云了〕〔呈圖科〕〔高祖云了　大怒將蔚(尉)遲那(拿)下〕〔末扮劉文靖將榆科園圖子上了〕

〔校〕○第一折……元刊本は折の區分がない。ここでは假に區分を施した。以下同じ。○帶……各本とも「待」に改める。○元吉道……徐・寧本はト書きとし、これ以下の「我有一計…官里做也」を元吉の白とする。鄭本は「元吉道」をも建成の白とする。○将蔚遲那下……徐・寧本は高祖の白とする。○那……各本とも「拿」に改める。○劉文靖……徐・寧本は「劉文靜」に改める。○楡科園……徐本は「楡棗園」に改める。

〔注〕○疋先……鄭本は未詳とし、「鐵拐李」第一折【金盞兒】に「劈先」という語が見えることを指摘して、「劈」と「疋」の音が近いことから、同じ語ではないかと推定する。「鐵拐李」の用例は次の通り。「這老子我交他劈先里着司房中勾一遭更肩（有?）禍、案卷里添一筆便違條（このじじいめ、眞っ先に役所の中に連行してもっとひどい目にあわせてやる（?）。調書の中に一つ書き加えればそれで犯罪者だ」。この「劈先」は「眞っ先に」という意味であろう。ここでも同じ方向で解釋は可能である。また、建成・元吉の二人組をさすものとも考えられる。この二人は、他の雜劇にもよく見える二人組の淨（通常「二淨」と表記される。例えば元刊本「霍光鬼諫」）と思われるが、この「疋先」を「淨」とは次元を異にする名稱として理解することも可能であろう。その場合は、「劈先」の意味（「劈」は「劈頭」の「劈」と共通しよう）から考えて、最初に出てくるキャラクターの名稱ということになる。とすれば、元刊本には一度も見えないにもかかわらず明代のテキストには普遍的に現れる「冲末」と共通する性格を持つことになろう。なお、元刊本に記録されている白は原則として正末・正旦のものであり、ここで淨かと推定される建成の白が記されているのは例外的な事例といってよい。同様に正末・正旦以外の白が記されている例としては、「紫雲庭」（一カ所のみ外旦の白あり）・「鐵拐李」（外末・旦・張千の白など多數）・「竹葉舟」（外末の白多數）・「焚兒救母」（外末・外旦・旦の白多數）がある。○開……元刊本のト書きには多く用いられている用語であり、明初に刊行された周憲王朱有燉の雜劇『周憲王樂府』や、嘉靖年間に刊行された『雜劇十段錦』、また内府本や于小穀本など明代に抄寫された雜劇テキスト、更には一部の明刊本にも用例があるが、その意味は定かではない。芝居が始まることを「開場」といい、前口上のことを「開呵」とい

うことと關係するのかもしれない。通常はこの場合同樣、ある人物が登場した際に記されているが、朱有燉の「牡丹品」などには「色長（座長のこと）開云」と「衆」によるうたとの掛け合いという形式を取っている事例も見られる。この點から考えると、詩をとなえること、もしくは口上を述べること（その雙方でもよい）を意味するものではないかと思われる。○秦王……唐の太宗李世民のこと。『舊唐書』卷二「太宗紀上」「高祖受禪、拜尚書令右武候大將軍、進封秦王、加授雍州牧」とある。李世民の肩書きとしての秦王は、その戰いを描寫した舞曲「秦王破陣樂」（『舊唐書』卷二十九「音樂志二」その他に見える）などによって廣く知られ、明代に刊行された『大唐秦王詞話』に至る。○建成……唐の高祖李淵の長子。高祖の後繼の地位を李世民と爭い、玄武門の變で弟の齊王元吉ともども殺害される。『舊唐書』卷六十四「高祖二十二子傳」「高祖二十二男、太穆皇后生隱太子建成及太宗、衞王玄霸、巢王元吉、…」。○元吉道……徐・寧本はト書きとし、これ以下を元吉の白とするが、鄭本はこの句も含めてすべてを建成の白とする。元刊本のト書きはすべて「…云」と記されており、「…道」という例は見えない。「…道」の形は明代白話小說における發話を導く動詞として定型化されているものであり（後の版本ほどこの單語に統一される傾向にある）、また『成化說唱詞話』でも用いられている點から考えて、語り物の中で登場人物のせりふをあげる際に用いられる動詞である可能性が高いものと思われる。ここでは全體を建成の白として譯しておく。○美良川……『資治通鑑』卷一百八十八に「尉遲敬德・尋相將還澮州、秦王世民遣兵部尚書殷開山・總管秦叔寶等邀之於美良川、大破之、斬首二千餘級（尉遲敬德・尋相が澮州に歸ろうとしたので、秦王李世民は兵部尚書殷開山・總管秦叔寶を派遣して美良川で迎えうたせ、大いに破って、二千餘の首をとった）」とあるように、史實としては尉遲敬德が秦叔寶に破られた場所だが、白話文學の世界では、夜陣營から出た李世民を尉遲敬德が追い、それを更に追った秦叔寶と死鬪を繰り廣げる隋唐物語最大のクライマックスであり、「三跳虹蜺關」「兩鐧換三鞭」などの名場面は人口に膾炙している。具體的記事を見出しうるのは明代以降の文獻になるが、元代にはこの物語が廣く知られていたことは、劉致の散曲【新水令】套「代馬訴冤」に「誰念我美良川扶持敬德（美良川の合戰にて敬德を助けしことも思ってくれる者はない）」と見えることからも明らかである。雜劇においても、「小尉遲」（內府本）第三折【鬪鵪鶉】に「俺尙且有美良川的威風。楡科園的氣勢（まだ美良川の威風、楡科園の氣力は持ち合わせておるわ）」というように、しばしば次の楡科園とあわせて尉遲敬德の晴れ舞台として言及される。○不是〜那甚麼……「〜でなくて何ですか」という意味。モンゴル語直譯體や、元の頃に行われていた「漢兒言語」と呼ばれるモンゴル語法の影響を受けた言語に多く見られる語法。例えば『老乞大』の「今後再廝見呵、不是好兄弟那甚麼（今度會ったら、いい兄弟というものじゃないか）」。「不是」を伴わない例もある。『朴通事諺解』卷中「若官司知道時、把咱們不償命那甚麼（もしお上に知れたら、私たちは死刑になるじゃありませんか）」。○能勾官里做也……普通なら「能勾做官里也」となるところ。これも「漢兒言語」にはよく見られる語順の轉倒である。○末……正末のこと。同樣の例は「博望燒屯」「追韓信」にも見られる。○劉文靖……唐建國の功臣。正しくは劉文靜。『舊唐書』卷五十七に傳あり。李淵父子に擧兵を勸めて大功を立てたが、後に自らの處遇に不滿を抱き、反逆の疑いをかけられて五十二歲で刑死。「魏徵改詔」雜劇や『大唐秦王詞話』に見られるように、白話文學の世界ではしばしば劉文靖と表記され、その死は尉遲敬德を投降させるため、敬德の舊主劉武周をだまし討ちにしたことの祟りとされるようになる。○楡科園……『舊唐書』卷六十八「尉遲敬德傳」に「是日、因從獵于楡窠、遇王世充領步騎數萬來戰。世充驍將單雄信領騎直趨太宗、敬德躍馬大呼、橫刺雄信墜馬。賊徒梢却、敬德翼太宗以出賊圍（この日、楡窠で狩りの供をしたところ、王世充が步兵・騎兵數萬を率いて寄せてきたのに出くわした。世充配下の驍將單雄信は騎兵隊を率いてまっしぐらに太宗めがけて突っ込んで來た。敬德は馬を躍らせ大喝すると、單雄信を馬から突き落とした。賊軍が少し退いたので、敬德は太宗を助けて包圍を突破した）」と見える。後世、單雄信が非業の最期を遂げた英雄として信仰されたことと相俟って（單雄信が信仰されていたことは、『宋史』巻一百二「禮志五」に北宋期に敕命により單雄信を祀る廟を立てたとあることや、『東京夢華錄』巻二「潘樓東街巷」に單雄信の墓が單將軍廟として祀られ、單雄信の棗の槊から芽吹いたといわれる棗の木があったということなどからわかる）、この場面は美良川と竝ぶクライマックスとされ、「單鞭奪槊」雜劇はこの物語を題材とする。榆窠は本來地名であったが、白話文學の世界では、「單鞭奪槊」（古名家本）第四折徐茂功の白に「今唐元帥與單雄信在榆科園交戰（いま唐元帥さまは單雄信と榆科園で戰っておられます）」というように、「榆科園」という庭園とされる。本劇では兩方の表記が用いられている。

〔譯〕［まっさきに建成・元吉に扮し登場　開］われら二人は帝位を簒奪しようともくろんでおりますが、いかんせん秦王のもとには尉遲恭がいて、對抗できる相手がおりませぬ。元吉が申しますには、「一計があります。美良川の繪圖を陛下に獻上し、反臣でなくてなんでございましょうと申し述べ、尉遲恭を殺してしまえば、兄さんは天子になれます」とのこと。［天子（高祖）いう］［繪圖を獻上する］［高祖いう］［激怒する。尉遲恭を捕えさせよ（という）］［末が劉文靜に扮し、榆科園の繪圖をもって登場］

《仙呂》【點絳唇】想當日霸業圖王。豈知李氏把江山掌。雖不是外國它邦。今日做僚宰爲卿相。

〔校〕○李氏……徐本は「今上」に改める。通常【點絳唇】の第二句は、四字目で韻を踏む七字句という形式をとるのだが、「李氏」では韻を踏まない。徐校は「この句は押韻せねばならないので、『今上』に改める」とする。しかし、第二句で句中韻を踏まない例も二つだけある（「不伏老」（脈望館抄本）第一折【點絳唇】「煬帝東巡。主公未定中原困。那其間盜起紛紛。帝星照河東郡（煬帝が東巡し、とのはまだ中原の苦しみをおさめてはおられませんでした。その時盜賊が次々と蜂起する中、皇帝をつかさどる星が河東郡を照らしたのです」」及び無名氏【點絳唇】「問柳尋芳。惜花憐月心狂蕩。名姓高揚。處處人瞻仰〔柳やかぐわしいはなをたずね、花や月を愛して心狂わす。名はあがり、至るところで人から仰がれる〕」）。ここも同様の踏み落としの例と見るべきであろう。なお、「不伏老」はやはり尉遲敬德を主人公にする雜劇であり、曲文にも似通ったところがある點は注意される。○雖……徐本は「須」に改める。

〔注〕○霸業圖王……「追韓信」（元刊本）第四折【端正好】「方信圖王霸業從天命。成敗皆前定（はじめてさとるは、天下を取るのも天命に従い、成功と失敗はすべて運命の定めありということ）」など。○雖……このままでは意味を取ることが困難である。徐本は、「雖」の意味でよく「須」が用いられることと、「須不是」（～ではないはず）という言葉が頻用されることを根據に「須」に改める。「須」であれば「他の國ではなくこの國で大臣になった」という方向で理解できないこともないが、明快に解釋できるというわけではない。また「雖」であるべきところが「須」になっている例はあるが、逆の事例はない以上、「須」に改めることには無理があるものと思われる。○外國它邦……「漢宮秋」（古名家本）第二折に「〔外〕他外國說、陛下寵昵王嬙朝綱盡廢、壞了國家（〔外が言う〕外國が申しますには、陛下は昭君に溺れて、朝廷のおきては失われ、國をだめにしているとのこと）」とある。ここでいう「外國」は匈奴のこと。「東窗事犯」（元刊本）第二折【鬪鵪鶉】には「知你結勾他邦、可甚於家爲國（おぬしは他邦と通じおって、何が國のためじゃ）」。ここでいう「他邦」は金のこと。つまりいずれも異民族國家のことをさしている。あるいは非漢民族が高官となった元の狀況を反映するものか。○僚宰……おそらく『百僚宰臣」または「臣僚宰執」の略。高級官僚のこと。馬致遠の【撥不斷】に「子房鞋。買臣柴。屠沽乞食爲僚宰。版築躬耕有將才（張子房が拾った靴、朱買臣が賣った薪。屠殺人や乞食が大臣になり、人夫や農夫に將の才あり）」というのが元曲では唯一の用例である。

〔譯〕その昔天下を争い闘ったが、はからずも李氏が天下を取った。外國の地や他國ではないが（?）、今日こうして大臣となり宰相となった。

【混江龍】不着些寛紅(洪)海量。剗地信讒言佞語損忠良。誰不曾忘生捨死、誰不曾展土開彊(疆)。不枉了截髮搓繩穿斷甲、征旗作帶勒金瘡。我與你不避金瓜下喪。直言在寶殿、苦諫在昭陽。

〔校〕○寛紅……各本とも「寛洪」に改める。○開彊……各本とも「開疆」に改める。○征旗……寧本は「扯旗」に改める。

〔注〕○寛洪海量……度量の廣いこと。「遇上皇」(元刋本)第一折【鵲踏枝】「我有酒後寛洪海量。沒酒後腹熱腸荒(私は酒を飲めば寛仁大度、酒がなければいらいら募る)」、「霍光鬼諫」(元刋本)第三折【三煞】「豁達大度。海量寛洪、納諫如流(闊達にして度量大きく、寛仁大度、諫言をどんどん聞き入れる)」といった用例がある。鳥占いの書である『演禽通纂』巻下(成立年代不明。明代か)に「寛洪海量、納諫如流」と「霍光鬼諫」と同様の表現があるほか、やはり占いの本である『三命通會』にも例があり、民間では廣く用いられる類型表現だったことがわかる。○忘生捨死……命がけで戦うこと。「薛仁貴」(元刋本)楔子【端正好】「你待忘生捨死在沙場上(お前は戰場で命をかけるつもりか)」、「霍光鬼諫」(元刋本)第二折【石榴花】「我也曾亡生舍死沙場上戰(わしは戰場で命をかけたこともあった)」など用例は多い。○展土開疆……領土を廣げること。「西蜀夢」(元刋本)第二折【梁州】「再靠誰展土開疆(これからは誰を頼りに領土を廣げればよいものか)」など用例は多いが、文人の書いた公式の文獻にも、元の許謙の「總管黑軍舒穆嚕公行狀」(『白雲集』巻十七)に皇帝から賜った制の概略をあげる中で「祖野仙有展土開疆之效(祖父エセンには領土を廣げた功があり)」と見え、民間のみで用いられたものではないようである。○截髮搓繩穿斷甲、征旗作帶勒金瘡……元

の元淮の「歴渉」詩（元淮『金困集』〔『涵芬樓祕笈』所收〕の句。なお『元詩選』には作者の解説にこの二句のみが引かれる。この句はよく知られていたらしく、清の姚之駰の『元明事類鈔』巻二十八にも引かれる）という詩に「截髮搓繩聯斷鎧、揞旗作帶繫金創」という句があり、「楡窠詞」と末尾に自注がある。元淮がこの詩に付した「引」によれば、この詩は乙亥の年から甲申の年にかけて、元淮が福建の反亂を鎭定したことを回想して作ったもののことであり、これは彼の事績や歴史的事實から考えて一二七五年から一二八四年、つまり南宋滅亡と相前後する時期のことになる。江浙行省に勤務していた尙仲賢は、溧陽路總管だった元淮と接點があった可能性がかなりある。また元淮には「琵琶聲斷黑河秋」という句を含む「弔昭君」という詩もあり、「馬致遠詞」という自注がついている。これも明らかに「漢宮秋」と關係を持つものといってよい。とすれば、「三奪槊」についても詩の方が曲を踏まえた可能性があるということになる。この句は「不枉了」つまり「それもむだではなかった」となっているが、文脈から考えて反語であろう。○與你……「與」は現代語の「給」に同じ。「～のために」。この場合「你」は指示性をもたず、「與你」で積極的な口調を示す。○金瓜……武器。近衞の衞士が所持するもの。「介子推」（元刊本）第二折【牧羊關】「若不交太子短劍下身亡、微臣便索金瓜下命休（太子さまを短剣の下の死からお救いするためなら、私は金瓜の下で命果てて見せましょう）」など多數。○昭陽……昭陽殿は漢の宮殿だが、宮殿一般を指す言葉としてよく用いられる。「漢宮秋」（古名家本）第一折【賺煞】「到明日多管是醉臥在昭陽玉榻（明日になればおそらくは昭陽の寢台に酔い臥していよう）」など用例多數。

〔譯〕太っ腹な度量を用いようともせず、なんと讒言を信じて忠臣良臣をあやめられようとは。命を的にいくさをし、國土廣げたものを。髮を切って紐に編んで破れた鎧を繕い、戰旗を包帯にして傷を縛ったのもむだであったわ。金瓜でなぐられ命を失おうとかまいはせぬ。御殿にて直言し、昭陽の宮にてきつく諫言してくれよう。

【油葫蘆】陛下想當日背暗投明歸大唐。却須是眞棟梁。剗地廝く《□□□》低(隄)防。比及武官砌壘个元戎將。文官掙揣个頭廳相。知它是幾个死、知它是幾處傷。今日太平也都指望請官賞。剗地胡羅惹斬在雲陽。

〔校〕○廝く低防……鄭本は「□□□□廝隄防」、徐本は「廝□□□廝隄防」、寧本は「□□廝隄防」とする。この句は七字句であるはずで、おそらく「く」は「廝」の反復を示すものではなく、ここに三字以上の省略があることを示しているものと思われるが、どのような文字が入るのかは不明。

〔注〕○背暗投明……劣った者からすぐれた者、悪から正義の方に轉身する。元刊本「氣英布」第二折【梁州】「不由我實丕不興劉滅楚、却這般笑吟吟背暗投明（やむなくまことに劉氏を興し楚を滅ぼそうと、かように喜び勇んで暗きを捨てて明るきに身を投じたものを）」など。○眞棟梁……まことの國家の柱石。『三國志平話』巻上「漢室傾危不可當。黄巾反亂遍東方。不因賊子胡行事、合顯擎天眞棟梁（漢王朝傾き手の施しようもなく、黄巾の反亂東方に滿ちる。賊がたわけた振る舞いすればこそ、天を支えるまことの柱石世に出でた）」。○隄防……用心する。心配する。『董西廂』巻五【尾】「還二更左右不來到。您且聽着。隄防墻上杏花搖（もし二更の頃にもお越しがなくば、まずは耳そばだてて塀の上なる杏の花が搖れるのにご用心あれ）」。○砌壘……積み上げること。湯式【賽鴻秋北】套【笑和尚北】「再將楚陽臺砌壘的牢。重蓋一座祆神廟。磚甃了桃源道（今一度楚の陽臺をしっかと積み上げ、今一度祆神廟を築き直し、桃源の道を舗装しよう）」。ここでは手柄を積むことと、例えば『西廂記』（弘治本）巻二第四折で張生が紅娘に「計將安出。小生當築壇拜將（はかりごとやいかに。それがし壇を築いて將と仰がせていただきますぞ）」とあるように、韓信の故事に基づいて、壇または臺を築いて將軍に任命することに由來する「築（または登）壇（または臺）拜將」という成語表現をかけて用いたものであろう。○元戎將・頭廳相……「元戎」は『毛詩』「小雅」の「六月」に「元戎十乘」と

あるように、元來は大型戰車のことだが、轉じて司令官を意味するようになった。「頭廳相」は宰相のこと。唐の尙顏の「將欲再遊荆渚留辭岐下司徒」詩に「今朝回去精神別、爲得頭廳宰相詩（今日歸り行く氣分は格別、宰相樣の詩をいただきましたゆえ）」と見える。この二語を對で使う例は、「東窗事犯」（元刊本）第一折【油葫蘆】の「楊戩是个幫閒攢懶元戎將。蔡京是个傳書獻簡頭廳相（楊戩は太鼓持ちの總司令官、蔡京は文使いの宰相殿）」など多數ある。○羅惹……よからぬことを引き起こすこと。本劇第三折【駐馬聽】に「剗地信別人閑議論。將俺胡羅惹沒淹潤」と見える。そのほか「謝天香」（古名家本）第二折【梁州】に「這爹爹記恨無輕放。怎當那橫枝羅惹、不許隄防（この殿樣は恨みをこころに刻んで簡單には許してくれず、いわれもなくよからぬことをひきおこして、防ぎようもない）」などの例がある。

〔譯〕陛下、思えばむかし、（尉遲恭は）「暗きに背き明るきに投ず」とばかりに大唐に歸服せしものを、國家の屋臺骨たるはずのものに對して、なにゆえ警戒なされます。武將が壇を築いて大將軍となり、文官が必死に頑張って宰相となるまでには、どれほどのものが死に、傷ついていったことか。今日太平おとずれ、誰しもが褒美望んでいるところに、突然いわれもなき罪に問われて刑場にて首はねられようとは。

【天下樂】誰似俺出氣力功臣不氣長。想當時、反在晉陽。若不是唐元帥少年有紀岡（綱）。義伏了徐茂公、禮設（說）了褚遂良。智降了蘇定方。

〔校〕○禮設了……徐本は「禮懾了」、寧本は「禮說了」に改める。

〔注〕○氣力……精神・肉體兩面の力をあわせていう。「東窗事犯」（元刊本）第三折【絡絲娘】「臣捨性命出氣力請粗糧

將邊庭鎭守（それがしは命をかけ、力盡くし、粗末な食料をいただいて國境を守ったものを）」、「趙氏孤兒」（元刊本）楔子【賞花時】「把俺雲陽中斬首。兀的是出氣力下場頭（刑場にてわれらの首をはねる、これぞ力盡くしたなれのはて）」など、「出氣力」がむだであったとするのは元曲の類型表現。○不氣長……なさけない。「老生兒」（元刊本）第三折【調笑令】「昝(喒)一雙。老孤椿(樁)。爲沒兒孫不氣長（われら二人の老いぼれは、子孫なきゆえなさけない）」、「看錢奴」（元刊本）第三折【後庭花】「他見有鈔的都心順、子俺這無錢的不氣長（奴は金持ちを見れば言いなり、わしら金のない者ばかりは情けないものじゃ）」など用例は多數。○晉陽……今の山西省太原。『舊唐書』卷五十七「劉文靜傳」に「隋末、爲晉陽令」とあるように、劉文靜は當時晉陽の長官で、太原留守であった李淵の擧兵に當初から參畫した。○唐元帥……太宗李世民は演劇の世界では通常この名で呼ばれる。「單鞭奪槊」（古名家本）楔子「(末同茂公引卒子上。末）某姓李、名世民、見爲大唐元帥（(正）末、徐茂公とともに兵士をつれて登場）それがし姓は李、名は世民、いま大唐元帥の職にあります）」。○紀綱……ここでは謀略の意味。「單鞭奪槊」（古名家本）第一折【那吒令】「這漢他有紀綱、知成敗。怎有他這般樣人材（この男は謀略もあり、興亡のこともわきまえ、かような人材またとおらぬ）」。○徐茂公……唐の功臣李勣のこと。『舊唐書』卷六十七「李勣傳」に「李勣、曹州離狐人也。…本姓徐氏、名世勣」とあるように、元來の名は徐世勣であったが、唐王朝の李姓を賜って李世勣となり、更に太宗李世民の諱を避けて李勣と名を改めた。字は懋功だが、白話文學の世界では徐茂公もしくは徐茂功の名で知られ、李世民の軍師役として活躍し、史實よりはるかに年長の中年の人物としてイメージされる。元來群雄の一人李密の配下であり、李密が唐に降った時、その領土を統括していたが、李密の許可を得てはじめて降伏し、後に李密が滅びるとその葬儀を行った。後の『大唐秦王詞話』第十七回では、この折李密の首を哭しながら命を助けられた魏徵が、徐茂功を說いて唐に降らせることになっており、更に『說唐』では哭禮を行ったのは魏徵と徐茂功で、李淵の命により捕らえられるが、李世民に救われ、李密の葬儀を行うことを條件に降伏することになっている。「義伏」という言い方からは、『說唐』に類似した物語があったものと推定される。○褚遂良……唐の太宗・高宗に仕えた重臣。書家として名高い。重臣褚亮の子。『舊唐書』巻八十「褚遂良傳」に「大業末、隨父在隴右、薛擧僭號、署爲通事舍人。擧敗歸國、授秦州都督府鎧曹參軍」とあるように、彼が唐の臣下になるにあたって特に知られた逸話があるというわけではない。原文「禮設」では意味を取りにくい。徐本は「禮懾（禮により恐れさせる）」とするがやはり不自然。ここでは字形の類似から考えて、寧本の「禮說」に從って譯す。○蘇定方……唐の武將。『舊唐書』巻八十三に傳がある。その記述によれば、はじめ群雄竇建德、ついで劉黑闥の配下に入ったが、劉黑闥が滅んでからは故郷に歸り、唐王朝が確立した後にその軍に入り、異民族征討に大功を立てたことになっている。しかし白話文學の世界では、蘇定方は劉黑闥の部將として、隋唐物語の主人公の一人羅成を罠にはめて射殺する敵役である。『大唐秦王詞話』第五十二回では、劉黑闥滅亡後も降ろうとしないが、その武勇を惜しんだ李世民が蘇定方の母を人質にとって降參させ、配下に加えるということになっている。「智降」というのは、おそらく元代にはすでにこうした物語があったことを示唆するものであろう。

〔譯〕我ら力出しつくした功臣ほど情ないものはない。思えばそのむかし晉陽で反旗を翻した折、唐元帥さまが年若き身で謀略に長けておられなければ、どうして義により徐茂公を降伏させ、禮を盡くして褚遂良を說得し、知恵を使って蘇定方を投降させることができたであろう。

【醉扶歸】當日都是那不主事肖（蕭）丞相。更合着那沒政事漢高皇。把韓元帥葫蘆蹄斬在未央。今日个人都講。若有擧鼎拔山的霸王。吱漢高呵你怎敢正眼兒把韓侯望。

〔校〕○肖丞相……各本とも「蕭丞相」に改める。

〔注〕○不主事肖丞相……「肖丞相」は蕭何のこと。「主事」は政務をつかさどること。『孟子』「萬章上」「使之主事而事治、百姓安之（政務をつかさどらせれば政務はうまく運び、民は安心する）」。ここでは漢の高祖の功臣に対する無道を謗ることにより、遠回しに唐の高祖を批判しているのであろう。韓信は尉遲敬徳を暗示するものと思われる。○更合着……さらに。その上。「秋胡戯妻」（元曲選本）第二折【呆古朶】「早則俺那婆娘家無依倚。更合着這子母每無笆壁（私たち女どもは寄る邊なき身となる上に、しかもこの母子も頼るものがない）」。○葫蘆蹄……「葫蘆提」「葫蘆題」「胡蘆提」「胡蘆蹄」などさまざまな表記がある。でたらめ。いいかげん。『董西廂』巻一【哨遍纏令尾】「一夜葫蘆提鬧到曉（一晩中いい加減に朝まで騒ぎ通した）」など用例は多数。○斬在未央……『史記』巻九十二「淮陰侯列傳」には「呂后使武士縛信、斬之長樂鍾室（呂后は武士に命じて韓信を縛らせ、長樂宮の鍾室で斬った）」とあるが、元曲では韓信は未央宮で斬殺されたことになっている。陳草庵【山坡羊】「嘆蕭何。反調唆。未央宮罹惹韓侯過。千古史書難改抹（嘆ずべきは蕭何の、逆にそそのかしておいて、未央宮にて韓信をわなにかけたこと、とこしえに史書より消しがたし）」。藝能の世界で未央宮とされていたことは、『前漢書平話續集』巻上に「武士押信至未央宮下、建法場（武士は韓信を未央宮の下まで護送して、刑場を用意します）」とあることからわかる。○擧鼎拔山……「擧鼎」は『史記』巻七「項羽本紀」に「力能扛鼎」とあること、「拔山」は言うまでもなく「垓下歌」の「力拔山兮氣蓋世」に基づくが、元曲ではしばしば項羽の武勇の形容としてこの語が使用される。「追韓信」（元刊本）第三折【二煞】「恁時節暗嗚叱咤難開口、便擧鼎拔山怎脱身（その時は大喝せんとすれど口を開きがたく、鼎を擧げ山を抜く力があろうといかでか逃れ得よう）」。○正眼兒……後に「見る」という意味の動詞を伴って正視することをあらわす。「哭存孝」（内府本）第二折李存孝云「殺王彥章不敢正眼視之（王彥章を打ち破ってこちらを正視できなくしてやりました）」など。

〔譯〕そのむかしかの政務に精出さぬ丞相蕭何と、更に加えて政治に身を入れぬ漢高祖とのせいで、元帥韓信はうやむやのうちに未央宮にて斬られてしまいました。今ではみなが申しておりますぞ。もし鼎を持ち上げ山を抜く霸王項羽がいたならば、オイ漢の高祖よ、お前は韓信の顔をまともに見ることができただろうかと。

【后庭花】陛下則將這美良川里冤恨想。却把那榆窠園里英雄忘。更做道世事紜(雲)千變、敬德呵則消得功名紙半張。陛下試參詳。更做道貴人多忘。咱數年間有倚仗。

〔校〕○紜……各本とも「雲」に改める。

〔注〕○世事雲千變……世間は移り變わりが激しい。『中州集』巻三に收める王庭筠の「書西齋壁」詩に「世事雲千變、浮生夢一場。偶然攜柱杖、來此據胡床（世事は雲の如く果てしなく變化し、浮き世は一場の夢の如し。ふと杖を持って、ここに來て椅子にもたれる）」とあり、また元の曹伯啓の「悼幼子」詩（『曹文貞公詩集』巻三）にも「世事雲千變、人生夢一場」、同じく元の王旭の「至元十三年寄平陰縣段郁文」（『蘭軒集』巻一）にも「別來不可說、世事雲千變」とある。當時よく用いられる類型表現であったらしい。元曲においては、「西蜀夢」（元刊本）第二折【牧羊關】「世事雲千變、浮生夢一場」、鄧玉賓【鴈兒落過得勝令】「閑適」「浮生夢一場、世事雲千變」など例が多い。○功名紙半張……打ち立てた功名も紙ぺら半分ほどの値打ちしかない。楊萬里「燈下讀山谷詩」詩（『誠齋集』巻七）「百年人物今安在、千載功名紙半張（百年この方のすぐれた人物も今はいずこ、千年に殘る手柄も紙ぴら半分）」と見えるのが早い例。あるいはこの詩が典故となったのかもしれない。「東窗事犯」（元刊本）第一折【天下樂】「戰沙揚（場）幾个死、破敵軍幾處傷。兀的是功名紙半張（戰場に戰い幾度死にかけ、敵軍を破って幾つ傷を負ったことか。これぞ手柄も紙ぴら半分

と申すもの）」、「西蜀夢」（元刊本）第二折【收尾】「不能勾侵天松柏長三丈。則落的蓋世功名紙半張（墓に天を衝く松柏のびること三丈というわけにもいかず、蓋世の手柄も紙ぴら半分となりはてた）」など用例多數。○更做道……「便做道」に同じ。たとえ〜であろうと。『董西廂』卷四【攪箏琶】「官人每更做擔饒你、須監收得你幾夜（お役人さまがたはたとえ許してくれようと、あなたも幾晩かはぶち込まれずにはすまないでしょう）」。「調風月」（元刊本）第三折【么篇】「更做道能行怎離得影（たとえ動くことはできようとどうして影を離れられよう）」など。○消得……ここではつりあうといった意味。柳永【惜春郎】詞「潘妃寶釧、阿嬌金屋。應也消得（潘妃の腕輪、阿嬌の金の家もふさわしい）」など。○貴人多忘……貴人は物忘れ多し。通常は出世した相手を皮肉る文句として用いられる。『唐摭言』卷二「恚恨」「王泠然與御史高昌宇書曰…儻也貴人多忘、國士難期（王泠然が御史高昌宇に送った手紙に言う…貴人は物忘れ多く、國士の出現は豫期しがたいとは申しましても云々）」。宋代には楊萬里が好んでこの諺を引いている。「魔合羅」（元刊本）第三折【浪來里】「哎張鼎你大古里貴人多忘（やれ張鼎よ、お前は全く貴人は物忘れ多しというやつじゃな）」など用例多數。○倚仗……賴る。『劉知遠諸宮調』卷三【賀新郎】「你言語也不中倚仗（おぬしの言葉とてあてにはならぬ）」。『董西廂』卷二【甘草子】「倚仗着他家有手策。欲反唐朝世界（自分の腕を賴りとして、唐朝の天下に背こうとする）」ほか。

〔譯〕陛下におかれては美良川での恨みにばかり思いを致され、榆窠園での英雄ぶりをお忘れじゃ。たとえ世事は雲の如くに千變萬化とは申せ、敬德よ、おまえの功名が紙ぺら半分ほどの値打ちしかないとは。陛下、考えてもご覧下さいませ。たとえ「貴人は物忘れ多し」とは申せ、われらはここ何年か賴りにしてまいりました。

【金盞兒】那敬德自歸了唐。到咱行。把六十四處烟塵蕩。殺得敵軍膽喪△馬到處不能當。苦相持一萬陣、惡戰《□》九千場。全憑着竹節鞭、生併了些草頭王。

〔校〕○苦相持・惡戰……この部分は一句五字からなる對句のはずである。徐本は本劇第二折【一枝花】の「雄糾糾的陣面上相持、惡噾噾的沙場上戰討」と【隔尾】の「經到四五千場惡戰討」を根據に「惡戰討」に改め、寧本は「惡戰鬪」とするが、いずれも決定的な根據に缺け、確かなことはいえない。

〔注〕○行……「〜行」で「〜に」「〜で」。助詞にあたる機能を持つ。異民族の言語から中國語に流入したものといわれる。○六十四處……隋末には十八人の年號を稱する、つまり帝王を自稱する群雄と、六十四箇所の反亂者が出現したとされる。本劇第三折【沈醉東風】「滅了六十四處煙塵（六十四箇所の謀反人を滅ぼした）」。「單鞭奪槊」（古名家本）第二折【尾聲】「收六十四處干戈一掃休。十八般征塵直交一鼓收（六十四箇所のいくさをひとなぎに始末し、十八箇所の戰いも一度に鎭めてくれよう）」。具體的な名前については、『大唐秦王詞話』第一回に「十八處」についてはすべて、「六十四處」については主な者が列擧されている。○竹節鞭……尉遲敬德の武器。普通の鞭ではなく、鞭の形狀をかたどった武器である。『大唐秦王詞話』第二十二・二十三回にこの武器の由來に關する物語が記されている。尉遲敬德が立身のため劉武周のもとに向かう途中、宿泊した家で鐵妖を鎭め、それを六丁神が鍛えて二振りの竹節鞭とその他武器一式にした。六丁神から鞭法を傳授された尉遲敬德は、妻のもとに鞭のうち一つを置き、息子が生まれた時の證據とするよう命じる。從って、通常の「雙鞭」とは異なり、尉遲敬德の鞭は「單鞭」である。同樣の設定は元雜劇にも認められ、例えば敬德と息子の寶林の再會を扱った「小尉遲」でも鞭が證據の品となる。同劇內府本の穿關（衣裝の詳細を記したもの）にも、尉遲敬德の所持品として竹節鞭が見える。○生併……「併」は思い切ってやること、轉じて戰うこと、殺すこと。「單刀會」（元刊本）第一折【點絳唇】「當日五處鎗刀。併了董卓誅了袁紹」（そのかみ五人が兵を

あげましたが、そのうち董卓を殺し袁紹を誅殺いたしました）」。「生」はむざと。「生併」で殘酷に激しく戦うことであろう。「東窗事犯」（元刊本）第一折【天下樂】「到如今宋室江山都屬四國王。生併的國破城荒（今では宋王朝の天下はみな金兀朮のもの。むごい戰に町々も荒れ果てた）」、及び同じく第一折【賺煞】「生併的南伏(服)北降。出氣力西除東蕩（戰って南北を降し、頑張って東西を平定した）」。ここでは激しく戰って滅ぼしたということであろう。○草頭王……賊の首領、また僭主。「氣英布」（元曲選本）第二折隨何云「却要去做草頭大王、好沒志氣也（なんとまぁ山賊になろうだなんて情けない）」。僭主のことをさす例としては、『水滸傳』（容與堂本）第九十七回に「幫源洞中、活捉草頭天子（幫源洞の中にて、草頭天子を生け捕りに）」と方臘のことをいう事例がある。

〔譯〕かの尉遲敬德が唐朝に歸順し、われらのもとにまいってより、六十四の群雄を平らげ、敵軍の心膽を寒からしめ、向かうところ敵なく、はげしく合戰すること一萬陣、つらい戰い九千回。すべて竹節鞭ひとつを頼りに、僭主どもを滅ぼしてしまったのです。

【賞花時】元帥不合短箭輕弓觀它洛陽。怎想闊劍長槍埋在淺崗。映着秋草半蒼黃。初間那唐元帥怎想。腦背後不低(隄)防。

〔校〕○闊劍……鄭本は「濶劍」とする。○低防……鄭本は「隄防」、徐本は「堤防」、寧本は「提防」に改める。

〔注〕○不合……不屆きにも。法律文書などによく用いられる。『元典章』「刑部」卷十一「遇格免徵倍贓」「朱聰招伏、不合於大德二年九月二十四日、糾合鄧宥、一同偸盗陳成中樣黃牛母一隻宰殺…（朱聰が供述するには、「不屆きにも大德二年九月二十四日、鄧宥と語らって陳成の中ぐらいの雌黃牛一頭を盗んで屠殺し…」）」。○短箭輕弓……輕い武裝の

さま。「拜月亭」（元刊本）第四折【駐馬聽】「我貪着个輕弓短箭。粗豪勇猛惡因縁（私が相手にするのは弓矢を持ち、粗暴勇猛な惡因縁）」。また「薛仁貴」（元曲選本）第一折薛仁貴云「我則今日私離了邊庭、帶領數十騎輕弓短箭、善馬熟人、回家探望父母走一遭去（本日こっそり邊境を離れ、輕裝にて數十騎、おとなしい馬に乘った親しい者を伴い、父母を見舞いにまいるとしよう）」、『三國志平話』卷下に「關公輕弓短箭、善馬熟人、攜劍、無五十餘人、南赴魯肅寨（關公は輕裝にて、おとなしい馬に乘った親しい者をつれ、劍を持ち、五十あまりにも滿たぬ人數で、南なる魯肅の陣營に赴いた）」とあり、「輕弓短箭、善馬熟人」が定型表現化していたことがわかる。○洛陽……白話文學の世界では、楡窠園は洛陽の郊外にあることになっていた。『大唐秦王詞話』第三十六回の楡窠園のくだりに「秦王…登魏宣武陵遍圍觀看（秦王は…北魏の宣武帝の陵（洛陽郊外にある）に登って周圍を見回した）」とあり、また「單鞭奪槊」（古名家本）第二折單雄信云「今有唐元帥無禮、領兵前來偸觀俺洛陽城、更待干罷（唐元帥めがけしからぬことに、兵を率いて我らの洛陽城をこっそり見に來おった。このままには捨て置けぬ）」とある通りである。○闊劍長槍……幅廣の劍と長い槍（日本の槍とは異なり、ほこなどの長い武器の總稱）。元好問「俳體雪香亭雜詠」十八首之一「六經管得書生下、闊劍長槍不信渠（經書は書生をしばることができようが、劍と槍とはどうにもならぬ）」。「單刀會」（元刊本）第三折【柳青娘】「按（暗）藏着闊劍長槍（こっそりと劍と槍持つ武裝兵を隱している）」など。○映着……「映」は前にあるものが後のものを隱すこと。また、前のものの間から後のものが見え隱れすること。二音節化すると「掩映」となる。杜甫「蜀相」詩「映階碧草自春色、隔葉黃鸝空好音（階段をおおう綠の草は勝手に春の色を萌え立たせ、葉の向こうの黃色いうぐいすが好い聲で鳴くのもあだなこと）」。「梧桐雨」（古名家本）第四折【雙鴛鴦】「渾一似出浴的舊風標。暎（映の異體字）着雲屏一半兒嬌（風呂上がりの昔の姿そのままに、屏風の陰に半ば隱れて色氣あるさま）」など。○蒼黃……秋草の色。元の許謙「馮公嶺」詩（『白雲集』卷一）「寒松荒草間蒼黃、照眼崢嶸三十里（寒々とした松と枯れ草は蒼黄の色をいりまじらせ、眼にうつるは高くそびえる三十里の山)」。○初間……初め。『董西廂』巻三【木魚兒】「初間典郡城、一方賊盗沒（はじめに郡の長官となるや、その地から盗賊は消え)」。○腦背後不隄防……「不隄防」は突然、思いがけず。ここでは突然の事件というところ。背後に突然の危險が迫る。曾瑞卿【鬪鵪鶉】套「風情」【尾】「貪顧戀眼前甜。不提防背後閃（目の前の甘いえさに執着しているうちに、突然後ろから棄てられてしまった)」。

〔譯〕元帥様はあるまじきことに輕弓・短矢ばかりを身につけて洛陽を見に行かれました。あに圖らんや、大刀・長槍が低い岡に潛み、半ば黄色く色づいた秋草のかげに見え隠れしていようとは。はじめは唐元帥様は背後から突然危險が迫るなどとは思ってもみられませんでした。

【ム】呀則見那骨剌ヌ(剌)征旗遮了太陽。赤力ヌ(力)征鼙振動上蒼。那單雄信恁高強。它猛觀了敵軍勢況。忙撥轉些(紫)絲繮。

〔校〕○呀……鄭・徐本は「呵」とする。鄭本は覆本に基づくものであろう。「呵」に近い字形だが、「呀」に間違いないものと思われる。○些……各本とも「紫」に改める。

〔注〕○骨剌剌……「古剌剌」「忽剌剌」「忽喇喇」とも表記する。旗が風にはためく様。「氣英布」(元刊本)第四折【刮地風】「火火古剌剌兩面旗舒（はたはたと二つの旗がのび)」。○赤力力……ものがひらひらすることを形容する語として用いられることが多いが、『西廂記』(弘治本)巻二第一折【一】に「脚踏得赤力力地軸搖，手扳得忽剌剌天關撼（足で踏ん張ればぐらぐらと地軸が搖れ、手で引けばゆらゆらと天の星もゆらぐ)」とあるように、ものが搖れたり崩れたりする様をあらわす擬態語もしくは擬音語としても用いられる。ここでは後者であろう。○撥轉……めぐらす。「薛仁

貴」（元曲選本）第一折張士貴云「驚的我這魂不在頭上、就撥轉馬頭、一轡兜跑了（びっくり仰天、魂も身に沿わず、馬首をめぐらせ、雲を霞と逃げてきた）」など。○紫絲繮……紫の手綱。『樂府詩集』巻四十九「淸商曲辭六」の「靑驄白馬」に「靑驄白馬紫絲韁（あおうまと白馬に紫の手綱）」とあり、以後多く用いられる。

〔譯〕やっ、見ればはたはたと風になびく戰旗は太陽を覆い、ドンドンと鳴り響く陣太鼓は天をも震わす。かの單雄信はまことに強い奴。秦王は敵軍の様子をハッと見てとるや、紫のたづなを引いて馬の向きを變えられました。

【勝葫蘆】打得疋不剌く（剌）征駹走電光。藉不得衆兒郎。過澗沿坡尋路荒（慌）。過了些亂烘く（烘）的荊棘、密稠く（稠）楡柳、齊臻ヌ（臻）長成行。

〔校〕○藉不得……徐本は「借不得」に改める（力を借りることができないと解釋したものか）。寧本は「籍不得」とするが、おそらく誤植であろう。○荒……各本とも「慌」に改める。

〔注〕○不剌剌……馬の勢いよく驅けるさま。「撲剌剌」とも表記する。本劇第二折【梁州】「這些時但做夢早和敵軍對壘、才合眼早不剌剌地戰馬相交（この頃では夢を見さえすればはや敵軍と向かい合い、目を閉じさえすればはやパカパカと戰馬がかけちがう）」、第四折【伴讀書】「不剌剌征駹似紗燈般轉（パカパカと戰馬は走馬燈の如くに驅けめぐる）」、「范張雞黍」（元刊本）第三折【逍遙樂】「打的這匹馬不剌剌的風團兒馳驟（この馬に鞭打ってパカパカと風の如くに驅けらせる）」など。○兒郎……兵士。李翶が書いた韓愈の行狀に、韓愈が反亂軍の兵士に對して「兒郎等且無語聽愈言（兵士諸君、まずは靜かに私の言うことを聞いてくれたまえ）」と呼びかけるくだりがある。陸游「涼州行」（『劍南詩稿』巻二十九）「敕中墨色未乾。君王心念兒郎寒（上着を配布する）敕書の墨はまだ乾かず、我が君は兵士らの寒

さを思いやっておられる）」、『劉知遠諸宮調』巻十二【蘇幕遮】「五百兒郎、盡索遭摧折（五百の兵ことごとく打ち破られた）」、『董西廂』巻三【吳音子】「五百來兒郎、一箇箇刁厥（五百ほどの兵はことごとく猛々しい）」ほか。○藉不得……顧みていられない。元好問「續小娘歌」十首之二「萬落千村藉不得、城池留着護官軍（あまたの村を構ってはおられず、町に守備の官軍を殘すばかり）」、「趙氏孤兒」（元刊本）第四折【鬪鵪鶉】「這个更藉不得兒孫、這个更救不得父母（こちらは子孫をかまっていられない、こちらは父母を救うこともできない）」。「兵士たちを構っておられず見捨てて逃げる」「兵士たちに頼るひまもない」という二通りの解釋が可能だが、ここでは前者に譯しておく。○過澗沿坡……『大唐秦王詞話』第三十六回に李世民が追いつめられた狀況を「又被峻嶺山溪擋住人（またしても險しい山と谷川にさえぎられました）」とうたい、「一邊是高山峻嶺、一邊又是闊溪澗（一方は高い山、一方は幅廣い谷川）」と說明するのはここでいう狀況に近く、すでに話のパターンが定まっていたことを思わせる。○密稠稠楡柳……『大唐秦王詞話』第三十七回に「怎麼爲楡窠園、一林都是楡樹、所以爲名。秦王一騎馬跑入樹林內躱避（なぜ楡窠園というかと申しますと、林がすべて楡の木からなっているのでこの名が付いたのです。秦王はただ一騎で林の中に驅け込んで隱れました）」とあるのに一致する。○齊臻臻……きちんと竝んでいる樣。多く兵卒・臣下・軍隊などが居竝ぶさまを形容する。「趙氏孤兒」（元刊本）第三折【新水令】「齊臻臻擺着士卒、明晃晃列着鎗刀（ずらりと兵士を竝べ、きらきらと刀槍を列ねる）」など。ここでは木が竝ぶ樣。

〔譯〕戰馬を鞭打ってパカパカと電光の如くに驅けらせ、味方の兵どもを構っている餘裕もあらばこそ、谷川を越え坂に沿って道を探して大慌て。亂れ茂るいばら、密に竝ぶ楡柳の木がずらりと長く列を作るところを驅けすぎる。

【ㄙ】是他氣撲ヌ(撲)荒(慌)攢入里面藏。眼見的一身亡。將弓箭忙拈胡底(抵)當。呀く(呀)寶雕弓拽滿、味

く(味)些二(紫)金鈋連發、火く(火)都閃在兩邊相(廂)。

〔校〕○攢……鄭本は「鑽」に改める。○底當……各本とも「抵當」に改める。○呀く……徐本は「呀呀呀」に改める。○味く……徐本は「味味味」に改める。○些二……各本とも「紫」に改める。○火く……徐本は「火火火」に改める。○相……各本とも「廂」に改める。

〔注〕○是……「雖」に同じ。「博望燒屯」（元刊本）第一折【金盞兒】「這个是義子有心機。這个須降將顯忠直（こちらは養子とはいえ思慮があり、こちらは降將とはいえ忠義を示す）」とあるように、やはり「雖」の意味である「須」と對になり、同じ意味で用いられている（『詩詞曲語辭匯釋』「是(一)」）。○氣撲撲……憤るさま、興奮するさまを形容する語。「氣丕丕」「氣勃勃」などとも表記する。『董西廂』卷一【繡帶兒尾】「氣撲撲走得掇肩的喘（プンプンと驅けつけて肩で息する）」、「忍字記」（息機子本）第四折【么篇】「我這裡便忍不住、氣撲撲向前去將他扯攞（わしの方では我慢なりかね、プンプンと進み出て奴をひっつかまえる）」。ただしここでは追いつめられている狀態なので、怒りが主になってはおかしい。興奮して息を切らせる樣子か。○攢……「鑽」に同じ。錐などで穴を明ける、またそのようにして何かの中に入り込むこと。「看錢奴」（元刊本）第二折【滾繡毬】「做娘的剜心似痛殺《殺》刀攢腹（母たる身は心臟えぐられる如くずきずきと刀で腹を突かれるよう）」ほか。○眼見的……必ずや〜となろう。「みすみす」というニュアンスを帶びる。「遇上皇」（元刊本）第一折【遊四門】「下目(目下)申文書難回向。眼見的一身亡（いま文書を屆けて返事を屆けることが難しければ、必ずやむざむざ命を落とすことになろう）」。○將弓箭忙撚胡底(抵)當……『大唐秦王詞話』第三十六回に李世民が敵將燕義を射殺することが見える。「罡鞭奪槊」（古名家本）第三折では、正末（唐元帥）が「我手中有弓可無箭。兀那單雄信、你知我擅能神射（手にはあれども矢がない。おい單雄信、わしが弓術に長けている

ことは知っておろう）」と言うが單雄信に見透かされてしまうことになっている。○紫金鈚……赤銅の鏃の矢。「鈚」は幅廣で薄い鏃を付けた矢のこと。この部分は類型化した表現らしく、「飛刀對箭」（內府本）第三折高麗将の白にも、「白袍将搭上紫金鈚（白衣の将は赤銅の鏃の矢をつがえ）」というのを受けて、正末が「白袍将見箭不中、味味味連射三枝神箭（白衣の将は矢あたらずと見て取るや、ヒュンヒュンヒュンと立て續けに三筋の矢を放つ）」という場面がある。○火火……ひらひら。通常は旗が風に搖れる擬音。「氣英布」（元刊本）第四折【刮地風】「火火火古剌剌兩面旗舒」（本折【么】の注參照）。ここでは矢が落ちる音であろう。

〔譯〕（秦王は）息を切らして楡柳の林に身を隱したものの、命は風前の燈。弓矢を手にとり、むやみに抵抗しようとする。ヤヤッ、象眼施した弓をいっぱいに引いて、シュッシュッと矢を續けざまに射れば、パッパッと兩側に矢を拂い落とす。

【金盞兒】元帥却是那些兒荒（慌）。那些忙。［帶云］忙不忙、元帥也記得。［唱］把一領錦征袍扯裸得沒頭當。單雄信先地趕上△手撚着六沈槍。く（槍）尖兒看く（看）地着脊背、ヌ（着脊背）透過胸堂（膛）。那時若不是胡敬德、陛下聖鑑誰答（搭）救小秦王。

〔校〕○荒……各本とも「慌」に改める。○六……各本とも「綠」に改める。○ヌ……各本とも「着脊背」とする。○答救……各本とも「搭救」に改める。

〔注〕○那些兒……「どれほど〜か」。感嘆の口調を示す。『董西廂』巻一【墻頭花】「雖爲箇侍婢、擧止皆奇妙。那些兒鶻鴒那些兒掉（女中とは申せ、ふるまいはみな見事。げにも賢げに、げにも美しい）」。○［帶云］［唱］……「帶」

はうたの間に插入される入れぜりふのこと。これらのト書き、特に前者が明記されていることは元刊本では珍しい。○～不～……「～するのしないのって」。強調。○扯裸……徐校は「裸疑當作攞（「裸」は「攞」とすべきではないかと思われる）」と述べる。「攞袖揎拳」は元曲において頻用される言葉であるが、「東堂老」（内府本）第四折【沈醉東風】に「你那裡裸袖揎拳無事哏（お前の方では腕まくりし拳をあげてわけもなく猛々しいさま）」など「裸袖」にする例も多く、明代になると『三國志演義』（嘉靖本）「司馬師廢主立君」に「玄揎拳裸袖、徑擊司馬師（夏侯玄は拳をあげ腕まくりすると、まっしぐらに司馬師めがけて毆りかかりました）」とあるように、「裸袖」がむしろ一般的になり、「裸臂」「裸手」などのバリエーションも生じる。おそらく腕をまくる＝腕をむき出しにするという連想から、この表記が一般化したものであろう。ここは「裸」とする早い事例ということになるかもしれない。ここで述べられているのは、おそらく李世民を追う單雄信を徐茂公（功）が追って、昔義兄弟の契りを結んだことに免じて見逃してくれと袖をつかんで頼んだのに対し、單雄信が袖を切り離し、徐茂公との義を斷つという、「單雄信割袍斷義」として知られる有名な場面であろう。「單鞭奪槊」（古名家本）第三折「［茂公踹馬慌上］兀的不是元帥。［做揪雄信科］［茂］將軍且暫住一住。…［雄］徐茂公、你放手。往日咱兩个是朋友、今日各覇其主也。［茂］將軍、看俺舊交之情咱。［雄］你兩次三番則管里扯住。罷。我拔出劍來。你見么。我割袍斷義（［徐茂公馬に乘りあわてて登場］元帥樣ではないか。［單雄信を引き留めるしぐさ］［徐茂公］將軍、しばしお待ちを。…［單雄信］徐茂公、放せ。昔は我らは友であったが、今はそれぞれ主人を王者たらしめんとしておるのじゃ。［徐茂公］將軍、昔のよしみを思ってくだされ。［單雄信］何度もむやみに引き留めおる。ええいままよ。劍を拔くとしよう。見よ、上着を斬って義を斷ったぞ）」。『大唐秦王詞話』第三十七回などにも同樣の場面がある。○沒頭當……つかみどころがないこと。『朱子語類』卷六十七「易三」「莊子說話雖無頭當、然極精巧、說得到（莊子の言葉はつかみどころがないが、しかし非常によくできておって、うまく言っている）」。

○六沈槍……元來は杜甫の「重過何氏」詩五首之四に「雨抛金鎖甲、苔臥綠沈槍（雨の中に金の鎖のよろいは投げ捨てられ、苔の中に濃い綠色の槍が横たわる）」と見えるのに基づくが、「單刀會」（脈望館抄本）第三折における關平の白に、「五方旗、六沈槍、遮天映日。七稍弓、八楞棒、打碎天靈（五方の旗と六沈の槍は天と日を覆い隱さんばかり。七稍の弓と八楞棒は、腦天を打ち碎く）」と數え歌の一環として用いられ、「老君堂」（內府本）第三折の李靖の白でも六づくしの中で「六沈槍」が見える點からして、白話文學の世界では「六沈槍」という表記が定着していたようである。

○胡敬德……尉遲敬德のこと。楊舜臣の【點絳唇】「慢馬」に「美良澗怎敵胡敬德。虎牢關難戰莽張飛（美良澗にて胡敬德の相手になれようはずもなく、虎牢關にて猛き張飛とは戰いがたい）」とあり、『大唐秦王詞話』第二十三回の回目が目錄では（本文は異なる）「六丁神暗傳戰策　胡敬德明奪先鋒」であるなど、白話文學の世界では廣く見られる言い方であるが、正統的な文獻には例がない。彼の出身地が朔州善陽（山西省朔縣）という胡地であるからだともいうが、あるいは「尉遲」が、元來は西域の于闐國王の姓であることに由來するのかもしれない。○小秦王……李世民のこと。演劇・藝能では、李世民は常に若者の姿でイメージされるのでこうした呼び名が付いたものであろう。後漢の光武帝を「小漢王」と呼ぶのと同樣のことと思われる。『琵琶記』（陸貽典本）第九出「我好似小秦王三跳澗（まるで小秦王の三人ながらに谷川を飛び越した時のよう）」。

〔譯〕どんなに慌て、どんなに焦られたことか。〔いれぜりふ〕慌てたの慌てないのといったら。元帥さまも覺えておられましょう。〔唱〕（徐茂公が）單雄信の錦の征袍をひっぱって止めても取りつく島なく、單雄信はまず追いつき、手に六沈の槍を握りました。そのきっさきがみるみる背中に屆こうとし、屆いて胸を貫こうとしたそのとき、かの胡敬德がいなければ、陛下、ご明察を。誰が小秦王を救えたでしょうか。

【醉扶歸】索甚把自己千般獎。齊王呵不如交別人道一聲強。若共胡敬德草く(草)的鞭鬪槍。分明立了執結幷文狀。則它家自賣弄伶俐半晌。把一條虎眼鞭直攬頭甫上。

〔校〕なし。

〔注〕○索甚……〜するにはおよばぬ。「陳摶高臥」（元刊本）第二折【隔尾】「放着這高山流水爲澶（檀）信。索甚野草閑花作近鄰（この高山流水が信徒となってくれよう上は、野の草やあだ花のような世間の輩と鄰合うには及ばぬ）」。○草草……いいかげん。「老生兒」（元刊本）第二折【倘秀才】「有錢時待朋友花花草草（金のある時は友達をいい加減に扱って）」。○執結文狀……吏牘語。將來起こりうる問題に對して、當事者が書く保證書を「執結文狀」といい、お上が書く保證書を「結罪文狀」という。○虎眼鞭……尉遲敬德の鞭のことを言うようであるが、一般に鞭をさす言葉かどうかは定かでない。『西遊記』雜劇第五齣「詔餞西行」尉遲恭云「虎眼鞭麾動紫煙。龍鱗劍出倚青天（虎眼鞭ふるえば紫煙動き、龍鱗劍拔けば天にも屆かんばかり）」。○頭直上……この場合の「直」には特に意味はなく、三音節にするためについているにすぎない。

〔譯〕自分を褒めたたえるには及ばぬ。齊王よ、ほかの人から「たいしたもの」といわれるようにしておきなされ。もし敬德といいかげんな氣持で鞭對槍の鬪いするのなら、はっきりと保證書を立てるがよろしかろう。ただ奴がしばし自分のさかしらをひけらかしているうちに、虎眼鞭の直撃を頭にくらうことになろうぞ。

【尾(賺煞)】這廝則除了鐵天靈、銅鈸(脖)項。銅腦袋石鐫就的脊梁。那鞭上常有半紙血糊塗的人腦漿。則那鞭則是鐵頭中取命的閻王。若論高強。鞭着處便不死十分地也帶重傷。也是靑天會對當。故交這尉遲恭磨障。

く（磨障）這弑君殺父的劣心腸。［下］

〔校〕○尾……各本とも「賺煞」に改める。○銅鈸項…各本とも「銅脖項」に改める。

〔注〕○【尾】……句格からいうと【賺煞】。ただし元刊本では、套數の最後の曲は【尾】と呼ぶのが一般的である。

○鐵天靈・銅脖項・銅腦袋・石鐫就的脊梁・鐵頭……『白兎記』（汲古閣本）第四齣「奉請東方五千五百五十五個大金剛、都是銅頭銅腦銅牙銅齒銅將軍、都到廟裏吃福雞嚼福雞、天尊。（內介）道人、不見下降。自古東方不養西方養。奉請西方五千五百五十五箇大金剛、都是鐵頭鐵腦鐵牙鐵齒鐵將軍、都到廟裏吃福雞嚼福雞（お招きいたしまするは東方の五千五百五十五人の大金剛、いずれも銅の頭、銅の腦、銅の牙、銅の齒の銅將軍、みな廟に來て福雞を食べられよ、天尊さま。（樂屋から［このト書きは誤りか］）道人、神様が下りてこられぬ。昔から東方が召し上がらねば西方が召し上がるとやら。お招きいたしまするは西方の五千五百五十五人の大金剛、みな鐵の頭、鐵の腦、鐵の牙、鐵の齒の鐵將軍、みな廟に來て福雞を食べられよ）」。つまり、金剛の描寫ということになる。○半紙……「半指」との同音による誤りであろう。指半分くらい。べっとりと。「紫雲庭」（元刊本）第一折【天下樂】「滿臉兒半指霜（顏中霜がたっぷり）」。

○對當……元來は對應すること。また答えること。『朱子語類』卷四十「若以次對當、於子路對後便問他（順番に答えていくなら、子路の次に彼にたずねるべきだ）」、「㑳梅香」（息機子本）第三折【青山口】「教人難對當（何とも答えがたい）」。轉じて處理するという意味になる。「玉壺春」（息機子本）第二折【牧羊關】「多管是人遭遇、料應來天對當（おそらく人の運命は、天の定めるもの）」。

〔譯〕こやつは鐵の頭・銅の首・銅の腦天・石の背中でできているのでなくてはかなうまい。あの鞭にはいつもべっとりと血と混じり合った腦漿がついておる。あの鞭こそは金剛の鐵の頭からでも命を取るという閻魔大王。武藝の手並みを言うならば、鞭が當たれば、たとえ死なずとも十分に深手を負うだろう。これもきっと天が用意されたものじゃ。ことさらに尉遲恭に、この主君を弑し父を殺す邪惡な心の妨げをなそうとされたのでございましょう。（退場）

《第二折》

［末扮上了］

〔校〕○末扮上了……徐本は「正末扮秦叔寶上了唱」に、寧本は「末扮秦叔寶上」に改める。

〔注〕○末……本折の正末は秦叔寶と思われる。秦叔寶は尉遲敬德と竝稱される勇將。『舊唐書』巻六十八「秦叔寶傳」「秦叔寶名瓊、齊州歷城人。…又從征於美良川、破尉遲敬德、功最居多（秦叔寶、諱は瓊、齊州歷城の人である。…更に美良川の戰いに參加し、尉遲敬德を破って一番手柄を立てた）」。「單鞭奪槊」（古名家本）楔子の尉遲敬德の白に「今因唐元帥領兵前來與我相持、在美良川交鋒。某與唐將秦叔寶交戰百餘合、不分勝敗（唐元帥が軍を率いて攻めてきたゆえ、美良川にて合戰いたしました。それがしは唐將秦叔寶と百合あまり戰いましたが、勝負が付きませぬ）」とあるように、美良川における秦叔寶と尉遲敬德の戰いが隋唐物語のクライマックスとされるのは、すでに述べたとおりである。明代以降に刊行された『隋史遺文』『隋唐演義』『說唐全傳』などの小説は、いずれも秦叔寶を主人公とする。この折の曲文の半ばほどは、明の嘉靖年間、郭勛により編纂され、內府などから刊行された曲選『雍熙樂府』巻九に「叔寶不伏老」と題して收められるものと一致する。そして、後にふれるように本折の曲文は他の部分と整合性を缺く要素を多く含んでおり、元來「三奪槊」の一部として制作されたものかについては大きな疑問がある。他方、『雍熙樂

府』に先行して成立した曲選『盛世新聲』には、『雍熙樂府』にない部分が含まれている。以下『雍熙樂府』は「雍本」、『盛世新聲』は「盛本」として、特に重要なもののみ校勘記に含めることにする。詳しい異同については、後の校勘表を參照されたい。

《南呂》【一枝花】箭空攢白鳳翎、弓閑掛烏龍角。土培損金鎖甲、塵昧了錦征袍。空喂得那疋戰馬咆哮。皮楞簡生疎却。那些兒俺心越焦。我往常雄糾く(糾)的陣面上相持、惡喑く(喑)的沙場上戰討。

〔校〕○皮楞簡……盛本は「擘楞簡」、徐本は雍本に從い「劈楞簡」、寧本は「劈楞鐗」とする。○我往常雄糾く的陣面上相持……この句、雍本は「多不到五七載其高」とする。

〔注〕○金鎖甲……第一折【金盞兒】「六沈槍」注を參照。○皮楞簡……武器。小說では「劈楞鐗」と表記される。鞭に似るが、斷面が四角い。「楞」というのはそれに由來するものか。簡もしくは鐗は武藝十八般の一つに數えられる一般的な武器だが、特に秦叔寶の得物として名高い。『大唐秦王詞話』第二十六回「叔寶閑向書齋靜坐、…壁上掛着一對劈楞簡、猛然咭叮當響亮一聲（秦叔寶が書齋で所在なくすわっておりますと、…壁に掛けてあった一對の劈楞鐗が、突然ガチンと大きな音を立てました）」。○生疎……疎遠。無沙汰。柳永【少年遊】詞「狎興生疎、酒徒蕭索、不似去年時（いちゃいちゃすることともすっかりご無沙汰、酒飲みのこのさびしい思い、去年とは大違い）」。『西廂記』（弘治本）巻五第一折【後庭花】「他怎肯冷落了詩中意、我則怕生疎了絃上手（あの方が詩に込めた思いを捨て置くはずはないけれど、琴の絃をつま彈くことご無沙汰なさることが心配で）」などの用例があり、特に女性や酒と縁遠くなることを言う時に、「冷落」とペアで多く用いられる。○惡喑喑……猛々しいさま。「單刀會」（元刊本）第二折【叨叨令】

「他惡喑く(喑)揎起征袍袖（奴は猛々しくひたたれの袖まくり）」など。

〔譯〕矢に白鳳の羽根集めるも空しきこと、烏龍の角の弓掛けるもあだなこと。金の鎧兜は土を被って腐りかけ、錦の陣羽織は塵が積もって埃だらけ。かのおたけびあげる軍馬に飼い葉をやるも空しきこと、劈楞鐗ともご無沙汰になってしもうた。なんともますます氣持は焦るばかり。昔は勇ましく陣にて合戰し、猛々しく戰場でいくさをしたものなのに。

【梁州】這些時但做夢早和敵軍對壘、才合眼早不刺く(刺)地戰馬相交。則聽的韻悠ヌ(悠)的耳畔吹寒角。一回價不鼕く(鼕)的催軍皷擂、嚮(響)當ヌ(當)的助戰鑼敲。稀撒ヌ(撒)地《朱》簾篩日、滴溜く(溜)的繡幙番(翻)風、只疑是古刺ヌ(刺)雜綵旗搖。那的是急煎く(煎)心痒難猱(揉)。往常則許咱遇水疊橋。除了咱逢山開道。海(晦)如今央別人跨海征遼。壯懷、怎消。近新來病體兒直然覺(較)。我自喑約也枉了醫療。被這秋氣重金瘡越發作。好交我痛苦難消。

〔校〕○則聽的～助戰鑼敲……雍本はこの三句を缺く。「簾」を鄭・寧本は盛本に従い「朱簾」、徐本は「珠簾」に改める。この句は四字句であり、「繡幕翩翻」と對になる以上、「簾」の前に一字抜けていることは明らかである。「珠簾」は眞珠のすだれを言い、閨怨の作で用いられることが多い。「朱簾」も同様に用いられる語彙ではあるが、後の軍旗に見まがうというところから考えると、赤い布でできたカーテン状のものである方が適切と思われる。盛本と一致する點から考えても、「朱」を補うのが妥當であろう。○心痒難猱……各本とも盛本・雍本に従って「心痒難揉」（鄭本は「心癢難揉」）とする。○覺……各本とも雍本に従って「覺」を「較」に改める。

〔注〕○這些時……近頃、このごろ。「拜月亭」（元刊本）第三折【尾】「我這些時眼跳腮紅耳輪熱。眠夢交雜不寧貼（私は最近まぶたがぴくつき、頰は赤く、耳たぶは熱く、夢ばかり見て落ち着かない）」など。○對壘……對戰する。『董西廂』巻二【伊州袞纏令】白「使刀的對壘、使槍的好鬪（刀の使い手は對抗しようとし、槍の使い手は鬪志がやまぬ）」。○寒角……寒々とした角笛の音。白居易「晚望」詩「江城寒角動、沙州夕鳥還（川のほとりの町に寒々と角笛が響き、中洲に夕方鳥が歸る）」。○一回價……しばらく。短い時間を言う。「一會價」「一回家」「一會家」に同じ。「價」「家」は語助詞。○雜綵旗……色とりどりの軍旗。『董西廂』巻二【玉翼蟬】「衆軍聞言、鼕鼕擂戰鼓、滴流流地雜彩旗搖（軍勢この言葉を聞き、ドンドンと陣太鼓を打ち、ハタハタと色とりどりの旗を振る）」、「博望燒屯」（元刊本）第二折【一枝花】「遮天雜綵旗、振地花腔鼓（天を覆う色とりどりの軍旗、地をどよもす模様のある太鼓）」。○那的是……「何が〜か」という反語の場合が多いが、「介子推」（元刊本）第三折【普天樂】「兀的是還（追の誤り?）你魂的高車駟馬。〔云了〕那的是取你命的大纛高牙（それはお前の魂を奪う立派な馬車、〔セリフを受けて〕それはお前の命を取る軍旗）」と、「それこそが〜だ」という意味の「兀的」と併用されているものがある。ここも同樣であろう。○心痒難揉……もどかしくてたまらない。「魔合羅」（元刊本）第二折【刮地風】「眼盻ヌ（盼盼）的妻兒音信杳。急煎ヌ心痒難揉。慢騰ヌ行出靈神廟（妻の便りをひたすら待ちわび、いらいらともどかしく、のろのろと靈神廟を出る）」ほか。○遇水疊橋・逢山開路……先鋒が道を切り開きながら進軍するさま。「衣襖車」（內府本）第二折【烏夜啼】「也不用排軍校。你端的逢山開道。遇水疊橋（兵を竝べる要もないか。おぬしはまことに山に逢うては道を開き、川に出會えば橋を架けると申すもの）」ほか。○如今央別人跨海征遼……この句は、本劇の狀況と一致しない。「薛仁貴」（元刊本）楔子の白に「目今聽知國家跨海征遼（今お國が海を渡って遼を伐とうとしておられるとのことにて）」というように、「征遼」というのは唐王朝成立後、太宗の治世に尉遲敬德・薛仁貴らが高句麗を討った時のこと（史實では貞觀二十年（六四六））

であり、今問題になっている事件からは三十年近く後のことになる。太宗の高句麗遠征は、雜劇「薛仁貴」のほか、『永樂大典』所收の『薛仁貴征遼事略』など、白話文學の世界ではよく知られた事件であり、この時尉遲敬德が老齢の身で出陣することを題材とした南曲『金貂記』も人氣のある芝居である。しかも「三奪槊」の時點では秦叔寶はまだ壯年であり、本折の狀況に合わない。一方で『雍熙樂府』における「叔寶不伏老」という題は曲文と合致し、また高句麗遠征を扱った楊梓の雜劇「敬德不伏老」の題名と對をなしている點から考えても、征遼の時、病身で殘された秦叔寶の悲しみをうたうものとすれば、すべて辻褄が合うことになる。この點から考えて、本折は別の雜劇、もしくは「叔寶不伏老」と題する散曲を流用したものである可能性が高いものと思われる。○直然……「緋衣夢」（顧曲齋本）第一折【賺煞】「你可也莫因循、早些兒休遲慢。天色兒直然交晚（ぐずぐずするな、早くしてのろのろするな、もう日が暮れますよ）」とこの例があるのみ。しかも「緋衣夢」の內府本にあたる「四春園」（同じ芝居だが題が異なる）では「眞然」と記されているように見える。「緋衣夢」の例からは「もう」または「まもなく」というように見えるが、むしろ強調の言葉であって、「本當にもう暮れようとしている」という方向なのではあるまいか。「三奪槊」のこの事例も次の「覺」を強調しているのではないかと思われる。○覺……「較」に通じるのであろう。癒える。「拜月亭」（元刊本）第三折【尾】「您哥哥暑濕風寒從（縱）較些（あなたのお兄樣は風邪の具合がすこしよくなられたにしても）」など。○秋氣・金瘡……「金瘡」は武器により受けた傷。唐の盧綸「逢病軍人」に「蓬鬢哀吟古城下、不堪秋氣入金瘡（くしゃくしゃ頭で古い城壁の下に悲しく吟ずれば、秋の氣が傷に入ってくるのはたまらない）」とあり、おそらくこれを受けて元の楊果の「羽林行」詩（『國朝文類』卷四）に「秋風秋氣傷金瘡（秋風秋氣が金瘡をいためる）」という句が見える。

〔譯〕この頃では夢を見さえすればはや敵軍と向かい合い、日を閉じさえすればはやパカパカと戰馬がかけちがう。聞こえるはブォーブォーと耳もとに響く角笛の音。やがてドンドンと攻め太鼓を打ち、ジャンジャンといくさ勵ます銅鑼を鳴らす。朱の簾にチラチラと日が差し込み、刺繍したカーテンがヒラヒラと風に舞えば、色とりどりの軍旗ハタハタと打ち振るのかと思ってしまう。ほんにイライラともどかしくてたまらぬわい。昔はわしばかりを先鋒に任ぜられて川に出くわせば橋を架け、わしばかりが山に出會えば道を切り開いたものを、ああ、今では別の者に海を渡って遼を攻めよとのお申し付け。はやる思いをどうして消せよう。近ごろ病はすっかりよくなってきたようではあるが、思うに治療したとてむだなこと。秋の冷氣で昔の切り傷がまた痛みだし、なんともこの苦しみは消し難い。

【賀新郎】我欠起這病身駈(軀)出戸急相邀。你知我迭不的相迎、不沙賊丑生你也合早些兒通報。見齊王元吉都來到。半晌不迭手脚。我強く(強)地曲脊低腰。怪日(早)來喜蛛兒的溜く(溜)在簷外垂、靈鵲兒咋く(咋)地頭直上噪。昨夜个艮(銀)臺上剔地燈花爆。它兩个是九重天上皇太子、來探俺這半殘不病舊臣僚。

〔校〕○【賀新郎】……この曲は盛本・雍本にはない。先の推定のように元來高句麗遠征の時のうたであったとすれば、すでに死んでいる元吉が登場するはずはなく、この曲はおそらく「三奪槊」の物語に合わせるために插入されたものであろう。ここで建成と元吉が秦叔寶を訪ねるものと思われるが、李世民側の重要人物である秦叔寶を彼らが訪問し、それを受けて秦叔寶が喜ぶというのは不自然である。第二折において、證人を訪ねて敵對者（後半の正末）の威力を知るというのは、「單刀會」などに見られるパターンであり、ここではそれに合わせるため強引にこの場面を設けたのであろう。○身駈……各本とも「身軀」に改める。○不沙、賊丑生……徐・寧本はこの二句を、鄭本は「賊丑生」のみを帶白とする。なお、徐本は「沙」を「唦」と改める。○日來……徐・寧本は「早來」に改める。原本も「日」の下部と「來（「耒」に近い俗字體）」の上部が接續しており、元來「早來」だったものが「日來」と見えるだけなのかもしれない。ただし「日來」も「この頃」という意味で用いられることがあり、「日來」である可能性も絶無ではない。○艮臺……各本とも「銀臺」に改める。

〔注〕○欠起……「欠身」（相手に對する敬意を示すため腰を浮かせること）すべく起きあがることであろう。○迭不的……「迭」は及ぶ。「迭不得(的)」で間に合わないという意味になる。「追韓信」（元刊本）第三折【鬪鵪鶉】「臣迭不得舞蹈揚塵（それがし舞蹈揚塵の禮を行ういとまはございません）」。『老乞大』「主人家、迭不得時、咱毎伴當裏頭敎一箇自爨肉（ご主人、間に合わないようなら、私たちの仲間の中から一人に肉を炒めさせますから）」。○不沙……通常は、「不剌」などと同様、特に意味のない襯字などに用いられる言葉とされる。鄭本はこの語を前の句に付けて、おそらく特に意味のない語尾に付く言葉として扱っているものと思われるのに對し、徐・寧本は後の「賊丑生」とあわせて帶白とする。これは『詩詞曲語辭匯釋』「不剌」の項における『僕を叱る言葉…特に意味はない』という説明に基づくものであろう。どちらが正しいかは定めがたい。ここでは假に後者に従っておく。○喜蛛兒・靈鵲兒・燈花……蜘蛛が垂れてくること、鵲が鳴き騒ぐこと、燈火がはぜること。いずれも待ち人が來る前兆とされる。『西廂記』（弘治本）卷五第二折【迎仙客】「疑怪這噪花枝靈鵲兒。垂簾幕喜蛛兒。正應着短檠上夜來燈報時（この花咲く枝に騒ぐ鵲と、カーテンに垂れる蜘蛛が、燭臺にはぜるともしびの知らせに應じるものかと疑いおれば（他のテキストは「燈報」を「燈爆」とする））」など。○剝地……ともしびのはぜる音。「漢宮秋」（古名家本）第一折【油葫蘆】「今宵畫燭銀臺下。剝地管喜信爆燈花（今宵ともしびともる銀の燭臺の下、パチンとめでたい知らせのはぜる音）」。○半殘不病……殘病に同じ。病氣もち。「半～不…」は、「半殘不落（抜けそうだがまだ抜けていない）」「半殘不濟（ひどくなってどうしようもない）」など、「～でもなければ…でもない」もしくは「かなり～で…でない」という意味になるのが普通だが、この場

合「不」に否定の意味はない。○皇太子……白話文學においては、正式の皇太子以外の皇子をも太子と呼ぶことが多い。これは異民族の習慣に由來するものと思われる。「介子推」（元刊本）第一折【混江龍】「大太子申生軟弱、小太子重耳囊揣（上の太子の申生は軟弱、下の太子の重耳はふがいない）」。

〔譯〕（太子建成・齊王元吉が訪ねてきたので）病の身を起こし、戸口に出て急ぎお迎え致します。おまえはわしがお迎えするのに間に合わないのがわかっていただろうに、エイ、バカタレが、さっさと早く知らせんかい。齊王元吉さままでがお越しとは。しばし手足がいうことききかぬが、無理やり背を曲げ腰をかがめてご挨拶。道理で朝っぱらから蜘蛛が軒先にスルスルと垂れ下がってきたり、カササギが頭の上でギャーギャー啼いたり、昨夜は銀の燭臺にパチパチとともしびがはぜたわけだ。お二人は宮中大奥の皇太子さま、ようこそかようなわれらが如き病もちの舊臣を見舞いにおこしくだされた。

【牧羊關】這些淹潛病、都是俺業上遭。也是俺殺人多一還一報。折倒的黃甘ヌ（甘）的容顏、白絲ヌ（絲）地鬢脚。展不開猿猱臂、稱不起虎狼腰。好羞見程咬金知心友、尉遲恭老故交。

〔校〕○雍本にはこの曲なし。○淹潛病……鄭本は盛本に從って「淹漸病」、徐・寧本は「腌臢病」に改める。○稱不起……鄭本は「撐不起」とする。盛本は「伸不起」。

〔注〕○淹潛病……通常は「腌臢病」と表記する。「腌臢」は汚い、ろくでもないといった意味。『董西廂』巻五【刮地風】「自家這一場腌臢病、病得來蹺蹊（私のこのろくでもない病氣は、おかしな症狀）」。○一還一報……因果應報で報いが來ること。「鐵拐李」（元刊本）第一折【尾聲】「是做的千錯萬錯。大剛來一還一報（あまたのしくじりしたわけで

もないのに、これはとんだ因果應報じゃ）」。○黄甘甘……『説唐全傳』第四十六回で尉遲敬德が「待這黄臉的賊來（この黄色い顔の惡黨が來たら）」と言うように、後世の白話文學の世界における秦叔寶の特徴は顔が黄色いことである。○折倒……苦しめる、いじめる、（他人のせいで）健康を損なう。『董西廂』卷一【攪箏琶】「都因爲那薄倖種、折倒得不戲（あの薄情者のせいで、すっかりやつれ果ててしもうた）」。○稱……肩や腰を動かすことのようであるが、「撐」と通じるとすると、腰なら伸ばす、肩ならそびやかすといった方向性を持つものと思われる。「趙氏孤兒」（元刊本）第四折【耍孩兒】「稱動馬熊□（腰）將猿臂輕舒（ヒグマの如き腰をのばし、猿の如き腕をさしのべ）」、『西廂記』（弘治本）卷二第四折【折桂令】「我這裏手難擡稱不起肩窩（私はといえば手も持ち上げがたく、肩も動かせず）」。○虎狼腰……『三國志演義』（嘉靖本）「曹操起兵伐董卓」における華雄の描寫に「虎體狼腰、豹頭猿臂」とある。○程咬金……『舊唐書』卷六十八「程知節傳」に「程知節、本名齩金、濟州東阿人也」とあるように、史書では程知節とされるが、白話文學の世界では程咬金の名で知られる。終始秦叔寶と行動をともにした武將だが、『説唐』などの物語においてはもと山賊、無學文盲、大變ないたずら者だが一種の聖性を帶びたトリックスターとして活躍し、事實上の主人公といっても過言ではなく、庶民の代表者として中國民衆の間で絶大なる人氣を誇る。○老故交……尉遲敬德も老齡であることを示唆する。やはり高句麗遠征の物語が背景にあることを示していよう。

【譯】このろくでもない病は、すべて我が業のなせるもの、また多くの人を殺した報い。病に犯されて顔は黄色く、鬢は眞っ白。猿の如き腕は伸ばせず、虎狼の如き腰は動かせぬ。親友の程咬金や昔なじみの尉遲恭に會わせる顔がない。

【隔尾】我從二十三上早駈軍校。經到四五千場惡戰討。怎想頭直上輪還老來到。我喑約。慢ヌ（慢）的想度。海（晦）刮馬似三十年過去了。

〔校〕○雍本にこの曲なし。○二十三……徐本は盛本に従って「二十一二」と改める。○刮馬……寧本は「過馬」に改める。盛本は「跑馬」。

〔注〕○二十三……盛本が「二十一二」とするのは誤刻であろう。「二十三」「四五千」と、「一二三四五」の數あわせになっているものと思われる。○輪還……「輪環」に通じるか。文言には「輪還」の用例がなく、元曲には「輪環」の用例がない點から見て、表記に棲み分けがあるようである。「王粲登樓」（李開先舊藏元刊？本）第一折【么篇】「也須有箇天數循環。輪還我不平奮氣空長歎（運命のめぐる時もあろうもの。今は不平の思いふるわせ空しくため息つく定め）」、貫雲石【醉高歌過紅繡鞋】「四時天氣尙輪還（四季の氣候もまためぐる）」。「頭直上輪還老來到」とは、自分の頭上に老いがめぐってくる、つまり白髪になること。杜牧「送隱者一絕」詩「公道世間唯白髮、貴人頭上不曾饒（世の中で公平なのは白髪だけ、貴人の頭の上も勘辨してはくれぬ）」が古くから知られ、『容齋隨筆』巻十一「唐詩戲語」などにも見える。○刮馬……馬を走らせること。「梧桐葉」（顧曲齋本）第二折【伴讀書】「刮馬兒也似回頭不知處（（風に吹かれた葉が）驅ける馬のように通り過ぎてどこにいったやら）」。

〔譯〕二十三歳のときから兵を指揮し、四五千回もつらいいくさを重ねてきたが、自分の頭にも老いがめぐって來ようとは思いもしなんだ。心の中にてゆるゆると思えば、奔馬の如くに三十年が過ぎてしまったのだな。

【牧羊關】當日我和胡敬德兩个初相見、正在美良川廝撞着。咱兩个比竝一个好弱低高。它滴溜着虎眼鞭颩。我吉丁地着脾（皮）罗簡架却。我得空便也難相從、我見破綻也怎擔饒。我不付能卒ヌ（卒）地兩揀（簡）才颩重（去）、它搜ヌ（搜）地三鞭却還報了。

〔校〕○脾旁箭……徐本は雍本に從い「髈楞箭」、鄭本は本折【一枝花】に從い「皮楞箭」、寧本は「髈楞鐗」に改める。○難相從……徐・寧本は「難相縱」に改める。盛本は「難容放」、雍本は「難躲閃」とする。○兩揀才颩重……盛本が「揣ヒ的兩箭才丢去」とするのに從って、寧本は「兩鐗才颩去」、徐本は「兩箭才颩去」に改める。鄭本は「兩箭才颩重」。雍本は「搜搜兩箭方將中」とする。○搜ヌ地……徐本は「颼颼地」に改める。

〔注〕○比竝……競う。「調風月」(元刊本) 第三折【紫花兒序】「咱兩个堪爲比竝（私たち二人はいい勝負）」。○好弱低高……腕の良し惡し。『董西廂』巻一【風吹荷葉】「誰曾慣對人唱他說他。好弱高低且按捺（人に向かって唱い語るにも慣れてはおりませぬが、腕のよしあしまずはさておき）」。○颩……打つこと。馬致遠【耍孩兒】套「借馬」【二】「休教鞭颩着馬眼（鞭で陰莖（?）を打つな）」。○空便……すき。チャンス。「博望燒屯」(元刊本) 第二折【賀新郎】「得空便後燒着窩鋪（すきを見てテントを燒け）」。○難相從……このままで考えると、「隙を見てもつけ込みかねる」という意味になる。「單鞭奪槊」(古名家本) 第三折【聖藥王】「咭玎璫鞭槊緊相從（ガチッと鞭と槊は離れることなく）」はこれに近いか。徐・寧本に從って「難相縱」と改めると、「隙を見たら許してはおかず」となる。ここでは假に後者に從って譯す。○擔饒……許す。『董西廂』巻四【攪箏琶】「官人每更做擔饒你、須監收得你幾夜（殿樣方はあなたを許してくれるにしても、何日間かは牢屋入りせずばなりますまい）」。この句も、「私が隙を見せたら尉遲敬德はどうして許しておこうか」と「私が隙を見つけても尉遲敬德はどうして好きにさせてくれようか」という二通りの解釋が可能である。ここでも假に後者に從って譯す。○兩揀（箭）～三鞭～……「三鞭換二鐗」は、美良川の戰で起きた出來事として常に引かれるが、その內容は作品により異なる。兩者の打ち合った回數だとする『說唐全傳』第四十六回が「那小說上却說三鞭換兩鐗、是打背心的。…豈有此理（小說では『三鞭換兩鐗』は背中を打ったのだといっていますが、…そんな馬鹿な）」というように、どうやら原型はよろいを脫いだ體を互いに打ち合って腕比べをするというものだった

らしいが、あまりに不合理ゆえにそれぞれ合理化を圖った結果、内容にぶれが生じたらしい。いずれも秦叔寶が尉遲敬德に勝るという點では共通するようである。

〔譯〕そのかみわしと胡敬德二人が初めて出會った時は、ちょうど美良川で出くわして、われら二人腕前を競ったものでした。やつは虎眼鞭をビュッと振り下ろし、わしは劈楞簡でガチッと受け止めた。わしが相手の隙をみつけたら見逃すわけには行かぬ。わしが隙を見せれば相手はどうしてそのまま許してくれようか。わしがようやくズッと二振りきつく打ち込んだと思えば、やつはサッサと三振り鞭でお返ししてきおるとは。

【隔尾】那鞭却似一條玉莽(蟒)生鱗角。便是半截烏龍去了牙爪。那鞭着遠望了吸ヌ(吸)地腦門上跳。那鞭休道十分的正着。則若輕ヌ(輕)地抹着。敢交你睡夢里驚急列地怕道(到)曉。

〔校〕○盛本にこの曲なし。雍本は【尾聲】とする。○一條玉莽生鱗角……各本とも「一條玉蟒生鱗角」に改める。雍本は「那簡却便似一條銀蟒除了鱗角」とする。○怕道曉……各本とも「怕到曉」に改める。雍本はこの句が「便就是鐵臂銅頭也震碎了」となっている。

〔注〕○却似……さながら〜の如し。「恰似」に同じ。○一條玉蟒生鱗角……『桃花扇』第十三齣において丑（柳敬亭）が「秦叔寶見姑娘」という講釋をするくだりで、秦叔寶が鐧を使う場面を語って「使盡身法、左輪右舞、恰似玉蟒纏身、銀龍護體（技の限りを盡くし、左に回し右に舞わせ、さながら玉蟒の身にまつわり、銀龍の體を守るが如く）」とある。その他の白話文學作品においても、『大唐秦王詞話』第二十八回で「只見玉蟒銀蛇往下奔（目に入るのは玉蟒と銀蛇が下にかけるさま）」と秦叔寶の鐧を形容している。「玉」とは輝きを持った白い色のことであるから、銀色であ

るべき鐧にふさわしく、次句に言うように尉遲敬德の鞭が黑いらしいこととは矛盾する。雍本がこの句を秦叔寶の簡の形容とするのが元來の形なのであろう。「生鱗角」も、元の歐陽玄の「畊學問答」（『圭齋文集』巻四）に「畊者榮華得富豪、學者羽翼生鱗角」（農業に従事する者は榮華に重ねて富を得、學問に従事する者は羽が生えた上に鱗や角が生えるようなもの）」とあるように定型化していた表現らしいが、元來鱗や角があるはずの玉蟒を鞭にたとえるのにこの言い回しを使うのは不自然であり、やはり鱗角を除いたとする雍本が原型に近いのではないかと思われる。○半截烏龍去牙爪……「博望燒屯」（内府本）第三折の張飛の白に「有如枯竹根三尺、恰似烏龍尾半截（三尺ある枯れた竹のよう、さながら烏龍の尾半分の如し）」とあり、これは張飛の鞭をさす。「單鞭奪槊」（古名家本）第四折にも徐茂公の白に「有如枯竹根三節、渾似烏龍尾半截」とほぼ同じ表現があり、こちらは尉遲敬德の鞭をさす。兩者は、内府本の穿關では黑ずくめの服装という點で共通しており、黑ということから「烏龍」という比喩が生じたものであろう。○驚急列地……あわてるさま。「竹葉舟」（元刋本）第四折【倘秀才】「見他戰篤速驚急列慌慌走着（見ればあいつはびくびくしながら大あわてで歩いている）」など。

〔譯〕かの鞭はまるで白いみずちが鱗や角を生やしたのにも似て（?）、半分の黑龍から牙や爪を取り去ったかのよう。かの鞭は遠くからシュッと腦天めがけて跳びかかる。かの鞭は眞っ向から命中した時はいうに及ばず、もし輕くそっとかすっただけでも、恐らくあなたを夢の中でびくびくと朝まで脅えさせるでしょう。

【鬪奄亭（鬪蝦蟆）】那將軍劖馬騎單鞭搭。論英雄半勇躍。它立下功勞。怎肯伏低做小。倚強壓弱。不用呂望六韜。黃公三略。但征敵處躁抱（暴）。相持處惟懒懆。那鞭若脊梁上抹着。忽地咽喉中血我（幾）道。來ヌヌ（來來）、它煩ヌ（煩）惱く（惱）。焦ヌ（焦）燥ヌ（燥）。滴溜撲那鞭着。交你悠ヌ（悠）地魄散魂消。你心自量度。

匹頭上把他標寫在凌煙閣。論着雄心力、劣牙爪。今日也合消。ヌヌ(合消)封妻廕子、祿重官高。

〔校〕○盛本にこの曲なし。雍本はこの曲以下すべてなし。○鬪奄亭……鄭・寧本は「鬪蝦蟆」、徐本は「鵪鶉兒」に改める。句格から考えて、「鬪蝦蟆」が妥當と思われる。○半勇躍……鄭本は「半踴躍」、徐本は「果勇躍」に改める。○躁抱……各本とも「躁暴」に改める。○血我道……鄭本は「血冒。我道」、徐・寧本は「血幾道」に改める。原本の「我」は「幾」に字形が近く、「血幾道」が妥當と思われる。○ヌヌ……鄭本は前句と續けて「我道來」、徐・寧本は「來來」に改める。前が「血幾道」であれば、「來來」が妥當であろう。○焦ヌ燥ヌ……徐本は「焦焦躁躁」に改める。

〔注〕○剗馬……裸馬。白話文學の世界では、楡窠園の戰いにおいて、馬に水浴びさせていた尉遲敬德が、上半身裸で裸馬に乗り、鞭一本のみで單雄信を退けたことになっている。「單鞭奪槊」(古名家本)第四折【煞尾】「施逞會剗馬單鞭(裸馬に鞭一振りの威力を發揮し)」。『大唐秦王詞話』第三十七回「說那敬德精脊梁、蓬頭赤脚、人無衣甲、馬無鞍轡、…好敬德、剗馬單鞭便走(さて敬德は、背中もむき出し、ぼさぼさ頭に裸足で、人は衣も鎧もなく、馬には鞍も手綱もないという有様…あっぱれ敬德、裸馬に乗り鞭一振りでまいります)」。○半勇躍……徐本は「果勇躍」に改める。確かに原本の「半」字は「果」字に多少近く見えるが、はっきりしたことはいえない。ただし「半」では意味を取りがたいことは事實。○倚強壓弱……自分が強いのをいいことに弱い者をいじめる。耶律楚材「請奥公禪師開堂疏」五首之五「莫壓弱倚強」。○憋懆……猛々しいこと。また怒ること。『劉知遠諸宮調』巻十一【賀新郎】「洪信和洪義好憋懆。引兩个妻兒、盡總來到(李洪信と李洪義は、何とも粗暴な奴ら。二人の妻を引き連れてみんなでやってきた)」。『董西廂』巻八【黃鶯兒】「憋懆。憋懆。似此活得、也惹人恥笑(いまいましい、いまいましい。こんな風に生きていたところで、人の笑いものになるだけのこと)」。○匹頭上……「劈頭」に同じ。眞っ先に。第一折冒頭の「疋先」注

参照。○凌煙閣……唐太宗が貞觀十七年に功臣の像を凌煙閣に畫いたことが最も有名。『大唐新語』卷十一「褒錫」、『舊唐書』等に見え、『新唐書』卷八十九「秦瓊傳」には全員の名が記される。無論この段階で凌煙閣は存在しないわけだが、これは定型化した表現であって、「介子推」「伍員吹簫」などの古い時代を扱った雜劇にもこの名稱は見える。○劣……猛々しいこと。『武王伐紂平話』卷上「酒飲千鍾、會拽硬弓、能騎劣馬〔酒を飲めば千杯、強弓を引くことができ、荒馬を乘りこなす〕」。二音節化すると「劣缺」となる。『劉知遠諸宮調』卷二【木笪綏】「李洪義李洪信如狼虎。棘針棍倒上樹。曾想他劣缺名目〔李洪義と李洪信は狼虎の如く、棘針棍と倒上樹〔洪義と洪信の妻の名〕は、粗暴な奴という評判など思いもしない〕」。

〔譯〕かの將軍は裸馬にまたがり、一振りの鞭をもち、げにもあっぱれな英雄ぶり（?）。手柄を立てているからには、卑屈な態度をとったり、強きを恃んで弱きを挫くようなことがありましょうや。太公望の『六韜』や黄石公の『三略』もいらぬこと。敵を討つとなれば猛々しく、いくさとなれば荒々しく、かの鞭は背中に觸れただけで、たちまち喉の奥から幾筋か血を吹き出す。さあさあ、彼が怒り、じりじりしておりますぞ。シュッとあの鞭にあたれば、あなたの魂ははるか遠くに消し飛んでしまいましょう。よくお考えあれ、まっさきに彼は凌烟閣に描かれたのです。すぐれた志や猛き戰ぶりから言えば、いま妻は封じられ子孫は恩蔭を受け、俸祿重く官は高くなるのも當然のこと。

【哭皇天】交我忍不住微ヌ（微）地笑。我迭不得把你慢ヌ（慢）地交（敎）。來日你若《見》那鐵幞頭紅抹額。烏油甲皂羅袍。敢交你就鞍心里驚倒。若是來日到御園中、忽地門旗開處、脫地戰馬相交。哎齊王呵這一番要把交。那鞭不比衠鋼槍搠（槊）、雙眸劍鑿。

〔校〕○交（二つ目）……各本とも「敎」に改める。盛本は「交」。○你若……各本とも「你若見」に改める。○若是來日到御園中……徐・寧本は帯白とする。○把交……徐本は盛本に従って「把捉」とし、寧本は「爬交」に改める。○雙眸……鄭本は盛本に従って「雙鋒」、寧本は「霜毛」に改める。○搠……各本とも「槊」に改める。○盛本は末二句を次の【烏夜啼】の冒頭二句とするが、鄭騫『北曲新譜』によれば、【哭皇天】は【烏夜啼】と連用するのが普通であり、その場合【哭皇天】の末二句を【烏夜啼】に冠することがあるという。

〔注〕○鐵幞頭・紅抹額・烏油甲・皂羅袍……幞頭は官吏などのかぶるかぶりものだが、ここではその形を模した兜。日本の唐冠兜の類であろう。抹額は鉢巻き。武人と樂人が身につけるもの。通常かぶり物や兜の上に目印として締めたもののようである。杜牧「上宣州高大夫書」「婁侍中師德亦進士也。吐蕃強盛、爲監察御史、以紅抹額應猛士詔（侍中の婁師德も進士でした。吐蕃が勢い盛んでしたので、監察御史の身で、赤い鉢巻きを付けて勇士募集の詔に應じました）」、「小尉遲」（内府本）第二折【醉春風】「我與你忙帶上鐵幞頭、緊拴了紅抹額（鐵の幞頭を急ぎかぶり、赤い鉢巻きをしっかと締めよう）」。これらに烏油甲つまり黒くつやのある鎧と、皂羅袍つまり黒い絹のひたたれという、鉢巻き以外は黒ずくめの服装は、尉遲敬德の決まったスタイルである。「小尉遲」（内府本）第一折正末の白に「你父親臨行時、留下一副披掛、在我行收着里也。是水磨鞭、鐵幞頭、烏油甲、皂羅袍（父上が行かれる時、殘された武裝ひとそろいを私がお預かりしております。水磨鞭、鐵幞頭、烏油甲、皂羅袍でございます）」と言い、「敬德不伏老」（脈望館抄本）第三折【尾聲】に「綽見我鐵幞頭、紅抹額。烏油甲、皂羅袍（このわしの鐵幞頭、紅抹額、烏油甲、皂羅袍をちらりとでも見れば）」とあるのはその例。なお『水滸傳』第五十五回に見える呼延灼と孫立が、ともにほとんどこれと同じ武裝をしていることは、前者が「雙鞭」、後者が「病尉遲」という綽號を持つことと考え合わせると興味深い。
○把交……傳える、言い殘す。耶律楚材「屛山居士『鳴道集』序」「屛山臨終出此書付敬鼎臣曰、此吾末後把交之作也、

子其祕之、當有賞音者（屛山は死ぬ前にこの書を出して敬鼎臣に渡していった。「これはわしが最後に託する作じゃ。大事に隠しておけ。理解できる者がいるはずじゃ」）」、「鐵拐李」（元曲選本）第一折【賺煞尾】「我今日爲頭便把交、爭奈在前事亂似牛毛（今日まず言い残そうにも、これまでのことがあまりに滅茶苦茶じゃ）」。盛本の「把捉」は理解することであるが、「把交」の用例がある以上、改める必要はあるまい。〇雙眸劍鑿……白仁甫「夜醉西樓爲楚英作」詩（『天籟集』巻上）に「雙眸剪秋水、十指露春葱（二つの瞳は秋の水を切り、十の指は春のネギが顔を出したよう）」とあるが、これは白居易の「箏」詩に「雙眸剪秋水、十指剝春葱」とほとんど同じ表現を用いているのに基づくものと思われる。同じ白居易の「李都尉古劍」詩には「湛然玉匣中、秋水澄不流（玉の鞘の中にあふれんばかりの秋の水が澄んだまま流れずにいる）」と劍を秋水に形容した事例があり、秋の水という共通點から劍を美女の目にたとえたものであろう。

〔譯〕こらえきれずにかすかに笑ってしもうた、ゆるゆると教えて差し上げるいとまはありませぬが、明日あなたがかの鐵幞頭・紅抹額・烏油甲・皀羅袍を見たら、きっと鞍の上でびっくりして倒れることでしょう。（入れぜりふ）もしも明日御園に着いたなら、（唱う）さっと門の旗が開き、どっと軍馬が驅けちがうとなれば、ああ、齊王よ、今度ばかりはしかとお傳えせねばなりませぬ。あの鞭は鋼の槍で突いたり、美女の瞳のように光る劍で突くのとは譯が違いますぞ。

【烏夜啼】雖是沒傷損難貼金瘡藥。敢二十年靑腫難消。若不去脊梁上敢向鼻凹里落。諕的怯〻（怯）喬〻（喬）。難畫（畫）難描。我則見的留的立不住腿脡搖。圪撲〻（撲）地把不住心頭跳。不如告休和、伏低弱。留得性命、落得軀殼。

〔校〕○脊梁上……徐・寧本は「脊梁上颩」と補う。○難書難描……各本とも「難畫難描」に改める。○的留的……徐本は「的溜溜的」、寧本は「滴溜溜的」とする。

〔注〕○鼻凹……顔面。『董西廂』巻二【玉翼蟬尾】「見和尚鼻凹上大刀落（和尚の顔めがけて大刀が落ちる）」。○難書難描……「書」は「畫」の誤り。通常は「繪にも描けない美しさ」という意味で用いる。王嘉甫【六么遍】「傾城傾國。難書難描（傾城傾國の美女は繪にも描けない美しさ）」。ここで醜態の形容に用いているのは、皮肉な効果をねらったものか。○的留……滴溜に同じ。ゆらゆらしたさま。「霍光鬼諫」（元刊本）第二折【耍孩兒】「既君王聖怒難分辦（辯）。便是老性命滴溜在眼前（皇帝さまのお怒り言い逃れもなりがたいとあれば、この老いぼれの命も風前の燈火と申すもの）」。○休和……事件などをなかったことにする。示談にする。『元典章』「吏部三　投下　投下職官公罪」「受錢私下休和（金を受け取ってこっそりなかったことにした）」。

〔譯〕（かの鞭にやられれば）外傷はなきことゆえ傷藥も貼れぬが、恐らく二十年は青あざが消えますまい。背骨の上でなければ、恐らく顔に落ちるでしょう。恐ろしさにびくびくと、繪にも描けぬその有様。見れば、ブルブルと足は震えて立っておられず、パクパクと押さえがたく心臓が飛び上がる。仲直りを申し入れ、下手に出るのが一番じゃ。命を留め、身體を殘すことができましょう。

【尾（煞尾）】可知道金風未動蟬先覺。那寶劍得來你怎消。不比君王行廝般調。侵着眉罗（稜）、際（擦）着眼角。則若是輕ヌ（輕）的虎眼鞭末（抹）着。穩情取你那天靈蓋半截不見了。［下］

〔校〕○尾……鄭・寧本は「煞尾」、徐本は「黄鍾尾」に改める。○眉罗……鄭・寧本は「眉稜」、徐本は「眉楞」に改める。○際着眼角……各本とも「擦着眼角」に改める。○鞭末着……各本とも「鞭抹着」に改める。

〔注〕○金風未動蟬先覺……「東窗事犯」（元刊本）第二折【二煞】「這話是金風未動蟬先覺、暗送無常死不知（これぞ秋風が吹き始める前に蟬はさとるのに、ひそかに死が忍び寄っても人間は氣づかないというもの）」。この成語は、『秦併六國平話』巻上で「張吉落馬。詩曰、金風未動蟬先覺、暗送無常總不知。張吉已死（張吉は落馬しました。詩に曰く、…張吉は死にました）」とあるように、「全相平話」では人が死ぬ場面で非常によく用いられる。ここでは上の句のみで下の句を暗示するという歇後語的な働きをしているものと思われる。○那寶劍得來你怎消……この直前に齊王が寶劍を賜ったという會話が交わされていたと考えられる。○君王……これを齊王と取れば、「あなたの前でおどすわけではないが、鞭が眉にせまり、目をかすめ」という方向でも解釋は可能であるが、ここでは「君王」を高祖と取って譯しておく。○穩情取……必ずや。「澠池會」（內府本）第三折正末云「主公放心。若到澠池會上、小官穩情取保得主公無事還國也（殿、ご安心あれ。澠池の會にまいりましたら、私が必ずや無事に國にお戻りいただけるようにいたします）」。

〔譯〕これぞ「死が密かに迫っているのに氣づかず」だ。あの寶劍を手に入れてもどうして使いこなせよう。眉に顔を寄せ、目を擦りつけんばかりにして皇帝の前でそのかすようなことを言うのとは大違い。虎眼鞭がそっとかすっただけで、あなたの腦天は半分が消え失せることうけあいじゃ。

《第三折》

［末扮敬德上］

〔校〕なし。

〔譯〕［正末が尉遲敬德に扮して登場］

《雙調》【新水令】你今日太平也不用俺舊將軍。呀來ヌ（來）把這廝豁惡氣建您娘一頓。可知道家貧顯孝子、直到國難〈顯〉用功臣。如今面南成（稱）尊。便撇在三限里不偢問。

〔校〕○建……寧本は「鍵」に改める。○顯用功臣……各本とも「用功臣」に改める。前の句に「顯」字があるため誤って混入したか。○面南成尊……鄭本は「南面稱尊」、徐・寧本は「面南稱尊」に改める。

〔注〕○太平不用……「東窗事犯」（元刊本）第一折正末云「太平不用舊將軍、信有之（「太平になれば元將軍は必要ない」とはまことじゃ）」など元曲に用例が多い。「太平不用」は、宋の范成大「望金陵行闕」詩に「太平不用千尋鎖（太平の世なれば長江ふさぐ千尋の鎖などは必要ない）」、宋の胡仲弓「寄楊蘊古」詩（『葦航漫遊稿』巻四）に「太平不用干戈策（太平の世なれば作戰などは必要ない）」、元の李繼本「呈縣公幷東判簿長司」詩（『一山文集』巻一）に「只今太平不用武（今は太平の世、武は必要ない）」など、宋元期に用例が多い。「舊將軍」は、通常は胡曾『詠史詩』「霸陵」に「霸陵誰識舊將軍」とあるように、前漢の李廣の故事を踏まえて用いられるが、ここでは實權を失ったという側面だけから用いられているようである。○這廝……誰をさすのかはっきりしない。ここで元吉のことを言うのは唐突に過ぎる。召使いに八つ當たりしていると見るべきか。○豁惡氣……「豁」は怒り・憂いなどをはらすこと。多く不可能型で用いられる。「單刀會」（元刊本）第四折末尾【太平令】「尙古自豁不了我心下惡氣（それでもわしの怒りをすっき

りさせることはできぬぞ)」。○建……鄭本は、第四折【伴讀書】「看元吉將天靈健」の「健」と同じで、打つという意味の俗語であろうと推定し、徐本も第四折の用例と同じであろうと推定した上で、意味はともに不明とする。寧本は「鍵」に改めて「太鼓のばちのことをさす。ここでは打つこと」とするが、動詞の用例が他にないことから考えても無理な推論かと思われる。ここでは鄭本の推定に従って譯しておく。○您娘……罵語。「老生兒」(元刊本)第四折【碧玉簫】「我狠剁你娘三行棍(きさまを三度〔?〕棍棒でひどくぶんなぐってやる)」。○家貧顯孝子、國難用功臣……「虎頭牌」(元曲選本)第一折【金盞兒】に見えるような「常言道家貧顯孝子、國難識忠臣」という形での用例が多い。○三限里……誰も相手にしないような場所。「東窗事犯」(元刊本)第三折【金蕉葉】に「臣出氣力軍前陣後。剗地撇俺在三鬧里不偢(私は戰場で頑張ったものを、なんとまあ我々を片隅にほっぽり出してお構いなしとは)」と非常に類似した表現があり、この「三鬧里」は、「三限里」と音の通じる「三閑里」の誤りではないかと思われる。

〔譯〕今日太平の世になったとなると、われら古い將軍には用なしというやつじゃな。やっ、この腹立ちをぶちまけてこいつめを一發なぐってやりたいわ。まったく「家貧しくしてこそ孝子が目立つ」というもので、「國難ければ、功臣用いらる」ということになるが、南面して天子を稱するようになられた今となっては、俺のことなぞ片隅におっぽり出してお構いなしだ。

【駐馬聽】想我那撞陣充(衝)軍。百戰功名百戰身。枉與你開疆展土、也合半由天子半由臣。俺沙場上經歲受辛勤。撇妻男數載无音信。剗地信別人閑議論。將俺胡羅惹沒淹潤。

〔校〕○充軍……各本とも「衝軍」に改める。

〔注〕○撞陣充軍……「追韓信」(元刊本)第三折【二煞】の後の白も「楚重瞳殺的怕。撞陣充軍、走的慌(楚の重瞳〔項羽〕は戦いの末に恐れ、軍勢を突き抜けてあわてて逃げましょう)」と、「撞陣充軍」という表記をする。元來は各本が改めるように「衝軍」もしくは「冲軍」であるべきだが、「充軍(犯罪者を軍人として邊地に流すこと)」という單語が普通に用いられていたために、こうした表記が一般化したものであろう。「撞」と「衝(冲)」はともにぶつかるという意味で、「冲州撞府(どさまわり)」といった熟語や、演劇用語「撞上」と「冲上」がともに突然登場するという意味で全く同じように用いられるなど、常にペアで現れる。○百戰功名百戰身……ふつうは「半紙功名百戰身(百戰の身に紙ペラ半分ほどの功名)」。「哭存孝」(内府本)第二折【採茶歌】「怎生來太平不用俺舊將軍。半紙功名百戰身。轉頭高塚臥麒麟(どうして太平になればわれら古い将軍は用なしとなるのやら、百戰した身でありながら手柄は紙切れ半分、振り返れば高い墓に麒麟の石像が横たわっているばかり)」など。○半由天子半由臣……「遇上皇」(于小穀本)第三折趙光普云「休言天下王都管、半由天子半由臣(天下は王がすべて仕切るものといいたもうな、半分は天子、半分は臣下の手柄)」など。○撇妻男數載無音信……尉遲敬德は妻子と生別して從軍した。詳しくは「小尉遲」雜劇及び『大唐秦王詞話』第二十六回參照。○沒淹潤……淹潤はやさしさ。打ち消すと容赦がないことになる。「替殺妻」(元刊本)第二折【端正好】「若是俺哥哥一一從頭問。看我數說你一會無淹潤(兄上が初めから一つ一つ問われたら、おぬしのことを容赦なく言うゆえそう思え)」。

〔譯〕敵陣を突いて戰い、百戰して百戰に手柄を立てたのも、お前のためにむだに國土を廣げてやっただけのこと、半分は天子、半分は家臣の手柄であろうが。戰場では長年辛抱に耐え、何年も女房子供ほうり出し、便りもないままじゃ。なんとまあ他人のくだらぬ話を信じ込み、この俺に容赦なく無實の罪を着せるとは。

【步ヌ(步)嬌】便折末爛剉得我尸骸爲泥糞。折末金瓜打碎我天靈盡。既然俺不怨恨。問那廝損壞忠臣佞詞因。咱那亢金上聖明君。則但般着半句兒十分地信。

〔校〕○亢金上聖明君……徐本は「亢金椅上聖明君」に改める。○般……各本とも「搬」に改める。

〔注〕○既然……通常は「～である以上」といった意味だが、この場合意味を取りにくい。「俺不怨恨」ということを前提にして、それでも次のようなことを問いたいということか。○詞因……法律用語。供述。『元典章』巻四十二「刑部四　老幼篤疾殺人　篤疾傷人杖罪斷決」「中書兵刑部來申杜恩禮毆死褚堅取到一干人詞因（中書兵部・刑部が、杜恩禮が褚堅を撲殺した事件について取った關係者の供述を上申してきた）」、「後庭花」（古名家本）第二折【牧羊關】「我可也無詞因上木驢（何の言い分もなく處刑用の木の驢馬に乘りましょう）」など用例多數。後者の例が示すように、時に「言い分」のニュアンスを帶びる。○亢金上聖明君……「亢」は二十八宿の一。亢宿四星は天子とその宮廷の象徴とされる。西にあることから「亢金」といい、天子の象徴である龍と結びついて「亢金龍」という言い方も頻出する。「趙氏孤兒」（元刊本）第四折【尾】に「我與亢金上君王做的主（亢金の上なる君のために働こう）」とあるように、「亢金上」のみで「朝廷の」という意味になるので、徐本のように字を補う必要はなかろう。○般……「搬」に同じ。ほとんど區別なく用いられる。そそのかすこと。

〔譯〕たとえこの身が泥や糞のように切り刻まれようと、金瓜で頭を叩きつぶされようと、恨みに思うわけではないが、それでも忠臣を陷れたあいつの邪な言い分だけは問いたださねばならぬ。朝廷の我が君も、ほんの二言三言唆されたばかりにてすっかり信じ込んでしまわれるとは。

【攪箏琶】我便手段施呈盡。剗地罪過不離身。俺那沙場上我(武)藝僻合、它每枕頭邊關節兒更緊。他每親父子、俺然是舊忠臣。則是四海它人。比它是龍子龍孫。則軍師想度、元帥尋思、休ヌ(休)是它每親的到頭來也則是親。怎辦(辨)清渾。

〔校〕○我藝……各本とも「武藝」に改める。○僻合……鄭本は「擗合」に改める。○則軍師想度、元帥尋思、休ヌ(休)……徐・寧本は帯白とする。ここは二字もしくは四字の句を増句してよい場所なので、帯白に取る必要はない。
○辦……各本とも「辨」に改める。

〔注〕○手段……手腕、手並み。「薛仁貴」(元刊本)第一折【醉扶歸】「薛仁貴箭發無偏曲。手段不尋俗(薛仁貴の矢にそれるものとてなく、腕前は並々ならず)」など。○僻合……不明。鄭本のように「擗」に改めた場合、『董西廂』巻二【紅羅襖】に「擗過鋼槍、刀又早落(鋼の槍をよけるや、はや刀が落ちてくる)」とあるように、よけるという意味があるので、「よけてはまた戰う」ということで何度も戰いを繰り返すこと、あるいは「擗」は「劈」と通じて「斬る」「たたきつぶす」という意味になることがあるので、「合」を戰いの回數を數える量詞と見て、「斬りあった」と取るなどの解釋が考えられる。更には「闢闔」と音通と考えて、「開く」と「付く」ことから合戰することと見ることもできるかもしれないが、確かなことは言えない。○枕頭……なぜこの語が出てくるのかは定かではない。『大唐秦王詞話』などでは、高祖の妃である張貴妃と尹貴妃が建成・元吉と結んで李世民・尉遲敬德らと敵對することになっており、この二人の貴妃が寢物語に讒言することを言うのかもしれない。○然是……「雖然」に同じ。～ではあるものの。「拜月亭」(元刊本)第一折【賺尾】「然是弟兄心、殷勤意。本酒量窄推辭少喫(兄弟の氣持ちにて、まめまめしくしてくれるとはいえ、もともといけぬ口ゆえ、辭退してあまり飲まぬ)」。○四海它人……全く無關係であること。『論語』「顏

淵」の「四海皆兄弟也」をもとにして裏返した言い方であろう。宋の晁迥の『法藏碎金錄』巻三に「營四海他人之事」と見える。「哭存孝」（内府本）第二折李存孝云「亞子終是親骨肉、我是四海與他人（李亞子は結局實の息子、わしは全く他人の身）」、「敬德不伏老」（脈望館抄本）第一折【前腔（寄生草）】「他須是一枝一葉、俺須是四海他人（奴は同じ一族、わしは他人の身のはず）」。○軍師……この曲の前で李世民と徐茂公が訪問してくるものと思われる。○親的到頭來也則是親……身内はどこまでいっても身内。「救風塵」（古名家本）第三折【煞尾】「則這緊的到頭終是緊。親的原來只是親（近いものはどこまでいっても近く、身内は元來身内以外のものではない）」と、通常は「親的原來只（または則）是親」の形で出る。

〔譯〕わしが腕を存分に發揮しようと、なぜかまたいつでも非がついて回りおる。わしらが戰場で武藝ふるっていくさするより（?）、やつらが枕もとで付けるコネの方が效き目のほどははるかに上じゃ。やつらは實の親子、俺は昔からの忠臣とはいえ、所詮は赤の他人、皇帝の子孫のあいつとは比べようもありません。軍師どのお考えくだされ、元帥さま思ってもくだされ、もうやめじゃやめじゃ、身内はどこまでいっても身内、善し惡しの區別などありはせぬ。

【沈醉東風】我也曾箭《廝》射疊着面門。刀廝劈咬着牙根。也曾殺的槍桿上濕漉く（漉）血未乾、馬頭前古鹿ヌ（鹿）人頭滾。滅了六十四處煙塵。剗地信佞語讒言損害人。因此上別了西府秦王處分。

〔校〕○箭射……各本とも「箭廝射」とする。この句と次句は三―四リズムの七字句で、次句との對の關係から考えても「我也曾」が襯字と思われる以上、一字脱落していることは明らかであるから、次句と同じ「廝」を補うのが穩當であろう。

〔注〕○疊着面門……「面門」は顏。『臨濟錄』巻三「赤肉團上有一位無位眞人、當從汝等諸人面門出入（肉體に一人の無位の眞人がおわして、おぬしらの顏から出入りしている）」など、用例多數。肉體の部分に「門」を付して呼ぶことについては、「頂門」「眉門」「額門」「腦門兒」などの例がある。「疊」については意味をとりにくいが、「折疊」がしわを意味することがある點からすると、「疊面門」で「顏をしかめる」ということかと思われる。○槍桿……槍の柄。『三國志平話』巻上「打折賊軍槍桿、勿知其數（賊軍の槍をたたき折ること數知れず）」。○別了西府秦王處分……「西府秦王」とは、『大唐秦王詞話』第一回に、李建成を太子として東宮に置いて英王に封じ、「世民上馬管軍、下馬管民、封西府秦王（李世民は馬に乘っては軍を管轄し、馬を下りては民を管轄することとして、西府秦王に封じました）」とあるように、白話文學の世界において、東宮に對應するものとして李世民に與えられた肩書き。「處分」は命令。「周公攝政」（元刊本）第二折【普天樂】「百官每聽處分（百官は命を聞き）」など。「別了」は命令などに背くこと。『元典章』「臺綱一　內臺　整治臺綱」に「別了體例行呵、他每不怕那甚麼（きまりに背いて行動したら、恐れずにすもうか）」など、蒙文直譯體に例が多い。直譯體以外でも、『琵琶記』（陸貽典本）第十七出【前腔（三換頭）】に「他奉着君王詔、怎生別了他（あちらはみかどの詔を奉じているのに、どうして楯突くんです）」と言うような例がある。

〔譯〕わしは顏をしかめて弓を引き、齒を食いしばって刀で斬り合い、槍の柄はぬるぬると血の乾くこととてなく、馬の前にはごろごろと人の首が轉がるという有樣にて、六十四箇所の群雄を滅ぼしたものを、何と讒言をむざむざと信じ込んで人を殺そうとされるとは。それゆえ西府秦王様のご命令に楯突いたのです。

【川卜（撥）棹】聽元帥說元因。心頭上一千團火魂（塊）袞（滾）。氣的肚里生嗔。愁的似地慘天昏。恰便似心內火袞（滾）。好交人怎受忍。

〔校〕○川卜棹……各本とも「川撥棹」に改める。○火魂袞……各本とも「火塊滾」に改める。なお、注に引く「魔合羅」の用例も「火魂」という表記を用いている。○心內火袞……鄭本は「心內火滾」、徐・寧本は「心內火焚」に改める。

〔注〕○一千團火塊……一千の火のかたまり。「魔合羅」（元刊本）第一折【憶王孫】「火魂（塊）似烘烘燒肺腹（腑）（火の塊のようにめらめらと肺腑を燒く）」。「團」を火の量詞に用いる例としては、『董西廂』卷三【鬪鵪鶉纏令尾】「馬頷繫朱纓栲栳來大一團火（馬のあぎとにつないだ朱い手綱は、かごほどもある火の塊のよう）」がある。○地慘天昏……歐陽修「葛氏鼎」詩に「天昏地慘鬼哭幽。至寶欲出風雲愁（天地は暗く幽靈の鳴き聲はかすかに、至寶が現れようとする時風雲も愁える）」と見えるように、天地が暗くなることだが、悲しみの描寫に用いられることは、「替殺妻」（元刊本）第四折【折桂令】「弟兄子母別離。哭哭啼啼。切切悲悲。百忙里地慘天昏、霧鎖雲迷（兄弟母子の別れ、ひどく泣き、深く悲しむ折しも、やにわに天地は暗く、雲霧に閉ざされた）」からも察せられる（ただし「替殺妻」の狀況がよく分からないので、現實に天地が暗くなっている可能性もある）。○心內人袞……徐・寧本が「心內火焚」と改めるのは、第二句と韻字が重複することを避けるためである。ただ、『元曲選』以前のテキストでは同語の反復や韻字の重複をそれほど避けない傾向があり、本劇でも再三同じ單語や韻字が用いられている點から考えて、改める必要はなかろう。一應原文通りに譯しておく。

〔譯〕元帥どのがことの起こりを話されるのを聞けば、心の中では一千の火の塊が轉げ回る。怒りで腹の中は煮えくり返り、愁いのあまりに天も地も眞っ暗。あたかも心のなかは火が轉げ回るかのよう。どうして我慢できましょうか。

【七弟兄】這的是聖恩。重臣。休看我發回村。他雖是金枝玉葉齊王印。我好煞則是堦下的小作軍。也是癡呆老子今年命。

〔校〕○癡呆老子……鄭本は「癡呆孝子」に改める。○今年命……「命」は庚青韻に屬し、本折の眞文韻と合わないことから、鄭本は「今年運」の誤りではないかとする。ただし、『董西廂』では眞文・庚青は通韻。元曲においても庚青と眞文の通韻かと疑われる例は「調風月」（元刊本）第一折【鵲踏枝】「入得房門。怎回身。廳（一箇）獨臥房兒、窄〻（窄）別〻（別）、有甚鋪呈（陳）（部屋に入っても身動きもならず、一人用の寝室で、狹苦しくて何のしつらえもありません）」の「呈」のようにまれにある。

〔注〕○聖恩・重臣……意味を取りにくい。「重臣」を呼びかけと見て、「重臣どの、見たもうな」と取ることも可能だが、とりあえず「聖恩を受けて重臣ということになる」と考えておく。○發回村……凶暴なこと・野暮なことをする。『西廂記』（弘治本）巻五第三折【厶】「訕筋、發村。使恨。甚的是軟款溫存（八つ當たりして、野暮な亂暴、粗暴な振る舞い、やさしさのかけらもない）」、「燕青博魚」（内府本）第二折【後庭花】「我割捨了發會村（思い切って亂暴してやるぞ）」など。「回」は量詞。○小作軍……意味を取りにくいが、「做軍」で軍籍に入ることをいう例はあるので、下っ端軍人ということか。○癡呆老子……文脈から言えば元吉のことを罵って言っているように思われる。「老子」を「老いぼれ」という罵言として用いる例としては、「李逵負荊」（酹江集本）第一折【賞花時】に「哎你個呆老子常言道女大不中留（おい馬鹿じじい、娘は大きくなったら家に殘すものではないというじゃないか）」など多數あるが、まだ青年のはずの元吉に對する言葉としては不自然である。老人以外をも含む可能性のある例としては、「范張雞黍」（元刊本）第一折【天下樂】の「赤緊的翰林院老子毎錢上緊（全く翰林院の「老子」どもは金に汚い）」があるが、これも「老い

ぼれ」というニュアンスを持つのかもしれない。「老子」は老人の自稱として用いられるほか、現代においては「羅子」と通じる粗暴な口調の自稱としても用いられ、元雜劇においても「忍字記」（息機子本）第一折の劉九兒の白に「劉均佐看財奴、少老子一貫錢、怎麼不還我（守錢奴の劉均佐め、おれから一貫借りておいてどうして返さねえんだ）」とあるのはその例のように思われる。尉遲敬德の自稱としてはふさわしいが、「下っ端兵士なのは、この間抜けな俺樣の今年の運命」と取ると前句からのつながりが惡い。ここでは假に元吉を指すものと取って譯す。

〔譯〕これぞ陛下のありがたいご恩のおかげにて、わしも重臣になったということじゃ。亂暴な奴などといいたもうな。やつは齊王の印綬もつ王家の一族、わしはせいぜい階下に控えるちっぽけな將校にすぎぬとはいえ、これがあのうつけ者めの今年の定めということになりましょうぞ。

【梅花酒】你看我發回村。腦(惱)犯魔君。撞着桑(喪)門。我想那榆窠園災(實)是狠。他不若如單雄信。則我這鞭穩打死須定无論。

〔校〕○腦犯……各本とも「惱犯」に改める。○桑門……各本とも「喪門」に改める。なお、通常の句格ではこの後にもう一つ四字句があるはずである。○災是狠……各本とも「實是狠」に改める。原文は「灾」という字體であり、「實」の異體字「实」に非常に近い。

〔注〕○惱犯……怒らせる。「氣英布」（元刊本）第三折【小梁州】「惱犯我如潑水怎生收（わしは怒りで「覆水盆に返らず」という氣持ちじゃ）」など。○魔君……魔王。「替殺妻」（元刊本）第二折【滾繡毬】「則爲你嚇殺我也七世魔君（お前のせいでびっくりさせられたわ、七代を經た〔?〕魔王どの）」。○桑門……通常は「喪門」と表記する。元來は星の

名。凶星とされ、喪門神として疫病神の義にもなる。「焚兒救母」（元刊本）第三折【鬪鵪鶉】「你孩兒掘（撞）着喪門、《遇》着太歳、逢着弔客（このせがれめは疫病神にでくわし、凶神に巡り會い、災神に出會いました）」。○穩……第二折【尾】に見えた「穩情取」に同じく、「必ずや」という意味であろう。ただし「穩」のみでこういう意味になる例は少ない。あるいは「穩坐」同様「しっかり」という意味か。○无論……「打ち殺しても構うまい」と「打ち殺せること間違いなし」という二通りの解釋が可能である。假に前者で譯す。【收江南】の末尾も同じ。

〔譯〕わしが怒りにまかせるのを見るがよい。さながらに魔王を怒らせ、凶神にぶつかったかのようじゃろう。思うにかの楡窠園での戰はまことに激烈であったが、やつは單雄信に及びはせぬ。わしのこの鞭が元吉めを打ち殺そうと、定めておとがめはあるまいぞ。

【收江南】水磨鞭來日再開葷。大王怎做聖明君。信讒言佞語損忠臣。好交我氣忿。元吉打死須竝無論。

〔校〕なし。

〔注〕○開葷……精進開きをすること。「開齋」に同じ。『野客叢書』巻二十二「解菜」「今人久茹素而其親若鄰設酒殺之具以相煖熱、名曰開葷（今の人は、長い間精進を續けた後、身内や近所の人が酒肴を用意して元氣づけることを、「開葷」と名付けている）」。よく似た言い回しとしては、『董西廂』巻二【繡帶兒】「戒刀擧今日開齋（戒刀持ち上げ今日は精進開き）」がある。

〔譯〕水磨の鞭も明日はいよいよ精進開きじゃ。大王樣はどうして聖明の君でありえよう。讒言信じて忠臣を殺そうとなさるとは、我が腹立ちは收まらぬ。元吉めをわしが打ち殺したとて構うまい。

【尾（鴛鴦煞）】來日鬧垓ヌ(垓)列着軍卒陣。就着哭啼ヌ(啼)接送齊王殯。恨不得待摘膽剜心、剔髓挑筋。唱道待交這虎將難存忠信。向那龍床側近。調泛得君王　惺(星)く(星)都隨順。咱則待剪草除根。直把這坑陷我的冤讎證了本。

〔校〕○尾……各本とも「鴛鴦煞」に改める。○一惺く……各本とも「一星星」に改める。○直把……鄭本は「直上」とする。原本ではこの字の左半分が破損しており、「上」に見えないこともないが、「巴」が右側にかろうじて讀み取れるので、文意から言っても「把」でよいであろう。

〔注〕○鬧垓垓……にぎやかなさま。「氣英布」(元刊本)第二折【梁州】「齊臻臻領將排兵。鬧垓垓虎鬭龍爭（ずらりと將兵整列させ、激しく龍虎相爭う激しい戰鬪するにせよ)」など。○摘膽剜心。剔髓挑筋……「任風子」(元刊本)第一折【尾】「折末平地昇仙。我將這摘膽剜心手段顯（たとえ平地から昇仙する奴であろうと、このきもを取り出し心臓えぐる腕前を見せてくれようぞ)」、「存孝打虎」(于小穀本)第二折【尾聲】「比及挑筋剔骨、摘膽剜心、大拳頭搵住嘴縫、闊脚板踏住胸脯（筋を抜き骨をそぎ、きもを取り出し心臓をえぐるとなれば、大きな拳で口をふさぎ、大きな足で胸を踏まえ)」など。○唱道……「暢道」に同じ。本當に。「七里灘」(元刊本)第四折【離亭宴煞】「唱道、祿重官高、鬭是禍害（全く官位の高きは、まことに災い)」。○側近……近づく。「近」が二音節化したもの。「拜月亭」(元刊本)「第三折【三煞】「這側近的佳期休承望（近いうちに結ばれる望みはありません)」。○調泛……「調發」に同じ。「雲窗夢」(于小穀本)第一折淨云「酒筵間用言調泛、必然成事（酒の座でうまくそそのかせば、絶對うまくいくだろう)」。○一惺惺……通常は「一星星」と表記する。賢いことを意味する「惺惺」と表記が混亂したか。一つ一つ。『董西廂』卷八

【賺】「玉簪斑管與絲桐、一星星比喩着心間事（かんざしに筆に琴、一つ一つに私の心事をたとえました）」、「拜月亭」（元刊本）第三折【叨叨令】「我一星星的都索從頭兒說（一つ一つ初めから申しましょう）」など。○剪草除根……根絶やしにする。「趙氏孤兒」（元刊本）第一折【醉中天】「你白甚替別人剪草除根（どうしていわれもなく他人のために人の家を根絶やしにしようか）」など。○證本……元を取る。「正本」「徵本」「掙本」とも表記する。『董西廂』巻一【牧羊關尾】「便做受了這恓惶也正本」（たとえこの苦しみ受けようと元は取れたというものじゃ）」など。

〔譯〕明日はがやがやと兵隊たちが陣立てし、すぐさまめそめそと齊王の棺を迎え見送ることとなろう。奴のきもを引きずり出し、心臓をえぐり、髄をほじくり、筋を引き抜いてやりたくてならぬわ。まったくこの虎の如き猛将が忠信の心を失わんばかりにまでなり果てたは、やつがかの玉座の側にて、君王をそそのかし、一つ一つすべていうがままにさせたため。わしらで奴を根こそぎにして、わしを陥れた冤罪の恨みの元を取ってくれようぞ。

《第四折》

［末扮上了］

〔譯〕［正末が（尉遲敬德に扮して）登場］

《正宮》【端正好】如今罷了干戈、絕了征戰。扶持俺這唐十在文武官員。那回是眞个今番演。越顯得俺經熬煉。

〔校〕○唐十在……鄭・寧本は「唐十宰」、徐本は「唐世界」とする。

〔注〕○扶持……手助けする。劉致【新水令】套「代馬訴冤」「誰念我美良川扶持敬德（美良川で敬德を手助けしたことも思ってくれる者はない）」。○十在……鄭・寧本が「十宰」とするのは、汪元亨【朝天子】「歸隱」に「漢室三傑。唐家十宰。數英雄如過客（漢の三傑、唐の十宰、英雄を數え上げれば過ぎゆく旅人の如し）」などとあるのに基づくものであろう。史書にはこの語は見えず、具體的に誰をさすかは不明だが、「敬德不伏老」（脈望館抄本）第一折徐茂公の白に尉遲敬德をさして「且唐家十宰是他爲頭将（しかも唐の十宰でも彼は筆頭の大將）」とある。この場面では唐の十路總管として、房玄齡・徐茂公・殷開山・程咬金・杜如晦・高士廉・尉遲敬德・秦叔寶が登場しているので、人數は足りないが、ここでは彼らが十宰に該當するものとされているようである。徐本のように「世界」とすれば、「扶持～世界」という定型表現に合致するが、字形が遠く、音も異なり、また「文武官員」というのとも矛盾するので、ここでは「十宰」として譯しておく。

〔譯〕今や戰火は止み、征討も終わった。唐の文武十功臣を支えてまいった、かの時は本番であったがこたびは練習程度のもの。鍛え上げたわしの力をいよいよ見せてくれよう。

【滾繡毬】却受着帝王宣。要施展。顯我那舊時英健。不索說在駿馬之前。我身上不曾掛凱(鎧)甲、腰間不曾帶弓箭。手中不曾將着六沈槍撚。我則是赤手空拳。我坐下剗騎着追風馬、踠(腕)上只颩着打將鞭。我與你出馬當先。

〔校〕○凱甲……徐・寧本は「鎧甲」に改める。○六沈槍……各本とも「綠沈槍」に改める。○剜上……各本とも「腕上」に改める。

〔注〕○說在駿馬之前……大法螺を吹くということか。「一言既出、駟馬難追（言葉を口に出してしまえば、四頭立ての馬車でも追いつけない）」という成語を逆から言ったものであろう。「替殺妻」（元刋本）第一折【尾聲】「我空說在駿馬之前（大口たたくもあだなこと）」、「玉壺春」（息機子本）第一折【柳葉兒】「也養的恁滿家宅眷。不是我出言語在駿馬之前（あなた方一家全部を養うこともできようと言えば大口がすぎるが）」、「獨角牛」（內府本）第三折【滾繡毬】「他可也忒自專。說大言。自誇輕健。可是他空說在駿馬之前（奴も勝手がすぎようぞ。大口たたいて、輕捷誇っているが、空しき大言と申すもの）」。○坐下……「尻の下の」ということであろう。「坐下馬」で乘っている馬のこと。「追韓信」（元刋本）第二折【新水令】「坐下馬望（枉）踏遍山水雄、背上劍枉射得斗牛寒（騎乘している馬が立派な山川めぐり盡くすもあだなこと、背中の劍が寒々と星を射すのも空しきこと）」。「博望焼屯」（元刋本）第三折【步步嬌】「捨死忘生先鋒將。怎禁那一疋坐下馬似龍離浪（命かけたる先鋒の將。ましてや打ち乘る馬は波を離れた龍の如し）」。○追風馬……足の速い馬のこと。晉の崔豹『古今注』「鳥獸」に、「秦始皇有七名馬。追風、白兎、…（秦の始皇帝は七頭の名馬を持っていた。追風・白兎…）」と見える。曹植「七啓」「駕超野之駟、乘追風之輿（野を超える馬車をかけらせ、風を追う輿に乘り）」、魏・劉邵「七華」「追風馬出自遐裔（風を追う馬ははるかかなたより來たり）」、唐・羅虬「比紅兒詩」「莫言一匹追風馬、天驥牽來也不看（風を追う馬はもとより、天馬を引いてきても見ようとせぬ）」、「單刀會」（元刋本）第一折【賺煞尾】「那神道須追風騎、輕輪動偃月刀（あの神は風を追う馬の手綱を取り［?］、偃月刀を輕やかに舞わせ）」。○出馬當先……「三戰呂布」（內府本）第三折何蒙云「到來日出馬當先臨陣中、施逞武藝顯威風（明日になれば眞っ先に出馬して陣中に出で、武藝發揮し威風示そう）」。

〔譯〕王の詔を賜ったとあれば、むかしの勇猛ぶりを發揮し示してくれよう。大言壯語するわけではないが、わしは身に鎧兜を着けもせず、腰に弓矢を帶びもせず、手には六沈の槍をしごきもせず、ただ賴むのはこの腕一つ。鞍もつけず駿馬にまたがり、腕には將軍を打つ鞭一本をなびかせて、いざ眞っ先驅けて出陣じゃ。

【倘秀才】這里是竟(競)性命的沙場地面。且講不得君臣體面。則怕祀(犯)風流見罪愆。我呵塔地、勒住征駸。立在這邊。

〔校〕○竟性命的……各本とも「競性命的」に改める。○祀風流……徐・寧本は「犯風流」に改める。○塔地……徐・寧本は「圪塔地」に改める。

〔注〕○風流罪……些細な過ち、あらぬ罪。色戀の罪という意味もある。「單鞭奪槊」(古名家本)第二折段志賢云「你喚尉遲恭來、尋他些風流罪過、則說他有二心、將他下在牢中、所算了他性命(尉遲恭を呼んできて、些細な罪を見つけ出し、二心があると言い立てて、牢屋に入れ、殺してしまいましょう)」。○呵塔地……これで「圪塔地」「圪搭地」「磕塔地」などと同類の一語であろう。徐・寧本のように改める必要はないものと思われる。

〔譯〕ここは命のやりとりする戰場ゆえ、この場では君臣の禮儀などかまってはおられぬが、ただ恐れるはあらぬ罪を着せられること。グイと戰馬の手綱をしぼり、ここに立つ。

【滾繡毬】我則見御園。怎生遂這戰場寬展。却瞧強如那亂烘ヌ(烘)地荊棘侵天。我則見嫩茸ヌ(茸)口(綠)莎軟。轉ヌ(轉)翠袖展。撒く(撒)地馬蹄兒輕健。你便丹青巧筆也難傳。我則見皂羅袍都略(掠)濕宮花露、深烏馬冲開綠柳煙。殺氣盤旋。

〔校〕○御園……鄭本は「這御園」に改める。○怎生迗……鄭・寧本は「怎生選」、徐本は「怎生迭」に改める。○□莎軟……一字目は判讀困難。各本すべて「綠」とする。○轉ヌ……鄭本は「□轉轉」、徐本は「宛轉轉」、寧本は「寛轉轉」に改める。對の關係から見て、「轉轉」の前に一字拔けているものと思われる。○略濕宮花露……徐・寧本は「掠濕宮花露」に改める。

〔注〕○迗……鄭・寧本が「選」とするのは、第二句が押韻する三字句であるため。略字體なら「選」の字形はかなり「迗」に近い。ただし、第一句も三字であるにもかかわらず、「御園」が二字しかないことから考えて、「則見」と「御園」の間に三字句もう一句と、「御園」の前にあるべき一字が脱落していて、拔けている句と「□御園」で第一・二句であった可能性がある。その場合には「迗」は第三句の前の襯字になるので押韻の必要はなく、「(分量的に)～に及ぶ」という意味の「迭」の方がふさわしいことになる。○綠莎軟……早くは韋莊「覲軍廻戈」詩に「御苑綠莎嘶戰馬(御苑の綠の草に戰馬はいななく)」とあり、明初の王紱の「端午賜觀騎射擊毬」詩(『王舍人詩集』卷二)に「一望晴烟綠莎軟、萬馬騫騰鼓吹喧(遠く見れば晴れた空のもと靄たなびく中綠の草は柔らかく、あまたの馬はたけり鼓笛の音もにぎやか)」ということと同一の表現があって、やはり練兵場の情景である。當時ある程度定型化した表現だったものと思われる。○略濕……徐・寧本は「掠濕」とする。かすかにふれてぬれることか。「竹葉舟」(元刊本)第三折【罵玉郎】「露寒掠濕簑衣透(露は寒く、簑を濕らせて裏までしみ通る)」、「倩女離魂」(古名家本)第二折【調笑令】「向沙堤款踏。莎草帶霜滑。掠濕湘裙翡翠紗(砂の堤をゆっくり踏みしめて行けば、草は霜が降りて滑りやすく、綠のうすぎぬのスカートをしめらせる)」。○宮花露・綠柳煙……「宮花露」の早い例としては、宋の王禹偁の「詔臣僚和御製

賞花詩序」に「競剪宮花、露濕冠纓（競って宮中の花を切り、露は冠の纓をぬらした）」とあり、更に元末明初の劉嵩の「公文偰尙書由參政山西入拜禮部…」詩（『槎翁詩集』巻六）の其二には「錦袍潤浥宮花露、驄馬驕嘶御柳烟（錦の上着は宮中の花の露にぬれ、あおうまは靄の如く生い茂る御苑の柳にいななく）」と、「宮花露」と「綠柳煙」という非常に似通った組み合わせで用いられていて、ともに宮中の描寫であることも共通する。○深烏馬……尉遲敬德が乘る馬。「單鞭奪槊」（古名家本）楔子の敬德の白に「你若不信、將我這火尖槍、深烏馬、水磨鞭、衣袍鎧甲、您先將的去、權爲信物（もし信じられぬとあれば、わしの火尖槍、深烏馬、水磨鞭とひたたれによろいかぶとを持って行って、人質代わりにせい）」と見える。この前の「皂羅袍」も前に見たように尉遲敬德の衣裝であり、ここは敬德の行動を自身の目から描寫したものであろう。

〔譯〕見れば御苑は、かの戰場の廣きにいかで及ぼう。なれどかの天を衝かんばかりに荊が亂れ生い茂る戰場にははるかにまさる。見ればしっとりとした綠草柔らかく、たおやかな女子が居竝び、さっそうと馬の蹄も輕やかに、繪にも描けない素晴らしさ。見れば黑の陣羽織が宮殿の花の露に濡れ、眞っ黑な馬が靄のように生い茂る綠柳の中を突き拔けるや、殺氣が渦巻く。

【倘秀才】那廝門旗下把我容顏望見。則諕得那廝鞍心里身軀倒偃。則看你再敢人前說大言。這廝爲甚麼、則管里廝俄延。不肯動轉。

〔校〕なし。

〔注〕○動轉……動くこと。打ち消し・反語でよく用いられ、「逃げ出す」といったニュアンスになることもある。「替

殺妻」（元刊本）第一折【么篇】「你（嚇）的我手兒脚兒滴修都速難動不（轉）（びっくり仰天、手足も震えて動けない）」。

〔譯〕奴は門旗のもとでわしの顔を見るや、仰天して鞍の上に身を伏せる。このうえ人前で大言を吐けようか。この野郎め、どうしてぐずぐずしてばかりで、動こうとしないのだ。

【呆古朶】那廝管見我這單雄信屈死的冤魂見。嗏你今日合交替他生天。這的又打不得關節、立不得正（證）見。你也難把殘生免。你則照管着天靈片。你待變龜來難入水、化鶴來難上天。

〔校〕○冤魂見……徐・寧本は「冤魂現」に改める。○正見……各本とも「證見」に改める。

〔注〕○變龜來難入水、化鶴來難上天……成語と思われるが出典不明。さまざまな生物に變身して逃れる例としては、『西遊記』第六回・第六十一回などに見える變身合戰がよく知られている。

〔譯〕奴めは必ずや恨みを呑んで死んだ單雄信の亡靈の姿あらわすを見ることになろう。それ、今日こそお前をやっに替わって天に昇らせてやる。今度ばかりは賄賂で渡りをつけることもならず、證人立てすますこともできぬぞ。ろくでもないその命、保てるなどと思うでない。せいぜい腦天いたわるがよい。龜に姿を變えたとて水に逃げ込むこともならず、鶴に化けようと天に昇ることなどできぬ相談。

【叨叨令】那廝槍尖兒武藝都呈遍。被我遮截架隔難施展。這廝□（輸）嬴（贏）盛（勝）敗登時現。〈見〉存亡死活分明見。嗏論（輪）到打也末哥、ヌヌ〱（輪到打也末哥）、這番交馬應无善。

〔校〕○□嬴盛敗……各本とも「輸嬴勝敗」に改める。○見存亡死活……各本とも「見」を削る。直前の「現」及びこの句末尾の「見」との關係で紛れ込んだものであろう。なお、【呆古朶】からこの曲にかけて「見」「現」が何度も韻字に用いられている點は注意される。こうした同一韻字・同一語・類似表現の反復は、題材的に共通する「單鞭奪槊」にも認められる。○論到……各本は字を改めないが、「輪到」とすべきであろう。

〔注〕○遮截架隔……防ぐ。四種の防ぎ手の技を列擧したもの。『董西廂』巻二【伊州袞纏令】「辦得箇架格遮截、欲勝那僧人砭上砭（何とか防ぎの手を使うばかりで、かの坊主に勝たんとするのは難中の難）」ほか。なお『輟耕錄』巻二十五「院本名目」に列擧された金の院本の題名のうち、「衝撞引首」の項に「遮截架解」という名が見える。○無善……たいへんなこと。「不善」に同じ。「墻頭馬上」（古名家本）第一折祗候云「小哥使張千去、若有人撞見這頓打不善也（ぼっちゃまは私に行けとおっしゃいますが、もし人に出くわしたら、こっぴどく毆られますよ）」。

〔譯〕奴は槍先にて持てる武藝の限りを盡くすも、わしにあの手この手で防がれて腕の見せようもなし。こやつの勝敗はたちまちに判明し、命の存亡も明らかじゃ。さあ、おれが打つ番だ、おれが打つ番だ。こんどの勝負はえらいことになるぞ。

【仵讀書】則見颯ヌ（颯）地因（陰）風剪。將這昏澄ヌ（澄）塵埃踐。不剌ヌ（剌）征駞似紗燈般轉。都速ヌ（速）把不定渾身戰。看元告將元吉吳（天）靈健。見元帥到根前。

〔校〕○因風……各本とも「陰風」に改める。○昏澄ヌ……鄭本は「昏沈沈」に改める。○看元告……徐・寧本は「看元吉」に改め、鄭本は不明とする。○將元吉吳靈健……鄭本は「將元吉天靈健」、徐本は「將天靈健」、寧本は「將天靈鍵」に改める。

〔注〕○剪……風が吹く。孟郊「奉報翰林張舍人見遺之詩」詩「風剪葉已紛（風に切られたように葉ははやはらはらと）」、「遇上皇」（元刊本）第二折【一枝花】「雪遮得千樹老、風剪得萬枝枯（雪におおわれて千樹老い、風に吹かれて萬枝は枯れる）」。○昏澄澄……暗くぼんやりしたさま。『西遊記』雜劇第二十三出【鬼三台】「昏澄澄。白茫茫。桑田變海海爲桑（暗々と、白々と、桑畑は海となり海は桑畑となる）」。「昏沈沈」とも表記する。趙明道【鬪鵪鶉】套「題情」【禿厮兒】「悶厭厭愁心怎熬。昏沈沈夢斷魂勞（くよくよと愁いの思いにたえられず、ぼんやりと夢も斷たれて魂は疲れる）」。○塵埃踐……砂塵の舞う地を踏みしめて進むこと。元の葉楚庭の「九日」詩（『鄱陽五家集』巻九）に「城中車馬踐塵埃（城内では車馬が砂塵を踏みしめて行く）」と見える。「東窗事犯」（元刊本）第四折末尾【後庭花】「馳驛馬踐塵埃。度過長江一派（驛馬驅けらせ砂塵を踏んで、長江の流れを越え）」など。○紗燈般轉……走馬燈のように回る。「存孝打虎」（于小穀本）第三折【禿厮兒】「我則見紗燈兒般轉到十數匝。我看你怎生收煞（見れば走馬燈の如くにめぐること十數回、さてどうけりをつけるのか）」。『三國志演義』（嘉靖本）「虎牢關三戰呂布」「三箇圍住呂布、轉燈兒般厮殺（三人は呂布を取り圍み、走馬燈のように戰いました）」。○看元告將元吉……徐・寧本は「元告」を「元吉」に改め、あとの「元吉」を削るが、次句にも「元帥」という語が見える點から考えて、「元」のつく單語を三つ集めて「三元（科擧で三度の試驗すべてに首席合格すること）」の語呂合わせをしている可能性があろう。「元告」は原告というに同じ。「周公攝政」（元刊本）第四折【沽美酒】「如今被論人當了罪責。不想那元吉(告)人掩(安)然在（人に訴えられ罪に當てられた今になって、何と原告が無事におろうとは）」。○天靈健……第三折【新水令】「把這厮豁惡氣建您娘一頓」の「建」と同じであろう。「打つ」という意味か。この場面で一度目の「奪槊」が行われるものと思われる。

〔譯〕見ればサッサッと寒風は身を切るように吹き、暗くなるほどに立ちこめる砂塵踏みしめ、パカパカと戰馬は走馬燈の如く驅けめぐれば、ブルブルと全身ふるえが止まらぬ樣子。見よ、訴え出でたこのおれが元吉めの頭を打ち碎くのを。ふと見れば元帥どのがこちらへまいられる。

【笑和尚】您く(您)く(您)弟兄每廝雇(顧)戀。俺く(俺)く(俺)臣宰每實埋怨。休ヌ(休)ヌ(休)終久是他親眷。嗏ヌ(嗏)《嗏》這鐵鞭。你ヌ(你)ヌ(你)合請奠。來く(來)く(來)俺且看俺西府秦王面。

〔校〕○雇戀……各本とも「顧戀」に改める。○嗏ヌ……各本とも「嗏嗏嗏」に改める。○請奠……徐本は「請佃」に改める。

〔注〕○請奠……徐校に言うように、「請佃」と同じ語であろう。受け取る義。「拜月亭」(元刊本)第四折【阿忽令】「把你這眼前。厭倦。物件。分付與他別人請佃(あなたの目の前の氣に入らないものを、他の人にあげてうけとってもらいなさい)」など。

〔譯〕お、お、おまえら兄弟たちは未練が殘り、わ、わ、われら臣下はまことに恨みがつのる。やめよやめよ所詮やつらは親族どうし。チェッ、チェッこの鐵鞭を、お、お、おまえが頂戴するはずのところであったが、さあさあさあまずは西府秦王樣の顏を立ててやろう。

【倘秀才】我接住槍待使些兒控(空)便。是誰班住手不能動轉。把這廝不打死呵朝中又弄權。他若(苦)哀告、意懸く(懸)。赦免。

〔校〕○控便……各本とも「空便」に改める。○班住手……徐本は「扳住手」に改める。○若哀告……各本とも「苦哀告」に改める。

〔注〕○班手……「班」と徐本の「扳」及び「搬」は通用字。手を引っ張ること。「遇上皇」(元刊本)第二折【菩薩梁州】「這書一箇學(舉)霜毫一箇班着臂膊一箇把咱扶着(この手紙とて一人は白い筆をあげ、一人は腕を引っ張り、一人はわしを支える)」。○ここでもう一度「奪槊」があるものと思われる。あと一度がどこでなされているのかはよくわからない。

〔譯〕わしが槍を受け止めこの隙を狙おうとするところを、手を引っ張って動けなくするのはどいつじゃ。こやつを殺さねば、朝廷でまた權力を弄びましょう。なれど秦王さまはねんごろに訴え、いたく氣になるご様子で、許してやってくれとおっしゃる。

【滾繡毬】我瞧不待言。不近前。你也不分良善。又不是不知我抱虎而眠。這廝不納賢。不可憐。不送俺一遍。交這廝落不的个尸首元(完)全。這廝不颩拆(折)脊梁也難消我這恨、把這《廝》不打碎天靈沙怎報我冤。怎不交我忿氣冲天。

〔校〕○瞧……徐・寧本は「煞」に改める。○元全……各本とも「完全」に改める。○送……寧本は「鬆」に改める。○拆……各本とも「折」に改める。○把這……各本とも後に「廝」を補う。○沙……徐・寧本は「唦」に改める。表記の安定しない文字ゆえ、特に改める必要はない。

〔注〕○瞧……「雖」に同じ。『董西廂』巻三【御街行】「這書房裏往日瞧曾來、不曾見這般物事(この書齋にはこれま

ですいぶんまいりましたが、こんなものは見たことがありませんでした）」。「煞」と表記しても同じ意味。〇不分良善……「良善」は善良な心。「不分良善」は善良な心をもたない（わきまえない）。「蝴蝶夢」（古名家本）第三折【上小樓】「敎人道桑新婦不分良善（人から何がよいことかをわきまえぬ惡い女と言われましょう）」。〇抱虎而眠……不安なさま。北宋の何去非の「西晉論」に「其言反復切至、皆恬然不省、方抱虎而熟寐爾（切實な言葉が繰り返されたのに、みな安心しきって氣にかけようともせず、虎を抱いて熟睡しているような有様であった）」（『皇朝文鑑』巻一百）とある。より近い形では南宋の辛棄疾「進美芹十論」に「是猶抱虎而寢、指虎之終不噬己也（虎を抱いて寝ながら、どうせ虎が自分をかむことなどないと思っているようなものです）」（『歴代名臣奏議』巻九十四）などがあり、政治的な文書では頻用される定型表現のようである。白話文學でも、『西遊記』（李卓吾批評本）第九回に、「受爵的、抱虎而眠。承恩的、袖蛇而走（爵位を受ける者は虎を抱いて眠り、君恩をこうむる者は蛇を袖に入れて歩くようなもの）」といった形で用いられる。〇不送……「送」はひどい目にあわせる、葬り去るという意味。「不送」は反語。「紫雲庭」（元刊本）第三折【鬪鵪鶉】「若是共別人竝枕同床、他便不送得我披枷帶鎖（他の人と一緒に寝たりしたら、あの人は私を枷や鎖につながれるような目にあわせるでしょう）」。〇落不得个尸首元全……「元全」は「完全」の誤り。「落不得〜」は「〜ということもできないざまになる」、「完全尸首」は首と胴がつながったつながった死體。定型表現と思われる。「單刀會」（元刊本）第二折【滾繡毬】「你爲漢上九座州。我爲筵前一醉酒。咱兩箇落不得箇完全尸首（あなたは漢水のほとりなる九つの州のため、私は宴席での一醉のため、我ら二人とも身首所を異にするが落ち）」。

【譯】わしはものを言いたくもなければ、近づきたくもないが、それにしてもあなた（元帥）は善惡がおわかりではない。わしが虎を抱いて眠るごとき危うい立場なのを知らぬ譯でもあるまいに。こやつは賢者を容れることなく、憐れみをかけることもなく、わしをひどい目にあわせおったではないか。こやつめ首を保つこともできぬようにしてくれよう。こやつの背骨をたたき折らねばわが恨みは晴れぬ。こやつの頭をかち割らねばわしの仇は討てぬ。わが怒り天を衝かずにおられぬわ。

【快活三】謝吾皇把罪愆免。打元吉喪黄泉。我這里曲躬ヌ(躬)的朝拝怎敢訛言。再把天顔現。

〔校〕○怎敢訛言……徐本は「怎敢俄延」に改める。○天顔現……徐・寧本は「天顔見」に改める。
〔注〕○訛言……『毛詩』「小雅」の「沔水」に「民之訛言、寧莫之懲（民の流言、どうして正さぬ）」とあり、同じく「正月」にも同一の表現が見える語で、元來は事實無根のうわさ話のこと。「七里灘」（元刊本）第二折【鬼三台】「休停住。疾廻去。不去呵枉惹的我訛言澡（?）語（とどまるな。早く歸れ。行かねばわしからつまらぬことを言われるはめになるぞ）」、「介子推」（元刊本）第二折「〔帶云〕割捨了訛言課語、亢(抗)敕違宣（思い切って雑言申し、敕命に逆らう）」といった用例から見ると、相手にとって聞き苦しい言葉のようである。○この曲の前で元吉を殺してしまうらしい。これは史實や小説類とは大きく異なる結末だが、こうした自由な展開は雑劇においては珍しいことではない。
〔譯〕ありがたやわが君は罪をお赦しになった。元吉を打ってあの世に送りましたのに。わたしはここに深々とお辭儀して、滅多なことは申しませぬ。もう一度天顔を拝することができました。

【鮑老兒】我吃一萬金瓜也不怨天。則稱了我平生願。元吉那廝一靈兒正訴冤。敢論告它閻王殿。這廝那器(囂)浮詐僞、輕薄諂佞、那里有納士招賢。那凶頑狠劣、奸滑校(狡)幸、則待簒位奪權。

〔校〕○器浮……各本とも「囂浮」に改める。○校幸……鄭・徐本は「狡倖」、寧本は「狡幸」に改める。

〔注〕○飽老兒……この曲牌で套數が終わる例は少ない。終わり方もやや唐突なので、この後にまだ曲があったものが脱落している可能性も考えられる。○一靈兒……靈魂。「范張雞黍」（元刊本）第三折【集賢賓】「一靈兒伴孤雲冥冥杳杳（魂はぽつんと浮かぶ雲とともに暗い中を行く）」。「東窗事犯」（元刊本）第三折【紫花兒序】「三魂兒消消洒洒、七魄兒怨怨哀哀、一靈兒蕩蕩悠悠（魂はさびしく、魄は哀しく、靈ははるかに）」など。○閻王殿……閻魔大王の役所。死んだらここに訴えるというのは定型表現。『西廂記』（弘治本）巻三第四折「（末云）害殺小生也。我若是死呵、小娘子、閻王殿前、少不得你做箇干連人（ひどい目にあわせてくれましたね。私がもし死んだら、お嬢ちゃんや、閻魔さまのお白砂で、あんたを共犯者として訴えねばなるまいよ）」など。敦煌變文「唐太宗入冥記」に、建成と元吉が李世民を閻王に訴えることを述べる。○囂浮……騒々しくすること。「博望燒屯」（元刊本）第二折【紅芍藥】「則要你呑聲窨氣莫囂浮（聲を呑みおとなしくして騒がぬことじゃ）」など。○奸滑校（狡）幸……「狡幸」は「僥倖」「僥幸」などとも表記する。文言の「僥倖」とはやや異なり、ずるいこと、またずるいやり口をも言う。「五侯宴」（内府本）第一折【混江龍】「他可便心狡倖、倒換過文書（あいつはずるい氣を起こして、書類をすりかえた）」。「後庭花」（古名家本）第三折【新水令】「憑着我撇劣村沙。誰敢道僥幸奸猾（このわしの剛直粗暴な氣性ゆえ、ずるいことを言う度胸のあるやつなどおらぬ）」。「東窗事犯」（元刊本）第二折【石榴花】「子爲恁奸滑（猾）狡佞將心昧（おぬしが狡猾で惡しき心ゆえ）」ほか。

〔譯〕一萬の金瓜でなぐられようとも恨みは致しませぬ。これこそ本望かなったと申すもの。元吉めの魂はうらみを訴え、きっとあの世の閻魔殿で申立てすることだろうが、あやつは浮ついた僞り、薄っぺらなへつらいばかりで、賢者を招き容れるようなことなどあるはずもなかった。あのまがまがしい惡辣さ、よこしまなずる賢さにて、帝位をねらっておったのじゃ。

題目　齊元吉兩爭鋒
正名　蔚(尉)遲恭三奪搠(槊)

新刊關目漢高皇濯足氣英布

〔校〕○本劇については、鄭本・徐本・寧本のほか、異本として元曲選本があり、また第一折については『納書楹曲譜』、第四折については『盛世新聲』『詞林摘豔』『雍熙樂府』に曲文が収録されているが、異同が非常に多岐にわたり、すべて記すのは煩雑に過ぎるので、校勘記では主要なもののみ指摘し、詳細は末尾に付した校勘表にゆだねることとする。

〔注〕○「關目」は「氣英布」以外にも、元刊本三十種のうち「拜月亭」「調風月」「遇上皇」「看錢奴」「陳摶高臥」「任風子」「紫雲庭」「汗衫記」「薛仁貴」「魔合羅」「貶夜郎」「介子推」「東窗事犯」「霍光鬼諫」「七里灘」「周公攝政」「追韓信」「竹葉舟」「博望燒屯」「替殺妻」の計二十種の題名に付されている。雜劇テキストの宣傳文句としては一般的なものであったことがうかがわれるが、その意味は必ずしも明確ではない。湯式の【一枝花】套「卓文君花月瑞仙亭」に「傳奇無準繩。關目是捏成。請監樂的先生自思省（司馬相如と卓文君の芝居の內容がでたらめであることについて芝居に決まりはない。『關目』はでっちあげ。音樂監督の皆さんご反省あれ）」とあるのからすれば、ストーリーのことを言うように思われる。この單語は、『錄鬼簿』に賈仲明が付けた「弔詞」にも多く見られる。例えば「弔王伯成」に「貶夜郎。關目風騷（「貶夜郎」の『關目』は洒脫）」と言い、「弔武漢臣」に「老生兒、關目眞（「老生兒」の『關目』は眞實味に富む）」と言うなど、やはりストーリーのことを言うように思われる。とすれば、これらの宣傳文句は「ストーリーがわかる」ということなのかとも思われるが、芝居の臺本にわざわざそれを宣傳文句として付すのは不自

然に思われる。後世の例だが、清の李漁の『閑情偶奇』「演習部」「變調」の「變舊成新」に、「體質維何。曲文與大段關目是已（前の芝居を美人に例える言葉を承けて）體質とは何か。曲文と長い『關目』にほかならぬ）」とあるのは、明らかに說白、卽ちセリフのことである。先に列擧したテキストがすべてセリフを多少は含んでいるものである點からすると、「セリフ入り」という意味である可能性も考えられるかもしれない。○元刊本末尾には「題目　張子房附耳妬隋何　正名　漢高皇濯足氣英布」とある。元刊本には題目で言うような展開があったものと思われるが、元曲選本には張良が耳打ちする場面はない。元曲選本は「題目　隨大夫銜命使九江　正名　漢高皇濯足氣英布」となっている。明代のテキストでは、「張子房附耳妬隋何」の情節が失われていたため改めたものか。また元曲選本は無名氏作とするが、これは曹本以外の『錄鬼簿』や『太和正音譜』にこの雜劇が著錄されていないので、『元曲選』の編者臧懋循に作者名を特定する手段がなかったためであろう。曹本『錄鬼簿』にのみ、巻上「尙仲賢」の項に「漢高祖濯足氣英布」として著錄されている。また第一折は清の乾隆五十七年（一七九二）に成立した崑曲の曲譜『納書楹曲譜』に、第四折は『盛世新聲』『詞林摘豔』『雍熙樂府』にも收められる。作者とされる尙仲賢については、「三奪槊」題名の注參照。なお、內府本に含まれる「運機謀隋何騙英布」は、同じ題材を扱った別の劇である。ここで扱われている物語は、『史記』巻九十一「黥布列傳」・『漢書』巻三十四「韓彭英盧吳傳」に見えるが、明代に刊行されたこの時代を扱う歷史小說『全漢志傳』『兩漢開國中興傳誌』には見えない。兩書は元代に刊行されたが今は失われた『前漢書平話』の內容を傳えるものと思われるので、平話にはこの話が含まれていなかった可能性が高いことになる。その點で、この雜劇の內容が『史記』にほぼ忠實であることは興味深い。

《第一折》

[止(正)末扮英布引卒子上　開]ム(某)乃黥額夫□(英)布。□□覇王麾下鎮守着楊(揚)州六合淮地。漢中王有意東遷、衆臣子房已奏、陛下不可、有于子琪告變、不合襲於殿後。漢王不從、濉水大敗、折漢軍四十六萬片甲不回。

〔校〕○止末……各本とも「正末」に改める。○□布……一字判讀不能。各本とも「英布」とする。○□□……二字判讀不能。鄭本は「在楚」、徐本は「今在」、寧本は「佐于」とする。○楊州……各本とも「揚州」に改める。○衆臣……徐本は「宰臣」、寧本は「重臣」に改める。○于子琪……徐本は「虞子期」、寧本は「虞子琪」に改め、鄭本は校勘記で「應作虞子期（「虞子期」とすべきである）」とする。

〔注〕○元曲選本にはこの前に劉邦と張良・隋何らのやりとりがあって、隋何の派遣が決まるが、この場面の存在は、元刊本からは確認できない。○黥額夫……『史記』巻九十一「黥布列傳」に「黥布者、六人也。姓英氏。秦時爲布衣。少年、有客相之曰、當刑而王。及壯、坐法黥（黥布は、六の出身である。姓は英氏。秦の時には平民であった。若い頃、彼の人相を見た人が、「刑を受けたら王になるに違いない」といった。成人してから、法に觸れて顔に入れ墨を入れられた）」とある。白話文學では英布の方が通りがいい。『兩漢開國中興傳誌』巻一で初めて登場する際には、「前有一將攔住去路、乃六安人、姓英名布（前の方で一人の將軍が道をふさいでおります。これぞ六安の人にて、姓は英、名は布）」と紹介される。○楊（揚）州……『史記』巻九十一「黥布列傳」に「立布爲九江王、都六（〔項羽が〕布を

九江王に立て、六に都を置いた)」とあり、『兩漢開國中興傳誌』巻一には「封英布爲九江王六合四十五郡(英布を九江王として六合四十五郡に封じた)」という。○衆臣……この單語自體はよく用いられるものだが、「臣下たち」という意味になるので文脈にそぐわない。徐本や寧本の言うように重臣を意味する單語の誤りか。「臣下たちと子房が」というのでも取れないことはない。○子房……劉邦の參謀張良の字。『兩漢開國中興傳誌』『全漢志傳』では諫めるのは韓信となっており、やはり設定が異なるようである。○于子琪……虞美人の兄虞子期のこと。ただしその名の表記は一定せず、『全漢志傳』『西漢演義』では虞子期だが、『兩漢開國中興傳誌』では「虞子琪」となっており、また前二者では垓下の戰いで虞美人が自害したのに殉じて「撞死」することになっているのに對して、後者では成皋を守っていて漢の軍に殺されることになっている。しかも『全漢志傳』には「于子琪」が成皋を守っていて殺される旨の記述もあり、表記を異にするだけの同一人物が二度死ぬことになっているが、おそらく『前漢書平話』では『兩漢開國中興傳誌』と同じ設定だったものを改變した結果、矛盾が生じたものと思われる。從って、「于子琪」という表記も必ずしも誤りとは言えない。○四十六萬……『史記』巻七「項羽本紀」では「五十六萬」、『兩漢開國中興傳誌』では「五十餘萬」、『全漢志傳』では「五十萬」。○片甲不回……軍隊が全滅すること。「黄鶴樓」(內府本)第一折「(諸葛亮云)貧道祭風、周瑜擧火、黄蓋詐降、燒曹兵八十三萬、片甲不回(私が風を起こし、周瑜が火を付け、黄蓋は降伏するふりをし、曹操の軍勢八十三萬を燒き拂って、鎧の切れ端も歸れないことにさせました)」など用例多數。この言い回しを用いた古い事例としては、南宋の鄭剛中の「定謀齊力疏」(『北山集』巻一)に「宜其一跌塗地、片甲隻輪之不返(一敗地にまみれ、鎧の切れ端、車輪の片割れも歸ってこなかったのももっともです)」がある。○この部分の白はかなり元曲選本に近い。以下もしばしば元曲選本と共通する白が見え、この雜劇については元刊本にもかなりの白が見えることから考えても、早い時期にある程度白が固定していた可能性がある。

〔譯〕［正末が英布に扮し、兵士を連れて登場。開］それがしは入れ墨男の英布でござる。覇王の配下にあって、揚州・六合・淮の地を守っておりまする。漢中王が東に向かおうといたしましたところ、大臣の張子房が上奏いたしましたことには、「陛下なりませぬ。于子琪が異變を告げますゆえ、後ろから襲いかかってはなりませぬ」。漢王はいうことを聞かず、濉水にて大敗し、漢の軍四十六萬人を失って、一人も戻りは致しませんでした。

《仙呂》【點絳唇】楚將極多。漢軍微末△特輕可。戰不到十合。向濉水河邊破。

〔校〕なし。

〔注〕○微末……多くは身分の低いことに用いられる。『三國志平話』巻中「徐庶曰、小生微求(末)之人、何所念哉（徐庶が申します。私はつまらない人間ですから、お氣に掛けられますな）」。元來は細かいこと。『孔子家語』巻八「辯學解」「小人之音則不然、亢麗微末、以象殺伐之氣（小人の音けそうではない。激しくて細かく、殺伐とした様子をかたどっているようである）」。勢力が微弱という意味で用いられた古い例としては、『通典』巻百九十六「邊防典」「托跋在北荒、部落主力微末（托跋は北の果てにいて、部族長の力は微弱である）」がある。「小可」と同じ意味の語と併用した例としては、曾瑞卿【端正好】「似斗筲之器般看得微末。似糞土之牆般覷得小可（斗筲の器なみに見下して、糞土の牆なみに輕く見る）」がある。

〔譯〕楚の將はまことに多く、漢の軍は力弱くいとも輕いもの。十回も手合わせせぬうちに、濉水のほとりに打ち破った。

【混江龍】今番已過。這回不索起干戈。主公倚仗着范增英布、怕甚末韓信蕭何。我則待獨分兒興隆起楚社稷、怎肯交劈半兒停分做漢山河。［外云了］ 堦直下人來報、不由我嗔容忿ヌ（忿）、冷笑呵ヌ（呵）。［《云》］ 隋何來。他是漢家臣、這的是楚軍寨、他來這里有甚事。這漢好大膽呵。［怒唱］

〔校〕〇主公倚仗着范增英布……元曲選本はこの句の前に「帶白」として「喒項王呵」の後、「憑着喒范增英布」とする。〇外云了……元曲選本ではこの前に四字句を四句増句。このあたりから、『納書楹曲譜』は基本的に元曲選本と一致する。『元曲選』に基づいて、明末以降に崑曲のテキストが作られた可能性があろう。事實『納書楹曲譜』巻二「目錄」末尾には『元曲選』についての言及があり、編者がこの書物を目にしていたことは間違いない（ただし、編者は『元曲選』に對して非常に批判的であるが）。「外云了」の部分は、元曲選本では「丑扮探馬上　卒做報科云……（丑が斥候に扮して登場。兵士が報告するしぐさをしていう）」。徐本はこのト書きを「探子云了」に改める。〇堦直下人來報……元曲選本は「喒則見撲騰騰這探馬兒闖入旗門左」。〇冷笑呵……元曲選本では、この句の前に探子とのやりとりがあり、隋何の到着が報告された後、「都付與冷笑的這呵呵」。「外」が探子なのか、臣下なのかは不明。ただしここで探子が登場する必然性はない。

〔注〕〇已過……「王粲登樓」（古名家本）第一折【混江龍】「中年已過、百事無成（中年も過ぎたのに、何事もなしえず）」。また「范張雞黍」（息機子本）第一折「（張元伯云）哥哥、今年已過、到來年九月十五日…（兄上、今年はもうこれでおわりですが、來年の九月十五日には…）」とあり、また人がすでに死んでしまっていることを「亡化已過」「亡逝已過」という（「竇娥冤」（古名家本）第一折の白に兩方の用例がある）ように、その狀態がすでに發生したことをあらわすか。〇我則待……元曲選本は「喒待要」。この前後、元曲選本は曲辭に見える「我」をすべて「喒」に改めている。後世の

「俺」のように、「喒」に粗暴・傲慢なニュアンスがあるものと考えられていたようである。○獨分兒……用例を見ない言葉である。獨力でということか。○劈半兒停分……半分に分ける。「劈半兒」は「疋半」とも書く。「停分」はちょうど半分に分けること。「停」はいくつかに等分したその各部分のことを指す單語。「殺狗勸夫」（脈望館抄本）第一折【尾聲】「若不死了俺尊堂和父親。這家私和你疋半停分（もし母上と父上が亡くなっておられなければ、この財産はあなたと半分に分けたはず）」。ここで「停分」を用いているのは、初等教育書として白話文學に絕大なる影響を與えた唐の胡曾『詠史詩』の「鴻溝」に、「虎倦龍疲白刄秋。兩分天下指鴻溝（龍虎ともに疲れ果てた白刄ふるう秋、鴻溝を指して天下を二分した）」という句があり、廣く行われていた陳蓋の注に「劉項爭天下、指鴻溝水爲二國之界、亭分天下（劉邦と項羽が天下を爭った時、鴻溝の河を指して兩國の境界とし、天下を二分した）」と見えることとの影響か。○隋何……『史記』『漢書』では「隨何」。元曲選本も「隨何」とする。しかし、『兩漢開國中興傳誌』『全漢志傳』では「隋何」となっており、さきにあげた「騙英布」雜劇も同樣であって、白話文學の世界では「隋何」と表記されることの方が多かったようである。○怒唱……元刊本では、正末がうたう時に「唱」と書くこと自體比較的少ない。ましてこのように形容語を伴う例は大變珍しい。この雜劇には異例のト書きが多く見られる。

〔譯〕こたびのことが終わったからには、今度は戰をおこすに及ぶまい。殿は范增・英布を賴みとされる以上、韓信・蕭何など恐れるに足りぬ。わが一人の力にて楚の國をば盛り立ててくれようものを、どうして半ばを割いて漢の國土としたりできようか。〔外云う〕きざはしの下に來た者の知らせ聞き、思わず憤怒の形相すさまじくも、ハハハと冷やかに笑う。

〔正末いう〕隋何が來たとな。奴は漢の臣、ここは楚軍のとりで。ここに何しに來おったのじゃ。こやつまったくいい度胸じゃ。（怒って唱う）

【油葫蘆】這漢似三歲孩兒小覷我。怎生敢恁末。是他不尋思到此怎收羅。恰便似寒森ヌ(森)劍戟傍邊過。有如他明颩ヌ(颩)斧鉞叢中坐。是他忒不合。忒聘(騁)過。恰便似个飛蛾兒急颭颭來投火。便是他自攬下一頭蹉。

〔校〕○聘過……各本とも「騁過」に改める。元曲選本は「他可也忒放潑」とする。○便是……元曲選本は「這的是」とする。なお徐本には「便」がない。單純な誤りであろう。

〔注〕○不尋思……考えなし。「介子推」(元刊本)第三折【上小樓】「今日个不尋思、就就死、撃王保駕(今日考えなしに死んで、とのをお守りするか)」。○收羅……收拾する。「焚兒救母」第二折【禿厮兒】「人穰穰、鬧呵呵。無个收羅(人はざわざわ、わいわい騷ぐ中、收拾もつかない)」。○聘……各本がいうように「騁」の誤りであろう。思い切り行う、發揮する。『董西廂』卷一【吳音子】「騁無賴。傍人勸他又誰倸保(無賴の限りをつくし、人がなだめようと相手にせぬ)」、「單刀會」(元刊本)第一折【鵲踏枝】「他誅文醜騁粗懆(あの者は猛き氣性ほとばしるがままに文醜を誅し)」、「紫雲庭」(元刊本)第二折【菩薩梁州】「直這般顯相貌騁威勢(こんな風に顔を出して〔?〕威張りちらして)」、『朱子語類』卷一百八「論治道」「今日之法、君子欲爲其事、以拘於法而不得騁(今の法では、君子がしたいことをしようとしても、法に縛られて思うようにできぬ)」。○飛蛾投火……飛んで火にいる夏の蟲。張協「雜詩」(『文選』卷二十九)に「蜻蛚吟階下、飛蛾拂明燭(コオロギは階の下にうたい、蛾は輝く燭を拂う)」とあるのが、類型表現では古い例。より近い例としては、黃庭堅「演雅」詩に「飛蛾赴燭甘死禍(蛾は燭に向かい死ぬのをいとわぬ)」、宋の熊克の『中興小紀』卷三十六に「人苟無識、一味貪進、往往如飛蛾投火、隨焰而滅(人はもし識見がなければ、むやみと出世し

ようとして、しばしば飛んで火にいる夏の蟲と、炎につれて滅びることになってしまう）」とあり、宋代には成語として用いられていたらしい。「對玉梳」（顧曲齋本）第二折【倘秀才】「這廝他不知死飛蛾投火（こやつは命知らずな飛んで火にいる夏の蟲）」など、白話文學の用例は多い。

〔譯〕こやつめわしを三歳の子供なみに見て、どうしてこんなことをしでかしおるのか。やつめが考えなしなことをしでかしたからには、もはや取り返しはつかぬ。さながらに、震え上がらんばかりに冷たく輝く劍戟のそばを行き、きらきら輝く斧鉞の群れなす中に座るが如きもの。あまりといえばあまりの無法、あまりの向こう見ず。さながらに蛾がひらひらと自分からともしびに飛び込むが如く、やつめが自ら招いた大しくじりじゃ。

【天下樂】這漢滅相自家煞小可。如還我。不壞了他。則俺那楚王知到做了咱的罪過。他待要使見識、斷勾羅。不由我按不住心上火。

〔《云》〕小校那里。如今那漢過來、持刀斧手便與□(我)殺丁(了)者。交那人過來。［等隋何過來見了］［唱賓住者。你休言語。我根前下說詞那。［等隋何云了］

〔校〕○自家……寧本は「咱家」に改める。○知到……鄭本は「知道」、徐・寧本は「知倒」に改める。○不由……元曲選本は「却教咱案不住心上火」。ある程度一致するのはこの句のみで、他は全く異なり、しかも後にもう一句ある。『納書楹曲譜』は基本的に元曲選本と一致。○與□殺丁者……鄭本は「與□□□了者」。覆本が「殺」をも缺字にすることに由來する。徐・寧本は「與我殺了者」。

〔注〕○滅相……輕視する。「西蜀夢」（元刊本）第二折【牧羊關】「咱西蜀家威風。俺敢將東吳家滅相（わが西蜀の威風

をもって、われらは必ず東吳を見下してくれようぞ）」。「博望燒屯」（元刊本）第三折【沽美酒】「可不人不得滅相。死尸骸臥在雲陽（まことに人をあなどってはならぬとはこのこと〔?〕。屍は刑場に横たわることとなる）」。○如還……これで一語。「もし」の意。本折【玉花秋】の「還」もこれに同じ。○使見識……「見識」は惡知恵、「使」はものいわせること。「使見識」で惡知恵を發揮することになる。「單刀會」（元刊本）第四折末尾【沽美酒】「誰想您狗幸狼心使見了(識)（まさかそのいやしい根性で惡知恵發揮しようとは）」。○勾羅……元曲選本は、この後の【鵲踏枝】第二句「你那里話兒多。着言語廝多羅」を「你那裏話兒多。廝勾羅」とする。この例から見ると誘惑することかと思われるので、假にそう譯しておくが、他に用例がない。○等……解說でも述べたように、正末・正旦以外の人物のト書きの前にしばしばこの語が付く。異論もあるが、單に「〜が…してから」ということであろう。○唱賓……『明史』巻五十六「禮志十」「鄉飲酒禮」に「贊禮唱賓酬酒、賓起、…（典禮係が「唱賓」して返杯すると、客は立ち、…）」と見える。式部官が號令をかけて、賓客との對面の儀禮を行うことか。この種のト書きは他に例がない。○下說詞……辯舌をふるう。「賺蒯通」（內府本）第四折に「(樊噲云)此人不可問。他若問必然下說詞也（この者に問うてはなりませぬ。問えば必ず辯舌をふるいましょう）」と、ほとんど同じ言い回しが見える。定型化した表現なのであろう。

【譯】こいつがわしになめた眞似をしてくれるのは大したことではないが、もしもわしがやつを殺さねば、楚王に知られたらわが身のとがにされようぞ。やつは惡知恵にものいわせ、誘惑しようとしおる。心中の怒りの炎を押さえかねるわ。

［正末いう］當番兵はどこじゃ。やつが來たら、首切り役人を連れてきて殺してしまえ。あの者を通せ。［隋何が來て會うしぐさ］［接見の禮を行う］待て。しゃべるな。わしの前で辯舌を披露しようというか。［隋何がいう］

【那吒令】三對面、先生行道破。那里是八拜交、仁兄來探我。是你个兩賴子、隋何來説我。〔等外云了〕你待要着死撞活。將功折過。你休那里信口開呵。

〔校〕なし。

〔注〕○三對面……他に用例のない言葉。許少峰『近代漢語詞典』は「指兩面討好。連自己爲三面、也卽兩頭三面（二股かけることを言う。自分も合わせて三面になるので、「兩頭三面」〔あちこちにいい顔をする〕ということにもなる）」とし、『漢語大詞典』は「三對面先生」で「説客」とするが、いずれも擧例はこれのみ。なおこの句を元曲選本は「喒道你這三對面先生來瞰我」とし、「わしに言わせればおぬしという『三對面先生』が會いに來たというもの」として、次の句への接續をスムーズにしている。○兩賴子……徐本の校記に宋の莊季裕の『雞肋編』巻中に見える「元祐末、已有紹述之論。時來之邵爲御史、議事率多首鼠、世目之爲兩來子（元祐年間の末には、新法に復歸しようという論があった。この時來之邵は御史であったが、その議論には二股膏藥が多かったので、世の人は『兩來子』と呼んだ）」を引く。『宋元語言詞典』は更に「謝金吾」（元曲選本）第二折【梁州第七】「都是這兩賴子調度的軍馬、你可甚麼一管筆判斷山河（みなこの「兩賴子」〔敵の間者の王樞密をさす〕が手配した軍勢じゃ、何が筆一本で天下を治めるやら）」を引き、「猶無賴」とするが、「謝金吾」の例からもやはり二股膏藥と取る方がよいであろう。○將功折過……手柄と失敗を相殺する。「將功折罪」ともいう。『老乞大』「將出免帖來毀了、便將功折過、免了打。若無免帖、定然喫打三下（〔寺子屋で暗誦がうまくできると免狀をもらえるが、次にできないと〕免狀を取り出して破いてしまいますが、手柄と失敗を相殺するということで叩かれずにすみます。免狀がなければ、必ず三度ぶたれます）」。○信口開呵……「開合」と表記する例が多く、「開喝」も見られる。元曲選本はこの句を「一謎裏信口開合」とする。「魯齋郎」（古名家本）第四折

【折桂令】「休只管信口開合（口からでまかせ言うでない）」、張養浩【新水令】套「辭官」【離亭宴煞】「非是俺全身遠害、免教人信口開喝（明哲保身氣取るでないが、人からでたらめ言われずにすもう）」。なお、「開呵」「開喝」は、芝居の前口上のこと。音が同じであることから、「でたらめな前口上」という意味ととらえられていた可能性がある。現代では「開河」という表記が一般的。

〔譯〕二股膏藥先生にはっきり申し上げる。兄弟のちぎり結びし兄上の來訪などであるものか、首鼠兩端はかる惡黨の隋何めが說得しに來おったのじゃろう。（外云う）命がけにて、手柄でしくじりの埋め合わせしようなどと、口から出任せ申すでない。

【鵲踏枝】你那里話兒多。着言語斷多羅。你正是剔蝎撩蜂、暴虎馮河。誰交你自創入龍潭虎窩。飛不出地網天羅。

〔校〕○多羅……鄭・寧本は元曲選本にならって「勾羅」に改める。○創入……鄭本は「闖入」、寧本は「撞入」に改める。○你～天羅……元曲選本は「鑚頭就鎖、也怪不的咱故舊情薄」と全く異なる。

〔注〕○多羅……ここではくどくど言うことのように見える。他の用例としては、「爭報恩」（元曲選本）第三折【聖藥王】「我可也千不合。萬不合。一時間做事忒多羅（私は本當にまずいことに、とっさにやることがあまりにも「多羅」だった）」があるのみ。ここでは輕率に梁山泊の好漢と義兄弟の契りを結んだことをいう。あるいは「對玉梳」（古名家本）第二折【倘秀才】（原本は曲牌名を缺く）に「甜句兒將我緊兜羅、口如蜜鉢（甘い言葉で私をしっかとたぶらかす、その口は蜜を入れたたらいのよう）」、「謝金吾」（元曲選本）第二折【烏夜啼】に「但有攙搓。誰與兜羅（思いも掛けぬこと

が起きたら、誰がうまく言ってくれようか）」と見える「兜羅」と同じかもしれない。とすれば、「うまく言う、とりなす」といったところか。その場合「爭報恩」の用例の意味が取りにくいが、あるいは「甘いことを言い過ぎた」といったことかもしれない。○剔蝎撩蜂……自分の方から災いを招くようなことをするたとえ。「襄陽會」（内府本）楔子【賞花時】「他不合剔蝎撩蜂尋鬪爭。我這里布網張羅打大蟲（やつめは不届きにもさそりを刺激し蜂の巣つついて戦い求め、こちらは網を張って虎を捕らえる）」など。○暴虎馮河……素手で虎を捕まえようとしたり、徒歩で川を渡ろうとするような無謀な行爲をたとえる。もとは『毛詩』小雅「小旻」「不敢暴虎。不敢馮河。人知其一。莫知其他。戰戰兢兢。如臨深淵。如履薄氷（素手で虎を捕らえたりはできぬ。徒歩で黄河を渡ったりはできぬ。人は一のみ知って、その他を知らぬ。深い淵に臨むが如く、薄氷を踏むが如し）」に見えるが、元曲に見えるのは『論語』「述而」の「暴虎馮河、死而無悔者、吾不與也（暴虎馮河の振る舞いをして、死んでも後悔しないような者には、仲間入りできぬ）」に基づくのであろう。「竹葉舟」（元刊本）第二折【離亭宴煞】「唱道暴虎馮河、學屠龍袖手（げにも暴虎馮河の振る舞いなし、龍屠る技身につけつつもそれを隠し〔?〕）」など。○創……鄭本は「闖」、寧本は「撞」に改めるが、「黃鶴樓」（内府本）第一折【油葫蘆】に「喒正是低着頭往虎窟龍潭創。却正是合着眼去那地網天羅裏撞（我らはまさしく頭を下げて虎や龍のすみかに突っ込み、まさしく目をつぶって天地にめぐらせた網の中へと突入すると申すもの）」とあり、「闖」の當て字として「創」がしばしば用いられるのではないかと思われる。○龍潭虎窩……龍や虎が住んでいる危険な場所をいう。「遇上皇」（元刊本）第四折【折桂令】「不做官我怕的是鬧炒〱（炒）虎窟龍潭（役人にはなりませぬ、私がこわいのは騒々しい虎や龍のすみか）」、『西廂記』（弘治本）巻二第二折【滾繡毬】「大踏步直殺出虎窟龍潭（大股に虎や龍の住みかからまっしぐらに脱出する）」ほか。○地網天羅……法などが嚴しく、容易に逃げられないことを形容する。「東窗事犯」（元刊本）第一折【鵲踏枝】「試打入天羅地網。待交俺九族遭殃（天地にめぐらした網に放り込んでみて、われらの九族までも災いにあわせようとする）」、「紫雲庭」（元刊本）第三折【哨遍】（原本は曲牌名を缺く）「怎出俺這打多情地網天羅（私たちが天地に張りめぐらした色好みをとらえる網からどうして出られよう）」ほか。

〔譯〕お前はそこで無駄口をたたき、うまい言葉でたらし込もうとしおるが、お前がしていることこそ自分から災いを招き、蠻勇を頼みにした無謀な行爲というもの。自分から龍虎の住まいに突っ込み、天地に張りめぐらしたわなから飛び出ることもかなわぬ羽目に落ち込みおったわ。

【寄生草】你將你舌尖來扛、我將我劍刃磨。我心頭怎按無明火。我劍鋒磨的吹毛過。你舌頭便是亡身禍。你道是特來救我目前憂、嗷你正是不知自己在壕中臥。

［《云》］你道是救我來。你說我有甚罪過。［等外云三个死字了］［做背驚云］打呵打着實處、道呵道着虛處。這漢怎生知道。我雖有這罪過、如今赦了我也。［等天臣上去(云)了］

〔校〕○死字了……鄭本には「了」がない。○我雖有……鄭本は「我或有」とする。覆本の誤りに由來するものである。○上去了……各本とも「上云了」に改める。

〔注〕○扛……口答えすること。元曲には他に用例がない。『金瓶梅詞話』第五十二回「交我扛了兩句、走出來（ちょっと言ってやったら出ていった）」。○吹毛過……『水滸傳』（容與堂本）第十二回において、楊志が刀を賣るとき、寶刀たる第二のゆえんとして「吹毛得過」と述べ、「就把幾根頭髮望刀口上只一吹、齊齊皆斷（髮の毛を何本か刃に向けて一吹きしただけで、みんな切れてしまう）」と説明するように、吹き付けた毛も切れるような鋭い切れ味。唐の李頎の「崔五六圖屛風各賦一物得烏孫佩刀」という詩に、「烏孫腰間佩兩刀、刃可吹毛錦爲帶（烏孫國の人は腰に兩刀を帶び、

その刃は吹き付けた毛も切れるほどで、錦を下げ緒にしている）」、杜甫の「喜聞官軍已臨賊境二十韻」詩に「鋒先衣染血、騎突劒吹毛（先鋒の衣は血に染まり、突撃する騎兵の剣は吹き付けた毛も切れる鋭さ）」とある。元曲における用例としては、「黃粱夢」（古名家本）第四折【笑和尚】に「來來來寶劍似吹毛過（さあさあさあ寶劍は吹き付けた毛も切れる鋭さ）」など多數がある。○亡身禍……馮道の作とも言われる「舌詩」に「口是禍之門、舌是斬身刀。閉口深藏舌、安身處處牢（舌は身を斬る刀、口は災いの元。口を閉ざし舌を深くしまいこめば、いつでも身は安泰）」とあり、以後成語として頻用された。「酷寒亭」（古名家本）第三折【烏夜啼】「憑着我在口言是忘(亡)身禍。言多語少、小人有些九陌風魔（げにも口にある言葉は災いの元。言葉が多いか少ないか、わたくしちと頭がおかしいようで）」ほか。○壕中臥……墓穴に横たわること。「西蜀夢」（元刊本）第三折【哨遍】「爭奈小兄弟也向壕中臥（殘念ながらこの弟めも墓に横たわる身）」。○打呵打着實處、道呵道着虛處……「肝心なところを打ち當て、拔かったところを言い當てられた」ということで、痛いところを突かれることであろう。

〔譯〕お前は舌先で盾ついてくるが、わしはわしの劍を研いでいる。わが心中の怒りをどうして押さえられよう。わが劍は研ぎすまされてたいした切れ味。お前の舌は身を滅ぼす災いのもと。お前はわしの憂いを解決しにわざわざ來たというが、おう、お前こそ自分の命が危ういことを知らぬのではないか。

［正末いう］お前はわしを助けに來たと言うが、わしにどんな罪があるというのじゃ。［外が三つの「死」のことをいう］［正末驚いて傍白］これは痛いところを突かれたわ。こやつはどうして知っているのであろう。わしにはその罪があるにはあるが、今では赦されておる。［使者が登場していう］

【玉花秋】那里發付這殃人貨。勢到來怎生奈何。楚國天臣還見呵。其實也難收斂怎求和。［《云》］小校裝香來。

〔《唱》〕我與你一下里相迎你且一下里趓。〔《云》〕你且兀那屛風背後趓者。〔等使命開了〕〔《云》〕我道楚使來取我首級、却元來不是、到赦了我罪過。


〔校〕なし。

〔注〕○殃人貨……ろくでなし。杜仁傑【耍孩兒】套「莊家不識勾闌」【四】「中間裏一箇央人貨（中に一人のろくでなし）」。「焚兒救母」（元刊本）第二折【鬼三台】「那里哭的聲音大。到來日只少个殃人禍(貨)（どうして大聲上げて泣いたりしよう。明日になればろくでなしが一人減るだけのこと）」。○勢到來……「事ここに至っては」の意であろう。「漁樵記」（元曲選本）第四折劉二公云「勢到今日、你不說開怎麼（今のようなことになったからには、說明せずに何とする）」というように、「勢到今日」の形で用いられることがあるが、同じ「漁樵記」の息機子本でこの箇所が「事到今日也、你不說開做甚麼」となっているように、「事」と「勢」が通用して用いられるようである。○難收斂怎求和……元曲選本は「難廻避怎收撮」とする。「收撮」は終わらせる、けりを付けるといった意味。「收斂」も同じような意味であろう。

〔譯〕このろくでなしをどう始末したものか。事ここに至ってはなすすべなし。楚國のみかどの使いにもし見られたならば、實際收まりはつかず、どうにもならぬ。〔いう〕だれか香の仕度をせい。〔うたう〕わしはあちらに迎えに行くゆえ、お前はこちらでひとまず隱れておれ。

〔いう〕お前はとりあえず屛風のうしろに隱れておれ。〔使者口上をいう〕〔(正末)いう〕わしは楚の使者がわしの首を取りに來たと思っていたが、なんだ、そうではなくて、わしの罪を赦してくれたのか。

【后亭(後庭)花】不爭這楚天臣明道破。却把你个漢隋何謊對脫。〔《云》〕去了天臣呵。《唱》我如今喚你來從頭兒問、隋何看你支吾咱說个甚末。這風波。忒來的歇禍。元來都番成他的佐科。

〔校〕○元來都番成他的佐科……「佐科」を鄭本は「作科」、寧本は「做科」に改める。元曲選本ではこの句は「且看他這一番怎做科。那一番怎結末」となっている。

〔注〕○對脫……元曲には他に用例がない。この句、「隋何が嘘をついてごまかそうとする」「隋何の嘘がばれてしまった」兩樣の解釋が可能だが、前者では「把」が宙に浮き、後者では通常副詞的に用いられる「謊」が重い名詞になって問題が殘る。ここでは假に後者の方向で譯しておく。○歇禍……徐本の校記では、「梧桐雨」(古名家本)第四折【滾繡毬】「向青翠條。碧玉梢。碎聲兒畢剝。增百十倍、歇和芭蕉(綠の枝、エメラルドの梢に、バラバラとした音を立て、何十倍にもなって、芭蕉に集まる)」という「歇和」、「梧桐葉」(顧曲齋本)第三折【煞尾】「怎當他、協和芭蕉夜窗雨(たまらないのは、芭蕉に集まる夜の窗の雨)」という「協和」、「爭報恩」(元曲選本)第三折【鬭鵪鶉】「打道子的巡軍每葉和(見回りの兵隊たちが集まってきた)」という「葉和」と通じるのではないかとする。『元語言詞典』は「折よく」という意味だとするが、副詞として用いられる時にはそうした意味になると考えればよいであろう。○佐科……おそらく通常は元曲選本のように「做科」と表記される單語であろう。曾瑞の【鬭鵪鶉】「風情」に「強做科撒拈。硬熱戀白沾」、睢景臣【六國朝】「收心」に「將俺拘鉗。做科撒阽」とほぼ同じ言い回しが見える。ともに妓女との擬似戀愛をテーマとした散曲であり、意味は定かではないが、前者は「むりやり『做科撒拈』し、どうでも『熱戀白沾』しようとする」ということであり、後者は「我々をとりこにして、『做科撒阽』する」ということになる。「熱戀」と

對になる點からすると同じ方向性を持つかとも考えられるが、「科」が芝居のしぐさを指す單語である點からすると、「芝居をする」、つまり本心ではなく演技でほれたふりをすることである可能性もある。ここでは假にその方向で譯しておく。

〔譯〕いかんせん楚の使者がはっきりといったがために、隋何のうそがばれてしまった。［いう］使者が歸ったら、［うたう］お前を呼び出し逐一問いただすことにしよう。隋何め、お前はわしをごまかしてどんないいわけをするのやら。この騒ぎばかにタイミングがいいと思えば、なんとすべてはやつの芝居だったのか。

［等外出來共使命相見了］［做門外猛見科《云》］這漢大膽麼。誰請你來、自走出來了。［做共外打手勢科《云》］你且藏者。

〔校〕なし。

〔注〕○正末の「你且藏者」のせりふのあとで、外が楚の使者を殺すものと思われる。元曲選本でもこの部分で使者が殺される。

〔譯〕［外が出てきて使者に會う］［正末が門の外ではっと目にとめていう］こいつはなんと大膽な。呼ばれもせぬのに、自分で出てきおった。［正末が外に合圖するしぐさをしていう］とりあえず隱れておれ。

【金盞兒】誂的我面沒羅。口答合。想伊膽到天來大。料應把那口吹毛過的劍先磨。坑察的着咽脛(頸)、血嚦(瀝)ヌ(瀝)帶着肩窩。不爭你殺了他楚使命、則被你送了我也漢隋何。

〔校〕○料應……元曲選本は以下の三句が全く異なる。○坑察……徐本は「圪擦」、寧本は「圪察」に改める。○咽脛……各本とも「咽頸」に改める。

〔注〕○面沒羅……呆然として無表情になること。「調風月」（元刊本）第二折【朱履曲】「又不風又不呆癡。面沒羅呆答孩死堆灰（狂ったわけでも馬鹿でもないが、無表情にぼんやりと燃え盡きた灰のよう）」、「西蜀夢」（元刊本）第三折【石榴花】「今日臥巫（蠶）眉瞅定面沒羅（今日は蠶の眉をひそめてうつろな顔）」など。○口答合……徐本校記は前項で引いた「調風月」の例「面沒羅呆答孩」を引き、「答合」は「答孩」に同じとする。○坑察……ガチャ。徐本は「圪擦」、寧本は「圪察」に改めるが、擬音語ゆえ多様な表記が許容されるであろうから、改める必要はなかろう。『劉知遠諸宮調』卷二【快活年尾】に「把頭髮披開砧子上。斧舉處諕殺劉郎。救不迭扢插地一聲響（髮をきぬたに廣げ、斧が上がれば劉郎はびっくり仰天、助ける間もなくガチャッと音は響く）」と、また異なった表記を用いた例がある。

〔譯〕驚いて顏は呆然、口はあんぐり。何と大膽不敵な奴じゃ。かの切れ味鋭い劍を前もって研いでおったに相違ない。ガチッと喉首めがけ、血しぶきあげて袈裟懸けに肩まで斬り下ろす。まいったことにおぬしが楚の使者を殺したからには、おぬしのせいで一卷の終わりじゃ、漢の隋何め。

〔《云》〕拿着那漢者。這人大膽、俺楚家使命、你如何敢殺了他。〔等外云了〕〔《云》〕我門外搖着手、意里道你且休出來、且藏者。我幾時交你殺了他使命來。〔等外丙云了〕〔怒云〕小校拿着這漢。咱見楚王去來。〔等外云了〕〔做慘科〕〔背云〕我若拿將這漢見楚王去、這漢是文字官、不曾問一句、敢說一堆老婆舌頭。我是个武職將、幾時折辨過來。〔做尋思科住〕

〔校〕○我門外搖着手意里道你且休出來……徐・寧本は「我門外搖着手做意哩。道你且休出來」に改める。

〔注〕○文字官……元曲には例がないが、曾鞏「英宗實錄院申請」に見える「又曾乞差中書樞密院編文字官（また以前に中書樞密院編文字官を派遣されるようお願いいたしまして）」など、宋代には文書を扱う官職として半ば公式の名稱であったらしく、用例が多い。ここでは文官のことであろう。○老婆舌頭……「女房の舌」、つまりぺらぺらとしゃべることであろう。「劉行首」（古名家本）第三折林員外云「這先生倒會管老婆舌頭（この道士は口が達者だ）」。元曲選本のこの箇所の正末の白は、「喒若拿那厮見項王去、那厮是能言巧辯之士、口里含着一堆的老婆舌頭（わしがあいつを捕まえて項王に會いに行ったら、あいつは雄辯家で、口に『老婆舌頭』をたっぷりもっているから）」とかなり似通ったものになっている。○武職將……この形での用例は他に見つからないが、明の萬民英の占い書『星學大成』巻十五に「中犯煞者便爲武職將軍之位（中が煞（人相用語）を犯していれば、武職將軍の位につく）」とあり、清朝においては「武職將軍」の例が公文書にも多く見られる。おそらく元代にも民間では用いられていた語だったのであろう。○折辯……古い例としては、阮籍の「達莊論」に「折辯者毀德之端也（議論は德を臺無しにするきっかけ）」とあり、また『三國志演義』（嘉靖本）巻二十三「姜維祁山戰鄧艾」には、「望自知有此變法、實不曾學全、乃勉強折辯曰、吾不信、汝試變之（司馬望はこのような陣形變化の仕方があることは知っていたが、實は全部身につけてはいなかったので、やむなく無理に強辯して言った。「信じられぬ。變えて見せよ」）」とある。議論する、あるいは自分の立場を主張することであろう。なおこの語は、元曲選本の「竇娥冤」「張天師」において、ともに裁き手に對して自己の立場を主張する意味で用いられているようであるが、實はいずれも元曲選本にしか見えない部分であり、他のテキストにはこうした例はない。○住……「住」は元刊本に頻出する用語であるが、意味は定かではない。字義から考えて、また周憲王

朱有燉の「牡丹品」末尾に、明らかに音樂が終わることをさして「樂住」というト書きがあることから見ても、前の動作が終わることをいうのかとも思われる。一説に退場せず舞臺にとどまる意。

〔譯〕［正末いう］かの者を捕えよ。こやつ大膽な、われらが楚の使者を何ゆえに殺してのけたのじゃ。［外いう］［正末いう］わしが外で手を振ったのは「しばらく出てくるな、隱れておれ」と言ったつもりだったのに、わしがいつおぬしに使者を殺せと言ったというのじゃ。［外またいう］［正末怒っていう］だれか、こやつを捕えよ。わしは楚王に會いに行く。［外いう］［正末驚くしぐさ。傍白］わしがこやつを捕えて楚王に會いに行けば、こやつは文官、一言も問われぬうちに、ペラペラしゃべりまくるにちがいない。わしは一介の武將、どうして言い負かせよう。［考えるしぐさ］

【鴈兒】楚王若是問我。［《云》］英布、他是漢家、咱是楚家。你不交書叫他去沙、他如何敢來。［《唱》］到底難將伊着末。你恰施劣缺、顯雄合。你个哥。［《云》］哎你殺了他楚使。［《唱》］却不道我如何。

［《云》］似此怎生了。［等外云降漢了］［《云》］你交我降你漢家。這楚王不曾虧我。我便降漢、肯重用麼。［外云了］

〔校〕○你个哥……元刊本は小字にする。○沙……徐・寧本は「吵」に改める。○到底～却不道我如何……この部分、元曲選本は全く異なる。「他怎敢便帶領着二十人、到軍寨里鬧鑊鐸。那其間哥。可教嗜答應是如何」。

〔注〕○着末……つかまえること。「捉摸」に同じ。「紫雲庭」（元刊本）第三折【粉蝶兒】「我本是个邪崇（祟）妖魔。他那俏魂靈到（倒）將咱着末」（私がもともと人にとりつく妖魔のはずだったのに、あの粋な魂はこのわたくしをとりこに

してしまいました)」。○劣缺……猛々しいこと。「拜月亭」第三折【倘秀才】「不似俺、忒嗐嗻。劣缺（うちのお父さんのようにえげつなく猛々しい人はいまい）」ほか。○雄合……未詳。用例なし。「勇猛」の意か。

〔譯〕楚王がもしわしに問わば、〔正末いう〕「英布よ、やつは漢のもの、われらは楚のもの。おぬしがやつに手紙を出して呼んだのでなければ、やつらにくる勇氣があるはずはあるまい」。〔うたう〕結局おぬしをつかまえることはなるまい。おぬしはさっきえらいことをしでかして、勇猛ぶりをひけらかしてくれたが、兄上よ。〔正末いう〕おぬしが楚の使者を殺してしまっておきながら、〔うたう〕わしがどうなるかは考えもせぬのか。
〔正末いう〕こんなことになってしまった上はどうすればよいのだ。〔外が漢に降れという〕〔正末いう〕おぬしはわしに漢に降れというが、楚王はわしに濟まぬことをしたことはない。わしが漢に降ったとしても、重用してもらえようか。〔外がいう〕

【收尾】休把我斷催逼、相攛掇。英布去今番去波。我若是不反了重瞳楚項藉（籍）、赤緊的做媳婦兒先惡了翁婆。怎存活。便似睜着眼跳黃河。你則着我歸順您君王較面闊。你這里怕不千般兒啜摩。却將我一時間謾過。交人我則怕你沒實誠閑話我赤心多。〔下〕

〔校〕○收尾……元曲選本・各本とも「賺煞」とする。○英布去今番去波……徐・寧本は元曲選本に從って「英布也今番去波」とする。○我若是不反了重瞳楚項藉……各本とも「項藉」を「項籍」に改める。元曲選本は「不爭我服事重瞳沒箇結果」と異なる。○交人……鄭本は「交人道」、徐・寧本は「友人」に改める。元曲選本にはこの語なし。○沒實誠閑話我赤心多……元曲選本は「弄的喒做了尖擔兩頭脫」と異なる。

〔注〕○英布去今番去波……徐本が元曲選本に從って「英布也」と改めるのは、「去」の重複を不自然と見るためであろう。このままでもあせった語感が出るように思われるので、とりあえず原文のまま譯しておく。○我若是不反了重瞳楚項藉……元曲選本が異なった本文を持つのは、この句が通常は押韻箇所であることに由來するものであろう。○翁婆……舅と姑のこと。『太平廣記』卷三百三十二「唐晅」に、「須臾聞扣門聲。翁婆使丹參傳語令催新婦、恐天明冥司奪責（すぐに戸を叩く音が聞こえてこう言った。「舅様と姑様が丹參に御傳言を託されました。新婦様には早くお歸りください、冥土の役所にしかられるだろうとのことです」）」、また『夷堅志』戊卷四「太陽步王氏婦」に、「批曰、本人奉事翁婆孝謹兼冥數未盡、宜放還（こう書き付けてあった。「この者は舅姑によく仕え、しかも壽命がまだ盡きていないのだから歸すのがよい」）」。ただし元曲には例がない。元曲選本は「公婆」とする。○存活……生きていく。打ち消し・反語などの形で用いられることが多い。『董西廂』卷八【石榴花】「算無緣得歡喜存活、只有分與煩惱做冤（思うに樂しく生きていく運命にはなく、悲しみ恨む定めあるのみ）」、『西廂記』（弘治本）卷二第四折【殿前歡】「若不是一封書將半萬賊兵破。俺一家兒怎得存活（もし一通の手紙にて五千の賊軍を打ち破ってくれねば、私ども一家がどうして生き延びられたでしょうか）」、「紫雲庭」（元刊本）第三折【鮑老兒】「我每日千思萬想、〻(行)眠立盹、不是存活（毎日あれこれ考えて、歩きつつ眠り立ちつつうたた寝、生きていけぬ有様）」ほか。○啜摩……他に例のない言葉だが、「啜哄」「啜賺」同樣、だますことか。元曲選本は「揣摩（忖度する）」とする。○交人……このままでは意味が取れない。しかし諸本のように改めても明快に意味が通るわけではなく、また改める根據も特にない。とりあえずこの二字を除外して譯しておく。この後の部分も理解しやすいとはいえず、元曲選本においてこの句が全く異なるのは、理解不能であったためかもしれない。假に下のように譯すが、「おぬしが誠意もなく自分ばかりが誠實だといい加減なことを言うのが心配される」とも解釋可能である。

〔譯〕わしに迫るな、言葉巧みに唆すな。英布はまいる、これよりまいろうぞ。わしがもし二重瞳の楚の項籍に背かねば、まったく嫁入り早々舅姑を怒らせたようなもの、生きてはいけぬ。さながらにみすみす黄河に身を投げるようなものじゃ。おぬしは自分の主君の方が寛大だとてわしを歸順させようとしおるが、おぬしの方ではあの手この手でだましすかして、わしを一時欺いておるのではあるまいな。ただ心配なのはおぬしが誠意なくいい加減なことばかり言い、わしばかりが誠實なことじゃ。

《第二折》

〔正末上《云》〕隋何、咱閑口論閑話、這里離城皐關則是一射之地。你言請我降漢、交天子擺半張鸞(鑾)駕出境來接、兀的天子爲甚不來接。〔等外末云了〕〔《云》〕你是个謊說的好。

〔校〕○城皐關……各本とも「成皐關」に改める。元曲選本も同じ。○鸞駕……各本とも「鑾駕」に改める。元曲選本も同じ。

〔注〕○閑口論閑話……無駄話をする。「救風塵」(古名家本)第三折正旦云「小閑、咱閑口論閑話。這好人家好擧止、惡人家惡家法(太鼓持ちさん、ちょいとおしゃべりしましょう。よい家は振る舞いもよく、惡い家は惡い決まりとやら)」など。○城皐……成皐のこと。河南省滎陽近邊にあたり、漢楚の戰いの激戰地であった。「三國志」物語で有名な虎牢はこの地に當たる。城皐關は虎牢關のことであろう。各本は「成皐」に改めるが、『史記』の一部のテキストをはじめ、「城皐」とする例は多く、『兩漢開國中興傳誌』『全漢志傳』も「城皐」としており、改める必要はないであろう。『史

記』卷九十一「黥布列傳」に引く隨何の辯舌に、「漢王收諸侯還守成皐・滎陽…、楚兵至滎陽成皐、漢堅守而不動…(漢王は諸侯を配下に入れ、退却して成皐・滎陽を守り…、楚の軍が滎陽・成皐に來ても、漢は堅く守って動こうとしなければ…)」。元曲選本のこの部分には、「(正末云)…一路行來、漸近成皐關了、怎不見漢家有甚麼糧草供應、人馬迎接(旅を續けて、成皐關に近づいてきたが、漢の方から兵糧など寄こしもしなければ、出迎えの人馬もおりはせぬ)」とある。○一射之地……矢が屆くほどの距離を隔てた場所。百二十〜百五十歩という。『三國志平話』卷上「約離城一射之地(城壁から矢の射程距離ほど離れ)」、『西廂記』(弘治本)第二卷第一折「(生云)…可按甲束兵、退一射之地(武器を片づけて、矢の射程距離ほど離れてくだされ)」ほか。○半張鑾駕……天子の儀仗の半分。「追韓信」(元刊本)第三折【石榴花】「把(擺)列着半張鑾駕迎韓信。這的是天子重賢臣(皇帝の半分の儀仗にて韓信をお出迎え、これぞ天子は賢臣を重んずと申すもの)」。

〔譯〕[正末登場] 隨何よ、我らは無駄話でもしながら行くことにしよう。ここは成皐關まで矢の射程ほどしか離れておらぬ。おぬしは、わしに漢への降伏を願うたかぎりは、皇帝の半分の儀仗を用意して、天子に國境を越えて迎えに出させるといったが、天子はどうして迎えに來ぬ。[外末いう][正末いう]とんでたらめをいってくれるものじゃ。

《南呂》【一枝花】抵多少不欽奉皇○(帝)宣、不遵敬將軍令。不由我不背反、不由我不掀騰。兩國巉(攙)爭。難使風雷性。三不歸一滅行。着死圖生。劍斫了差來的使命。

〔校〕○不欽奉……寧本は「个欽奉」に改める。○皇○……鄭・寧本は元曲選本に從って「皇帝」、徐本は「皇命」とする。○不遵敬……寧本は「遵敬」に改める。○巉爭……鄭・寧本は「攙爭」に改める。

〔注〕○抵多少……「まるで〜のよう」ということだが、多くの場合逆轉して、皮肉な口調で「これはとんだ〜だ」という意味になる。「追韓信」（元刊本）第一折【寄生草】「我則見敗殘鱗甲滿天飛、抵多少西風落葉長安道（雪をうたって）目に入るのはちぎれた鱗が空いっぱいに飛ぶ様、とんだ西風に落ち葉舞う長安の道じゃ）」ほか。ここでは、以下の二句が何を指しているかがよくわからない。隋何を非難したものと取れば、「全く皇帝の言葉も聞かず、將軍の命にも從わぬ奴」ということになろうし、英布自身のことを言っていると取れば、「皇帝の言葉も聞かず、將軍の命にも從わぬというとんでもないことになってしまった」ということになろう。とりあえずここでは前者で譯しておく。なお、元曲選本は「抵多少遵承帝王宣、稟受將軍令」とする。これなら「とんだ〜になってしまった」として自分の苦境を述べていることになろう。○皇○宣、將軍令……元刊本では、皇帝に關わる單語はしばしば表記することを避けて○で記される。そうした「○○」の事例としては、「聖旨」かと推定されるものとして「薛仁貴」第一折の【點絳唇】の前の白と第二折【三(么)】及び「看錢奴」第四折【鬪鵪鶉】、「皇帝」と推定されるものとしては「薛仁貴」第四折【收江南】、「聖○(旨)」と思われるものとしては「陳摶高臥」第二折【帶黃鍾煞】がある。おそらく元曲選本のように「皇帝宣」だったのであろう。皇帝の「宣」と將軍の「令」を竝稱するのは、『史記』卷一百二「張釋之馮唐列傳」に見える「閫以內者、寡人制之。閫以外者、將軍制之（將軍を見送る君主がいうには）朝廷の中は余が治める。朝廷の外は將軍が治められよ）」に基づいて、「博望燒屯」（內府本）第二折「休悞在朝天子宣、莫違閫外將軍令（朝廷におわす天子の宣旨、朝廷の外をとりしきる將軍の命令にそむくでない）」、趙天錫【鴈兒落過淸江引碧玉簫】「美河南王」「奉朝中天子宣、領閫外將軍令（朝廷の中なる天子の宣旨を奉じ、朝廷の外とりしきる將軍の命令つかさどり）」ほかの例がある。○掀騰……元來は、劉時中【一枝花】套「羅帕傳情」の【尾聲】に、「掀騰開舊篋笥（古いタンスの中を引っかき回して）」とあるように、ひっくりかえすといった意味であろうが、轉じて「玉壺春」（息機子本）第二折【牧羊關】

に「這斷待掤開了俺風月佳期、掀騰了花燭洞房（こいつは私たちの戀の約束突き破り、新婚のねやを滅茶苦茶にする）」というように、大騒ぎを起こすことをも意味する。○巉爭……鄭・寧本は、「奪い取る」ことを意味する「攙」なら意味が通ると見て、「攙爭」に改めるが、この語も用例がない。元曲選本は「呑併」。○風雷性……「風雷」は、「博望燒屯」（元刊本）第一折【混江龍】に「如還我志遂風雷。立起天下九重龍鳳闕、顯俺那將軍八面虎狼威（もしわが風雷の志をとげることができれば、天子の地位を打ち立てて、わが將軍の威風を示してくれよう）」とあるように、元曲では一般に立身出世のことを意味する。その方向で理解するなら、隋何は野心にものいわせることもままならぬゆえ、大膽な振る舞いに及んだということなろう。あるいは激しい氣性のことかもしれない。他に用例はないが、似た言葉として「㑳梅香」（古名家本）第二折旦兒云「倘或俺風火性的夫人知道呵（もしうちの氣性の激しい母上が知られたら）」という「風火性」がある。この場合には自分のことをさすことになろう。假に前者で譯しておく。○三不歸……歸ることができない。またどうなるかわからないこと。敦煌曲「長相思」（三不歸）三曲の末尾に「此是富不歸」「此是貧不歸」「此是死不歸」とあり、また成化本『白兔記』二十六葉に「生」（劉知遠）が「我有三不回」として「不得官不回、不富貴不回、我死了不回（官職を手に入れねば歸らない、富貴にならなければ歸らない、死んでしまったら歸らない）」という。「三不歸」の例としては「拜月亭」（元刊本）第二折【　枝花】に「耶（爺）娘三不歸、家國一時亡（お父樣お母樣は行方もしれず、國はたちまち滅んで）」などがある。○一滅行……でたらめなふるまいか。用例は「調風月」（元刊本）第三折【鬼三台】「俺那斷做事一滅行。這妮子更敢有四星（あいつのすることは「一滅行」だが、このあまっこは更に上手かも）」とこの箇所の二例のみ。○着死圖生……他に例がない。死中に活を求めることか。本劇第一折【那吒令】に、「你待要着死撞活。將功折過。你休那里信口開呵」とあり、ここでは明らかに「死中に活を求める」意味である。なお元曲選本は、この曲の後半が大幅に異なり、この句はない。

〔譯〕全く天子の宣旨をも承らず、將軍の命にも從わぬというやつじゃな。われにもなく裏切りをやらかし、われにもなく謀反騒ぎを起こすはめになったわ。兩國が爭う中、隋何めは野心にものいわせることもなりかねるとて、思い切った無茶な振る舞い、死中に活を求め、遣わされてきた使者を斬りおった。

【梁州】不由我實丕丕ヌ(丕)興劉滅楚、却這般笑吟ヌ(吟)背暗投明。太平只許將軍定。折末提人頭廝摔、噙熱血相噴。折末勢雄ヌ(雄)斷倂。威糾ヌ(糾)相持、齊臻ヌ(臻)領將排兵。鬧垓ヌ(垓)虎鬪龍爭。俺也曾濕浸ヌ(浸)臥雪眠霜、圪搽ヌ(搽)登山驀嶺。俺也曾緝林ヌ(林)刼寨偸營。隋何噌是綰角兒弟兄。漢中王不把咱欽敬。都說他是眞命。似這般我覷重瞳煞輕省。那武藝我手里怎地施呈。

〔校〕なし。

〔注〕○實丕丕……本當に。「救風塵」(古名家本)第二折【醋葫蘆】「那一个不實丕丕拔了短籌(誰もが本當に不幸な運命引き當てる)」。○太平只許將軍定……「太平は將軍だけが定めることができる」という意味だが、對になる句は「不許將軍見太平」、つまり「將軍はその太平を見ることができない」であり、そちらに意味の重點がある。『五燈會元』卷八に「太平本是將軍致、不使將軍見太平」、卷十六に「太平本是將軍致、不許將軍見太平」という形で見え、「賺蒯通」(內府本)第一折の蕭何の白では、「功勞可許將軍建、不許將軍見太平」というなど、樣々なバリエーションで用いられる。○提人頭廝摔、噙熱血相噴……「金線池」(古名家本)第一折【天下樂】では「漾人頭廝摔、含熱血廝噴」という形で現れる。なお、「噴」は眞文韻だが、ここでは庚靑韻と通押しているものと思われる。○眞命……眞の天命を受けた皇帝。「陳摶高臥」(元刊本)第一折正末白「當有眞命治世(眞の天命受けた方が世を治められるにちがいない)」、

「博望燒屯」（元刊本）第四折において管通が阿斗の人相を見るところの「眞命科」など用例は非常に多い。

〔譯〕やむなくまことに劉氏を興し楚を滅ぼそうと、かように喜び勇んで暗きを捨て明るきに身を投じたものを、太平は将軍にしか定めえぬ（なれど太平の世を将軍には見せてくれぬ）とやら。首をひっさげ投げつけ、生血を口に含んで吹きつけようと、たとえ勇ましく合戰し、堂々と闘うにせよ、ずらりと将兵を整列させ、激しく龍虎相争う激しい戰闘するにせよ、われらとてじとじとと雪に臥し霜に眠り、せっせと山を登り峠を越え、われらとてずらりそろって敵の砦や陣營に夜討ちを掛けたものじゃ。隋何よ、われらは總角結うころからの竹馬の友じゃ。漢中王はわしを敬意をもって迎えぬ。みんなはあれは眞の天命受けた皇帝だというが、このように楚の二重瞳をも輕く見るこのわしが、この腕前をわしはどのように披露すればよいのだ。

［做到寨科］［城外屯軍了］［等外末云了］

［《云》］我則這營門外等者。你則疾出來。

【隔尾】我這里撩衣破步寧心等。瞑目攢眉側耳聽。我恰待高叫聲隋何［《云》］那漢一步八个謊。［《唱》］却也喚不噟(應)。我則道是有人、覷了這動靜。［《云》］元來不是人。［《唱》］却是這古刺ヌ(剌)風擺動營門前是這繡旗影。

〔校〕○なし。

〔注〕○撩衣破步……着物をからげ大股で歩く。「追韓信」（元刊本）第四折【收尾】「揲袖揎拳挺魁頂。破步撩衣扯劍迎（袖をまくり拳をふって頭をもたげ、着物をからげて大股に歩き劍を抜いて迎え撃つ）」。○瞑目攢眉……元曲選本は

「瞋目攢眉」とするが、目をつぶり眉をひそめて沈思するさまでよかろう。○一步八个謊……他に例が見られないが、「一歩進む間に八回嘘をつく」ということであろう。この句を元曲選本は、「恰待高叫聲隋何你那一步八箇謊的可也喚不應」とし、曲辭の中に組み込んでいる。これはおそらく第三句が通常押韻する七字句であることに合わせるため、韻を踏まない「何」で切らずに、「應」までを一句としたのであろう。句數を合わせるため、元曲選本では、末句の前に「喒則道是有人來供給喒使令」という句を增している。

〔譯〕［陣地に到着するしぐさ］［城外に軍を駐屯させる］［外末がいう］［正末がいう］わしは營門の外で待っている。おぬしは早く出てまいれ。

わしはといえば着物をからげ大股に歩みつつ心を鎭めて待とうとし、目を閉じ眉ひそめて聞き耳立てる。大聲上げて「隋何よ」と呼ぼうとすれど、［入れぜりふ］やつめは一歩ごとに八つの嘘をいう男。［うたう］なんと呼べど答はありはせぬ。誰かが樣子をうかがっているのかと思うたら、［入れぜりふ］なんだ人ではない。［うたう］何とゆらゆらと營門の前で風に搖れる刺繡した旗の影であったわ。

［等外出來了］［做怒云］鸞(鑾)駕那里也。隋何、我知道、自古已來、那里有天子接降將禮來。隋何、一句話、則是你忒說口了些个。［做過去見駕拜住］［做猛見濯足科］［做氣煩惱意科］［怒唱］

【牧羊關】分明見劉沛公濯雙足、慢自家有四星。却交我撲鄧ヌ(鄧)按不住雷霆。眼睁ヌ(睁)謾打回合、氣撲ヌ(撲)還添意掙。怒從心上起、惡向膽邊生。却不見客如爲客、您做的个輕人還自輕。

〔校〕○なし。

〔注〕○說口……大きなことをいう、ほらを吹く。『西廂記』(弘治本)巻三第一折末云「小娘子將簡帖兒去了、不是小生說口、則是一道會親的符籙(あなたが手紙を届けてくれたら、自慢じゃありませんが、それこそ緣組みの御札ってものさ)」ほか。○做氣煩惱意科……たとえば「牆頭馬上」(古名家本)第三折に「尙書做意科」というように、「做意科」というト書きは明代のテキストには多數認められる。おそらく「思い入れのしぐさ」ということであろう。ここでは「氣煩惱」つまり怒りの思い入れをするということか。○有四星……「星」は秤のめもりのこと。めもり四つ分ということから、ひどさの程度が甚だしいことをいう。「調風月」(元刊本)第三折【鬼三台】「俺那廝做事一滅行。這妮子更敢有四星(あいつのやることはでたらめだけど、あのあまっこは更に上手かも)」など。○回合……「回和」に同じか。「對玉梳」(顧曲齋本)第二折【端正好】に「俺愁人病裡如何過。又被這秋景相廻和(私たち愁い抱くものはどのように過ごせばいいものか。またこの秋景色に『廻和』されて)」、同じく【尾聲】に「不曉事的頹人認些回和(やぼなろくでなしめ『回和』をお知りなさい)」とあり、『宋元語言詞典』は「糊塗、迷亂」と釋する。「回合」は元來「包圍される」という意味であり、そこから「(なすすべもなく)ぼんやりする」という意味が生じた可能性はあろうし、「對玉梳」の二つの用例は「ぼんやりさせられて」「自分の間抜けぶりを知りなさい」と解釋することが可能である。しかし「黃粱夢」(古名家本)第四折【笑和尙】の正末が呂洞賓を殺そうとする場面には「斡斡斡禁聲的休回和(さあ默って「回和」するな)」とあり、この場合は抵抗する、または口答えするといった意味かとも思われる。ここでは假に前者で譯する。○意掙……元曲選本は「藝掙」とする。「懵掙」に同じ。「燕靑博魚」(內府本)第三折【倘秀才】に「我這里呵欠罷翻身、打箇意掙(おれはあくびしてから向きを變え「意掙」する)」、「梧桐雨」第一折【油葫蘆】(古名家本)に「我恰待行。打個懵掙(行こうとして、「懵掙」する)」といった例がある。前者は、燕靑が醉い覺ましのためぼんやりしているところに、男女の忍び會いを見つけるくだりで、「ぼんやりする」「はっとする」のどちらにも取りうる。後者

は玄宗が楊貴妃に氣づかれないように近づこうとして、鸚鵡に見られたのに氣づくところ。「はっとする」の方が適當であろう。おそらく、はっとする、あるいはどうしていいかわからずに呆然となるといった意味であろう。假に後者で譯しておく。○怒從心上起、惡向膽邊生……頻用される成語。「三戰呂布」（內府本）第三折【醉春風】「惱的我惡向膽邊生、不由我怒從心上起」ほか。○見客如爲客……客をもてなすには客の立場にならねばならぬという意味の成語と思われるが、他に例がない。○輕人還自輕……人を輕んずるのは自らを輕んずること。「調風月」（元刊本）第三折【調笑令】「這斷短命。沒前程。做得个輕人還自輕（こやつはけしからぬろくでなし、人を輕んずるは自らを輕んずるに同じという振る舞いをいたしました）」。

〔譯〕［外が出てくる。正末怒っていう］天子の輿はどこだ。隋何よ、わしは知っておるぞ、いにしえより天子が降將を出迎える禮などありはせぬ。隋何よ、ひと言でいうと、おぬしはちとホラが過ぎたのであろう。［入って行って帝に會い拜するしぐさ］［正末が足を洗っているのをふと見るしぐさ］［怒る思い入れのしぐさ］［怒って唱う］

　劉沛公が兩足を洗うさましかと見て取った、わしを侮るにもほどがある。めらめらとこみ上げる怒りは抑え難い。目の前で馬鹿にされながらむざむざなしくぼんやりするばかり、プンプンしつつも呆然とするのみ。怒りは心からこみ上げ、憎しみははらわたに生ず。「客をもてなすには客の立場にならねばならぬ」というのに、お前は「人を輕んずるものは自らも輕んず」をやらかしおった。

［做怒住　出來氣科《云》］濯足而待賓、我不如你脚上糞草。衆軍聽我將令、則今日便回去。［等外云了］

［《云》］住ヲ(住)、我若見楚王、楚王問我、英布、你降漢家、今日不用你也、你却來。與推轉者。海(嗨)、這的便好道有家難奔、有國難投。

【哭皇天】誰將我這背(臂)膊來牢扶定。［外云了］［怒放］待古你是知心好伴等。潑劉三端的是、ヌヌ(端的是)負功臣。既劉沛公無君臣義分、嗏漢隋何喒有甚麼相知面情。［帶云］你把劉邦來奚落、將英布相扶。《唱》這公事其中間都是你的嬖倖。你殺了他生性。你失了他信行。［帶云］若不看從來相識、往日班行、這塌兒番了面皮。

〔校〕○海……各本とも「晦」に改める。○背膊……寧本は「臂膊」に改める。○奚落……徐本は「奚落我」とする。○相扶……徐本は「相欺」に改める。○嬖倖……徐・寧本は元曲選本が「弊幸」とするのに従って「弊倖」に改める。

〔注〕○推轉……引っ立てることだが、處刑することまでを含むのが常である。「追韓信」(元刊本)第三折で、正末韓信が軍令を犯した樊噲に對して「衆軍拿下者。既爲元帥、軍有長(常)刑。推轉者(者ども引っ捕らえよ。元帥となったからには、軍には刑罰というものがなくてはならぬ。引っ立てよ)」と言い、「遇上皇」(元刊本)第三折で文書送達の期限に遲れた趙元について「交外推轉了(外〔下役人か〕に引っ立てさせる)」とあるのは、いずれも處刑を前提とした行爲である。○有家難奔、有國難投……追いつめられて行き場がなくなること。それぞれ個別に、時には他の句と對になって用いられることもあるが、この形で對になるのが基本のようである。「追韓信」(元刊本)第三折【尾】帶白「那時節有家難奔。有國難投。急不得已(〔追いつめられた項羽は〕逃れるに家なく、身を投ずるに國なく、せっぱつまってどうにもなりませぬ)」など。○背膊……このままでは理解しがたい。字形の近似からいっても寧本のように「臂膊」に改めるべきか。隋何が英布の自害をとめるのであろう。○怒放……「放」は元刊本のト書きに特徴的に見える語で、雜劇上演のテクニカルタームであろうと思われるが、意味するところは分からない。具體的には、「介子推」第三折で介林が自刎したのを受けて「做慌放」とあって【上小樓】のうたになる例、同じく第四折で正末が火に燒か

れて「慌放」のあと【鬪鵪鶉】のうたになる例、「汗衫記」第三折で正末が「做跪下放」のあと【快活三】のうたになる例、同じ折で【普天樂】の帯白のあとに「放」としてうたに戻る例、「遇上皇」第一折で、「正末扮醉上」のあとに「便放」とあって【點絳唇】のうたになる例、同じく第二折で「正末扮冒風雪上放」とあって【一枝花】のうたになる例、同じく第三折で「正末便上放」とあって【粉蝶兒】のうたになる例、「博望燒屯」第一折【後庭花】の途中で「做意放」とあってうたが續く例、「魔合羅」第四折【剔銀燈】の途中でセリフやりとりがあった後、「末放」とあってうたに戻る例、「老生兒」第三折で正末が登場し、卜兒のセリフを受けて「做放」とあって【鬪鵪鶉】のうたとなる例、同じく第四折のはじめで「正末引卜兒外上放」とあって【新水令】のうたとなる例がある。共通していえるのは、うたが始まる前、もしくは中斷しているところで、唱い出しの前に置かれているということである。特に「介子推」の二つ目と「遇上皇」「老生兒」のすべての事例が套數の始まる直前に置かれ、殘りの例の大部分が帯白などで曲が中斷している箇所に認められることは、音樂に關わる用語である可能性を示唆しているかもしれない。「遇上皇」の最初の例では、正末が登場して「便放」、つまりすぐに「放」というのだから、あるいは音樂が始まること、もしくは唱い出しに關わる何らかの行爲かとも思われるが、正確なところは不明である。○待古……「大古」「大故」「特古」などさまざまに表記され、また多く「裏」を伴って用いられる。つよい強調であるが、多くの場合「これが本當の～だ」という方向で、實は違うという皮肉な口調になる。「替殺妻」(元刊本)第二折【叨叨令】で不貞な女を殺そうとして、「大古里孟姜女。不殺了要怎末哥（これはとんだ孟姜女じゃ。殺さずして何とする）」というのはその例である。○相知面情……友情。『董西廂』巻六【驀山溪尾】「道咱弟兄面情非薄（我ら兄弟の情は淺からず）」など。○奚落……からかうこと。『董西廂』巻四【鶻打兎】「適來恁地、把人奚落（先ほどはあのように、人のことをからかわれた）」、巻五【甘草子】「休恁斷埋怨、休恁斷奚落（そんなに怨んだりなさいますな、そんなに困らせたりなさいますな）」など。○嬰倖……元曲選本は「弊幸」。惡だくみ、わなを仕掛けて人を陥れること。司馬光「上皇帝疏」に「剗塞弊倖、一新大政（邪惡を除き、まつりごとを一新いたしましょう）」、『宋史』巻三百八十一「吳表臣傳」「嚴和買以絕弊倖（貸し付けを嚴格にして、惡だくみを絶った）」など、宋代の政治的な文書には多數用いられている表現であり、表記は嬖倖・嬖幸・弊幸・弊倖のいずれもが用いられるようである。〇你殺丁～……ここは意味を取りにくい。「生性」が命のことである點からすると、「他」が指すものは劉邦とも考えにくい。假に指示性がないものと考えて譯す。〇番了面皮……馬致遠【耍孩兒】套「借馬」の【二】に「不借時惡了弟兄、不借時反了面皮（貸さねば兄弟の仲にひびが入り、貸さねば仲違いすることになる）」というように、「反面皮」とも表記する。仲違いすること。「翻臉」に同じ。

〔譯〕〔正末怒る。出てきて憤然とするしぐさ〕足を洗いながら客をもてなすとは、わしはお前の足についた雑草にも及ばぬか。全軍の者どもわが命を聽け、本日ただいま引き返すぞ。〔外がいう〕〔正末がいう〕待て待て。わしが楚王に會えば、楚王はこう聞くだろう。「英布、お前は漢に降ったからには、今日ではお前はお拂い箱なのに、やって來るとは。引っ立ていっ」と。ああ、これぞまさしく「歸るに家なく、逃れるに國なし」というものじゃ。

誰がわしの腕をつかむのじゃ。〔外がいう〕〔怒る〕おぬしはまったくいいお友達じゃて。ろくでなしの劉の三男坊めは、まことにまことに功ある家臣をないがしろにしおる。劉沛公に君臣の義がない以上は、チェッ、漢の隋何よ、わしらの間に友情などありはせぬ。〔いれぜりふ〕おぬしは劉邦をコケにして、この英布を助けるだって。（うたう）これはすべておぬしの仕組んだことじゃ。おぬしは命を奪い、信用を失わせたのだぞ。〔いれぜりふ〕もし昔の仲間のよしみがなければ、おぬしとはこれまでのところだ。

【烏夜啼】敢交你這漢隋何這答兒里償了俺那天臣命。漢中王見面不如聞名。分明見把自家倩（請？）。交你做了人情。交我□浦滕。覷楚江上(山)似火上弄冬凌。漢乾坤如碗內拿蒸餅。你也不言語、不答應。却不但行好事、莫問前程。

〔校〕○倩……鄭本は「淸」、徐本は「請」、寧本は「輕」に改める。○交我□浦滕……鄭本は「交我□□浦滕」、徐本は「交我氣撲滕」、寧本は「交我枉了撲滕」とする。なお元曲選本は、「分明」以下この部分までが全く異なる。○江上……各本とも元曲選本に従って「江山」に改める。

〔注〕○見面不如聞名……蔣防「霍小玉傳」に「玉乃低鬟微笑細語曰、見面不如聞名、才子豈能無貌（小玉は頭を垂れて微笑すると小聲で言った。「顏を見るのは名を聞くのに如かずとやら。才子には美貌がなくてはかないませぬ」）」とあり、また『景德傳燈錄』卷十四など、佛教關係の文獻にも多く見える。當時よく知られた成語であったらしい。○自家倩……よくわからない。「倩」が他の字の誤りであることは間違いないものと思われるが、どの字に當てるかについては見解が分かれる。寧本のように「輕」とすれば「私を輕んじる」として意味は取りやすいが、音が一致せず、字形も大きく異なる。鄭本の「淸」は、字形が近いが意味を取りにくい。徐本の「請」は、崩した字形なら「倩」に近く、意味も通らないことはないので、ここでは「請」として譯す。○交我□浦滕……この句も不明である。後の三文字は全體にはっきり見えない。假に徐本に從って譯す。なお、元刊本において判讀困難な箇所が元曲選本では全く違う文言になっていることは注意される。○火上弄冬凌……火の上で氷をいじくる。たちまち消え失せるということ。「調風月」（元刊本）第三折【小桃紅】「旦(但)交我一權爲政。情取火上等(弄)冬凌（もし私におまかせになったりなさったら、絕對に火の上の氷、緣談はぶちこわしですよ）」。○碗內拿蒸餅……碗に入った蒸餅を取る。容易に料理できるということ。「硃砂擔」（內府本）第一折【尾聲】には「他覷我似火上弄冬凌。覷我似碗裏拏蒸餅（奴は私を火の上で氷

をいじくるようにたちまち始末できるものと見なし、碗の中の蒸餅を取るように簡單にかたづけられるものと見る)」と、ここと同様「火上弄冬凌」と對にして用いた例がある。○但行好事、莫問前程……「趙清獻公(抃)座右銘」(『説郛』卷七十三下「善誘文」)に見える。また『續修詩話總龜』卷二「達理門」に『青箱雜記』を引いて、「世傳馮瀛王詩有曰……但知行好事、莫要問前程」と、馮道の詩と稱するものに類似の句が見える。

〔譯〕この漢の隋何どのにここで楚王の使者の命を償ってもらおうか。漢中王は會うのと聞くので大違い。はっきりとわしを招いておいて、おぬしにわしを抱き込ませ、わしを怒らせおる(?)。楚の天下を火の上の氷のようにはかないもの、漢の天下をお椀の中の蒸しパンのように簡單に取れるものと見ておるな。おぬし、うんともすんともいわぬな。善行のみを積んで、先のことを思いわずらうなというやつじゃな。

〔等外云了〕〔做氣怒科《云》〕四十萬大軍聽者、我也不歸漢、也不歸楚、一發驪山內落草爲賊。隋何、我説與你。我若反呵、抵一千个霸王便算。〔做氣不忿科〕

【收尾】不争漢中王這一遍无行逕(徑)。單注着劉天下争十年不太平。心中焦意下頴。氣如虹汗似傾。劉家邦怎要清。劉家邦至不寧。怨隋何枉保奏、自摧殘自急竟。幾番待共這説我的隋何不干淨。〔等外末云了〕〔打喝〕〔唱〕你那里噤聲く(噤聲)。誰待將恁那沒道禮(理)的君王他那聖○(旨)來等。〔下〕

〔校〕○曲牌……徐本は「黃鍾尾」に改める。なお、元曲選本は前の【烏夜啼】とこの曲の間に、【罵玉郎】【感皇恩】【採茶歌】の三つの曲牌がある。○行逕……徐・寧本は「行徑」に改める。○意下頴……徐本は「意下憎」、寧本は「意下頴」に改める。○枉保奏……徐本は「枉奏請」に改める。○自急竟……徐・寧本は「自争競」に改める。○打喝唱……鄭本は「打唱」、徐本は「正末打喝」とする。○你那里噤聲くく……徐本は帶白とする。○道禮……各本とも「道理」に改める。○聖○……徐本は元曲選本に從って「聖明」、鄭・寧本は「聖旨」とする。

〔注〕○便算……鄭本は未詳とする。一千人の覇王に計算できるという意味であろう。○單注……運命に定められている。「西蜀夢」（元刊本）第二折【梁州】「單注着東吳國一員驍將。砍折俺西蜀家兩條金梁」（東吳のすぐれた將軍が、我ら西蜀の二人の黃金の大黑柱をたたき切る定めを示すもの）」、「追韓信」（元刊本）第三折【蔓菁菜】「你看我盡節存忠立功勳。丹（單）注着楚霸王大軍盡（私が忠節盡くして手柄立てるを御覽あれ、楚の覇王の大軍全滅という定めですぞ）」。○意下顋……意味が分からない。徐本は「意下憎」に改めるが、特に根據は示されていない。○氣如虹……通常は意氣高らかなこと。李賀「高軒過」詩「馬蹄隱耳聲隆隆、入門下馬氣如虹（馬蹄の音も高らかに耳にかまびすしく、門に入って馬を下りれば意氣は虹のよう）」。○急竟……この語も他に例がなく、よくわからない。あるいは字形の類似から見て徐・寧本のいうように「爭競」の誤りか。ここでは假にその方向で譯す。なお、元曲選本は「心中」からここまでが全く異なる。やはり意味を取りにくい箇所が全面的に異なる點は注意される。

〔譯〕［外末がいう］［正末が怒るしぐさ。いう］四十萬の者ども、聽け。わしは漢にも降らぬ、楚にも降らぬ。いっそこのまま驪山へ行って山賊となろうぞ。隋何よ、いっておくぞ。わしがもし反旗を翻せば、覇王の千人分に匹敵しようぞ。［激怒するしぐさ］

いかんせん漢中王がこのたび無道な振る舞いしたばかりに、劉の天下は十年爭いが續き太平訪れぬ定めとなった。心はあせり氣はいらいらと（?）、心高ぶり汗はどっとあふれる。劉家の天下はどうして靜かでいられよう、劉家の天下は至って不穩。恨めしいのは隋何があたらわしを推擧したこと、自らを損ない、自ら爭うこととなった（これも自業自得）（?）。わしを說得しに來おった隋何と爭おうと何度も思うが。［外がいう］［正末怒鳴る］［うたう］默れ、默

れ。おぬしの無道な君王の宣旨などだれが待つものか。［退場］

《第三折》

［正末上　怒云］休動樂者。英布、你自尋下這不快活來受。

《正宮》【端正好】鎮淮南、无征鬪。倒大來散袒優遊。信隋何說謊謾人口。待把富貴奪功名就。

【校】○散袒優遊……鄭・徐本は元曲選本に従って「散誕優遊」とする。○謾人口……徐・寧本は元曲選本に従って「謾天口」に改める。

【注】○このくだり、元曲選本では隋何が4人の旦（妓女）を連れて登場する。○倒大來……なんとも。全く。「任風子」（元刊本）第三折正末白「若不是師父點覺了沙、倒大來快活（もしお師匠様の教えを受けていなければ全く愉快にしていたものを）」、「介子推」（元刊本）第三折正末白「半載之間、倒大來悠哉（致仕してからというもの）この半年間、まことにゆったりとしたもの）」、「七里灘」（元刊本）第一折【青哥兒】「倒大來免慮忘憂（隠遁生活は）全く心配もなく（出世するよりよい）」ほか。「倒」は「到」とも表記され、「大小」の合音ともいわれるが、これらの用例から見ると多少「かえって」といった語感をも含むようである。○散袒優悠……のんびり悠々と暮らす。文言では「散誕」だが元刊雜劇では通常「散袒」と表記される。「竹葉舟」（元刊本）第二折【新水令】「喚靈童採瑞草、同仙子上瀛洲。散袒優悠。嘆塵世幾昏晝（靈童呼んでめでたき草を摘み、仙女とともに瀛洲に上る。のんびりゆったり、俗世に日夜の過ぎゆくのを嘆ずるばかり）」、同第三折【哭皇天】「趁煙波漁父。散袒優悠（もやたつ波を追う漁師は、のんび

りゆったり)」ほか。○謾人口……元曲選本は「謾天口」とし、徐・寧本はこれに従う。「牆頭馬上」(古名家本)第四折【滿庭芳】に「他那里談天口噴珠玉。者也之乎(あの人は、天を語る口から珠玉あふれて、難しい言葉竝べるなどということがあるものですか)」と見える「談天口」という語があり、また「謾天地」といった言い回しが頻用されることから改めたのであろう。しかし「謾人口」でも意味は通じよう。「謾人」は、『朱子語類』巻八十六に「只是做箇新樣好話謾人(目新しい面白い話をこしらえて人を騙しているだけだ)」とあるように、人を欺く、あるいは人を馬鹿にするといった意味でよく用いられる語である。

〔譯〕[正末が登場して、怒っていう]雌子方やめい。英布よ、おまえ自分でこの不運を招いたな。

　淮南を鎭め、戰さもなく、げにものんきにしておったものを、隋何の人を欺くでたらめ信じて、富貴を奪い取り手柄なしとげようとしてしもうた。

【袞秀(滾繡)毬】折末恁皓齒謳。錦臂韝(鞲)。列兩行翠裙紅袖。製造下百味珍羞。顯的我越出醜。好呵我元來則爲口。待古里不曾喫酒肉。您送的我荒ヌ(荒)有國難投。恁便做下那肉麵山也壓不下我心頭火、造下那酒食海也充(洗)不了我臉上羞。須有日報冤讐。

〔校〕○錦臂韝……鄭・徐本は「錦臂韝」、寧本は「錦臂韛」とする。なお、元曲選本は「錦瑟搊」である。○充不了……鄭・寧本は元曲選本に従って「洗不了」、徐本は「冲不了」に改める。○須有日報冤讐……元曲選本は「怎做的楚國亡囚」とする。

〔注〕○皓齒謳……陳基「次韻趙君季文贈杜寛吹篳篥吟」詩(顧瑛編『草堂雅集』巻一)に「勸君不用皓齒謳。側耳聽此

消百憂（白い齒の美女のうたなど聽きたもうな。この簞築に耳を傾けるだけであまたの愁いを消せるものを）」と見える。○錦臂韝……錦の腕抜き。通常は鄭・徐本のように「錦臂韝」と表記する。『新唐書』卷二十三「儀衞志」に儀仗兵の服装を記した中に「錦臂韝」と見える。この例のように、元來は矢を射る際に袖を押さえ、また鷹狩りで鷹をとめるための籠手として多く武人が用いたが、杜甫「卽事」詩に「百寶裝腰帶、眞珠絡臂韝。笑時花近眼、舞罷錦纏頭（あまたの寶石帶に飾り、眞珠を腕抜きにまつわらせる。笑えば花が目に近づくよう、舞いおえて錦のかずきを頂戴する）」とあるように、舞姫の裝飾としても用いられたようである。○翠裙紅袖……この二語がセットで用いられた例としては、元の許楨の「瑞蓮歌次可行叔韻」詩（『元詩選』初集卷二十四）に「翠裙紅袖相牽連（みどりのスカートとくれないの袖がつらなる）」があるが、色の組み合わせを逆にした例は、早く宋の王安中の【玉樓春】詞に「泥金小字回文句。翠袖紅裙今在否（泥金の小さい字で回文を記す。みどりの袖にくれないのスカートの人いまいずこ）」と見える。元曲では「范張雞黍」（元刊本）第一折【厶】「赤金白銀。翠袖紅裙（金と銀に、みどりの袖とくれないのスカート）」と見え、また「金童玉女」（古名家本）第三折【尾聲】「拜辭了翠裙紅袖簇。朱唇皓齒扶（群れなすみどりのスカートとくれないの袖、酔った身を支えてくれる朱い唇と白い歯に別れを告げ）」と、「皓齒」と併用した例がある。○百味珍羞……ご馳走のこと。早く蕭子良の『淨住子淨行法門』「善友勸奬門十九」に「若見百味珍羞連几重案（あまたのご馳走、机を連ねているのを見れば）」と見える。○爲口……隋何の「口車」のためと、「食べ物のため」をかけた雙關語。○肉麵山酒食海……早く曹植「與吳季重書」に「願擧泰山以爲肉、傾東海以爲酒（願わくば泰山を持ち上げて肉とし、東海を傾けて酒としたいもの）」と見える。『水滸傳』（容與堂本）第八十二回「雖無炮龍烹鳳、端的是肉山酒海（龍や鳳凰の料理こそないものの、まことに肉の山に酒の海）」。○臉上羞……不面目。元雜劇では頻用される定型表現。「霍光鬼諫」（元刊本）第三折【滾繡毬】「獻妹妹遮不了臉上羞（妹を獻上するとは、この顏の恥隱しきれぬわ）」。「金線池」

（古名家本）第二折【一枝花】「東洋海洗不盡臉上羞。西華山遮不了身邊醜（東海の水でもこの顔の恥は洗い落とせぬ、西華山でもこの身の醜態隠しきれぬ）」。

〔譯〕たとえおぬしらが白い歯にてうたう錦の籠手を着けたきれいどころを兩側に並べ、あまたの珍味佳肴をこしらえたとて、いよいよわしの恥をさらすばかり。ええい、わしがこうなったのももとをただせば口のせい、その口もまっこと酒や肉とて食らわぬうちに、おぬしのせいであわてふためき「國はあれども身を投じがたし」というていたらく。おぬしがたとえ肉や小麦粉の山を作ろうと、わしの怒りの火はおさえられぬ、たとえ酒食の海を作ろうと、わしの恥はすすぎきれぬ。いつかきっとこの落とし前つけてくれようぞ。

［等外把盞科］［做不吃酒科］

【倘秀才】既共俺參辰卯酉。誰吃恁這閑茶浪酒。你一个燒棧道的先生忒絕後。你當日施謀略、運機疇（籌）。煞有。

〔校〕○運機疇……各本とも元曲選本に從って「運機籌」と改める。

〔注〕○外……元曲選本ではここで張良が曹參・周勃・樊噲とともに登場して酒を勸めることになっている。ここでいう「外」は張良であろう（他の三人が登場するかどうかは定かではない）。○參辰卯酉……「參辰」は二十八宿に屬する星の名。參星は西、辰星（房星の別名）は東に位置する。「卯酉」は十二支のうち、方位にすればそれぞれ眞東と眞西にあたるもの。つまり敵對することをいう。『西廂記』（弘治本）巻四第二折【絡絲娘】「不爭和張解元參辰卯酉（困ったことに張さまと敵同士になってしまったら）」ほか。「參辰日月」という言い方もある。○把盞……杯を手にとり、酒を

ついですすめること。『三國志演義』（嘉靖本）巻三「呂布夜月奪徐州」に、「張飛把遍各官、…飛又起身來把盞（張飛はみなについで回り、…また立ち上ってつぎに行きます）」と見えるのは、その好例。○閑茶浪酒……つまらないお茶とろくでもない酒。多くぶらぶらと遊興を續ける意味で用いられる。「汗衫記」（元刊本）第二折【青山口】「你浪酒閑茶。臥柳眠花（おまえはのらくらして女遊びに耽り）」、『西廂記』（弘治本）巻三第三折【折桂令】「恁的般受怕擔驚、又不圖甚浪酒閑茶（こんな恐い思いをするのも、何もくだらない酒や茶をたかろうとしてではない）」ほか。○燒棧道的先生……『史記』巻五十五「留侯世家」に「良因說漢王曰、『王何不燒絕所過棧道、示天下無還心、以固項王意』。乃使良還。行、燒絕棧道（張良はその機會に漢王に言った。「通った棧道を燒いて、天下に歸る意思がないことを示して、項王を安心させてはいかがです」。そこで、張良を韓に歸らせ、出發すると、棧道を燒き捨てた）」とあり、『兩漢開國中興傳誌』などの小說では張良が劉邦に無斷で棧道を燒いたことになっている。なお「先生」は、「任風子」（元刊本）第三折の正末が道士になって登場する場面で、ト書きに「正末挑擔扮先生上（正末が天秤棒を擔いで「先生」に扮して登場）」とあるように、道士に對する呼稱である。張良・諸葛亮などの軍師は、魔法使をイメージされて、道士と見なされるのが常である。○絕後……「空前絕後」つまり「すごいものだ」ということと「退路を斷つ」ということを掛け、更に「跡取りなし」という罵語を背後に隠しているのではないかと思われる。「すごい」の例としては、「獨角牛」（內府本）第四折【川撥棹】「賣弄他能拽直拳。快使橫拳。你比俺劉千絕後光前（奴はストレートも達者なら、フックも速く、この劉千とは段違いと大自慢）」、「跡取りなし」の例としては、「楚昭王」（元刊本）第二折【鬼三台】「四口兒都遭機勾。幾輩兒君王絕後（家族四人がみなわなにかかれば、何代か續いた王家が斷絕）」などがある。

〔譯〕［外（張良?）が杯を手に取ってすすめるしぐさ］［（正末）飲まないしぐさ］

【倘秀才】われらとは仇敵の間柄となったからには、おぬしらのこのろくでもない茶や酒などだれが口にしよう。棧道を燒いた道士どの、あんたは空前絶後のすごいお人（ろくでなし）じゃな。あの時には、謀略にはかりごと、全く大したものであったわ。

［等子房云臣僚了］［《云》］丞相、你說漢朝有好將軍、好宰相、有誰、你說。［等子房云王陵了］［《云》］王陵比我會沽酒。［等又云周勃了］［《云》］周勃比我會吹簫送殯。［等又云隋何了］［《云》］您漢朝子一个好隋何。［等隋何云了］［《云》］他隋何祖上是燕國上大夫。他家里會鑽秤。［《等子房云樊噲了》］［《云》］您子一个好樊噲。［等子房云了］

〔校〕○鑽秤……この後に鄭本は「等子房云樊噲了」、徐本は「等樊噲云了」、寧本は「等子房云了」を補う。

〔注〕○王陵比我會沽酒……王陵は漢建國の功臣。敦煌變文「漢將王陵變文」などで知られる。彼が酒屋であったという記述は史書には見えないが、失われた『前漢書平話』の内容を傳えるものと思われる『兩漢開國中興傳誌』卷一には、「（呂后の父呂叔平が劉邦に會って）大喜曰、此乃大貴之人。遂邀季入店飲酒。…店主王陵亦與同席（大喜びして言うには、「これはとても偉くなる人じゃ」。そこで劉季〔劉邦〕を誘って店に入り、酒を飲んだ。…店の亭主の王陵も同席した）」とあり、白話文學の世界では王陵は酒屋の主人であったとされていたようである。○周勃比我會吹簫送殯……同じく漢建國の功臣周勃が葬式の笛吹だったことは、『史記』卷五十七「絳侯周勃世家」に、「絳侯周勃者、沛人也。…勃以織薄曲爲生、常爲人吹簫給喪事、材官引彊（絳侯周勃は、沛の出身である。勃は蠶薄《まぶし》作りを生業とし、いつも葬式の時には簫を吹いていた。弩兵でもあった）」と明記されている。○鑽秤……未詳。元曲には他に用例がない。ごまかしや騙け引きのことか。前に「燕國上大夫」とあることとの關連も不明。なおこの後で、當然張良が樊噲に言

及するべきである。諸本に従い、ト書きを補っておく。

〔譯〕［張良が家臣たちのことをいう］［正末がいう］丞相、おぬしは漢朝には良き將軍、良き宰相がいるといわれるが、どなたがおられるのかな。お話しくだされ。［張良が王陵のことをいう］［正末がいう］王陵はわしより酒を賣るのが達者だな。［張良が周勃のことをいう］［正末がいう］周勃はわしより簫を吹いて葬式をするのが達者だな。［張良が隋何のことをいう］［正末がいう］あんたたち漢朝のけっこうな隋何さんかい。［隋何がいう］［正末がいう］あの隋何の祖先は燕國の上大夫。先祖傳來ごまかしはお手の物じゃ（?・）。［張良が樊噲のことをいう］［正末がいう］けっこうな樊噲さんかい。［張良がいう］

【袞秀（滾繡）毬】一个樊噲封做萬戶侯。他比我會殺狗。托賴着帝王親舊。統領着百萬貔貅。和我不故友。枉插手。他怎肯去漢王行保奏。我料來子房公子你傖頭。一池綠水渾都占、却怎不放傍人下鈎鉤。不許根求。

〔校〕なし。

〔注〕○樊噲～殺狗……樊噲が犬殺しであったことについては、『史記』卷九十五「樊酈滕灌列傳」に「舞陽侯樊噲者、沛人也。以屠狗爲事、與高祖俱隱（舞陽侯樊噲は沛の出身である。犬の屠殺をなりわいとし、高祖劉邦とともに身を隱した）」とある。○貔貅……傳說中の猛獸。強い兵隊のこと。梁武帝「移京邑檄」の「總率貔貅、驍勇百萬（猛き兵を率い、勇士は百萬）」など、文言文でよく用いられ、元曲でも頻用される。○插手……二通りの解釋が考えられる。一つ目は、『朱子語類』卷三十六に「每國有世臣把住了。如何容外人來做。如魯有三桓、齊有田氏、晉有六卿、比比皆然。如何容聖人插手（どの國にも代々の重臣がいて權力を握っていて、無關係な人間をどうして政治に參加させたり

しよう。魯の三桓、齊の田氏、晉の六卿、みなそうなのだ。どうして聖人に手出しする餘地があろうか）」というように、手出しすることとする見方。もう一つは、「七里灘」（元刊本）第四折【滴滴金】に「俺那里猿猱會插手」というように、拱手すること、つまり叉手と同じと取る見方。この場合には「慇懃な態度を取って見せても無駄だ」ということになる。ここでは假に後者に從って譯す。○傖頭……「傖」は元來、六朝期に頻用された北方人に對する蔑稱である。『晉書』巻九十二「文苑傳」に、陸機が左思を嘲笑した語を引いて、「此間有傖父欲作三都賦。須其成當以覆酒甕（ここに北の田舍親父で「三都賦」を作ろうとしている者がいるが、できあがったら酒がめの蓋にかぶせるのに役立つだけだろう）」というのはその例である。ただし、時代が下がると一般的な罵言になって、必ずしも北方人に對してのみ用いられるわけではないようである。ここでのニュアンスは定かではないが、北方人という意識があるとすれば、元代當時北方出身者が權力を獨占していたことに對する皮肉の意圖があるのかもしれない。○一池綠水渾都占……成語のようであるが、出典はわからない。「獨角牛」（內府本）第三折【端正好】「把一池綠水可也渾都占。可怎生不放俺這傍人偺（池中の綠の水を獨り占め、どうして我々他の人間を入れてくれないのか（？））」。○不放傍人下釣鈎……他人に手出しさせないこと。無名氏【鬪鵪鶉】套「元宵」の【紫花兒序】に「向紅裙中插手。錦被里舒頭。風流。不許傍人下釣鈎（紅いスカートの中に手を差し込み、錦の布團の中で首を伸ばし、粹にかけては、他の人間が釣り絲を垂らすのを許さない）」とあり、やはり成語のようである。○根求……この形で用いられる例はないが、「跟求」に同じであろう。

〔譯〕樊噲というやつが萬戶侯に封ぜられたが、やつはわしよりも犬殺しが達者じゃ。帝王の昔なじみなのを賴りに、百萬の勇士を率いるまでになりおった。わしとは古なじみでもないくせに、慇懃にして見せても無駄なこと、やつが漢王のところでわしに味方してくれたりするはずもない。考えてみれば子房の若樣よ、おぬしら北方のやつらは、池をまるごと獨り占め、どうして他の人間には釣針おろさせず、ほしいものを求めることを認めないのだ。

〔等外云了〕〔《云》〕丞相這般說、我來降漢、我須沒歹意。您濯足而待賓、我不如您脚上糞草。〔《等子房云了》〕〔《云》〕是天子從小里得來的證候。

〔校〕○糞草……この句の後に、鄭・寧本は「等子房云了」を補う。

〔注〕○證候……病氣。「霍光鬼諫」（元刊本）第三折【滾繡毬】「我來的那日頭。染證候。都子爲辱家門禽獸（わしが歸ってきたあの日に病氣になったのは、みな家門に泥を塗るけだものめのせいじゃ）」ほか。○「脚上糞草」の後には、劉邦の病氣を說明するセリフがあった方が都合がよい。元曲選本では隋何のセリフとなっているが、鄭・寧本は張良のセリフがあるものとする。

〔譯〕〔外がいう〕〔正末がいう〕丞相どのはそういわれるが、わしが漢に降ろうとしたのには、惡意などまったくない。おぬしらは足を洗いながら客をもてなすなど、わしはおぬしらの足についた雜草にも及ばぬということだ。〔外がいう（?）〕〔正末がいう〕天子の幼い頃からの持病だと。

【脫布衫】那時節豐沛縣里草履團頭。早晨間露水里尋牛。驪山驛監夫步走。拖狗皮醉眠石臼。

〔校〕なし。

〔注〕○團頭……各業種ごとのギルド（團・行）の長。ただし、一般の人々から蔑視される職種に限って用いられる。例

えば、『古今小說』巻二十七「金玉奴棒打薄情郎」に「如今且說杭州城中一個團頭、姓金、名老大。…那金老大有志氣、把這團頭讓與族人金癩子做了、自己見成受用、不與這夥丐戶歪纏（さて、杭州城中に一人の團頭がおりました。姓は金、名は老大です。…この金老大は志のある男で、團頭の職を一族の金癩子に讓って、自分は手持ちの財産を樂しみ、乞食たちと付き合いません）」とあるのは乞食の頭の例であり、また『水滸傳』（容與堂本）第二十五回に登場する何九叔は、死體處理係の長である。一方、蘇轍「論雇河夫不便劄子」に「團頭倍之、甲頭火長之類增三分之一（團頭はその倍、甲頭・火長の類は三分の一增し）」とあるのは、いわゆる地保、つまり傜役の一環として任命される地回りの役人のことをいうようである。劉邦の亭長という肩書きからすれば、こちらの方がふさわしいかもしれない。

○驪山驛監夫步走、拖狗皮醉眠石臼……『史記』巻八「高祖本紀」「高祖以亭長爲縣送徒酈山、徒多道亡。自度比至皆亡之、到豐西澤中止飮、夜乃解縱所送徒。…高祖醉曰、『壯士行、何畏』。乃前、拔劒擊斬蛇。蛇遂分爲兩、徑開。行數里、醉、因臥（高祖は、縣の仕事として亭長の身分で驪山まで囚人を護送して行くことになったが、道中大勢の囚人が逃亡してしまった。着く頃にはみんな逃亡してしまっているだろうと考えて、豐の西の濕地まで來たところで、旅をやめて酒を飮むと、夜になって護送していた囚人をみんな釋放してしまった。…（前に大蛇がいると聞いて）高祖は醉って言った。「壯士が道を行くのに、何をこわがる」。そのまま進んで行って、劍を拔いて蛇を斬ると、蛇はそのまま兩斷されてしまった。道が開けたので、數里行ったが、醉っていたので、そのまま橫になってしまった）」とある。『兩漢開國中興傳誌』などの內容も基本的に大きな違いはなく、「石臼」云々という記述は見られない。○拖狗皮……恥知らず。「殺狗勸夫」（脈望館抄本）第三折【牧羊關（實際には二つ目の【牧羊關】ゆえ【么篇】にあたる）】「是个㗭狗尾的喬男女、是一个拖狗皮的窮後生（ろくでなしのたわけた野郎と、恥知らずの貧乏小僧）」など。

〔譯〕あの頃は豐沛縣の草履ばきの親分で、朝露踏んで牛を追い、驪山驛まで人夫を見張ってかち步き、その途中で恥知らずに酔い潰れて石臼に寝込んでいたくせに。

【小梁州】那時節偏沒這般渰證候。陡恁的納諫如流。輕賢傲士慢諸侯。无勤厚。惱犯我如潑水怎生收。

〔校〕○渰證候……徐・寧本は元曲選本に従って「腌證候」とする。

〔注〕○渰證候……元曲選本は「腌證候」とする。「腌」は「ろくでもない」といった意味で、二音節化すると「腌臢」となる。この語は、『董西廂』巻五【刮地風】に「自家這一場腌臢病、病得來蹺蹊（私のとんだろくでもない病、症狀が不可解で）」とあるように、よく病と結び付けられる。ただし、「三奪槊」（元刊本）第二折【牧羊關】に「這些渰潛病、都是俺業上遭（このろくでもない病はみなわが宿業のなせるもの）」とあるように、「腌臢」は「渰潛」とも表記される。しかもこの曲では、他に第二句と末句にも水と關わる單語が用いられており、全體を水の縁語で構成しようとする意圖が見える點から考えて、「渰」のままにする方が妥當であろう。○陡恁的……「急にこのように」、またそこから轉じて「まことに」という意味にもなるようである。前者の例が『董西廂』巻六【倬倬戚】「陡恁地精神偏出跳。轉添嬌。渾不似舊時了（どうしてにわかにむやみと美しくなり、いよいよ色氣も增して、前とはまるで變わってしまったのか）」、後者の例が「漢宮秋」（古名家本）第二折【鬭蝦蟆】の「陡恁的千軍易得、一將難求（まこと千軍は得やすきも一將は求めがたしとやら）」。ただし後者も、「急にこんなざまになってしまった」というニュアンスは含まれているようである。○納諫如流……諫言をよく聽き入れる。「追韓信」（元刊本）第三折白「我王錯矣。豁達大度、納諫如流（陛下は間違っておられます。陛下は度量廣く、諫めを聞き入れられ）」、「霍光鬼諫」（元刊本）第三折【三煞】「豁達大度、海量寛洪、納諫如流（心廣く、度量も廣く、諫めをお聞き入れください）」とあるように、多く「海量寛洪」また

は「闊達大度」と合わせて用いられ、また「楚昭王」（元刊本）第二折【紫花兒序】「秦莊公却甚納諫如流（秦の莊公は、諫言をよく聞き入れるなどとんでもない）」のように反語でもよく用いられる。この場合前後のつながりを取りにくいが、皮肉なニュアンスで用いているのであろう。○勤厚……ていねいなこと。この折の【么】に「見他忙勸酒。施勤厚」とあり、また「西蜀夢」（元刊本）第四折【滾繡毬】に「更怕俺不知你那勤厚（どうして我らがあなたの親切をしらないはずがありましょう）」とある。○潑水怎生收……覆水盆に返らず。「楚昭王」（元刊本）第二折【鬼三台】「子怕一家兒潑水難收（一家そろって一巻の終わりになるのではないかと氣遣われる）」、「魔合羅」（元刊本）第四折【柳青娘】「却不你千悔萬悔。是潑水在地怎收拾（ひどく後悔しておろうが、覆水盆に返らず、手の施しようもないわ）」ほか。

〔譯〕あの頃はこんなろくでもない持病はまったくなかったのに、急に全く人の意見もどんどん聞き流してしまうようになられましたな。優れた人物を馬鹿にし諸侯を侮り、ていねいなところもない。わしは怒りで「覆水盆に歸らず」という氣持ちじゃ。

〔《云》〕我不認得恁劉沛公、放二四、拖狗皮、是不回席。〔《駕上》〕〔《云》〕兀的不羞殺微臣。〔等駕做住把盞了〕

〔校〕○是不回席……徐本は「世不回席」、寧本は「誓不回席」に改める。○「不回席」と「兀的不羞殺微臣」の間に、一字分ほどの空格がある。鄭本は「駕上」、寧本は「等駕上云了」をここに補っている。元曲選本では、漢王が登場して英布に「九江侯、破楚大元帥」の位を與える敕を讀み上げる。

〔注〕○放二四……やりたい放題。「四」は「肆」と通用するので、おそらく「放肆」を「放四」と表記し、語呂をよ

くするために「二」を加えたのであろう。『董西廂』巻一【整金冠】「放二四不拘束、儘人團剝（したい放題とらわれることとてなく、言いたい奴には言わせておくまでのこと）」。○是不回席……「回席」はお禮の宴席を設けることであろう。徐本の校記は元人『丸經』巻上「承式章」に「靴皮臉、拖狗皮、輸便怒、贏便喜、吃別人、不回禮（靴の皮のような面の皮のろくでなし、負ければ怒り、勝てば喜び、人にご馳走になって、お返しもしない）」とあるのを引いて、「拖狗皮、不回席」を「當時の俚語」とする。「是」は通常「世」または「誓」と書かれる強調の副詞であろうが、表記が必ずしも安定しない以上、「是」を無理に改める必要はないであろう。

〔譯〕［正末いう］わしは劉沛公など知らん。わがまま勝手ならくでなしの食い逃げ野郎が。［帝登場］［正末いう］それがしはもう恥じ入るばかりでございます。［帝しぐさ。杯をとって酒をつぐ］

【唱（厶）】被聖恩威攝（懾）的忙饒後。見笑吟ヌ（吟）滿捧着金甌。見他忙勸酒。施勤厚。［《云》］怎生見天子待花白一會來。却又无言語了。［《唱》］哎無知禽獸。英布你如鑞鎗頭。

〔校〕○唱……原本は曲牌名同樣白抜きで「唱」。各本とも、【厶篇】とする元曲選本に従い、「厶」または「厶篇」に改める。○威攝……各本とも「威懾」に改める。なお元曲選本は、「嗜則道遣紅粧來進這黃封酒」と、この句自體が全く異なる。○饒後……寧本は「繞後」に改める。

〔注〕○唱……このト書きが白抜きで記される例は、他にもあるが珍しい（「云」の方はかなり例が多い。これは「唱」が記されること自體例が少ないためである）。しかもここでは曲牌の初めにあたり、曲牌名がわりに記されているように見える。これは、この曲が前の【小梁州】の【厶篇】、つまり同じ曲牌の二度目の使用にあたるためであろう。【厶

篇】について曲牌名を付さない例は他にもあるが、これはおそらく元來詞同様に二回同じメロディを繰り返す形式が用いられていたことの名殘であろう。事實『董西廂』ではほとんどすべての曲牌が二度繰り返して用いられている。【唱】はここから二度目が始まることを示す標識としての役割を擔っているのかもしれない。○威攝……「攝」は諸本が改めるように「懾」の誤りであろうが、「攝」と書かれることもあるようである。何煌によって「王粲登樓」（古名家本）に書き込まれた李開先舊藏抄本に基づく校は、第一折【么篇】「書嚇南蠻。威鎭諸藩」を「威攝諸藩」と改める。○饒後……他に用例がない。後に下がることか。なお、この句も元曲選本は全く異なる。○花白……叱責する、罵倒する。「七里灘」（元刊本）第四折【折桂令】に「我把您上下君臣、非是嚴光、把您花向(白)（わしはおぬしら上下の君臣を、この嚴光が、おぬしらをけなそうというのではない）」、鍾嗣成【一枝花】套「自序醜齋」の【烏夜啼】に「自花白寸心不昧。若說謊上帝應知」（みずからけなすは良心に恥ずる、嘘をつけば神さまごぞんじ）」といった例がある。○鑞槍頭……はんだの槍先。見かけ倒し、役立たず。『西廂記』（弘治本）卷四第二折【小桃紅】「呸你是箇銀樣蠟鎗頭（ペッ、とんだ見かけ倒しの役立たずだわ）」ほか。

〔譯〕天子さまのご恩に壓倒され、あわてて後ずさり。見ればにこにこと笑みを浮かべて杯になみなみとついだ酒を捧げ持ち、しきりに酒を勸められて、こまめな氣配り怠りない。［正末いう］どうしたことか、天子さまに會ったらこっぴどくやりこめてやろうと思っていたのに何もいえなくなってしまった。［うたう］ああ、ばかな畜生の英布め、お前は見かけ倒しの役立たずじゃ。

［等駕跪着把盞科］［做接了盞兒荒科］［背云］後代人知、漢中王幾年幾月幾日、在館驛內跪着英布吃了一盞酒、便死呵也死的着也。［拜唱］

〔校〕○荒科……各本とも「慌科」に改める。

〔注〕○このせりふは元曲選本とほぼ一致する。

〔譯〕［天子がひざまずいて杯をとるしぐさ］［正末が杯を受け取ってあわてるしぐさ］［正末傍白］漢中王は何年何月何日、驛舍の中で英布にひざまずき、一杯酒を勸めたと、後々の人が知ったなら、たとえ死んでも本望というものだ。［拜禮して唱う］

【叨叨令】請你一个漢中王龍椅上端然受。早來子房公半句兒無虛繆(謬)。光祿司幾替兒分着前後。教坊司一派簫韶奏。英布你早到快活也末哥、ヌヌヌヌヌ(你早到快活也末哥)、這般受用誰能勾。

〔校〕○虛繆……各本とも元曲選本に従って「虛謬」に改める。○光祿司……徐・寧本は元曲選本に従って「光祿寺」に改める。

〔注〕○光祿司……宮中の飲食を司どる役所。徐・寧本は「光祿寺」に改めるが、『元史』卷七「世祖四」に「改宣徽院爲光祿司（宣徽院を改めて光祿司とした）」とあるように、元代の名稱は光祿司であり、『明史』卷七十四「職官志三」にあるように、名稱變更を伴いつつ明の洪武三十年までこの狀態が續いたようである。從って改める必要はない。「單刀會」（元刊本）第三折【柳青娘】「敎光祿司准瓊將(漿)。他那珍羞百味□□□。□□□金盃玉觴（光祿司に美酒を用意させ、あまたの珍味佳肴を…。金の杯玉のさかずき…）」。○替兒……量詞。現代語の「起」や「批」にあたり、組みになった人數や往復の回數などを數えるのに用いる。『西遊記雜劇』第三齣「〔丹霞禪師上云〕…長江後浪催前浪、

一替新人換舊人（長江の後の波は前の波をせき立て、一群の新人、舊人に代わる）」。○簫韶……舜の音樂の名。『尙書』「益稷」「簫韶九成、鳳皇來儀（簫韶を九度奏すれば、鳳凰はあいさつに訪れる）」。妙なる音色の音樂の代表として用いられる。「梧桐雨」（古名家本）第一折【混江龍】「順風聽。一派簫韶令（風に乘って聞こえるは、簫韶の調べ）」。

〔譯〕どうか漢中王たるあなたさまには御座にきちんとお座りになり、この杯をお受けください。先ほどの張良殿の言葉にはいささかのいつわりもございませなんだ。光祿司は入れ替わり立ち替わり前後に分かれてご馳走を運び、教坊司は雅樂を奏でております。英布よ、おまえはもううれしくて仕方がない、おまえはもううれしくて仕方がない。こんなよい目にあう者が他におろうか。

【剔銀燈】舌刺ヌ（刺）言十妄九。村棒ヌ（棒）的呼么喝六。查沙着打死麒麟手。這的半合兒敢慢罵諸侯。就里則是个大村叟。龍椅上把身軀不收。

〔校〕○查沙……鄭本は「揸沙」に改める。○龍椅上把身軀不收……元曲選本は「須不共英雄輩做敵頭」とする。

〔注〕○村棒棒……野暮なさま。「薛仁貴」（元刊本）第三折【么】「全不似昨來、村村棒棒、叫天吖地（前の田舍臭く、大騷ぎするのとは大違い）」ほか。○呼么喝六……「么」はさいころの一。「么六」は二つのさいころで一と六がそろうこと。博打でさいころを振って、一の六のと騷ぐことから轉じて、大騷ぎをすることになる。「麗春堂」（古名家本）第二折【鬪鵪鶉】に「則承想喝六呼么（六の一のと騷ぐことばかり考えて）」とあるのは、實際の博打における事例。○查沙……おしひろげる。無名氏【耍孩兒】套「拘刷行院」【九】「查沙着一對生薑手（一對の生姜のような手をおしひろげ）」。○打死麒麟手……「秋胡戲妻」（元曲選本）第一折【上馬嬌】に「則見他惡噷噷輪着粗桑棍。這廝每哏。端的

便打殺瑞麒麟（見ればたけだけしく太い桑の棍棒振り回す。こやつらの亂暴さときたら、全くめでたい麒麟を毆り殺さんばかり）」とあり、「飛刀對箭」（內府本）第四折の【掛玉鉤】でも「索強似您打麒麟的黃桑棍（〔前に父が「黃桑棍」でぶんなぐってやると言っていたことを受けて、下賜された玉の杖は〕あなたがたの麒麟を打ち殺す黃桑棍よりずっといいでしょう）」、また「對玉梳」（顧曲齋本）第一折【油葫蘆】でも「常則是惡哏哏緊揝着條黃桑棍。端的待打殺臥麒麟（〔おっかさんは〕いつも猛々しく黃桑棍をしっかと握って、まことに横たわる麒麟を打ち殺さんばかり）」とあり、常に「桑棍」とセットで用いられていることから考えて、「黃桑棍打殺臥麒麟」といった成語があったものと思われる。立派なものを無體に毆ることか。○半合兒……現代語の「一會兒」同様、「しばらく」「たちまち」といった意味で用いられる。「燕靑博魚」（內府本）第四折【離亭宴歇指煞】「半合兒歇息在牛王廟。一直兒走到梁山泊（しばし牛王廟で休息し、まっしぐらに梁山泊へとかけつける）」など。

〔譯〕ペラペラしゃべる十のうち九はでたらめ、田舍者丸出しゞがやがやと大聲上げ、麒麟をも打ち殺さんばかりの手をぱっと開き、ひとしきり諸侯を口汚く罵る。中身はただの田舍おやじ、玉座には收まりきらぬご樣子じゃ。

【蔓精（菁）菜】捋袒開龍袍叩（扣）。依法次坐着那豐沛縣里麥場頭。輳軸。擧止雖然不風流。就里沒㖔和衝寬厚。

〔校〕○【蔓精菜】……各本とも「蔓菁菜」に改める。元曲選本も同じ。○龍袍叩……各本とも「龍袍扣」に改める。元曲選本は「披袍袖」とする。

〔注〕○この曲は元曲選本とは大幅に異なる。曲譜によれば本來は「7・6乙。7・6乙。4。7。5。」の七句構成

のはずだが、五句しかなく、脱落があるものと思われる。元曲選本が大幅に異なるのは、このことと關係しよう。脱落のためか、意味を取りにくい。○麥場……麥打ち場。「薛仁貴」(元刊本)第三折【快活三】「俺兩个曾麥場上俏(捎?)了谷(穀)穗(おれたち二人は麥打ち場で穗を拾った(?)仲じゃないか)」というように、農村の象徴のように用いられる。○轆軸……脱穀に使う石のローラー。「薛仁貴」(元刊本)第三折【耍孩兒】「你記得共我摸班(斑)鳩爭上樹、夸(跨)六軸比高低(おれと一緒に鳩を捕まえようと爭って木に登ったり、ローラーに乘って背比べをしたりしたのを覺えているだろう)」。先の「麥場」に置かれているもので、やはり農村の象徴。○沒㖭和……「無添和」に同じ。眞實で僞りのないこと。「酷寒亭」(古名家本)第三折【梁州】に「麪米相停無添和。壓盡玉液金波(麴も米も本物で混ぜものなく、金の波立たせる玉の液も目ではない)」とあるのは本來の意味、蘭楚芳【粉蝶兒】套「贈妓」の【一煞】に「我這般斷敬重偏心願。只除是無添和知音的子弟、能主張敬思的官員(私のように大切にしてひたすら願うのは、僞りのない相手の氣持ちのよく分かる遊び人と、考えのある粋なお役人だけ)」とあるのは、派生した意味であろう。

〔譯〕(漢王は)胸元はだけて龍袍のボタンはずし、家來たちは序列通りにすわっているが、そのさまは豐沛縣の麥打ち場にて、ローラー引いていたのと同じ(?)。立ち居振る舞い粋ではないが、心の中は僞りがなくまことに度量の大きいお方。

【柳青娘】早是君王帶酒。休驚御莫聞奏。子房公免憂。看英布統戈矛。今番不是誇強口。楚項藉(籍)天喪宇宙。漢中王合覇軍州。此番絕、今後了、這回休。

〔校〕○項藉……各本とも「項籍」に改める。なお元曲選本は「楚重瞳」とする。

〔注〕〇驚御……皇帝を驚かせること。早く『宋書』巻三十九「百官志上」に「章帝元和中侍中郭擧與後宮通、拔佩刀驚御（後漢の章帝の元和年間、侍中の郭擧が後宮の女性と通じ、佩刀を抜いて帝を驚かせたことがあった）」と見え、『宣和遺事』前集に「高俅喝曰、匹夫怎敢驚御（高俅が怒鳴りつけて申すには、「下郎めが陛下を驚かすとはいい度胸だ」）」などと小説でも頻用される。〇宇宙・軍州……この二語をセットで用いた例としては、「馬陵道」（元曲選本）第二折【滾繡毬】「這江山和宇宙。士女共軍州。都侍着俺邦情受（この天下と世界、男女も軍州も、すべてわが國のものとしようと思うたに）」がある。なお、「軍」は宋代の行政單位だが、「軍州」という言い方は固定表現化して宋代以降も用いられる。

〔譯〕はや陛下は酒に酔われたようじゃから、陛下を驚かせるでないぞ、奏上するでないぞ。張子房どの心配ご無用、この英布が軍を統べるのを見られるがよい。この度は強がりをいうのではないが、楚の項籍は天がその國を滅ぼし、漢中王は軍州に覇を稱えることになろう。この度できっぱり、今後はおしまい、今回で終わりとしようぞ。

【道和】把軍收。ヌヌヌ（把軍收）。江山安穩揔屬劉。不剛求。看咱ヌヌ（看咱）恩臨厚。交咱ヌヌ（交咱）難消受。終身答報志難酬。恨無由。直殺的喪荒坵（丘）。遙觀着征驍驟。都交他望風走。看者ヌヌ（看者）咱征鬪。您每ヌヌ（您每）休來救。看者ヌヌ（看者）咱征鬪。都交死在咱家手。荒郊野外横尸首。直殺的馬頭前急留古魯ヌヌヌ（魯魯魯）亂袞（滾）死ミミミ（死死死）死人頭。

〔校〕〇急留古魯ヌヌヌ……元曲選本は單に「急留古魯」とする。鄭本は「急留古魯魯魯魯」、徐・寧本は「急留古魯」とする。〇亂滾死ミミミ……元曲選本は「亂滾滾死死死」とする。鄭本は「亂滾死死死死」、徐・寧本は

「亂滾死死」とする。

〔注〕○收軍……軍を引くことだが、「飛刀對箭」（內府本）楔子で摩利支がとなえる語に「得勝旗搖、收軍望封官賜賞（勝利の旗を搖らし、軍を引いて官位と褒美を待ち望む）」とあるように、通常凱旋する時に用いられる。○剛求……無理に求めること。闕漢卿【鬪鵪鶉】套「女校尉」【寨兒令】「得自由。莫剛求（氣ままにして、無理には求めず）」、馬致遠【四塊玉】「嘆世」「佐國心、拿雲手。命里無時莫剛求（國のために働く心、雲をつかまんとする手、運命の定めなければ無理に求めてはならぬ）」。○喪荒圻……「救風塵」（古名家本）第二折【醋葫蘆】に「他道是殘生早晩喪荒丘（いずれは荒れ果てた塚に命果てる身といって）」とあり、他に「喪荒郊」という例も多くある。定型表現となっているようである。

〔譯〕凱旋し、凱旋し、天下は安らかにすべて劉氏のもの。こちらから強いて求めたこともないのに、見よ、見よ陛下のご恩は大層厚く、なんとも、なんとも身に餘る思い。一生かけて恩に報いようにも報いきれまい。報いる手だてもないのは無念なこと、荒野で命失わせるまで戰ってくれよう。はるかかなたから戰馬が疾驅するのを見れば、敵はその氣配に風をくらって逃げ失せよう。見よ、見よ、我が戰いぶりを、おぬしら、おぬしらの助けは無用じゃ。見よ、我が戰いぶりを、みな我が手にかかってあの世行きじゃ。荒れ果てた野邊には死體が打ち捨てられ、馬の前にはごろごろと死、死、死、死、死人の首が轉がるまで戰ってくれようぞ。

【隨煞】免了媿（魏）豹憂。報了灘水讐。殺的塞斷中原江河溜。早子不從今已後。兩分家國指鴻溝。［下］

〔校〕○隨煞……徐本は元曲選本に從って「啄木兒尾」とする。○媿豹……各本とも「魏豹」に改める。元曲選本は

「彭越」とする。

〔注〕○魏豹……魏王豹。魏王豹は漢に背いて楚に降り、その後また捕らえられて漢に降り、ともに滎陽を守っていた漢將周苛に疑われて殺された。普通であれば「魏豹の心配事を取り除いてやる」、つまり味方の魏豹を窮地から救うという意味になり、不自然に感じられる。元曲選本が「彭越」に改めているのはそのためであろう。「魏豹という憂いの種を除く」とも取れないことはないが、通常の「免〜憂」の用法から見ると不自然である。ただ、『兩漢開國中興傳誌』では魏豹は濉水の戰いで劉邦側の將軍として戰ったことになっており、次の「濉水の仇を報いる」という句とセットで考えれば、魏豹を救うという意味でよいのではあるまいか。○兩分家國指鴻溝……元明期に初等教育書として廣く用いられていた胡曾『詠史詩』の「鴻溝」に「虎倦龍疲白刃秋。兩分天下指鴻溝（白刃の秋に虎は倦み龍も疲れ、雙方で鴻溝を境界と指して天下を二分した）」とあるのに基づこう。

〔譯〕魏豹の憂いの種を取り除き、濉水の仇に報いよう。中原の河の流れも塞ぎとめんばかりの勢いで戰えば、もはや「これより後は、鴻溝を境に國を二つに分ける」こともあるまいぞ。［退場］

《第四折》

［正末〈上〉拿砌末扮探子上］

〔校〕○本折は元曲選本のほか、『盛世新聲』（盛本）・『詞林摘豔』卷九（無名氏「氣英布雜劇」と題す。詞本）・『雍熙樂府』卷一（「覇王戰英布」と題す。雍本）にも收められる。詳しくは後の校勘表を參照。本文の校記では特に必要な場合のみ異同を記す。〇正末上……「上」を各本とも削る。

〔注〕〇砌末……小道具のこと。たとえば「介子推」（元刊本）第二折のト書きに［扮閹官托砌末上（宦官に扮し、砌末を捧げて登場）］とあり、そのあとの白に「自家六宮大使王安。奉官里〇〇（聖旨）。皇后〇〇（懿旨）。賚三般朝典。將東宮太子賜死（私は六宮大使の王安です。天子様のご命令と、皇后様のご命令を奉じて、三種の朝典を持って、東宮太子様に自殺を命じにまいります）」という點から見れば、ここでいう「砌末」は「三般朝典」、つまり短劍・白練・藥酒である。元曲選本には「執旗打搶背科（旗を持ちとんぼを打って登場）」とある。これに従えば、「砌末」は旗であることになる。〇探子……斥候のこと。第四折では、正末は探子に改扮（役柄を變えること）するわけだが、このような事例は、他に「飛刀對箭」「單鞭奪槊」「老君堂」などにも認められ、戰鬪描寫を行う上で一つの定型となっているものと思われる。本劇の元曲選本も含め、いずれも探子のうたによる報告と、それを受ける主將による説唱調の白との掛け合いというスタイルを取る。おそらく後者は、異種藝能に由來するものであり、こうした掛け合いのスタイルの藝能が存在して、それが雜劇の一部として取り込まれているのであろう。ここでは掛け合いの存在が明示されていないが、おそらくは元曲選本同様張良、もしくは劉邦との掛け合いの形式を取っているものと推定される。

〔譯〕正末が小道具を手にし、斥候に扮して登場。

《黃鐘》【醉花陰】楚漢爭鋒竟（競）寰宇。楚項藉（籍）難贏（贏）敢輸。此一陣不尋俗。英布誰如。據慷慨甚推擧。

〔校〕〇竟……各本とも盛本・詞本・雍本・元曲選本に従って「競」に改める。〇楚項藉難贏敢輸……各本とも「楚項籍難贏敢輸」に改める。詞本・盛本は「楚項籍誰贏敗輸」、雍本は「楚項籍難贏敗輸」。元曲選本は「那楚霸王肯甘心伏輸」とする。○元曲選本は二句多い。注參照。

〔注〕○【醉花陰】は通常七句からなるが、末二句が次の【喜遷鶯】の最初に來る例がしばしばあり、鄭騫『北曲新譜』はこれを「古體」、通常のスタイルを「近體」と呼んでいる。ここでは「古體」によっていることになる。盛本・詞本・雍本・元曲選本は「近體」（こちらの例の方が壓倒的に多い）にあわせて、【喜遷鶯】の初二句を【醉花蔭】の末尾に移動している。○不尋俗……並々のものではない。「薛仁貴」（元刊本）第一折【醉扶歸】「薛仁貴箭發無偏曲。手段不尋俗（薛仁貴の矢は百發百中、腕前は並々ならず）」。「不俗」だけでも同様の意味になることがある。○慷慨……きっぷ、男ぶり。特に武將などの豊かな能力を示す時によく用いられる。「薛仁貴」第一折【混江龍】「你子說慷慨將軍八面威、聖明天子百靈扶（堂々たる將軍は威嚴にあふれ、ご聰明なる天子はあまたの靈の助けありと申すが）」ほか。

〔譯〕楚と漢が天下を的にしのぎを削るも、楚の項籍は勝ちがたく恐らくは敗れよう。この一戦は尋常ならず、英布に誰がかなおうか。げにもあっぱれなるますらおぶり。

【喜遷鶯】多應敢會兵書。沒半霎兒〔《云》〕嗏出馬來。〔《唱》〕熬番楚霸主。他那壁古刺ヌ（剌）門旗開處。楚重瞳陣上高呼。無徒。殺人可恕。情理難容相欺負。厮耻辱。他道我看伊不輕、我負你何辜。

〔校〕○嗏出馬來……原本は小字。鄭本は前に〔帶云〕を補って帶白（入れぜりふ）とし、徐・寧本は「嗏」のみ襯字と見なす。寧本は、盛本・詞本・雍本・元曲選本にならって「多應敢會兵書。沒半霎兒嗏出馬來熬翻楚霸主」の二句を【醉花蔭】の末尾に移す。【醉花蔭】の注を參照。○番……各本とも元曲選本に從い「翻」に改める。盛本・詞本・雍本は「番」である。

〔注〕○無徒……ごろつき。『董西廂』巻七【古輪臺】「被那無徒漢。把夫妻拆散（あの惡黨めに、夫婦の中を引き裂かれた）」、「博望焼屯」（元刊本）第二折【梁州】「叵耐無徒領士卒。怎敢單搦這耕夫（けしからぬごろつきめが士卒を率い、この百姓と勝負しようとはいい度胸だ）」ほか。○殺人可恕、情理難容……殺人は許せても、道理からいって認められない。要するに勘辨ならないという時に用いる。「豫讓呑炭」（古名家本）第四折【耍孩兒】「未出語心先痛。殺人可恕、情理難容（言葉に出す前に心は痛む。殺人は許せても、道理からいえば認められぬ）」。「無禮難容」となることもある。『張協狀元』第二十七出「（丑白）作怪、作怪、殺人可恕、無禮難容（けしからん、けしからん、殺人は許せても無禮は許せぬ）」。この場合は婿入りを斷ったことをいい、「殺人」云々は枕詞的に付いているにすぎない。『五燈會元』巻十六にも「殺人可恕、無禮難容」の形で見えており、あるいはこちらの方が古い言い方なのかもしれない。○相欺負。斷恥辱……「相欺負」は後の「斷恥辱」と對になっている點からすれば、「こけにして、恥をかかせおったな」と項羽のせりふにも讀めるが、假に「斷恥辱」は狀況を説明する正末の語として解釋する。○他道我看伊不輕、我負你何辜……兩句とも項羽の語とすれば、「かれはいいます『自分はお前を粗末に扱わなかった、お前に何の惡いことをしたのだ』と」となるが、假に前者が項羽、後者が英布の語として譯しておく。

〔譯〕さだめし兵術にもたけていよう。いくばくもなく（いう）さあ馬を出して、（唱う）楚の覇王を苦しめるはず。あちらではさっと門の旗が開くと、楚の二重瞳は陣頭で高らかに呼ばわる。「人でなしめ、人殺しは赦せても、無禮は赦せぬ。こけにしおって」。たがいに罵りあう。やつ（項羽）が「わしはお前を粗末には扱わなかったはず」といえば、こちらは「裏切って何が惡いか」と答える。

【出隊子】喒這壁先鋒前部。會支分能對付。牀ヌ（牀）ヌ（牀）響颼ヌ（颼）陣上發金鉟（鏃）。沙ヌ（沙）ヌ（沙）齊臻ヌ（臻）披（坡）前排士卒。牙僕剌ヌ（剌）的垓心里驟戰駒。

〔校〕○喒這壁先鋒前部。會支分能對付……この二句を元曲選本は「俺這裏先鋒前部。會支分能對付」とするのに對し、盛本・詞本・雍本は「俺這里先鋒（雍本のみ「逢」）英布。會文分能擺布」となっている。また次句の「響颼ヌ」も、他のテキストが「冷颼颼（または「搜搜」）」とするのに對し、元曲選本のみが「響颼颼」とする。つまり、元曲選本のみが元刊本に一致することになり、臧懋循は何らかの元刊本に近い本文を持つテキストを參照していた可能性が想定できる。○牀牀牀……徐・寧本は盛本・詞本・雍本・元曲選本に從い「味味味」に改める。○金鉟……各本とも元曲選本に從って「金鏃」に改める。○沙沙沙……徐本は「吵吵吵」に改める。なお盛本・詞本・雍本・元曲選本はすべて「火火火」とする。○披前……各本とも「坡前」に改める。なお盛本・詞本・雍本・元曲選本はすべて「軍前」とする。○牙……鄭本は「呀」、徐・寧本は盛本・詞本・雍本・元曲選本に從って「呀呀呀」に改める。○僕剌剌……徐・寧本は「撲剌剌」に改める。なお、盛本・詞本・雍本は「不剌剌」、元曲選本はこの語なし。

〔注〕○支分・對付……「支分」は配下への指圖、「對付」は相手への對應をいう。「調風月」（元刊本）第一折【那吒令】「使的人。無淹潤。百般支分（使われる方は、何のやさしさもなく、あれこれ言いつけられる）」、「魔合羅」（元刊本）第一折【天下樂】「百忙的麻鞋斷了葴。難行、窮對付（あわてていると靴のひもが切れてしまった。歩けないので、應急の手當てをする）」など。

〔譯〕われら先鋒のさきがけ部隊は、味方の指圖・敵のあしらいぬかりはない。シュッ、シュッ、シュッと矢鳴りを立てて陣營から矢を射ち、サササッと坂の前にずらり兵士を整列させ、それ、戰場の中心めがけてパカパカと戰馬を驅る。

【刮地風】鼕ヌ（鼕）不待的三聲凱戰鼓。火火古刺ヌ（刺）兩面旗舒。脫ヌ（脫）僕刺ヌ（刺）二馬相交處。喊振天隅。我子見一來一去。不當不覩。兩疋馬、兩个人、有如星注。使火尖鎗的楚項羽。是他便刺胸脯。

〔校〕○鼕鼕……徐・寧本は盛本・詞本・雍本・元曲選本に從って「鼕鼕鼕」に改める。○凱戰鼓……徐本は盛本・詞本に從って「索戰鼓」に改める。○火火……徐・寧本は「火火火」に改める。なお、他のテキストにはこの二字はない。○脫脫……徐・寧本は「脫脫脫」に改める。この二字も他のテキストにはない。○僕刺刺……徐・寧本は「撲刺刺」に改める。盛本・詞本・雍本は「登時間」と全く異なり、元曲選本は「撲騰騰」と、やはり元曲選本のみ元刋本に近い（「刺刺」が變わっているのは、「撲刺刺」が前の曲にもあったため重複を避けて改めた可能性が高い）。○不當不覩……徐本は「不當不堵」に改める。盛本・詞本・雍本・元曲選本はすべて「不見贏輸」とする。

〔注〕○凱戰鼓……「凱」は太鼓を撃つ意。「裏陽會」（内府本）第四折【新水令】「旗搖籠日色、鼓凱撼空蒼（旗を振れば日の色を包み込まんばかり、陣太鼓を打てば蒼天を搖るがさんばかり）」、「小尉遲」（内府本）第二折【柳青娘】「到來日鼕鼕的征鼙慢凱（明日になればドンドンと陣太鼓を緩やかに打ち）」など。○不當不覩……「當堵」「堵當」で防ぐ、阻止するという意味。『董西廂』卷二【牆頭花】「一時間怎堵當、從來固濟得牢（とっさの間にいかに防ぐべき、以前より作りは堅固）」。「馮玉蘭」（元曲選本）第二折【呆骨朵】「到如今急煎煎怎當堵（今となっては、大あわてでどう防いだらよいものやら）」。おそらくここは、「當堵」と同じ單語を「當覩」と表記し、「不〜不…」という形で強調しているのであろう。ただし「覩」を字義通り「見る」と解釋して、「相手を眼中に置かない」と取れないこともない。

○火尖鎗……「單鞭奪槊」（古名家本）楔子の尉遲敬德の白に「您若不信、將我這火尖槍、深烏馬、水磨鞭、衣袍鎧甲、您先將的去、權爲信物（もし信じられぬとあれば、わしの火尖槍、深烏馬、水磨鞭とひたたれによろいかぶとを持って行って、人質代わりにせい）」と見える。

〔譯〕ドンドンと陣太鼓が三回鳴りも果てぬに、ヒラヒラハタハタと二枚の旗が開き、ダッダッパカパカと二頭の馬が驅け違えば、叫び聲は天の果てまでとどろく。見れば行ったり來たりさえぎりようもなく、二頭の馬、二人の人、星の流るるが如し。火尖槍を使う楚の項羽、きゃつがまず胸元を突く。

【四門子】九江王那些兒英雄處。火出(尖)《鎗》輕ヌ(輕)早放過去。兩員將各自尋門路。動彪軀△輪巨毒。虛里着實、ヌ(實)里着虛。斷過謾各自依法度。虛里着實、ヌ(實)里着虛。呵連天喊擧。

〔校〕○火出……鄭本は「火尖鎗」、徐・寧本は「火尖槍」に改める。盛本・詞本・雍本・元曲選本はすべて「見鎗來」。○動彪軀……徐本は「踊彪軀」に改める。盛本・詞本・雍本・元曲選本はすべて「整彪軀」。○輪……徐・寧本は「掄」に改める。盛本・詞本・雍本は「統」、元曲選は「輪」、つまりここでも元刊本と元曲選本だけが一致していることになる。

〔注〕○尋門路……方法を探すこと。「馮玉蘭」（元曲選本）第二折【呆骨朵】「好着我無處箇尋門路（本當に行く道もないこととなった）」。○巨毒……武器。「後庭花」（古名家本）第二折【尾煞】「我見他手揝着巨毒。把我這三思臺揝住（やつが手に武器を持って、おれの頭をひっつかまえ）」。○過謾……だますこと。「過瞞」「過漫」とも表記する。杜仁傑【耍孩兒】套「喻情」【一】「開花仙藏撒過瞞得你（花の仙人は魔法を使ってお前をだますことができる）」。『劉知遠諸

宮調』巻一【尾】「三娘子背着庄院。把嫂〻過漫（三娘は家を出て、義姉をだまし）」。

〔譯〕九江王はあっぱれなる英雄ぶり、はやくも火尖槍を輕々とかわした。二人の将軍はおのおの手立を探らんと、巨體を動かし、武器を振り回す。虚々實々のかけひき、互いに兵法にのっとり相手を欺こうと、虚々實々のかけひき、わっと雄叫びは天までとどろく。

【山(水)仙子】分(紛)ヌ(紛)ヌ(紛)〈ヌ〉濺土雨。靄ヌ(靄)《靄》黑氣黄雲遮太虚。滕(騰)ヌ(騰)《騰》馬蕩動征塵、隱ヌ(隱)《隱》人盤在殺霧。吁ヌ(吁)《吁》馬和人都氣出。道吉丁ヌ(丁)火鎗和斧籠罩着身軀。道足呂ヌ(呂)忽斧迎鎗數番煙焰擧。道坑察ヌ(察)着鎗和斧萬道霞光注。道斷郎ヌ(郎)〈ヌ〉呀斷凱(鎧)甲落兜鍪。

〔校〕○山仙子……各本とも「水仙子」に改める。盛本・詞本・雍本・元曲選本はすべて【古水仙子】。○分ヌヌ……各本とも「紛紛紛」に改める。諸本も同じ。○ヌヌヌ……各本とも「ヌ」を一つ衍字と見て削る。○靄ヌ……各本とも「靄靄靄」とする。諸本も同じ。○滕ヌ……各本とも「騰騰騰」に改める。盛本・詞本・雍本は「不刺刺」、元曲選本は「刷刷刷」。○隱ヌ……各本とも「隱隱隱」とする。盛本・詞本は「隱隱」、雍本・元曲選本は「隱隱隱」。○吁ヌ……各本とも「吁吁吁」とする。盛本・詞本はこの句なし。雍本・元曲選本は「吁吁吁」。○都氣出……徐本は盛本・詞本・雍本・元曲選本に従って「都氣促」に改め、寧本は「都氣粗」とする。○道吉丁ヌ……以下の四つの「道」は、盛本・詞本・雍本・元曲選本にはすべてない。○坑察ヌ……徐本は「圪擦擦」に改める。盛本・詞本・雍本は「圪搽搽」、元曲選本は「可擦擦」。○斷郎ヌヌ牙……鄭・寧本は「斷郎郎呀」、徐本は「斷琅琅呀」とする。盛本・詞本・雍本は「斷瑯瑯」、元曲選本は「斷琅琅」。○凱甲……徐・寧本は元曲選本に從って「鎧甲」に改める。盛本・詞本・雍本は「凱甲」。

〔注〕○殺霧……戰場に立ちこめる霧。「博望燒屯」（內府本）第二折正末云「靄靄征雲籠宇宙、騰騰殺霧罩征旗（たちこめる戰雲世界をおおい、立ち上る殺霧は軍旗をつつむ）」。○氣出……他のテキストは「氣促」とし、徐本はそれに從う。その方が息が續かないさまをよく形容しているように思えるが、「氣出」でも「疲れて息を吐き出す」ということで意味は通じるので、無理に改める必要はないであろう。○道……前述の通り、この部分は斥候と主將の掛け合い形式を取っていたものと思われ、事實元曲選本では張良とのかけあいである。ここで元刊本のみ「道（いう）」という語が每句に付くのは、その形式の名殘である可能性がある。○斷鎧甲……同時代人である元淮の「歷涉」詩に「截髮搓繩穿斷甲、征旗作帶勒金瘡（髮を切りひもによって切れた鎧の札をつなぎ、軍旗を包帶として傷を縛る）」とある。「三奪槊譯注」第一折【混江龍】の注で述べたように、この句は當時よく知られていたものであり、しかも元淮は「三奪槊」を見ていたらしい。「三奪槊」と本劇兩方の作者とされる尙仲賢が同じ地域で勤務していた點からすれば、接觸があった可能性もある。この語も元淮の詩と何らかの關係を持つものかもしれない。

〔譯〕濛々と土の雨が注ぎ、暗々と黑い氣と黃色い雲が天を覆う。ドッドッと馬が驅ければ戰塵舞い、もやもやと人は戰いの霧の中を渦卷くように動き、フーフーと馬も人も息を切らす。申し上げます、カチッと火尖槍と斧が舞わされて體を覆うよう。申し上げます、ズルッパッと斧は槍を受けて幾度も火煙を擧げました。申し上げます、カチャッと槍と斧はぶつかって萬筋の光流れ。申し上げます、シュルルと鎧が斷たれ兜が落ちました。

【收尾】把那坐下征騌（騣）猛兜住。嗔忿ヌ（忿）氣夯破胸脯。生掿損那柄黃烘ヌ（烘）籔箕來大金蘸斧。

［趕霸王出］［駕封王了］

〔校〕○【收尾】……他の諸本は【尾聲】とする。○䯘……各本とも「駌」に改める。盛本・詞本は「騵」、雍本と元曲選本は「駌」。

〔注〕○氣夯破胸脯……怒りに胸も張り裂けんばかり。定型表現。『西廂記』（弘治本）巻五第四折【折桂令】「有口難言、氣夯破胸脯（口はあってもものはいえず、怒りに胸も張り裂けんばかり）」、「調風月」（元刊本）第四折【得勝令】「氣夯破胸脯。交燕く（燕）兩下里沒是處（怒りに胸も張り裂けんばかり、燕燕（主人公の名）はどちらにもどうすることもできませぬ）」ほか。○簸箕來大……箕ほどもある大きさ。大きなことをいう。『董西廂』巻一【醉落魄尾】「寫着簸箕來大六箇渾金字（箕ほどもある六つの金の字が書いてある）」ほか。ここで英布の斧が折れて項羽を取り逃がすのかもしれない。○出……元刊本では他に「周公攝政」「介子推」で「祭出」（前者は豊饒を祈る祭祀を行い、後者は焼死した介子推の靈を祀る）、「東窗事犯」で「斷出了」（秦檜の魂を地藏王が裁き、岳飛の魂を救済する）、「遇上皇」には「駕斷出」（徽宗が判決を下す）、「博望燒屯」に「拿曹操出」「駕斷出」（曹操を捕らえて劉備が裁く）という例が、いずれも劇の末尾にある。全例がすべての曲を唱いおわった後である點が注意されよう（ただし「周公攝政」のみ、套數の終わり、次の注でふれる「散場」かと思われる曲の前にも「斷出」とある。しかしこの場合は、幕切れが二度あるわけであるから、やはり劇の末尾と考えることができよう）。おそらく幕切れに何らかの儀禮的な所作を行ない、あるいは登場人物を送り出すのかもしれない。

〔譯〕かの乘りし戰馬を急に止めれば、プンプンと怒りに胸も裂けんばかり。あたら金色に輝く箕ほどもある大斧を駄目にしてしまった。

〔覇王を追いたてて出〕〔天子が王に封じる〕

【散場】

〔注〕〇元曲選本ではここで正末が再び英布に扮して登場し、【側磚兒】【竹枝兒】で勝利のうたを唱い、漢王から淮南王に封じられて、【水仙子】で感謝のうたを唱って終わることになっている。この體例は「倩女離魂」にもあり、やはり【水仙子】で終わる。また元刊本のうち「東窗事犯」「單刀會」「周公攝政」「貶夜郎」は套數が終わった後に韻の異なる曲が數曲置かれている。こうした事實から考えて、元曲選本のこれらの曲は臧懋循が恣意的に付け加えたものではなく、彼が依據したテキストに存在したものと思われる。元刊本のうち末尾に「散場」と記すものとしては、「氣英布」以外に「拜月亭」「薛仁貴」「介子推」「霍光鬼諫」「竹葉舟」「博望燒屯」の六種があり、その他に「出場」と記す例として「汗衫記」がある。おそらくそれらは末尾にこうした結びの場面を置いていたことを示すものと思われる。鄭騫「論元雜劇散場」（『景午叢編』〔臺灣中華書局一九七二〕所收）參照。

題目　張子房附耳妬隋何

正名　漢高皇濯足氣英布

大都新編關張雙赴西蜀夢全

〔校〕○本劇の校勘に使用したテキストは、鄭本・徐本・寧本のみである。本劇の傳存テキストは元刊本のみで、異本は存在しない。

〔注〕○全……「關目全」を題末に付す例は、他に「陳摶高臥」「薛仁貴」があり、「關目全」を題の前に付す例としては「追韓信」があるが、題末に「全」のみを付すのは本劇のみである。これは「關目」が白のことを意味することに由來するのかもしれない。○關張雙赴西蜀夢……本劇は、『錄鬼簿』天一閣本には「雙赴夢　荊州牧閬州牧二英魂　關雲長張翼德雙赴夢」、同じく曹楝亭本には「關張雙赴西蜀夢」、『太和正音譜』には「雙赴夢」と著錄されている。現存テキストは元刊本のみで、しかも白が一切ないため、不明の點が多い。これに該當する内容は『三國志平話』（以下『平話』と略稱）『三國志演義』（嘉靖本による。以下『演義』と略稱）などにも全くないが、『成化說唱詞話』の『花關索傳』には似通ったくだりがあり、庶民レベルに近いところではよく知られていた可能性がある。

《第一折》

《仙呂》【點絳脣】織履媥(編)席。能勾做大蜀皇帝△非容易。官裏日(旦)暮朝夕。悶似三江水。

〔校〕○媥……各本とも「編」に改める。○日……各本とも「旦」に改める。

〔注〕○第一折の正末が劉備から關羽・張飛のもとにつかわされた使者であることは確かだが、元刊本の本文から人名を特定することはできない。ただし、【油葫蘆】で自らについて「虎軀」と言っている點から見て、しかるべき武將（たとえば趙雲）であるように思われる。○織履媥(編)席……『三國志』巻三十二「先主傳」に、「先主少孤、與母販履織席爲業」、『平話』巻上に「少孤、與母織席編履爲生（劉備は）幼くして父を失い、母とむしろを織り、靴を編んで生計を立てていた）」とあり、雜劇では劉備の登場詩として「疊蓋層層徹碧霞、織席編履作生涯（たたみなす傘のような大木は幾重にもかさなって青空を貫くかの如く、むしろを織り靴を編んでたつきとする）」が用いられる（「襄陽會」「三戰呂布」など）。ここで「席」と「履」が入れ替わっているのは、韻を合わせるためであろう。○官裏……皇帝のこと。「官里」と表記することも多い。『武林舊事』巻七「德壽宮起居注」の「自此官裏知太上聖意不欲頻出勞人（これ以後お上は、あまり出かけて人に迷惑を掛けたくないという上皇樣のお心を悟られ）」など多數の用例があり、南宋にはすでに廣く用いられていたことがわかる。○悶似三江水……「黄花峪」（于小穀本）第三折の旦の白に「悶似三江水、涓涓不斷流（悲しみは三江の水のように、ザーザーと絶えることなく流れる）」とあり、『張協狀元』第五十出の張協の白では「三江」を「長江」に、「瀟湘雨」（顧曲齋本）第四折の張天覺の白、『白兔記』（六十種曲本）第二十二齣【江兒水】などでは「湘江」に作る。元の鄭洪の「遣悶」詩に、「濃愁深似三江水、都在滄州白馬邊（深い愁いは三江の水の如く、すべて滄州白馬のあたりにあり）」（『元詩選』二集巻二十四）とあり、よく知られた定型表現だったようである。なお、「三江」は特に具體的にどの川を指すというわけでもないようである。

〔譯〕わらじを織りむしろを編んでいた身が、蜀の皇帝にまでなられたのは竝大抵のことではございません。陛下は朝も晩も、心中の憂いは三江の水のごとく、一時も絶えることがありませんでした。

【混江龍】奐(喚)了聲關張仁弟。无言低首泪雙垂。一會家眼前活見、一會家口内掂提。急煎煎御手頻槌(搥)飛鳳椅。撲簌く(簌)痛泪常淹袞龍衣。毎日家獨上龍樓上、望荊州感嘆、閬州傷悲。

〔校〕○奐……各本とも「喚」に改める。○活見……徐・寧本は「活現」に改める。○頻槌……鄭・寧本は「頻搥」、徐本は「頻捶」に改める。

〔注〕○仁弟……兄から弟に對する呼稱。『孔叢子』下の「連叢子」に見える「與侍中從弟安國書」なる文に、「誠懼仁弟道非信於世而以獨知爲愆也（世に信じられずに一人だけものが分かっているのはよくないと君がいうのではないかと深く危惧している）」とあるのは早い時期の例といえよう。宋代には用例が多く、一般に用いられていたようであるが、元曲では他に用例を見ない。一般に白話文學では、「仁兄」「賢弟」と呼ぶのが普通である。○眼前活見……通常は「眼前活現」と表記する。心に思う人が目に浮かぶこと。「霍光鬼諫」（元刊本）第二折【醉春風】「想着倚門山妻、夢中兒子、眼前活現（戸にもたれる妻、夢に見た息子を思えば、目に浮かぶ）」など用例多數。○掂提……「呫提」に同じ。何かについて語ること。「汗衫記」（元刊本）第四折【鴈兒落】「一日家呫提到千萬言。片時間作念够三十遍（一日の内に話題にすること千萬語、わずかな間に思うこと優に三十回）」など。○飛鳳椅・袞龍衣……ともに皇帝の象徵。これが對で用いられる例としては、「風雲會」（古名家本）第四折【駐馬聽】「黃道烟迷。瑞靄盤旋飛鳳椅。紫垣風細。御香繚繞袞龍衣（宮中の道は霧に隱れ、めでたいもやが鳳凰かたどる椅子にうずまき、宮垣に風はかすかに、御香の煙が龍の模樣の帝衣にたなびく）」がある。○閬州……四川省北部の地名。『三國志』卷三十六「張飛傳」に「先主伐吳、飛當率兵萬人、自閬中會江州。臨發、其帳下將張達・范彊殺飛（先主が吳を討つにあたり、張飛は一萬の兵を率いて閬中から出擊し、江州で落ち合うことになっていたが、出發に當たり、側近の將張達・范彊が張飛を殺した）」と

ある。

〔譯〕おとうと關羽・張飛よ、と呼びかけては、押し默り頭を垂れて涙を流しておられました。彼らの姿がまざまざと眼前に現れたかと思えば、彼らのことを口にされます。せわしなく陛下の手は、鳳が彫られた椅子を頻りに打ち、はらはらと悲しみの涙は常に龍の刺繡された衣を濡らします。毎日樓閣の上に登られて、はるか荊州や閬州を望んでは、嘆き悲しんでおられました。

【油葫蘆】每日家作念煞關雲長張翌(翼)德。委得俺宣限急。西川途路受く(受)驅馳。每日知它過幾重深山谷、不曾行十里平田地。恨征騎四隻蹄。不這般插翅般疾。勇(踊)虎軀縱徹黃金轡。果然道心急馬行遲。

〔校〕○張翌德……各本とも「張翼德」に改める。○受く驅馳……鄭・徐本は「受驅馳」、寧本は「受盡驅馳」に改める。○山谷……寧本は失韻として「山脊」に改める。○勇……鄭本は「踴」、徐・寧本は「踊」に改める。

〔注〕○宣限……敕命の期限。黃震『黃氏日抄』巻六十九「戊辰輪對劄子」「大農不得已迫州縣以應宣限、州縣亦不得已刻百姓以辨綱解（司農はやむなく州縣に迫って敕命の納付期限に間に合うようにさせ、州縣もやむなく民を苦しめて食糧輸送をすることになりましょう）」。雜劇における例である「鎖魔鏡」（內府本）第二折【一枝花】「則爲那玉皇行宣限的緊（玉帝さまの敕命の期限が嚴しいゆえ）」では、動詞として使用されている。○插翅……羽をはやすこと。『水滸傳』の豪傑雷橫の綽名は「插翅虎」である。「遇上皇」（元刊本）第三折【迎仙客】「又不會。插翅飛（羽根をはやして飛ぶこともならず）」など用例多數。○縱徹黃金轡……「縱」とは手綱を緩めること。摯虞「思游賦」に「將縱轡以逍遙兮恨東極之路促（手綱をゆるめてぶらぶらしようと思うが、殘念ながら東の果てへの道を急がねばならぬ）」な

ど。「徹」は動詞の後について強調する補語。「拜月亭」（元刊本）第三折【尾】「他把世間毒害收拾徹（お父様はこの世のえげつないやり方をとことんまとめておられる）」。○心急馬行遲……成語として頻用される。辛棄疾【武陵春】詞に「鞭箇馬兒歸去也、心急馬行遲（馬に鞭くれて歸り行くも、心せくほど馬の歩みは遲いもの）」、同じく【浣溪沙】詞「別杜叔高」にも「人言心急馬行遲」と見えるが、後者の例から考えて、辛棄疾も成語をそのまま使用したものと思われる。

〔譯〕陛下が毎日心に懸けられるのは、關雲長・張翼德のこと。きびしく期限を切って私に命ぜられました。西川の道中に苦勞を重ねております。毎日いったいどれほどの山や谷を越えたことやら、平らな土地といえば十里と行ったことがございません。恨めしいのは馬には四本の足しかなく、羽根を生やして飛ぶがごとくに行くことが出來ないこと。たくましいこの體を躍らせ、黃金の轡を思い切り緩めて馬をとばそうとも、心焦れども馬は遲しとはよくいったもの。

【天下樂】緊跐定葵花鐙折皮。鞭催。走似飛。墜的雙滴似腿脡无氣力。換馬處側一會兒身、行く(行)至(里)喫一口兒食。无明夜不住地。

〔校〕○跐定……鄭本は「踏定」に改める。○行く至……徐・寧本は「行行里」に改める。

〔注〕○鐙折皮……鐙皮。あぶみをぶら下げる皮のひも。足の位置によって長さを調整できる。『老乞大』に「你這鞍子、轡頭、…鐙徹皮、…全買了也（あんたのこの鞍、くつわ、…鐙の革ひも…全部買ったぞ）」と馬具を列擧した中に見える。○雙滴……帶にぶら下げるひも。『格知鏡原』卷十七に引く「服飾總論」に「在獸面之兩旁下設雙滴（獸面の飾りの兩側の下に雙滴を設ける）」とある。○行行至……この語は詩文では頻用されるが、後に到達點を示す語が來る

のが原則であり、ここは徐・寧本のように、本劇第三折【石榴花】にも出る「行行里」の誤りと見るのが妥當であるように思われる。○无明夜……晝夜兼行。「東窗事犯」（元刊本）第一折【村里迓鼓】「我不合於家爲國、無明夜將烟塵掃蕩（不届きにも國のため、晝夜の別なく敵を退治した）」など用例多數。

〔譯〕葵模樣の鐙のひもをしっかりと踏みしめ、せわしなく鞭打てば、馬はまるで飛ぶように走って行きます。足はだらりと疲れ果て、まるで帶にぶら下げるひものよう。馬を替える際にしばらく身を横たえ、行く行く少しばかりの食べ物を口にし、晝夜を分かたず、ずっと馬を進めます。

【醉中天（醉扶歸）】若到荊州內。半米兒不宜遲。發送的關雲長向北歸。然後向閬州路十（上）轉馳驛。把關張分付在君王手里。交它龍虎風雲會。

〔校〕○【醉中天】……各本とも【醉扶歸】に改める。○十……各本とも「上」に改める。

〔注〕醉中天……句格から見て、明らかに【醉扶歸】である。この二つの曲牌は、名稱・形式とも似ているため、しばしば混同される。後の【醉中天】も同じ。○龍虎風雲會……『易』「乾」の「雲從龍（雲は龍に從う）」に基づく句。創業の君と功臣の出會いを言う。宋の太祖趙匡胤を主人公にした「龍虎風雲會」雜劇が羅貫中にある。「博望燒屯」（元刊本）第一折【點絳唇】「飽養玄機。待龍虎風雲會（道教の奧義を極め盡くして、君臣龍虎の出會いを待つ）」。

〔譯〕もし荊州の域内に至ったなら、少しも遲れるまじきこと、關雲長を送り出して北に歸らせましょう。その後閬州へと驛馬を乘り繼いで急行します。關・張の二人を君王の手にお渡しし、龍虎が風雲に際會するごとく集わせることといたしましょう。

【金盞兒】關將軍但相持。无一个敢欺敵。素衣疋馬單刀會。覷敵軍如兒戲△不若土和泥。殺曹仁七萬軍、刺顏良萬く(丈)威。今日被不人將你算、暢則爲你大膽上落便宜。

〔校〕○七萬……徐本は「十萬」に改める。○萬萬威……徐・寧本は「萬丈威」に改める。○不人……鄭本は「小人」、徐・寧本は「歹人」に改める。對から言えば「小人」がまさるか。

〔注〕○この曲の前で關羽の死を知るものと思われる。○疋馬單刀會……單騎で大刀一振りのみ持って會見に行く。「單刀會」(元刊本)第二折【尾】に「疋馬單刀鎭九州(單騎に大刀一振りにて天下を鎭める)」とある。「會」と言うのは、無論魯肅との「單刀會」を念頭に置いたもの。○七萬軍……徐本は、「襄陽會」(内府本)第三折の正末の白に「曹丞相命曹仁爲帥、曹章爲前部先鋒、領十萬雄兵(曹丞相は曹仁を總大將、曹章を先鋒として、十萬の大軍を率いて)」、同じく第四折の正末の白に「殺的他十萬軍只剩的百十騎人馬(奴の十萬の軍を數十騎にまで討ちなして)」とあることを根據に「十萬軍」に改める。この戰いについては、『平話』卷中にも「曹操使公子曹仁將十萬大軍、數百員名將、來取樊城辛冶(曹操は公子の曹仁に命じ十萬の大軍と數百人の名將を率いて、樊城と新野を取りによこした)」とある。原本の字形は「匕」に近く、「十」と「匕」がともに代替字に用いられるために混同が生じた可能性も考えられよう。○刺顏良……袁紹配下の勇將顏良を討ち取ったこと。「單刀會」(元刊本)第一折【鵲踏枝】「他誅文醜騁粗燥。刺顏良顯英豪(彼〔關羽〕は猛き氣性ほとばしるがままに文醜を誅し、英雄ぶり大いに示して顏良を刺し)」。○落便宜……罠にはまる、しくじる。邵雍「六十三吟」に、陳摶の語に基づくとして「落便宜是得便宜(損をしたというのは得をしたということ)」とあるのがよく知られる。『董西廂』卷二【文序子】「趕上落便宜、輸他方便(追いつけば罠に落ち、

相手の思うつぼにはまる）」。

〔譯〕關將軍は戰となれば、敵する者一人もなし。白い衣に馬一頭、刀一振りのみにて敵との會見に赴かれた。敵軍を兒戲のごとく、土くれや泥にも及ばぬものと見なされ、曹仁の七萬の軍を打ち破り、軍威も高き顏良をひと刺し。それが今つまらぬ輩に謀られようとは、まことそなたの大膽さがしくじりを招くことになりました。

【醉中天（醉扶歸）】義赦了嚴顏罪。鞭打的督郵□。當陽橋喝回个曹□（孟）盛（德）。倒大个張車騎。今日被人死羊兒般剁了首級。全不見石亭驛。

〔校〕○【醉中天】……各本とも【醉扶歸】に改める。○督郵□……三字目は「壬」のようなものが上部に見えるが判讀不能。鄭本は「廢」もしくは「碎」、徐本は「死」、寧本は「虧」とする。○曹□盛……二字目は「子」の下に「夕日」と横に竝べたようなものが書いてある。各本とも「曹孟德」とする。

〔注〕○この曲の前で張飛の死を知るものと思われる。○義赦了嚴顏……『三國志』卷三十六「張飛傳」に張飛が蜀將嚴顏を捕らえたことを述べ、「飛怒、令左右牽去斫頭、顏色不變、曰、『斫頭便斫頭、何爲怒邪』。飛壯而釋之、引爲賓客（張飛は怒って、側近の者に連行して首をはねるよう命じたが、嚴顏は顏色を變えず、「首をはねるならはねろ、どうして怒るのだ」といった。張飛は天晴れとして許し、側に置いて賓客とした）」。『平話』卷下にも「張飛義釋嚴顏」のくだりがある。○督郵□……『平話』では張飛は督郵を打ち殺すことになっているので、「死」なども入りうるが、元來どの文字であったかは不明。○當陽橋……『三國志』卷三十六「張飛傳」に、當陽の長阪で「飛據水斷橋、瞋目横矛曰、『身是張益德也、可來共決死』。敵皆無敢近者、故遂得免（張飛は川を要害として橋を切り、目を怒らせ矛を

横たえて言った。「わしは張益徳だ。命を的の勝負に参れ」。敵には近づく勇氣のある者がいなかったので、おかげで
助かった)」とある。『平話』では張飛が大喝すると橋が落ちたことになっている。「單刀會」(元刊本)第二折【滾繡毬】
にも、「當陽坡有如雷吼。曾當住曹丞相一百萬帶甲貔貅。叫一聲混天塵土紛紛的橋先斷(當陽坡の雷の如き雄叫びは、
曹丞相百萬の鎧武者を防ぎ止めたもの。一聲叫べば土埃は天に舞って橋は落ち)」とある。○死羊兒……類型表現とし
ては、「任風子」(元刊本)第一折【尾】「把那廝似死羊兒般扯扯扯下九重天(奴を死んだ羊のように九重の天からひ、
ひ、引きずりおろしてくれようぞ)」などがある。○石亭驛……『平話』巻上に「張飛捽袁襄」として、張飛が石亭驛
で袁術の「太子」袁襄と口論して、袁襄を投げ殺す事が見え、このことは本劇でも何度も言及される。錢曾『也是園
書目』には「捽袁祥」という雜劇の名が著錄されており、この話を扱ったものと思われる。

〔譯〕義もて嚴顏の罪を許し、鞭もて督郵を痛打し、當陽橋では大音聲で曹操を追い返した。何ともすごい張飛殿。そ
れが今死んだ羊のように首を掻き切られようとは。石亭驛の勇姿いまいずこ。

【金盞兒】俺馬上不曾離。誰敢惚(愡)動滿身衣。恰離朝兩个月零十日。勞而無役△枉驅馳。一个鞭挑塊(魂)
魄去、一个人和的哭聲回。宣的个孝堂里關美髯、紙播(幡)□漢蚍(張)飛。

〔校〕○俺馬……鄭・寧本は「鞍馬」に改める。○惚……鄭本は「愡」、徐本は「松」、寧本は「鬆」に改める。○塊魄
……各本とも「魂魄」に改める。○紙播□……鄭本は「紙旛上」、徐・寧本は「紙幡兒」とする。かすかに見える字形
は「兒」に近い。○蚍飛……各本とも「張飛」に改める。

〔注〕○俺馬上……鄭・寧本のように「鞍馬上」とした方が通りはよいが、原文のままでも意味を取る上で文障はない。

○惚動……鄭本のように「惚動」とするのが妥當であろう。貫酸齋の【點絳唇】套「閨愁」の【混江龍】に、「鸞釵半嚲惚蟬鬢（かんざしは抜けかけてまげは崩れ）」とあるように、「鬆」と同義のゆるむという意味である。○勞而無役……「勞而無益」に同じ。『資治通鑑』巻百三十五「恐勞而無益（おそらく大變なだけで益はないでしょう）」以下頻用される成語である。○一个鞭二句……「博望燒屯」（元刊本）第三折【金盞兒】などに見える成語「鞭敲金鐙響、人和凱歌回」をもじった句。第三折【三】參照。○紙幡……魂のよりしろに用いる紙の旗。『小孫屠』第十四出【南曲錦纏道】「奔行程。哀哀不曾住聲。各不定珠淚如傾。挑着箇紙幡兒、招展痛苦傷情（道を急ぎ、悲しみの聲止まる時もなく、とどめもあえずあふれ出る珠の泪。紙の旗をかかげ、魂招いて悲しみ心傷ます）」。

〔譯〕鞍から離れることもなく、衣服をゆるめる暇もなく、まるまる二ヶ月と十日の間都を離れてきたものの、勞して益無く、かけずりまわったのも無駄骨に終わった。一人は鞭に魂を掲げて行き、一人は哭き聲に和して歸る。孝堂（靈安室）にいる美髯の關羽よ、招魂の旗につく漢の張飛よ、天子の命をとくと聞け。

【尾（賺煞）】殺的那東吳家死尸骸、堰住江心水。下溜頭林（淋）流着血汁。我交的茸〳〵（茸）簑衣渾染的赤。變做了通紅獅子毛衣。殺的它憨（敢）血淋離（漓）。交吳越秅（托）推。一霎兒番（翻）爲做太湖石。青鴉〳〵（鴉）岸提。黃壤〳〵（壤）田地。馬蹄兒踏做搗椒泥。

〔校〕○【尾】……各本とも【賺煞】に改める。○林流……各本とも「淋流」に改める。○茸ゝ簑衣……鄭本は「××□衣」、寧本は「件件縗衣」とする。○憨血淋離……鄭本は「敢血淋灘」、徐・寧本は「敢血淋漓」とする。○秅推……鄭本は「×推」、徐本は「托推」、寧本は「扒推」とする。

〔注〕○茸茸簑衣……徐校は無名氏の【一枝花】「夏景」に「綠茸茸蓑展青氈、密匝匝苔鋪翠蘚（ふさふさと草は青い敷物を廣げたよう、びっしりと苔は翠のこけを敷き詰める）」とあるのを引く。ただしここでいう「蓑」は草のことであろう。「追韓信」（元刊本）第一折【那吒令】に「子索把綠簑衣披着（綠の蓑を羽織るまで）」とある點から見て、綠のふさふさとした蓑ということか。○獅子毛衣……よくわからない。官服に獅子が刺繡されていることをいうのかもしれない。○秅推……未詳。徐本のように「托推」とすれば、言い逃れすること。寧本は「扒推」として、涙の途切れぬさま（「遇上皇」（元刊本）に「止不住泪若芭推」とあり、于小穀本は「芭推」を「扒推」と表記する）と取るが、いずれも決め手に缺ける。假に徐本に從って譯す。○太湖石……穴だらけということであろう。○搗椒泥……『董西廂』卷一【玉抱肚】の白に「搗椒紅泥壁（山椒ついて塗った紅泥の壁）」とあるように、山椒をついて壁に塗り込めることが廣く行われていた。

〔譯〕戰って東吳の死骸の山で川をせき止め、下の方を血の流れにしてくれよう。奴らの綠の蓑をみな赤に染め、眞紅の獅子の衣に變えてやる。連中を血みどろにし、吳越の奴らが言い逃れしようと（?）、瞬く間に穴だらけの太湖石に變えてやる。青々とした岸邊も、黄金に實る田畑も、馬の蹄で踏みにじってぐちゃぐちゃにしてくれようぞ。

《第二折》

《南呂》【一枝花】早晨間占易經、夜後觀乾象。據賊星增焰彩、將星短光芒。朝野內度星(量)。正俺南邊上。白虹貫日光。低首參詳。怎有這場景象。

〔校〕○易經……鄭本は「易理」とするが、これは覆本の誤りに由來するものと思われる。○度星……鄭・寧本は「度量」に改める。

〔注〕○本折の正末は諸葛亮と思われる。○觀乾象……天體を觀測して占うこと。「陳摶高臥」（元刊本）第四折【步步嬌】「半夜里觀乾象（深夜に天文を見る）」など多數。諸葛亮はこの術に長けていたとされ、「黃鶴樓」（內府本）第二折にも諸葛亮の白に「我夜觀乾象、玄德公有難（夜天文を見るに、玄德樣に災いがある）」と見える。この前後の展開について、『演義』卷十六「漢中王痛哭關公」には、「當夜、玄德自覺渾身肉顫、…乃伏几而臥。…關公泣而告曰、『願兄起兵、當雪弟恨』。言訖、冷風驟起、關公不見。…玄德大疑、急出前殿、使人請孔明圓夢。…孔明曰、『乃是王上心思關公、以致此夢。何必多疑』。…孔明曰、『吾夜觀天象、見將星已落荊楚之地。預知關公禍已及矣。但恐王上憂慮、未敢言也。…』（その夜、玄德は體がふるえるように思い、…机に突っ伏して寢ました。…關公が泣いて申しますには、「兄上、出擊して私の仇を取って下さい」。いい終えると、ひんやりした風が急に吹き始めて、關公は姿を消しました。…玄德は大變心配になって、急いで前殿に出ると、夢占いのために孔明を呼ばせました。…孔明が申しますには、「王樣が關公のことを思っておられたゆえにこんな夢を見られたのです。ご心配には及びません」。…（關羽の死を知らせる使者が來て）孔明が申します。「わしは夜天文を見て、將星が荊楚の地に落ちたのを見たゆえ、關公が災いにあわれたことは知っておった。しかし王樣が心配なさってはと思って、いえずにおったのじゃ…」）」。本劇とほぼ同じ狀況であり、『演義』のこの箇所の內容が元までさかのぼるものであることがわかる。○賊星・將星……賊星は『史記』卷二十七「天官書」に「賊星、出正南、南方之野（賊星は、眞南に出て、南方の分野に屬する）」と見える。將星は、岑參の「東歸留題太常徐卿草堂在蜀」詩に、「漢將小衞霍、蜀將凌關張。卿月益淸澄、將星轉光芒（漢の將では衞靑・霍去病もちっぽけなもの、蜀の將では關羽・張飛をもしのぐ。大臣の月はますます淸く澄み渡り、將の星はいよいよ輝き

を増す）」とあり、この句と關係する可能性がある。〇度星……韻から見ても「度量」の誤りであろう。「量度」が押韻の關係で顚倒しているものと思われる。『董西廂』巻二【長壽仙袞】「賢家試自心量度（皆さん考えても御覽あれ）」。〇朝野……元曲では多く朝廷の義で用いられる。しばしば「朝治」とも表記する。「遇上皇」（元刊本）第四折【折桂令】「朝治里誰人似俺。懵懂愚癡憨（朝廷の中に私よりもたわけた者がおりましょうや）」、「薛仁貴」（元刊本）第一折【醉中天】（醉扶歸の誤り）「贏了的朝野内崢嶸侍主。輸了的交深山里鋤刨去（勝った者は朝廷で譽れ高くみかどに仕え、負けた者は奥山に畑耕しに行かせよう）」。〇白虹貫日光……白虹は武器、日は君主の象徴。帝王に危害を加える者がある前兆とされる。『戰國策』「魏策四」に「聶政之刺韓傀也、白虹貫日（聶政が韓傀を暗殺した時には、白虹が日を貫いた）」、『史記』巻八十三「魯仲連鄒陽列傳」に引く鄒陽の獄中上書には、「昔者荊軻慕燕丹之義、白虹貫日、太子畏之（昔荊軻は燕の太子丹の義を慕いましたが、白虹が日を貫くと、太子は恐れたのです）」とあるが、唐の沈彬の「結客少年場行」詩に、「重義輕生一劍知。白虹貫日報讐歸（義を重んじ生を輕んじることはこの劍が承知している。白虹が日を貫く時、仇に報いて歸る）」とあり、より廣義に用いられる傾向にあるようである。

【譯】朝には易經にて占い、夜には天の動きを觀察しておりますと、まこと賊星が輝きを増し、将星は光を失っております。朝廷内で星のことをはかりますと、まさに我らの南方に白虹が日を貫いております。うつむいて考えをめぐらします。どうしてこのような兆しが現れたのでしょうか。

【梁州】單注着東吳國一員驍將。砍折俺西蜀家兩條金梁。這一場苦痛堆（誰）承望。再靠誰挾人捉將。再靠誰展土開疆。做宰相幾曾做卿相。做君王那个做君王。布衣間昆仲心腸。再不看官渡口衂（劍）刺顏良。古城下刀誅蔡陽。石亭驛手挎（捽）袁襄。殿上。帝王。行思坐想正南下望。知禍起自天降。宣到我朝下若何（問）當。

着甚括（話）聲揚。

〔校〕○堆……各本とも「誰」に改める。○宰相……寧本は削に合わせて「卿相」に改める。○再不看……寧本はこの前に七字句一句が缺けているとする。句格から見て一句不足していることは鄭本も指摘している。○屻……各本とも「劍」に改める。○挎……徐本は「摔」に改める。通常は「摔」または「捽」。第一折【醉中天】參照。○宣到～……鄭本は「宣到我朝不若何、當着甚括聲揚」として校記に待校と記す。ただし「不」は覆本に由來する誤り。徐・寧本は「宣到我朝下若問當。着甚話聲揚」とする。

〔注〕○金梁……國家の大黑柱。しばしば「紫金梁」「架海金梁」といった言い方をされる。「東窗事犯」（元刊本）第一折【賺煞】「《云》殺了岳飛岳雲張憲三人。《唱》陛下你便似砍折條擎天駕海紫金梁（岳飛・岳雲・張憲の三人を殺してしまっては、陛下、あなたは天を支え海をまたぐ紫金の梁を叩き折ったも同じですぞ）」など。○挾人捉將・展土開疆……敵將を捕らえることと領土を廣げること。この二つが對で使われた例としては、「東窗事犯」第一折【混江龍】「想挾人捉將。相持斷殺數千場。則落得被枷帶鎖、枉了俺展土開疆（思えば敵將捕らえ、合戰すること數千回。擧げ句の果てに枷と鎖を身にまとうこととなろうとは、領土廣げたことも無駄であったわ）」があり、文言では元の許謙の「總管黑軍舒穆嚕公行狀」に「祖野仙有展土開疆之效（祖父エセンには領土廣げた功績あり）」とある。○幾曾……いつ～したことがあろうか。『董西廂』巻一【應天長】「我幾曾夢兒人傳示（いつ夢にあの人が心を傳えに來るのを見たことがあろうか）」など。○行思坐想……常住坐臥つねに思いこがれる。柳永【鳳凰閣】詞「教我行思坐想、肌膚如削（おかげで私は寝ても覺めても戀いこがれ、げっそり痩せてしもうた）」など。○官渡口劍刺顏良……『平話』巻中「關公刺顏良」。ただし、正史・『演義』ともに白馬の戰いでのこととする。『平話』には明示されていないが、續く（關公誅

文醜」の前に「急追三十餘里、至渡口、名曰官渡」とあり、少なくとも顔良が斬られたのが官渡ではないことがわかる。○古城下刀誅蔡陽……『平話』巻中「關公斬蔡陽」に見える。○禍起自天降……降ってわいた災難。早い類型表現の例としては『舊唐書』巻一百七十七「劉瞻傳」に「此乃禍從天降、罪匪己爲（これぞ降ってわいた災難、自分のせいではない罪と申すものです）」と見える。元曲の例としては、「東窗事犯」（元刊本）第一折【勝葫蘆】「則那逆天的天不交命亡。順天的禍從天降（天は天に逆らう者の命を奪わず、天に従う者には天から災いが降ってくる）」など。また『清平山堂話本』「錯認屍」には「正是閉門屋裡做、端使禍從天上來（これぞまさしく部屋に閉じこもっていても、天から災いを召し寄せることになると申すもの）」という例がある。○聲揚……大聲でいい立てること。『董西廂』巻六【豆葉黄】「這事體休聲揚、着人看不好（この一件は表沙汰にするわけにはいかぬ、人に知られてはまずい）」、「遇上皇」（元刊本）第二折【尾】「怎聲揚、忒負屈（どのように主張すればよいのか、あまりに理不盡な）」。

〔譯〕東呉のすぐれた將軍が、我ら西蜀の二人の大黑柱をたたき切る定めを示すもの。思いもよらぬこの大いなる悲しみ。これからは誰を頼りに敵將捉え、誰を頼りに領土廣げればよいものか。宰相の身で宰相面などせず、君主の身で君主面などせず、無位無官のころの兄弟の友情で結ばれておりましたのに、もはや官渡口にて顔良を劍で刺し殺し、古城にて蔡陽を刀で斬り伏せ、石亭驛にて袁襄を手ずから投げ殺した勇姿を見ることはかないませぬ。宮殿では帝が寝ても覺めても思いつつ眞南の方を望んでおられますが、禍が天から降ってきたとはご存じない。私を朝廷にお召しになってもしお尋ねがあったら、なんと申し上げたらよいものか。

【隔尾】這南陽排（耕）叟村諸亮。輔佐着洪福齊天堝（蜀）帝五（王）。一自爲臣不曾把君誑。這場。勾當。不由我索君王行醞釀个謊。

〔校〕○排……徐本は「耕」、寧本は「逃」に改める。鄭本は待校ながら「俳」ではないかとする。○墹……鄭・徐本は「漢」、寧本は「蜀」に改める。○五……各本とも「王」に改める。○索君王行……鄭・寧本は「索向君王行」に改める。

〔注〕○南陽排叟……「博望燒屯」（内府本）第四折の曹操の白に「若得南陽耕種叟、擒拿劉備那三人（南陽の種まきおやじを手に入れたら、劉備たち三人を捕らえよう）」とあることから見て、徐本のように「耕叟」とするのが適當と思われる。○諸亮……諸葛亮のこと。「博望燒屯」（元刊本）第一折の白の「諸亮無能。賴主公洪福、衆將軍虎威（この諸葛亮は能もありませぬのに、とのの福運と、將軍がたの威光のおかげにて）」、同じく第三折【新水令】「只除是莽張飛不伏諸亮（向こう見ずの張飛だけがこの諸葛亮に服しませぬ）」など、この略し方は多い。○墹帝五……徐本は「漢帝王」とするが、「單刀會」（脈望館抄本）第四折【沈醉東風】に「想着俺漢高皇圖王霸業。漢光武秉正除邪。漢獻帝將董卓誅、漢皇叔把溫侯滅（漢の高祖は覇業をうち立て、漢の光武は正義によって邪惡を除き、漢の獻帝は董卓を誅し、漢の皇叔は呂布を滅ぼした）」とあるように、三國物雜劇では劉備は「漢皇叔」と呼ばれており、「漢帝王」とは考えにくい。「單刀會」（元刊本）第三折【快活三】に「小可如我攜親姪訪冀王。引阿嫂覓蜀皇（わしが甥を連れて冀王を訪ね、義姉を引き連れて蜀皇を搜したのに比べれば）」とある點から見て、寧本の「蜀帝王」が妥當かと思われる。○一自……「自從」に同じ。～してから。『董西廂』卷七【水龍吟】「一自才郎別後、儘自家憑攔(欄)凝佇（才あふれる方と別れてより、一人欄干にもたれてたたずむのみ）」ほか。○醞釀……釀すことから轉じてうそをでっち上げること。「貶夜郎」（元刊本）第一折【尾】「那斷主置定亂宮心、醞釀着謾天謊（奴は後宮亂す心を定め、とんでもないでたらめをでっちあげおる）」。

〔譯〕南陽のどん百姓だった田舎者の諸葛亮めは、大いなる福が天にも齊しき蜀の帝王を輔佐することになりました。ひとたび臣下となってよりこのかた君主をたばかったことなどついぞありませぬが、こたびのことについては、とのに對して嘘をでっち上げぬわけにはまいりません。

【牧羊關】張達那□(賊)禽獸、有甚早難近傍。不走了梅竹梅方。咱西蜀家威風、俺敢將東吳家滅相。我直交金破(鼓)震腥人膽、土兩(雨)湔的日無光。馬蹄兒踏碎金陵府、鞭梢兒蘸屹(乾)揚子江。

〔校〕○□……各本とも「賊」とする。○梅竹梅方……各本とも「麋竺麋芳」に改める。○金破……徐本は「金鼓」、寧本は「金鈸」に改める。○腥……徐本は「傾」、寧本は「的喪」に改める。○兩……各本とも「雨」に改める。○湔……徐本は「濺」に改める。○屹……各本とも「乾」に改める。

〔注〕○張達……張達は張飛殺しの犯人。『三國志』巻三十六「張飛傳」に「其帳下將張達・范彊殺飛。持其首、順流而走孫權（側近の將張達と范彊が張飛を殺し、その首を持ち流れに乗って孫權のもとに逃れた）」とある。しかし『平話』巻下では「當夜王強・張山・韓斌等三人喫酒、…三人同至帳下、殺了張飛。三人提頭投吳去了（その夜王強・張山・韓斌の三人は酒を飲み、…三人は一緒に張飛の部屋まで來ると、張飛を殺した。三人は首を持って吳に逃れた）」とあり、王強・張山・韓斌三人の仕業となっている。『成化說唱詞話』の「花關索貶雲南傳」では、「張飛道、『我在閬州被小軍張達造反、不合我打他一番、他等我酒醉刺死了、我也托夢與哥哥、我二人死得好苦痛』（張飛の靈が申します。「おれは閬州で兵卒の張達に裏切られたんだ。奴をうっかりなぐっちまったものだから、俺が酔いつぶれて寝込むのを待って刺し殺しやがった。おれも兄貴の夢に出ようとしていたところさ。二人とも何ともつらい死に方をしたもん

だ）」とあり、本劇の內容と一致する話が傳わっていたことがわかる。『寶文堂書目』に「范彊帳下斬張飛」雜劇が著錄されている。○早難……もとより〜しがたい。「早難道」とは別。「拜月亭」（元刊本）第四折【步步嬌】「見他那鴨子綠衣服上圈金線。這打扮早難坐瓊林宴（あの人が着ている衣の絲で丸く緣取りした鴨の頭のような綠色の服を見れば、こんな恰好じゃあ瓊林の宴にも出られやしないわね）」。○梅竹梅方……『三國志』に從えば糜竺・糜芳とあるべきところだが、「博望燒屯」第二折にも「梅芳梅竹」と見え、また『平話』でも「梅竹」であり、彼らの姉妹である劉備の妻は「梅夫人」である（糜芳の名は出ない）。從って、元代白話文學の世界では「梅竹・梅芳（または方）」と表記するのが普通だったのではないかと思われる。なお、『演義』卷十七「范強張達刺張飛」及び卷十五「呂子明智取荊州」から卷十六「關雲長大戰徐晃」にかけてのくだりでは、糜芳が傅士仁とともに吳に投降したことが關羽敗死の原因となっているが、糜竺は關係していない。これは史實も同樣である。『平話』には二人のことは見えず、『花關索傳』では糜竺も含む二人の裏切りで關羽が敗れたことになっている。○金破震〜土雨……杜甫「秋興八首」詩の第四首に「直北關山金鼓震、征西車馬羽書馳（北では國境で鐘太鼓が響き、車馬が西に向かう中危急を告げる早馬が馳せる）」と詠まれて以來、「金鼓震」の用例は多く、「鼓」の異體字「皷」と「破」の字形が似ていることから考えても、徐本に從うのが適當であろう。「土雨」とペアで用いる例としては、『董西廂』卷二【剔銀燈】「塵閉了青天、旗遮了紅日、滿空紛紛土雨。鳴金擊鼓（ほこりは青空をとざし、軍旗は紅の日をおおい、天に滿ちてバラバラと降る土の雨。鐘を鳴らし陣太鼓を打つ）」などがある。○腥人膽……このままでは解釋困難である。敵を驚かせるもしくは恐れさせるという意味であるはずで、各本はその線に沿ってさまざまに校訂を加えているが、いずれも決め手に缺ける。假に徐本に基づいて譯す。○馬蹄兒〜、鞭梢兒〜……『太平御覽』卷三百五十九「兵部九十」「鞭」に引く崔鴻『前秦錄』に、苻堅が東晉を伐った時、「雖有長江、其能固乎。吾之衆投鞭於江、足斷其流（長江があろうと堅固な守りとなるものか。わが軍が鞭を長江に投げ入れただけで、流れを止めるには十分じゃ）」と豪語したことが見える。ここと同様の表現としては、「單鞭奪槊」（元曲選本）第一折【寄生草】に「馬蹄兒撞破連環寨。鞭梢兒早抹着天靈蓋（馬の蹄で長く連なる砦を突き破り、鞭の先は早くも脳天をかすめる）」がある。

〔譯〕あのけだものの張達めに近づきがたいことなどありはせぬ。麋竺・麋芳め逃がしはせぬ。わが西蜀の威風をもって、われらは必ずや東呉を見下してくれようぞ。銅鑼と太鼓を鳴らして震え上がらせ、雨のごとく土の雨を注いで日も光を失わせてくれよう。馬の蹄にて金陵府を踏み砕き、鋼鞭の先を浸して揚子江を干上がらせようぞ。

【賀新郎】官里行く(行)坐《坐》則是關張。常則是挑在舌尖、不離了心上。毎日家作念的如心痒(癢)。沒日不心勞意攘。常則是心緒悲傷。白晝間頻作念、到晚後越思量。方信道夢是心頭想。但合眼早逢着翌(翼)德、才做夢可早見雲長。

〔校〕○行く坐……鄭本は「無行坐」、徐・寧本は「行行坐坐」に改める。○痒……各本とも「癢」に改める。○翌……各本とも「翼」に改める。

〔注〕○行く坐……「調風月」（元刊本）第三折【速(拙)魯速】に「坐坐行行」という例などから見て、徐・寧本に従うのが妥當であろう。○心癢……むずむずする。王建「贈索暹將軍」詩「聞休鬪戰心還癢、見說煙塵眼卽開（戰いが終わったと聞いてもまだむずむず、合戰の話になればすぐに目が開く）」、『董西廂』卷一【雪裏梅】「老和尚也眼狂心癢（老いたる和尚も目狂い心騒ぎ）」など。○心勞意攘……心亂れるさま。『董西廂』卷一【驀山溪】「張生聞語、轉轉心勞意攘（張生はその言葉を聞いて、いよいよ心亂れ）」、「焚兒救母」（元刊本）第一折【混江龍】「心勞意攘。腹熱腸荒（心

は亂れ、腹の中はあわて）」。○夢是心頭想……「范張雞黍」（息機子本）第二折の第五倫の白に「俗話說夢是心頭想、此事眞假未辨（下世話にも「夢は心の現れ」とやら申します。このことの眞僞はわかりませぬぞ）」とあるように、よく知られたことわざであるらしく、元曲でも頻用される。

〔譯〕みかどは寢ても覺めても思うは關羽・張飛のことばかり。いつも二人のことを話して頭から離れません。毎日もどかしい氣持ちで思い續け、思い惱まれない日はありません。いつもお心を痛められ、晝はしきりとお氣にかけ、夜になるといよいよ思いがまさります。「夢こそ心の現れ」とはじめて思い知りました。目を閉じるだけでもう張翼德にめぐり會い、夢を見ただけですぐにも關雲長に對面しておられます。

【牧羊關】板築的商傳說、釣魚兒姜呂望。這兩个夢善威(感)動歷代君王。這夢先應先知、臣則是悞打悞撞。蝴蝶迷莊子、宋玉赴高唐。世事雲千變、浮生夢一場。

〔校〕○威動……各本とも「感動」に改める。

〔注〕○板築的商傳說……傳說は殷の賢相。『孟子』「告子下」に「傳說舉於版築之間（傳說は版築工事の人夫の中から起用され）」とある。元曲では、しばしば次に見える太公望の故事と對で言及される。「追韓信」（元刊本）第三折【十二月】「子牙曾守定絲輪(綸)、傳說在岩前板大(築)（子牙（太公望）は釣り絲の前でじっとしていたことがあり、傳說は岩の前で版築していた）」など。○誤打誤撞……他には、後世のものになるが、『紅樓夢』第六十二回に「不過是誤打誤撞的遇見了（偶然出會っただけ）」という例がある。ここは、「諸葛亮の夢占いがまぐれあたりであった」、「自分と劉備の出會いが偶然のものだった」という二つの解釋が成り立ちうる。假に前者に從って譯す。○世事雲千變、浮

生夢一場……元曲に多く用いられる成語。「三奪槊譯注」第一折【後庭花】の注參照。

〔譯〕人夫をしていた傳說、魚を釣っていた姜呂望、この二人は夢に現れて、歷代君主を感じ入らしめたものでした。この夢は先のことを預知したものでしたが、私のはただのまぐれあたり。蝴蝶は莊子を惑わして、宋玉も高唐に遊んだとか。現世に起こる事どもは、千變萬化の如く、浮き世ははかなき夢さながらに。

【收尾】不能勾侵天松柏長三丈。則落的蓋世功名紙半張。關將軍美形狀。張將軍猛勢況。再何時得相訪。英雄歸九泉壤。則珞(落)的河邊堤土坡上。釘下个鏡(纜)椿。坐着擧(條)擔杖。則落的村酒漁樵話兒講。

〔校〕○則珞的……鄭本は「則掘的」として、あるいは「則就的」かという。徐・寧本は「則落的」に改める。○鏡……鄭本は待校、徐本は「纜」、寧本は「井」に改める。○擧……各本とも「條」に改める。

〔注〕○侵天松柏長三丈……『淸平山堂話本』「欹枕集」下「夔關姚卞弔諸葛」に見える【酹江月】に、「見說祠堂今尙在、中有參天松柏（廟は今もなお殘り、そこには天を衝く松柏があるとやら）」とあり、元來は諸葛亮に關わる言葉である。○功名紙半張……「三奪槊譯注」第一折【後庭花】の注を參照。「三奪槊」においても、本劇【牧羊關】に出た「世事雲千變」とともに見られることは興味深い。○鏡椿……このままでは讀めない。徐本は字形に基づき「纜椿」、寧本は音から「井椿」とするが、ともに決め手に缺ける。ともあれ船をつなぐ杭には違いあるまい。○漁樵話兒……漁師や木こりの話の種。早い例としては宋の樓鑰の「跋王都尉湘鄉小景」に「多少六朝興廢事、盡入漁樵閒話（あまたの六朝の盛衰のこと、ことごとく漁師木こりの雜談の種となり）」があり、蘇軾の著と稱する『漁樵閑話』という歷史について語った書も出ている。元曲でも「薛仁貴」（元刊本）第四折【慶東原】「俺孩兒不能勾帝王宣、子落的漁樵話

（うちのせがれは皇帝さまのお召しを受けることもかなわず、漁師や木こりの話の種になってしもうた）」、馬致遠【新水令】套「題西湖」【山石榴】「功名已在漁樵話（てがらも今では漁師木こりの話の種）」など用例が多い。

〔譯〕墓に天衝く三丈の松柏というわけにもいかず、無雙の人手柄もただの紙ぴら半分となりはてた。關將軍のめでたき雄姿、張將軍の荒くれぶり、いつまた再び會えるやら。英雄も黄泉路に歸したいまとなっては、河邊の土手に、舟のともづな繋ぐ抗打ったほとりにて、天秤棒に腰おろし、漁師やきこりのどぶろく片手の語り草とは成り果てた。

《第三折》

《中呂》【粉蝶兒】運去時過。誰承望有這場喪身災禍。憶當年鐵馬金戈。自桃園、初結義、把尊兄輔佐。共敵軍擂鼓鳴鑼。誰不怕俺弟兄三个。

〔校〕○運去……鄭本は「運失」とする。覆本に基づく誤り。○初……徐本は「三」とするが校記がない。單なるミスか。

〔注〕○第三・四折の正末は張飛の靈である。○鐵馬金戈……辛棄疾【永遇樂】「京口北固亭懷古」詞に三國のことをうたって、「想當年、金戈鐵馬、氣吞萬里如虎（思えば昔、金の矛によろいきた馬、意氣は萬里をも呑まんばかりで虎の如く）」という。

〔譯〕運にも時にも見放され、この身滅ぼすわざわいが降りかかろうとは夢にも思わず。思い出すはそのかみの合戰に明け暮れた日々のこと。桃園にて、契り交わしてより、兄者を輔佐して、敵軍に向かって銅鑼や太鼓を打ち響かせば、我ら兄弟三人をおそれぬ者とてなかりしものを。

【醉春風】安喜縣把督郵鞭、當陽橋將曹操喝。共呂溫侯配戰九十合。那其間也是我。〱(我)。壯志消磨。暮年折剉。今日向四(匹)夫行伏落。

〔校〕○四……各本とも「匹」に改める。

〔注〕○共呂溫侯配戰……『演義』では、劉備・關羽・張飛が三人で呂布と戰う「三戰呂布」のみであるが、『平話』にはその後に張飛が單獨で呂布と六十合戰って打ち破る「張飛獨戰呂布」のくだりがあり、「單戰呂布」雜劇もこのことを扱う。○壯志・暮年……有名な曹操の「步出夏門行」の「烈士暮年、壯心不已（志持つ男は晩年になろうと、たけき志がなくなることはない）」を踏まえていよう。

〔譯〕安喜縣で督郵を鞭打ち、當陽橋では曹操を一喝。呂溫侯相手に九十合も戰った。その時もこのおれ、このおれだったのに、それがいまや壯志おとろえ、晩年になってみじめな有様、今日この匹夫如きに屈するとは。

【紅繡鞋】九尺軀陰雲里惹大。三縷髯把玉帶垂過。正是俺荊州里的二哥〱(哥)。咱是陰鬼、怎敢陷(隨)它。誰的我向陰雲中无處躱。

〔校〕○陷……鄭本・寧本は「隨」とする。原本の字は不明確で、「隨」にも見えなくはない。

〔注〕なし。

〔譯〕九尺のどでかいからだが暗い雲の中に浮かび、三筋のひげは玉帯の下まで垂れる。まさしくあれは荊州の關羽兄貴に違いない。こっちは亡靈、ついてゆくわけにもいくまいに。おれはびっくりして暗い雲の間に隠れるところもありはしない。

【迎仙客】居在人間世、則合把路上經過。向陰雲中步行因甚麼。往常瓜(爪)關西、把它闈(圍)遶合。今日小校無多。部從十余(餘)个。

〔校〕○瓜……鄭・徐本は「爪」、寧本は「操」に改める。○闈遶……各本とも「圍繞」に改める。○部從……各本とも「一部從」とする。確かに原本には「一」のようなものが見えるが、字ではないのではないかと思われる。

〔注〕○瓜關西……「瓜」は鄭・徐本に從って「爪」とするのが適當であろう。「單刀會」(元刊本)第一折【金盞兒】にも「五百个爪關西簇捧定个活神道(五百の「爪關西」が、生き神様を守ってひしめく)」とある。關羽配下の山西人たちのこと。明の方以智の『通雅』卷十九にいう。「三國曹操呼孫策爲猘兒、關公罵孫權使爲狢子。唐代宗以孚名賀知章子、蓋戲其爲爪子也。爪借音爲獠、今山西有爪子之稱(三國の曹操は孫策を「猘兒」と呼び、關羽は孫權の使者を「狢子」と罵った。唐の代宗は賀知章の子に「孚」という名を付けたが。これは「爪子」なのをからかったのであろう。「爪」は「獠」の音を借りたものであって、今山西では「爪子」という呼び方がある)」。○闈遶……『劉知遠諸宮調』卷十一【賀新郎】に「一謎地殺呼高叫。把貴人齊圍遶(わあわあ大騒ぎしながら、貴人を皆で取り圍む)」とあり、「圍遶」が妥當であろう。

〔譯〕人の世にいるならば、道の上を行くはずが、暗い雲の中を歩むはなぜじゃ。いつもは關西の兵士らが取り巻いているものを、今日は兵士も多からず、従う部下も十餘人のみ。

【石榴花】往常開偯(懷)常是笑呵く(呵)。絳雲也似丹臉若頻婆。今日臥巫(蠶)眉瞅定面沒羅。却是鳴(爲)何。雨泪如悏(梭)。割捨了向前先攙逐、見咱呵恐怕收羅。行く(行)里恐懼明聞破。省可里到把虎軀那。

〔校〕○鳴……鄭本は「因」、徐本は「爲」、寧本は「無」に改める。字形と意味から考えて「爲」か。○悏……各本とも「梭」に改める。○攙逐……「逐」では失韻になる。鄭本は「攙過」、寧本は「參過」に改める。○明聞……徐・寧本は「明開」に改める。○那……各本とも「挪」に改める。

〔注〕○頻婆……宋の周去非の『嶺外代答』巻八に「頻婆果極鮮紅可愛。佛書所謂唇色赤好如頻婆、是也（リンゴの實はとても鮮やかな赤色ですてきなものである。佛書に「唇の色はリンゴのように赤い」というのがこれにあたる）」とあり、『法苑珠林』巻十五「現相」には「唇色潤澤如頻婆果（唇の色はつややかでリンゴの實のよう）」と見える。○臥蠶眉……カイコのような眉。關羽の容姿の形容に用いられる。「博望燒屯」（元刊本）第一折【金盞兒】「生的高聳く俊鶯鼻。長挽く臥蠶眉。紅馥く雙臉烟(臙)脂般赤（高く鋭い鼻に、カイコを横たえたような長い眉、紅においたつ兩の頰は臙脂のように赤い）」など。小川陽一『日用類書による明清小説の研究』（研文出版一九九五）參照。○面沒羅……ぼんやり無表情なさま。「調風月」（元刊本）第二折【朱履曲】「又不風又不呆癡。面沒羅呆答孩死堆灰（氣が狂ったわけでもぼけたわけでもないのに、無表情にぼんやりと燃え盡きた灰のよう）」。○雨泪如梭……機の梭のように次々に涙が流れる。「酷寒亭」（古名家本）第三折【紅芍藥】「孩兒每雨淚如梭（子供たちの雨降る涙は梭のように）」など。「如梭」は詩詞では通常時間の流れを形容する際に用いられる。○明聞……はっきり言うこと。「救風塵」（古名家

本）第三折【脱布衫】「我爲甚不敢明聞（どうしてはっきり言わないかといえば）」など。從って徐・寧本のように「明開」に改める必要はない。○末二句については、全體を張飛のことと取る解釋と、關羽が進みながらはっきりものをいいたがらず、近寄るなという、という解釋が成り立つ。ここでは假に前者に從って譯す。

〔譯〕普段は樂しげにいつも笑い、あかね雲のように眞っ赤な顔は林檎のようだったのに、今日は蠶の眉をひそめてうつろな顔。なぜにまた、涙さめざめと流すのか。思い切って前へ進みまずは追いすがろうと思うが、おれに會えば尻込みしはせぬかと氣にかかる。みちみち行きながらはっきりと譯を話すのもおそろしい。この虎の身を動かすのはやめにしよう。

【鬭鵪鶉】哥く(哥)道你是陰魂、兄弟是甚麼。用捨行藏、盡言始末。則爲帳下張達那廝く(廝)嗔喝。兄弟更往(性)似火。我本意待侑它。誰想它興心壞我。

〔校〕○往……各本とも「性」に改める。○侑……鄭本は「饒」とする。

〔注〕○用捨行藏……『論語』「述而」に「子謂顏淵曰、用之則行、舍之則藏、唯我與爾有是夫（先生が顏淵におっしゃるには、「用いられれば行動し、捨てられられれば隱れる、それができるのは私とお前だけだ」）」に基づき、以後朱熹の『四書或問』巻五「中庸」に「以至於用舍行藏之所遇而安也（そして「用捨行藏」の定めに安住できるようになる）」のように成語化して、「介子推」（元刊本）第一折【尾】「跳出那興廢利名場、做一个用捨行藏客（利害得失の場から躍り出て、定めに從う人となる）」のように用いられ、また『西廂記』（弘治本）巻一第二折【石榴花】に「大師一一問行藏（法本が一つ一つこれまでのことを尋ねると）」とあるように、ことの成り行き、來歷といった意味にもなる。○興

心……よからぬ料簡を起こす。「單刀會」（元刊本）第一折【點絳唇】「欺負他漢君軟弱興心鬧（漢の君が軟弱なのをあなどって惡心起こして騷ぎ立て）」。○侑……原本の文字は判讀困難だが、「侑」のように見える。「宥」の異體字で許すという意味。

〔譯〕兄貴が自分は幽靈だというなら、この弟は何者でしょう。これまでのいきさつ、一部始終を話そう。ただ部下の張達の奴めを怒ったがため、この弟はましてや烈火の氣性、わしは奴を許してやるつもりであったが、奴がわしをあやめる料簡とは氣づかなんだ。

【上小樓】則爲咱當年勇過。將文（人）折剉。石亭驛上、《□□》袁襄、怎生結末。惱犯我。拿住它。天靈摔破。虧圖了他怎生饒過。

〔校〕○文……各本とも「人」に改める。○袁襄……句格では四字句であり、前に二字脱落があるものと思われる。

〔注〕○結末……始末する。『董西廂』卷八【黃鶯兒】「您兩箇死後不爭、怎結末這禿屌（お二人が死んだところで何になります。この禿げ茶瓶さんをどう始末するんです）」。○虧圖……罠にはめる。惡計をめぐらせて殺す。「汗衫記」（元刊本）第三折白「喒張孝友孩兒被陳虎那廝虧圖了（うちのせがれの張孝友は陳虎の奴にはめられて）」。ここでは「虧圖」の對象がはっきりしない。文脈から言えば張飛が袁襄を「虧圖」したことになろうが、いきなり投げ殺すという行爲がこの語に當てはまるかは疑問であり、またこうしたマイナス・イメージの強い語を自分の行爲に用いるのも不自然であろう。あるいは袁襄を殺した報いが來たというのかもしれない。張達が自分を「虧圖」したと考えれば理解しやすいが、「他」を目的語ではないと見るのはいかにも無理がある。確かなことは不明だが、假に前者の方向で譯を付け

ておく。

〔譯〕わしはそのかみ人にまさる勇氣ゆえ、人をやっつけたことがある。石亭驛では、あの袁襄めを…（?）、どう始末したことか。わしを怒らせたがため、きゃつをつかまえ、頭を投げ割ったのよ。奴を圖ったゆえに許されぬのか（?）。

【ム】哥く(哥)你自暗約。這事非小可。投至的曹操孫權、鼎足三分、社稷山河。筋厮鎖。俺三个。同行同坐。怎先亡了咱弟兄兩个。

〔校〕なし。

〔注〕○筋厮鎖……よくわからない。「筋」については、「趙氏孤兒」（元曲選本）第一折【醉中天】に「怕不就連皮帶筋。撚成齏粉（皮から筋まで粉々にしてしまうだろう）」、「盆兒鬼」（脈望館抄本）第一折の白に、「（邦老云）我問你要那顆頭。（正末云）哥也、須連着筋裡（邦老「おまえのその首が入り用じゃ」正末「あにき、筋がつながってるはずですよ」）」とあり、『舊五代史』巻一百四十七には「絞者筋骨相連、斬者頭頸異處（絞首刑なら筋骨がつながっているが、斬首は頭と首が離れてしまう）」とある。これらから考えると、「筋」は單なる筋肉ではなく首の筋であった可能性があり、ここも「首をつないで」、つまり一緒にという意味かもしれない。○同行同坐……王實甫【四塊玉北】套【罵玉郎北】に「想當初同行同坐同歡愛（思えば前には行くにもすわるにも樂しむにも一緒だったのに）」とあるように、多くは男女の愛情を表現するために用いられるが、劉備・關羽・張飛についても『平話』巻上「三人同行同坐同眠、誓爲兄弟（三人は行くにもすわるにも眠るにも一緒で、兄弟になろうと誓った）」と用いられる例がある。

〔譯〕兄貴考えてもみよ。このことただごとならず。曹操や孫權と、天下を三分するまでは、いつもくっついて、われら三人、行くのもすわるのも一緒だったのに、なぜわれら兄弟二人が先に死んでしまったのか。

【哨遍】提起來把荆州摔破。爭奈小兄弟也向嚎(壕)中臥。雲霧里自怦(評)溥(薄)。劉封那廝於禮如何。把那廝碎剮割。梅方梅竹。帳下張達、顯見的東吳□(躲?)。先驚覺與軍師諸葛。後入宮庭、托夢與哥く(哥)。軍臨漢上馬嘶風、尸堰滿江心血流波。休想逃亡、沒處潛藏、怎生的趓。

〔校〕○嚎……各本とも「壕」に改める。○怦溥……鄭本は「評博」、徐本は「評薄」、寧本は「評跋」に改める。○梅方梅竹……各本とも「糜芳糜竺」に改める。○□……各本とも「躲」を補う。○趓……各本とも「躲」とする。「趓」は「躲」の異體字である。

〔注〕○壕中臥……墓に横たわること。「氣英布」第一折【寄生草】にも見える。○劉封……劉備の養子。關羽の援軍要請を默殺した。『平話』巻下「關平告曰、荆王使人去赴西川求救。到嘉明關、被劉封・孟達納殺文字、前後一月求救文字三番、皆被劉封納殺不申（關平が申しますには「荆王〔關羽〕さま、西川に使者を出して救いを求めましょう」。嘉明關まで來たところで、劉封・孟達に手紙を隱蔽されてしまい、前後一月の間に三度まで救いを求める手紙を出したのですが、全部劉封が隱蔽してしまって傳えませんでした）」。○怦溥……評泊・評跋・評薄などさまざまに表記される語であろう。あれこれ言う。薛昂夫【蟾宮曲】「雪」「一箇飲羊羹紅爐暖閣、一箇凍騎驢野店溪橋。你自評跋、那箇清高（一人は赤く燃える爐のある暖かい部屋で羊のスープを飲み、一人は郊外の旅館や谷川の橋のあたりで凍えて驢馬に乗る。お考えあれ、どちらが風流か）」。○漢上……漢水のほとり。『元史』巻四「世祖本紀一」に「命大將拔都兒等前行、備糧漢上、戒諸將毋妄殺（大將バトルらに命じて先行させて漢水のほとりで食糧を用意させ、諸將に無用

の殺人をせぬよう注意した）」とあるように、當時地理・軍事上の概念として用いられていた語であるらしい。「王粲登樓」（李開先舊藏元刊？本）第三折【耍孩兒】「若要收伏了漢上荊州地（もし漢水のほとりなる荊州の地を征服しようというのなら）」。○馬嘶風……唐の黃滔の「馬嵬」詩二首之一に「鐵馬嘶風一渡河、淚珠零便作驚波（鐵のよろいつけた馬が風にいななないて川を渡れば、淚の珠は落ちて逆卷く波となる）」とある。○尸堰滿江心血流波……本劇第一折【尾】に「殺的那東吳家死尸骸堰住江心水。下溜頭淋流着血汁」と類似した表現がある。

〔譯〕荊州をば打ち碎いてくれようと仰せられるが、殘念ながらこの弟めも墓に橫たわる身。雲霧の中にて考えるに、あの劉封めは言語道斷、きゃつめを粉々に引き裂いてくれようぞ。糜芳に糜竺、テントに控えおった張達は、東吳に隱れしこと明白。まずは軍師の諸葛を目覺めさせ、その後宮中に入って兄上の夢に現れるとしよう。軍が漢水のほとりに臨めば馬は風にいななき、しかばねは長江をせきとめ、血は波と流れよう。逃げようなどと思うでないぞ、隱れるところもありはせぬに、どうして避けられようか。

【耍孩兒】西蜀家氣勢威風大、助鬼兵全无坎坷。梅方梅竹共張達、待奔波怎地奔波。直取了漢上纔還國、不殺了賊臣不講和。若是都拿了、好生的將護、省可里拖磨。

〔校〕○梅方梅竹……各本とも「糜芳糜竺」に改める。

〔注〕○助鬼兵……「鬼兵」つまりあの世の兵が蜀の兵を助けると讀みたいところだが、このまま讀めば鬼兵を助けてと逆になる。自分たちが「鬼」ゆえ、蜀の兵の援助を受けろということか。○將護……守る。『後漢書』列傳二「王昌傳」「賴知命者將護朕躬（天命を知る者が朕の身を守ってくれて）」。○拖磨……『宋元語言詞典』『漢語大詞典』など

いずれも「拖延（引き延ばす）」の義とするが、擧例はこれのみで、確かなことはわからない。

〔譯〕西蜀の勢い、威風もあっぱれに、鬼兵を助けて（?）何のさわりもありはせぬ。糜芳・糜竺と張達は、逃れようとていかで逃れ得よう。漢水のほとりの地を奪い取らずには國に歸らぬ、賊臣を殺さぬ限り講和はせぬ。もしことごとく捕えたならば、よくよく見張って、ぐずぐずと引き延ばしはせぬぞ。

【三】君王索懷痛憂、報了讎也快活。除了劉封檻車里囚着三个。竝无喜況敲金鐙、有甚心情和凱歌。若是將賊臣破。君王將咱祭奠、也不用道場□□。

〔校〕○索……寧本は「素」に改める。○破……鄭本は「報」とする。覆本の誤りによる。○□□……原本は判讀不能だが、一字目は「釿」に見えないことはない。徐本は「鑌鉽」、鄭・寧本は「鑼鈸」とする。

〔注〕○敲金鐙……『秦併六國平話』巻上には「鞭敲金鐙轉、人唱凱歌回（鞭は金の鐙をたたいてめぐり、人は凱歌を唱って歸る）」、「博望燒屯」（元刊本）第三折【金盞兒】では「穩情取鞭敲金鐙響、人和凱歌回」、「三戰呂布」（內府本）第三折の孫堅の白では「正是鞭敲金鐙響、我可甚人唱凱歌回」と微妙なバリエーションを伴いつつ頻用される句に基づく。この場合のように三字單位で抜き出した例としては、『西廂記』（弘治本）巻二第二折の「馬離普救敲金鐙、人望蒲關唱凱歌（馬は普救寺を離れて金の鐙をたたき、人は蒲關を望みつつ凱歌を唱う）」がある。○□□……判讀不能だが、初めの字は「鑼」の省略形のようにも見える。確かなことはいえないが、鄭・寧本の讀みが妥當か。

〔譯〕我が君は悲しみ憂いを抱かれているに相違ないが、仇を報いれば心樂しくなられよう。劉封を始末して、檻の車に三人を捕えよう。鐙を叩く喜びとて毛ほどもなく、凱歌に聲合わす氣持ちのありようもない。賊臣を打ち破った果てには、我が君が我らの魂祭られるに、法事や鳴り物（？）は無用のこと。

【二】燒□(殘?)半□(橛?)□(柴)、支起九頂(鼎)鑊。把那廝四肢梢一節く(節)剛刀剉。虧(剞)□(開?)了腸肚雞鴉朶。數算了肥膏猛虚(虎)拖。咱可靈位上端然坐。也不用僧人持呪、道士宣科。

〔校〕○この曲は判讀不能の字が多く、意味も取りにくい。譯には推測を含むことを了承されたい。○燒□半□□……鄭本は「燒×半×□」、徐本は「燒殘半橛柴」、寧本は「燒殘半堆柴」とする。原本から見るに、第五字は「柴」か（上半分が一致）。第四字は明らかに木偏、あるいは徐本が妥當か。○九頂鑊……徐・寧本は「九鼎鑊」に改める。○剛刀……各本とも「鋼刀」に改める。○虧□……徐本は「虧圖」、鄭・寧本は「剞開」に改める。○雞鴉朶……鄭本は「雞鴉啄」、徐本は「雞鴨剁」、寧本は「飢鴉奪」に改める。○猛虚拖……徐本は「猛覷他」、鄭・寧本は「猛虎拖」に改める。○可……鄭本は「人」、寧本は「呵」に改める。

〔注〕○九鼎鑊……釜ゆでの刑に用いる大釜。「趙氏孤兒」（元刊本）第二折【感皇恩】「怕甚三尺霜鋒。折末九鼎鑊中（三尺の霜の刃も何のその、たとえ釜ゆでの大釜とてかまわぬ）」。「頂」と「鼎」は混用される。詳しくは徐本の校記を參照。○剛刀……各本とも「鋼刀」に改めるが「東窗事犯」（元刊本）第二折【滿庭芳】の「尓將那英雄輩、都向剛刀下做鬼（おまえは英雄たちを、みな剛刀のもとに殺し）」、「單刀會」（元刊本）第一折【金盞兒】の「項上按着剛刀（首根っこに刀を押し當て）」など「剛刀」とする例は多く、『晉書』卷一百三十「赫連勃勃載記」の「又造百錬剛刀（更にきたえぬいた剛刀をつくり）」以下文言の用例も多く、「剛刀」が妥當ではないかと思われる。○虧□……徐本は「虧圖」とする。この語は【上小樓】に既出。殺すことを意味するようで、劉時中【新水令】「代馬訴冤」で馬に對し

て「一地把性命虧圖（ひたすら命を「虧圖」しようとする）」とあるように、屠殺に近いニュアンスも持ちうるようではあるが、全體的には『宋元語言詞典』に「謀算、謀害」と語釋を付けるのが妥當で、「腸肚」を目的語に取るのはそぐわない。二文字目は「開」に字形が近く、「虧」も略字體で「刳」の左側に字形が近い點から考えて、鄭・寧本の「刳開」が妥當か。ただし、次句の「數算」がもし「罠をかける、殺す」という方向であれば、「虧圖」の方が對句としてはよくなる。ここでは假に前者に從って譯しておく。○雞鴉朶……徐本が「雞鴨剟」とするのは、「雞鴨」を殺され方の形容と取るのであろう。鄭本は「七里灘」（元刊本）第一折【混江龍】の「鴉啄人腸（鴉が人の腸をついばむ）」の例を引き、「今でも北方の俗語ではついばむことを『朶』と言う」と述べて「雞鴉啄」とする。この場合は「雞鴉」は死體をついばむ主體となる。次句との對から考えれば、この方が妥當かと思われる。寧本は『水滸傳』の例を引いて「飢鴉奪」とする。「飢」に改めるのにはやや無理があるか。ここでは假に鄭本に從って譯す。○數算……詹時雨が『西廂記』を補うために作った「對奕」の【感皇恩】に「撞着勁敵。誰肯伏低。用機謀、相數算、斷瞞欺（強敵に出くわして、だれが下手に出るものか。はかりごとを用い、罠に掛け、だまし合う）」とある。この例は罠にかけるといったところか。「所算」に近い方向で考えれば「殺す」とも考えられるが、目的語が「肥膏」というのはあまりそぐわない。とすれば、單純に分量をはかるということかもしれない。假にその方向で譯す。○猛虛拖……徐本は「猛覷他」とするが、前句との對から考えて、鄭・寧本の「猛虎拖」の方が妥當か。

〔譯〕折れた薪を燒いて（?）、大釜を立て、きゃつめの手足をば刀にて一寸試し五分刻みに切り刻み、腹切り裂いて雞やからすについばませ（?）、脂身計って虎に引きずって行かせよう（?）。我らは祭壇にきちんと座りおろう。僧の讀經も、道士のまじないもいらぬことじゃ。

【收尾】也不烟(須?・用?)香共燈、酒共果。□(但?)得那腔子里的熱血往空潑。超度了哥〱(哥)發奠我。

〔校〕○曲牌名……徐本は【煞尾】に改める。○烟……鄭本は「用」、徐本は「須」、寧本は「煩」に改める。○□……徐・寧本は「但」とし、鄭本は空格。

〔注〕○腔子里的熱血往空潑……「趙氏孤兒」（元刋本）第二折【二煞】「也不索做齋供。把腔子里血捌將來潑在半空。祭你那父親和公公（弔いの法事などいらぬことじゃ。腹の中の血をねじりだして中空に吹き上げて、父と祖父とを祭るのじゃ）」。○發奠……祭ることには間違いないものと思われるが、この語の用例は見つからない。あるいは「祭奠」の誤りか。本折【三】、第四折【尾】のほか、「薛仁貴」（元刋本）第三折【粉蝶兒】「煮煠了些祭奠茶食（お祭りのための食べ物を作って）」など例は多い。「發」の字體は「祭」に似ていないこともない。

〔譯〕香も燈火も、酒も果物もいりはせぬ。あの腹の中なる熱き血潮を中空高く吹き上げて、兄上を超度しおれを祭ってくれい。

《第四折》

《正宮》【端正好】任劬勞、空生受。□(死?)□(魂?)兒有國難投。橫亡在三个賊臣手。无一个親人救。

〔校〕○任……鄭・寧本は「枉」に改める。○□□……鄭本は「一靈」、徐・寧本は「死魂」とする。字の痕跡は「死魂」に近い。

〔注〕○任……このままでも「いかに苦労しようと、無駄に難儀な思いをした」という方向で取れないことはないが、「老生兒」（元刊本）第二折【滾繡球】「抵多少買賣歸來汗未消。枉了劬勞（まったく「商賣して歸ってきて汗はまだ引かぬ」という奴で、無駄な苦勞じゃ）」のような例があり、「趙氏孤兒」（元曲選本）第三折【梅花酒】に「空生長枉劬勞（育ったのも空しきこと、苦勞したのもあだなこと）」と「空～枉～」の對もあることからすると、「枉劬勞」の可能性も否定できない。○劬勞……苦勞する。『毛詩』小雅「蓼莪」に「哀哀父母、生我劬勞（ああ父母は、私を生んで苦勞なさった）」とあるのに基づく。「霍光鬼諫」（元刊本）第三折【端正好】「於家謾劬勞、爲國空生受（家で〔子を育てるため〕苦勞したのもあだなこと、國のため難儀したのも無駄であった）」。○有國難投……よく「有家難奔」と對で使われ、身を寄せるべきところがなく、途方に暮れる樣を形容する。「追韓信」（元刊本）第三折【煞尾】帶白「那時節有家難奔、有國難投、急不得已（その時は逃れるに家なく、身を投ずるに國なく、あせれどどうすることもできませぬ）」。

〔譯〕無駄に苦勞を重ね、あだに難儀をし、死せる魂は身を寄せるべきところとてなし。かの三人の逆臣の手にかかり不慮の死を遂げたるも、身內の者誰一人救わんとするものなし。

【哀秀求（滾繡毬）】俺哥く（哥）丹鳳之具（目）、兄弟虎豹頭。中它人機彀。死的來不如个蝦蟹泥鰍。我也曾□（鞭）及（督）郵。俺哥く誅文醜。暗□（襲）了車胄。虎牢關酣戰溫侯。咱人三寸氣在千般用、一日无常萬事休。壯志難酬。

〔校〕○具……鄭本は「眼」、寧本は「軀」に改め、徐本は「目」の誤りかもしれないとする。○□及郵……各本とも

「鞭督郵」に改める。○暗□……鄭・寧本は「暗梟」、徐本は「暗滅」とする。

〔注〕○丹鳳具……『平話』卷上に關羽は「生得神眉鳳目、虬髯、面如紫玉（秀でた眉に鳳の目、龍の如きひげに、紫玉の如き顔）」、『演義』卷一にも「丹鳳眼、臥蠶眉」とあり、鄭本の「丹鳳眼」、または徐本が可能性としてあげる「丹鳳目」が妥當であろう。字形は「目」の方が近い。○虎豹頭……『平話』卷上に張飛は「豹頭環眼、燕頷虎鬚（豹の頭にドングリ眼、燕の顎に虎髯）」とあり、『演義』にも同じ形容が見える。○機彀……わな。「東窗事犯」（元刊本）第三折【拙魯速】「正著他機勾（彀）。怎生收救（奴の罠にずばりとはまり、救いようもない）」。「救風塵」（古名家本）第二折【逍遙樂】「正中那男兒機彀（男の罠にずばりとはまる）」。○誅文醜……文醜は顏良と竝ぶ袁紹配下の勇將。「文丑」とも表記される。顏良に續いて關羽に斬られたとされる（『三國志』は關羽が斬ったとは記さない）。『平話』卷中に「關公誅文丑」のくだりがあり、『演義』卷六にも「雲長延津誅文醜」がある。○暗□車冑……車冑は徐州刺史。劉備に殺された。關羽が斬ったことは『三國志』には見えないが、『平話』卷中に「關公襲車冑」、『演義』卷五に「關雲長襲斬車冑」があり、「襲」を補うのが妥當か。「暗」を付すのはだまし討ちという『演義』の內容と一致する。○三寸氣在千般用、一日無常萬事休……生きていれば何でもできるが、死んでしまえばおしまいだ。『朴通事諺解』下・『宣和遺事』亨集・『西廂記』（弘治本）卷五第四折などに見える頻用される成語。「無常」は死者の魂を持って行く使者。王梵志「相交莫嫉妬」詩の「一日無常去（いつの日か無常に連れて行かれれば）」、「無常經講經文」の「無常忽到一生休」、李嘉祐「傷歙州陳二使君」詩の「一旦云亡萬事休」などは早い時期の例。○壯志難酬……大きな志は實現しがたい。唐の李頻の「春日思歸」詩に「壯志未酬三尺劍、故鄉空隔萬重山（三尺の劍あれど大志は成就せぬまま、故鄉は空しく萬もの山のかなた）」、元の王旭の「代人上執政啓」に「壯志難酬、流年易往（大志は成就しがたく、年は過ぎやすいもの）」などと見え、元曲では「王粲登樓」（李開先舊藏元刊?本）第三折【么】の「壯志難酬、身心無定、功名不遂（大志

は成就しがたく、心も定まらず、手柄はたてられず）」などの例がある。

〔譯〕兄者の丹鳳の目、弟のおれの虎豹の頭、それが人の計略にまんまとかかり、蝦・蟹・泥鰌にも劣る死に様よ。おれも督郵を鞭打ったものであった。兄者は文醜を誅し、車冑をだまし討ちにし、虎牢關で呂布と激烈な闘いをしたものじゃ。だが人間息のある限り何でもできようが、死んでしまえば一巻の終わりよ、凌雲の志も遂げられぬまま。

【倘秀才】往常眞戸尉見咱當胸叉手。今日見紙判官□(趨)□(前)退後。元來這做鬼的比陽人不自由。立在丹墀內、不由我泪交流。不見一班兒故友。

〔校〕○□□……各本とも「趨前」を補う。

〔注〕○戸尉……門神は左を門丞、右を戸尉と呼ぶといい、劉唐卿「降桑椹」（內府本）第二折では「小聖乃蔡氏門中門神是也、此一位乃戸尉之神（私は蔡氏の戸口の門神です。こちらは戸尉の神です）」と區別している。ここでは「眞」を付して人間の衞兵を指すか。○趨前退後……躊躇するさま。「王粲登樓」（李開先舊藏元刊?本）第一折【金盞兒】「空教我趨前退後兩三番（空しく何度もためらうばかり）」。

〔譯〕生きている時には本物の衞兵でもおれを見れば胸の前で手をこまぬき挨拶したものだが、今では紙の判官に會ってもおろおろするばかりよ。なんと亡靈となってしまえば浮き世より窮屈な思いするとは知らなんだ。宮殿に立ったまま、とめどなくあふれてくるおれの涙、昔の友達は誰も見あたらぬ。

【袞秀求(滾繡毬)】那其間王(正)暮秋。九月九。正是帝王的天壽。烈(列)丹墀宰相王□(侯)。□的我奉玉甌。

進御酒。一齊山壽。官里回言道臣宰千秋。往常擺滿宮□(綵)女在階基下、今日駕一片愁雲在殿角頭。痛泪交流。

〔校〕○王暮秋……各本とも「正暮秋」に改める。○烈……各本とも「列」に改める。○王□……各本とも「王侯」と補う。○□的……鄭本は「×衣的」、徐本は「攘的」、寧本は「讓的」とする。○擺……鄭本は「擇」とする。覆本に由來する誤り。○□女……各本とも「綵女」と補う。

〔注〕○□的……未詳。徐本・寧本の說はいずれも原本が「襄」に似ることに由來するものと思われるが、決め手に缺ける。○山壽……長壽。『毛詩』小雅「天保」の「如南山之壽、不騫不崩（南山の齡の如く、變わることなく）」に基づく。

〔譯〕時まさに晩秋の候、九月九日、皇帝ご生誕の日、宮殿には宰相、王侯居並ぶなか、おれは玉の盃をば捧げもち、御酒をすすめ、聲を揃えて陛下の長壽を祈れば、陛下は家臣こそとこしなえにというお言葉。以前には、美しき宮女宮殿のきざはしにあふれしものを、いまではひとひらの愁いの雲に乘り、宮殿の片隅で、悲しみの涙しとど流すとは。

【叨ヽ(叨)令】碧粼ヽ(粼)綠水波紋忽(皺)。疎剌ヽ(剌)玉殿香風透。早(皂)朝靴跐不響玻璃甃。白象笏打不響□(黃)金獸。元來咱死了也麼哥、ヽ(咱死了也麼哥)、耳聽銀前(箭)和更漏。

〔校〕○忽……各本とも「皺」に改める。○早朝靴……各本とも「皂朝靴」に改める。○跐……鄭本は「踏」とする。○□金獸……各本とも「黃金獸」と補う。○ヽ……鄭本は「元來咱死了也麼哥」、徐・寧本は「咱死了也麼哥」とする。

○銀前……各本とも「銀箭」に改める。
〔注〕○皂朝靴……「皂靴」は士人がはく黒い靴。朝廷ではく時「皂朝靴」と呼ぶか。なお公的文獻には「皂朝服」は見えるが「皂朝靴」はなく、戯曲・小說特有の語である。「七里灘」（元刊本）第二折【鬼三台】「皂朝靴緊行拘我二足（役人用の靴がわしの二つの足をきつく縛りおる）」。○白象笏……象牙の笏。やはり戯曲・小說特有の語である。「陳摶高臥」（元刊本）第二折【哭皇天】「秉著白象笏似睡餛飩（象牙の笏を持ってゆでたワンタンのように居眠り）」。○黄金獸……香爐を指す。宋の趙長卿【燭影搖紅】詞「簾幕低垂、麝煤煙噴黄金獸（カーテンが低く垂れ、黄金の獸かたどる香爐は麝香の煙を噴く）」以下、閨怨ものではおなじみの道具立て。○銀箭……漏刻の針。柳永【安公子】詞「夢覺清宵半。悄然屈指聽銀箭（秋の夜の半ばに夢より覺めて、こっそりと指折りつつ銀箭の動きを聞き取る）」。
〔譯〕魚の鱗にも似た青きさざ波立ち、そよそよともの寂しき宮殿に芳しき風しのびよる。禮裝の靴で踏みしめても玻璃の敷き瓦の音もせず、象牙の笏もて黄金の獸をかたどった香爐を打つも鳴らず。ああ、そうかおれは死んでいたのだった、ああそうか、おれは死んでいたのだった。耳に聞こえるは時を告げる水時計の音ばかり。

【倘秀才】官里向龍床上高聲問候。臣向燈影內恓惶頓首。躲避着君王倒退着走。只管里、問緣由。歡容兒抖擻。

〔校〕○退……寧本は「褪」に改める。
〔注〕○燈影……「東窗事犯」（元刊本）第三折【小桃紅】「燈影下誠隍（惶）頓首。臣說着傷心感舊（〔岳飛の亡靈が〕ともしびの影にて恐れ入り、私申しますのは悲しき昔のこと）」など、幽鬼は燈影に出る。○抖擻……發揮する、示す。

薛昂夫【殿前歡】「施展出江湖氣概。抖擻出風月情懷（江湖の氣概を表に出し、粋な氣分を發揮して）」。

〔譯〕陛下はベッドから大聲で近頃どうじゃとお尋ねくださるが、私は明かりの影で恐縮して頓首する。わが君を避けようと後ずさり。その譯をしきりにお尋ねになり、嬉しそうな様子がありありと。

【呆古朶】終是三十年交契懷着□（愁？）。咱心相愛志意相投。遶着二兄長根前、不離了小兄弟左右。一个是吉（急）占（颭）人（颭）雲間鳳、一个是威凛《凛》山中獸。昏慘く（慘）風內燈、虛飄く（飄）水上漚。

〔校〕○懷着□……鄭本は不明とする。徐本は「懷着愁」、寧本は「懷着舊」と補う。○吉占人……鄭本は「吉瑞」、徐本は「急颭颭」、寧本は「頡頏」とする。○威凛……徐本は「威凛凛」とする。

〔注〕○懷着□……未詳。「愁」とすれば、「何といっても三十年のつきあいゆえ悲しい」、もしくは「三十年のつきあいも悲しいものとなった」ということか。「舊」なら「ともあれ三十年のつきあいゆえ昔がなつかしい」となる。假に前者の方向で譯す。○二兄長……二番目の兄。「陳母敎子」（內府本）第二折二末云「大哥如泥中蘇芥、二兄長似凌上輕塵（上の兄さんは泥の中の草の如く、下の兄さんは空に舞うほこりも同然）」。○吉占人……次句の「威凛」は、元曲の用例はすべて「威凛凛」であること、續く二句もＡＢＢ型であることから考えて「威凛凛」と思われ、對の關係上ここもＡＢＢ型になるはずである。「人」が代替字として頻用される點を考えると、徐本の「急颭颭」が妥當か。はげしく搖れ動くさま。「望江亭」（古名家本）第三折【絡絲娘】「您娘回向他那急颭颭船兒上去也（おっかさんは波に搖られる船へと歸らせてもらいますよ）」。○雲間鳳……蘇軾「同正輔表兄遊白水山」詩「解衣浴此無垢人、身輕可試雲間鳳（服を脱いでここで湯浴みすれば垢も取れ、身も輕く雲間を飛ぶ鳳凰にも試し乗りできそうだ）」、「兩世姻緣」（古名家

本）第三折【拙魯速】（原本は曲牌名を缺く）「不學雲間翔鳳、便似井底鳴蛙（雲間を翔る鳳凰にならわねば、井の中の蛙の如し）」。○水上漚……水面の泡。はかないもののたとえ。白居易「想東遊五十韻」詩「幻世春來夢、浮生水上漚（幻の如き世は春の夜の夢、浮き世は水面の泡）」、「霍光鬼諫」（元刊本）第三折【滾繡毬】「性命似水上浮漚（生命は水面の泡の如し）」。

〔譯〕ともあれ三十年のおつきあいゆえ悲しゅうてなりませぬ。我らは互いに心惹かれ、意氣投合した間柄。下の兄者の前をめぐり、わたくしの側から離れられることはありませなんだ。一人は風を受けて飛ぶ雲間の鳳、一人は威風堂々とした山中の猛獸であったものを、今では薄暗い風前の燈、はかなく漂う水面の泡と成り果てました。

【倘秀才】官里身軀在龍樓鳳樓。魂魄赴荊州閬州。爭知兩座磚城換做土丘。天曹不受。地府難收。无一个去就。

〔校〕なし。

〔注〕○龍樓鳳樓・荊州閬州……本劇第一折【混江龍】にも「每日家獨上龍樓上、望荊州感嘆、閬州傷悲」と類似した表現があった。あるいはこれを承けるか。李後主【破陣子】詞に滅んだ南唐の宮殿を「鳳閣龍樓連霄漢（鳳閣龍樓は天に連なり）」とうたう。○土丘……都市の廢墟。胡曾『詠史詩』「即墨」「固存不得田單術、齊國尋成一土丘」（固存太子が田單の戰術を手に入れることができなかったら、齊の都はたちまち廢墟になっていたことだろう）」。○天曹……天界の役所。「看錢奴」（元刊本）第一折正末白「小神乃天曹增福之神（私は天の役所の福の神です）」。

〔譯〕天子は、身は宮殿の樓閣にありながら、魂魄は荊州・閬州に赴かれましたが、二つの煉瓦造りの城壁が廢墟となったことなどご存じのはずもありませぬ。天界も受け入れなければ、あの世にも容れられず、どこにも行くところはありませぬ。

【衮秀求(滾繡毬)】官里恨不休。怨不休。更怕俺不知你那勤厚。爲甚俺死魂兒全不相偢。敍故舊。厮問候。想那說來的前呪。桃園中宰白馬烏牛。結交兄長存終始、俺伏侍君王不到頭。心暗(緒)悠く(悠)。

〔校〕○敍故舊……鄭本は「敍故由」とする。覆本の誤りによる。○心暗悠悠……徐・寧本は「心緒悠悠」とする。

〔注〕○更怕……どうして〜しょうか。「拜月亭」(元刊本)第二折【滾繡毬】「您這些。富產業。更怕我雇(顧)戀情惹(あなたがたの財産などにどうして氣を惹かれたりしましょう)」。○勤厚……丁寧なこと。「氣英布譯注」第三折【小梁州】の注を參照。○伏侍君王不到頭……成語。主君への奉仕を全うできない。「霍光鬼諫」(元刊本)第三折【三煞】「飽諳世事墉(慵)開口。可怎伏待(侍)君王不到頭(世事を知り拔けば口を開く氣にもならぬと申しますが、忠義を全うせぬ譯にはまいりませぬ)」。○心暗悠悠……「竇娥冤」(古名家本)第一折【混江龍】「愁眉皺情懷冗冗、心緒悠悠(愁いに眉をひそめ心は騒ぎ、思いはつのるばかり)」など「心緒悠悠」の例は多く、徐・寧本のように改めるべきかと思われるが、「暗」でも意味は取れる。

〔譯〕陛下の惜しみ恨めしく思う心は止まることを知りません。どうして我らがあなたの親切を知らないことがありましょう。どうして我らの魂が相手にしようとしないことがありましょう。昔を語り、あいさつをして、思い起こすは以前の契り、桃園で白馬・黑牛を屠り、兄上と生死を共にせんと誓ったものの、君として最後までお仕えすることがかないませんでした。思いは消えることがありません。

【三煞】來日交諸葛將二愚男將引丁寧奏。兩行泪才那不斷頭。官里緊く(緊)的相留。快(怕)不待慢く(慢)的等候。怎禁那滴く(滴)銅壺、點く(點)更籌。久停久住、頻去頻來、添悶添愁。來時節玉蟾出東海、去時節殘月下西樓。

〔校〕○快……徐本は校記で「怕」の誤りかと述べる。寧本は「怕」に改める。

〔注〕○愚男……愚息。「焚兒救母」(元刊本)第四折【太平令】(原本は曲牌名を缺く)「是你那不孝的愚男生忿(この不孝な愚息めが御心に背きました)」。○才那……鄭本校記は「那」を「挪」の略字として、涙が出て止まらないこととする。○不斷頭……ひっきりなしに續く。「看錢奴」(元刊本)第三折【逍遙樂】「見這不斷頭客旅經商。還口愿百二十行(このひっきりなしに續く旅人や行商人、願ほどきに來るあらゆる種類の人を見れば)」。○快不待……「快」では意味の通じが惡い。徐・寧本に從って「怕」に改めるべきか。「怕不待」なら「〜しないことがあろうか」という意味になる。○玉蟾出東海……薩都剌「夏夜積雨霽陰雲不收病坐南軒月復出」詩「數宵相連爾何在。應駕老蟾出東海(幾夜か續けてあんたはどこに行っていたのやら、ヒキガエルに乘って東海から出ねばなるまいに)」。○殘月下西樓……本劇作者關漢卿の【靑杏子】「離情」に「殘月下西樓。覺微寒輕透衾裯(名殘の月が西のたかどのに沈み、かすかな寒さがしとねの中にひっそり忍び入る)」と同一の句が見える。

〔譯〕明日、諸葛亮に我らが二人の愚息を引き連れて詳しく上奏させましょう。二筋の涙はとどめもあえず、陛下はしきりに引き留められます。我らもゆっくりお控えしたいはやまやまなれど、しかし如何ともしがたいのはぽつりぽつりとたまる銅壺と、點點と刻む漏刻の時間。長居もならず、頻繁に來ることもかなわず、悲しみはいやまさる。來たとき月は東の海に出たばかりでしたが、歸らんとする今は西のたかどのに名殘の月がかかっております。

【二】相逐着古道狂風走。趕定湘江雪浪流。痛哭悲京(涼)、少添僝僽。拜辭了龍顏、苦度春秋。今番若不說、後過難來、千則千休。丁寧說透。分明的報冤讎。

〔校〕○湘江……徐本は「長江」に改める。○悲京……各本とも「悲涼」に改める。

〔注〕○湘江雪浪……宋の鄭獬の「寄長沙燕守度」詩に「雲藏夢澤煙蒲老、秋卷湘江雪浪翻（雲は夢澤を覆い盡くして靄の如き蒲は枯れかけ、秋は湘江の雪の如き波を巻きたたせる）」とあるのを踏まえるか。徐本のように地理的整合性を求める必要はあるまい。○千則千休……萬事休す。「霍光鬼諫」（元刋本）第三折【滾繡毬】「子我這潑殘生千則千休（わしのこの情けない命ももはやこれまでじゃ）」。○度春秋……齡をかさねる。鄧學可【端正好】套「樂道」の【滾繡毬】に「都在煩惱中過了春秋（みな怒り惱みのうちに齡を重ねる）」、關漢卿【一枝花】套「不伏老」の【隔尾】に「我怎肯虛度了春秋（あたら人生の春秋を、むなしくわたるはまっぴらごめん）」とあるように、マイナス・イメージを伴うことがある。○後過……徐本校記は「今遍」の例を引いて「後遍」の誤りかと言うが、「後遍」の用例はない。「後過」で「後で」という意味か。

〔譯〕古道に吹く狂風に乘って去り、湘江の雪の如き波を追ってまいりましょう。痛哭すれば悲しく、やりきれない氣持ちが增します。ご尊顏に別れを告げてしまえば、これからは苦しい年月を過ごさねばなりません。今もし言わねば、後にはもう來られませぬ。すべてこれにて終わり、どうしようもありません。くれぐれもお願い申し上げます、きっぱりとこの恨みをお晴らしください。

【尾】餉諳世事慵開口。會盡人間只點頭。火速的驅軍校戎(戈)矛。駐馬向長江雪浪流。活拿住梅方共梅竹。閬州里張達檻車內囚。杵尖上挑定四顆頭。腔子內血向成都鬧市里流。強如與俺一千小盞黃封頭祭奠《酒》。

〔校〕○戎矛……各本とも「戈矛」に改める。○梅方・梅竹……各本とも「糜芳」「糜竺」に改める。○挑定……徐・寧本は「排定」とする。○祭奠……各本とも「祭奠」の後に「酒」を補う。

〔注〕○餉諳世事慵開口。會盡人間只點頭……成語。世事を知り抜けば口を開く氣にもならずただうなずくだけ。楊萬里『誠齋詩話』には「士大夫間有口傳一兩聯可喜、而莫知所本者。…又『餉諳世事慵開眼、會盡人情只點頭』（士大夫の間には、面白いが基づくところがわからない對句がいくつか口頭で傳わっている。…それから「餉諳…」）」とあり、南宋士大夫の間ではよく知られていたらしい。無名氏【耍孩兒】套「拘刷行院」の【四】に「休猜做餉諳世事慵開口（「餉諳…」などと思うなよ）」以下、本節【滾繡毬】の注で引いた「霍光鬼諫」など、用例は多い。○挑定……徐・寧本は「排定（列べる）」とする。字形は類似するが、睢景臣【哨遍】套「高祖還鄉」の【五煞】に「明晃晃馬蹬鎗尖上挑（きらきら輝くあぶみを槍の先にかけている）」とあり、また明清の小說には「槍挑～（槍で～を突く）」が頻出する。「挑」のままでよいか。○腔子內血……本劇第三折【收尾】に「□(但)得那腔子里的熱血往空潑。超度了哥哥發(祭?)奠我」と類似した表現が見られた。○黃封頭……天子から賜る酒。蘇軾「杜介送魚」詩「新年已賜黃封酒、舊友仍分頳尾魚（新年で黃封の御酒を頂戴した上に、舊友が赤い尾の魚を分けてくれた）」。○祭奠……このままでは失韻になるが、末句ゆえもとより韻を踏まないことはありえない。「霍光鬼諫」（元刊本）第三折【收尾煞】に「遙望着靈車奠一盞酒（はるかに靈柩車を望んで一杯手向けて下され）」などから見て、各本に從い「酒」を補うべきであろう。

〔譯〕「世間のことを熟知すれば口を開くのもおっくうで、ただ頷くだけ」とやら。速やかに軍を進め、雪の如く白く波立つ長江に馬を留め、糜芳・糜竺を生け捕りにし、閬州で張達を檻車に捕らえてくだされ。そして杵の先に四つの首を突き刺し、腹の内の熱き血潮を成都の盛り場に流していただければ、わたくしどものために一千杯の御酒にて祀っていただくよりずっとよき供養でございます。

古杭新刊的本關大王單刀會

〔注〕○本劇には、趙琦美が抄寫したいわゆる脈望館抄本（テキストの素性に關する注記はないが、體裁から考えて于小穀本ではないかと推定される。以下趙本と略稱）があるほか、第一折は明代曲選『樂府菁華』『樂府紅珊』『大明天下春』『大明春』、第三折は明代曲選『樂府紅珊』『大明天下春』『大明春』『萬象新』と清代の『綴白裘』『納書楹曲譜』、第四折には明代曲選『風月錦嚢』『樂府紅珊』『萬壑清音』『怡春錦』『玄雪譜』『珊珊集』と清代の『綴白裘』『納書楹曲譜』『六也曲譜』にも曲文が收錄されているが、異同が非常に多岐にわたり、すべて記すのは煩雜に過ぎるので、詳細は末尾に付した校勘表にゆだねることとする。○「古杭」は杭州、「的本」はしっかりした內容のテキストということ。解說でも述べたように、元刊雜劇のうち、「古杭新刊的本」を題名に冠するものとしては他に「三奪槊」「紫雲庭」、「古杭新刊」を冠するものとしては「貶夜郎」「霍光鬼諫」「周公攝政」「焚兒救母」があり、大字本の「焚兒救母」を除いてすべて半葉十四行、行二十四字と版式が共通することは非常に興味深い。「單刀會」の物語については、『三國志』卷五十四「魯肅傳」に「肅邀羽相見、各駐兵馬百步上、但請將軍單刀俱會。肅因責數羽曰、……語未究竟、坐有一人曰、夫土地者惟德所在耳。何常之有。肅厲聲呵之、辭色甚切。羽操刀起謂曰、此自國家事、是人何知。目使之去（魯肅は關羽と會見し、それぞれ兵馬を百步離れたところにとどめて、將軍だけが刀一本持っただけで會うことにしようと求めた。魯肅は關羽を責めていった。〔以下荆州を返さぬことへの非難〕言いも果てぬに、居合わせた一人が言った。「土地というものは德のある者のもの、持ち主が變わらぬことはない」。魯肅は荒々しい聲で、嚴しく叱咤した。關羽は刀を手に持ち立って言った。「これは國家のことじゃ、こやつに分かることではない」。目配せして立ち去らせた）」

とあり、元來は魯肅を主役とする逸話だったことが分かる。元代に刊行された『三國志平話』（以下「平話」と略稱）においては、すでに「單刀會」という名稱が見え、この雜劇同樣關羽が魯肅の罠を破る話になっており、後に『三國志演義』（以下「演義」と略稱）にも受け繼がれることになる。この雜劇は、『錄鬼簿』各本・『太和正音譜』のいずれにおいても關漢卿の項に「單刀會」もしくは「關大王單刀會」という題名で著錄されている。なお、趙本の題名は「關大王獨赴單刀會」である。

《第一折》

［駕一行上　開住］［外末上　奏住云］［駕云］［外末云住］［正末扮喬國老上］［住］［外末云］［尋思云］今日三分已定、恐引干戈、又交生靈受苦。您衆宰相每也合諫天子咱。［過去見禮數了］［駕云］［云］陛下萬歲くく（萬歲）。據微臣愚見、那荊州不可取。［駕又云］［云］不可去、くく〳〵（不可去）。

〔校〕○奏住云……徐・寧本は「云」を削る。○住……寧本は「開住」とし、「開」が缺けたものとするが、原本に殘缺の跡は認められない。

〔注〕○駕……皇帝のこと。ここでは孫權であろう。なお、趙本では孫權は登場しない。これは『大明律』卷二十六などに見える明代における駕頭雜劇（帝王の登場する雜劇）の禁令に由來するものであろう（「解說」參照）。なお、ここで孫權を「駕」とし、後の白では「天子」と呼び、更に「萬歲」と唱えていることは、元刊本が通常の文字文獻とは異なる秩序を反映していることを示唆して興味深い。詳しくは笠井直美「「二帝各敍宗祖」――元明の三國故事の通俗文

藝における君臣秩序に關わる敍述」（『名古屋大學言語文化部言語文化論集』十九―二（一九九八年三月））參照。○一行……大勢が列をなして登場する際に用いるト書きであろう。明初の周憲王朱有燉の雜劇にも同樣のト書きが見える。○開……確かな意味はわからない。詩をとなえることか。「三奪槊譯注」第一折の注參照。○住……確かな意味はわからない。「氣英布譯注」第一折【金盞兒】に續く白の注參照。○外末……ここでは魯肅のことと思われる。○喬國老……孫策・周瑜の妻となった美女大喬・小喬の父。『三國志』では「橋公」であり、『演義』では曹操の大成を預言した漢の太尉橋玄と同一人物とするが、實は別人であるらしい。本劇では後に「咱本是漢國臣僚」という句があることから考えて、橋玄と同一人物と見ている可能性が高そうである。なお、有名な杜牧の「赤壁」詩にすでに「二喬」となっているように、「橋」は早くから「喬」と書かれることが多かったらしく、『平話』や『演義』の葉逢春本では「喬」となっているが、『演義』の嘉靖本では「橋」に改められている。○禮數……禮儀。『董西廂』卷三【樂神令】「道禮數不周休怪呵（申すには、禮儀の行き屆かぬ點はお許しを）」、睢景臣【哨遍】套「高祖還鄉」【三】「那大漢下的車、衆人施禮數（その大男車より降りれば、みなはごあいさつ）」。ここでは動詞として機能しているようである。○不可去……徐本は校記で「去」は「取」の誤りではないかと指摘する。文脈からすればその方が自然であるが、とりあえず原文通りに譯しておく。

〔譯〕［駕の一行が登場して開］［外末が登場。奏上する］［駕いう］［外末いう］［正末が喬國老に扮して登場］［外末がいう］［正末考えていう］今、天下三分すでに定まっておるに、戰いを引き起こせば、また民を苦しめることになろう。貴公ら宰相がたも、天子をお諫めすべきであろうが。［入っていき、會って、挨拶をする］［駕がいう］［正末がいう］陛下、ご機嫌麗しゅう。それがしの考えによれば、荊州を取ることはできませぬ。［駕がまたいう］［正末がいう］行ってはなりません、行ってはなりません。

《仙呂》【點絳唇】咱本是漢國臣僚。欺負他漢君軟弱△興心鬧。當日五處鎗刀。併了董卓誅了袁紹。

〔校〕なし。

〔注〕○興心……悪い心を起こすこと。「東窗事犯」（元刊本）第一折【遊四門】「你待興心亂朝綱（おぬしは良からぬ心を起こして朝廷を亂さんとし）」。○五處鎗刀……孫權・曹操・劉備と、次に出る袁紹・董卓の合計五人を指すものであろう。○併……戰うこと、また戰って滅ぼすこと。「氣英布」（元刊本）第二折【梁州】「折末勢雄雄廝併。威糾糾相持（たとえ勇ましく合戰し、堂々と闘うにせよ）」、『演義』（嘉靖本）巻三「孫策大戰太史慈」「你兩箇一齊來併我、吾不懼你（おぬしら二人が一緒にわしをやっつけに來ても、わしはおぬしなど恐れぬぞ）」。「三奪槊譯注」第一折【金盞兒】參照。

〔譯〕われらはもともと漢國の臣下ではありましたが、漢の君が軟弱なのをあなどって、悪心起こして騷ぎ立てる者どもあり。そのかみ五人が兵をあげましたが、そのうち董卓を殺し、袁紹を誅殺いたしました。

【混江龍】存的孫劉曹操。平分一國作三朝。不付能河清海晏、雨順風調。兵器改爲農器用、征旗不動酒旗搖。軍罷戰、馬添漂(驃)。殺氣散、陣雲消。役將投(校)。作臣僚。脫金甲、着羅袍。帳前旗捲虎潛竿、腰間劍插龍歸鞘。撫治的民安國泰、却又早將老兵喬(驕)。

〔校〕○漂……各本とも趙本に從い「驃」に改める。原本にも校勘者が「月」と朱で書き込んでいる。○投……各本とも「校」に改める。原本も手偏だが「校」に近い。趙本は「帥」。○喬……各本とも趙本に従い「驕」に改める。

〔注〕○河清海晏……太平の形容。顧況「八月五日歌」詩「率土普天無不樂、河清海晏窮寥廓（満天下楽しまぬものとてなく、地の果てまで河は澄み海は靜かに）」。「澠池會」（内府本）第一折【混江龍】「見如今河清海晏。黎庶寛安（今や河は澄み海は靜かに、民は安んじ）」。○雨順風調……風雨が順調にめぐり來る。やはり太平を形容する決まり文句。早くは長孫無忌「配坐議」に「既而克殷、風調雨順（殷を破りますと、風雨は順調）」と見える。○兵器改爲農器用……早く『韓詩外傳』巻九に「鑄庫兵以爲農器（兵器庫の武器を溶かして農具にする）」と見える。○征旗不動酒旗搖……『才調集』巻七に収める高駢「寫懷」詩二首之二に「花滿西園月滿池、笙歌搖曳畫船移。如今暗與心相約、不動征旗動酒旗（花は西の園に滿ち月は池に滿ち、樂を奏でつつゆらゆらと屋形船は行く。今ひそかに心に誓う。軍旗を動かさず酒旗を動かそう）」。更に、ここと同じ對のパターンを使用した例としては、明代のものではあるが、『雍熙樂府』巻六に収める【粉蝶兒】套「慶七夕」【耍孩兒】に「萬方朝貢大明朝、慶吾皇穩勝盤石。兵器改爲農器用、不動征旗掛酒旗（いたるところより大明朝に朝貢し、わがみかど盤石にもまさりて安らかならんことをことほぐ。兵器は農具に改められ、軍旗は動かず酒旗を掛ける）」がある。○役將校……このままでは意味を取りにくい。趙本は「爲將帥」とするが、他のテキストはいずれも「改將帥」であり、「役」の部分については明代のテキストにおいても確定していない。あるいは「易」を同音ゆえに誤ったか。假にその方向で譯す。○帳前旗捲虎潛竿……時期的にはやや遅れるが、徐賁の「許將軍墓」詩に「旗捲虎牙空落木、劍埋龍氣只寒雲（虎牙の旗は捲かれて葉を落とした木が空しく殘り、龍氣持つ劍は埋められて寒々とした雲があるばかり）」と似た表現があり、一つの定型であったのではないかと思われる。○民安國泰……國も民も安らか。やはり太平を形容する決まり文句。早い例としては、范成大『吳船錄』上に引く宋の仁宗が峨眉山に納めた願文に「國泰民安、風雨順時、干戈永息、人民安樂（國も民も安らかに、風雨は順調に、戰

もとこしえに止み、人民も安樂に)」とある。「七里灘」(元刊本)第三折【煞(四煞)】「百姓毎家家慶。慶道是民安國泰、法正官淸（民は皆喜び、喜んで申すには民も國も安らかに、法は正しく官は淸廉)」など。○將老兵驕……將は年老い兵は統制が效かない。類型表現は、白居易「行營狀」に「兵驕將富、莫肯爲用（兵は統制が效かず將は金持ちになってしまって、役に立つ氣がありませぬ)」など種々あるが、この形は白話文學に特有のものである。「趙氏孤兒」(元刊本)第三折【駐馬聽】「俺雖是將老兵驕、共趙盾曾爲刎頸交（我らは老いて役立たずにはなったが、趙盾とは刎頸の交わりかわした間柄)」。ここでは平和が續いたため軍隊も用なしということか、あるいは逆方向のニュアンスを持つ「却」が用いられている點から考えて、軍の押さえが效かなくなっているということか。假に後者の方向で譯す。なお明代のテキストは、大半が「往常間人強馬壯、到如今將老兵驕（昔は人馬とも強かったが、今では…)」と意味を取りやすくなっている。

〔譯〕殘りしは孫と劉と曹操、一國を等しく分けて三朝とし、ようやく河は澄み四海は靜まり、雨や風も順調、兵器は農具に變えられ、軍旗に出番なく酒旗たなびき、軍はいくさをやめ、馬は肥え、殺氣は退き軍陣の上の煙も失せ、將校は官僚になり(?)、金の鎧を脫いで、薄絹の上着をまとい、陣前なる軍旗は卷かれて飾りの虎は竿の中に潛み、劍は腰に差されて龍は鞘へ歸ることとはなりました。靜かなまつりごとのもと國も民も安らかとなりましたものを、はや將は老いて兵の押さえは效かぬことになろうとは。

[駕云]《云》喒合與他這漢上九州。想當日曹操本來取□□(咱東)吳、生被那弟兄每當住。[駕末云住]

【油葫蘆】他兄弟每雖多軍將少。赤緊的把夏陽城先困了。肯分的周瑜和將(蔣)幹是布衣交。股肱臣諸亮施韜畧。苦肉計黃蓋添粮草。那軍多半胸(向)火內燒。三停來水上漂。若不是天交有道伐無道。這其間吳國亦屬曹。

〔校〕○［駕云］……徐本はこの後に「正末云」を補う。次が正末の白であることは確かであろう。なお、以下正末の白に「云」を補う場合には、一々校記は付けない。○□□……原本は墨丁。鄭・徐本は「咱東」、寧本は「俺東」とする。○將幹……各本とも趙本に從って蔣幹に改める。○夏陽城……徐本は趙本に從って「夏侯敦」に改め、寧本は「陽夏城」とする。○諸亮……徐本は趙本に從って「諸葛」に改める。○胊……寧本は趙本に從って「向」とし、鄭・徐本は「晌」とする。なお他の明本にはこの句自體ない。

〔注〕○漢上九州……漢水のほとりにある九つの州。『元史』巻一百七十三「崔彧傳」「鄂州一道、舊有按察司……臣觀、鄂州等九郡、境土亦廣、宜復置廉訪司（鄂州にはもともと按察司が置かれておりましたが…私の考えでは、鄂州などの九郡は、領域も廣いことですので、また廉訪司を置くのがよいと思われます）」など、この地域の九郡を總稱する例があり、また「漢上」については、「西蜀夢」第三折【哨遍】に「軍臨漢上馬嘶風（軍が漢水のほとりに臨めば馬は風にいななく）」とあるように、やはり當時よく用いられていたようである。「西蜀夢譯注」參照。○夏陽城……未詳。夏陽は陝西の地名であり、さすがに合わない。徐本が從っている明代諸本の「夏侯敦(惇)」は、おそらく意味が取れないことから變更した結果であろう。寧本は夏口・漢陽の總稱として「陽夏」を用いるとして改める。確かに王惲「故江漢大都督河間路總管兼府尹史公祭文」など、元代の文獻にその例は認められる。あるいは「夏陽」でも同樣の意味になるのかもしれない。○諸亮……諸葛亮のこと。徐本は「諸葛」に改めるが、「西蜀夢譯注」第二折【隔尾】の注で述べたようにこの略し方の例は多く、改める必要はない。○多半胊火內燒……「半晌」であればあまり長くない時間をさす。「多半晌」で長い間とも取れないことはないが、おそらく趙本のように「向」とするのが妥當であろう。○三

停來……三割ほど。「停」は三分の一・十分の一のいずれかと用いられるが、ここでは後者であろう。『董西廂』巻一【墻頭花】「三停來是閨怨相思、折半來是尤雲殢雨（三割ほどはねやのうちにて想うこと、半ばほどは男女の濡れ場）」。○有道伐無道……『春秋繁露』巻七「秦無道而漢伐之、有道伐無道（秦が無道なので漢はそれを伐った。有道が無道を伐ったのである）」が古い例。「趙氏孤兒」（元刊本）第三折【駐馬聽】「聖人言有道伐無道（聖人さまも有道が無道を伐つと言っておられる）」。

〔譯〕［駕がいう］［正末がいう］我らは彼に漢水沿いの九郡を與えるべきです。思えばそのかみ、曹操は我が東呉を取ろうとし、あの義兄弟たちにむざむざと邪魔だてされたのでした。［駕と末がいう］

彼らは兄弟は多けれど将少なく、夏口と漢陽がまこと苦しめられることとなりましたが、折よく周瑜は蔣幹と貧賤の交わり、股肱の臣諸葛亮兵略施し、苦肉の計にて黄蓋は食糧馬草を送るといつわって、かの軍半ばあまりは火に焼かれ、三割ばかりは水に漂うこととはなりました。もし天が有道の者に無道を討たせることなかりしかば、今頃は呉の國もかの曹操のものであったはず。

【天下樂】銅雀春深鎖二喬。這三朝。恰定交。不爭咱一月(日)錯番爲一世錯。你待使覇道。起戰計(討)。欺負關雲長年紀老。

〔校〕○月……各本とも趙本に従い「日」に改める。○戰計……各本とも趙本に従い「戰討」に改める。

〔注〕○銅雀春深鎖二喬……杜牧「赤壁」詩「東風不與周郎便、銅雀春深鎖二喬（東風が周瑜に好都合に吹かなかったら、春深き頃銅雀に二喬は閉じこめられることになったであろう）」に基づく。○定交……「倩女離魂」（古名家本）第

一折【後庭花】に「俺氲氲喟然聲不定交（私は心も結ぼれてはっとため息やむこともなく）」とある點からすると、止まることかとも思われるが、「風雲會」（古名家本）第二折【哭皇天】に「把好夢來驚覺。聽軍中不定交（よきゆめからはっと醒めれば、聞こえるのは軍中の不穩なさま）」というのは安定しない樣子であろう。おそらく基本的な意味は安定しないことで、轉じて落ち着かずやむことがないことをも示すのであろう。〇一月錯番爲一世錯……徐校が引くように、「西遊記雜劇」第九齣【么】に「愁隨着江水夜滔滔。一日錯番爲一世錯（愁いは江の水にしたがって增していく。一日の過ちが一生の過ちとなる）」とあり、また「薛包認母」（脈望館抄本）第二折【紫花兒序】に「量度一日錯番騰一世錯（思えば一日の過ちが一生の過ちとなってしまった）」とある點からして、「月」は「日」の誤りであろう。

〔譯〕「銅雀臺の春は深く二喬を鎖す」となっていたはず。この三國、今しも落ち着いたところを、いかんせん、「一日の過ちが取り返しのつかぬ事になる」と申すもの、おぬしは霸道にものいわせ、戰端を開こうとて、關雲長は年寄りじゃとあなどっておる。

〔等二云了〕

【那吒令】收西川白帝城、把周瑜送了。漢江邊張習(翼)單(德)、把尸靈當着。船頭上把魯大夫、險幾平(乎)間諕倒。將西蜀地面爭、關將軍聽的又鬧。敢亂下風雹。

〔校〕〇等二云了……徐本は「等外末二云了」に改める。趙本ではここに魯肅のセリフがあることによる。〇張習單……各本とも趙本に從って「張翼德」に改める。〇當……徐・寧本は「擋」に改める。〇平……各本とも趙本に從って「乎」に改める。

〔注〕○等云了……「等」が付くのはすべて正末以外のセリノであるから、これは當然魯肅のセリフということになろう。ただし、ト書きで主語を略する例は非常に多く、ここでも徐本のようにわざわざ補うには及ばないであろう。
○漢江邊張習單把尸靈當着……『平話』巻下に「當夜將周瑜屍首、有日過江、軍師攔住（その夜周瑜の死體を運び、晝になると江を渡ろうとした（?）ところ、軍師（諸葛亮）が道をふさいだ）」とあり、張飛のことは述べられていないが、「習單」の字形が「翼德」の略字に似ていることから考えて、「張翼德」の誤りと見るのが妥當であろう。○亂下風雹……激怒して當たり散らすこと。「趙氏孤兒」（元刊本）第三折【水仙子】「一任你亂下風雹（いくらでも怒り責めるがいい）」。

〔譯〕［（外が）いう］

　諸葛亮は西川白帝城を手に入れんとして、周瑜をあの世に送り、漢水のほとりにて張翼德が、遺體の行く手をさえぎったもの。船の上なる魯大夫どのは、すんでのところで氣絶しかねぬ有様でしたな。西蜀の地を爭うとなれば、關將軍が聞けばまた一騒ぎ、怒りを爆發させることとなりましょう。

［外云住］《［正末云］》你道關將軍會甚的。

【鵲踏枝】它誅文丑騁鹿（麄）操（躁）。刺顏良顯英豪。向百萬軍中、將首級輕梟。那赤壁時相看的是好。《云》今日不比往常。他每怕不口和咱好說話。《唱》他每都喜孜〻（孜）的咲裏藏刀。

〔校〕○鹿操……鄭・徐本は趙本に従って「粗躁」、寧本は「粗慄」に改める。おそらく「麄（粗の異體字）」の上部が消えているのであろう。○喜孜〻……寧本は趙本に従って「喜孜孜」とする。

〔注〕○文丑・顔良……ともに關羽に殺された袁紹の部將。「西蜀夢譯注」第一・四折參照。○騁……思い切り行う、發揮する。『董西廂』卷一【吳音子】「騁無賴。傍人勸他又誰倸保」（無賴の限りをつくし、人がなだめようと相手にせぬ）」。○笑裏藏刀……元來は陰険な性格を表現する成語。『舊唐書』卷八十二「李義府傳」に「故時人言義府笑中有刀（それで當時の人は、義府は笑いの中に刀を持っているといった）」に基づくものと思われ、白居易「不如來飲酒」詩には「且滅嗔中火、休磨笑裏刀（とりあえず怒りの火を消し、笑いのうちなる刀を磨くことなかれ）」と見える。

〔譯〕［外いう］［正末いう］「關將軍に何ができるか」とおっしゃるのですか。

あの者は猛き氣性ほとばしるがままに文醜を誅し、英雄ぶり大いに示して顔良を刺し、百萬の敵兵の中にて輕々と首級を擧げました。かの赤壁の折は友好的ではありました。［いう］今は昔とは違います。彼らは我らに對して、口ではいいことをいうやもしれませぬ。［うたう］奴らはみなニコニコと笑顔の中に刀を隱しております。

【寄生草】倖然天無禍、蚤(是)咱這人自招。全不肯施仁發政行王道。你小可如多謀足智雄曹操。豈不知南陽諸葛應難料。

〔校〕○句格からすると末尾二句が缺けている。趙本では末尾に「你則待千軍萬馬惡相持、全不想生靈百萬遭殘暴（あなたは千萬の軍馬で激しく戰おうとするばかり、百萬の民が虐殺に遭うことなど全く思いもせぬ）」の二句があり、各本ともこの二句を補う。○蚤……原本の字形は不鮮明だが、「蚤」（通常「早」の代用）のように見える。ただし意味から考えて、各本が趙本に從って改めるように「是」とすべきであろう。「是」の異體字と「蚤」は字形が非常に類似している。同樣の例が多いため、以下一々注記することはしない。

〔注〕○倖然……もともと。「幸」「倖」には「もともと」という意味がある。劉克莊「病後訪梅九絶」詩「幸然不識桃幷柳、却被梅花累十年（劉禹錫や李泌とはちがって）もともと桃も柳も知らなかったのに、それでも梅の花のおかげで十年間ひどい目にあった）」。○施仁發政……仁政をしくこと。『孟子』「梁惠王上」に「今王發政施仁（王が仁政を施されれば）」、「梁惠王下」に「文王發政施仁（文王さまが仁政を施されるにあたっては）」とあるのに基づく。「風雲會」（古名家本）第三折【二煞】「恤軍馬施仁發政、廣錢糧定賞行罰、保城池討逆招降（軍を大事にして仁政を施し、財と食糧を増やして信賞必罰、町を守って反逆者を討ち降伏を呼びかける）」。

〔譯〕そもそも天の災いをもたらすにはあらず、人自ら災いを招くもの。仁政をしき、王道を行なう氣などからきしおありでない。おぬし如きは知謀深き曹操と比ぶべくもなきものを、南陽の諸葛亮の手強さ知らぬはずもあるまいに。

【金盞兒】上陣處三綹灵(美)須飄。將九尺虎軀搖。五百个爪關西簇捧定个活神道。敵軍見了△諕得七魄散五魂消。你毎多波(披)取幾副甲、剩穿取幾層袍。您的呵敢蕩番(翻)那千里馬、迎住那三停刀。

〔校〕○灵須……原本は不鮮明。鄭・寧本は「美鬚」、徐本は「美須」とする。趙本は「美髯」。○將九尺……鄭本は「將七尺」とするが、覆本に由來する誤り。ただし趙本に見える何煌校も「將七尺」とする。○爪關西……寧本は「懆關西」とする。○波……各本とも趙本に従い「披」に改める。○番……各本とも「翻」に改める。ただし當時「翻」を「番」と表記するのはごく普通のことであった。

〔注〕○三綹灵(美)須・九尺虎軀……「西蜀夢」（元刊本）第三折【紅繡鞋】「九尺軀陰雲里惹大。三縷髯把玉帶垂過（九尺の體は黑い雲の中にあってまことに大きく、三筋の髯は玉帶の下まで垂れる）」と酷似する定型表現。○簇捧……中

心になる人物を守るように大勢がひしめく。『董西廂』巻一【青山口】「衆髭鬢簇捧着箇老婆娘」（大勢の侍女が一人の婆さんを守ってひしめく）」。○爪關西……關西の荒くれ者。「西蜀夢譯注」第三折【迎仙客】の注を參照。○七魄散五魂消……たまげること。「七魄」「五魂」のようないい方は、『抱朴子』「地眞」に「形分則自見其身中三魂七魄（〈金と水の〉形が分離されれば、體の中の三魂七魄が見えてくる）」など古くから見えるが、文言では原則として「三魂」であって、「五魂」の例はほとんどない。元曲では、やはり關漢卿の【一枝花】套「不伏老」の【尾】に「三魂歸地府、七魄喪冥幽（三魂はあの世に行き、七魄は冥土に失せる）」など用例は多く、また「五魂」もかなり用いられている。「魂」が「消」するというのは、江淹の「別賦」以來別れの定型表現として固定し、詞では男女離別の悲しみを表現するものとして定着していたが、元曲では異なった使い方がなされる。「任風子」（脈望館抄本）第四折【川撥掉】「唬的我來五魂消（びっくり仰天魂も吹っ飛ぶ）」など。○蕩……ぶつかること。「薛仁貴」（元刊本）第三折【鮑老兒】「他待要南征北討、西除東蕩、廝殺相持（南を攻め北を討ち、西の敵を除き東の敵にぶつかり、合戰しようとする）」。○三停刀……大長刀のことのようである。「義勇辭金」（雜劇十段錦本）第二折【新水令】「料顏良不是萬夫勇、迎着我三停刀（思えば顏良如き眞の勇者ではない、わしの三停刀を受ければ）」。『漢語大詞典』は刃が三分の一を占めるからだというが、當否は不明。

〔譯〕いくさとなれば三筋のひげを風になびかせ、九尺の虎の如き體を搖り動かして、關西の荒くれ男五百人が生き神樣を守ってひしめく。敵軍は一目見たばかりにて肝を冷やして魂も消し飛ぼう。おぬしらが何領餘分に鎧を着け、何枚餘分に直垂を着ようと、ああ、あの千里の馬にぶつかってひっくり返し、あの偃月刀を迎え撃つことができようか。

【醉扶歸】你當初口快將它保。做的个膽大把身包。您待暗く（暗）的埋伏緊く（緊）的邀。你若蚤（是）請得它來到。若見了那男(勇)列(烈)威風相皃(貌)。那其間自不敢把荊州要。〈【金盞兒】你道三條計決難逃。若是一句話不相饒。那其間自不敢把荊州要〉

〔校〕○抄本にはこの曲がなく、かわりに魯肅の臺詞で三條計の内容（關羽を宴席に招待し、歸れないように船を隱し、彼を人質にとって荊州返還を承知させる）が述べられる。○男列……各本「勇烈」に改める。○【金盞兒】以下……各本衍字として削除。

〔注〕○口快……口が回ること、いい方がきっぱりしていること、輕々しくものをいうことのいずれにも用いられる。ここでは輕々しく約束したということであろう。『小孫屠』第八出【同前(朱哥兒)】「今日裏。成親愛喜。休口快胡言語（今日は緣組みするのだから、輕々しく馬鹿なことはいいなさるな）」、また「後庭花」（古名家本）第一折【金盞兒】には「你口快便施恩。則除是膽大自包身（お前は輕々しく恩を掛けてやれなどというが、とんでもなく肝が太くなければ無理だ）」と、ここと非常に似たいい回しが見えることは注意される。○倣的个……「倣得箇」とも表記する。～というざまになる。「調風月」（元刊本）第三折【調笑令】「這廝短命。沒前程。倣得个輕人還自輕（このろくでなしが、人を輕んじるのは自分を輕んじることになるなんてはめになっちまった）」。○膽大把身包……肝が體を包むほど大きい。肝が太いことを誇張していったもの。本曲「口快」の注參照。『水滸傳』（容與堂本）第六十九回「你這廝膽包身體、怎敢獨自個來倣細作（こやつ全くいい度胸じゃ。單身乘り込んでスパイを働くとは）」。また、趙雲の形容として使われる例がある（本劇第二折【滾繡毬】參照）。

〔譯〕おぬしはむかし安請け合いしたばっかりに、大膽なことをするはめとはなってしもうた。おぬしらは密かに伏兵布いてどうでも招こうとなさるが、もし招くことかなって奴が來たなら、あの勇猛にして威風堂々たる姿を見てしまえば、そのときは荊州を欲しいなどと言い出す度胸はあるまいぞ。

【金盞兒】你道三條計決難逃。若是一句話不相遶(饒)。那其間使不着武官鹿(麄)鹵文官校(狡)。那漢酒中火性顯英豪。圪塔的腰間揝住寶帶、項上按着剛刀。雖然你岸邊頭藏了戰船、却索與他水面上搭起浮橋。

〔校〕○遶……各本とも趙本に從って「饒」に改める。○鹿鹵……鄭本は「麤鹵」、徐本は「粗魯」、寧本は「粗鹵」に改める。趙本は「粗慥」。○校……各本とも趙本に從って「狡」に改める。○剛刀……徐・寧本は趙本に從って「鋼刀」に改める。

〔注〕○三條計……三つの計略。趙本によれば、1．關羽を宴席に招待して、荊州返還を求める。2．關羽を歸れなくして、荊州返還を同意させる。3．酒席に伏兵を配置し關羽を捕えて荊州返還を承知させる、というものである。このことは『平話』・『演義』にも見えない。なお、「三條計」は元雜劇では他に「千里獨行」「澠池會」にも見え、類型化したプロットだったものと思われる。○剛刀……趙本は「鋼刀」。通常なら「鋼刀」とすべきところではあるが、元刊本では「剛刀」が普通であり、改める必要はない。「西蜀夢譯注」第三折【二煞】の注參照。

〔譯〕おぬしは三つの計略より逃れることはけっしてならぬと言うが、もしも一言なりとも氣に觸れば、そのときには武官の荒々しさも文官のずるさも役には立たぬ。あの男、酔えば激しい氣性にて英雄ぶりをあらわにし、グワッと腰の寶帶をつかむや首根っこに刀を押し當てよう。おぬしが岸邊に軍船を隠してしまおうと、かえって彼のために浮き橋を架けねばならぬこととなろうぞ。

【後庭花】您子道關公く(?)見小。您須知曹公心亮(量)高。一个主意爭天下、一个封金謁故交。上的覇時(陵)橋。曹操便不合神道。把軍兵先暗了。

〔校〕○趙本にはこの曲なし。○關公く……鄭本「關公公」、徐・寧本「關公心」。○亮……各本とも「量」に改める。○覇時橋……鄭・徐本は「覇陵橋」、寧本は「灞陵橋」に改める。○暗……寧本は「掩」に改める。

〔注〕○關公く……「公公」という宦官などに用いる呼稱は明らかに不適當であろう。徐・寧本のように「公心」とすれば意味は通るが、對となる次句と重複する。他に「識見」「所見」などが候補として考えられるが、正確な所は不明。○曹公……曹操。蘇軾【滿江紅】詞「寄鄂州朱使君」に「曹公黃祖俱飄忽（曹操も黃祖もあっという間に消え失せ）」というなど、宋代では「曹公」というのが普通だったらしく、『平話』でも巻中「曹公贈雲長袍」を初めとして、「曹公」が多く用いられている。元刊本では「西蜀夢」「博望燒屯」とも「曹操」「曹孟德」とし、このように「曹公」とするのは例外的。明本では「曹操」「曹公」ともに見られるが、前者の方が一般的なようである。○心亮……各本のように「心量」とすべきであろう。元來精神作用を意味する佛語であり、白話では『朱子語類』巻五十五に「蓋他心量不及聖人之大（おそらく彼〔孟子〕の器量は聖人ほど大きくなかった）」とあるように器量・度量の意味で用いられるが、元曲では「黃鶴樓」（內府本）第四折【梁州】に「使心量有奸細。船到江心數十里。則怕他背後跟追（「心量」にものいわせて惡知惠めぐらせ、船が長江の眞ん中數十里まで來た時に、後ろから追いかけてくるのではあるまいか）」とあるように、惡知惠という意味で用いることもあるようである。ここでもその方向で考えるべきかもしれない。○封金……曹操から與えられた金を封印したこと。「千里獨行」（脈望館抄本）第二折の關末の白（詩）に「我因此上棄印封金謁故交（それゆえに印綬を捨て、金に封をして昔なじみに會いに行く）」と同じ表現が見える。『演義』巻六に「關雲

長封金掛印」あり。○不合神道……お天道さまに背く行い。『董西廂』巻七【一枝花纏】「這畜生腸肚惡。全不合神道（この畜生めは根性悪く、まこと天道にかなわぬ奴）」、「魔合羅」（元刊本）第二折【村里迓古】「這廝好損人安己、不合神道（こいつは人を損ない自分を利する、お天道様にもとる奴だ）」。○覇陵橋……長安にあった橋の名で、物語の舞臺が許昌であることに合わないが、『平話』巻中でも覇陵橋が舞臺となっており、許昌と長安が混同されていたようである。○暗了……ひそませたことに違いないが、よくわからない。寧本のように「掩了」に改めれば意味は通じるが、根據に缺ける。

〔譯〕おぬしらは關公の見識が狭い（?）と申すが、曹公の惡知恵に長けたるは承知のはず。一人は天下取りをめざし、一人は金を封じて義兄弟の元に赴かんとして、覇陵橋にさしかかれば、曹操は不届きにも、先に兵を伏せておった。

【賺煞尾】死（送）路酒年（手）中敬（擎）、送行禮月（盤）中托。沒亂殺姪兒共嫂く（嫂）。曹孟得（德）心多能做小。奇（倚）着漢雲長善與人交。萬（高）聲叫。得（險?）與（諕?）殺許褚張遼。那神道須追風騎、輕輪動偃月刀。《帶云》曹操埋伏將役（校）。隱匿軍兵。《唱》準備下千般奸狡。《帶云》施家（窮）智力。廢（費）盡機謀。《唱》臨了也則落的一場談笑。到（倒）倚（賠）了一領西川十様錦征袍。

《外末》云了

〔校〕○死路……各本とも趙本に從って「送路」に改める。○年……各本とも趙本に從い「手」に改める。○敬……各本とも趙本に從い「擎」に改める。○月……各本とも趙本に從い「盤」に改める。○曹孟得……各本とも趙本に從い「曹孟德」に改める。○奇……鄭・徐本は「倚」、寧本は「欺」に改める。他本はこの語なし。○萬聲叫……各本とも

「高聲叫」に改める。他本はこの句なし。〇得與……鄭・寧本は趙本に従って「險謊」に改める。徐本は一文字が誤って二字に書かれたと見て「驚」に改める。〇那神道須……徐本は「那神道須勒着」、寧本は「那神道順着」とする。趙本は「他勒着」。〇將役……徐・寧本は「將校」とし、趙本に書き込まれた何煌の校は、「役疑校（「役」は「校」の誤りではあるまいか）」と記す。趙本はこの句なし。〇施家……各本とも「施窮」に改める。趙本はこの句・次句ともになし。〇廢……各本とも「費」に改める。〇到倚……徐本は「倒賠」、寧本は「倒倍（「倍」は「賠」に同じと注記）」に改める。〇徐本は「征袍」の後に「下」を補い、最後の「云了」を外末のものとする。

〔注〕〇无路酒……「送路酒」の誤りであろう。『平話』巻中「先于覇陵橋埋伏軍兵。曹操、許褚、張遼都至覇陵橋上等候。〔曹公贈袍〕不移時、關公至。丞相執盞。關公曰、丞相不罪、關羽不飲。亦不下馬。又將錦袍令許褚奉獻、又不下馬。關公用刀尖挑袍而去（まず覇陵橋に伏兵を置いて、曹操、許褚、張遼はみな覇陵橋のほとりで待ち受けました。〔曹公袍を贈る〕間もなく關公がまいりました。丞相〔曹操〕が杯を手にしますと、關公が申します。「丞相様ご無禮ながら、關羽は飲みませぬ」。やはり馬を下りません。今度は錦の袍を許褚に差し出させますが、それでも馬を下りません。關公は大刀のさきに袍を引っかけて行きました）」。「千里獨行」劇の展開もほぼ同じ。『演義』もほぼ近いが、ただし餞別の酒ではなく旅費を與えることになっており、伏兵を置いて罠を仕掛ける設定はない。周憲王の「義勇辭金」劇では、曹操は直接見送りに行かない。〇沒亂殺……心亂れるさま。「悶亂殺」とも表記する。『董西廂』巻一**【賞花時】**「引調得張生沒亂煞（張生の心は引くだけ引かれて大混亂）」。〇姪兒共嫂嫂……「姪兒」とは阿斗、つまり劉禪のことであろう。この時期に劉禪がかなり成長しているということは、『演義』とはかなり設定が異なることになる。「義勇辭金」劇でも「姪兒」と「嫂嫂」を引き連れるが、曹操は直接見送らない。「千里獨行」劇では「甘、糜二夫人」だけを引き連れる。〇做小……下手に出る。「追韓信」（元刊本）第一折**【後庭花】**「赤緊在它心投（雙股）下、子索伏低且

做小（全く奴の股の下で、とりあえず小さくなるしかない）」。〇善與人交……『論語』「公冶長」「子曰、晏平仲善與人交、久而敬之（先生がおっしゃるには、「晏平仲は人とのつきあい方がうまい。長く付き合って初めて相手を重んじる」）」に基づく。〇那神道須追風騎……何か脱字があるものと思われるが不明。假に趙本を參考にして譯す。「追風」は駿馬の名。「三奪槊譯注」第四折【滾繡毬】參照。〇則落的一場談笑……直譯すると、「結局とんでもない談笑というはめになった」となる。和やかに談笑して送り出すことになったということか、あるいは他人のお笑いぐさになったということか。假に前者で譯す。〇云了……おそらく外末（魯肅）が司馬徽を訪ねる旨いうのであろう。もとより折の區分は明代に設けられたもので、嚴密に分け目を決める必要はない。

〔譯〕曹操が餞別の酒をば手に取り、餞別の贈り物をばお盆にのせて捧げ持てば、甥御や兄嫁は大慌て。曹孟德は謀多きゆえへりくだった態度を取ることのできる男、漢の雲長が人づきあいを重んじることをあてにしておったが、大音聲あげて許褚・張遼の心膽寒からしめ、かの神は駿馬の手綱を取り（?）、偃月刀を輕やかに舞わせた。（いれぜりふ）曹操は將兵を潛ませて、（うたう）あまたの奸計を仕組んでおったが、（いれぜりふ）知力をしぼり、謀略の限りを盡くし、（うたう）あげくの果てに大層な談笑をして、自分が蜀の錦の征袍を損するはめとはなったのじゃ。（外末いう）。

《第二折》

［正末重扮正引道童上坐定云］　貧道是司馬得（德）操的便是了。自襄陽會罷、與劉皇叔相見、本人有高皇之氣、將門生里（寇）封與皇叔爲一子、擧南陽臥龍爲半師、分了西川。向山間林下、自看了十年龍爭虎鬪。貧道絕名利、無□辱。到一（大）快活。

〔校〕○重扮正……徐・寧本は「重扮先生」に改める。鄭本は校で「正」は衍字ではないかと指摘する。○得操……各本とも「德操」に改める。○里封……徐・寧本は「寇封」に改める。鄭本は校で「劉封」か「寇封」であろうとする。○一子・半師……鄭本は校で「義子」「軍師」の誤りではないかと指摘した上で、「一子」と「半師」が對になり、意味が通らないこともないので改めないとする。徐本は「半師」のみ「軍師」に改め、寧本は「義子」「軍師」とする。○無□辱……鄭・寧本は「無寵辱」、徐本は「無罣辱」とする。○到一……鄭・寧本は「倒大」、徐本「倒亦」に改める。

〔注〕○重扮正……徐・寧本が「先生」にするのは、「正」と「生」の字形が比較的近いため。可能性はあるが、鄭本が言うように單なる衍字かもしれない。「先生」は道士のこと。○司馬德操……第二折の正末。司馬徽、字は德操のこと。『三國志』卷三十七「龐統傳」に龐統の友人として見えるほか、同書卷三十五「諸葛亮傳」裴注所引の『襄陽記』に、劉備に對して「伏龍・鳳雛」、つまり諸葛亮と龐統を推薦した人物として見える。『演義』はこれに基づくものと思われる。『平話』には見えない。○襄陽會……劉表のもとに身を寄せていた劉備を、蔡瑁らが宴會に招いておいて殺そうとした事件。高文秀「劉玄德獨赴襄陽會」雜劇があるほか、『平話』・『演義』にも見える。雜劇と『演義』では、脱出した劉備が司馬德操とめぐりあうことになっている。○里封……寇封に改めるべきであろう。「襄陽會」(內府本)楔子では、劉備は司馬德操と別れてから龐德公に會い、そこで寇峯(封)を紹介されて養子にすることになっている。微妙に異なるが、ほぼ同じ物語が背景にあることが分かる。なお、『演義』では劉封が養子になる經緯は全く異なる。○龍爭虎鬪……龍虎の鬪い。「追韓信」(元刊本)第四折【端正好】「也不似這一場虎鬪龍爭(この龍虎の戰いには及ぶまい)」など用例多數。

〔譯〕［正末、道士（?）に扮装を變え、道童をつれて登場。すわっていう］私は司馬德操でございます。襄陽會が終わってから劉備殿にお會いしたところ、漢の高祖のような氣概がございましたので、門弟の寇封を義理の息子にさしあげ、南陽の臥龍（諸葛亮）を軍師に推擧いたし、西川をぶんどりました。山間の林の中に住み、十年このかた龍虎相爭う様を見て參りました。私、名利とは緣を切り、榮辱ともに無緣で、何とも心地よいものです。

《正宮》【端正好】我本是个釣魚人、却做了扶利（犁）叟。嘆英布彭越韓侯。險（歛）我這一身外兩隻拿云（雲）手。再不出麻袍袖。

〔校〕○釣魚人……寧本は趙本に從って「釣鰲人」に改める。○利……各本とも趙本に從って「犁」に改める。○險……鄭・徐本は「歛」に改める。趙本は言い回しが異なる。○云……各本とも趙本に從って「雲」に改める。

〔注〕○釣魚人……太公望呂尙のこと。「西蜀夢」（元刊本）第二折【牧羊關】「板築的商傅說、釣魚兒姜呂望（人夫をしていた商の傅說、魚を釣っていた姜呂望）」など。○扶犁叟……すきを支える老人。農夫のこと。李白「對雨」詩「盡日扶犁叟、往來江樹前（一日中すきを支える老人が、川のほとりの木の前を行き來している）」。○拿雲手……雲をつかむ手、つまり大志と大才を抱く者の手のこと。李賀「致酒行」詩「少年心事當拏雲、誰念幽寒坐嗚呃（若者は雲をつかむを志すべきもの、貧乏くさく座り込んでめそめそしたりはするものか）」、宋の劉弇「送友人赴省」詩「捉月拿雲手定伸（月をとらえ雲をつかむ手をしっかと伸ばし）」などがあり、元曲でも「竹葉舟」（元刊本）第二折【收江南】「拿雲且袖手。管取一場蝴蝶夢莊周（雲をつかむ手はとりあえず袖にしまい、必ずや莊周の胡蝶の夢を見られよう）」など例が多い。○麻袍袖……麻の上着の袖。道士・仙人の服。「鐵拐李」（元刊本）第四折【上小樓】「我如今、穿草鞋。

麻袍寛快（今では、わらじを履いて、麻の上着もゆったりと）」。

〔譯〕私はもとは太公望同様に釣り絲を垂れる身でしたが、なんと犁を支えるじじいとはなりました。英布・彭越・韓信の末路を歎じつつ、わが身の雲つかむ兩手引っ込め、麻の服の袖から二度と出しはしますまい。

【滾繡毬】我如今聚村叟。會詩友。嘆的蚤(是)活魚新酒。問甚瓦盆砂餅磁甌。推臺不換盞、高哥(歌)自打手。任從他陰く(晴)昏晝。我直吃的醉時眠衲被蒙頭。也(睡)徹窗外三竿日、爲的傲殺人間萬戸侯。到大優由。

〔校〕○推臺……寧本は「椎臺」に改めて「搥臺」に同じとする。○哥……各本とも趙本に基づき「歌」に改める。○陰く……各本とも趙本に基づき「陰晴」に改める。○也徹……各本とも趙本に基づき「睡徹」に改める。○到大優由……鄭・徐本は「倒大優游」、寧本は「倒大優悠」に改める。趙本は「自在優游」。

〔注〕○活魚新酒……生きのいい魚とできたての酒。「七里灘」（元刊本）第二折【禿斯兒】「您那有榮辱襴袍靴笏。不如俺無拘束新酒活魚（おぬしらの朝服と靴に笏身につける榮辱の世界など、わしらのできたての酒に生きのいい魚ある自由な暮らしには及ばぬ）」。ことほぼ同じいい回しであることが注意される。○臺……臺盞（臺付きのさかずき）であろう。程大昌『演繁露』巻十五「托子」に「古者彝有舟、爵有坫。卽今俗稱臺琖之類也。然臺琖亦始於盞托（昔の彝には舟、爵には坫があった。これは今世間で「臺盞」と呼ぶものの類である。しかし臺盞も盞托に始まるのである）」として、杯の下に置く臺の由來について述べている。從って、「臺を叩く」の意味に取る寧本は不適當であろう。○陰く昏晝……「遇上皇」（元刊本）第一折【醉中天】の帯白に「人有晝夜陰晴、人有旦夕禍福（天には晝夜と曇り晴れあり、人には朝夕禍福あり）」という例から見ても、趙本に從って「陰晴」とするのが妥當であろう。○衲被蒙頭……蘇

轍「上元雪」詩「衲被蒙頭眞老病、紗籠照佛本無心（頭からボロ布團をひっかぶって本當に老病の身、燈籠が佛様を照らしていようと見る氣にならぬ）」に基づこう。〇也徹……このままでは意味を取れない。徐本の校が述べるように、「村樂堂」（內府本）第一折【混江龍】に「我則索睡徹三竿紅日曉（わしは紅い日が高く昇る朝まで寝通そう）」とほぼ同じ表現があることから見て、趙本に從って「睡徹」とするのが妥當であろう。〇三竿日……朝、かなり日が高くなった狀態。『南齊書』巻十二「天文志上」に「日出高三竿」と見え、劉禹錫「竹枝詞」九首之四に「日出三竿春霧消、江頭蜀客駐蘭橈（日は高く上がり春の霧は消え、江のほとりに蜀の旅人は船を泊める）」、蘇軾「溪陰堂」詩「酒醒門外三竿日、臥看溪南十畝陰（酒が醒めれば外に日はもう高く、横になったまま谷川の南の十畝の木蔭を見る）」など用例多數。〇傲殺人間萬戶侯……蘇軾の「單同年求德興俞氏聚遠樓詩」三首之二に「直將眼力爲疆界、何啻人間萬戶侯（目の屆く限りを領域とすれば、人の世の萬戶侯どころではない）」というのに基づくか。白仁甫の【沈醉東風】「漁夫」にも「傲殺人間萬戶侯。不識字烟波釣叟（人の世の大名など屁とも思わぬのは、けぶる波のほとりに釣りする文字も讀めぬ老人）」と同じ言い回しが見える。

〔譯〕わたしはいまでは田舍じじいを集め、詩の仲間と會合を開いて、食らうのは生きのいい魚と新しい酒。酒の器が安物であろうと構ったことか、ひたすら酒を勸めて杯は換えず、高らかに歌をうたって自ら手を叩く。晴れか曇りか夜か晝か、そんなことにはお構いなしに、飲み續けて醉っ拂えば横になりぼろ布團を頭からかぶる。窗の外に日が高くなるまで眠れば、この世の萬戶侯にもまさる。なんとまあ氣ままなものよ。

【倘秀才】休(林)泉下濁生爽口。御宴上堂食惹手。留的前生喝下濁(酒)。你道這一出漢、共那壽單(亭)侯。是故友。

〔校〕○趙本はほとんど曲文が一致しない。以下見るように、この曲は意味不明の箇所が多く、そうした部分の本文が全く異なることは興味深い。○休泉……各本とも「林泉」に改める。○濁生……徐本は「酒生」、寧本は「濁腥」に改める。○惹手……「惹」の字形は明確さに缺ける。寧本は「熱手」とする。○前生……徐本は「殘生」に改める。○濁……各本とも「酒」に改める。○出漢……鄭本は「山漢」、徐本は「拙漢」、寧本は「粗漢」に改める。○壽單侯……各本とも「壽亭侯」に改める。

〔注〕○趙本ではこの曲の前で魯肅が登場する。元刊本も同じであろう。○濁生……徐本は「酒生」に改め、校で「生酒」に同じとするが、そのような事例はない。寧本は「濁腥」に改め、「堂食」と對で安物の肉のこととするが、この語をそうした意味で用いた例はなく、また「生」が「腥」に置き換わりうるかも疑問である。鄭本は不明とする。假に酒のこととして譯しておく。○堂食……高官に提供される食事のこと。『冊府元龜』卷一百八に後晉の御史臺の上奏を引いて、「唐朝定令式、南衙常袭文武百寮、毎日朝退、於廊下賜食、謂之堂食（唐朝は規則を定めて、宰相の官署に詰める文武百官には、毎日勤務が終わると、回廊で食事を賜って、「堂食」と呼びました）」とある。「東窗事犯」（元刊本）第三折【絡絲娘】「臣捨性命出氣力請麁粮將邊庭鎮守。秦檜沒功勞請俸干吃了堂食御酒（私は命がけで頑張って、粗末な食糧を頂戴して邊境の地を守っておりましたが、秦檜は手柄もないのに給料をもらい、堂食御酒をいたずらに飲み食いしておりました）」など。○惹手……『朱子語類』卷四十三「他畢竟是看得來惹手難做後不敢做（彼は結局危なくてできないと見て取ったから、よう手を出さなかったのだ）」から見て、手を出しにくいことのようである。○前生……通常は前世の意味で用いられる。ただ、ここで「前世で飲んだ酒を殘しておく」と解釋するのは難しい。徐本は「殘生」に改めるが根據に缺ける。とりあえず假に徐本の方向で譯しておく。○出漢……各本さまざまに改めるが、

決め手に缺ける。假に徐本に從って譯しておく。
〔譯〕隱居暮らしで飲む酒（？）は口に爽やか、みかどの宴のごちそうには手を出しかねまする。餘命とどめて濁り酒を飲みくらすつもりなのに（？）、あなたはこのだめ男（？）があの壽亭侯（關羽）と昔なじみだとおっしゃる。

【滾繡毬】你着我就席上央他幾甌。那漢劣性子翰(輸)了半籌。問甚麼安排來後。目前鮮血交流。你爲漢上九座州。我爲筵前一醉酒。咱兩个落不得个完全尸首。我共你伴客同病相憂。你爲兩朝你(作)保十年恨、我却甚一盞能消萬古愁。說起來魂く(魄)悠く(悠)。

〔校〕○翰……各本とも「輸」に改める。趙本は「折」。○你……各本とも「作」に改める。趙本は全く異なる。○恨……徐本は「限」に改める。○魂く……各本とも趙本に從い「魂魄」に改める。
〔注〕○劣性子……激しい氣性。『西廂記』（弘治本）卷二第二折【四】「劣性子人皆慘（激しい氣性に人はみなふるえあがる）」。○半籌……ほんのわずか。「燕青博魚」（內府本）第二折【鴈過南樓】に「往常時我習武藝學兵法。到如今半籌也不納（かって學んだ武藝に兵法、今となっては少しの役にも立たず）」。○落不得个完全尸首……「三奪槊」（元刊本）第四折【滾繡毬】に「交這斷落不的个尸首元(完)全」とほぼ同じ言い回しが見える。「三奪槊譯注」の注を參照。
○一盞能消萬古愁……直接には唐の翁綬の「詠酒」詩に「百年莫惜千回醉、一盞能消萬古愁（長くて百年の命、千回醉ってもよかろうぞ。一杯で古往今來の愁いを消せよう）」とあるのに基づくが、翁綬自體の原據は、李白の「將進酒」の「與爾同銷萬古愁（君と共に古往今來の愁いを消そう）」であろう。
〔譯〕あなたは宴席にて關羽に酒を勸めさせようとのお心じゃが、あの男は激しい氣性にて、わずかなりとも讓りはせぬ。手配りなんぞ何になる、目の前に鮮血が流れることとなりましょう。あなたは漢水のほとりなる九つの州のため、私は宴席の一杯の酒のため、我ら二人そろって身首所を異にするが落ち。私はあなたにつきあって、同病相憐れむこととなりましょう。あなたが兩國十年の遺恨の保證人となろうというのでは、私は「一盞能く萬古の愁いを消す」などとんでもない、口にしただけで魂ははるか彼方にすっ飛んでしまいますわ。

【倘秀才】你子索躬着身將他來問候。跪膝着愁く勸酒。他待吃候吃側候側那里交他受候受。他道東你隨着東去、他道西呵你順着西流。他醉時節你便走。

〔校〕○跪膝着……各本とも趙本に從って「跪着膝」に改める。○愁く……鄭本は「慇慇」、徐本は「殷殷」、寧本は「愁愁」とする。趙本は「悠悠」。○候……鄭・寧本は三字とも「後」に改める。「他待〜受候受」を趙本は「飲則飲、喫則喫、受則受」とする。

〔注〕○跪膝着……各本はいずれも「跪着膝」に改めるが、『三朝北盟會編』巻九十九「先皆去巾帶、反縛跪膝（みな頭巾と帯を外させ、後ろ手に縛って跪かせると）」のような用例が多數あり、「跪膝」で熟語化していたものと思われる以上、必ずしも改める必要はなかろう。○愁く……「愁愁」でも意味が通らないことはない（この語自體は『楚辭』「九歎」などに見える）。ただ「慇慇」の方がふさわしく、かつ字形も似ている。假に「慇慇」として譯す。○候……必ずしも條件節を示す「後」に改めずとも、「うかがう」という方向で解釋は可能であろう。

〔譯〕恭しくあの人にご機嫌をうかがい、跪いて慇懃に（？）酒を勸めねばなりませんぞ。あの人が飲むなら飲んでいただき、横になるなら横になっていただく、こちらの要求を受けていただくなんてとんでもない。あの人が東といえば東に行き、あの人が西といえば西へ行き、あの人が酔っ払ったらすぐに逃げなされ。

【滾繡毬】他終(尊)前有半點兒言、筵前帯二分酒。那漢酒性操不中調鬪。你是必桂(挂)口兒則休提着那荊州。完(圓)爭(睜)開殺人眼、輕舒開捉將手。那神道恆將臥蠶眉坡(皺)。登時敢五蘊山列(烈)火難收。若是他玉山低趄你則頻斟酒。若是他寶劍離匣你則準備着頭。枉送了八十座軍州。

〔校〕○終……鄭本は趙本に従って「尊」、徐本は「鍾」、寧本は「樽」とする。○操……鄭・徐本は趙本に従って「躁」、寧本は「懆」とする。○桂……各本とも「挂」に改める。趙本は「綻」。○完爭……各本とも趙本に従って「圓睜」に改める。圓を完に作る例は『元典章』に多く見られる。○恆……徐本は「横」、寧本は「但」に改める。○坡……各本とも趙本に従って「皺」に改める。○八十座……寧本は趙本に従って「八十一座」に改める。

〔注〕○操……通常は各本のように「躁」または「懆」と表記する。粗暴なこと。ただ、「三出小沛」(脈望館抄本)第一折【油葫蘆】に「我和他相持對壘威風操(おれは奴と勝負して、荒々しい威風を示したものだ)」というように、「操」と表記することもあるようである。○調鬪……通常は男女間で誘惑することをいうが、ここでは挑發することであろう。「博望燒屯」(元刊本)第四折【粉蝶兒】「一个(一个个?)善相持、能挑鬪、超群出衆(いずれも戦いに長け、挑戰もでき、群を抜いた者)」。○挂口……普通は、蘇軾「送劉攽倅海陵」詩に「君不見阮嗣宗臧否不挂口(見たまえ、阮籍は人の善し惡しを口にすることはなかったではないか)」など多くの例に見られるように口に出すことだが、「謝天香」(古名家本)第三折【滾繡毬】に「掛口兒再不曾題(口を閉じてもう言わない)」とあることから考えて、元雜劇では口を閉ざす意味で用いられることがあるようである。○臥蠶眉……蠶のような眉。關羽の眉の形容。「西蜀夢譯注」

第三折【石榴花】參照。○恆……このままでは後の文に續きにくい。「横」が適當か。假にその方向で譯す。○五蘊山……「五蘊」は佛語で、人間を構成する五要素（色・受・行・想・識）。「五蘊山」で五要素の存する部分、つまり顔・頭をさす。「趙氏孤兒」（元刊本）第三折【七弟兄】「是它變却。相貌。怎生饒。五蘊山當下通紅了（奴は人相一變し、許すはずもなく、顔はたちまち眞っ赤に染まる）」。○玉山低趄……『世説新語』「容止」に嵆康の醉態を「其醉也、傀俄若玉山之將崩（醉うと、ぐらりと玉山が崩れようとするかのようである）」というのを受けて、醉態の描寫に用いられる。『董西廂』卷三【月上海棠】「席上正諠譁、不覺玉人低趄（宴席にぎやかな折しも、玉の如き人醉って思わず體を傾ける）」、「貶夜郎」（元刊本）第四折【後庭花】「尋常病無此。玉山低趄（普通の病は少しもなく、醉って體を傾けるばかり）」。○八十座軍州……軍は宋代の行政單位。「氣英布」（元刊本）第三折【柳青娘】「楚項藉（籍）天喪宇宙。漢中王合霸軍州（楚の項籍は天がその國を滅ぼし、漢中王は軍州に覇をとなえることになろう）」など「軍州」の例は多い。趙本は「八十一」とし、寧本はこれに從う。「博望燒屯」（内府本）第一折の正末の白にも「孫權見居江東八十一郡（孫權は江東の八十一郡におり）」とあり、また『錦繡萬花谷』前集卷十三に江淮について「發運使總領六路八十一軍州（發運使は六路八十一軍州を統轄する）」という言い方も見えるので、「八十一」である可能性はかなり高いものと思われるが、とりあえず原文に從う。

〔譯〕あの人が酒を前に何か少しでもいったり、宴席でわずかなりとも酒が入ったとなれば、あの男は酒癖が惡いゆえ怒らせることは禁物。そなたも荊州のことなぞおくびにも出さぬがよろしい。人殺しの目をひんむき、將軍とらえる手をさっと伸ばしてまいりましょう。あの神が眉根を寄せるや、たちまち顔に浮かぶ炎はとどめようもありませぬ。あの人が醉い潰れそうならあなたはせっせと酒を注ぎなされ。もし寶劍が鞘から拔かれたらあなたは首をさしだしなされ。八十の軍州もむざむざ失うことになりましょう。

【倘秀才】你道東吳國魯大夫仁兄下手。則消的西蜀郡諸葛亮先生啓口。奏與那海量仁慈的漢皇叔。那先生操琴風雪降、撣(彈)劒鬼神愁。則怕您急難措手。

〔校〕○撣……各本とも趙本に従って「彈」に改める。

〔注〕○海量仁慈……度量が廣く慈悲深い。「三奪槊譯注」第一折【混江龍】參照。○琴・劍……琴・劍は書箱（本箱）とあわせて知識人の七つ道具とされる。「貶夜郎」（元刊本）第一折【六幺序】「知他在誰家里也琴劍書箱（〈持ち物はみな賣り飛ばして〉琴劍に本箱はどこへやら）」。「襄陽會」（内府本）楔子において、同じ司馬徽の登場詩に「寶劍離匣邪魔怕、瑤琴一操鬼神驚（寶劍が鞘走れば魔物は恐れ、琴を一度奏でれば鬼神は驚く）」と類似表現があることは興味深い。○彈劍……『戰國策』「齊策四」・『史記』卷七十五「孟嘗君列傳」に見える馮驩が劍を叩きながら不滿を唱ったという故事に基づく。○鬼神愁……ほぼ時代を同じくする耶律鑄の「夜坐」詩に「香起深齋靜、橫琴夜更幽。千巖風雨冷、一夜鬼神愁（香の煙が立ち奥まった書齋は靜かに、琴を橫たえれば夜は一層ひっそりと。あまたの岩は風雨に打たれて冷たく、夜鬼神は愁える）」とある。

〔譯〕呉の魯大夫殿が手を下されるおつもりというが、蜀の諸葛亮道士が口を開いて、度量廣く慈悲深い漢の皇叔殿に進言しさえすれば、あの方は琴をひけば雪をも降らせ、劍を彈けば鬼神をも悲しませるお人、あなたがたはとっさに手を打つこともなりますまい。

【滾繡毬】黃漢昇勇似彪。趙子龍膽如斗。馬孟起是殺人的領袖。那條漢虎牢關立伏了十八車(路)諸候(侯)。

騎一疋千里騅、横一條丈八牟。當陽坡有如雷吼。曾當住曹丞相一百萬帶甲貔貅。叫一聲混天塵土紛く(紛)的橋先斷、喝一聲拍岸驚濤厭く(厭)的水逆流。這一火怎肯干休。

〔校〕○十八車……徐本は「軍」、鄭本は趙本に從って「路」、寧本は『平話』に從って「鎮」に改める。○諸候……各本とも趙本に從って「諸侯」に改める。○牟……各本とも趙本に從って「矛」と改めるが、『平話』巻上に「丈八神牟」とあるように、兩者は通用字であって改める必要はないものと思われる。○當陽坡……徐本は趙本に從って「當陽坂」と改める。○當住……徐・寧本は「擋住」に改めるが、これも通用字ゆえ改める必要はないものと思われる。○火……徐・寧本は「伙」に改めるが校記を付さない。通用字であるためか。

〔注〕○黄漢昇……黄忠。『三國志』巻三十六「黄忠傳」には「黄忠字漢升」とあるが、『平話』巻下でも一度「漢昇」と表記している例があり、混用されていたものと思われる。なお以下に列擧されるのは、『平話』巻下に【皇叔封五虎將】として「關公封壽亭侯、張飛封西長侯、馬超封定遠侯、黄忠封定亂侯、趙雲封立國侯」と記されるいわゆる五虎將の面々である。○趙子龍膽如斗……趙子龍は趙雲のこと。『三國志』巻三十六「趙雲傳」裴注に引く「雲別傳」に、「先主明旦自來至雲營圍視昨戰處曰、子龍一身都是膽也(劉備は翌朝自ら趙雲の陣營に來て前日戦いのあった所を見て回っていった。「子龍は全身これ肝っ玉じゃな」)」とある。なお大膽の形容である「膽如斗」は、元來『三國志』巻四十四「姜維傳」の裴注に引く『世語』に「維死時見剖、膽如斗大(姜維は死んだ時腹を割かれたが、膽がますの大きさほどもあった)」と見え、『蒙求』にも「姜維膽斗」がある。○馬孟起……馬超のこと。○殺漢……「廝殺漢」であれば、戰士という意味で『張協狀元』第四十九出や『演義』巻五に例があるが、「殺漢」の例はない。ここで用いられている「殺」が偏の部分だけの簡略形であり、「條」と字形が類似している點から考えて、「條」の誤りかもしれない。

○千里騅・丈八牟……「騅」は項羽の愛馬の名として知られるが、ここでは張飛の馬をさす。馬致遠【耍孩兒】套「借馬」の【四】の「這馬知人義。似雲長赤兎、如益德烏騅（この馬は人の仁義をわきまえること、雲長〔關羽〕の赤兎、益德の烏騅の如しじゃ）」、「黄鶴樓」（内府本）第一折の劉峯(封)の白「憑着俺三叔叔坐下烏騅馬、手中丈八矛萬夫不當之勇（われらが三番目の叔父上が烏騅の馬にうちまたがり、手には一丈八尺の矛持つ萬夫不當の勇がたより）」など、例が多い。内府本の穿關（扮装の詳細を記したもの）によれば、張飛は今日の京劇などと同様黑ずくめの服装で登場することになっており、馬も赤い關羽の馬との對比上黑くなったのであろう。○丈八牟……張飛の武器。『平話』巻上に「張飛大怒出馬、手持丈八神牟、爭(睜)雙圓眼、直取呂布（張飛は激怒して馬を出すと、一丈八尺の矛を持ち、二つの丸い目をむいて、呂布めがけて打ち掛かった）」と見える。○貔貅……傳説の猛獸。勇士の意で用いられる。「氣英布譯注」第三折【滾繡毬】參照。○當陽坡……『三國志』巻三十六「張飛傳」には「當陽之長阪」とあり、『平話』・『演義』もほぼ同じであるから、「當陽坂」の方が正確ではあろうが、無理に改める必要はないであろう。○拍岸驚濤……蘇軾【念奴嬌】「赤壁懷古」詞に「亂石崩雲、驚濤裂岸、捲起千堆雪（亂れ竝ぶ石は崩れゆく雲の如く、逆巻く波は岸を裂き、あまたの雪を巻き起こす）」とあり、『容齋續筆』巻八「詩詞改字」に「向巨原云、元不伐家有魯直所書東坡【念奴嬌】、與今人歌不同者數處、如…驚濤拍岸爲掠岸、…。不知此本今何在也（向巨原が言うには、『元不伐の家に黄庭堅が書いた東坡の【念奴嬌】があって、今の人が唱っているものとは數ヶ所違っている。例えば、「…驚濤拍岸爲掠岸…」となっている。この本の所在は不明である）」という點から考えて、この曲と同じ言い回しを用いたテキストが南宋期までは存在したようである。○橋先斷・水逆流……『平話』巻中にも張飛が叫ぶと橋が落ちたことが見えるが、「黄鶴樓」（内府本）第一折の劉峯(封)の白に「俺三叔叔張飛、十八騎人馬在那當陽橋上喝了一聲、橋塌三橫水逆流（うちの三番目の叔父の張飛は、十八騎で當陽橋のほとりにあって一聲怒鳴ると、橋は三つに崩れ（?）、水は逆流した)」とあるのがよりここでいう状況に近いようである。

〔譯〕黄漢升は彪よりも勇ましく、趙子龍はますよりでかい肝っ玉、馬孟起は殺しの親分。また虎牢關でたちまち十八諸侯を心服させたあの男、千里騅にうち跨り、一丈八尺の矛横たえて、當陽坡の雷の如き雄叫びは、曹丞相の百萬の鎧武者を防ぎ止めたもの。一聲叫べば土埃は天に舞って橋は落ち、一聲怒鳴れば岸打つ怒濤も逆流したとか。この連中がどうして黙っていましょうぞ。

【叨叨令】若是你鼕く(鼕)戰鼓聲相輳。不剌く(剌)戰馬望前驟。他惡喑く(喑)揎起征袍袖。不鄧《鄧》惱犯難收救。您索與他死去也末哥、くく〳〵(您與他死去也末哥)、那一柄青龍刀落處都多透。

〔校〕○この曲、趙本にはなし。○輳……徐本は「凑」とする(校記なし)。○不鄧……各本とも「不鄧鄧」に改める。○多透……寧本は「剟透」に改める(校記なし)。

〔注〕○不剌剌……馬の驅けるさま。「三奪槊譯注」第一折【勝葫蘆】參照。○惡喑喑……凶惡なさま。「三奪槊譯注」第二折【一枝花】參照。○不鄧鄧……激怒するさま。「撲鄧鄧」「撲騰騰」「勃騰騰」などさまざまに表記される。「趙氏孤兒」(元刊本)第三折【川撥棹】「不鄧鄧生怒惡(カッカと怒る)」。○收救……李綱「吳錫申捉到李贇等奏狀」に「收救到老小及被虜人共六百餘人(老人・子供や捕らえられていた者六百餘人を救うことができました)」とあるように、本來救う意味であろう。「霍光鬼諫」(元刋本)第三折【收尾煞】に「雙手脈沉細難收救(兩手の脈が弱って救いようがない)」というように、醫學用語としても頻用される。元曲の用例はすべて「難收救」または「怎(生)收救」と否定的なものばかりであり、「金線池」(古名家本)第二折【二煞】に「兎的年深了也難收救(長年たってどうしようもな

くなるということがなくてすむ）」というように、「おさめようがない」というニュアンスに近い例も認められる。「千里獨行」（脈望館抄本）第二折【罵玉郎】では同じ關羽をうたって「我見他撲登〻忿怒難收救（見ればあの人は怒り狂っておさめがたい）」と明らかにここと同じ表現を用いているが、やはり「收まらない」と取るべきであろう。ここは兩様に解釋できるが、假に原義に沿って譯しておく。○多透……未詳。寧本のように「剁透」とすれば意味は通るが根據に缺ける。ともあれ「貫く」という方向であることは間違いあるまい。

〔譯〕もしあなたがドンドンと陣太鼓の音そろえ、パカパカと戰馬まっしぐらに驅けらせるとなれば、あの人は猛々しくひたたれの袖まくり、カッカと怒ってもはや救いようもないこととなって、あなたはあの人の手に掛かるでしょう。あなたはあの人の手に掛かるでしょう。あの青龍刀が振り下ろされればすべて斬られてしまうのです（？）。

【尾（煞尾）】蓆你兒□怕利着我手。樹葉兒低（隄）防打破我頭。他千里獨行覓二友。疋馬單刀鎮九州。人似巴山越嶺彪。馬跨番江混海虬。他輕擧龍泉殺車冑。怒拔昆吾壞文丑。魔（麾）蓋下顏良劍梟了首。蔡陽英雄立取了頭。這个避是非的先生決應了口。吾兒呵那殺人的關公更怕他下不的手。〔下〕

〔校〕○尾……各本とも「煞尾」に改める。○蓆你兒□怕利着……鄭本は「蓆你兒□怕刺着」（「你」字待考）、徐本は「席條兒子怕務着」、寧本は「蓆蔑兒我怕務着」とする。趙本は「我則怕刀尖兒觸抹着輕務了你手」。○低防……鄭・寧本は趙本に從って「隄」、徐本は「堤」に改める。○巴山……趙本も同じ。徐・寧本は「爬山」に改める。○魔蓋……各本とも趙本に從って「麾蓋」に改める。

〔注〕○蓆你兒……「樹葉兒」と對であることから考えて、趙本の「刀尖兒」は適當ではあるまい。徐本がいうように

「條」と「你」はかなり字形が近く、「席條兒」とするのが適當かと思われるが、この語の用例が他にないのが問題であろう。むしろの筋のことか。○□怕……寧本は「我」が判讀できるとするが、影印本で見る限りよくわからない。ただ、すぐ後に「我手」とあり、對になる句も「我」を二度用いてはいない以上、「我」は不自然に思われる。假に「子」として譯す。○利……趙本同様「剺」と見るべきか。「剺」は切り裂くことで、「剺面」は熟語化して文言文では用いられるが、白話では用例がない。鄭本のように「刺」とすれば意味は通りやすいが、原本は明らかに「利」である。假に「切る」と譯す。○樹葉兒低防打破我頭……木の葉が頭を叩き割る。びくびくするさま。「三戰呂布」（內府本）第二折【駐馬聽】「我則怕吊下一箇樹葉兒來呵、我則怕倒打破您那頭（木の葉が一枚落ちてきただけで、お前さんの頭を叩き割るんじゃないかと心配さ）」。「低防」は「隄防」とすべきであろう。用心すること。『董西廂』卷五【朝天急尾】「還二更左右不來到。您且聽着。隄防墻上杏花搖（もし二更の頃にもお越しがなくば、まずは耳そばだてて塀の上なる杏の花が搖れるのにご用心あれ）」。○千里獨行……關羽が劉備の二人の妻を伴って劉備のもとに驅けつけたこと。『平話』卷中に「關公千里獨行」と表題があり、無名氏の「關雲長千里獨行」雜劇が殘る。本劇第三折【ム】にも「小可如我千里獨行五關斬將」とある。○疋馬單刀鎭九州……本劇第三折【堯民哥(歌)】に「關ム(某)疋馬單刀鎭荊襄」とあり、「西蜀夢」（元刊本）第一折【金盞兒】には「素衣疋馬單刀會」と見える。○巴山越嶺彪……元來は「爬山（山に登る）」であろう。ただ、趙本も「巴山」とし、「博望燒屯」（元刊本）第二折【一枝花】にも「有五十員越嶺犇彪、二萬隻巴山劣虎（五十人の峠を越えて走る彪、二萬頭の山に登る猛虎がいる）」とあるように、「巴山」の形で表記されることが多くなったようであり、「巴山虎」という植物も知られている。これは「巴」「越」ともに地名でもあるため、動詞と地名を掛けたしゃれであったものが、地名の表記で固定してしまったのであろう。○番江混海虬……江海をかきまわすみずち。「竹葉舟」（元刊本）第三折【二煞】「番江攪海、震動陽侯（江海をかきまわし、水神をおびやかす)」。この前後は、「三戰呂布」(內府本)第三折における侯成の下場詩「人如越嶺爬山虎、馬似翻江出水龍(人は峠を越え山に登る虎の如く、馬は江をかきまわし水から出る龍の如し)」と類似しており、定型化した表現であったものと思われる。○車冑・文丑……いずれも關羽に斬られた武將。「西蜀夢校注」第四折【滾繡毬】參照。○顏良・蔡陽……やはりいずれも關羽に斬られた武將。「西蜀夢譯注」第二折【梁州】參照。なお、關羽が討った多くの武將の中で、この二組に分かれて同じ名があげられることが多いのは、押韻の關係によるものである。○應口……いった通りになる。『董西廂』卷三【侍香金童尾】「許了的話兒都不應口(約束濟みの言葉も守ろうとせぬ)」。「楚昭王」(元刊本)第三折【鬪鵪鶉】「他爲那兄父意縈心、借吳兵應口(奴は父と兄の仇を忘れることなく、吳の兵を借りて誓った通りにした)」。

〔譯〕むしろの竹にも手を切られはせぬかと戰々兢々、木の葉にも頭を叩き割られぬかと身構えるおびえぶり。あの人はひとり千里を驅けて兄弟二人を捜し當て、單騎に大刀一振りにて天下を鎭める剛の者。人は山によじ峠を越える彪のよう、馬は江海をかきまわすみずちをしのぐ。あの人は輕く劍をもたげたのみにて車冑を殺し、怒って刀を拔けば文丑を始末し、馬印の下にて顏良も劍で首はねられ、武勇すぐれた蔡陽もあっという間に首を取られてしもうた。この事なかれ主義の道士の申すことは確かですぞ。魯大夫殿、あの人殺しの關公が手出しできぬなぞありえぬこと。〔退場〕

《第三折》

〔淨開　一折〕〔關舍人上　開　一折〕〔淨上〕〔都下了〕〔正末扮尊子燕居扮將主(麈)拂子上　坐定　云〕方今天下鼎時(峙)三分、曹公占了中原、吳王占了江東、尊兄皇叔占了西川。封關公(某)爲荊王、某在荊州撫鎭。關某暗想、日月好疾也。自從秦始皇滅、早三百余(餘)年也。又想起楚漢分爭、圖王覇業、不想有今日。

〔校〕○扮將主拂子……寧本は「扮」を削る。徐・寧本は「丰」を「麈」の略字と見て改める。鄭本は「將主」について不明とする。○鼎時……各本とも「鼎峙」に改める。○封關公……徐・寧本は、原本の「某」の字形「ム」が「公」に似ることに由來する誤りと見て、「封關某」に改める。○分爭……徐・寧本は「紛爭」に改める。

〔注〕○淨……周倉かと思われるが、魯肅の使者かもしれない。なお「上」と記されていないが、當然「開」の前に登場するはずである。○一折……元刊本における「一折」は、雜劇を構成する四つの套數を指す明本の用法とは異なり、一區切り演じることを意味する。つまり、ここでは淨が登場して一區切りの演技を行うことになる。もし淨が使者であるとすれば、關羽のもとへと赴く演技があるのであろう。○舍人……身分の高い家の若様を言う。關平のことであろう。○尊子……「看錢奴」(元刊本)第一折にも「尊子云了」というト書きが見え、これは明らかに「聖帝」、つまり東嶽帝君のことである。つまり關羽は神として登場することになる。錢南揚『漢上宧文存』(上海文藝出版社一九八〇)「市語彙鈔」に引く「行院聲嗽」の「人物」に「神道　尊子」と見え、明代の行院、つまり妓樓では神のことを「尊子」と呼んだことが分かる。行院はもとより俳優の供給源でもあり、演劇關係のテクニカルタームとしてこの語が用いられていたものと思われる。○燕居扮……「燕居」は、『禮記』「仲尼燕居」に見えるように、私的空間でくつろぐことである。この語をト書きに使うのは他に例を見ないが、おそらく正裝を示す「披秉」に對し、くつろいだ普段着の扮裝を指すのであろう。從って寧本のように「扮」を削るのは妥當ではないように思われる。○主拂子……「黃鶴樓」(內府本)第二折の諸葛亮の白には「我將此箭藏在柱拂子裏面、憑此箭著主公無事而回（わしはこの令箭を「柱拂子」の仲に隱しておいたが、この令箭のおかげで殿に無事にお歸りいただくことができよう）とある。「主」「柱」はとも

に「塵」の當て字であろう。「塵拂子」で拂子のこと。〇關公……關羽は神であるがゆえに諱を避けてこの名稱が用いられることが多いが、自身で用いるのはいかにも不自然である。おそらく徐・寧本の言うように「關某」の誤りであろう。「～某」は自稱としてよく用いられ、特に關羽は『平話』巻上に「我是漢先鋒手下一卒、關某字雲長（私は漢の先鋒配下の一兵卒にて、關某、字は雲長と申します）」とあるように、多くこの語を用いる。おそらく原本の續く部分でも用いられている「某」の俗字「ム」を「公」に誤ったのであろう。〇荊王……ここで關羽が王の稱號を名乗ることも、やはりすでに述べたように元刊本が通常の文字文獻とは異なる秩序を反映していることを示す。本折【快活三】の注を參照。〇圖王覇業……「追韓信」（元刊本）第四折【端正好】「方信圖王覇業從天命。成敗皆前定（はじめてさとるは、天下を取るのも天命に從い、成功と失敗はすべて運命の定めありということ）」など用例多數。

〔譯〕［淨が開。一折］［關舍人（關平）が登場して開。一折］［淨登場］［一同退場する］［正末、神の出で立ちでくつろいださまに扮し、拂子を手にして登場、座に着いていう］ただ今天下は鼎の足の如く三つに分かれ、曹公は中原を占め、呉王は江東を占め、我が兄上皇叔さまは西川を占められて、このわたくしを荊王とされました。わたくしは荊州にてその守りについております。わたくしが密かに思うに、月日の經つのはまことに早いもの。秦の始皇が滅んでより早くも三百餘年が經ちました。更に思い起こせば、楚漢が分かれ爭い、天下を取らんと圖ったものですが、今日あることをどうして想像したでありましょうか。

《中呂》【粉蝶兒】天下荒ヌ（荒）。却周秦早屬了劉項。庭（定）君臣遙指咸陽。一个力拔山、一个量容海、這兩个一時開創。想當日黃閣烏江。一个用了三傑一个立誅了八將。

〔校〕○庭君臣……「庭」を鄭本は「楚」、徐本は「建」、甯本は「定」とする。趙本は「分君臣先到咸陽」。

〔注〕○天下荒荒……天下が亂れるさま。「天下紛紛」に同じ。「趙氏孤兒」（元刋本）第一折【油葫蘆】「見如今天下荒荒起戰塵。各將邊界分（今天下は亂れて戰塵起こり、おのおの境界を分かって）」など。○庭君臣遙指咸陽……『大明春』に「訓子」として收められた本折では、ここに「昔日高祖與項羽在懷王殿前、約定先入咸陽者爲君、後入咸陽者爲臣（昔高祖と項羽は懷王の前にて、先に咸陽に入った者が君となり、後に咸陽に入った者が臣となると約束した）」とある點から、假に甯本に從って「庭」を「定」に改めて譯す。○力拔山……『史記』卷七「項羽本紀」に見えるいわゆる「垓下歌」の一句、「力拔山兮氣蓋世」に基く。○黃閣……大臣の執務する場所。『宋書』卷十五「禮志二」「三公黃閤、前史無其義。…夫朱門洞啓、當陽之正色也。三公之與天子、禮秩相亞、故黃其閤以示謙、不敢斥天子（三公が黃閤で執務することについては、過去の史書には說明がない。…朱の門を開くのは、南面する色である。三公と天子は、制度上近い立場にあるので、門を黃色くしてへりくだり、天子を退けるつもりがないことを示したのである）」。「閤」と「閣」は通用する。「陳摶高臥」（元刋本）第三折【倘秀才】「如今黃閣功臣少、白髮故人稀（今となっては黃閣の功臣も少なく、白髮の昔なじみも稀となりました）」。○三傑……張良・蕭何・韓信。『史記』卷八「高祖本紀」「夫運籌策帷帳之中、決勝於千里之外、吾不如子房。鎭國家、撫百姓、給餽饟、不絕糧道、吾不如蕭何。連百萬之軍、戰必勝、攻必取、吾不如韓信。此三者、皆人傑也。吾能用之、此吾所以取天下也（司令部で計略を立て、千里のかなたの勝敗を決することにかけては、わし（劉邦）は子房（張良）に及ばぬ。國を安定させ、民を大切にし、食糧を與え、糧道を絕やさぬことにかけては、わしは蕭何に及ばぬ。百萬の軍を列べ、戰えば必ず勝ち、攻めれば必ず取ることにかけては、わしは韓信に及ばぬ。この三人はいずれも傑物じゃ。わしはこの者たちを用いることができた。それゆえわしは天下が取れたのじゃ）」。○八將……具體的には不明。

〔譯〕天下亂れしも、周秦の地ははや劉邦と項羽の手に落ち、主君と臣下の地位を定めんと、遙か咸陽目指して軍を進め、一人はその力、山を拔くほど、一人はその度量、海をも容れんばかり。時を同じくして國を建てしこの二人、そのかみ劉邦のもと大臣らが政治を行った黃閣と、項羽が自刃した烏江とに思いを馳せれば、一人は三傑用い、一人はたちどころに八將を誅したものであった。

【醉春風】一个短劍一身亡。一个淨鞭三下暗(響)。想祖宗專(傳)授與兒孫、却都是枉。く(枉)。く(枉)。獻帝又無靠无挨、重(董)卓又不仁不義、呂布又一冲一撞。

〔校〕○淨鞭……徐・寧本は趙本に基づき「靜鞭」に改める。○三下暗……徐・寧本は「三下響」、鄭本は「三下響。暗想」と「響」を補う。趙本は「三下響」だが「暗想」はない。○專授……各本とも趙本に従い「傳授」に改める。○却都是枉。く。く……寧本は王季思の「元雜劇の【醉春風】には三字重ねる例はない」という說に基づいて「枉」を二つに削るが、「薛仁貴」(元刊本)第三折に「也不似你。く。く(お前のようなものはない)」、「介子推」(元刊本)第三折に「不如粧做个瘂。ヌ。ヌ。ヌ(口がきけないふりをした方がよい)」とあるように、三回・四回重ねる例も多く、削る必要はないものと思われる。○重卓……各本とも趙本に基づき「董卓」に改める。

〔注〕○淨鞭三下響……「淨鞭」は「靜鞭」に同じ。朝會の際に靜肅の合圖として地を叩いて鳴らす鞭。『元史』卷六十七「禮樂志一」に「皇帝出閤陞輦、鳴鞭三(皇帝が外に出て車に乗る際には、鞭を三回鳴らす)」とある通りである。『秦併六國平話』卷上に「四聲萬歲響連天、三下靜鞭人寂靜(四回萬歲の聲が天にも屆かんばかり、三度靜鞭が鳴れば人は靜まる)」とあるのは白話文學における用例であるが、「霍光鬼諫」(元刊本)第一折【天下樂】に「不聽的古剌剌

淨鞭三下響（ビシッと淨鞭が三度響くのも聞こえず）」と言い、更には『水滸傳』（容與堂本）第五十四回にも「淨鞭三下響、文武兩班齊（淨鞭三度響き、文武の兩班そろう）」とあるように、「淨鞭」という表記も行われていたようである。從って、「靜」に改める必要はないであろう。○無靠無挨……賴るものがないこと。「拜月亭」（元刊本）第二折【牧羊關】「您孩兒無挨靠、沒倚仗（わたくしは賴る相手もよるべもありませんでした）」。○一沖一撞……向こう見ずに突っ込むこと。「沖」は「衝」と通用し、「沖州撞府（どさ回り）」や、『輟耕錄』卷二十五「院本名目」に見える院本のジャンル「沖撞引首」のように多く對で用いられ、また演劇用語としても、「沖上」「撞上」がともに突然登場することを意味する語として用いられる。「三戰呂布」（內府本）第四折【滾繡毬】「若不是劉玄德一衝一撞。俺端的逞英雄惡戰在殺場（もし劉玄德が向こう見ずに突っ込まなければ、我らは勇ましさを發揮して戰場で激しく戰っていたところ）」など。

〔譯〕一人は短劍の下にその身を滅ぼし、一人は靜肅告げる鞭を三たび響かす身とはなった。思えば皇帝の位を先祖より子孫に傳えた、それもすべてはあだ、あだなこと。獻帝はといえば賴る者もなく、董卓はといえば不仁不義、呂布はといえばただの向こう見ず。

【十二月】那時節兄弟在范陽。兄長在樓桑。關ム在解良。諸葛在南陽。一時英雄四方。結義了皇叔關ム（張）。

〔校〕○解良……徐・寧本は「解梁」に改める。○關ム（後のもの）……各本とも趙本に從って「關張」に改める。「ム」では失韻ゆえ、前の行の末尾にあった「關ム」に引かれて誤ったものと考えるべきであろう。

〔注〕○范陽……張飛の出身地。今の河北省涿縣。ただし『三國志』卷三十六の本傳には「涿郡人」とあるのみ。平話

巻上には「却說有一人、姓張名飛字翼德、乃燕邦涿郡范陽人也（さて、姓は張、名は飛、字は翼德という人がおりました。燕の國、涿郡范陽の人です）」と見える。〇樓桑……劉備が住んでいた場所。やはり涿縣にある。『三國志』巻三十三「先主傳」に「舍東南角籬上有桑樹生高五丈餘、遙望見童童如小車蓋（劉備が住んでいた）家の垣根の東南隅に高さ五丈の桑の木が生えていて、遠くから見るとこんもりと小さな車の傘のようだった。）」とあり、これに由來するものか『水經注』巻十二「聖水」には「劉備之舊里」として「樓桑里」の名が見える。なお、『三國志演義』では「樓桑村」。〇解良……關羽の出身地。『三國志』巻三十六の本傳には「河東解人也」とあり、この解縣の古稱を解梁という。從って、本來なら徐・寧本のように「解梁」とすべきところではあるが、『平話』巻上に「話說一人、姓關名羽字雲長、乃平陽蒲州解良人也（ところで、姓は關、名は羽、字は雲長という人がおりました。平陽蒲州解良の人です）」とあり、また元雜劇でも本劇趙本をはじめとしてすべて「解良」と表記しており、白話文學の世界では「解良」が正しい表記と考えられていたようである。〇南陽……諸葛亮が隱居していた地名。諸葛亮「出師表」に「臣本布衣、躬耕於南陽（私はもともと無官の身で、南陽で自ら畑仕事をしておりました）」とあり、また『三國志』巻三十五「諸葛亮傳」所引の『漢晉春秋』には「亮家于南陽之鄧縣、在襄陽西二十里、號曰隆中（亮の家は南陽の鄧縣にあり、襄陽の西二十里に位置して、隆中とよぶ）」と見えて、荊州の南陽という地のようであるが、『平話』巻上「於南陽鄧州臥龍岡上建庵居住（南陽鄧州臥龍岡に庵を結んで住まいし）」と見えるように、白話文學の世界では、河南の南陽と混同されて、地理的にありえない設定が生じている。

〔譯〕あのころ弟は范陽、兄上は樓桑、わしは解良、諸葛は南陽におったが、時を同じうして四方にその英雄の名をとどろかせ、皇叔、關、張は義を結んだのじゃ。

【堯民哥(歌)】一年三謁臥龍崗。早鼎足三分漢家邦。俺哥ヌ(哥)你(稱)吉(孤)道寡作蜀王。關ム疋馬單刀鎮荊襄。長江△經今幾戰場。恰便似後浪崔(催)前浪。

〔校〕○你吉……鄭・寧本は趙本に従って「稱孤」に改める（寧本は「孤」が「古」、更に「吉」に誤ったものとする）。徐本は「追韓信」（元刊本）第四折【收尾】の「道寡稱君事不成（帝王となることはならず）」を引いて「稱君」とするが、この一例しかない點が問題であろう。○崔……各本とも趙本に従い「催」に改める。

〔注〕○一年三謁臥龍崗……『三國志』巻三十五「諸葛亮傳」に「凡三往、乃見（全部で三度も行って、やっと會えた）」とあり、『平話』巻中でも【三謁諸葛】話說先主一年四季三往茅蘆謁臥龍、不得相見（【三たび諸葛を訪ねる】さて先主は一年四季に三たび草庵に臥龍をたずねましたが、會うことができません）」と見える。○稱孤道寡……帝王になること。「趙氏孤兒」（元刊本）第四折【粉蝶兒】「也不用本部下兵卒。天子有百靈咸助。待交我父親稱孤道寡（配下の兵卒用いるまでもない。天子には百靈の助けありとやら言うからには、わが父上を帝王と稱す身にしてみせよう）」。○經今……今まで。韓愈の「桃源圖」詩に「聽終辭絕共凄然、自說經今六百年（聞き終わり言葉も絶えるとともに悲しい氣持ち。今まで六百年と自らいう）」、「汗衫記」（元刊本）第三折の正末の白に「喒媳婦兒去時、有三个月身小(子)、經今去了十七年也（うちの嫁が行った時、三ヶ月の身重だった、今までで十七年になる）」。○後浪催前浪……『靑瑣高議』前集巻七「孫氏記」に「我聞古人之詩曰、長江後浪催前浪、浮世新人換舊人（古人の詩に、「長江の後の波は前の波をせきたて、浮き世では新しい人が古い人に代わる」というのを聞いたことがある）」とあり、よく知られた句であったらしく諸書に見える。「東窗事犯」（元刊本）第四折【滾繡毬】「果然道長江後浪催前浪、今日立起新君換舊君（げにも後の波は前の波をせきたてというもので、今日新しい君が古い君に代わった）」など。

〔譯〕年に三たび臥龍崗に赴き、はや鼎の足の如く漢の國を三分することとはなった。わが兄上は帝位について蜀王となり、このわしは一頭の馬、一振りの刀賴りに荊州・襄陽の鎮めとなる。長江は、これまで幾度となく戰場となったが、それはあたかも次から次へ後の波が先の波をうながすかのよう。

【石榴花】兩朝相鬲(隔)漢陽江。寫着道魯肅請雲長。這的每安非(排)着筵宴不尋常。休想道畫堂。別是風光。休想鳳凰盃滿捧瓊花釀。決然安非(排)着巴豆砒霜。玳瑁筵搖(擺)列着央(英)雄將。休想肯開宴出紅粧。

〔校〕○鬲……各本とも趙本に従って「隔」に改める。○安非……二ケ所ともに、各本とも趙本に従って「安排」に改める。○搖……各本とも趙本に従って「擺」に改める。○央雄……各本とも趙本に従って「英雄」に改める。

〔注〕○漢陽江……李白の「望漢陽柳色寄王宰」詩に「漢陽江上柳、望客引東枝（漢陽江のほとりの柳は、旅人を遠く望んで東の枝をのばす）」、宋の張舜民の「郴行錄」に「對瞰漢陽江中鸚鵡洲（向かい側の漢陽江の中を望めば鸚鵡洲がある）」というのは、いずれも武漢付近の長江のことと思われ、「黃鶴樓」（內府本）第一折【油葫蘆】に「憑着這的盧戰馬十分壯。怎跳過那四十里漢洋江（この的盧の馬がいかに力強かろうと、四十里の漢洋江をどうして跳び越せよう）」というのも、状況的に考えてやはり同じものを指すように思われる。ここではどのような設定になっているのか定かではないが、長江のことと考えて大過ないであろう。○這的每……『元典章』などの蒙文直譯體において、モンゴル語の指示代名詞複數形の譯語として頻用される單語。指示する對象は人間・事物を問わない。田中謙二「元典章文書の研究」（『田中謙二著作集』第二卷所收）第一章參照。「范張雞黍」（元刊本）第四折【滿庭芳】「這的每進時節捐軀報國、兒(退)時節晦跡韜光（この人たちは進む時には身を捨てて國に報いんとするが、退く時には跡をくらまし

てしまう)」。元曲では豫想外に用例が少ない。○畫堂別是風光……蘇軾【滿庭芳】「佳人」詞「香靉雕盤、寒生冰箸、畫堂別是風光。主人情重、開宴出紅妝（香は彫り物した大皿に漂い、氷の箸には寒さ生じ、畫描いた座敷はまた見事なありさま。主人は情あつく、宴を開いて紅によそおう佳人を出す)」。後世この詞は、王安石の屋敷で開かれた宴會において王安石夫人が歌妓に扮して現れたことをからかったもので、蘇軾配流の原因となったという傳說が生まれた(「赤壁賦」雜劇第一折)。末句もこの詞を踏まえている。○鳳凰盃滿捧瓊花釀……鳳凰のくちばしかたどる杯に瓊花の美酒をなみなみついで捧げ持つ。「鳳凰盃」は元來鳳凰のくちばしで作るという杯(『爾雅翼』)。「瓊花釀」については、『武林舊事』卷六「諸色名酒」に揚州の名酒として「瓊花露」の名が見え、李清照など多くの宋人が詩詞に詠んでいる。睢玄明【耍孩兒】「詠西湖」套【四】「紫金罍滿注瓊花釀（紫金の酒樽になみなみと瓊花の酒を注ぎ)」。○巴豆砒霜……ハズと砒素。毒藥。「黑旋風」(脈望館抄本) 第三折「(正末云) 叔待、吹是麼里。(牢子云) 我吹了些硥(砒)霜巴豆 (正末「おっちゃん、何吹いてんだ」牢番「砒素とハズを吹いてるのさ」)」。

〔譯〕蜀と吳の兩國は漢陽江を隔てるのみ。魯肅が雲長殿をお招きすると書いてはあるが、こやつらの支度する宴は常のものではあるまいぞ。畫堂の風光はまた格別、などと思うでない。鳳凰のくちばしかたどった杯に瓊花の酒なみなみと、などと思うでない。さだめし毒藥用意し、玳瑁のむしろ敷く宴席に勇ましき武將をならべておるに相違ない。宴が開けば美女が侍る、などとは滅相もない。

【鬪奄(鵪)享(鶉)】安非(排)下打鳳撈龍、準備着天羅抻網。那里是待客筵席、則是个殺人的戰場。他每誠意誠心便休想。全不怕后人講。既然他謹く(謹)相邀、我與你親身便往。

〔校〕○安非……各本とも趙本に從って「安排」に改める。

〔注〕○打鳳撈龍……強力な敵に罠をかけること。「千里獨行」（脈望館抄本）第一折【油葫蘆】「他便安排着打鳳撈龍計（あいつは強敵罠にかけるはかりごとめぐらせたが）」。○天羅地網……天地に張りめぐらせた網ということだが、『六壬大成』『三命通會』などの明代に刊行された占いの書によれば、占いの卦の一つであるらしく、道士であった五代の杜光庭には「川主天羅地網醮詞」がある。

〔譯〕鳳つかまえ龍をしとめる罠仕掛け、天地に張りめぐらせる網を用意していよう。客をもてなす宴會なんぞであるものか、人を殺める戰場に相違ない。あいつらが誠盡くすと思うでないぞ。後世の評判なんぞは氣にもかけぬ。とはいえむこうが慇懃に誘うてくれる以上は、自ら乘り込んでくれようぞ。

【上小樓】你道他兵多將廣。人強馬壯。大丈夫雙手俱全、一人拚命、萬夫難當。你道鬲(隔)漢江。起戰場。急難侵傍。交他每鞠躬ヌ(躬)送的我來船上。

〔校〕○侵傍……徐・寧本は「親傍」に改める。○鞠躬ヌ……鄭本は「鞠躬鞠躬」とする。

〔注〕○兵多將廣・人強馬壯……「楚昭公」（元曲選本）第一折の芊旋の白に「憑着俺這裏兵多將廣、馬壯人強、量那吳國姬光到的那裏（われらの將兵多く、人馬ともに猛きからには、吳國の姬光如き何ほどのことがありましょう）」と同樣の對で見える。「兵多將廣」は明の太祖朱元璋の「與元幼主書」にも「且君之父子、當主中國之時、兵多將廣、尚不能自持其權（しかもあなたがた父子は、中國を治めていた時には、あまたの將兵を擁しておりながら、それでも權力を握ることができなかったではないか）」とあり、成語として廣く用いられていたようである。○一人拚命、萬夫難當

……一人が命を捨てて掛かれば、一萬人でも相手になりがたい。ニュアンスが異なるが、李白「蜀道難」詩に「劍閣崢嶸而崔嵬。一夫當關、萬夫莫開（劍閣は高々とごつごつと、一人が關所を守れば、萬人とても破りがたい）」とある。「博望燒屯」（內府本）第三折の夏侯敦の白には「一人捨命、萬夫難當」とほぼ同じ言い回しが見え、「昊天塔」（元曲選本）第一折の七郎の白には「一夫拚命、萬夫難敵」というバリエーションが見える。後世の例としては、『說唐全傳』第五十六回などの「一人拚命、萬夫難當」などがある。○侵傍……「侵犯」に同じ。「拜月亭」（元刊本）第二折【哭皇天】「較了數个賊漢把我相侵傍（數人の賊が？私に迫ってきたのです）」、「七里灘」（元刊本）第一折【寄生草】「衣穿的寒暑難侵傍（服を着ていれば寒暑も身を犯しがたい）」と元刊本には他にも用例がある。從って徐・寧本のように改める必要はない。

〔譯〕相手は多勢、兵士も馬も勇猛とおぬしはいうが、大丈夫たるこの身が二つの手を缺けることなく備えておるからは、「一人なりとも命を捨ててかかれば、萬夫もかなわぬ」とやら。漢江挾んでおっては、戰となれば急には攻め込めぬ、とおぬしはいうが、あいつらにぺこぺこしながらこのわしを船の上まで送らせてくれよう。

【么】你道先下手強。後下手央(殃)。一隻手揝住寶帶、臂展猿猱、劍扯秋霜。他待暗く(暗)藏。緊く(緊)防。都是柧(狐)朋狗黨。小可如我千里獨行五關斬將。

〔校〕○央……各本とも「殃」に改める。趙本も「央」だが、『大明天下春』などの諸本は「殃」とする。○緊く防……趙本は「我須索緊緊防」。徐・寧本はこれに基づき「我索緊緊防」に改める。○柧朋……各本とも趙本に基づき「狐朋」に改める。

〔注〕○先下手強。後下手央……『三朝北盟會編』巻二百四十二に「我不如先下手爲強也（「先手必勝」とした方がよかろう）」と見え、宋代には用いられていた成語と思われる。「趙氏孤兒」（元曲選本）第四折の程嬰の白に「那穿紅的想道、先下手爲強、後下手爲殃（赤い衣を着た者は、「先手必勝、後手に回れば禍となる」と考えたのじゃ）」とあり、趙本に從って「央」を「殃」とするのが妥當かと思われる。○臂展猿猱……「猿猱」は手長猿。「猿臂」という語は早く『史記』巻一百九「李將軍列傳」「廣爲人長、猨臂、其善射亦天性也（李廣は背が高く、猿のような長い腕をしていた。弓が巧みなのも天性のものだったのである）」と見え、ここでは「手長猿のように腕を伸ばす」ということであろう。○秋霜……劍をたとえる。曹丕「大牆上蒿行」詩に「白如積雪、利若秋霜（白きこと積もる雪の如く、鋭きこと秋の霜の如し）」と見え、元曲では「東窗事犯」（元刊本）第一折【油葫蘆】に「那其間無一个匣中寶劍掣秋霜（その時鞘の中なる寶劍の秋霜の刃抜く者の一人とておらなんだ）」など用例多數。○柧（狐）朋狗黨……ろくでなしの集團。「金錢記」（古名家本）第二折【滾繡毬】「我是个詩壇酒社文章士、不比那狗黨狐朋惡少年（私は詩や酒の世界に生きる文學の士、あのろくでなしの不良どもとは譯が違います）」など。○五關斬將……この語は雜劇にはこの一例しか見えない。平話にもこのことは出ず、『演義』に至って巻六に「關雲長五關斬將」という標題が見えるように、はじめてはっきり述べられる。

〔譯〕先手必勝、後るれば禍を受く、とおぬしはいうが、片手で相手の腰帯しっかりつかみ、猿臂のばして、秋霜の劍引き抜いてくれよう。やつめがひそかに伏兵隱し、しっかと守りを固めていようが、いずれも野合のくだらぬ連中。千里の道を獨り行き、五關で武將斬り捨てたことに比べれば何でもない。

【快活三】小可如我攜親姪訪冀王。引阿嫂覓蜀皇。覇陵橋上氣昂く（昂）。側坐在雕鞍上。

〔校〕なし。

〔注〕○攜親姪……第一折【賺煞尾】の注を參照。○冀王……袁紹のこと。實際には袁紹が王と稱した事實はないが、袁紹を「冀王」と呼ぶ例は「三戰呂布」にもあり、また劉表は「襄陽會」「隔江鬪智」などで「荆王」と呼ばれる。更に平話では、袁紹・劉表が同様の肩書を名乘るほか、劉備も劉表の跡を繼いで荆王を名乘ることになっており、また本折はじめの白にも見えたように、關羽が更に荆王の位を繼ぐことになっている。笠井直美前掲論文參照。○覇陵橋……第一折【後庭花】の注を參照。○側坐……まっすぐすわらないこと。「側席」で賢者をもてなす謙讓の態度を意味する點からすると、馬上で會釋する義かとも思われるが、「側坐」でそうした例はなく、韓愈の「岳陽樓別竇司直」詩に「前臨指近岸、側坐眇難望（岸に近いところに來てみて、ゆったりすわってはみても遠くてよくわからぬ）」とあるように、山水を前に崩れた姿勢ですわる例が多い。ここでは「裴度還帶」（內府本）第二折【尾聲】で裴度が自分の立身を想像して「寶雕鞍側坐、鑌鐵鐙斜挑（見事な鞍に斜めにすわり、上等の鐵の鐙を斜めに踏まえ）」とうたう例から見ても、ゆったりすわる樣か。『董西廂』巻三【青山口】にも「把金鐙笑踏、寶鞍斜坐（金の鐙を笑みつつ踏んまえ、見事な鞍に斜めにすわり）」と、やはり餘裕ある武將の形容に類型表現が用いられている。

〔譯〕甥を連れて冀王を訪ね、義姉引き連れて蜀皇捜し、覇陵橋にて意氣軒昂、鞍にゆったり腰落ち着けていたことに比べれば何でもない。

【鮑老兒】戰皷才撾斬了蔡陽。血濺在沙場上。刀挑了征袍離了許昌。撣了曹丞相。向單刀會上。對兩朝文武、更小可如三月襄陽。

〔校〕○撣……鄭本は「辭」、徐本は「掙」、寧本は「癱」に改める。趙本は「嶮誵殺」、他の諸本は「險些兒誵殺」。いずれも決め手に缺け、とりあえず不明とするしかないが、假に「辭」として譯す。

〔注〕○刀挑了征袍離了許昌……第一折【賺煞尾】の注を參照。○三月襄陽……胡曾『詠史詩』「檀溪」に「三月襄陽綠草齊、王孫相引過檀溪（三月の襄陽に綠の草は生えそろい、若殿たちは連れだって檀溪に行く）」とあり、白話文學の世界で『詠史詩』が占めていた地位から考えて、この詩を踏まえる可能性が高い。事實、劉時中の【新水令】套「代馬訴冤」の【駐馬聽】にも「再誰想三月襄陽綠草齊（三月の襄陽に綠の草生えそろっていた時のことなどもはや思ってももらえぬ）」とあり、後に檀溪のことが言及されることから見ても、これは襄陽會で的盧が劉備を救ったことを踏まえるものと思われる。

〔譯〕陣太鼓打ち鳴らしたるその矢先蔡陽斬り捨てて、血しぶきは戰場に飛び散った。刀の先にて陣羽織引っかけて許昌を離れ、曹丞相に別れを告げた（?）。單刀會にて、兩國の文武の官に對すなど、かの三月の襄陽會に比べれば何でもない。

【剔銀燈】拆（折）末他雄糾く（糾）軍兆（排）成殺場。威凛く（凛）兵屯合虎帳。大將軍奇鋭在孫吳上。倚着馬如龍人似金剛。不是我十分強。硬主仗。題着斷殺去磨拳擦掌。

〔校〕○拆末……各本とも「折末」に改める。趙本は「折莫」。○兆成……各本とも「排成」に改める。趙本は「排着」。○奇鋭……徐・寧本は「氣鋭」に改める。趙本は「智」。○主仗……鄭・寧本は趙本に基づき「主張」に改める。徐本は校で、「主張」の「張」は去聲に讀むため、元刊本では多く「主仗」と表記することを述べる。徐氏の說に従い、改めないこととする。

〔注〕○屯合……密集すること。早く王昌齡「灞橋賦」に「懷璧杖劍、披離屯合（璧を所持するものや劍を持つ者が、散ったり集まったり）」と見える。「介子推」（元刊本）第四折【鬪鵪鶉】「密匝ヌ（匝）煙屯合峪門（びっしりと煙は谷の入り口にたちこめ）」、「焚兒救母」（元刊本）第二折【禿厮兒】「焰騰騰無明烈火。昏慘慘宇宙屯合（めらめらと無明の炎、暗々と世界にたちこめ）」、いずれも煙が厚く立ちこめることに用いている。○虎帳……將軍のテント。唐の王建の「寄汴州令狐相公」詩に「三軍江口擁雙旌。虎帳長開自教兵（大軍は河口にて二つの旗を擁し、將軍のテントはいつも開いて自ら教練する）」と見える。○奇銳……通常であれば「氣銳」となるべきところだが、朝鮮の用例ではあるが『朝鮮史略』卷十一に「太祖入險、賊奇銳果突出（太祖が要害の地に踏み込むと、賊は銳い勢いでやはり突擊してきた？）」という例が存在する點に鑑みて改めないことにする。○孫吳……孫子・吳子の兵法ということだが、孫氏の吳をかけていよう。○馬如龍人似金剛……『五代史平話』「梁史平話」卷上「人人猛似金剛、個個勇如子路（みな金剛よりも猛々しく、子路よりも勇ましい）」、『董西廂』卷二【伊州袞纏令】「馬如龍、人如虎（馬は龍の如く、人は虎の如く）」、同卷三【鬪鵪鶉纏令尾】「人似金剛、馬似駱駝（人は金剛の如く、馬は駱駝の如く）」。○磨拳擦掌……手ぐすねを引く。「風雲會」（古名家本）第二折【紅芍藥】「你摩拳擦掌枉心焦。休得要亂下風雹（手ぐすね引いていらだつのもあだなこと、見境もなく怒るでない）」など。

〔譯〕たとえやつが戰いの場に勇ましげに軍勢ならべようと、陣幕のまわりに威風堂々兵を密集させようと、この大將軍のすばらしさはあの孫吳の兵法（吳のやつら）の上をいくもの。馬は龍の如く人は仁王の如きことを賴りとすれば、わしはむやみと強がって、無理に事を起こそうとするでもないが、いざいくさというのならやる氣は十分じゃぞ。

【蔓菁菜】他便有快對不能征將。兆(排)戈戟列其(旗)倉(鎗)。對幛(仗)。三國英雄漢雲長。端的豪氣有三千丈。

〔校〕○不……鄭本は「付」、徐本は「才」、寧本は待考記號「卜」の誤りとして「兵」に改める。趙本以下の諸本はこの句を缺く。○兆……各本とも趙本に從い「排」に改める。○其倉……各本とも趙本に從い「旗鎗(槍)」に改める。○對幛……徐本は「對仗」、寧本は「對陣」に改め、鄭本は校記で「對仗」の誤りではないかとする。なお趙本以下の諸本はこの部分の本文が全く異なり、しかも句格に合わない。

〔注〕○快對不……未詳だが、『漢書』卷七十二「王貢兩龔鮑傳」に「光祿勳匡衡亦擧駿有專對材（光祿勳匡衡も王駿には「專對材」があるとして推薦した）」とあり、この場合はすぐに質問に答えることのできる才能という意味と思われる點からして、徐本の言うように「不」は「才」の誤りで、「快對才」つまり氣の利いた應答のできる者という意味かもしれない。字形も近いので、假にその方向で譯しておく。○能征將……戰に長けた將。「能征」は多く「慣戰」「敢勇」といった語と對で用いられる。「三戰呂布」（內府本）第一折韓愈の詩に「能征猛將三千隊、慣戰雄兵十萬重（戰に長けた猛將三千隊、合戰慣れした強兵十萬人（?））」とあるのはその典型的な例である。ただ「快對」と對になる例はない。○豪氣有三千丈……通常は「貶夜郎」（元刊本）第一折【寄生草】に「抵多少五陵豪氣三千丈（五陵の豪氣三千丈の威風など何でもありませぬ）」、「紫雲庭」（元刊本）第四折【水仙子】「舍人也沒那五陵豪氣三千丈（若樣も五陵の豪氣三千丈などということはありませぬ）」といった形で用いられ、前漢において長安郊外の五陵の地に移住させられた勢力家が任俠を競ったことを踏まえるが、出典は不明である。

〔譯〕やつにたとえ機轉の利く者や、戰になれた將がいて、才に戟、旗に槍をならべようとも、いざ手合わせとなれば、三國に名高き英雄漢の雲長、げにも豪氣は三千丈。

【柳青娘】他止不過擺金釵六行。敎仙音院秦(奏)生(笙)簧。按承雲樂章。敎光祿司准瓊將(漿)。他那珍羞百味□□。□□□金盃玉觴。按(暗)藏着潤劍長槍。我不用三停刀、□□□、□□□□(鐵)衣郎。

〔校〕○この曲以下第四折の【鴈兒落】までの一葉は下半分が破れている。その部分については、句格とスペースから推定される字數を空格で示す。なお、この曲と次の【道和】は、趙本以下のテキストには見えない。○秦……各本とも「奏」に改める。○生簧……各本とも「笙簧」に改める。○光祿司……鄭・徐本は「光祿寺」に改める。○准……徐・寧本は後に「備」を補う。○瓊將……各本とも「瓊漿」に改める。○味……徐本は後に「也尋常。更休題」を補う。○按……徐・寧本は「暗」に改める。趙本に何煌が書き込んだ校記も「暗」とする。○衣郎……徐本は前に「千里騎、和那百萬鐵」を、鄭本は「錦」、寧本は「鐵」の一字をそれぞれ補う。

〔注〕○ここで破れて判讀困難な曲が二曲續けて明本にないことは興味深い。この點については、土屋育子「元雜劇テキストの明代以降における繼承について」(『日本中國學會報』第五十六集(二〇〇四年十月))參照。○金釵六行……『藝文類聚』卷四十三に引く「古河中之水歌」(梁の武帝の作ともいわれる)に莫愁について「頭上金釵十二行。足下絲履五文章」(頭には金の簪が十二本、足には色とりどりの絹のくつ)」と見え、これは一人をうたったものだが、牛僧孺が美姬を多く抱えていることをからかって白居易が贈った「酬思黯戲贈」詩に「鍾乳三千兩、金釵十二行(鍾乳石三千兩、金の簪十二本)」とあるのは、複數の美女の形容と思われる。以後この形で非常に多く用いられるが、「金釵六行」と

いうのは他に例を見ない。十二の半分程度しか列べられまいと嘲笑する句か。○仙音院……『元史』巻四「世祖本紀一」に「（中統元年〔一二六〇〕十二月丙申）立仙音院、復改爲玉宸院（仙音院を立て、更に玉宸院と改めた）」とあり、實際に當時存在した音樂擔當の官廳の名であって（改名したのは至元八年〔一二七一〕のことらしい）、耶律鑄『雙溪醉隱集』巻三の「贈仙音院樂籍侍兒」詩にもその名が見える。「漢宮秋」（古名家本）第四折【剔銀燈】に「猛聽得仙音院、鳳管鳴（やにわに聞こゆるは仙音院の笛の音）」など元曲にも用例が多い。詳しくは吉川幸次郎『元雜劇研究』上篇第一章「元雜劇の聽衆」參照。○承雲……『呂氏春秋』「仲夏紀」に「帝顓頊好其音、乃令飛龍作效八風之音、命之曰承雲、以祭上帝（顓頊はその音を好み、飛龍に命じてこれを模倣して八風の音樂を作らせ、「承雲」と名付けて、この音樂により上帝を祭った）」とあり、『楚辭』「遠遊」には「張樂咸池奏承雲兮（「咸池」「承雲」を演奏し）」とあって、王逸の注には「承雲卽雲門、黃帝樂也（「承雲」は「雲門」のことで、黃帝の音樂である）」と見える。後には宮廷の音樂を指す雅語として廣く用いられる。○光祿司……「氣英布譯注」第三折【叨叨令】の注を參照。○准……意味からいうと徐・寧本のように「備」を補いたいところであるが、ここは3—3の六字句であり、リズム的に問題がある。「准」一字でそのような意味になる例もないため問題が殘るが、とりあえず「準備」と同じ意味として譯しておく。○潤劍長槍……「三奪槊譯注」第一折【賞花時】の注を參照。○三停刀……第一折【金盞兒】の注を參照。○衣郎……元刊本の中でも「東窗事犯」第一折【混江龍】「待損俺守邊塞破敵軍鐵衣郎（われら邊境守り敵軍破る鎧武者を害しようとする）」、「博望燒屯」第三折【新水令】「管着二千員憨(敢)戰鐵衣郎（二千の勇敢な鎧武者を統べて）」といった例があり、「鐵衣郎」の可能性が高いものと思われる。なお、この前の六字は、【柳青娘】においては第九句の三字を二度反復する例が多い點から考えて、同じ句の繰り返しであった可能性が高く、徐本のような形態ではなかったのではないかと思われる。

〔譯〕やつめはきれいどころも半分ならべただけで、仙音院に笙を吹かせ、承雲の曲かなでつつ、光祿司に美酒を用意させ、あまたの珍味佳肴を…、金の杯玉のさかずき…。ひそかに幅廣の劍、長い槍を隱しおるが、わしは大長刀も、…鎧武者もいらぬぞ。

【道和】我斟量。我斟量。東吳子敬有□□。□□□。□□くく無謙讓。把咱くく(把咱)閑磨障。我這龍泉□□□。□□□。□□都只爲竟(競)邊你見了咱搊俠(搜)相。交它家難侵□(傍)。□□□□□□。交它くく(交它)精神喪。綺羅叢血水似護(鑊)湯。覓□□□□□□□。□(直?)殺的死尸骸屯滿くく(滿滿)漢陽江。

〔校〕○斟量……鄭本は「商量」とするがこれは覆本に由來する誤り。なお、何煌の校も「商量」とする。○有……上部をかろうじて判讀可能である。徐本はこの後を「謀量。□□□。把咱把咱」と補い、寧本は「□□。□□□。把咱」とする。○龍泉……鄭本はこの後に「三尺掣秋霜」を補い、その後に空格を三つ置く。○竟……徐・寧本は「競」、鄭本「鏡」とする。○俠……各本とも「搜」に改める。○侵……各本とも後に「傍」を補う。○護……各本とも「鑊」に改める。○屯滿くく……何煌の校は「屯」を「平」に誤る。鄭本は「屯滿滿滿」、徐・寧本は「屯滿屯滿」とするが、ここは通常一字單位で反復する箇所であるから鄭本が妥當であろう。

〔注〕○搊搜相……凶惡な顏。『董西廂』卷二【文如錦】「見法聰生得搊搜相（見れば法聰はまがまがしい容貌）」。○綺羅叢……唐の馮贄の『雲仙雜記』卷四「竊花」に、霍定なる男が曲江で「以千金募人竊貴侯亭榭中蘭花插帽、兼自持往綺羅叢中賣之（千金を積んで貴族の屋敷の蘭を盜ませて帽子に插し、金持ちのところに持って行って賣った）」とあるのに基づき、元來は金持ちの群れをさすが、詞で多く美女の群れ、つまりは花柳界を指す語として用いられる。柳

永【瑞鷓鴣】詞「綺羅叢裏、獨逞謳吟（美女の群れの中でも、うたにかけては第一級）」など。○鑊湯……『法苑珠林』巻十二「典主」に「十八王者卽主領十八地獄…七湯謂典鑊湯（十八王は十八地獄をつかさどる…七番目の湯謂王は鑊湯地獄をつかさどる）」とあるように、地獄の釜の義で用いられる。

〔譯〕わしが思うに、わしが思うに、東吳の魯肅は…があるが…へりくだりもせず、わしにわしにあだな邪魔立て。わしのこの龍泉の劍は…。…國境の爭いのためばかりにおぬしはわしのまがまがしい形相を見ることとなった。やつを近づけさせはせぬぞ。…。やつにやつに意氣阻喪させてやろう。きれいどころの集まった宴席にさながら地獄の釜の湯のように血を流してくれよう。…を求めて。いくさの果てに死骸は漢陽江を埋め盡くそう。

【尾】須無□□□□□□□公、又無那宴鴻門楚霸王。行下滿筵人都□□□□□(列着先鋒將)。□□□你前日上。放心小可如我萬軍中下馬刺□□。

〔校〕○【尾】……鄭・寧本は【啄木兒煞】とする。句格は（三・三。。七。。四・七。。）でほぼ【啄木兒煞】に合致する。○須無……各本とも趙本に從い後に「那會臨潼秦穆公」を補う。スペースからするとまだ一字ほど不足しているように思われる。○行下……徐・寧本は趙本に從い「折末」に改める。○都……鄭・寧本は趙本に從い後に「列着先鋒將」、徐本は「擺列着先鋒將」を補う。○馬刺……後に鄭本は「顏良」、徐・寧本は「顏良時那一場攘」を補う。趙本は「小可如百萬軍刺顏良時那一場攘」。七字句ゆえ「顏良」で切って差し支えない。趙本は「下馬」が不可解ゆえに改めたものであろう。

〔注〕○「須無」以下……「公」字から考えて、缺けている部分は趙本のような內容だった可能性が高かろう。言及さ

れているのは「臨潼闘寶」と呼ばれる話。秦の穆公が寶比べをするという名目で他の十七國の君主を集め、監禁して天下を取ろうとするが、伍子胥に阻まれる物語で、無名氏「十八國臨潼闘寶」雜劇に見え、明の邱濬の南曲『擧鼎記』もこれを題材とするほか、明の歴史小説『列國志傳』にもこの物語が見えるが、そこでは年代を合理化するため秦の哀公のこととなっている。○行下……本劇第四折【太平令】に「交下厤繩牢拴子行下省會」と見える。文書により命令を下達すること。従って徐・寧本のように改める必要はない。○下馬……よくわからない。通常はもちろん馬上で顏良を刺したことになっている。

〔譯〕（臨潼會の秦穆）公ではあるまいし、鴻門會の楚覇王項羽でもあるまいに、宴席中の者に下知して（先鋒將を竝べたとて）、おまえが先日（?）…、安心せよ、わしが一萬の軍中で馬を下り（顏良を）刺した（?）ことに比べれば何でもない。

《第四折》

［舍人云住］［一行都下］［淨一（上）云］（以下缺）［正末扮文子席間引辛（卒）子做船上坐］（以下缺）你是小可。

〔校〕○舍人……徐本は「闘舍人」に改める。○淨一云……各本とも「淨上云」に改める。以下の缺字は各本とも補わず。○文子……鄭本は本劇第三折の最初のト書きに基づいて「尊子」に改める。○辛子……各本とも「卒子」に改める。

〔注〕○舍人は闘平であろう。おそらくは趙本のように軍勢の手配りをするものと思われる。この部分は折の切れ目に

あたる。淨は孫權の家臣（趙本の黄文にあたるか）か。だとすれば伏兵を置く場面などになるであろう。周倉が船の用意をする場面とも考えられる。前に出た「淨」がどちらであるかに關わる問題である。「文子」は他に例なく不明。武裝していないということか。「席間」も不明。あるいは船を象徴するむしろを敷いているのか。

〔譯〕［若殿（關平）がいう］［一同みな退場］［淨が登場していう］…

［正末が平裝で（?）、むしろ（?）に兵士を引き連れ船の上のこなしにてすわる］…

お前は大したことがない。（誰に對するせりふか不明のため意味は判然としない。前に缺字がある可能性あり）

《雙調》【新水令】大江東去□□□。□□□□□□□舟一葉。不比九重龍(?)鳳問(?闕)。這里是千□□□□。□□□□□。來く(來)く(來)我覷的單刀會似材(村)會社。

〔校〕○大江東去……徐・寧本は趙本の「大江東去浪千疊。引着這數十人駕着這小舟一葉」に從って缺字を補う。鄭本はこれに『樂府紅珊』などの本文を加味して「大江東去浪千疊。趁西風駕着這小舟一葉」とする。ただし、殘された五字目の上半分は「浪」には見えない。○不比九重龍鳳問……「龍」「問」と記した二字は不鮮明。各本とも趙本に從い「不比九重龍鳳闕」とする。○這里是千……趙本は「可正是千虎狼穴。大夫心別」。しかしここは五字二句であるべきである。各本とも『風月錦囊』に從い「這里是千丈虎狼穴。大丈夫心別」とする。ただしここで缺字は十一字分ほどあり、あと二字ほどあった可能性が高かろう。○材會社……各本とも「村會社」に改める。趙本は「賽村社」。

〔注〕○大江東去……蘇軾【念奴嬌】詞「赤壁懷古」に「大江東去、浪淘盡千古風流人物（大江は東へと流れ去り、古今のあまたのすぐれた人物を流し去った）」とあるのを踏まえる。この詞が三國を題材とするのもさることながら、

『吹劍續錄』に引く蘇軾の幕士が「學士詞、須關西大漢執鐵綽板唱大江東去（あなたの詞は、關西の大男が鐵の拍板を手に持って「大江東に去り」と唱うのがいいでしょう）」と言ったという故事を連想すべきかもしれない。○舟一葉……宋の謝逸の【漁家傲】詞にも「秋水無痕淸見底。蓼花汀上西風起。一葉小舟烟霧裏（秋の水は澄んで底まで見え、蓼の花咲く汀に西風たち、一艘の小舟が靄立ちこめる中を行く）」とあり、趙本のように「小舟一葉」とするのが妥當であろう。○心別（原本では缺字）……徐本の校記が引くように「拜月亭」（元刊本）第三折【滾繡毬】に「又（說）道是丈夫行親熱。爺娘行特地心別（夫には仲良くして、父母には全然態度が違うと言われる）」と見える。

〔譯〕長江は東に流れ、（疊なすあまたの波。數十人引き連れ（西風に乘じ））この一隻の小舟に打ち乘る。九重の龍鳳かざる御殿とは大違い、これぞ深さ千丈なる（虎狼の穴。なれど大丈夫たるこの身の心映え他とは異なり）、さあさあさあ、我が目より見れば單刀會如きは田舍の祭りも同然じゃ。

【駐□□（馬聽）】□□□□□□□。年少周郎何處也。不着（覺）灰飛煙滅。可令（憐）□□□□□。□□□□當時絕。塵（鏖）兵江水尤然熱。好交我心下□□□。□□□□□不盡英雄血。

〔校〕○【駐□□】……各本とも趙本に從い「馬聽」を補う。○初句……句格では四字だが、スペースは七〜八字分ある（曲牌名が入るので確實には言いがたい）。徐・寧本は趙本に從って「水湧山疊」を補うが、字數が不足するようである。鄭本は『集成曲譜』に基づくとして「依舊的水湧山疊」を補う。これは『納書楹曲譜』・『六也曲譜』とも合致する。○不着……鄭本は趙本に從って「不覺的」、徐・寧本は「不覺」とする。○可令……各本とも趙本に從って「可憐」に改め、後に「黃蓋轉傷嗟」とする。○當時絕……趙本は「破曹的檣櫓一時絕」。鄭・徐本は「破曹檣櫓當時絕」、寧本は「破曹的檣櫓當時絕」とする。鄭本は校記で、スペースが九字以内しかないため「的」を入れると多くなりすぎるという。○塵兵江水尤然熱……趙本は「鏖兵的江水由然熱」。鄭本が「鏖兵江水猶然熱」、寧本が「鏖兵的江水猶然熱」とするのは、それぞれ前の句に合わせたためであろう。徐本が「鏖兵江水元然熱」とするのは、「尤」を「元」に讀み誤ったためと思われる。○好交我心下……趙本は「好交我情慘切」。鄭本は「好交我心下慘切」、徐本は「好交我心下情慘切」、寧本は「好交我心慘切」とそれぞれ補う。「心下」で一語であり、ここは三字句ゆえ、徐本の說がまさるか。○不盡英雄血……趙本は「二十年流不盡的英雄血」。鄭本は『集成曲譜』に基づくとして「這是二十年流不盡英雄血」（『納書楹曲譜』『六也曲譜』も同じ）、徐・寧本は「二十年流不盡英雄血」とする。スペースは九字分ほどあり、末二句が三字句と七字句である點を考慮に入れると、第七句は徐本、第八句は鄭本のようにするのが比較的穩當かと思われる。

〔注〕○周郎・灰飛煙滅……やはり蘇軾【念奴嬌】「赤壁懷古」の「故壘西邊人道是、三國周郎赤壁。…遙想公瑾當年、小喬初嫁了、雄姿英發。羽扇綸巾談笑間、強虜灰飛煙滅（昔の陣營の西、人は三國の周郎の赤壁だという。…遙かに思うは公瑾（周瑜）のその昔、小喬をめとったばかりの、雄姿秀でた姿。羽扇と綸巾の姿にて談笑する間に、強敵は灰となって飛び煙となって滅ぶ）」を踏まえる。○黃蓋（原本では缺字）……赤壁の戰いで黃蓋が討ち死にしたというのは史實と異なり、『演義』にも見えないが、趙本第四折魯肅の白には「破曹兵於赤壁之間、江東所費鉅萬、又柝(折)了首將黃蓋（曹操の軍を赤壁で破った折、江東は巨萬の費用をかけ、しかも筆頭大將の黃蓋を失った）」とあり、「黃鶴樓」（內府本）第一折・「隔江鬪智」（元曲選本）第三折の周瑜の白でも同樣のことが述べられる。○塵兵……『平話』卷中に「赤壁鏖兵」が表題としてあげられており、この語は固定表現として頻用される。從って各本同樣「鏖兵」に改めるのが妥當と思われるが、「塵兵江水」とある點からすると、杜牧の「赤壁」に「折戟沈沙鐵未銷（折れた戟が砂に沈んで

はいるが、鐵はまだ溶けてはいない）」を踏まえた「沈兵」の誤りである可能性もある。〇心下…心中。『董西廂』巻一【醉落魄】「張生心下猶疑貳（張生心になお疑い）」、本劇末尾【太平令】「尙古自豁不了我心下惡氣」、『五代史平話』「梁史平話」巻上「心下快活（心中樂しい）」など。〇英雄血……『董西廂』巻六【玉翼蟬尾】に「君不見滿川紅葉。盡是離人眼中血（御覽あれ、川に滿ちる紅葉は、ことごとく別れ行く人の眼の中なる血の淚）」とあるのと類似する。

〔譯〕（水は盡きることなく湧き出で、山は疊なすも、）年若き周郎今いずこ。周郎も曹操の大軍もともどもに知らぬ間に灰煙となって飛び失せ、哀れ（黃蓋の死をいよいよ嘆き、曹操破りし舟も）たちまち失せて、つわものどもを滅ぼせし川の流れのみ變わらず熱く、げにも（心痛むばかり。この江の流れこそ）二十年間流れつづけてなお盡きることなき英雄の血。

【風入松】文學得(德)行與立(?)□。□□□□。□□□國能謂不休說。一時多少豪傑(?)。人生百年□□。□□□□□□不奢。

〔校〕〇この曲は趙本以下のテキストにはない。〇得行……各本とも「德行」に改める。〇與立……「立」と讀んだ字は、「立」にしては縱に短く、「奇」の頭だけが殘っているのもしれない。〇豪傑……「傑」と讀んだ字は判讀困難。むしろ「无」に近いように見える。なおこの句は本來三―四の七字句であるべきだが、このままでは六字句になる。第三句は必ずしも押韻しなくてもよいので、あるいは「說」はこの句に含まれるのかもしれないが、前の句の內容が明らかでないため、確實なことはいえない。

〔注〕〇文學德行……政事・文學と竝んで、『論語』「先進」に見えるいわゆる孔門四科の項目。〇一時多少豪傑……や

はり蘇軾【念奴嬌】「赤壁懷古」の「江山如畫、一時多少豪傑（畫の如き江山、當時どれほどの豪傑がいたことか）」を踏まえる。第四折はじめの三曲は【念奴嬌】のパラフレーズといってよい。○人生百年……頻用される句であるが、やはり蘇軾の「淸遠舟中寄耘老」詩に「人生百年如寄爾（百年の人生は假の宿りの如きもの）」と見えることを想起すべきであろう。【念奴嬌】には「人生如夢」の一句がある。

〔譯〕文學・德行と…いうに及ばぬといってよい（？）…當時あまたの豪傑ありしも、人生は百年…（末句意味不明）

【胡十八】恰一國興、早一國滅。那□□□□□、□□□。二朝阻鬲(隔)六年別。不付能見也、却又早老□。□□□□□、□心兒咲一夜。

〔校〕○恰一國興、早一國滅……趙本以下の諸本はすべて「想古今、立勳業」。○那……各本とも趙本に從って「那里也舜五人、漢三傑」と補う。○二朝阻隔六年別……徐本は「兩朝阻隔六年別」に改める。趙本は「兩朝相隔數年別」。○不付能見也。却又早老……各本とも後に「也」を補う。かすかに見える字の上部は「也」に合致するように思われる。趙本は「不付能見者。却又早老也」。なお徐本は「却」を「恰」とするが、校記はない。單純なミスか。○心兒咲一夜……趙本は「開懷的飲數杯、盡心兒待醉一夜」。各本ともこれに從って「開懷的飲數杯、盡心兒笑一夜」とする。

〔注〕○舜五人（原本は缺字）……舜の五人の賢臣。『論語』「泰伯」「舜有臣五人而天下治（舜には五人の臣下がいて天下は治まった）」。○□心兒……趙本は「盡心兒」とし、各本これに從う。「盡心」は『孟子』「盡心」に見える句で、多く儒敎的な意味に用いられ、「醉」にせよ「笑」にせよ、その種の語が續く例はあまりないため、本當に「盡心」であるかには疑問も殘る。

〔譯〕一國興りしと見るやはや一國滅び、（舜の五人、漢の三傑などどこにいるだろうか。）兩國隔たってより六年の別れ、ようやく會えたと思ったらなんとはや年老いて（しもうた。おおらかに杯重ね、）心ゆくまで一晩笑ってすごそうぞ。

【慶東原】你把我心下待、將□□□。□□□□今日(弔)古閑支節。之乎者也。詩《云》子曰。這句話早□□□□□。□□道說孫劉、生被您般的如吳越。

〔校〕○你把我心下待、將……徐・寧本は趙本に従い「你把我眞心待、將筵宴設」と改め、鄭本は第二句のみ趙本に従って「你把我心下待、將筵宴設」と補う。○今日古閑支節……趙本の「你這般攀今覽古分甚枝葉」に基づいて、鄭本は「你這般攀今弔古閑支節」、徐本は「你這般攀今覽古閑枝節」、寧本は「你這般攀今攬古閑枝節」とする。○詩子曰。這句話早……趙本の「我根前使不着你之乎者也。詩云子曰。早該豁口截舌」に従って、各本とも「詩云子曰。這句話早該豁口截舌」と補う。○道說孫劉……趙本の「有意說孫劉」に基づいて、徐・寧本は「有意道說孫劉」、鄭本は「有道說孫劉」とする。スペースからすると二字あった方がよさそうに思われるが、この句は五字句ゆえどちらが適當かは微妙なところである。○般……各本とも「搬」に改める。通用字ゆえ改める必要はない。

〔注〕○心下……本節【駐馬聽】の注に記したように、通常は心中の義。ここでの用法は分かりにくい。假に明の諸本に従って「眞心」として譯す。○□今日古……「日」と「弔」の字形が近いことから考えて、鄭本のように「攀今弔古（「弔」と「吊」は通用字）」とするのが妥當であろう。○枝節……よけいなこと。「劉行首」（古名家本）第三折【鮑老兒】「自冤業無明火未斷絕。又生出閑枝節（業を背負った無明の炎も途切れぬうちに、またよけいなことが出てき

た)」。○豁口（原本では缺字）……口を裂くこと。「馬陵道」（脈望館抄本）第二折【倘秀才】「我說一句鋼刀豁口。覷一覷金瓜碎首（一言でも口をきけば鋼の刀で口を裂き、ちらりとでも見れば金瓜で頭を砕くだと）」。

〔譯〕おぬしはわしを眞心もて（?）もてなすとて、宴席設け、古今のこと持ち出してよけいなことをぬかしおる。「なり」とか「けり」とか、「詩ニ云ヘラク」やら「子曰ク」やら、かようなことを振り回すなら、（口を裂き舌を切られても文句は言えまいぞ）。（下心もって）孫氏と劉氏にあれこれいいおって、おぬしがためにむざと呉越の如き間柄とされてしもうたわ。

【沈醉東□(風)】□□□□□子業。漢光武秉政除邪。漢王帝把重(董)卓下、漢□□□□□□。□王親合情受漢朝家業。則您那呉天子是俺□□□□□。□□你个不克己的先生自說。

〔校〕○【沈醉東□】……各本とも「風」を補う。○子業……趙本は「想着俺漢高皇圖王覇業」。徐・寧本はこれに從うが、徐本は「想着俺」などの襯字はなかったかもしれないとする。確かにスペースからいうと五字程度しかなかったはずである。鄭本もおそらく同様の考えで「漢高皇圖王覇業」とする。○秉政除邪……各本とも趙本に從って「秉正除邪」に改める。○漢王帝把重卓下……徐・寧本は趙本に從って「漢獻帝把董卓誅」、鄭本は「漢皇帝把董卓誅」に改める。○漢……各本とも趙本に從って後に「皇叔把溫侯滅」を補う。○王親……趙本は「俺哥哥」。鄭本は「是皇親」、徐・寧本は「俺皇親」とする。○則您那呉天子是俺……趙本は「則你這東呉國的孫權和俺劉家却是甚枝葉」。徐・寧本は後半を趙本に從って「則您那呉天子是俺劉家甚枝葉」と補う。鄭本は「則您那呉天子是花兒的甚枝葉」とするが、これは「俺」を覆本が「花」に誤っていることに由來するものである。○你个不克己的先生自說……各本とも趙本に從って前に「請」を補う。ただこのように補うと、一字分はどスペースがあまる。

〔注〕秉政除邪……「破苻堅」（內府本）楔子の謝石の白の「忠肝秉正、義膽除邪（忠の心は正しき道を取り、義の心は邪を除く）」などの例から見て、趙本のように「秉正除邪」とするのが妥當であろう。『風月錦囊』以下の諸本は「秉正誅邪」とするが、この例は元雜劇にはなく、後に現れた表現と思われる。○情受……受けること。「馬陵道」（脈望館抄本）第二折【滾繡毬】「這江山和宇宙。山川府共州。都待肯俺邦情受（この天下と世界、山川に府州、すべてわが國のものとするつもりであったのに）」。「請受」とも表記する。「梧桐雨」（古名家本）第三折【攪箏琶】「他見情受着皇后中宮（いま皇后中宮の扱いを受け）」は、元曲選本では「請受」となっている。○吳天子……明代諸本にこの語が見えないのは、明における駕頭雜劇の禁ゆえに「天子」を避けた結果であろう。○克己……『論語』「顏淵」に「子曰、克己復禮爲仁。一日克己復禮、天下歸仁焉（孔子樣がおっしゃるには、自分に打ち勝って禮に落ち着くのが仁である。自分に打ち勝って禮に落ち着きさえすれば、天下は仁なる者のもとに身を寄せよう）」というのに基づく。この前後、『論語』が繰り返し踏まえられている點は興味深い。

〔譯〕（思えば漢の高祖樣は覇業を立てられ）、漢の光武帝樣は正しき道守って邪なるやからを討たれ、漢の獻帝樣は董卓を誅され、漢の（皇叔樣は呂溫侯を滅ぼされた）。我ら皇族が漢の版圖受け繼ぐは當然のこと、おぬしらの吳國の天子樣は劉の家といかなる緣續きかな、どうか身の程ご存じなき御貴殿にお話しいただきたいものじゃ。

【鴈兒落】則爲你□□□□□。□犯這三尺無情鐵。這鐵飢食(湌)上將頭、ヒ(渴)飲讐人血。

〔校〕○則爲你……各本とも趙本に從って後に「三寸不爛舌」を補う。○犯……各本とも趙本に從って前に「惱」を補う。○鐵（第三句）……徐・寧本は前に引きずられた誤りとして「劍」に改める。その可能性は高いものと思われる。
○飢食……各本とも趙本に從って「飢飡」に改める。○ヒ飲……各本とも趙本に從って「渴飲」に改める。
〔注〕○三寸不爛舌……辯舌がたつこと。「三寸舌」で辯舌を意味する例は、古く『史記』卷七十六「平原君傳」に「毛先生以三寸之舌、強于百萬之師（毛先生が三寸の舌ですることは、百萬の軍勢にもまさるものだ）」と見える。「三寸不爛舌」は、傳統詩文には用例がないが、「伍員吹簫」（元曲選本）第一折の費得雄の白に「憑着我三寸不爛之舌、見了伍員、不怕他不來（おれの三寸の舌をもってすれば、伍員に會いさえすれば、必ずあいつは來ることになろう）」とあるのをはじめ、『三國志演義』などには用例が多い。○三尺無情鐵……『太平廣記』卷二百三十八「張祜」に引く唐の崔涯の「俠士」詩に「太行嶺上三尺雪、崔涯袖中三尺鐵（太行山上には三尺の雪、崔涯の袖中には三尺の鐵）」と詠まれて以降、刀劍をさす語として「三尺鐵」はよく用いられる。「無情」を武器に冠する例としては、「李逵負荊」（酹江集本）第三折【ム篇】の「則俺那無情板斧肯撸饒（このおれの無情のまさかりが許しておこうか）」がある（ただし『酹江集』本によるとこの部分は元曲選本において插入されたものである）。○飢食・ヒ（渴）飲……岳飛「滿江紅」詞の「壯志飢餐胡虜肉、笑談渴飲匈奴血（たけき志にて飢えてはえびすの肉を食らい、談笑しつつ渴けば匈奴の血を飲む）」を踏まえている可能性が高い點からすると、「飢飡」「渴飲」と改めるのが妥當であろう。
〔譯〕そもそもお前の口達者ゆえに、この三尺の情け知らずの鐵をば怒らせることとはなった。この劍はな、飢えれば將軍の頭を食らい、喉渴けば仇の血を飲むのよ。

【得勝令】子是條龍在鞘中蟄。諕得人向座問(間)呆。俺這故友才相見、劍呵休交俺弟兄每斷問(間)別。我這里听者。你个魯大夫休喬怯。暢好是隨邪。休怪我十分酒醉也。

〔校〕○問……第二句・第四句いずれも各本ともに趙本に從って「間」に改める。○隨……鄭本は「暗」とする。覆本に由來する誤り。

〔注〕○間別……別れること。「紫雲庭」（元刊本）第三折【紅秀(繡)鞋】「伯ヌ(伯)間別來安樂末（おじさま、お別れしてからお元氣でしたか）」。○我這里听者……何を聽くのかが定かでない。趙本などでは、前の【鴈兒落】とこの曲は血を求める劍の鍔鳴りを聽きつつ唱われることになっており、ここも鍔鳴りを聽くということかもしれない。○喬怯……怖がる。「對玉梳」（顧曲齋本）第三折【石榴花】「諕的我慌張心喬怯戰都速（びっくりして大あわて、びくびくとふるえおののく）」。○隨邪……いい加減なこと。「調風月」（元刊本）第三折【調笑令】「老夫人隨邪水性。道我能言快語說合成（奥方さまはいい加減で移り氣、私は口が達者ゆえ取り持ちが得意だろうとおっしゃる）」、「范張雞黍」（元刊本）第二折【二(三)煞】「他從來正性不隨邪。凛凛的英魂、神道般剛明猛烈（彼は昔から正しい人柄でいい加減なところがなかった。立派なその魂は、神の如くに力強く烈しく）」。

〔譯〕鞘に龍が潛みおるのみにても、驚いてその場に金縛りの有様。われら昔馴染みが會ったばかりのところゆえ、劍よ、われら兄弟を引き裂くでない。わしはここで（鍔鳴りを？）聞いていようぞ、魯大夫どのおびえめさるな。全く不調法であった。すっかり醉ってしまったがおとがめさるな。

【攪箏琶】鬧炒く(炒)軍兵列。上來的休遮當莫□(攔)截。我都交這劍下爲江(紅)、目前見血。你好似趙遁(盾)、我飽如靈下(輒)。使不着你片(騙)口張舌。往(枉)念的你文竭。壯士一怒、別話休提、來く(來)く(來)好生的送我到船上者。咱慢く(慢)的相別。

〔校〕○攔……原本の字は不鮮明だが「攔」に似ている。各本とも趙本に従って「攔」とする。○爲江……徐本は趙本に従って「身亡」に改め、寧本は「爲紅」とする。字形の近さから考えて假に寧本に従う。○奸……寧本は「好」に改める。○趙遁・靈下……各本とも「趙盾」「靈輒」に改める。趙本以下の諸本は「張儀口、蒯通舌」とし、後も全く異なる。○片……徐本は「騙」、寧本は「諞」に改める。○往……各本とも「枉」に改める。

〔注〕○遮當……さえぎること。『平話』巻上「張飛一人一騎便出、至杏林莊上。有把門軍卒遮當不住（張飛はただ一騎で出て行くと、杏林莊に來ました。門番の兵士は止めることができず）」など。○攔截……さえぎること。『董西廂』巻四【攪箏琶】「紅娘你好不分曉、甚把我欄(攔)截（紅娘よお前も何とも分からぬ奴、何でおれの邪魔をする）」。○趙盾・靈輒……趙盾に食を恵まれた靈輒が、後に晉の靈公の衞兵となり、靈公が趙盾を殺そうとした時彼を救うという故事が『春秋左氏傳』宣公二年に見えるが、後には車輪が外されていた趙盾の車の軸を腕で支えて逃がすという話に發展し、『蒙求』にも「靈輒扶輪」として収められ、人口に膾炙するに至る。ことは「趙氏孤兒」（元曲選本）にも見える。ここではもとの故事のニュアンスを離れて、いくら食べ物で釣ろうとしても無駄だというのであろう。○片口張舌……大きな口をたたく。「騙口張舌」とも表記し、「張舌騙口」となることもある。「漁樵記」（元曲選本）第三折の旦の白の「說謊吊皮、片口張舌（大嘘つきのくそったれが、大口叩いて）」が息機子本では「騙口張舌」となっているのは、二種の表記が通用されていたことを示す好例といえよう。

〔譯〕わいわいがやがやと兵士をならべるが、向かってくる者ども邪魔立てするでない。わしがこの剣で殘らず紅に染め、目の前で血を見ることにしてくれよう。おぬしが趙盾よりもずるかろうと、わしは靈輒より滿腹しておるでな。おぬしが大きな口をたたこうと無駄なこと、せっかく憶えたことを唱え盡くしても無駄であったな。壯士ひとたび怒らば、問答無用。さあ、さあ、さあ、しっかりわしを船まで送り届けてくれ。ゆるゆる別れるとしようぞ。

【離亭宴帶歇指煞】見紫衫銀帶公人列。晩天涼江水一（冷）蘆花謝。心中喜悅。見昏慘く（慘）晩霞收、令（冷）颩（颼）く（颼）江風起、急颩く（颩）雲帆扯。重く（重）待、多承謝。道與悄（梢）工且慢者。早纜解放岸邊云（雲）、船分開波中浪、棹攪碎江心月。下談有甚盡期、飲會分甚明夜。兩國事須當去也。雖（隨）不下老《兄》心、不去了（去不了）俺漢朝節。

〔校〕○一……鄭・寧本は「冷」に改め、徐本は衍字とみなす。趙本は「晩天涼風冷蘆花謝」。○令颩く……各本とも趙本に從って「冷颼颼」に改める。○重く待……鄭・寧本は「重管待」に改める。趙本は「承管待」。○悄工……各本とも「梢工」に改める。○下談……徐本は「下」を「卞」の誤りとして「辯談」、寧本は待考の記號「卜」の誤りとして「笑談」に改める。不明だが、假に寧本に從って譯す。○飲會……寧本は「歡會」に改める。○雖不下……鄭本は「隨不下」、徐本は「稱不了」、寧本は「隨不了」に改める。趙本は「趁不了」、『萬壑清音』以下の諸本は「稱不得」。○老心……各本とも趙本に從って「老兄心」と補う。○不去了……各本とも「去不了」に改める。趙本は「倒不了」。

〔注〕○紫衫銀帶……役人の服裝。『元史』卷七十九「輿服志二」の「崇天鹵簿」には「控馬八人、錦帽、紫衫、銀帶、烏鞾（騎馬八人、錦の帽子、紫の上着、銀の帶、黑い靴）」と見え、儀仗兵の服裝でもあったようである。「玉壺春」（息機子本）第一折【混江龍】・「裴度還帶」（內府本）第二折【尾聲】にはともに自分が出世した時のことを夢想する中に「列紫衫銀帶（紫の衣に銀の帶がならび）」という句があり、やはり儀仗の類をさすように思われる。○晩天涼……辛棄疾【雨中花慢】詞「晩天涼也、月明誰伴、吹笛南樓（夜空は涼しく、月明の中につきあって、南のたかどのに笛

を吹くのは誰人ぞ）」などの例がある。○令颼く……「范張雞黍」（元刊本）第三折【遊四門】「束（疎）刺く（刺）慘人風過冷颼く（颼）（さわさわとぞっとさせるような風が冷たくぴゅーぴゅー吹きすぎ）」以下「冷颼颼」の用例は多く、おそらく下の「急颭颭」に引かれて誤ったものと思われる。○雲帆……白い帆。蘇軾【滿庭芳】詞「三十三年、漂流江海、萬里煙浪雲帆（三十三年、世俗の海を漂って、萬里にわたる靄の中雲なす帆をあげ）」など。○岸邊云……「云」は「雲」であろう。岸を離れることを岸邊の雲を離れると表現したのか、あるいは岸邊の雲の如き帆の綱を解くということか。假に後者で譯す。○江心月……川面に映った月。白居易「西街渠中種蓮疊石頗有幽致偶題小樓」詩「影落江心月、聲移谷口泉（江中の月の影をこの池に落とし、谷口の泉の音をこの池に移してきたよう）」、「青衫泪」（古名家本）第二折【滾繡毬】「肯分地揚子江心月正圓（ちょうど揚子江の中に月はまん丸）」など。○盡期……終わる時。言うまでもなく白居易「長恨歌」「此恨綿綿無盡期（この恨みはいつまでも盡きることがない）」に由來する。「陳摶高臥」（元刊本）第三折【三】「是く（是）非く（非）沒盡期（正しいやら間違っているやら果てしがない）」。○明夜……晝間と夜。『五代史平話』「唐史平話」卷上「晉王遣李嗣恩不分明夜、迸入晉陽城治兵備禦（晉王は李嗣恩に晝夜兼行にて晉陽に驅けつけ、戰備を整えさせた）」。○須當……當然～すべき。「七里灘」（元刊本）第三折【尾】「您每朝聚九卿。你須當起五更（おぬしらは毎日九卿を集め、おぬしは夜明け方には起きねばならぬ）」など。○雖不下……音から言うと「隨不下」か。「從えない」という意味には違いあるまい。

〔譯〕見れば紫の衣に銀の帶の役人たちが居竝び、夜空は涼しく川の水も冷ややかに蘆の花も萎んでしまったものの、心晴れやか。見ればほの暗い夕燒けも消え、ひんやりと川面の風が吹き始め、ピューピュー吹く風を白い帆がはらむ。丁重なるおもてなし誠にかたじけない。船頭に「いますこしゆるりと」と言いつけたが、早くも岸邊の帆からともづな解かれ、船は波をかき分け、櫂は川面に映ゆる月をかき壞す。何時まで談笑しても盡きることはなく、宴を開くに晝夜の分かちもありはせぬが、兩國の公のことゆえこれまでじゃ。貴殿のお考えには沿えぬが、われらが漢王朝の命令に背くわけにはいかぬ。

【沽美酒】魯子敬沒道□(理)。也我來喫延(筵)□(席)。誰想您狗幸狼心使見了(識)。偷了我衝敵軍的軍騎。拿住也怎支持。

〔校〕○以下の二曲は他のテキストには存在しない。○道□……二字目は判讀不能。鄭本は「道忙」、徐・寧本は「道理」とする。○也……徐・寧本は「請」に改める。鄭本は「也」までを一句とする。○延□……二字目は判讀不能。各本とも「筵席」とする。○幸……各本とも「行」に改める。○見了……各本とも「見識」に改める。

〔注〕○ここで韻が車遮から齊微に變わる。前の煞で套數は完結しており、以下の二曲は明らかに本來の雜劇以外の要素として付加されているものである。鄭本はこの曲の前に「散場」の二字を入れる。これは、この部分を「散場」と呼ぶ幕切れに置かれた短い場面にあたると想定するものである。「散場」については「氣英布譯注」末尾の注を參照。ここでの歌い手は、粗野な口調からしても關羽であるとは考えがたい。おそらく關羽の家臣であろう。あるいは周倉かもしれない。この點については徐本の校記參照。ただし、馬泥棒の話は『成化說唱詞話』の『花關索傳』など、關羽がらみの傳說にはつきものであり、ここでも赤兔馬を盗まれた關羽が怒って唱う可能性もある。○也……初二句はともに五字句。徐・寧本のように「請」に改めれば意味は取りやすいが根據がない。あるいは鄭本のように「也」までを第一句とすべきかもしれないが、五字句を作ることが難しい。假に徐・寧本の方向で譯す。○狗幸狼心……「狗行狼心」に同じ。「李逵負荆」(酹江集本)第二折【二煞】「這廝使狗行狼心、虎頭蛇尾(こいつは犬畜生同然、龍頭蛇尾)」

など。「狗行」がしばしば「狗幸」と表記されることについては、徐本校記を參照。○使見了……韻・意味の兩面から考えて「使見識」の誤りであろう。惡知恵を發揮すること。「氣英布譯注」第一折【天下樂】の注を參照。○支持……持ちこたえる。「魔合羅」（元刊本）第四折【柳青娘】「已招伏、難擘劃、怎支持（白状してしまった以上、手の打ちようもなく、持ちこたえられるわけもない）」。

〔譯〕魯子敬はひどいやつ、わしを宴席に招いたくせに、まさかそのいやしい料簡で惡知恵發揮し、敵軍に突進していくわしのあの軍馬を盜むとは、あらがうこともならぬざまにてひっつかまえてくれよう。

【太平令】交下麻繩牢拴子(了)行下省會。與愛殺人敝(撇)烈關西。用刀斧手施行可成到易(揚)疾。快將斗來大銅□(鎚)准備。將頭梢定起。大□□(待腿脡)掂只。打爛大腿。尙古自豁不子(了)我心下惡氣。

〔校〕○拴子……徐本は「拴了」に改める。○敝烈……鄭本は「×烈」、徐本は「勇烈」、寗本は「撇烈」に改める。○成……原本は不鮮明。各本とも「忒」と讀むが、何校は「成」とする。○易……各本とも「爲」とする。何校も同じ。○銅□……鄭本は「銅×」、徐・寗本は「銅鎚」とする。原本では金偏まではっきりと見える點から考えて、「鎚」が妥當であろう。○頭梢……鄭・寗本は「頭稍」とする。○定起……寗本は「釘起」とするが校記はない。○大□□……徐本は「待腿脡」とする。○豁不子……鄭・寗本は「豁不盡」、徐本は「豁不了」とする。

〔注〕○この曲の内容からすると、魯肅は拷問にかけられて殺害されるようである。史實や平話・演義の内容からは全くかけ離れているが、劇の末尾にその種の場面が置かれることは、「博望燒屯」（元刊本）末尾に「拿曹操出（曹操を捕らえて出）」というト書きがあるように特に珍しいことではない。○省會……審理すること、また命ずること。「陳摶

高臥」（元刊本）第三折【三】「御史臺剛（綱）索省會（御史臺は審理せねばならず）」、『平話』巻上「張角召諸將省會、來朝大軍須傾城都起、前迎劉備（張角は諸將を呼んで命じました。「明日城内の全軍をあげて出撃し、劉備を迎え撃つのじゃ」）」など。ここでは取り調べることか。〇憋烈……字形・發音・意味から考えて「懒劣」であろう。へそまがりなこと。「後庭花」（古名家本）第三折【新水令】憑着我懒劣村沙。誰敢道僥幸奸猾（このわしがへそ曲がりで野暮ゆえに、こすいことを言う度胸のある奴などおらぬ）」。〇成……原本の字は不鮮明ながら、「忒」よりは「成」に近いように思われる。「大騷ぎすることになる」ということで讀めないこともないが、あるいは「喊」の誤りで「叫んでとんだ大騒ぎになる」ということかもしれない。〇昜疾……各本とも「爲疾」と讀んで特に校を付さないが、これでは意味を取りがたく、また字形もあまり「爲」のようには見えない。「揚」を誤って「昜」と表記したものか。「揚疾」は「紫雲庭」（元刊本）第二折【菩薩梁州】「則管里唇三口四。唱叫揚疾（やたらにあれやこれやと騒ぎ立て）」など、「唱叫揚疾」「暢叫揚疾」「出醜揚疾」といった形で、恥さらしに大騒ぎする義で頻用される。〇頭梢……頭髮。「頭稍」とも表記する。「任風子」（脈望館抄本）第四折【梅花酒】「我敢揝住你那頭稍（きさまの髪の毛ひっつかんでくれよう）」など。〇大□□……後の二文字は完全に消えているため判斷のしようがないが、後の句から見て、「大」は「待」の當て字であり、後の二字は足を意味する語である可能性が高い。假に徐本に從って譯す。〇掂只……「掂折」に同じか。『董西廂』巻八【間花啄木兒尾】「玉簪更堅也掂折（玉のかんざしはいくら堅かろうと折れば折れるもの）」、「鴛鴦被」（古名家本）第三折【麻郎兒】「動不動掂折我腿脡。動不動打碎我天靈（何かといえばわたしの足をへし折るとか、腦天を打ち碎くとか）」。

〔譯〕麻繩で縛り上げ、文書にて人殺し好きな亂暴者の關西どもに命令して、首切り役人に執行させればギャーギャー騒ぎ立ておる。とっととでっかい銅の鎚を用意して、髪の毛を釘付け、足をへし折り、太ももをとことん打ち据えるのじゃ。それでもわしの怒りをすっきりさせることはできぬぞ。

題目　喬國老諫吳帝

司□□(馬徽)休官職

□□(魯子)敬索荊州

□(關)大王單刀會

〔校〕○司□□……各本とも「司馬徽」と補う。○□□敬……各本とも前に「正名」を入れ、「魯子敬」と補う。○□大王……各本とも「關大王」と補う。

〔注〕○休官職……現在見ることができる範圍のテキストにおいては、司馬徽は隱者であり、こうした設定があった形跡は見出しがたいが、あるいは元刊本にはそうした展開が含まれていたのかもしれない。○正名……原本にはスペース的にいってこの二字が存在したとは思えない。元刊本における「題目」「正名」の用法は必ずしも明確ではなく、他にも「任風子」「追韓信」において「題目」とのみ記して四句が列擧されている。ここでもしいて「正名」を補う必要はないであろう。

あとがき

わたしたちが元刊本雜劇を本格的に研究對象として讀み始めたのは一九八三年の九月であった。

これより以前、田中謙二先生が長年勤めてこられた京都大學人文科學研究所を退官され、關西大學で教鞭をとられていたころから、元曲を學ぼうと志すもの數名が先生の門を敲き、元曲の手ほどきを受けていた。中には、關東からわざわざきたものや、すでに大學で教鞭をとっていたもの、大學助手・院生など、出身校や身分はさまざまであったが、ただ元曲が讀みたいという目的だけは共通していた。ちなみにこのときのメンバーが現在まで續く研究會のほぼ中核をなしている。

當時の教材は當然『元曲選』の元曲作品で、田中先生が長年研究を積み重ねてこられた成果を、わたしたちのためにすべて注がれたように思う。先生の使われていたテキストを覗き込むとページ一面に朱筆が入り、その昔人文研で吉川幸次郎先生や入矢義高先生と一緒に元曲研究に取り組んでおられたころの書き込みだなと思い、感慨深かった。

このような研究會が數年續き、曲の讀解も一應のレベルに達しつつあったころ、わたしたちは先生にぜひとも元刊本を手ほどきしてほしいとお願いすることにした。先生も『元曲選』や他の明刊本の讀解は長年續けてこられたが、元刊本そのものを對象にした讀解はあまり經驗しておられなかったのではないだろうか。先生方の世代の課題は、まず『元曲選』の解讀と散曲を含む元曲の全體像の解明で、人文研に殘る膨大な元曲語彙カードをみれば、どういう方向を目指しておられたのかがよくわかる。元刊本はせいぜい元曲研究の一材料として扱っておられただけだろうと思う。このようなわたしたちの要望にもかかわらず、先生自身の元曲全體に對する研究姿勢もあったのであろう、先生には前向きに應じていただいた。

さて一九八三年の九月、元刋雜劇研究會の第一回目の對象作品は「看錢奴」（鄭廷玉「新刋關目看錢奴買冤家債主」）であった。この作品を取り上げた理由は、恐らく明刋本が二種あったり、參考論文（太田辰夫「元刋本『看錢奴』考」など）があったり、さらに内容をよく知っている作品であったことなどではなかっただろうか。ところがこの「看錢奴」は予想に反してとんでもない難解な作品であった。「解說」で述べているように、元刋本は明刋本と違い、記述が完備せず、また語彙も俗語の商業用語が使われていたり、相當にてこずった。長年に渉って研鑽を積んできた、『元曲選』を中心とする膨大な元曲のデータも、元刋雜劇を前にしてはとても十分といえるものではなかった。元刋雜劇は、作品制作の目線が明刋本とは違っていたし、また知識人による全體の整備が全くなく、そのため校訂作業は難澁し、なかには語彙の認定すら明確にならないものさえあった。曲の讀解に當たっては、各人が擔當の箇所を譯して讀んでいく方法が取られたが、問題箇所に至ると先生はそれぞれに見解を求められ、ときには議論が進まず誰も發言しなくなり、無言のまま考え込むという事態もしばしばあった。そして結論が出ないまま、先生は「次に進もうか」とおっしゃることもあった。

こんな狀況ではあったが、初めて本格的に取り組んだ元刋雜劇「看錢奴」は、わたしたちに元刋雜劇は『元曲選』とは違い相當手ごわい相手であることをしっかり認識させ、さらに明代知識人の手が入っていない原作の生活感あふれる生々しさに感動し、壓倒された。劇の中心人物にあたる因業な金貸しの強烈な個性と言動は、明刋「看錢奴」にはないあくどく哀れな守錢奴振りが憎々しいまで劇的に描かれ、當時芝居小屋を滿席にした觀客たちの熱氣とその背景にある日常や道德觀というものが、若いわたしたちをこれは大した作品群だと震撼せしめ、研究對象とするに何ら不足はないことを確信させた。

翌年、わたしたちは『元刊雜劇三十種』を對象とする研究で科研助成金を受領し、春夏定期的に研究會を開き、元刊雜劇の讀解に取り組んだ。作品は「薛仁貴」「趙氏孤兒」「汗衫記」「拜月亭」「任風子」「老生兒」「調風月」「東窗事犯」と次々に讀み進んだが、この時期の研究はまさに元刊本に關する基礎データの蓄積に費したといえる。

班として大した研究成果も發表できないまま、研究會は一九九〇年の「東窗事犯」をもって一時中斷した。實は中斷の間の七年という年月に、わたしたちは先生の頌壽記念論集の準備と『董解元西廂記諸宮調』の研究を進め、雙方ともに書物の形で發表した。『董解元西廂記諸宮調』は金代に流行った俗語による語り物「諸宮調」の代表作で、諸宮調のほとんどが散佚しながらも唯一この作品だけが後の世でも版を重ねて刊行され、雜劇『西廂記』のさきがけをなし、しかも雜劇『西廂記』をも淩ぐ、芸術的完成度の高い作品であった。ただやはり俗語という難物が障害で、難解極まる作品とみなされてきた。わたしたちがあえてこの作品の解讀に挑んだのは、田中先生の下でこの作品の素晴らしさを學んだことと、やはり十年に渉って續けてきた元刊雜劇と元曲全般の研究が見えぬ成果として蓄積され、自信となって難鬬に取り組む勇氣を與えたものと思う。

『董解元西廂記諸宮調』研究』（汲古書院）が發表された一九九八年、わたしたちは、次は元刊雜劇だと意氣込み、以前の研究會を再開することにした。これまで取り組んできた元曲研究の蓄積のほか、今回の『董解元西廂記諸宮調』の研究で得た成果、以前の研究會で取り上げた九種の元刊雜劇の讀解の經驗などが、まだ完成を見ない元刊雜劇研究を早急に仕上げねばならないというまるで任務のような自覺に變わっていった。この時點で、元刊本を對象にした初めての研究會から、十五年の歲月がたっていた。

まず手始めとしたのは「魔合羅」、次に「楚昭王」、「追韓信」、「遇上皇」、「陳摶高臥」、「紫雲庭」、「西蜀夢」、「單刀會」、「三奪槊」、「氣英布」、「貶夜郎」、「鐵拐李」、「介子推」と、毎月あるいは隔月のペースで研究會を開き、讀解の作業を續けてきた。この間、新たに京阪神の研究者や海外の研究者、さらにメンバーの教え子などが參加し、研究會の樣子も田中先生を中心にして進められていた以前のものとはずいぶん變わった。

研究會は順調に進んだが、二〇〇二年十一月、體調を壞して臥せっておられた田中謙二先生がとうとう逝去された。『董解元西廂記諸宮調』の研究成果は見ていただけたが、元刊雜劇はまだ何の成果も出版できず、間に合わなかった。研究會は、以前と比べ開催の頻度こそ大幅に增えたが、その他は田中先生が參加されないこと以外、方法も相變わらず以前と同じで、各人が擔當箇所を讀解し、參加者がそれをもとに討議考察するというスタイルをとっていた。もともと出版しようという目的で再開したのであったが、原稿もできず、どうも思ったようにいっていないと誰もが感じていた。そこで「追韓信」を讀了したころ、次からは擔當者が譯注の原稿を前もって用意し、全員に配布して研究會を進めていこうということになった。當たり前のことのようだが、これは準備に時間がかかり、多忙な參加者の負擔がさらに增加した。問題はこれにとどまらない。個々の譯注の原稿の體裁が一定せず、また研究會席上での討議考察の結果の反映もままならず、今後どうやって出版にまで持ち込むのか、さらに種種の難題がわたしたちに覆い被さってきた。とにかくどこか紀要にまず成果を發表しようと積極的に行動を起こしたのは小松謙だった。京都府立大の「學術報告　人文・社會　第56號」(二〇〇四年十二月刊行)に「三奪槊」の全譯と校注が發表され、翌二〇〇五年には「氣英布」(同　第57號　二〇〇五年十二月刊行)が發表された。これをきっかけとして、わたしたちは赤松紀彥を代表とする科學研究費補助金の申請を行うことにした。申請は認められ、さらに研究成果公開促進費をも承認され、わたしたちの三十年に涉る取り組みがいよいよ出版され、結實することとなった。原稿は、小松謙が體裁のばらばらな各擔當者の元原稿を補足訂正し、會の討議經過をも丁寧に補い整理して、さらに校訂の確認や注の引用文の譯も付けてくれた。多忙極まる中、こんなに丁寧に仕上げてくれて全く頭が下がる。

今回の著作の刊行について、一言申し述べたい。元曲は元來一人で研究していくにはかなり困難な對象である。やはり師に就いて先學の蓄積を教授されながら、理解を深めていくほうが隨分と效率がよい。しかしこの分野で獨り元曲に興味をもち、勉強を續けようとすればどうすればよいのか。わたしたちは吉川幸次郎先生の『元曲金錢記』（一九四三筑摩書房刊行）や『元曲酷寒亭』（一九四八筑摩書房刊行）を利用し、勉強させていただいた。さて元刊雜劇となれば、どうすればよいのだろうか。吉川先生が公刊されたような同樣の著作があれば、なにもわざわざ先學のもとを尋ねる必要もない。そこで今回わたしたちは自分たちが研鑽して積み上げたものをできる限りすべて公開し、元刊雜劇研究の入門書としたいと考えた。そのためにはできるだけ親切に、わかりやすく、丁寧に記述せねばならない。今回のこの著作はこの目的に十分適ったものになっているだろうか。說明のいたらぬところがまだ多多あるだろうし、それどころかとんでもない間違いがあるかもしれない。ただ元刊雜劇研究に關して誰でも一人で勉強し始めることのできる親切な譯注書が作りたかっただけである。

今後、このシリーズは、すでに讀解を終えつつある「貶夜郎」「鐵拐李」「介子推」のほか、研究會再開當初の作品や初期に讀んだ作品についても、稿に起こし、隨時刊行していくつもりである。それがわたしたちの役割であると思っている。

今回本書の出版に當たり、ご盡力下さった汲古書院の石坂叡志社長と校正・編集でお世話になった小林詔子氏に心から感謝の意を述べたい。また出典確認をしてくれた京都府立大學大學院博士後期課程の田村彩子さんと、索引の作成を手傳ってくれた京都大學大學院人間・環境學研究科の黄明月さんにも心から謝意を表したい。

本書は、平成十七年度〜十九年度科學研究費補助金・基盤研究（B）・課題番號一七三二〇〇五七「中國近世戲曲の

基礎的研究」の成果、ならびに京都大學人文科學研究所で二〇〇一年から三年間行われた共同研究「元代の社會と文化」の成果の一部であり、獨立行政法人日本學術振興會平成十九年度科學研究費補助金（研究成果公開促進費）の交付を受けて刊行するものである。

二〇〇七年夏

高　橋　繁　樹

◇編者紹介（五十音順）

赤松紀彦（あかまつ　のりひこ）一九五七年生　京都大學大學院人間・環境學研究科准教授

井上泰山（いのうえ　たいざん）一九五二年生　關西大學文學部教授

金　文京（きん　ぶんきょう）一九五二年生　京都大學人文科學研究所教授

小松　謙（こまつ　けん）一九五九年生　京都府立大學文學部教授

佐藤晴彦（さとう　はるひこ）一九四四年生　神戸市外國語大學教授

高橋繁樹（たかはし　しげき）一九四八年生　攝南大學外國語學部教授

高橋文治（たかはし　ぶんじ）一九五三年生　大阪大學文學部教授

竹内　誠（たけのうち　まこと）一九五六年生　京都外國語大學外國語學部教授

土屋育子（つちや　いくこ）一九七二年生　佐賀大學文化教育學部講師

松浦恆雄（まつうら　つねお）一九五七年生　大阪市立大學文學研究科教授

◆**編者**（五十音順）
赤松紀彦（あかまつ　のりひこ）
井上泰山（いのうえ　たいざん）
金　文京（きん　ぶんきょう）
小松　謙（こまつ　けん）
佐藤晴彦（さとう　はるひこ）
高橋繁樹（たかはし　しげき）
高橋文治（たかはし　ぶんじ）
竹内　誠（たけのうち　まこと）
土屋育子（つちや　いくこ）
松浦恒雄（まつうら　つねお）

元刊雜劇の研究
三奪槊・氣英布・西蜀夢・單刀會

平成十九年十月二日　發行

編者代表　赤　松　紀　彦
發 行 者　石　坂　叡　志
整版印刷　中台整版
　　　　　モリモト印刷

發行所　汲　古　書　院
〒102-0072　東京都千代田區飯田橋二―五―四
電　話〇三（三二六五）九七六四
ＦＡＸ〇三（三二二二）一八四五

ISBN978－4－7629－2821－5　C3098
Norihiko AKAMATSU ©2007
KYUKO-SHOIN, Co.,Ltd. Tokyo

語句索引

凡　例

1．本索引は、本書の注で取りあげた語句を、ローマ字拼音の順に配列したものである。ただし、注の内容が、文字の校訂や曲律の問題のみにとどまるものについては、収めていない。

2．本文で校訂をほどこした語句については、原則として、校訂後の文字で揭出した。ただし、白話文學においてしばしば見られるような錯別字の例については、注での方針に從ってそのまま揭出したものもある。

3．數字は、それぞれの語句に對する注の頁數である。

D

E

F

G

H

K

L

M

N

P

Q

R

S

W

元刊雑劇　校勘表

凡　　例

・異體字・俗字・誤字を含め、テキストにできるだけ忠實な字を用いた。

・原本で小文字の箇所は、曲文と區別するため小さな文字で示すことを原則とする。

・符號説明――　＊：臺詞の插入があることを示す。曲文の後にまとめて示すが、
元刊本以外のテキストでは省略したところがある。
□：原缺または判讀不能。
《　》：脫字と考えられる字。
〈　〉：衍字と考えられる字。

三奪槊第二折校勘表

・テキスト

〔元〕元刋本、〔盛〕『盛世新聲』卷六、〔雍〕『雍熙樂府』卷九「叔寶不伏老」

・曲牌

〔元〕【一枝花】【梁州】【賀新郎】【牧羊關】【隔尾】【牧羊關】【隔尾】【鬪奄亨】【哭皇天】【烏夜啼】【尾】

〔盛〕【一枝花】【梁州】　×　【牧羊關】【隔尾】【牧羊關】　×　×　【哭皇天】【烏夜啼】【尾聲】

〔雍〕【一枝花】【梁州】　×　×　×　【牧羊關】【尾聲】　×　×　×　×

・本文

《南呂》【一枝花】

〔元〕箭空攢白鳳翎、弓閑掛烏龍角。土培損金鎖甲、塵昧了錦征袍。空喂得那疋戰馬咆哮。

〔盛〕箭空攢白鳳翎、弓閑掛烏龍角。土培損金鎖鎧、塵埋了錦征袍。空喂的××戰馬跑跭。

〔雍〕箭空攢白鳳翎、弓閑掛烏龍角。土培了金鎖鎧、塵蒙了錦征袍。空喂的××戰馬咆哮。

〔元〕　皮楞簡生疎却。那些兒俺心越焦。我往常雄糾く(糾)的陣面上相持、惡暗く(暗)的沙場上戰討。

〔盛〕這些時擘楞簡生疎了。那的是×心內焦。我往常雄糾ヒ　×陣面上相持、惡哏ヒ×殺場上戰討。

〔雍〕　劈楞簡生疎了。那的是我心內憔。多不到五七載其高。　不能勾惡狠ヽ×沙場上戰討。

【梁州】

〔元〕這些時但做夢早和　敵軍　對壘、　才合眼早不剌く(剌)地戰馬相交。

〔盛〕我如今但做夢呵便有那敵軍　對壘、不付能纔睡着×不剌ヒ　×戰馬相交。

〔雍〕　如今但做夢我和　那敵軍兩箇對壘、不甫能纔睡着×撲剌ヽ　×戰馬相交。

〔元〕則聽的韻悠ヌ(悠)的耳畔　吹寒角。一回價不鼕く(鼕)的催軍皷擂、嚮(響)當ヌ(當)的助戰鑼敲。

〔盛〕則聽的韻悠ヒ　×耳邊一似吹寒角。×××撲鼕ヒ　×催軍皷擂、嚮　璫ヒ

×助陣鑼敲。
〔雍〕則見××××　　×××　　×××　××××××　　×××××　×　　××
×××××

〔元〕稀撒又地《朱》簾篩日、滴溜く(溜)的繡幙番風、只疑是古剌ヌ(剌)雜綵旗搖。那的是急煎く(煎)心痒難猱(揉)。
〔盛〕希朗ヒ×　朱　簾篩日、滴溜ヒ　　×繡幕風番、則宜是骨剌ヒ　　雜彩旗搖。好看我急煎ヒ　　心痒難揉。
〔雍〕××××　×　×篩日影滴溜ゝ　　×繡幕翩翻、我則見忽剌ゝ　　雜彩旗搖。×××急煎ゝ　　心痒難揉。

〔元〕往常　則許咱遇水疊橋。除了咱逢山　　　開道。海(嗨)如今　　　　　　　　央別人跨海征遼。
〔盛〕往常時則許咱遇水疊橋。除是我逢山　　　開道。今日箇老來也　　剗地交我央別人跨海征遼。
〔雍〕往常時我也曾遇水疊橋。往常時俺逢山呵便開道。今日箇老來也天那剗地着我央別人跨海征遼。

〔元〕壯懷、怎消。近新來病體兒直然覺(較)。我自暗約也枉了醫療。
〔盛〕悶懷、怎消。這些時病體兒依然効。　　×自暗約×枉×醫療。
〔雍〕悶懷、怎消。這其間病體兒依然較。　　×自暗約×枉×醫療。

〔元〕　　　被這秋氣重金瘡越發作。好交我痛苦難消。
〔盛〕　　　××秋風動金瘡越發作。×××疼痛難熬。
〔雍〕如今那肅殺秋風動×瘡越發作。好敎我疼痛難熬。

【賀新郎】（元刊本のみ）
〔元〕我欠起這病身駈(軀)出戶急相邀。你知我迭不的相迎、不沙賊丑生你也合早些兒通報。見齊王元吉都來到。半晌不迭手脚。我強く(強)地曲脊低腰。怪日(早)來喜蛛兒的溜く(溜)在簷外垂、靈鵲兒咋く(咋)地頭直上噪。昨夜个銀臺上剝地燈花爆。它兩个是九重天上皇太子、來探俺這半殘不病舊臣僚。

【牧羊關】（雍本なし）
〔元〕這些　淹潛病、都是俺業上遭。也是俺殺人多一環一報。　　折倒的黃甘ヌ(甘)的

容顏、

〔盛〕這些箇淹漸病、也是我命所招。多應我殺人多×環×報。在今朝折倒的黃甘ヒ　　×容顏、

〔元〕白絲ヌ(絲)地鬢脚。展不開猿猱臂、稱(撐)不起虎狼腰。好羞見程咬金知心友、　尉遲恭老故交。

〔盛〕白絲ヒ　　×髮角。展不開猿猱臂、伸　　不起虎觔腰。我羞見程咬金知心友、道和那蔚遲恭刎頸交。

【隔尾】　（雍本なし）

〔元〕我從　二十三上早駈軍校。經到　四五千場惡戰討。

〔盛〕我從那二十一二×驅軍校。經了那四五千場惡戰討。

〔元〕怎想頭直上輪還老來到。　　我暗約。慢ヌ(慢)的想度。海(嗨)刮馬　似三十年過去了。

〔盛〕今日×××輪還老來報。一會家暗約。暗ヒ　　的想着。×　　跑馬也似三十年過去了。

【牧羊關】

〔元〕當日我和　胡敬德兩个初相見、　正在　美良川　　　廝撞着。咱兩个比竝一个好弱低高。

〔盛〕××我和那胡敬德××初相見、俺正在那美良川　　　廝撞着。我和他比竝×箇好弱低高。

〔雍〕××我和那胡敬德××初相見、　×在　美良川俺兩箇廝撞着。我和他比試一箇好弱低高。

〔元〕它滴溜着　虎眼鞭　彪。　我吉丁地着　脾(皮)畀簡　架却。我得空便也難相從、

〔盛〕他××將那虎眼鞭忙丟。　我×××將這擘　　楞簡　架却。×得空便×難容放、

〔雍〕他××將那虎眼鞭忙來擊。我×××將這劈　　楞簡急架却。×得空便×難躲閃、

〔元〕我見破綻也怎擔饒。我不付能卒ヌ(卒)地兩捒(簡)才彪重(去)、它　　搜ヌ(搜)地三鞭却還報了。

〔盛〕×見破綻×怎相饒。×不付能揣ヒ　　的兩簡　　纔丟去、　　他那里颼ヒヒ　　三鞭×還報了。

〔雍〕××待相饒怎相饒。我×甫能捜ゝ　　×兩簡　　方將中、　　他可便騰ゝゝ　復三鞭×還的巧。

【隔尾】　　雍本【尾聲】（盛本なし）

〔元〕那鞭却　似一條玉莾(蟒)生　鱗角。　　　便是半截烏龍去了牙爪。

〔雍〕那簡却便似一條銀蟒　　除了鱗角。那鞭恰便似半截烏龍去了牙爪。

〔元〕那鞭着遠望了　　　　吸ヌ(吸)地腦門上跳。那鞭休道十分的正着。

〔雍〕×××遙望見簡去鞭來撲ゝ　　的腦門×挑。　　休道是　　正着。

〔元〕則若輕ヌ(輕)地抹着。敢交你睡夢里驚急列地怕道(到)曉。

〔雍〕　　但些兒　　抹着。便就是鐵臂銅頭也震碎了。(雍熙樂府はここまで)

【鬪奄亨】(【鬪蝦蟆】)（元刊本のみ）

〔元〕那將軍剗馬騎單鞭揺。論英雄半勇躍。它立下功勞。怎肯伏低做小。倚強壓弱。不用呂望六韜。黃公三畧。但征敵處躁抱(暴)。相持處儆燥。那鞭若脊梁上抹着。忽地咽喉中血我(幾)道。來ヌヌ(來來)、它煩ヌ(煩)惱く(惱)。焦ヌ(焦)燥ヌ(燥)。滴溜揃(撲)那鞭着。交你悠ヌ(悠)地魄散魂消。你心自量度。匹頭上把他標寫在淩煙閣。論着雄心力、劣牙爪。今日也合消。ヌヌ(合消)封妻廕子、祿重官高。

【哭皇天】

〔元〕　交我忍不住微ヌ(微)地笑。我　　迭不得把你慢ヌ(慢)地交(教)。

〔盛〕可着我忍不住微ヒ　　×笑。我若是迭不的××慢ヒ　　×交。

〔元〕來日你若《見》那鐵幞頭紅抹額。烏油甲皀羅袍。敢交你就鞍心里　　　驚倒。

〔盛〕××××　那將軍鐵幞頭紅抹額。烏油甲皀羅袍。敢把你×鞍心里鞍心里諕倒。

〔元〕若是來日到御園中、忽地門旗開處、　　　　　　　　　　脫地戰馬相交。

〔盛〕　到來日××××　××門旗開處鼕ヒ的戰鼓齊敲。衆軍納喊二馬相交。

〔元〕哎齊王呵　　　這一番　要把交。　　　　　那鞭不比銜鋼槍搠、　　　雙眸劍鑿。

〔盛〕××××我着你這一番你要把捉。　【烏夜啼】也不用純鋼棗搠、也不用霜鋒劍鑿。

【烏夜啼】盛本は、前曲の末二句から。

〔元〕【烏夜啼】雖　是沒傷損難貼金瘡藥。敢　　二十年青腫難消。若不去脊梁上敢向鼻凹里落。
〔盛〕　　　　　雖然是沒傷損難貼金瘡藥。敢着你二十年青腫難消。若不去脊梁上敢向鼻凹里落。

〔元〕諕的　怯ヌ(怯)喬ヌ(喬)。難畫(畫)難描。我則見　的留的立不住腿脡搖。
〔盛〕諕的他怯ヒ　　喬ヒ　　。難畫　　難描。我×見他戰競ヒ都速ヒ腿脡搖。

〔元〕圪撲ヌ(撲)地把不住心頭跳。不如告休和、伏低弱。留得性命、落得軀殼。
〔盛〕磕撲ヒ　　×把不住心頭跳。不如告休×、伏低弱。留的性命、落的軀殼。

【尾】　盛本【尾聲】
〔元〕可知道金風未動蟬先覺。那寶劍得來你怎消。不出君王行廝般調。侵着眉㽔(稜)、際(擦)着眼角。
〔盛〕×××金風未動蟬先覺。　　敵手胷襟怎推調。　　　　　　點鋼鎗微ヒ的便輕抹着。

〔元〕則若是輕ヌ(輕)的虎眼鞭末(抹)着。　　穩情取你那天靈蓋半截不見了。[下]
〔盛〕　　　　　　　　虎眼鞭輕ヒ的若犯却。　　把你那盖世的功勳斷送了。

氣英布校勘表

新刋關目漢高皇濯足氣英布

第一折

・テキスト

〔元〕元刋本、〔臧〕『元曲選』「漢高皇濯足氣英布」、〔納〕『納書楹曲譜』正集卷二「賺布」

・本文

〔元〕［止(正)末扮英布引卒子上開］ム(某)乃黥額夫□(英)布。□□覇王麾下鎭守着楊(揚)州六合淮地。漢中王有意東遷、衆臣子房已奏、陛下不可、有于子琪告變、不合襲於殿後。漢王不從、濉水大敗、折漢軍四十六萬片甲不回。

〔臧〕省略

《仙呂》【點絳唇】

〔元〕楚將極多。漢軍微末特輕可。戰不到十合。　　　向濉水河邊×破。

〔臧〕楚將極多。漢軍微末眞輕可。戰不到十合。早已在向睢水×邊廂破。

〔納〕楚將極多。漢軍微末眞輕可。戰不到十合。早已在向濉水×邊廂破。

【混江龍】

〔元〕今番已過。這回不索起干戈。　主公倚仗着×范增英布、怕甚末韓信蕭何。

〔臧〕今番且過。這廻休再動干戈。＊　　　憑着喒范增英布、怕甚麼韓信蕭何。

〔納〕今番且過。這回休再動干戈。　　　　憑着喒范增英布、怕甚麼韓信蕭何。

＊〔臧〕［帶云］喒項王呵、［唱］

〔元〕我則待獨分兒興隆起楚社稷、　怎肯交劈半兒停分做漢山河。［外云了］

〔臧〕喒待要獨分兒興隆起楚社稷、那裏肯×劈半兒停分做漢山河。　×××

〔納〕喒待要獨分×興隆起楚社稷、那裏肯×劈半×停分做漢山河。　×××

〔元〕××××××××　××××××××　××××××××　××××××××

〔臧〕常則是威風抖擻。斷不把鋭氣消磨。拚的箇當場賭命、怎容他遣使求和。＊

〔納〕常則是威風抖擻。斷不把鋭氣消磨。拚的個當場賭命、怎容他遣使求和。

＊〔臧〕［丑扮探馬上］［卒做報科云］喏、報元帥得知、有探馬報軍情到來也。［正末唱］

〔元〕堦直下人來報、××××××××××　不由我嗔容忿ヌ(忿)、
〔臧〕喒則見撲騰騰、這探馬兒闖入旗門左。不由喒嗔容忿忿、　＊
〔納〕喒則見撲騰騰、這探馬兒闖入旗門左。不由喒嗔容忿忿、
＊〔臧〕[做拍案科、云] 兀那探子、有甚的緊急軍情、與喒報來。[探子云] 有漢王遣一使臣、喚做隨何、帶領二十騎人馬、特來迎報元帥、敬此報知。[正末唱]

〔元〕×××冷笑××呵ヌ(呵)。＊
〔臧〕都付與冷笑的這呵呵。　＊
〔納〕都付與冷笑的這呵呵。
＊〔元〕[《云》] 隋何來。他是漢家臣、這的是楚軍寨、他來這里有甚事。這漢好大膽呵。[怒唱]
＊〔臧〕[云] 那隨何是漢家的臣子、喒這裏是楚家的軍寨、他爲什麼事要來迎接喒。那廝好大膽也。[唱]

【油葫蘆】

〔元〕這漢似三歲孩兒小覷我。　怎生敢恁末。　是他不尋思到此怎收羅。
〔臧〕那廝把三歲孩童小覷我。便這等敢恁麼。難道他不尋思到此怎收羅。
〔納〕那廝把三歲孩童小覷我。便這等敢恁麼。難道他不尋思到此怎收羅。

〔元〕恰便似寒森ヌ(森)劍戟傍邊過。有如他明颩ヌ(颩)斧鉞叢中坐。是他××忒不合。
〔臧〕恰便似寒森森　劍戟峯頭臥。恰便似明颩颩　斧鉞叢中過。×他可也忒不合。
〔納〕恰便似寒森森　劍戟峯頭臥。恰便似明颩颩　斧鉞叢中過。×他可也忒不合。

〔元〕×××忒聘(騁)過。恰便似×个飛蛾兒急颭颭來投火。　便是他自攬下一頭蹉。
〔臧〕他可也忒放潑。　恰便似一箇飛蛾兒急颭颭來投火。這的是他自攬下一頭蹉。
〔納〕他可也忒放潑。　恰便似××飛蛾兒急颭颭來投火。這的是他自攬×一頭蹉。

【天下樂】

〔元〕這漢滅相自家煞小可。如還我。不壞了他。則俺那楚王知到做了咱的罪過。
〔臧〕怎不教我登時殺壞他。便我做活佛活佛怎定奪。＊喒將他來意兒早識破。
〔納〕怎不教我登時殺壞他。便我做活佛活佛怎定奪。　喒將他來意×早識破。
＊〔臧〕[做沈吟科、云] 哦、喒知道他來意了也。[唱]

〔元〕他待要使見識、廝勾羅。不由我按不住心上火。＊
〔臧〕他道是逞不盡口內詞、　却教喒案不住心上火。＊
〔納〕他道是逞不盡口內詞、　却教喒按不住心上火。

＊〔元〕［《云》］小校那里。如今那漢過來、持刀斧手便與□(我)殺丁(了)者。交那人過來。
＊〔臧〕［帶云］令人、一壁廂准備刀斧伺候者。［卒云］理會的。［正末唱］

〔元〕×××××××××××××××　＊
〔臧〕喒如今先備下這殺人刀門扇似濶。＊
〔納〕喒如今先備下這殺人刀門扇似濶。

＊〔元〕［等隋何過來見了］［唱賓］住者。你休言語。我根前下說詞那。［等隋何云了］
＊〔臧〕［云］令人、與喒將隨何抓進來。［卒應科］［隨何佩劍引從者上］［卒做拿隨何入見科］［隨何云］賢弟、我與你是同鄉人、又是從小裏八拜交的兄弟、只爲各事其主、間別多年。今日特來訪你、只該降階接待纔是、怎麼敎刀斧手將我簇擁進來、此何禮也。［正末唱］

【那吒令】『納書楹曲譜』は【哪吒令】

〔元〕　　　　三對面、先生行道破。那里是八拜交、仁兄來探我。是你个兩賴子、隋何來說我。＊
〔臧〕喒道你這三對面、先生來瞰我。那裏是八拜交、仁兄來訪我。多應是兩賴子、隨何來說我。＊
〔納〕喒道你這三對面、先生來瞰我。那裏是八拜交、仁兄來訪我。多應是兩賴子、隨何來說我。

＊〔元〕［等外云了］
＊〔臧〕［隨何云］我好意來訪你、下甚麼說詞、要這等隄防我那、［正末唱］

〔元〕你××待要着死撞活。將功折過。你休那里信口開呵。
〔臧〕你怕不待××死撞活。×功折過。×一謎裏信口開合。＊
〔納〕×怕不待××死撞活。×功折過。×一謎裏信口分合。

＊〔臧〕［隨何云］賢弟、不是我隨何誇說、我舌賽蘇秦、口勝范叔、若肯下些說詞、也不由你不聽哩。［正末云］噤聲。［唱］

【鵲踏枝】

〔元〕你那里話兒多。着言語廝多羅。你正是剔蝎撩蜂、暴虎馮河。
〔臧〕你那裏話兒多。×××廝勾羅。你正是剔蝎撩蜂、暴虎馮河。

〔納〕你那裏話兒多。×××厮勾羅。你正是剔蝎撩蜂、暴虎馮河。

〔元〕誰交你自創入龍潭虎窩。　飛不出地網天羅。
〔臧〕誰着你鑽頭就鎖。　　　也怪不的喒故舊情薄。
〔納〕誰着你鑽頭就鎖。　　　　怪不的喒故舊情薄。

【寄生草】
〔元〕你將你舌尖來扛、我×將我劍刄×磨。我心頭怎按×無明火。我劍鋒磨×吹毛過。
〔臧〕你將那舌尖兒扛、喒則將×劍刄兒磨。喒心頭早發起無明火。這劍頭磨的吹毛過。
〔納〕你將那舌尖兒扛、×則將×劍刄兒磨。喒心頭早發起無明火。這劍頭磨的吹毛過。

〔元〕你舌頭便是亡身禍。　　你道是特來救我目前憂、嗽你正是不知自己在壕中臥。＊2
〔臧〕你舌頭便是亡身禍。＊1　你道是特來救喒目前憂、×敢可也不知自己在壕中坐。＊2
〔納〕你舌頭便是亡身禍。　　你道是特來救喒目前憂、×敢可也不知自己在壕中坐。

＊1〔臧〕［隨何云］賢弟、你的亡身禍倒在目前、我隨何特來救你哩。［正末做喝科云］噤聲。［唱］

＊2〔元〕［《云》］你道是救我來。你說我有甚罪過。［等外云三个死字了］［做背驚云］打呵打着實處、道呵道着虛處。這漢怎生知道。我雖有這罪過、如今赦了我也。［等天臣上去(云)了］

＊2〔臧〕［云］令人鬆了綁者。［卒做放隨何科］［正末云］且請過來相見。［做拜科云］仁兄可也受驚了、彼此各爲其主、幸勿介懷。［隨何云］這也何足爲驚、只可惜、賢弟、你的禍就到了也。［正末云］喒的禍從何來。［隨何云］這等你敢說三聲沒禍麼。［正末云］不要說三聲、便百二十聲、喒也說。喒有什麼禍在那裏。［隨何云］賢弟、你是箇武將、只曉的相持厮殺的事、却不知揣摩的事。你道是項王親信、你比范增何如。［正末云］那范增是項王的謀臣、稱爲亞父、喒怎麼比的他。［隨何云］那范增爲着何事、就打發他歸去、死於路上那。［正末云］他則爲陳平反間之計、以太牢饗范增使者、以惡草具待項王使者、項王疑他歸漢、因此放還居巢、路上死的。［隨何云］賢弟旣知范增見疑之故、則你今日之禍亦可推矣。［正末云］你道項王疑喒是些甚麼來。［隨何云］當日我漢王襲破彭城時、項王從齊國慌忙趕回、進則被漢王據其城池、退則被彭越抄其輜重、兵疲糧竭、自知不能取勝、所以特徵賢弟。一來憑仗虎威、二來要借這一枝生力人馬、壯他軍氣、眞如飢兒之待哺、何異旱苗之望雨。乃賢弟稱病不赴、欲項王無疑、其可得乎。若項王與漢戰而不利、勢方倚仗賢弟、再整干戈、倒也無事。今漢王大敗虧輸、項王意得志滿、更加以龍且之譖、日在耳傍、必且陰遣使臣、胡你罪釁、此不但范增之禍已也、賢弟請自思之。［卒子報云］喏、報元帥得知、楚國使命到。［正末做驚科］［唱］

【玉花秋】
〔元〕那里發付這殃人貨。勢到來怎生奈何。××楚國天臣還見×呵。其實也難收斂怎求和。＊
〔臧〕那裏發付這殃人貨。勢到來如之奈何。若是楚國天臣×見了呵。其實×難廻避怎收撮。＊
〔納〕那裏發付這殃人貨。勢到來如之奈何。若是楚國天臣×見了呵。其實×難廻避怎收撮。
＊〔元〕［《云》］小校裝香來。［《唱》］
＊〔臧〕［云］令人、快與喒裝香案、迎接者。［唱］

〔元〕我與你一下里相迎你且一下里趓。＊
〔臧〕　　喒一下裏相迎你且一下裏趓。＊
〔納〕　　喒一下裏相迎你且一下裏趓。
＊〔元〕［《云》］你且兀那屛風背後趓者。［等使命開了］［《云》］我道楚使來取我首級、却元來不是、到赦了我罪過。
＊〔臧〕［云］仁兄、你只在屛風後躱者。［淨扮楚使上、云］楚王手敇到來、英布跪聽者。［敇曰］天祚吾楚、寡人親率萬騎、擊劉季於靈壁之東、破其甲士四十六萬、一時睢水爲之不流。汝雖病不能赴、亦無籍汝爲也、茲特布捷書、使汝聞知。汝其加餐自愛、以胥後會。［正末跪受敇科］［背云］喒被那廝這一番說話、只道楚使之來、必然見罪、取喒首級、却元來是宣捷的。早使那廝預先躱過、不等使臣看見、也還好哩。［唱］

【後庭花】（元刋本は【后亭花】）
〔元〕不爭這楚天臣明道破。却把你个漢隋何謊對脫。＊
〔臧〕不爭這楚天臣明道破。却把你箇漢隨何謊對脫。＊
〔納〕不爭這楚天臣明道破。×把你個漢隨何謊對脫。
＊〔元〕［《云》］　　　去了天臣呵。［《唱》］
＊〔臧〕［帶云］喒則等使臣去了呵。［唱］

〔元〕我如今喚你來從頭兒問、隋何看你×支吾咱說个甚末。
〔臧〕　喒便喚他來從頭兒問、××看他巧支吾×說箇甚摸。
〔納〕　喒便喚他來從頭×問、××看他巧支吾×說個甚麼。

〔元〕　　　這風波。　　忒來的歇禍。元來都番成他的佐科。＊
〔臧〕非是喒起風波。都自己惹灾招禍。且看他這一番怎做科。那一番怎結末。＊
〔納〕　　喒起風波。都自己惹災招禍。且看他這一番怎收科。那一番怎結末。
＊〔元〕［等外出來共使命相見了］［做門外猛見科《云》］這漢大膽麼。誰請你來、自走出

來了。［做共外打手勢科《云》］你且藏者。

＊〔臧〕［隨何做出見楚使云］英布業已歸漢、你來此怎麼。［楚使云］英將軍、這是何人。［正末做不能應科］［隨何云］我是漢王使者隨何、因你項王聽信龍且之譖、使英布不能自安、已擧九江之兵歸降於漢、特遣小官親率二十餘騎到此迎接。我饒你快回去罷。［楚使云］英將軍、你豈有降漢之理。［正末做不能應科］［隨何云］賢弟、你既歸漢、便當背楚、却騎不得兩頭馬的。今已被楚使看見、不如殺之、以滅其口。［做拔劍殺楚使科］［正末做奪劍不及科］［云］仁兄、則被你害殺喒也。［唱］

【金盞兒】

〔元〕諕的我面沒羅。口答合。　想伊××××××膽到天來大。

〔臧〕諕的喒面沒羅。口搭合。誰似你這一片橫心惡膽×天來大。

〔納〕諕的喒面沒羅。口搭合。誰似你這一片橫心惡膽×天來大。

〔元〕料應把那口吹毛過的劍先磨。　坑察的着咽脛(頸)、血瀝(瀝)ヌ(瀝)帶着肩窩。

〔臧〕沒來由引將狼虎屋中窩。　這一箇宣捷的有甚麼該死罪、這一箇仗劍的莫不是害風魔。

〔納〕沒來由引將狼虎屋中窩。　這一個宣捷的有甚麼該死罪、這一個仗劍的莫不是害風魔。

〔元〕不爭你殺了他楚使命、則被你送了我也漢隨何。＊

〔臧〕不爭你殺了他楚使命、則被你送了喒也漢隨何。＊

〔納〕不爭你殺了他楚使命、則被你送了喒也漢隨何。

＊〔元〕［《云》］拿着那漢者。這人大膽、俺楚家使命、你如何敢殺了他。［等外云了］［《云》］我門外搖着手、意里道你且休出來、且藏者。我幾時交你殺了他使命來。［等外再云了］［怒云］小校拿着這漢。咱見楚王去來。［等外云了］［做慘科］［背云］我若拿將這漢見楚王去、這漢是文字官、不曾問一句、敢說一堆老婆舌頭。我是个武職將、幾時折辨過來。［做尋思科住］

＊〔臧〕［云］令人、拿下隨何、待喒送他親見項王去來。［卒應做拿隨何科］［隨何云］不消綁得、我就隨你見項王去。你那箇對頭龍且、正在項王左右、我又是箇辯士、一口指定你要擧兵歸漢、着我引二十騎來迎接也是你來、着我殺楚使滅口也是你來。你說的一句、我還你十句、看道項王疑我、還是疑你、那龍且譖我、還是譖你。［正末做嘆氣科、云］嗨、喒若拿那廝見項王去、那廝是能言巧辯之士、口裏含着一堆的老婆舌頭。喒是箇麤鹵武將、到得那裏、只有些氣勃勃的、可半句也說不過來。罷、罷、罷、喒也不要你去了、令人、且放了他者。［卒做放科］［正末唱］

【鴈兒】『納書楹曲譜』は【醉鴈兒】

〔元〕楚王若是問我。　＊
〔臧〕楚王若是問英布。＊
〔納〕楚王若是問英布。
＊〔元〕［《云》］英布。他是漢家、咱是楚家。你不文書叫他去沙、他如何敢來。［《唱》］
＊〔臧〕［帶云］那項王問道他是漢家、你是楚家、若是你不將書去接他。［唱］

〔元〕到底難將伊着末。　你恰施劣缺、顯雄合。　你个哥。＊
〔臧〕他怎敢便帶領着二十人、到軍寨裏鬧鑊鐸。那其間哥。
〔納〕他怎敢便帶領×二十人、到軍寨裏鬧鑊鐸。那其間、
＊〔元〕［《云》］哎你殺了他楚使。［《唱》］

〔元〕　　却不道我如何。＊
〔臧〕可教喒答應是如何。＊
〔納〕可教喒答應是如何。
＊〔元〕［《云》］似此怎生了。［等外云降漢了］［《云》］你交我降你漢家。這楚王不曾虧我。我便降漢、肯重用麼。［外云了］
＊〔臧〕［隨何云］賢弟、你只說已擧兵降漢便了。［正末云］事勢至此、也不得不歸漢了。只一件要與你說過、喒在楚、項王相待頗重、如今要漢王待喒更重如項王、喒方甘心背楚歸漢也。［隨何云］那項王待你有甚重處。你與他救鉅鹿、破秦關、殺義帝、功非小可、只封的你當陽君之職。我漢王豁達大度、凡克城邑、即便封賞、曾無少吝、所以英雄之士、莫不歸心。賢弟、你不見韓信乎。他本一亡將、聽蕭何之薦、即日築臺拜爲大帥。何況賢弟雄名久著、漢王必當重用、取王侯如反掌耳。請賢弟早決歸降之心、無使自誤。［正末唱］

【收尾】『元曲選』・『納書楹曲譜』は【賺煞】
〔元〕×休把我廝催逼、相擴掇。英布去今番去波。我若是不反了重瞳楚項藉（籍）、
〔臧〕你休將喒廝催逼、相擴掇。英布也今番去波。　不爭我服事重瞳沒箇結果。
〔納〕×休將喒廝催逼、相擴掇。英布也今番去波。　不爭我服事重瞳沒個結果。

〔元〕赤緊的做媳婦兒先惡了翁婆。怎存活。×便似睜着眼跳黃河。
〔臧〕赤緊的做媳婦×先惡了公婆。怎存活。恰便似睜着眼跳黃河。
〔納〕赤緊的做媳婦×先惡了公婆。怎存活。恰便似睜着眼跳黃河。

〔元〕你則着我歸順您×××君王較面闊。你這里怕不×千般兒啜摩。

〔臧〕你×着喒歸順他隆準的君王較面闊。你這裏怕不有千般×揣摩。
〔納〕你×着喒歸順×隆準的君王較面濶。你這裏怕不有千般×揣摩。

〔元〕却將我一時間謾過。交人我則怕你沒實誠閑話我赤心多。［下］
〔臧〕却將喒一時間瞞過。×××則怕你弄的喒做了尖擔兩頭脫。［卒隨下］ ＊
〔納〕却將喒一時間瞞過。×××則怕你弄的喒做了尖擔兩頭脫。

＊〔臧〕［隨何云］那英布歸漢了也。我若是不殺他楚使、他怎肯死心榻地便肯歸降。我當時在漢王根前曾出大言、如今果應吾口也、與儒生添多少光彩。只等英布兵起之日、我引著二十騎隨後進發便了。［詩云］兵間使事誰能料、當陽片言立應召。從此儒冠穩放心、免教又染君王溺。［下］

第二折

・テキスト

〔元〕元刋本、〔臧〕『元曲選』

〔元〕［正末上《云》］隋何、咱閑口論閑話、這里離城皐關則是一射之地。你言請我降漢、交天子擺半張鸞(鑾)駕出境來接、兀的太子爲甚不來接。［等外末云了］［《云》］你是个謊說的好。

〔臧〕（前略）［正末云］這等可知道來。喒如今到成皐關隔的一射之地、喒也道漢家怎沒些兒糧草接濟喒家軍馬、這便罷了、則論尋常受降之禮、也該遣人相迎纔是。［隨何云］賢弟、待不才先去報知漢王、着他擺半張鸞駕、出境迎接、你意下如何。［正末云］只是不該重勞仁兄。［隨何做別科云］這箇是我做典謁的本等。［詩云］暫時匹馬去、少刻八鸞迎。［下］［正末云］隨何去了也、便漢王患箭瘡不能出境親接、少不的將官也差幾箇迎咱。令人、分付衆軍馬慢慢行者。［衆應科］［正末唱］

《南呂》**【一枝花】**
〔元〕抵多少不欽奉皇〇(帝)宣、不遵敬將軍令。不由我不背反、不由我不掀騰。
〔臧〕抵多少×遵承帝王　　宣、×稟受將軍令。不由喒不叛反、不由喒不掀騰。

〔元〕　　　　兩國爍(攙)爭。　難使風雷性。三不歸一滅行。
〔臧〕現如今兩國吞　　倂。使不的風雷性。且朦朧入漢城。

〔元〕着死圖生。　　　　　　　　　劍斫了×差來的使命。

〔臧〕也是喒不合就聽信了這一謎的浮詞、劍砍了那差來的使命。

【梁州】　元曲選作【梁州第七】

〔元〕不由我實丕ヌ(丕)興劉滅楚、却這般笑吟ヌ(吟)背暗投明。

〔臧〕却教喒實丕丕　　興劉滅楚、×××笑吟吟　　背闇投明。

〔元〕×××太平只許將軍定。折末×提人頭廝摔、噙熱血相噴。

〔臧〕這的是太平本是將軍定。折末他提人頭廝摔、噴熱血相傾。

〔元〕折末勢雄ヌ(雄)廝併。　威糾ヌ(糾)相持、　齊臻ヌ(臻)領將排兵。鬧垓ヌ(垓)虎鬪龍爭。

〔臧〕××勢雄雄要分箇成敗、威糾糾要決箇輸嬴。齊臻臻　　領將排兵。鬧垓垓　　虎鬪龍爭。

〔元〕俺也曾濕浸ヌ(浸)臥雪眠霜、　　　圪搽ヌ(搽)登山驀嶺。俺也曾緝林ヌ(林)劫寨偷營。

〔臧〕喒也曾濕浸浸　　臥雪眠霜、喒也曾磕擦擦　　登山驀嶺。喒也曾緝林林　　劫寨偷營。

〔元〕隋何×喒是×綰角兒弟兄。×××漢中王不把咱欽敬。都說他×××是眞命。

〔臧〕隨何也喒是你綰角兒弟兄。怎生來漢×王不把喒欽敬。你說他有龍顏是眞命。

〔元〕　似這般我覷重瞳×××煞輕省。　那武藝我手里怎地施呈。＊

〔臧〕因此上將楚國重瞳看的忒煞輕。　哎隨何也須索箇心口相應。＊

＊〔元〕［做到寨科］［城外屯軍了］［等外末云了］［《云》］我則這營門外等者。你則疾出來。

＊〔臧〕［卒報云］稟元帥得知、已進成皐關了也。［正末云］那隨何去了許久、怎生還不見漢王出來迎接、這也可怪。［做沈吟科云］怎麼連隨何也不來了。令人、與喒箚下營寨者。［卒云］理會的。［正末唱］

【隔尾】

〔元〕我這里撩衣破步寧心等。瞑目攢眉側耳听。我恰待高叫聲隋何＊

〔臧〕　喒這屯營箚寨寧心等。瞋目攢眉側耳聽。×恰待高叫聲隨何

＊〔元〕［《云》］那漢一步八个謊。［《唱》］

〔元〕　　　　　　　　　却也喚不噟(應)。我則道是有人、×覷了這動靜。＊
〔臧〕你那一步八箇謊的可也喚不應。　　喒則道是有人、來覷×喒動靜。＊
＊〔元〕［《云》］元來不是人。［《唱》］
＊〔臧〕［做看科云］可不是。［唱］

〔元〕××××××××××××
〔臧〕喒則道是有人來供喒使令。＊
＊〔臧〕［做看科云］可又不是呸。［唱］

〔元〕却是這古刺ヌ(刺)風擺動營門前是這××繡旗×影。＊
〔臧〕却元來撲剌剌　　風擺動轅門××這一幅繡旗的影。＊
＊〔元〕［等外出來了］［做怒云］鸞(鑾)駕那里也。隋何、我知道、自古已來、那里有天子接降將禮來。隋何、一句話、則是你忒說口了些个。［做過去見駕拜住］［做猛見濯足科］［做氣煩惱意科］［怒唱］
＊〔臧〕［隨何上］［正末做見怒科、云］喒問你這半張鸞駕恰在那裏。［隨何云］賢弟、我不才失言了。漢王若是箭瘡好了、莫說半張鸞駕出境迎接、便是全副鸞駕也不爲難。只因瘡口未收、不便勞碌。況他周勃、樊噲一班人將、都是尚氣的人、在漢王根前說你初來歸降、未有半根折箭功勞。自古以來、那曾見君王親迎降將之禮。我不才道是賢弟虎威、非他將可比、爭些兒磨了半截舌頭。終是漢王爲樊噲等所阻、使不才說了謊話、如之奈何。［正末云］事已至此、難道他不來迎、喒依舊回還九江不成。 如今漢王在那里。待喒見去。［隨何云］漢王現臥帳中、你隨我入營見來。［正末云做臨古門見科］［漢王引二宮女上做濯足科］［正末做怒科］［唱］

【牧羊關】
〔元〕分明見劉沛公濯雙足、　慢自家有四星。　却交我撲鄧ヌ(鄧)按不住雷霆。
〔臧〕分明見劉沛公濯雙足、覷當陽君沒半星。直氣的喒不鄧鄧　　按不住雷霆。

〔元〕眼睜ヌ(睜)謾打回合、氣撲ヌ(撲)還添意掙。××××怒從心上起、惡向膽邊生。
〔臧〕眼睜睜　　慢打回合、氣撲撲　　重添虀掙。不由喒不怒從心上起、惡向膽邊生。

〔元〕却不×見客如爲客、您做的个輕人還自輕。＊
〔臧〕却不道見客如爲客、××××輕人還自輕。＊
＊〔元〕［做怒住　出來氣科《云》」濯足而待賓、我不如你脚上糞草。衆軍聽我將令、則

今日便回去。[等外云了][《云》]住ヌ(住)、我若見楚王、楚王問我、英布、你降漢家、今日不用你也、你却來。與推轉者。海(嗨)、這的便好道有家難奔、有國難投。

＊〔臧〕省略

【哭皇天】

〔元〕誰將我這背(臂)膊來牢扶定。[外云了][怒放]待古你是××知心好伴等。

〔臧〕是誰人這般信口胡答應。　　　　　　　　　　大古裏是你箇知心好伴等。

〔元〕潑劉三端的是、ヌヌ(端的是)負功臣。　　既劉沛公無君臣××義分、

〔臧〕××××××　××　　　　×××　則你那劉沛公無君臣的新義分、

〔元〕嗏漢隋何×嗒×有甚麼相知××面情。＊

〔臧〕哎×隨何也嗒與你甚麼弟兄的舊面情。＊

＊〔元〕[帶云]你把劉邦來奚落、將英布相扶。[《唱》]

＊〔臧〕省略

〔元〕這公事其中間都是你××的嬖倖。　你殺了他生性。你失了他信行。＊

〔臧〕這××其×間都是你隨何×弊倖。據着嗒一生氣性。半世威風。若不看你少年知識往日交遊、只消嗒佩中劍支楞支楞的響一聲。折末你能言巧辯、早做了離鄉背井。

＊〔元〕[帶云]若不看從來相識、往日班行、這堝兒番了面皮。

【烏夜啼】

〔元〕敢交你這漢隋何這答兒里償了俺那天臣命。×××漢中王見面不如聞名。

〔臧〕那其間這漢隨何×××不償了嗒×天臣命。則你箇劉沛公見面不如聞名。

〔元〕　　分明見把自家倩(？)。交你做了人情。交我□浦滕。

〔臧〕你道是善相持能相競。　　用不着嗒軍馬崩騰、武藝縱橫、

〔元〕　　覷楚江上(山)××似火上弄冬凌。漢乾坤×××如碗內拿蒸餅。

〔臧〕則教你楚江山　　覷不得火上弄氷凌。漢乾坤也做不得碗內拿蒸餅。

〔元〕　　　　你×也不言語、不答應。　　却不但行好事、　莫問前程。＊

〔臧〕哎隨何也你怎麼不言語、不承領。從今後將軍不下馬、各自奔前程。＊

＊〔元〕[等外云了][做氣怒科《云》]四十萬大軍听者、我也不歸漢、也不歸楚、一發驪

山内落草爲賊。隋何、我説與你。我若反呵、抵一千个覇王便算。[做氣不忿科]
＊〔臧〕省略

臧本（『元曲選』）は、ここに【罵玉郎】【感皇恩】【採茶歌】の各曲が入る。

【收尾】『元曲選』は【煞尾】
〔元〕不爭×漢中王這一遍無行逕(徑)。單注着劉天下爭十年不太平。
〔臧〕不爭教劉沛公這一徧無行徑。　　單注定漢天下有十年不太平。

〔元〕心中焦意下穎。氣如虹汗似傾。劉家邦怎要淸。劉家邦至不寧。
〔臧〕他只要自稱尊、自顯能。覷的人糞土般汚、草芥般輕。激的喒引領大兵。還歸舊境。

〔元〕怨隋何枉保奏、自摧殘自急竟。　　　　　幾番待共這説我的隋何×不干淨。＊
〔臧〕汗似湯澆、怒似雷轟。直抵着二十箇覇王沒的支撑。連你箇説喒的隨何也不乾淨。＊
＊〔元〕[等外末云了][打喝][唱]
＊〔臧〕省略

〔元〕你那里噤聲〻〻(噤聲)。誰待將恁那沒道禮(理)的君王他那聖〇(旨)來等。[下]
〔臧〕×××××××　　　　誰待將你那無道×　　的君王×做聖明　　來等。＊
＊〔臧〕省略

第三折

・テキスト
〔元〕元刋本、〔臧〕『元曲選』

・本文
〔元〕[正末上　怒云] 休動樂者。英布、你自尋下這不快活來受。
〔臧〕省略

《正宮》【端正好】
〔元〕　　鎭淮南、无征鬪。倒大來散袒優游。
〔臧〕則喒這鎭江淮、無征鬪。倒大來散誕優游。

〔元〕　　　　信隋何說謊謾人口。　待把富貴奪功名就。
〔臧〕不爭的信隨何說謊謾天口。你道喒封王業時當就。

【滾繡毬】元刊本は【袞秀毬】
〔元〕折末恁皓齒謳。綿臂鞲(韝)。列兩行翠裙紅袖。製造下百味珍羞。
〔臧〕折末恁皓齒謳。綿瑟搊。　　列兩行翠裙紅袖。更擺設百味珍饈。

〔元〕顯的我越出醜。好呵我元來則爲口。待古里不曾喫×酒肉。
〔臧〕顯的喒越出醜。××却元來則爲口。大古裏不曾喫些酒肉。

〔元〕　　您送的我荒ヌ(荒)有國難投。　　恁便做下那肉麵山也壓不下我心頭火、
〔臧〕則被您送的人××　也有國難投。折末您×造起×肉麪山也壓不下喒心頭火、

〔元〕造下那酒食海也充(洗)不了我臉上羞。須有日報冤讐。＊
〔臧〕鑿成×酒醴海也洗　　不了喒臉上羞。怎做的楚國亡囚。＊
　＊〔元〕［等外把盞科］［做不喫酒科］
　＊〔臧〕省略

【倘秀才】
〔元〕既×共俺×參辰卯酉。誰×吃恁這閑茶浪酒。
〔臧〕×喒與您做參辰卯酉。誰待喫×這閒茶浪酒。＊
　＊〔臧〕［隨何云］賢弟、這一位是軍師張子房。［正末唱］

〔元〕×你一个燒棧道的先生忒絕後。你當日×施謀略、運機疇(籌)。煞有。＊
〔臧〕哎您這箇燒棧道的先生忒絕後。您當日箇施謀略、運機籌。　　煞有。＊
　＊〔元〕［等子房云臣僚了］［《云》］丞相、你說漢朝有好將軍、好宰相、有誰、你說。［等子房云王陵了］［《云》］王陵比我曾沽酒。［等又云周勃了］［《云》］周勃比我曾吹簫送殯。［等又云隋何了］［《云》］您漢朝子一个好隋何。［等隋何云了］［《云》］他隋何祖上是燕國上大夫。他家里曾鑽秤。［《等子房云樊噲了》］［《云》］您子一个好樊噲。［等子房云了］
　＊〔臧〕［隨何云］這一位是建成侯曹參。［正末云］好曹參、他會提牢押獄哩。［隨何云］這一位是威武侯周勃。［正末云］好周勃、他會吹簫送殯哩。［隨何云］這一位是平陰侯樊噲。［正末云］好樊噲、他會宰猪屠狗哩。［樊噲做怒科云］他笑我屠狗麼、咄、你是黥布、我可也不似你會殺人放火做強盜。［正末唱］

【滚繡毬】元刋本は【袞秀毬】

〔元〕　一个樊噲封做萬戸侯。他比我××曾殺狗。　　　托賴着帝王親舊。　統領着百萬貔貅。

〔臧〕元來這樊噲也做萬戸侯。他比喒單則曾殺狗。無過是托賴着君王親舊。現統領着百萬貔貅。

〔元〕　和我不故友。枉插手。他怎肯去漢王行保奏。　我料來子房公子你傖頭。

〔臧〕他和喒非故友。枉插手。他怎肯去當今×保奏。哎元來這子房也是箇傖頭。

〔元〕　　　一池綠水渾都占、　却怎不放傍人下釣鉤。不許根求。＊

〔臧〕您待把一池綠水渾都佔、您生來不放傍人下釣舟。却敎喒何處吞鉤。＊

＊〔元〕［等外云了］［《云》］丞相這般說、我來降漢、我須沒歹意。您濯足而待賓、我不如您脚上糞草。［《等外云了》］［《云》］是天子從小里得來的證候。

＊〔臧〕省略

【脫布衫】

〔元〕那時節×豐沛縣里草履團頭。　　　早晨間露水里尋牛。驪山驛監夫步走。拖狗皮醉眠石臼。

〔臧〕那時節在豐沛縣×草履團頭。常則是早辰間露水裏尋牛。驪山驛監夫步走。拖狗皮醉眠石臼。

【小梁州】

〔元〕　那時節偏沒這般淹證候。　　　陡恁的納諫如流。　　　　　輕賢傲士慢諸侯。

〔臧〕這的是從小裏染成腌證候。可不道服良藥納諫如流。誰似你這般輕賢傲士沒謙柔。

〔元〕　　　无勤厚。　　惱犯我如潑水怎生收。＊

〔臧〕激的喒爲讐寇。到如今都做了潑水怎生收。＊

＊〔元〕［《云》］我不認得恁劉沛公、放二四、拖狗皮、是不回席。［《駕上》］［《云》］兀的不羞殺微臣。［等駕做住　把盞了］

＊〔臧〕省略

【唱(么)】臧本は【么篇】

〔元〕被聖恩威攝(慴)的忙饒後。　見笑吟ヌ(吟)滿捧着金甌。見他忙勸酒。施勤厚。＊

〔臧〕喒則道遣紅粧來進這黃封酒。恰元來劉沛公手捧着金甌。××相勸酬。能勤厚。＊

＊〔元〕［《云》］怎生見天子待花白一曾來。却又無言語了。［《唱》］
＊〔臧〕［帶云］喒本待見漢王、花白他幾句、這一會兒喒可不言語了。［唱］

〔元〕×××××××××××××　哎無知禽獸。英布×你×如××鑞槍頭。
〔臧〕早則被天威攝的喒無言閉口。哎××××　英布也你是箇銀樣鑞鎗頭。＊
＊〔元〕［等駕跪着把盞科］［做接了盞兒荒科］［背云］後代人知、漢中王幾年幾月幾日、在館驛內跪着英布吃了一盞酒、便死呵也死的着也。［拜唱］
＊〔臧〕［正末做背科云］今日這一杯酒不打緊、使後代人知、漢王幾年幾月幾日、在英布營裏跪送一杯酒。喒英布死便死也死的着了也。［做回身拜謝科、云］謝大王賜酒。［唱］

【叨叨令】
〔元〕請你一个漢中王龍椅上端然受。早來××子房公半句兒無虛繆(謬)。
〔臧〕請你×箇漢劉王龍椅上端然受。早來到張子房×半句兒無虛謬。

〔元〕光祿司幾替兒分着前後。教坊司一派×簫韶奏。
〔臧〕光祿寺幾替兒分×前後。教坊司一派的笙歌奏。

〔元〕英布你早到快活×　也末哥、ヌヌヌヌヌ(你早到快活也末哥)、這般受用××誰能勾。
〔臧〕××兀的不快活殺喒也麼哥、兀的不快活殺喒也麼哥、　似這般受用可也誰能勾。＊
＊〔臧〕［云］人說漢王見臣子們動不動嫚罵、全無些禮體。今日看起來、都是妄傳也呵。［唱］

【剔銀燈】
〔元〕　舌剌ヌ(剌)言十妄九。村棒ヌ(棒)的呼么喝六。查沙着打死麒麟手。
〔臧〕喒則道舌剌剌　言十妄九。村棒棒　×呼么喝六。查沙着打死麒麟手。

〔元〕這的半合兒敢慢罵××諸侯。　就里則是××个、大村叟。龍椅上把身軀不收。
〔臧〕這×半合兒敢×罵徧了諸侯。元來他罵的也則是鄉間漢、田下叟。須不共英雄輩做敵頭。

【蔓精(菁)菜】
〔元〕捋袒開龍袍叩(扣)。　依法次坐着那豐沛縣里麥場頭。輳軸。
〔臧〕則見他坦心腹披袍袖。依然似枌榆社麥場秋。　笑吟吟自由。

〔元〕擧止雖然不風流。　　　　　　　　就里沒𠯟和衝寬厚。
〔臧〕××雖然做不得吐哺握髮下名流。也是喒的風雲湊。＊
　＊〔臧〕［漢王做醉睡科］［張良云］俺主公醉了也。隨大夫、你護送回營去者。［隨何扶漢王下］［張良云］請問元帥、幾時起兵救彭越去。［正末云］大王回營去了。那救彭越之事、如救火一般、豈可停留時刻的。看末將即日傳令、提兵擊項王去來。［樊噲云］你不如把這元帥的牌印讓與我老樊。當日鴻門宴上、我老樊只除下兜鍪、把守轅門的軍校一時打倒、諕得項王在坐上骨碌碌滾將下來、你可知道麼。［張良云］前日韓信拜了元帥、就壇上點名、便先斬了英蓋一員大將。今日英元帥也是俺主公親拜的、牌印在手、他要割你這頭、可也容易。［樊噲云］他也割得頭的。這等、只不如屠狗去也。［正末唱］

【柳青娘】
〔元〕　早是君王帶酒。休驚御莫聞奏。　　　　　　子房公免憂。看英布統戈矛。
〔臧〕眼見得君王帶酒。休驚御莫聞奏。喒囑付您箇張子房×莫愁。看英布統戈矛。

〔元〕今番不是誇強口。楚項藉(籍)天喪宇宙。漢中王合覇軍州。
〔臧〕今番不是強誇口。楚重瞳　　天亡宇宙。漢劉王合覇軍州。

〔元〕　　　　此番絕、厶傻了、這回休。
〔臧〕管教他似雀逢鷹、羊遇虎、一時休。

【道和】
〔元〕把軍收。ヌヌヌ(把軍收)。×江山安穩揔屬劉。不剛求。
〔臧〕把軍收。把軍收。　　　　看江山安穩盡屬劉。不剛求。

〔元〕看咱ヌヌ(看咱)恩臨厚。交咱ヌヌ(交咱)難消受。終身答報志難酬。恨無由。
〔臧〕想喒想喒　　　恩臨厚。教喒教喒　　　難消受。　這報答志難酬。肯遲留。

〔元〕直殺的喪荒坵(丘)。遙觀着征騎驟。都交他望風走。看者ヌヌ(看者)咱征鬪。
〔臧〕××××××　　　撲騰騰征騎驟。××××××　看者看者　　　喒爭鬪。

〔元〕您每ヌヌ(您每)休來救。看者ヌヌ(看者)咱征鬪。都交死在咱家手。×荒郊野外横尸首。
〔臧〕都教望着風兒走。　　　看者看者　　　喒爭鬪。都教死在喒家手。看沙場血浸横屍首。

〔元〕直殺的馬頭前急留古魯ヌヌヌ(魯魯魯)亂衮(滾)死ミミミ(死死死)死人頭。
〔臧〕直殺的馬頭前急留古魯×××　　　　亂滾滾　死死死×　　　　死人頭。

【隨煞】臧本は【啄木兒尾】
〔元〕免了媿(魏)豹憂。報了濉水讐。×殺的塞斷中原江河××溜。
〔臧〕免了彭　　越憂。報了睢水讐。直殺的塞斷××江河滔天溜。

〔元〕早子不從今已後。兩分家國指鴻溝。［下］
〔臧〕早則不從今已後。兩分疆界指鴻溝。［同卒下］＊
　＊〔臧〕省略

第四折

・テキスト

〔元〕元刋本、〔盛〕『盛世新聲』、〔詞〕『詞林摘豔』卷九無名氏「氣英布雜劇」、〔雍〕『雍熙樂府』卷一「覇王戰英布」、〔臧〕『元曲選』

・本文

〔元〕［正末〈上〉拿砌末扮探子上］
　＊〔臧〕省略

《黃鐘》【醉花陰】
〔元〕　　　楚漢爭鋒竞(競)寰宇。　楚項藉(籍)難羸(贏)敢輸。此一陣不尋俗。
〔盛〕　　　楚漢爭鋒競　　還宇。　楚項籍　　誰贏　　敗輸。此一陣不尋俗。
〔詞〕　　　楚漢爭鋒競　　寰宇。　楚項籍　　誰贏　　敗輸。此一陣不尋俗。
〔雍〕　　　楚漢爭鋒定　　寰宇。　楚項籍　　難贏　　敗輸。此一陣不尋俗。
〔臧〕俺則見楚漢爭鋒競　　寰土。那楚覇王　肯甘心　　伏輸。此一陣不尋俗。

〔元〕　　英布××誰如。摅慷慨堪堆擧。
〔盛〕　　英布××誰如。據慷慨堪稱許。
〔詞〕　　英布××誰如。據慷慨堪稱許。
〔雍〕　　英布××誰如。拒慷慨堪稱許。
〔臧〕這漢英布武勇誰如。據慷慨堪稱許。

〔元〕【喜遷鶯】多應敢曾兵書。　　沒××半霎兒　＊　熬番×楚霸主。
〔盛〕　　　　　知韜略曉兵書。　　無他那半霎兒　　　熬番了楚項羽。
〔詞〕　　　　　知韜略曉兵書。　　無他那半霎兒　　　熬番了楚項羽。
〔雍〕　　　　　善韜畧曉兵書。　　無××半霎兒　　　熬番了楚項羽。
〔臧〕　　　　　善韜畧曉兵書。＊1　沒××半霎兒　　早熬翻了楚項羽。＊2
＊〔元〕［《云》］㖞出馬來。［《唱》］
＊1〔臧〕［帶云］出馬來、出馬來。［唱］　　＊2省略

〔元〕　　　　　他那壁古刺ヌ(刺)門旗開處。　楚重瞳×陣×上高呼。無徒。殺人可恕。

〔盛〕【喜遷鶯】×××骨剌ヒ　　門旗開處。　楚重瞳在陣面上高呼。無徒。殺人可恕。

〔詞〕【喜遷鶯】×××骨剌剌　　門旗開處。　楚重瞳在陣面上高呼。無徒。刹人可恕。

〔雍〕【喜遷鶯】×××骨剌剌　　門旗開處。　楚重瞳×陣面上高呼。無徒。殺人可恕。

〔臧〕【喜遷鶯】×××骨剌剌　　旗門開處。那楚重瞳在陣面上高呼。無徒。殺人可恕。


〔元〕情理難容相欺負。　　　斷恥辱。　他道我看伊不輕、　　　我負你何辜。

〔盛〕情理難容這匹夫。他兩箇斷恥辱。　一箇道看伊不輕、　他道是負你何辜。

〔詞〕情理難容這匹大。他兩箇斷恥辱。　一箇道有伊不輕、　他道是負尔何辜。

〔雍〕情理難容這匹夫。你兩箇斷恥辱。　一箇道看你非輕、　他道是負你何辜。

〔臧〕情理難容這匹夫。兩下裏斷恥辱。那一箇道待你非輕、這一箇道負你何辜。＊
＊〔臧〕省略

【出隊子】

〔元〕㗱這壁先鋒前部。會支分能對付。床ヌヌ(床床)響颼ヌ(颼)陣×上發×金鋅(鏃)。

〔盛〕俺這里先鋒英布。會支分能擺布。味ヒ×　　　冷颼ヒ　　陣面上發×金鏃。

〔詞〕俺這里先鋒英布。會支分能擺布。味味×　　　冷颼颼　　陣面上發×金鏃。

〔雍〕俺這裏先逢英布。會支分能擺布。味味味的　　冷搜搜　　陣面上發×金鈚。

〔臧〕俺這裏先鋒前部。會支分能對付。味味味　　　響颼颼　　陣×上發箇金鏃。

〔元〕沙ヌヌ(沙沙)齊臻ヌ(臻)披(坡)前排　士卒。牙　　　　　僕剌ヌ(剌)的垓心里驟戰駒。
〔盛〕火ヒ×　　　齊臻ヒ　　軍　　前列着士卒。呀呀呀我則見不剌ヒ　　的垓心×驟戰駒。
〔詞〕火火×　　　齊臻臻　　軍　　前列着士卒。呀呀呀我則見不剌剌　　的垓心×驟戰

駒。

〔雍〕火火火　　齊臻臻　軍　前列着士卒。呀呀呀我則見不剌剌　×垓心×驟戰駒。

〔臧〕火火火　　齊臻臻　軍　前列着士卒。呀呀呀俺則見×××　×垓心裏驟戰駒。＊

＊〔臧〕省略

【刮地風】

〔元〕鼕ヌ(鼕)不待的三聲凱戰鼓。火火古剌ヌ(剌)兩面旗舒。

〔盛〕鼕鼕鼕　×××三聲索戰鼓。××骨剌ヒ　兩面旗舒。

〔詞〕鼕鼕鼕　×××三聲索戰鼓。××骨剌剌　兩面旗舒。

〔雍〕鼕鼕鼕　×××三聲凱戰鼓。××骨剌剌　兩面旗舒。

〔臧〕鼕鼕鼕　不待的三聲凱戰鼓。××忽剌剌　兩面旗舒。

〔元〕脫ヌ(脫)僕剌ヌ(剌)二馬相交處。　　　喊振天隅。我子見一來一去。不當不覩。

〔盛〕××　登時間　二馬相交處。則聽的　喊震天隅。我則見一來一去。不見羸輸。

〔詞〕××　登時間　二馬相交處。則聽的　喊震天隅。我則見一來一去。不見羸輸。

〔雍〕××　登時間　二馬相交處。則聽的　喊震天隅。我則見一來一去。不見贏輸。

〔臧〕××　撲騰騰　二馬相交處。則聽的鬧垓垓喊震天隅。俺則見一來一去。不見贏輸。

〔元〕兩疋馬、兩个人、有如星注。　使火尖鎗的××楚項羽。　是他便刺　胸脯。

〔盛〕兩疋馬、兩員將、有如星注。　一箇是火尖鎗他是那楚項羽。忽的　早正刺　胸𦟛。

〔詞〕兩疋馬、兩員將、有如星注。　一箇是火尖鎗他是那楚項羽。忽的　早正刺　胸𦟛。

〔雍〕兩疋馬、兩員將、有如星注。　一箇使火尖鎗他是那楚項羽。忽的　早正刺　胸脯。

〔臧〕兩匹馬、兩員將、有如星注。那一箇使火尖鎗正是他楚項羽。忽的呵早×刺着胸脯。＊

＊〔臧〕省略

【四門子】

〔元〕九江王　那些兒英雄處。火出(尖)《鎗》輕ヌ(輕)早放過去。
〔盛〕俺英布　那些×英雄處。見鎗　　　　　來輕ヒ的　×放過去。
〔詞〕俺英布　那些×英雄處。見鎗　　　　　來輕輕的　×放過去。
〔雍〕俺英布　那些×英雄處。見鎗　　　　　來輕輕的　×放過去。
〔臧〕俺英布正是他的英雄處。見鎗　　　　來早輕輕的　×放過去。

〔元〕兩員將各自尋門路。動彪軀輪巨毒。虛里着實、ヌ(實)里着虛。
〔盛〕兩員將各自尋門路。整彪軀統巨毒。虛里着實、ヒ　　里着虛。
〔詞〕兩員將各自尋門路。整彪軀統巨毒。虛里着實、實　　里着虛。
〔雍〕兩員將各自尋行路。整彪軀統巨毒。虛裏着實、實　　裏着虛。
〔臧〕兩員將各自尋門路。整彪軀輪巨毒。虛裏着實、實　　裏着虛。

〔元〕斷過謾各自依法度。虛里着實、ヌ(實)里着虛。　　呵連天喊舉。
〔盛〕斷過瞞各自施法度。虛里着實、ヒ　　里着虛。則聽的連天喊舉。
〔詞〕斷過瞞各自施法度。虛里着實、實　　里着虛。則聽的連天喊舉。
〔雍〕斷過瞞各自施法處。虛裏着實、實　　裏着虛。則聽的連天喊舉。
〔臧〕斷過瞞各自依法度。虛裏着實、實　　裏着虛。則聽的連天喊舉。

【山(水)仙子】　　盛本・詞本・雍本・臧本は【古水仙子】
〔元〕分ヌヌ(紛紛紛)〈ヌ〉濺土雨。靄ヌ(靄)黑氣黃雲遮　太虛。
〔盛〕紛紛紛　　　　　　　踐土雨。靄靄靄　黑霧黃雲遮　太虛。
〔詞〕紛紛紛　　　　　　　踐土雨。靄靄靄　黑霧黃雲遮　太虛。
〔雍〕紛紛紛　　　　　　　踐土雨。靄靄靄　黑霧黃雲遮了太虛。
〔臧〕紛紛紛　　　　　　　濺土雨。靄靄靄　黑氣黃雲遮了太虛。

〔元〕滕(騰)ヌ(騰)馬蕩動征塵、隱ヌ(隱)《隱》人盤在殺霧。吁ヌ(吁)《吁》馬和人都氣出。
〔盛〕不剌ヒ　　　馬蕩動征塵、隱ヒ　　　　人蟠在剎霧。××　　　　馬和人都氣促。
〔詞〕不剌剌　　　馬蕩動征塵、隱隱　　　　人蟠在剎霧。××　　　　馬和人都氣促。
〔雍〕不剌剌　　　馬蕩動征塵、隱隱隱　　　人蟠在殺霧。吁吁吁　　　馬和人都氣促。
〔臧〕刷刷刷　　　馬蕩動征塵、隱隱隱　　　人蟠在殺霧。吁吁吁　　　馬和人都氣促。

〔元〕道吉丁ヌ(丁)火鎗和斧籠罩着身軀。道足呂ヌ(呂)忽斧迎鎗數番烟焰舉。
〔盛〕×玷玎璫　×鎗和斧籠罩着身軀。×足律ヒ　　×斧近鎗數番烟焰舉。
〔詞〕×玷玎璫　×鎗和斧籠罩着身軀。×足律律　　×斧迎鎗數番烟焰舉。

〔雍〕×吉玎璫　　×鎗和斧籠罩着身軀。×促律律　　×斧迎鎗數番烟焰舉。
〔臧〕×吉當當　　×鎗和斧籠罩着身軀。×扢掙掙　　×斧迎鎗幾番烟燄舉。

〔元〕道坑察ヌ(察)着鎗和斧萬道霞光注。道斷郎ヌヌ(郎郎)呀斷凱(鎧)甲落兜鍪。
〔盛〕×扢搽ヒ　　×鎗和斧萬道霞光出。×斷瑯ヒ　　　　×斷凱　　甲落兜鍪。
〔詞〕×扢搽搽　　×鎗和斧萬道霞光出。×斷瑯瑯　　　　×斷凱　　甲落兜鍪。
〔雍〕×扢搽搽　　×鎗和斧萬道霞光出。×斷瑯瑯　　　　×斷凱　　甲落兜鍪。
〔臧〕×可擦擦　　×鎗迎斧萬道霞光出。×斷琅琅　　　　×斷鎧　　甲落兜鍪。

【收尾】　盛本・詞本・雍本・臧本は【尾聲】
〔元〕　　把×那坐下征騌(騗)猛兜住。嗔忿ヌ(忿)氣夯破胸脯。
〔盛〕　　將一匹胯下征騵　　緊兜住。嗔忿ヒ　　怒夯破胸匍。
〔詞〕　　將一匹胯下征騵　　緊兜住。嗔忿忿　　怒夯破胸匍。
〔雍〕　　將一疋胯下征騌　　緊兜住。嗔忿忿　　怒撐破胸脯。
〔臧〕嗔忿忿將一匹跨下征騌　　緊纏住。殺的那楚項羽。促律律向北忙逋。*
　*〔臧〕[打旋風科云]俺英元帥呵。[唱]

〔元〕　　生搭搵那柄黃烘ヌ(烘)簸箕來大金蘸斧。[赶霸王出][駕封王了]【散場】

〔盛〕俺英布生搭搵××明晃ヒ　　笸箕般×金蘸斧。

〔詞〕俺英布生搭搵××明晃晃　　笸箕般×金蘸斧。

〔雍〕俺英布生搭搵××明晃晃　　簸箕般×金蘸斧。

〔臧〕兀的不生搭搵××明晃晃這柄簸箕般×金蘸斧。

〔元〕題目　張子房附耳妬隋何
　　　正名　漢高皇濯足氣英布
　新刊的本關目漢高皇濯足氣英布全

・臧本（元曲選）の續き
[張良云] 俺這壁勝了也、那壁敗了也。探子、賞你三壜酒、一肩羊、十日不打差。[探子叩頭謝科下] [樊噲云] 不知項王敗走那裏去、俺每領些軍馬赶上、殺他一陣、也好分他的功、不要獨獨等這黥面之夫佔盡了。[隨何云] 項王旣敗、帝業成矣。臣等請爲大王擧千秋之觴。[漢王云] 今日之勝、皆賴軍師妙算、隨使者游說之功、諸將翊贊之力、只等英元帥奏凱回來、孤家當裂土而封、大者王、小者侯、不敢吝也。[正末引卒子蹦馬上、唱]
【側磚兒】爲甚麼捐軀死戰在沙場、也則要赤心扶立漢家邦。莫道喒居功處無謙讓、喒本是

天生下碧玉柱紫金梁。

【竹枝兒】他若問英布如何救外黃、喒則說項羽虧輸走夏陽、恨不就窮追直赶到烏江。今日箇鳴金收士馬、奏凱見君王、隄防、只怕他放二四又做出那濯足踞胡床。

［云］可早到漢營了也。令人、接了馬者。［做下科］［卒報云］喏、報大王得知、有英元帥到于轅門之外。［漢王云］隨大夫、你出去引進來。［隨何出迎科］［正末入見、云］末將引兵到外黃城下、與項王決戰、幸獲微功、只是不曾請的旨、不好窮追、望大王勿罪。［漢王云］項王此敗、其意氣消折盡矣。況他龍且周蘭已爲韓信所斬、只待諸侯之兵會集、那時追他、亦未爲遲。孤家聞知兵法有云、兵賞不踰日、當時韓王克齊、就封三齊王。今卿建此大功、封爲淮南王、九江諸郡皆屬焉。隨何說卿歸漢、功亦次之、加爲御史大夫。其餘諸將、姑待擒獲項王之後、別行封賞。一壁廂椎翻牛、窨下酒、就軍營前設一慶功筵宴、賜士卒大酺三日者。［正末同隨何謝恩科］［唱］

【水仙子】謝天恩浩蕩出尋常。［帶云］喒英布呵。［唱］與韓信三齊共頡頏。便隨何豈有他承望、也則爲薦賢人當上賞、消受的紫綬金章。喒若不是扶劉鋤項、逐着那狐群狗黨、兀良怎顯得喒這黥面當王。

題目　隨大夫銜命使九江　　　正名　漢高皇濯足氣英布

漢高皇濯足氣英布雜劇終

關大王單刀會校勘表

第一折

・テキスト

〔元〕元刊本

〔脈〕脈望館抄本

〔天〕大明天下春：『新刻彙編新聲雅襍樂府大明天下春』卷四から卷八のみ現存。
編者、刊刻年などは不明。オーストリア・ウィーン國立圖書館藏。
（『海外孤本晚明戲劇選集』上海古籍出版社　一九九三年）「魯肅求謀」

〔菁〕樂府菁華：『新鍥梨園摘錦樂府菁華』四卷　豫章劉君錫輯、書林王會雲梓。
萬曆庚子（二十八年、一六〇〇）「魯肅求謀」

〔大〕大明春：『鼎鍥徽池雅調南北官腔樂府點板曲響大明春』六卷　扶搖程萬里選、
冲懷朱鼎臣集、閩建書林金魁繡。尊敬閣文庫藏。刊刻年不明。「魯肅請計喬公」

〔紅〕樂府紅珊：『新刊分類出像陶眞選粹樂府紅珊』秦淮墨客選輯。
萬曆三十年（一六〇二）：「魯子敬詢喬國公求計」

・本文

〔元〕［駕一行上開　住］［外末上　奏住云］［駕云］［外末云住］［正末扮喬國老上　住］［外末云］［尋思云］今日三分已定、恐引干戈、又交生靈受苦。您衆宰相每也合諫天子咱。［過去見禮數了］［駕云］［云］陛下萬歲くく(萬歲)。據微臣愚見、那荊州不可取。［駕又云］［云］不可去。くくく(不可去)。

〔脈〕省略

【生查子】天・大・菁・紅本にあり

〔天〕［喬］當朝一老臣、解却黃金印。四處滅煙塵、國泰民安靜。＊

〔菁〕［外］當朝一老臣、解却黃金印。四處滅烟塵、國泰民安靜。＊

〔大〕［外］當朝一老臣、解却黃金印。四處滅煙塵、國太民安靜。國正天心順、官淸民自安。妻賢夫禍少、子孝父心寬。＊

〔紅〕［外］當朝一老臣、解却黃金印。四處滅煙塵、國泰民安靜。＊

＊〔天〕老夫姓喬名晉。　幸×有二女、長女得事吳侯、　次女獲配××公瑾。

＊〔菁〕老夫姓喬名晉。　幸×有二女、長女得事吳侯、　次女□配××公瑾。

＊〔大〕老夫姓喬名晉。　　　×生有二女、長女×事吳侯孫權、幼女×配都督周瑜。
＊〔紅〕老夫×喬×晉是也。幸生×二女、長　　事吳侯、　　次××配××周瑜。

〔天〕蒙吳侯封我爲太師、我思今日雖在東吳、而實懷炎劉昔日之舊主。
〔菁〕蒙吳侯封我爲太師、我思今日雖在東吳、而實懷炎劉昔日之舊主。
〔大〕時人呼我爲國公。昨日大夫魯子敬着人請我、今日須索走一遭。
〔紅〕時人呼我爲國公。昨日××魯都督××請我、××須索走一遭。

《仙呂》【點絳唇】
〔元〕　　咱本是漢國臣僚。欺負他漢君軟弱興心鬧。
〔脈〕　　俺本是漢國臣僚。　　　漢皇軟弱興心鬧。
〔天〕　　俺本是漢國臣僚。只爲那獻皇軟弱興兵鬧。
〔菁〕　　俺本是漢國臣僚。只爲那獻王軟弱興兵鬧。
〔大〕　　俺本是漢國臣僚。只爲□獻皇軟弱興兵鬧。
〔紅〕［外］俺本是漢國臣僚。只爲那獻皇軟弱興兵鬧。

〔元〕　　　當日　五處鎗刀。　　　併了董卓誅了袁紹。
〔脈〕　　　惹起那五處兵刀。　　　併×董卓誅×袁紹。
〔天〕因此上惹起了五路兵刀。又喜得誅×董卓呑×袁紹。
〔菁〕因此上惹起了五路兵刀。又喜得誅×董卓呑×袁紹。
〔大〕　　　惹起了五路兵刀。因此上誅×董卓呑×袁紹。
〔紅〕　　　惹起了五路兵刀。因此上誅了董卓呑×袁紹。

【混江龍】
〔元〕存的　孫劉曹操。平分一國作三朝。不付能河清海晏、雨順風調。　　　兵器改爲農器用、
〔脈〕止留下孫劉曹操。平分一國作三朝。不付能河清海晏、雨順風調。　　　兵器改爲農器用、
〔天〕止留下孫劉曹操。鼎分一國作三朝。幾時得河清海晏、雨順風調。咱只願兵器改爲農器用、
〔菁〕止留下孫劉曹操。鼎分一國作三朝。□時□河清海晏、雨順風調。咱只願兵器改爲農器用、
〔大〕止留下孫劉曹操。鼎分一國作三朝。不能勾河清海晏、雨順風調。咱只願兵器改爲農器用、

〔紅〕止留下孫劉曹操。鼎分一國作二朝。不能勾河清海晏、雨順風調。咱只願兵器改爲農器用、

〔元〕征旗不動酒旗搖。　　　軍罷戰、馬添漂(膘)。殺氣散、陣雲消。役將投(校)。作臣僚。脫金甲、着羅袍。

〔脈〕征旗不動酒旗搖。　　　軍罷戰、馬添膘。　殺氣散、陣雲高。爲將帥。　作臣僚。脫金甲、着羅袍。

〔天〕旌旗不動酒帘搖。　　　兵罷戰、馬添驃。　殺氣散、陣雲消。改將帥。　做臣僚。脫金甲、着羅袍。

〔菁〕旌旗不動酒帘搖。　　　兵罷戰、馬添驃。　殺氣散、陣雲消。改將帥。　做臣僚。脫金甲、着羅袍。

〔大〕旌旗不動酒旗搖。咱只願兵罷戰、馬添驃。　殺氣散、陣雲消。改將帥。　做臣僚。脫金甲、着羅袍。

〔紅〕旌旗不動酒旗搖。　　　兵罷戰、馬添膘。　殺氣散、陣雲消。改將師。　作臣僚。脫金甲、着羅袍。

〔元〕　　　帳前旗捲虎潛竿、腰間劍插龍歸鞘。撫治的民安國泰、却又早將老兵喬(驕)。＊
〔脈〕則他這帳前旗捲虎潛竿、腰間劍插龍歸鞘。　人強馬壯、　　將老兵驕。＊
〔天〕　　　帳前旗捲虎潛竿、腰間劍插龍歸鞘。往常間人強馬壯、到如今將老兵驕。＊
〔菁〕　　　帳前旗捲虎潛竿、腰間劍插龍歸鞘。往常間人強馬壯、到如今將老兵驕。＊
〔大〕　　　帳前旗捲虎潛竿、腰間劍插龍歸鞘。往常間人強馬壯、到如今將老兵驕。＊
〔紅〕　　　帳前旗捲虎潛竿、腰間劍插龍歸鞘。往常間人強馬壯、到如今將老兵驕。＊

＊〔元〕［駕云］［《云》］咱合與它這漢上九州。想當日曹操本來取□□(咱東)吳、生被那弟兄每當住。［駕末云住］

＊各本の臺詞は省略

【油葫蘆】

〔元〕　　　他兄弟每雖多軍將少。　　赤緊的把夏陽城先困了。
〔脈〕　　你道他弟兄×雖多兵將少。＊1　赤緊的將夏侯敦先困了。＊2
〔天〕　　你道他兄弟×雖多兵將少。＊1　赤緊的把夏侯惇先困倒。＊2
〔菁〕　　你道他兄弟×雖多兵將少。＊1　赤緊的把夏侯惇先困倒。＊2
〔大〕［外］你道他兄弟×雖多兵將少。＊1　赤緊的把夏侯惇先困倒。＊2
〔紅〕［外］你道他兄弟×雖多兵將少。＊1　赤緊的把夏侯惇先困倒。

＊1〔脈〕［云］大夫、你不知博望燒屯、那一事麼。［魯云］小官不知、老相公試說則。［末

唱〕

＊1〔天〕不記得博望燒屯之時呵　　〔菁〕〔大〕〔紅〕同じ

＊2〔脈〕〔云〕這隔江鬪智你知麼。〔魯云〕隔江鬪智、小官知、便知道不得詳細。老相公試說則。〔末唱〕

＊2〔天〕你道他兄弟有勇無謀麼　　〔菁〕〔大〕ほぼ同じ

〔元〕肯分的周瑜和將(蔣)幹是布衣交。　　　　　股肱臣諸　亮施韜畧。
〔脈〕則他那周瑜×蔣　　幹是布衣交。　　那一箇股肱臣諸葛×施韜畧。
〔天〕不想着周瑜×蔣　　幹×布衣交。＊1　怎當他股肱臣諸葛亮施謀畧。＊2
〔菁〕不想着周瑜×蔣　　幹×布衣交。＊1　怎當他股肱臣諸葛亮施謀畧。＊2
〔大〕不想着周瑜×蔣　　幹×布衣交。＊1　怎當他股肱臣諸葛亮施謀畧。＊2
〔紅〕不想着周瑜×蔣　　幹×布衣交。　　怎當他股肱臣諸　亮施謀略。＊2

＊1〔天〕你道我東吳豪傑如雲、就是車載斗量。也不能濟事。〔菁〕〔大〕ほぼ同じ

＊2〔天〕〔肅〕太史公、不記得周公瑾赤壁鏖兵、曹兵八十三萬燒得十死一生。〔肅(喬)〕當初赤壁破曹之際、闞澤獻詐降伏書、黃蓋獻苦肉計、鳳雛進連環策、諸葛亮祭東風。

＊2〔菁〕もほぼ同じ(十死の前に「他」)

＊2〔大〕は「曹兵十萬」。「東風」後ろに「你說還虧着那一個」がつく

＊2〔紅〕は「曹瞞百萬甲兵」

〔元〕　　　苦肉計黃蓋添粮草。　　那軍多半胸(向)火內燒。三停來　　水上漂。

〔脈〕虧殺那苦肉計黃蓋添粮草。＊1　那軍多半向　　火內燒。三停　　在水上漂。

〔天〕多虧了苦肉×黃蓋獻粮草。＊1　×××××　　×××　三停兒都在水上漂。＊2

〔菁〕多虧了苦肉×黃蓋獻粮草。＊1　×××××　　×××　三停兒都在水上漂。＊2

〔大〕多虧了苦肉×黃蓋獻粮草。＊1　×××××　　×××　三停兒都在水上漂。＊2

〔紅〕多虧了苦肉×黃蓋獻粮草。＊1　×××××　　×××　三停兒都在水上飄。＊2

＊1 脈本は白、天・菁・大・紅本は唱。

＊1〔脈〕〔云〕赤壁鏖兵、那場好廝殺也。〔魯云〕小官知道。老相公再說一遍則。〔末云〕燒折弓弩如殘葦、燎盡旗旛似亂柴。半明半暗花腔鼓、橫着撲着伏獸牌。帶鞍帶轡燒死馬、有袍有凱死屍骸。哀哉、百萬曹軍敗箇難逃水火災。〔唱〕

＊1〔天〕想當初曹兵百萬下江南、凛凛威風誰敢當。　公瑾用下火攻計、　一夜東風化作灰。半明半暗煙與火、焦頭爛額死屍骸。哀哉哀哉、百萬曹兵敗。
那怕他人強馬壯、一霎時火裏藏埋。燒得他生的生死的死殤的殤。

＊1〔菁〕想當初 曹兵百萬下江南、凛ゝ威風誰敢當。　公瑾用下火攻計、　一夜東風化作灰。半明半暗烟與火、焦頭爛額死屍骸。哀哉ゝゝ、百萬曹兵敗。

那怕他人強馬壯、一霎時火裡藏刀。燒得他生的生死的死殤的殤。

＊1〔大〕想當初曹兵百萬下江南、凛凛威風誰敢當。被周郎用下火攻計、把百萬曹兵一掃光。一霎時滿江烈火焚四岸泣聲聞。哀哉ヒヒ。百萬曹兵敗、燒得他生的生死的死傷的傷。

＊1〔紅〕想當初曹兵百萬下江南、戰艦燒焚似爛柴。半明半暗烟與火、魄散魂飛神鬼號。帶袍帶甲燒死馬、有袍有甲死屍骸。哀哉哀哉、百萬曹兵敗、燒得他生的生死的死。

＊2〔天〕〔肅〕太史公、曹操挾天子而令諸侯、故天教公瑾破于赤壁之下。（〔菁〕ほぼ同じ）

＊2〔大〕〔小〕太史公、曹操挾天子之威而行無道、故天教周公瑾破于赤壁。

〔元〕　　　若不是天交有道伐無道。　　　　這其間吳國亦屬曹。

〔脈〕　　　若不是天交有道伐無道。　　　　這其間吳國盡屬曹。＊2

〔天〕〔喬〕也難道 天教有道伐無道。　那時節 險些兒吳國盡屬曹。＊2

〔菁〕〔外〕也難道 天教有道伐無道。　那時節 險些兒吳國盡屬曹。＊2

〔大〕〔外〕也難道天教有道伐無道。　那時節險些兒吳國盡屬曹。＊2

〔紅〕〔外〕也難道天教有道伐無道。＊1　　險些兒吳國盡屬曹。

＊1〔紅〕大夫、曹操當初起一銅雀臺、令第七子子建作一賦。

＊2〔脈〕〔魯云〕曹操英雄智畧高、剷平僭竊簒劉朝。永安宮裡擒劉備、銅雀宮中鎖二喬。〔末〕

＊2〔天〕魯大夫、當初曹操第七子曹植字子建、能七步成詩、起一臺曰銅雀臺、作一詞曰銅雀賦。

＊2〔菁〕魯大夫、當初曹操第七子曹植□子建、能□□□詩、起一臺曰銅雀□、□一詞曰銅雀賦。

＊2〔大〕魯大夫、當初曹操第七子曹植×××、×七步成詩、建一××銅雀台、作一詞曰銅雀賦。

〔天〕單道他掃平海宇、盡收天下、美色佳人、置斯臺上、擎杯捧酒、說也羞人。

〔菁〕單道□□平海宇、盡收天下、美色□人、□□□□、擎杯捧酒、□也羞人。

〔大〕單道他掃平海宇、盡收天下、美色嬪人、××××　擎杯奉酒。××××

〔紅〕單道他掃平天下、盡收天下　美色、　　××××　擎尊奉酒。××××

〔天〕有詩一首、聞說曹公志量高。夜來橫槊豈相饒。東風不與周郎便、銅雀春深鎖二喬。

〔菁〕有詩一首、聞說曹公志量高。□□橫槊□□饒。東風不與周郎便、□□春深□二喬。

〔大〕有詩爲證、聞說曹公志量高。夜來橫槊豈相饒。東風不與周郎便、銅雀春深鎖二喬。

〔紅〕或有詩曰、聞說曹公志量高。夜來横槊豈相饒。東風不與周郎便、銅雀春深鎖二喬。

【天下樂】 天・菁・大・紅本は曲牌標示なし

〔元〕　　　銅雀春深鎖二喬。　　　　　　　這三朝。恰定交。

〔脈〕你道是銅雀春深鎖二喬。　　　　　　　這三朝。恰定□。

〔天〕都只爲銅雀春深鎖二喬。我想他立三朝這三朝。不定交。不聞道。大夫呵

〔菁〕都只爲銅雀春深鎖二喬。我想他立三朝這三朝。不定交。不聞道。大夫呵

〔大〕××××××××××　我想他立三朝這三朝。不定交。不聞道。大夫呵

〔紅〕都只爲銅雀春深鎖二喬。我想他立三朝這三朝。不定交。不聞道。大夫呵

（唱の續き）元・脈本のみ

〔元〕不爭咱一月(日)錯番爲一世錯。

〔脈〕不爭咱一日　　錯便是一世錯。＊

＊〔脈〕[魯云]俺這里有雄兵百萬、戰將千員。量他到的那里。

〔元〕你　待　使覇道。　　　起戰計(討)。　　　　　　　　　　　欺負關雲長年紀老。

〔脈〕你則待要行覇道。你待要起戰討。＊1　　　　　　　　你休欺負關雲長年紀老。＊2

〔天〕你若是　行覇道。　　　爭戰討。＊1常言道虎瘦雄心在、休欺負關雲長年紀老。＊2

〔菁〕你若是　行伯道。　　　爭戰討。＊1常言道 虎瘦雄心在、休欺負關雲長年紀老。＊2

〔大〕你若是　行伯道。　　　爭戰討。＊1常言道虎瘦雄心在、休欺負關雲長年紀老。＊2

〔紅〕你若是　行覇道。　　　爭戰討。＊1常言道虎瘦雄心在、休欺負×雲長年紀老。＊2

＊1〔脈〕[魯云] 我料關雲長年邁雖勇無能。[末唱]

＊1〔天〕　[肅] 太史公、非下官自不忖料、那雲長雖然英雄、如今年紀高大、想　不濟事了。[喬]

＊1〔菁〕　[小] 太史公、非下官自不□□、那雲長雖然英雄、□□□紀高大、想　不濟事了。[外]

＊1〔大〕　[小] 太史公、非下官不自忖料、那雲長雖是英雄、如今年紀高大、想亦不濟事了。[外]

＊1〔紅〕[小生] 太史公、×××××××　那雲長××××　××年紀高大、××不濟事了。[外]

＊2〔元〕[等云了]

＊2〔脈〕[云] 收西川一事、我說與你聽。[魯云] 收西川一事、我不得知、你試說一徧。[末唱]

＊2〔天〕大夫、我把那雲長的英雄試說與你聽着。

＊2〔菁〕大夫、我把那雲長的□□□說與你听着。
＊2〔大〕大夫、我將×雲長×英雄×說與你知道。
＊2〔紅〕××　我將××他×英雄×說×你聽着。

［唱］天・菁・大・紅本のみ
〔天〕他出五關誅六將。古城邊斬蔡陽。
〔菁〕他出五關誅六將。古城邊斬蔡陽。
〔大〕他在五關誅六將。古城邊斬蔡陽。
〔紅〕他出五關誅六將。古城邊斬蔡陽。

【那吒令】　天・菁・大・紅本は曲牌標示なく前から續く
〔元〕收西川白帝城、把　　　周瑜　送了。　　　　　　漢江邊張習(翼)單(德)、
〔脈〕收西川白帝城、將　　　周瑜來送了。　　　　　　漢江邊張翼德、
〔天〕收西川白帝城、將我小婿周瑜先喪了。暗傍邊有一個黑臉張翼德、他在漢陽江、
〔菁〕收西川白帝城、將我小婿周瑜先喪了。暗傍邊 有一個黑臉張翼德、他在漢陽江、
〔大〕收西川白帝城、將我小婿周瑜先喪了。暗傍邊有一個黑臉張飛、　他在漢陽江、
〔紅〕收西川白帝城、將我小婿周瑜先喪了。岸傍邊有×個黑臉張翼德、他在漢陽江、

〔元〕把尸　　　當着。　　　　　　　船頭上把魯大夫、　險幾平(乎)間　　諕倒。

〔脈〕將屍骸　來當着。　　　　　　　舡頭上×魯大夫、　×幾乎　　間　　諕倒。

〔天〕把屍骸兒來擋着。　那張飛站在船頭上大喝一聲　　險些兒　　把大夫唬倒。＊2

〔菁〕把屍骸兒來攩着。　□□□□□□□□大喝一聲　　險些兒　　把大夫唬倒。＊2

〔大〕把屍骸兒來攩着。　那張飛立在舡頭上大喝一聲　　險些兒　　把大夫嚇倒。＊2

〔紅〕把屍骸兒來攩着。＊1那張飛立在船頭上大喝一聲　　險些兒　　把大夫唬倒。＊2
＊1〔紅〕大夫、可記得不。［小生］下官一時忘懷了。
＊2〔天〕［肅］　太史公、他是武官鹵莽。怎比　我文官志量。→①【上馬嬌】
＊2〔菁〕［小］　太史公、他是武官鹵莽。怎比　我文官志量。→①【上馬嬌】
＊2〔大〕［小］　太史公、他是武官鹵莽。怎比着我文官志量。→①【上馬嬌】
＊2〔紅〕［小生］×××、那　武官鹵莽。怎比　我文官志量。→①【上馬嬌】

〔元〕　　　將西蜀地面　爭、關將軍听的又鬧。　　敢亂　下風雹。＊
〔脈〕　你待將荊州地面來爭、關雲長聽的×鬧。他可便亂　下風雹。＊
〔天〕④你待把荊州地面　爭、那雲長必定是惱。　　　亂洒下紅袍。→⑤
〔菁〕④你待把荊州地面　爭、那雲長必定是惱。　　　亂洒下紅袍。→⑤

〔大〕④你待把荊州地面　爭、那雲長必定是惱。　　　亂洒下紅袍。→⑤
〔紅〕④你待把荊州地面　爭、那雲長必定是惱。　　　亂洒下紅袍。→⑤
＊〔元〕［外云住］《［云］》你道關將軍會甚的。
＊〔脈〕［魯云］他便有甚本事。［末唱］

【鵲踏枝】天・菁・大・紅本は前からの續き
〔元〕　它　　　　　誅　文丑騁鹿(麄)操。　　　刺　顏良顯英豪。
〔脈〕　他　　　　　誅　文丑逞粗　躁。　　　刺　顏良顯英豪。
〔天〕⑤他在白馬坡前誅了文醜××　×、官渡營中刺了顏良×××、→⑥
〔菁〕⑤他在白馬坡前誅了文醜××　×、官渡營中刺了顏良×××、→⑥
〔大〕⑤他在白馬坡前誅了文丑××　×、官渡營中刺了顏良×××、→⑥
〔紅〕⑤他在白馬坡前誅了文丑××　×、官渡營前刺了顏良×××、→⑥

〔元〕　　　　　　　　　　　　　向百萬軍中、　將　首級輕梟。
〔脈〕　　　　　　　　　　　他去那百萬軍中、他將那首級輕梟。＊
〔天〕⑥辭了曹操、出了許昌、逞着英雄百萬軍中、　將他手段驍。→⑦
〔菁〕⑥辭了曹操、出了許昌、逞着英雄百萬軍中、　將他手段驍。→⑦
〔大〕⑥辭了曹操、出了許昌、逞着英雄百萬軍中、　將他手段驍。→⑦
〔紅〕⑥辭了曹操、出了許昌、逞着英雄百萬軍中、　將他手段驍。→⑦
＊〔脈〕［魯云］想赤壁之戰、我與劉備有恩來。［末唱］

〔元〕　那赤壁時　　　　　　　相看的是好。＊
〔脈〕　那××時間　　　　　　相看的是好。
〔天〕⑦華容道上　　若不是曹公昔日相看××好。→⑧
〔菁〕⑦華容道上　　若不是曹公昔日相看××好。→⑧
〔大〕⑦　赤壁之間　　若不是曹操當初相待××好。→⑧
〔紅〕⑦　赤壁之間呵　若不是曹操××相看××好。→⑧
＊〔元〕《云》今日不比往常。他每怕不口和咱好說話。《唱》

〔元〕　他每都喜姿ゝ(姿)的笑裏藏刀。
〔脈〕　他可便喜孜ゝ　×笑裡藏刀。＊
〔天〕⑧×××喜孜孜　×笑裡藏刀。→⑨
〔菁〕⑧×××喜孜ゝ　×笑裡藏刀。→⑨
〔大〕⑧×××喜孜ヒ　×笑裡藏刀。大夫呵→⑨

〔紅〕⑧×××喜孜ゝ　　×笑裡藏刀。大夫呵→⑨

＊〔脈〕［魯云］他若與我荊州萬事罷論、若不與荊州呵、我將他一鼓而下。［末云］不爭你舉兵呵。［唱］

【寄生草】　天・菁・大・紅本は前からの續き

〔元〕　倖然　天無禍、　　　　　　　蚤(是)咱這人自招。全不肯施仁發政行王道。

〔脈〕　幸然是天無禍、　　　　　　　是　　喒這人自招。全不肯施恩布德行王道。

〔天〕⑨幸喜得天無禍、大夫呵　多因是　　　你人自招。××××××××××→⑩

〔菁〕⑨幸喜得天無禍、大夫呵　多因是　　　×人自招。××××××××××→⑩

〔大〕⑨幸喜得天無禍、　　　　多因是　　　×人自招。××××××××××→⑩

〔紅〕⑨幸喜×天無禍、　　　　多因是　　　×人自招。××××××××××→⑩

〔元〕你小可如多謀足智雄曹操。豈不知南陽諸葛應難料。

〔脈〕　怎比那多謀足智雄曹操。你須知南陽諸葛應難料。＊

〔天〕〔菁〕〔大〕〔紅〕なし

＊〔脈〕［魯云］他若不與可我大勢軍馬好歹奪了荊州。［末唱］

〔元〕　××××××××××、××××××××××

〔脈〕　你則待千軍萬馬惡相持、全不想生靈百萬遭殘暴。＊

〔天〕⑩你道是 千軍萬馬苦相持、全不想生靈百萬塗肝腦。＊→⑪

〔菁〕⑩你道是 千軍萬馬苦相持、全不想生灵百萬塗肝惱。＊→⑪

〔大〕⑩你道是千軍萬馬苦相持、全不想生灵百萬遭塗炭。＊→⑪

〔紅〕⑩你道是千軍萬馬苦相持、全不想生灵百萬遭塗炭了。→⑪

＊天・菁・大本は曲文。〔菁〕は〔天〕とほぼ同じため省略。

＊〔脈〕［魯云］小官不曾與此人相會、老相公、你細說關公威猛如何。［末云］想關雲長但上陣處、憑着他生下馬、手中刀、鞍上將、有萬夫不當之勇。［唱］

＊〔天〕那雲長呵、五路鬚髯腦後飄。蠶眉鳳眼綠藍袍。跨下赤兔胭脂馬、背後青龍偃月刀。逢敵手、豈相饒。全憑手段逞英豪。古今多少馳名將、難躲關某那把刀。

＊〔大〕那雲長呵 、五路髭髯腦后飄。龍眉鳳眼綠羅袍。跨下赤兔胭脂馬、背後青龍偃月刀。逢敵手、豈相饒。全憑手段逞英豪。古今多少英雄將、難比關某那把刀。

【金盞兒】　天・菁・大・紅本は【後庭花】

〔元〕　上陣處　　　三綹灵(美)須飄。　　將九尺虎軀搖。　　　　五百个爪關西簇

〔脈〕　他上陣處赤力ゝ三綹美　　髯飄。雄糾ゝ一丈虎軀搖。　　恰便似六丁　　神簇

〔天〕⑪　赤條條五路美　髯飄。雄糾糾 一丈虎軀腰。上陣時一似六丁　神×⑫
〔菁〕⑪　赤條ゝ五路美　髯飄。雄糾ゝ一丈虎軀腰。上陣時一似六丁　神×⑫
〔大〕⑪　赤條ヒ五路美　髯飄。雄赳ヒ一丈虎軀腰。上陣時一似六丁　神×⑫
〔紅〕⑪［外］　赤條ゝ五路美　髯飄。雄赳ゝ一丈虎軀腰。上陣時一似六丁　神×⑫

〔元〕　捧定　个活神道。　敵軍　見了　諕得　七魄散五魂消。
〔脈〕　捧定一箇活神道。那敵軍若是見了　諕的他　七魄散五魂消。＊
〔天〕⑫捧着××活神道。那敵兵　見×　××他時七魄散五魂消。→⑬
〔菁〕⑫捧着××活神道。那敵兵　見×　××他時七魄散五魂消。→⑬
〔大〕⑫捧着××活神道。那敵兵　見×　××他時七魄散五魂消。→⑬
〔紅〕⑫捧着××活神道。那敵兵　見了　××　七魄散五魂消。→⑬
＊〔脈〕［云］你若和他厮殺呵。［唱］

〔元〕　你每　多波(披)取幾副甲、剩穿取幾層袍。
〔脈〕　你則索多披　上幾副甲、騰穿上幾層袍。
〔天〕⑮ 我勸你　多披　着幾層甲、多著上幾件襖。飽喫飯好承刀。→⑯
〔菁〕⑮ 我勸你　多披　着幾層甲、多着上幾件襖。飽吃飯好承刀。→⑯
〔大〕⑯我勸你　多穿　着几層甲、多着上几件襖。吃飽飯好承刀。→⑯
〔紅〕⑮我勸你　多穿　上幾層甲、多着上幾件袍。喫飽飯好承刀。→⑯

〔元〕　您的呵敢蕩番(翻)　那千里　馬、　迎住那　三停刀。
〔脈〕便有百萬軍、當不住他不剌ゝ千里追風馬、你便有千員將、閃不過偃月三停刀。＊
〔天〕⑬　千員將、　怎比他　赤兔臙脂馬、　百萬兵、難敵　雲長那把刀。⑭
〔菁〕⑬　千員將、　怎比他　赤兔胭脂馬、　百萬兵、難敵　雲長那把刀。⑭
〔大〕⑬　千員將、　怎比他　赤兔胭脂馬、　百萬兵、難抵 他青龍偃月刀。⑭
〔紅〕⑬　千員將、　怎比他　赤兔胭脂馬、　百萬兵、難敵　關某那把刀。⑭
＊〔脈〕省略

【醉扶歸】元刋本のみ

〔元〕你當初口快將它保。做的个膽大把身包。您待暗く(暗)的埋伏緊く(緊)的邀。你若蚤(是)請得它來到。若見了那男(勇)烈威風相皃(貌)。那其間自不敢把荆州要。〈【金盞兒】你道三條計決難逃。若是一句話不相饒。那其間自不敢把荆州要〉

【金盞兒】天・菁・大・紅本は曲牌標示なし

〔元〕　　　　　　　　你道三條計決難逃。若是一句話不相遶(饒)。
〔脈〕　　　　　　　　你是三條計決難逃。××一句話不相饒。
〔天〕③[喬]大夫呵　××三條計決難迯。　　　半步兒豈相饒。④(【那吒令】３行目)
〔菁〕③[外]大夫呵　××三條計決難迯。　　　半步兒豈相饒。④(【那吒令】３行目)
〔大〕③[外]大夫呵　××三條計決難逃。　　　半步兒豈相饒。④(【那吒令】３行目)
〔紅〕③[外]大夫呵　××三條計決難迯。　　　半步兒豈相饒。④(【那吒令】３行目)

〔元〕　　　　　　那其間使不着武官鹿(麄)鹵文官校(狡)。　　那漢酒中火性顯英豪。
〔脈〕　　　　　　×××使不的武官粗　　慄文官狡。＊　　　那漢酒中劣性顯英豪。
〔天〕①【上馬嬌】　　難道是武官麄　　造文官好。那雲長呵　他酒中烈性逞英豪。→②
〔菁〕①【上馬嬌】　　難道是武官粗　　造文官好。那雲長呵　他酒中烈性逞英豪。→②
〔大〕①【上馬嬌】[外]難道是武官粗　　造文官好。那雲長呵　他酒中烈性逞英豪。→②
〔紅〕①【上馬嬌】[外]難道是武官粗　　躁文官好。那雲長呵　他酒中烈性逞英豪。→②
＊〔脈〕[魯云] 關公酒性如何。[末]

〔元〕　圪塔的腰間揝住　寶帶、　項上　按着剛刀。
〔脈〕　圪塔的××揪住　寶帶、沒揣的　舉起鋼刀。＊
〔天〕②急穰穰××搦定那寶帶、眼睜睜亂舉起鋼刀。＊
〔菁〕②急穰ゝ××搦定那寶帶、眼睜ゝ亂舉起鋼刀。＊
〔大〕②急攘ヒ××搦定那寶帶、眼睜ヒ亂舉起剛刀。＊
〔紅〕②急攘ゝ××搦定那寶帶、眼睜ゝ亂舉起鋼刀。＊
＊〔脈〕[魯云] 我把岸邊戰舡拘了。[末唱]
＊〔天〕[肅] 太史公、下官有三條計。　　令他飲酒中間、擲金鍾爲號、　　又向江邊擺列戰船、他來的船將連環鎖扣定、　又向兩廊埋伏刀斧手定、要拿了他。→③
＊〔菁〕[小] 太史公、下官有□條計。　　令他飲酒中間、□□鍾爲號、　　又向□邊擺□戰□、他來的□□連環鎖扣定、　又向□廊埋伏刀斧手定、要拿了他。→③
＊〔大〕[小] 太史公、下官有三條計。　　令他吃酒中間、舉金杯爲號、　　又向江邊擺×戰舡、×××鎖着連環×扣定、　又在兩廊埋伏刀斧手定、要拿了關雲長。→③
＊〔紅〕[小生] ×××下官有三條計１。２又向喫酒中間、舉金鍾爲號３、１已曾分付江邊擺着××　×××××連環戰船２、３又在兩廊埋伏刀斧手定、要擒了雲長。→③

〔元〕　　　　雖然你　　岸邊頭藏了戰船、　　　却索與他水面上　搭起　　　浮橋。
〔脈〕　　　　　　你道是岸邊廂拘了戰舡、＊1你則索××水面上　搭　　　座浮橋。＊2
〔天〕⑭大夫呵　你說向岸邊×擺著戰船多。 我勸你××水面上多搭着幾所小浮橋。＊2

〔菁〕⑭大夫呵　你說向岸邊×擺著戰船多。 我勸你 ××水面上多搭着幾所小浮橋。＊2
〔大〕⑭大夫呵　你說向岸邊×擺着戰舡多。 我勸你××水面上多搭着几所小浮橋。＊2
〔紅〕⑭大夫呵　你說向岸邊×擺着戰船多。 我勸你××水面上　搭着幾所小浮橋。＊2
＊1〔脈〕［云］若要回去呵。［唱］
＊2 天・菁・大・紅本は唱の續き。
＊2〔脈〕［魯云］老相公不必轉ゝ議論。小官自有妙策神機。乘此機會荆州不可不取也。
［末云］大夫、你這三條計、比當日曹公在灞陵橋上三條計如何。到了出不的關雲長之手。

［魯云］小官不知、老相公試說一遍。我聽咱。［末唱］
＊2〔天〕殺輸了。好奔迯。→⑮　〔菁〕も同じ。
＊2〔大〕殺輸了。好奔逃。→⑮
＊2〔紅〕殺輸了。好奔迯。→⑮

【後庭花】脈本は無し。天本等は曲牌はあるが曲文は全く異なる。

〔元〕您子道關公ゝ(？)見小。您須知曹公心亮(量)高。一个主意爭天下、一个封金謁故交。上的覇時(陵)橋。曹操便不合神道。把軍兵先暗了。

【賺煞尾】脈本は【尾聲】。ほかは前からの續き
〔元〕　兀(送)路酒年(手)中敬(擎)、迸行禮月(盤)中托。　沒亂殺姪兒共嫂く(嫂)。
〔脈〕　曹丞相將送路酒手中擎、餞行禮盤　中托。　沒亂殺姪兒和嫂ゝ。
〔天〕⑯豈不聞曹孟德把餞行酒手內擎、送贐禮盤　中討。⑰　⑱他保固姪兒和嫂嫂。⑲
〔菁〕⑯豈不聞曹孟德把餞行酒手內擎、送贐禮盤　中討。⑰　⑱他保固侄兒和嫂ゝ。⑲
〔大〕⑯豈不聞曹孟德把餞行酒手內擎、送行禮盤　中討。⑰　⑱他保固姪兒和嫂ヒ。⑲
〔紅〕⑯豈不聞曹孟德把餞行酒手內擎、送行禮盤　中托。⑰　⑱他保護侄兒和嫂ゝ。⑲

〔元〕　曹孟得(德)心多能做小。奇(倚)着漢雲長善與人交。萬(高)聲叫。
〔脈〕　曹孟德　心多能做小。×　×關雲長善與人交。
〔天〕㉑　曹孟德　心×能計巧。×　×漢雲長善與人交。→㉒
〔菁〕㉑　曹孟德　心×能計巧。×　×漢雲長善與人交。→㉒
〔大〕㉑　曹孟德　心×能計巧。×　×那雲長善與人交。→㉒
〔紅〕㉑　曹孟德　心×能計巧。×　×那雲長善與人交。→㉒

〔元〕　得(險？)與(謊？)殺　許褚　張遼。那神道須追風騎、
〔脈〕　早來到灞陵橋。險　謊　殺　許褚　張遼。　他勒着追風騎、
〔天〕⑰他在那 覇陵橋。險些兒　謊　死　許褚共張遼。→⑱

〔菁〕⑰他在那 覇陵橋。險些兒　誂　　　死　許褚共張遼。→⑱
〔大〕⑰他在那覇陵橋。險些兒　唬　　　死了許褚　張遼。→⑱
〔紅〕⑰他在那覇陵橋。險些兒　唬　　　死了許褚　張遼。→⑱

〔元〕　輕輪動　　　　偃月刀。＊
〔脈〕　輕輪動　　　　偃月刀。
〔天〕㉒力動時提起那靑龍偃月刀。三請雲長不下馬、→㉓
〔菁〕㉒力動時提起那靑龍偃月刀。三請雲長不下馬、→㉓
〔大〕㉒力動時提起那靑龍偃月刀。三請雲長不下馬、→㉓
〔紅〕㉒力動時提起×靑龍偃月刀。三請雲長不下馬、→㉓
＊〔元〕[《帶云》] 曹操埋伏將役(校)。隱匿軍兵。[《唱》]

〔元〕　　準備下千般奸狡。＊
〔脈〕　　××有千般奸較。
〔天〕⑲　曹操有千般計較。→⑳
〔菁〕⑲那曹操有千般計較。→⑳
〔大〕⑲那曹操有千般計較。→⑳
〔紅〕⑲那曹操有千般計較。→⑳
＊〔元〕[《帶云》] 施家(窮)智力。廢(費)盡機謀。[《唱》]

〔元〕　臨了也則落的一場談笑。　　到(倒)倚(賠)了一領西川十樣錦征袍。[《外末》云了]
〔脈〕　×××則落的一場談笑。＊1　　　他把那刀炎字斜挑　錦征袍。[下]＊2
〔天〕⑳到如今 只落得一場好笑。→㉑　　　㉓鋼刀　　挑起絳紅袍。
〔菁〕⑳到如今 只落得一場好笑。→㉑　　　㉓鋼刀　　挑起絳紅袍。
〔大〕⑳到如今只落得一場好笑。→㉑　　　㉓將刀　　挑起絳紅袍。
〔紅〕⑳到如今只落得一場好笑。→㉑　　　㉓將刀　　挑起絳紅袍。
＊1〔脈〕[云] 關雲長道、丞相勿罪、某不下馬了也。[唱]
＊2〔脈〕[魯云] 黃文、你見喬公說關公如此威風未可深信。俺這江下有一賢士、覆姓司馬、名徽、字德操。此人與關公有一面之交。就請司馬先生爲伴客、就問關平昔知勇謀畧、酒中德性如何。黃文、就跟着我去司馬庵中相訪一遭去。[下]

〔天〕魯大夫　多謝了呵　老夫今年九十九。　　　　　莫把　老性命來換酒。[下]
〔菁〕魯大夫　多謝了×　老夫今年六十九。　　　　　莫把　老性命來換酒。
〔大〕魯大夫　多謝了×　老夫今年九十九。左右攩篙過來　莫把我老性命來換酒。

〔紅〕×大夫　×××呵　老夫今年六十九。寔不敢向單刀會勸酒。多謝了多謝了。

天下春の【上馬嬌】～【後庭花】を以下にまとめて記す。

【上馬嬌】難道是武官麄造文官好。那雲長呵。他酒中烈性逞英豪。急穰穰搊定那寶帶、眼睜睜亂擧起鋼刀。

[肅]太史公、下官有三條計。令他飲酒中間、擲金鍾爲號、又向江邊擺列戰船、他來的船將連環鎖扣定、又向兩廊埋伏刀斧手定、要拿了他。

[喬]大夫呵。三條計決難迯。半步兒豈相饒。你待把荊州地面爭、那雲長必定是惱。亂下紅袍。他在白馬坡前誅了文醜、官渡營中刺了顏良。辭了曹操、出了許昌。逞着英雄百萬軍中、將他手叚驍。華容道上若不是曹公昔日相看好。喜孜孜笑裡藏刀。幸喜得天無禍、大夫呵。多因是你人自招。你道是千軍萬馬苦相持、全不想生靈百萬塗肝腦。

　那雲長呵。五路鬚髯腦後飄。蠶眉鳳眼綠藍袍。跨下赤兎胭脂馬、背後靑龍偃月刀。逢敵手、豈相饒。全憑手叚逞英豪。古今多少馳名將、難躱關某那把刀。

【後庭花】赤條條五路美髯飄。雄糾糾一丈虎軀腰。上陣時一似六丁神、捧着活神道。那敵兵見他時、七魄散五魂消。千員將、怎比他赤兎臙脂馬、百萬兵、難敵雲長那把刀。大夫呵。你說向岸邊擺著戰船多。我勸你水面上多搭着幾所小浮橋。殺輸了。好奔迯。我勸你多披着幾層甲、多著上幾件襖。飽喫飯好承刀。豈不聞曹孟德把餞行酒手內擎、送賾禮盤中討。他在那霸陵橋。險些兒就死計褚共張遼。他保固姪兒和嫂嫂。那曹操有千般計較。到如今只落得一場好笑。曹孟德心能計巧。漢雲長善與人交。力動時、提起那靑龍偃月刀。三請雲長不下馬、鋼刀挑起絳紅袍。

魯大夫、多謝了呵。

老夫今年九十九。莫把老性命來換酒。［下］

第二折

・テキスト

〔元〕元刋本、〔脈〕脈望館抄本

・本文

〔元〕［正末重扮正引道童上坐定云］貪道是司馬得(德)操的便是了。自襄陽會罷、與劉皇叔相見、本人有高皇之氣、將門生里(寇)封與皇叔爲一子、擧南陽臥龍爲半師、分了西川。向山間林下、自看了十年龍爭虎鬭。貪道絕名利、無□辱、到一(大)快活。

〔脈〕［正末扮司馬徽領道童上、末云］貧道覆姓司馬、名徽、字德操、道號水鑑先生。想漢

家天下、鼎足三分。貧道自劉皇叔相別之後、又是數載。貧道在此江下結一草庵、修行辦道、是好悠哉也呵。[唱]

《正宮》【端正好】

〔元〕我本是个釣魚人、却做了扶利(犁)叟。嘆英布彭越韓侯。險(斂)我這一身外兩隻拿云(雲)手。再不出廝袍袖。

〔脈〕×本是箇釣鰲人、到做了扶犁　　叟。笑英布彭越韓侯。我　　如今緊抄定兩隻拿雲手、再不出廝袍袖。

【滾繡毬】

〔元〕我如今×聚村叟。會詩友。噀的蚃(是)活魚新酒。問甚×瓦盆砂鉼磁甌。

〔脈〕我則待要聚村叟。會詩友。受用的　　活魚新酒。問甚麼瓦鉢××瓷甌。

〔元〕推臺不換盞、高哥(歌)自打手。任從他陰く(晴)昏晝。我直吃的醉時眠衲被蒙頭。

〔脈〕推臺不換盞、高歌　　自摑手。任從他陰晴　　昏晝。××××醉時節衲被蒙頭。

〔元〕　　　　　也(睡)徹窗外三竿日、爲的×傲殺人間萬戶侯。到大優由。

〔脈〕我向這矮窗睡　　徹××三竿日、端的是傲殺人間萬戶侯。自在優游。＊

＊〔脈〕[云]道童、門首覷者、看有甚麼人來。[道童云]理會的。[魯肅上云]可早來到也、接了馬者。[見道童科、魯云]道童、先生有麼。[童云]俺師父有。[魯云]你去說、魯子敬特來相訪。[童云]你是子敬。你和那松木在一答里。我報師父去。[見末、云]師父弟子孩兒。[末云]這廝怎麼罵我。[童云]不是罵、師父是師父、弟子是徒弟、就是孩兒一般。師父弟子孩兒。[末云]這廝潑說。有誰在門首。[童云]有魯子敬特來相訪。[末云]道有請。[童云]理會的。[童出見魯、云]有請。[魯見末科][末云]稽首。[魯云]區く(區)俗冗、久不聽教。[末云]數年不見、今日何往。[魯云]小官無事不來、特請先生江下一會。[末云]貧道在此江下修行。方外之士、有何德能、敢勞大夫置酒張筵。[唱]

【倘秀才】

〔元〕　　休(林)泉下濁生爽口。　　　　　　　御宴上堂食惹手。留的前生喝下濁(酒)。

〔脈〕我又不曾垂釣在蟠溪岸口。大夫也我可也無福喫你那堂食玉酒。我則待溪山學許由。＊

＊〔脈〕[云]大夫請我呵、再有何人。[魯云]別無他客、止有先生故友壽亭侯關雲長一人。[末云唱]

〔元〕你道這一出漢、共那壽單(亭)侯。是故友。

〔脈〕你道是舊相識壽亭侯。　　　和咱是故友。＊

＊〔脈〕[云]若有關公、貧道風疾舉發。去不的、去不的。[魯云]先生初聞魯肅相邀、慨然許諾。今知有關公、力辭不往、是何故也。想先生與關公有一面之交、則是筵間勸幾盃酒。[末唱]

【滾繡毬】

〔元〕你着我就席上央他幾甌。那漢劣性子××翰(輸)了半籌。　　問甚麼安排來後。

〔脈〕大夫你着我筵前勸幾甌。那漢劣性怎肯道折　　了半籌。＊你便休題安排着酒肉。

＊〔脈〕[魯云]將酒央人、終無惡意。[末唱]

〔元〕××××目前×鮮血交流。你爲漢上九座州。我爲筵前一醉酒。　咱兩个落不得个完全尸首。

〔脈〕他怒時節目前見鮮血交流。你爲漢上九座州。我爲筵前一醉酒。＊1咱兩箇都落不的完全屍首。＊2

＊1〔脈〕[云]大夫。你和貧道、

＊2〔脈〕[魯云]先生是客、怕做甚麼。[末唱]

〔元〕　　　　　我共你伴客同病相憂。　你爲×兩朝你(作)保十年恨、

〔脈〕我做伴客的少不的和你同病同憂。＊只爲你千年勳業三條計、

＊〔脈〕[魯云]我有三條計索取荊州。[末唱]

〔元〕我却甚一盞能消萬古愁。說起來魂く(魄)悠く(悠)。

〔脈〕我可甚一醉能消萬古愁。題起來魂魄　　悠ゝ(悠)。＊

＊〔脈〕[魯云]既然是先生故友、同席飲酒何妨。[末云]大夫既堅意要請雲長、若依的貧道兩三樁兒、你便請他。若依不得、便休請他。[魯云]你說來、小官听者。[末云]依着貧道說、雲長下的馬時節。[唱]

【倘秀才】

〔元〕你子索躬着身將他來問候。　×××××跪膝着愁く(愁)×勸酒。

〔脈〕你與我躬着身將他來問候。＊大夫你與我跪着膝連忙　　的勸酒。

＊〔脈〕[云]你依的麼。[魯云]關雲長下的馬來、我躬着身問候。不打緊也依的。[末唱]

〔元〕他待吃候吃側候側那里交他受候受。他道東你隨着東去、他道西呵你順着西流。

〔脈〕××飲則飲喫則喫××××受則受。×道東呵隨着東去、×說西去×順着西流。＊

＊〔脈〕[云]這一樁兒最要緊也。[唱]

〔元〕他醉時節你×××便走。
〔脈〕他醉了呵你索與我便走。＊
＊〔脈〕[魯云]先生、關公酒後德性如何。[末唱]

【滾綉毬】
〔元〕他終(尊)前有半點兒言、筵前帶二分酒。那漢酒性操不中調鬪。你是必桂(挂)口兒則休提着那荊州。
〔脈〕他尊　前有×一句言、筵前帶二分酒。　他酒性躁不中撩鬪。你則×綻　口兒休題着索取荊州。＊
＊〔脈〕[魯云]我便索荊州有何訪(妨)。[末云]他听的你索荊州呵。[唱]

〔元〕　完(圓)爭(睜)開殺人眼、輕舒開捉將手。那神道恆將×臥蠶眉坡(皺)。登時敢五蘊山列(烈)火難收。
〔脈〕他圓　睜　開丹鳳眸。輕舒出捉將手。×××他將那臥蠶眉緊皺。　×××五雲山烈　火難收。

〔元〕若是他玉山低趄你則頻斟酒。若是他寶劍離匣你則準備着頭。枉送了××八十×座軍州。
〔脈〕他若是玉山低趄你安排着走。他若是寶劍離匣××准備着頭。枉送了你那八十一座軍州。＊
＊〔脈〕[魯云]先生不須多慮、魯肅料關公勇有餘而智不足。到來日我璧(壁)間暗藏甲士、擒住關公。便插翅也飛不過大江去。我待要先下手爲強。[末云]大夫、量你怎生近的那關雲長。

【倘秀才】
〔元〕××你道東吳國魯大夫仁兄下手。則消的西蜀郡諸葛亮先生啓口。
〔脈〕比及你×東吳國魯大夫仁兄下手。則消得西蜀國諸葛亮先生擧口。

〔元〕奏與那　海量仁慈的漢皇叔。那先生操琴風雪降、撣(彈)劍鬼神愁。則怕您急難措手。
〔脈〕奏與那有德行仁慈×漢皇叔。那先生撫琴霜雪降、彈　劍鬼神愁。則怕你急難措手。＊
＊〔脈〕[魯云]我觀諸葛亮也小可。除他一人、也再無用武之人。[末云]關雲長他弟兄五箇、他若是知道呵、怎肯和你甘罷。[魯云]可是那五箇。[末唱]

【滾繡毬】

〔元〕×××黃漢昇勇似彪。×××趙子龍膽×如斗。×××馬孟起×是×殺人的領袖。

〔脈〕有一箇黃漢升猛似彪。有一箇趙子龍膽大如斗。有一箇馬孟起他是箇殺人的領袖。

〔元〕那條漢虎牢關立伏了十八車(路)諸候(侯)。騎一疋千里騅、橫一條丈八牟。×××當陽坡有如雷吼。

〔脈〕有一箇莽張飛、虎牢關力戰了十八路諸侯。騎一疋閑月烏、使一條丈八矛。他在那當陽坂有如雷吼。

〔元〕曾當住曹丞相一百萬帶甲貔貅。　叫一聲混天塵土紛く(紛)的橋先斷、

〔脈〕喝退了曹丞相一百萬鐵甲貔貅。他瞅一瞅漫天塵土××　×橋先斷、

〔元〕喝一聲拍岸驚濤厭く(厭)的水逆流。這一火怎肯干休。

〔脈〕喝一聲拍岸驚濤××　×水逆流。那一火怎肯干休。＊

＊〔脈〕[魯云]先生、若肯赴席呵、就與關公一會何妨。[末云]大夫、不中ゝ(不中)。休說貧道不曾勸你。[唱]

【叨叨令】　脈望館抄本にはない

〔元〕若是你鼕ゝ(鼕)戰皷聲相輳。不剌く(剌)戰馬望前驟。他惡噎く(噎)揎起征袍袖。不鄧《鄧》惱犯難收救。您索與他死去也末哥、くくく(您與他死去也末哥)、那一柄青龍刀落處都多透。

【尾】　脈望館抄本は【尾聲】

〔元〕　　　　　蓆你兒□怕利着我手。樹葉兒低(隄)防打破我頭。　他千里獨行覓二友。疋馬單刀鎮九州。

〔脈〕我則怕刀尖兒觸抹着輕務了你手。樹葉兒隄　防打破我頭。關雲長千里獨行覓二友。疋馬單刀鎮九州。

〔元〕人似巴山越嶺彪。馬跨番江混海虬。他輕擧龍泉殺車冑。怒拔昆吾壞文丑。

〔脈〕人似巴山越嶺彪。馬跨番江混海獸。×輕擧龍泉殺車冑。怒扯昆吾壞文丑。

〔元〕魔(麾)蓋下顏良劍梟了首。蔡陽英雄立取了頭。這×个避是非的先生決應了口。

〔脈〕麾　蓋下顏良劍標了首。蔡陽英雄立取×頭。這一箇躲是非的先生決應了口。

〔元〕吾兄呵那××殺人的關公　　××　　　×更怕他下不的手。[下]
〔脈〕×××那一箇殺人的雲長[云]稽首。[唱]我更怕他下不的手。[末下]＊
＊〔脈〕[道童云]魯子敬、你愚眉肉眼、不識貧道。你要取索荊州、他來問我。關雲長是我酒肉朋友、我交他兩隻手送與你那荊州來。[魯云]道童、你師父不去、你去走一遭去罷。[童云]我下山赴會走一遭去。我着老關兩手送你那荊州。[唱]

【隔尾】　脈望館抄本のみ　道童唱
〔脈〕我則待拖條藜杖家ゝ走。着對麻鞋處く游。[云]我這一去。[唱]惱犯雲長歹事頭。周倉哥ゝ快爭鬪。輪起刀來劈破了頭。諕的我恰便似縮了頭的烏龜則向那汴河裡走。[下]
[魯云]我聽那先生說了這一會、交我也怕上來了。我想三條計已定了、怕他怎的。黃文、你與我持這一封請書、直至荊州、請關公去來、着我知道。疾去早來者。[下]

第三折

・テキスト

〔元〕元刊本、〔脈〕脈望館抄本、〔綴〕『綴白裘』八編「訓子」、〔納〕『納書楹曲譜』續集卷二「訓子」、〔六〕『六也曲譜』「訓子」、〔天〕『大明天下春』卷六「雲長訓子」、〔新〕『萬象新』卷三「關雲長訓子」、〔大〕『大明春』卷六「雲長訓子」、〔紅〕『樂府紅珊』卷四「關雲長訓子」

・曲牌（曲牌標示のない所は（　）、曲辭の入れ替えのある所は下線で示す）

〔元〕			【粉蝶兒】	【醉春風】	【十二月】	【堯民歌】	【石榴花】	【鬪鵪鶉】
〔脈〕			【粉蝶兒】	【醉春風】	【十二月】	【堯民歌】	【石榴花】	【鬪鵪鶉】
〔綴〕			【粉蝶兒】	【沈醉東風】	【十二月】	【堯民歌】	【石榴花】	【鬪鵪鶉】
〔納〕			【粉蝶兒】	【醉春風】	【十二月】	【堯民歌】	【石榴花】	【幺篇】
〔六〕			【粉蝶兒】	【醉春風】	【十二月】	（堯民歌）	【石榴花】	（鬪鵪鶉）
〔天〕	【菊花新】	【前腔】	【粉蝶兒】	【醉太平】	【朱履曲】	【石榴花】	【幺篇】	【鬪鵪鶉】
〔紅〕	【菊花新】	【前腔】	【中呂粉蝶兒】	【醉春風】	【珠履曲】	【石榴花】	【幺篇】	【鬪鵪鶉】

〔元〕	【上小樓】	【幺】	【快活三】	【鮑老兒】	【剔銀燈】	【蔓菁菜】	【柳青娘】	【道和】	【尾】
〔脈〕	【上小樓】	【幺】	【快活三】	【鮑老兒】	【剔銀燈】	△	×	×	【尾聲】
〔綴〕	【上小樓】	（幺）	×	×	×	×	×	×	【尾】
〔納〕	【上小樓】	【幺】	×	×	×	×	×	×	【煞尾】

〔六〕	(上小樓)(幺)	×	×	×	×	×	【煞尾】
〔天〕	【滿庭芳】	【上小樓】	【幺篇】	【鮑老催】	×	×	＿＿
〔紅〕	【滿庭芳】	【上小樓】	【幺篇】	【鮑老催】	×	×	＿＿

・本文

元刊本・脈望館抄本（綴白裘・六也曲譜の臺詞は省略）

〔元〕［淨開　一折］［關舍人上　開　一折］［淨上］［都下了］［正末扮尊子燕居扮將主(璽)拂子上　坐定　云］方今天下鼎時(峙)三分、曹公占了中原、吳王占了江東、尊兄皇叔占了西川。封關公(某)爲荊王、某在荊州撫鎭。關某暗想、日月好疾也。自從秦始皇滅、早三百余(餘)年也。又想起楚漢分爭、圖王覇業、不想有今日。

〔脈〕［正末扮關公、領關平・關興・周倉上、云］某姓關名羽、字雲長、蒲州解良人也。見隨劉玄德、爲其上將。自天下三分、形如鼎足。曹操占了中原、孫策占了江東、我哥ゝ玄德公占了西蜀。着某鎭守荊州、久鎭無虞。我想當初楚漢爭鋒、我漢皇仁義用三傑、霸主英雄憑一勇。三傑者、乃蕭何、韓信、張良。一勇者、暗嗚叱咤、擧鼎拔山。大小七十余戰、逼霸主自刎烏江。後來高祖登基、傳到如今、國步艱難、一至此。［唱］

【菊花新】天・新・大・紅本のみ

〔天〕［羽］赤膽扶危鎭紀綱。丹心不改漢雲長。韜畧滿胸藏。論英雄蓋世無雙。＊

〔新〕［羽］赤膽扶危鎭紀綱。丹心不改漢雲長。韜畧滿胸藏。論英雄蓋世無雙。＊

〔大〕［羽］赤胋扶危鎭□□。丹心不改漢雲長。韜略滿胸藏。論英雄蓋世無雙。＊

〔紅〕［外］赤膽扶危鎭紀綱。丹心不改漢雲長。韜略滿胸藏。論英雄蓋世無雙。＊

＊〔天〕天下三分鼎足高、荊襄九郡屬吾曹。昔日獨行千里路、今朝又喜赴單刀。

＊〔新〕天下三分鼎足高、荊襄九郡屬吾曹。昔日獨行千里路、今朝又喜赴單刀。

＊〔大〕天下三分鼎足高、荊襄九郡屬吾曹。昔日獨行千里馬、今朝又喜赴單刀。

＊〔紅〕天下三分鼎足高、荊襄九郡屬吾曹。昔日獨行千里路、今朝又喜赴單刀。

〔天〕自家關羽便是。向日諸葛瑾回吳道吾阻當不還荊州。今着魯肅屯兵陸口、

〔新〕自家關羽便是。向日諸葛瑾回吳道吾阻當不還荊州。今着魯肅屯兵陸口、

〔大〕自家關羽是也。向日諸葛瑾回吳道吾阻當不還荊州。今着魯肅屯兵陸口、

〔紅〕自家關羽便是。向日諸葛瑜回吳道吾阻當不還荊州。今日魯肅屯兵陸口、

〔天〕欲取荊州。昨日遣黃文請某赴單刀會。×若不去道吾惧怯使人起疑。

〔新〕欲取荊州。昨日遣黃文請俺負單刀會。×若不去道吾惧怯使人起疑。

〔大〕欲取荊州。昨日遣黃文請某赴單刀會。×若不去道吾惧怯使人起疑。

〔紅〕請赴單刀會索我荊州。　　　　　　吾若不去道吾怯也使人起疑。


〔天〕待吾兒關平出×分付、他鎮守荊州。咱自去赴會則箇。

〔新〕待吾兒關平出來分付、他鎮守荊州。咱自去赴會則個。

〔大〕待吾兒關平出來分付、他鎮守荊州。咱自去赴會則个。

〔紅〕待孩兒關平出來分付、他鎮守荊州。我自去赴會便了。

【前腔】天・新・大・紅本のみ
〔天〕[平]滿腔忠孝有天知。報國常懷赤膽思。濟弱與扶老、在我頓忘身己。＊
〔新〕[平]滿腔忠孝有天知。報國常懷赤膽思。濟弱與扶老、在我頓忘身己。＊
〔大〕[平]滿腔忠孝有天知。報國常懷赤胋思。濟弱與扶危、在我頓忘身己。＊
〔紅〕[末]滿腔忠孝有天知。報國常懷赤膽思。濟弱與扶危、在我頓忘身己。＊
＊〔天〕　　　敢問父王、漢家天下綿遠至今、不知高祖因何而得。
＊〔新〕　　　敢問父王、漢家天下綿遠至今、不知高祖因何而得。
＊〔大〕　　　敢問父王、漢家天下綿遠至今、不得高祖因何而得。
＊〔紅〕[見介]敢問父王、漢家天下綿遠至今、××高祖因何而得天下。

〔天〕[羽]當時秦始皇無道、焚書坑儒、東塡大海、西建阿房、南修五嶺、北築萬里長城。

〔新〕[羽]當時秦始皇無道、焚書坑儒、東塡大海、西建阿房、南修五嶺、北築萬里長城。

〔大〕[羽]當時秦始皇無道、焚書坑儒、東塡大海、西建阿房、南修五嶺、北築萬里長城。

〔紅〕[外]當時秦始皇無道、焚書坑儒、東塡大海、西築阿房、南修五嶺、北築××長城。

《中呂》【粉蝶兒】
〔元〕　　　　天下荒ヌ(荒)。却周秦早屬了劉項。　庭(定)君臣遙指咸陽。
〔脈〕　那時節天下荒ヽ。　却周秦早屬了劉項。　分　君臣先到咸陽。
〔綴〕　那其間楚漢爭強。　嘆周秦早辭了劉項。　分　君臣先到咸陽。
〔納〕　那其間天下荒荒。　歎周秦早屬×劉項。　分　君臣先到咸陽。
〔六〕　那其間天下荒荒。　嘆周秦早屬×劉項。　分　君臣先到咸陽。
〔天〕　那時節天下慌慌。　嘆周秦盡屬×劉項。＊分　君臣先到咸陽。
〔新〕　那時節天下慌慌。　嘆周秦盡屬×劉項。＊分　君臣先到咸陽。
〔大〕　　　　天下慌ヒ。　嘆周秦盡屬×劉項。＊分　君臣先到咸陽。
〔紅〕[外]那時節 天下荒ヽ。　嘆周秦盡屬×劉項。＊分　君臣先到咸陽。
＊〔天〕昔日高祖與項籍在懷王殿前約定、先入咸陽者爲君、後入咸陽者臣。
＊〔新〕昔日高祖與項籍在懷王殿前約定、先入咸陽者爲君、後入咸陽者臣。

＊〔大〕昔日高祖與項籍在懷王殿前約定、先入咸陽者爲君、後入咸陽者臣。
＊〔紅〕昔日漢高祖楚霸王二人在懷王殿前求約、先入咸陽者爲君、後入咸陽者臣。

〔元〕一个×力拔山、一个×量容　海、這兩个一時開創。想當日　黃閣烏江。
〔脈〕一箇×力拔山、一箇×量容　海、他兩箇一時開𠜂。想當日　黃閣烏江。
〔綴〕一個兒力拔山、一箇兒量寬如海、他兩個一時開𠜂。想當日　黃閣烏江。
〔納〕一個兒力拔山、一個兒量呑　海、他兩個一時開創。想當日　黃閣烏江。
〔六〕一個×拔山力、一個×量寬如海、他兩個一時開創。想當日　黃閣烏江。
〔天〕一個呵力拔山、一個呵量寬×海、他兩人一時開創。×當日裏分指鴻溝。
〔新〕一個呵力拔山、一個呵量寬×海、他兩人一時開創。×當日裡分指鴻溝。
〔大〕一个呵力拔山、一个呵量寬×海、他兩人一時開創。×當日裡分界鴻溝。
〔紅〕一個呵力拔山、一個呵量寬×海、他兩人一時開創。×當日裡分指鴻溝。

〔元〕　一个　用了三傑　一个　立誅了八將。
〔脈〕　一箇　用了三傑　一箇　×誅了八將。
〔綴〕　一個児用了三傑　一個児立誅×八將。
〔納〕　一個兒用了三傑　一個兒立誅×八將。
〔六〕　一個　用了二傑　　個　立誅×八將。
〔天〕有一個　用了三傑有一個　×誅了八將。＊
〔新〕有一個　用了三傑有一個　×誅了八將。＊
〔大〕有一个　用了三傑有一个　×誅了八將。＊
〔紅〕有一個　用了三傑有一個　×誅了八將。
＊〔天〕後來　　九里山前、被韓信七十二陣逼至烏江、楚王羞轉江東、伏劍自刭。
＊〔新〕後來　　九里山前、被韓信七十二陣逼至烏江、楚王羞轉江東、仗劍自刎。
＊〔大〕後來項羽九里山前、被韓信七十二陣逼至烏江、楚王羞轉江東、仗劍自刎。

【醉春風】　綴白裘は【沈醉東風】、天・新・大本は【醉太平】
〔元〕　　一个　短劍×一身亡。一个　　淨鞭三下暗(響)。想祖宗專(傳)授與　　兒孫、
〔脈〕　　一箇　短劍下一身亡。一箇　　靜鞭三下響。　　×祖宗傳　　授與　　兒孫、
〔綴〕　　一個在短劍下×身亡。一個　聽靜鞭三下响。這的是祖宗傳　　授與俺的兒孫、
〔納〕　　一個在短劍下×身亡。一個兒聽靜鞭三下響。這的是祖宗傳　　位與　　兒孫、
〔六〕　　一個在短劍下×身亡。一個　聽靜鞭三下响。　×想祖宗傳　　位與　　兒孫、
〔天〕　　逼得他 短劍×一身亡。俺漢家　　靜鞭三下響。　××先君傳　　位與　　兒孫、
〔新〕　　逼得他短劍×一身亡。俺漢家　靜鞭三下响。　××先君傳　　位與　　兒孫、

〔大〕　　逼得他短劍×一身亡。俺漢家　靜鞭三下响。　××先君傳　　位與　　兒孫、
〔紅〕[外]逼得他短劍×一身亡。俺漢家　淨鞭三下响。　××先君傳　　位與　　兒孫、

〔元〕　却都是枉。く(枉)。く(枉)。
〔脈〕　到今日×××享ゝ。
〔綴〕也到今日只落得享享。
〔納〕　到今日只落的享享。
〔六〕　到今日只落得享享。
〔天〕　到今日 後人來受亨。我想着 漢光武親征王莽。
〔新〕　到今日後人來受享。我想着漢光武親征王莽。
〔大〕　到今日後人來受享。我想着漢光武×除王莽。
〔紅〕　到今日後人×受享。

〔元〕　　　　獻帝又無靠无挨、　重(董)卓又不仁不義、呂布又一冲一撞。
〔脈〕　　　　獻帝又無靠無依、　董　　卓又不仁不義、呂布又一冲一撞。＊
〔綴〕　　　　獻帝他無靠無倚、那董　　卓×不仁不義、呂布×一冲一撞。＊
〔納〕　　　　獻帝×無靠無依、　董　　卓×不仁不義、呂布×一冲一撞。
〔六〕　　　　獻帝×無靠無依、　董　　卓×不仁不義、呂布×一冲一撞。＊
〔天〕傳至那漢獻帝×柔懦無剛。那董　　卓×不仁不義、呂布又一衝一撞。＊
〔新〕傳至那漢獻帝×柔弱無剛。那董　　卓×不仁不義、呂布又一衝一撞。＊
〔大〕傳至那漢獻帝×柔懦無剛。那董　　卓×不仁不義、呂布又一衝一撞。＊
〔紅〕　　　漢獻帝×柔懦無剛。那董　　卓×不仁不義、呂布又一冲一撞。＊

＊〔脈〕[云]某想當日、俺弟兄三人、在桃園中結義、宰白馬祭天、宰烏牛祭地、不求同日生、只願同日死。[唱]
＊〔綴〕[小生]請父王、再把桃園結義之事、試說一遍。[淨]想俺弟兄三人、當日在桃園結義之時、宰白馬祭天、殺烏牛祭地、不愿同日生、只願仝日死。一在三在、一亡三亡。
＊〔六〕[小生]請問父王、再把桃園結義之事、試說一遍。[淨]當日在桃園結義之時、宰白馬祭天、殺烏牛祭地、風雪際會、龍虎相逢。[唱]
＊〔天〕[平]敢問父王、三人在那里相會。
＊〔新〕[平]敢問父王、三人在那里相會來。
＊〔大〕[平]敢問父王、三人在那里相會。
＊〔紅〕[末]當初父王三人在那裡相會。

【十二月】　天・新・大本は【朱履曲】、紅本は【珠履曲】

〔元〕【十二月】　那時節　兄弟　在　　范陽。　兄長在　　樓桑。　　關ム在　　解良。

〔脈〕【十二月】　那時節　兄弟　在　　范陽。　兄長在　　樓桑。　　關某在蒲州解梁。

〔綴〕【十二月】　想當日　兄弟　在　　范陽。　兄長在　　樓桑。　俺關某在蒲州解良。

〔納〕【十二月】　想當日　兄弟　在　　范陽。　兄長在　　樓桑。　俺關某×蒲州解梁。

〔六〕【十二月】　想當日　兄弟　在　　范陽。　兄長在　　樓桑。　俺關某在蒲州解粮。

〔天〕【朱履曲】　想當日三兄弟住居涿州范陽。　大哥在大樹樓桑。　俺關某在蒲州解梁。＊3

〔新〕【朱履曲】　想當日三兄弟住居涿州范陽。　大哥在大樹樓桑。　俺關某在蒲州解梁。＊3

〔大〕【朱履曲】　想當日三兄弟住居涿州范陽。　大哥在大樹樓桑。　俺關某在蒲州解梁。＊3

〔紅〕【珠履曲】[外]想當日三兄弟住居　　范陽。＊1大哥在大樹樓桑。＊2俺關某在蒲州觧梁。＊3

＊1〔紅〕[末]伯父家住那裡。[外]

＊2〔紅〕[末]俺家住在那裡。[外]

＊3〔天〕[平]軍師是那里人。〔新〕〔大〕同じ。

＊3〔紅〕[末]軍師是那裡人。[外]

〔元〕　　　諸葛　　　在南陽。

〔脈〕更有　諸葛　　　在南陽。

〔綴〕更有那諸葛　　　在南陽。

〔納〕更有那諸葛　　　在南陽。

〔六〕更有那諸葛　　　在南陽。

〔天〕更有個諸葛軍師住居南陽。我兄弟呵、　一連三謁臥龍岡。

〔新〕更有個諸葛軍師住居南陽。我兄弟呵、一連三謁臥龍岡。

〔大〕更有个諸葛軍師住居南陽。我兄弟呵、一連三謁臥龍崗。

〔紅〕更有個諸葛軍師住×南陽。××××　一連三謁臥龍岡。

天・新・大・紅本のみ

〔天〕壯士投壯士、英豪遇英豪、提起來實感傷。＊【石榴花】　　只見擾攘干戈動八方。

〔新〕×××壯士、英豪遇英豪、提起來實感傷。＊【石榴花】　　只見擾攘干戈動八方。

〔大〕壯士投壯士、英豪遇英豪、提起來實感傷。＊【石榴花】　　只見擾攘干戈動八方。

〔紅〕壯士投壯士、英豪遇英豪、提起來寔感傷。　【石榴花】［外］只見擾攘干戈動八方。
＊〔天〕那時天下一十八路諸侯因爲黃巾賊反、那一路不動刀鎗。〔新〕〔大〕同じ。

〔元〕一時　英雄　四方。　　　　　　　結義了皇叔　關ム(張)。
〔脈〕一時出英雄　四方。　　　　　　　結義了皇叔　關張。
〔綴〕霎時間英雄出四方。　　　　　　　結義了王叔共關張。
〔納〕霎時間英雄出四方。　　　　　　　結義了皇叔與關張。
〔六〕霎時間英雄出四方。　　　　　　　結義了皇叔共關張。
〔天〕一霎時英雄起四方。因此上在桃園結義×皇叔與關張。＊
〔新〕一霎時英雄起四方。因此上在桃園結義×皇叔與關張。＊
〔大〕一霎時英雄起四方。因此上在桃園結義×皇叔與關張。＊
〔紅〕一霎時 英雄起四方。因此上×桃園結義×皇叔與關張。
＊〔天〕我思想起來、苦征惡戰喜還憂、帶夾披袍二十秋。雙手補完天地缺、一心整頓帝皇州。
＊〔新〕我思想起來、若征惡戰喜還憂、帶甲披袍二十秋。雙手補完天地缺、一心整頓帝皇州。
＊〔大〕我思想起來、苦征惡戰喜還憂、帶夾披袍十二秋。雙手補完天地缺、一心頓整帝王州。

【堯民歌】六は曲牌標示なし。天・新・大本は前曲からの續き
〔元〕一年三謁臥龍崗。　　早鼎足三分漢家　　邦。俺哥ヌ(哥)你(稱)吉(孤)道寡作蜀王。

〔脈〕一年二謁臥龍岡。却又早鼎分三足漢家　　邦。俺哥哥　　稱　　孤　　道寡世無雙。

〔綴〕其年三謁臥龍崗。已料定鼎足三分漢家　　邦。俺哥哥　　稱　　孤　　道寡世無雙。

〔納〕其年三謁臥龍岡。已料定鼎足三分漢家　　邦。俺哥哥　　稱　　孤　　道寡世無雙。
〔六〕其年三謁臥龍崗。已料定鼎足三分漢家　　邦。俺哥哥　　稱　　孤　　道寡世無雙。
〔天〕　　　　　　　纔成就鼎足三分漢家的×邦。大哥哥　　稱　　孤　　道寡世無雙。
〔新〕　　　　　　　纔成就鼎足三分漢家的×邦。大哥哥　　稱　　孤　　道寡世無雙。
〔大〕　　　　　　　纔成就鼎足三分漢家的×邦。大哥哥　　稱　　孤　　道寡世無雙。
〔紅〕　　　　　　　纔成就鼎足三分漢家的基邦。俺大哥　　稱　　孤　　道寡世無雙。

〔元〕　　　　　　　　　關ム疋馬單刀鎮　　荆　　　　襄。

〔脈〕　　　　　　　　　　我關某疋馬單刀鎮　　荊　　　　襄。

〔綴〕　　　　　　　　　　俺關某匹馬單刀鎮　　荊　　　　襄。

〔納〕　　　　　　　　　　俺關某疋馬單刀鎮　　荊　　　　襄。

〔六〕　　　　　　　　　　俺關某匹馬單刀鎮　　荊　　　　襄。

〔天〕三兄弟做了閬中王。俺關某疋馬單刀鎮的是荊州、帶着襄陽。

〔新〕三兄弟做了閬中王。俺關某疋馬單刀鎮的是荊州、帶着襄陽。

〔大〕三兄弟做了閬中王。俺關某疋馬單刀鎮的×荊州、帶着襄陽。

〔紅〕　　　　　　　　　　俺關某疋馬單刀鎮的是荊州、帶着襄陽。

〔元〕長　　江經今幾戰場。恰便似　　後浪崔(催)前浪。

〔脈〕長　　江經今幾戰場。却正是　　後浪催　　前浪。＊

〔綴〕長也麼長今經起戰場。恰便是　　後浪催　　前浪。＊

〔納〕長也麼江今經起戰場。却便似　　後浪催　　前浪。

〔六〕長　　江今經起戰場。却便是　　後浪催　　前浪。＊

〔天〕×　　×經今起戰場。好一似長江後浪催　　前浪。＊

〔新〕×　　×經今起戰場。好一似長江後浪催　　前浪。＊

〔大〕×　　×經今起戰場。好一似長江後浪催　　前浪。＊

〔紅〕×　　×經今起戰場。好一似　　後浪催　　前浪。＊

＊〔脈〕[云]孩兒門首覷者。看甚麼人來。[關平云]理會的。[黃文上云]某乃黃文是也。將着這一封請書、來到荊州、請關公赴會。早來到也。左右報伏去。有江下魯子敬、差上將拖地膽黃文、持請書在此。[平云]你則在這里者、等我報伏去。[平見正末、云]報的父親得知。今有江東魯子敬、差一員首將、持請書來見。[正云]着他過來。[平云]着你過去里。[黃文見科][正末]兀那廝甚麼人。[黃荒云]小將黃文。江東魯子敬差我下請書在此。[正云]你先回去、我隨後便來也。[黃文云]我出的這門來。看了關公英雄一相箇神道。魯子敬、我替你愁里。小將是黃文、特來請關公。髯長一尺八、面如掙棗紅。青龍偃月刀、九ゝ八十斤。脖子里着一下、那里尋黃文。來便喫筵席、不來豆腐酒喫三鍾。[下][正末云]孩兒、魯子敬請我赴單刀會、走一遭去。[平云]父親、他那里筵無好會、則怕不中。〈云〉[正云]不妨事。[唱]

＊〔綴〕省略

＊〔六〕[外上]龍虎台前出入、狓猍帳下傳宣。小將叩頭。

＊〔天〕請問父王、今日魯肅請赴單刀會、那書上怎麼樣寫來。

＊〔新〕請問父王、今日魯肅請赴單刀會、那書上怎麼樣寫。

＊〔大〕請門父王、今日魯肅請赴單刀會、那書上怎麼樣寫。

＊〔紅〕[末]請問父王、今日魯肅書上怎麼說。

【石榴花】 天・新・大・紅本は【幺篇】

〔元〕【石榴花】　　　兩朝相鬲(隔)漢陽江。　寫着道魯肅請雲長。　這的每安非(排)着筵宴不尋常。

〔脈〕【石榴花】　　　兩朝相隔　　漢陽江。上寫着道魯肅請雲長。　×××安排　　着筵宴不尋常。

〔綴〕【石榴花】 上寫着兩朝相隔　　漢陽江。又寫着×魯肅請雲長。＊×××安排　　下筵宴不尋常。

〔納〕【石榴花】 上寫着兩朝相隔　　漢陽江。又寫着×魯肅請雲長。　×××安排　　下筵宴不尋常。

〔六〕【石榴花】 上寫着兩朝相隔　　漢陽江。又寫着×魯肅請某行。　×××安排　　下筵宴不尋常。

〔天〕【幺篇】　 他道是兩朝相隔　　漢陽江。上寫着×魯肅請雲長。　×××安排　　×筵席不尋常。

〔新〕【幺篇】　 他道是兩朝相隔　　漢陽江。上寫着×魯肅請雲長。　×××安排　　×筵席不尋常。

〔大〕【幺篇】　 他道×兩朝相隔　　漢陽江。上寫着×魯肅請雲長。　×××安排　　×筵席不尋常。

〔紅〕【幺篇】[外]他道是兩朝相隔　　漢陽江。上寫××魯肅請雲長。　×××安排　　×筵席不尋常。

＊〔綴〕[小生]安排什麼來。[淨]

〔元〕　休想道畫堂。　別是　風光。　　休想鳳凰盃滿捧瓊花釀。

〔脈〕　休想道畫堂。　別是　風光。　那里有鳳凰盃滿捧瓊花釀。

〔綴〕再休想×畫堂。咳別是　風光。　那里有鳳凰盃滿汎葡萄釀。

〔納〕再休想×畫堂。　別是　風光。　那裏有鳳凰杯滿泛葡萄釀。

〔六〕再休想×畫堂。哎別是　風光。　那裡有鳳凰杯滿泛葡萄釀。

〔天〕　×××畫堂。　別是好風光。＊再休想鳳凰盃×泛葡萄釀。

〔新〕　×××畫堂。　別是好風光。＊再休想鳳凰杯×泛葡萄讓。

〔大〕　×××畫堂。　別是好風光。＊再休想鳳凰杯×泛葡萄釀。

〔紅〕　×××畫堂。　別是好風光。＊再休想鳳凰杯×泛葡萄釀。

＊〔天〕[平]啓覆父王、江東與我國素相呑謀。今魯肅請赴單刀會、我想他筵無好筵、會無好會。父王、何故又許他去。[羽]兒、我豈不知。

＊〔新〕…天とほぼ同じ。「會無好會」は「會無我會」。また「[羽]兒、豈我不知」。

＊〔紅〕[末]啓父王、江東與我國素相呑謀。今魯子敬請赴單刀會、恐是設計。父王何故許之。怕是呂太后的筵席。[外]兒、我豈不知道。

〔元〕決然　安非(排)着巴豆　　砒霜。玳瑁筵　搖(擺)列着央(英)雄將。　休想肯開宴出紅粧。
〔脈〕××他安排　　着巴豆　　砒霜。玳×筵　擺　　列着　　英雄將。　休想肯開宴出紅粧。
〔綴〕盡多是××　　×芭荳共着砒霜。玳×筵前擺　　列着都是英雄將。再休想×開宴出紅粧。
〔納〕盡都是××　　×巴豆共着砒霜。玳×筵前擺　　列着都是英雄將。再休想×開宴出紅粧。
〔六〕盡多是××　　×巴豆共着砒霜。玳×筵前排　　列着多是英雄將。再休想×開宴出紅粧。
〔天〕必然是暗藏　　×毒藥　與砒霜。玳瑁筵　擺　　列着　　英雄將。　休想他開宴出紅妝。
〔新〕必然是暗藏　　×毒藥　與砒霜。玳瑁筵　擺　　列着　　英雄將。　休想他開宴出紅粧。
〔大〕必然是暗藏　　×毒藥　與砒霜。玳瑁筵　擺　　列着　　英雄將。　休想他開宴出紅妝。
〔紅〕必然是暗藏　　×毒藥　與砒霜。玳瑁筵　擺　　列着　　英雄將。　休想他開宴出紅粧。

【鬪奄(鵪)享(鶉)】六本は標示なし。納本は【幺篇】
〔元〕【鬪奄(鵪)享(鶉)】安非(排)下打鳳撈龍、準備着天羅　地網。那裏是待客　筵席、
〔脈〕【鬪鵪鶉】　　　　安排　　下打鳳牢龍、準備着天羅　地網。也不是待客　筵席、
〔綴〕【鬪鵪鶉】　　　　安排　　下打鳳牢龍、准備着天羅咳地網。那里有待客的筵席、
〔納〕【幺篇】　　　　　安排　　下打鳳牢龍、准備着天羅　地網。那裏有待客的筵席、
〔六〕　　　　　　　　　安排　　下打鳳牢籠、准備着天羅　地網。那裡有待客　筵席、
〔天〕【鬪鵪鶉】　他那里准備　　着打虎牢籠、安排下天羅　地網。那里是 待賓　筵席、
〔新〕【鬪鵪鶉】　他那里准備　　着打虎牢籠、安排下天羅　地網。那里是待賓　筵席、
〔大〕【鬪鵪鶉】　他那里准備　　着打虎牢籠、安排下天羅　地網。那里是待賓　筵席、
〔紅〕【鬪鵪鶉】　他那裡 准備　　着打虎牢籠、安排着天羅　地網。那裡是待賓　筵席、

〔元〕　則是个殺人　　的戰場。　他每誠意　誠心便休想。　　　全不怕后人　　講。

〔脈〕　則是箇殺人ゝ　的戰場。若說那重意　誠心更休想。　　　全不怕後人　　講。
〔綴〕　都是×殺人殺人的戰場。再休想誠意　誠心×××。　　　全不怕後人嗄來講。＊
〔納〕盡都是×殺人殺人的戰場。再休想誠意　誠心×××。　　　全不怕後人　來講。
〔六〕盡多是×殺人殺人的戰場。若說想誠意　誠心×××。　　　全不怕後人　來講。＊
〔天〕　到做個 殺人　　×戰場。休想他 誠意與誠心、我若不去呵、　猶恐後人　論講。
〔新〕　到做個殺人　　×戰場。休想他誠意與誠心、我若不去呵、　猶恐後人　論講。
〔大〕　到做个殺人　　×戰場。休想他誠意與誠心、我若不去呵、　猶恐後人　論講。
〔紅〕　到做個殺人　　×戰場。休想他誠意與誠心、我若不去呵、　×恐後人　論講。
＊〔綴〕[小生]古來筵無好筵、會無好會、還是不去罷。[淨]
＊〔六〕[小生介]父王、去也不去。[淨連]

〔元〕　既然他謹く(謹)相邀、　　　　　　　　我與你　親身　便往。
〔脈〕　既然×謹ゝ　　相邀、　　　　　　　　我則索　親身　便往。＊
〔綴〕　既然他緊ヒ　　相邀哩、周倉　　　　　喒和恁　親身嗄前往。＊
〔納〕　既然他緊緊的　相邀哩、　　　　　　　喒和恁　親身　便往。
〔六〕　既然他緊緊的　相邀哩、周倉[丑應、淨連]咱和恁便親身　便往。＊
〔天〕他既是×緊緊　　相邀、　　　　　　　　俺合當　親身　自往。＊→【滿庭芳】①
〔新〕他既是×緊緊　　相邀、　　　　　　　　俺合當　親身　自往。＊→【滿庭芳】①
〔大〕他既是×緊ヒ　　相邀、　　　　　　　　俺合當　親身　自往。　→【滿庭芳】①
〔紅〕他既是×緊ゝ　　相邀、　　　　　　　　俺合當　親身　自往。＊→【滿庭芳】①
＊〔脈〕[平云]那魯子敬是箇足智多謀的人。他又兵多將廣、人強馬壯。則怕父親去呵、落在他彀中。[正]
＊〔綴〕[小生]他那里兵多將廣。[淨]
＊〔六〕[丑介]吓。[小生]兵多將廣。[淨連唱]
＊〔天〕[平]父王在上、不可以萬金之軀而陷虎狼之穴。況東吳有長江之險、倘有不測難以隄防。
＊〔新〕[平]父王在上、不可以萬金之軀而陷虎狼之穴。況東吳有長江之險、倘有不測難以隄防。
＊〔紅〕[末]稟父王得知。不可以萬金之軀親陷虎狼之穴。況且東吳有長江之險、倘有不測難以隄防。

【上小樓】　六本は曲牌標示なし。
〔元〕　你道他兵多將廣。　人強馬壯。大丈夫雙手俱全、一人　拚命、萬夫　難當。
〔脈〕　你道他兵多將廣。　人強馬壯。大丈夫敢勇當先、一人　拚命、萬夫　難當。＊2

〔綴〕　恁道他兵多將廣。　人強馬壯。大丈夫奮勇當先、一人　拚命、萬夫　難當。＊2
〔納〕　恁道是兵多將廣。　人強馬壯。大丈夫奮勇當先、一人　拚命、萬夫　難當。
〔六〕　恁道他兵多將廣。＊1人強馬壯。大丈夫奮勇當先、一人　拚命、萬夫　難擋。
〔天〕④你道他兵多將廣。　馬壯人強。大丈夫敢勇當先、一人能拚命、萬夫也難當。→⑤
〔新〕④你道他兵多將廣。　馬壯人強。大丈夫敢勇當先、一人能拚命、萬夫也難當。→⑤
〔大〕④你道他兵多將廣。　馬壯人強。大丈夫勇敢當先、一人能拚命、萬夫也難當。→⑤
〔紅〕④你道他兵多將廣。　馬壯人強。大丈夫敢勇當先、一人　拚命、萬夫　難當。→⑤
＊1〔六〕[小生介]人強馬壯。
＊2〔脈〕[平云]許來大江面、俺接應的人、可怎生接應。[正唱]
＊2〔綴〕[小生]大江遙遠恐難接應。[淨]

天・新・大本はここから【滿庭芳】[外]：關羽唱
〔元〕　　　　你道　鬲(隔)　漢江。起戰場。　急難　　　侵傍。
〔脈〕　　　　你道是隔　　着×江。起戰場。　急難　　　親傍。
〔綴〕　　　　恁道是隔　　　大江。起戰場。　急難　　相　傍。
〔納〕　　　　恁道是隔　　　大江。起戰場。　急難　　相　傍。
〔六〕　　　　恁道是隔　　　大江。起戰場。　急難　　相　防。
〔天〕【滿庭芳】①你道是隔　着大江。難以隄防。急難時怎得相親傍。＊→②
〔新〕【滿庭芳】①你道是隔　着大江。難以隄防。急難時怎得相親傍。＊→②
〔大〕【滿庭芳】①你道是隔　着大江。難以隄防。急難時怎得相親傍。　→②
〔紅〕【滿庭芳】①你道是隔　着大江。難以隄防。急難時怎得相親傍。＊→②
＊〔天〕他若是不說起荊州也自罷休。他若是說起荊州呵。〔新〕も同じ。
＊〔紅〕他若×不說起荊州也自罷了。倘提起荊州時節、

〔元〕　　交他每　鞠躬ヌ(躬)送的我來船　上。
〔脈〕　我着那廝　鞠躬ゝ　送×我到船　上。＊
〔綴〕　　着那廝　鞠躬躬　送×俺到船　上。＊
〔納〕　　着那廝便鞠躬躬　送×某到船　上。
〔六〕　　着那廝　鞠躬恭　送×某到船　上。
〔天〕③好教他　躬着身　送×我在船兒上。＊→④【上小樓】
〔新〕③好教他　躬着身　送×我在船兒上。＊→④【上小樓】
〔大〕③好教他　躬着身　送×我到船兒上。　→④【上小樓】
〔紅〕③好教他　躬着身　送×我到船兒上。＊→④【上小樓】
＊〔脈〕[平云]你孩兒到那江東、旱路里擺着馬軍、水路里擺着戰船、直殺一箇血胡同。

我想來、先下手的爲強。[正唱]

＊〔綴〕[小生]還是先下手爲強。[淨]

＊〔天〕[平]吾聞魯肅雖有長者之風、事急不容不狼心耳。兼且東吳兵多將廣馬壯人強、不可輕視。

＊〔新〕[平]吾聞魯肅雖有長者之風、事急不得不狼心耳。兼且東吳兵多將廣馬壯人強、不可輕視。

＊〔紅〕[末]吾聞魯肅有長者之風、事急不容不狼心耳。兼且東吳兵多將廣馬壯人強、啓上父王、不可輕視他。

【幺】綴・六本は曲牌標示なし　　天・新・大本は【滿庭芳】②から續く。

〔元〕　你道　先下手　強。後下手央(殃)。一隻手揝住　　寶帶、臂展猿猱、劍扯秋霜。

〔脈〕　你道是先下手　強。後下手　央。我一隻手揝住　　寶帶、臂展猿猱、劍掣秋霜。＊

〔綴〕　恁道是先下手　強。後下手　殃。我一隻手揪住他的袍帶、臂轉猿猴、劍掣秋霜。

〔納〕　恁道是先下手　強。後下手　殃。某一隻手揪住　　寶帶、臂展猿猴、劍掣秋霜。

〔六〕　恁道是先下手　強。後下手　殃。　一隻手揪住多　袍帶、臂轉猿猴、劍掣秋霜。

〔天〕②×××先下手爲強。後下手爲殃。咱一隻手挐着　　寶帶、臂展猿猴、劍掣秋霜。③

〔新〕②×××先下手　強。後下手　殃。咱一隻手挐着　　寶帶、臂展猿猴、劍掣秋霜。③

〔大〕②×××先下手爲強。後下手爲殃。咱一隻手擎着　　寶帶、臂×猿頭、劍掣秋霜。③

〔紅〕②×××先下手爲強。後下手爲殃。咱一隻手揪着　　寶帶、臂×猿猴、劍掣秋霜。③

＊〔脈〕[平云]父親、則怕他那里有埋伏。[正唱]

〔元〕　他待　暗く(暗)　藏。　　緊く(緊)防。　都是　柧(狐)朋狗黨。

〔脈〕　他那里暗ヽ　　的藏。我須索緊ヽ　的防。　都是些狐　　朋狗黨。＊

〔綴〕　他那里暗ヒ　　　藏。我這里緊ヒ　　防。　那怕他狐　　群狗黨。

〔納〕　他那裏暗暗　　　藏。某這裏緊緊　　防。　　　那狐　　群狗黨。

〔六〕　他那裡暗暗　　　藏。俺這裡緊緊　　防。　多是　狐　　群狗黨。

〔天〕⑤××　暗暗　　　藏。俺這里謾謾　　防。盡都是　狐　　群狗黨。→⑥

〔新〕⑤他那里暗暗　　　藏。我這里謾謾　　防。盡都是　狐　　群狗黨。→⑥

〔大〕⑤他那里暗ヒ　　　藏。我這里謾ヒ　　防。盡都是　狐　　群狗黨。→⑥

〔紅〕⑤他那裡暗ヽ　　　藏。俺這裡謾ヽ　　防。盡都是　狐　　羣狗黨。→⑥

＊〔脈〕[云]單刀會不去呵。[唱]

〔元〕　小可如我千里獨行五關斬將。
〔脈〕　小可如×千里獨行五關斬將。＊
〔綴〕　俺可也×千里獨行五關斬將。＊
〔納〕　俺也曾×千里獨行五關斬將。
〔六〕　俺也曾×千里獨行五關斬將。
〔天〕⑥小可的×千里獨行五關斬將。＊→⑦【幺篇】
〔新〕⑥小可的×千里獨行五關斬將。＊→⑦【幺篇】
〔大〕⑥小可的×千里獨行五關斬將。　→⑦【幺篇】
〔紅〕⑥小可的×千里獨行五關斬將。＊→⑦【幺篇】

＊〔脈〕[云]孩兒、量他到的那里。[平云]想父親私出許昌一事。您孩兒不知、父親慢ゝ說一遍。[正唱]

＊〔綴〕我兒准備人馬接應。[小生]是。[淨]周倉。[付]有淨明日隨俺去赴會者。[付]吓。[淨]

＊〔天〕兒且把我的威風說與你聽咱。〔新〕も同じ。

＊〔紅〕我兒且把我的威風說與你听着。

【快活三】綴・六・納本なし。天・新・大・紅本は【幺篇】[外]：關羽唱

〔元〕　小可如我攜親姪訪冀王。引阿嫂覓蜀皇。　　　　霸陵橋上氣昂く(昂)。側坐在雕鞍上。

〔脈〕　小可如我攜親姪訪冀王。引阿嫂覓劉皇。　　　　灞陵橋上氣昂ゝ。　　側坐在雕鞍上。

〔天〕⑦××××攜親姪訪義主。領嫂嫂覓劉王。我也曾在覇陵橋上氣昂昂。　獨坐×雕鞍上。→⑧

〔新〕⑦××××攜親侄訪義主。領嫂嫂覓劉王。我也曾在覇陵橋上氣昂昂。　獨坐×雕鞍上。→⑧

〔大〕⑦××××攜親姪訪義主。領嫂ヒ覓劉王。我也曾在覇陵橋上氣昂ヒ。　獨坐×雕鞍上。→⑧

〔紅〕⑦××××攜親姪訪義主。領嫂ゝ覓劉王。我也曾在灞陵橋上氣昂ゝ。　獨坐在雕鞍上。→⑧

【鮑老兒】　綴・六・納本なし。天・新・大本は【幺篇】⑧のつづき

〔元〕　　　戰皷才擂斬了蔡陽。血濺在沙場上。　　　刀挑了征袍離了許昌。

〔脈〕　俺也曾揭鼓三鼕斬×蔡陽。血濺在殺場上。　刀挑×征袍出×許昌。
〔天〕⑩我也曾擂鼓三通斬×蔡陽。血濺在征袍上。→⑪　⑧刀挑×征袍出×許昌。→⑨
〔新〕⑩我也曾隔鼓三通斬×蔡陽。血濺在征袍上。→⑪　⑧刀挑×征袍出×許昌。→⑨
〔大〕⑩我也曾擂鼓三通斬×蔡陽。血濺在征袍上。→⑪　⑧刀挑×征袍出×許昌。→⑨
〔紅〕⑩我也曾擂鼓三通斬×蔡陽。血濺在征袍上。→⑪　⑧刀挑×征袍出×許昌。→⑨

〔元〕　　揮了曹丞相。　向單刀會上。對兩朝文武。更小可如三月襄陽。
〔脈〕　嶮　諕殺×曹丞相。　向單刀會上。對兩班文武。更小可如三月襄陽。＊
〔天〕⑨險些兒諕殺×曹丞相。→⑩　⑬今日向單刀會裡、勝似鎖齊王。→⑭
〔新〕⑨險些兒唬殺×曹丞相。→⑩　⑬今日向單刀會裡、勝似鎖齊王。→⑭
〔大〕⑨險些兒唬死了曹丞相。→⑩　⑬今日向單刀會×、勝似鎖齊王。→⑭
〔紅〕⑨險些兒諕殺了曹丞相。→⑩　⑬今日向單刀會×、勝似鎖齊王。→⑭
＊〔脈〕［平云］父親、他那里雄糾ゝ排着戰場。［正唱］

【剔銀燈】 綴・六・納本なし。天・新・大本は【鮑老催】のつづき
〔元〕　拆(折)末他雄糾く(糾)軍兆(排)成殺場。威凛く(凛)兵屯合虎帳。大將軍奇鋭在孫吳上。
〔脈〕　折　莫他雄糾ゝ　×排　着戰場。威凛ゝ　兵屯×虎帳。大將軍智×在孫吳上。
〔天〕⑫×　××雄糾糾　推乘　出戰場。威凛凛　兵戈賽虎狼。大丈夫志×在孫吳上。→⑬
〔新〕⑫×　××雄糾糾　推乘　出戰場。威凛凛　兵戈賽虎狼。大丈夫志×在孫吳上。→⑬
〔大〕⑫×　××雄糾ヒ　推乘　出戰場。威稟ヒ　兵戈賽虎狼。大丈夫志×在孫吳上。→⑬
〔紅〕⑫×　××雄糾ゝ　推乘　出戰場。威凛ゝ　兵戈賽虎狼。大丈夫志×在孫吳上。→⑬

天・新・大本はここから【鮑老催】［外］
〔元〕　倚着馬如龍人似金剛。　不是我十分強。硬主仗。
〔脈〕　××馬如龍人似金剛。　不是我十分強。硬主張。
〔天〕⑪【鮑老催】那怕他馬如龍人似金剛。→⑫　⑭非是我十分強。硬主張。＊→⑮
〔新〕⑪【鮑老催】那怕他馬如龍人似金剛。→⑫　⑭非是我十分強。硬主張。＊→⑮
〔大〕⑪【鮑老催】那怕他馬如龍人似金剛。→⑫　⑭非是我十分強。硬主張。　→⑮

〔紅〕⑪【鮑老催】那怕他馬如龍人似金剛。→⑫　⑭非是我十分強。硬主張。＊→⑮

＊〔天〕他若提起那荆州呵。〔新〕も同じ。

＊〔紅〕他若提起荆州時節。

〔元〕　　　　　　　　　　　　　題　着斷殺去摩拳擦掌。

〔脈〕　　　　　　　　　　　　但題起×斷殺呵麼拳擦掌。

〔天〕⑮准備着貫甲披袍、仗劍提刀、　　　　一個個磨拳擦掌。→⑯

〔新〕⑮准備着貫甲披袍、仗劍持刀、　　　　一個個磨拳擦掌。→⑯

〔大〕⑮准備着貫甲披袍、仗劍持刀、　　　　一個ヒ磨拳擦掌。→⑯

〔紅〕⑮准備着貫甲披袍、仗劍提刀、　　　　一個ゝ摩拳插掌。→⑯

【蔓菁菜】明本は曲牌標示なし。綴・六・納本なし。天・新・大本は前曲の續き⑯から

〔元〕他便有快對不能征將。兆(排)戈戟列其(旗)倉(鎗)。

〔脈〕×××××××××　排　　戈甲列旗　　鎗。

〔天〕×××××××××　×　　××××　　×

〔新〕×××××××××　×　　××××　　×

〔大〕×××××××××　×　　××××　　×

〔紅〕×××××××××　×　　××××　　×

〔元〕　　　對幛(仗)。　　　　三國英雄漢雲長。端的　豪氣有三千丈。

〔脈〕　各分戰場。　　　　我是三國英雄漢雲長。端的是豪氣有三千丈。＊

〔天〕⑯各分戰場　　　端的是三分英勇漢雲長。怒開　豪氣×三千丈。→⑰

〔新〕⑯各分戰場　　　端的是三分英勇漢雲長。怒開　豪氣×三千丈。→⑰

〔大〕⑯各分戰場　　　端的是三分英勇漢雲長。怒開　豪氣×三千丈。→⑰

〔紅〕⑯各分戰場　　　端的是三分英勇漢雲長。怒開　豪氣×三千丈。→⑰

＊〔脈〕[云]孩兒、與我准備下舡隻、領周倉赴單刀會走一遭去。[平云]父親去呵、小心在意者。[正唱]

【柳青娘】　元刋本のみ

〔元〕他止不過擺金釵六行。敎仙音院秦(奏)生(笙)簧。按承雲樂章。敎光祿司准瓊將(漿)。他那珍羞百味□□。□□□金盃玉觴。按(暗)藏着潤劍長槍。我不用三停刀、□□□、□□□□(鐵)衣郎。

【道和】　元刋本のみ

〔元〕我斟量。我斟量。東吳子敬□□。□□□。□□くく無謙讓。把咱くく(把咱)閑磨障。

我這龍泉□□□。□□□。□□都只爲竟(競)邊你見了咱搊俠(搜)相。交他家難侵□(傍)。□□□□□□。交它くく(交它)精神喪。綺羅叢血水似護(鑊)湯。覓□□□□□□□。□(直？)殺的死尸骸屯滿くく(滿滿)漢陽江。

【尾】　脈本【尾聲】、六・納本【煞尾】、天・新・大本は前曲【鮑老催】⑰の續き

〔元〕　須□□□□□　　□□公、　　又無那宴鴻門　楚覇王。
〔脈〕　須無那會臨潼　　秦穆公、　　又無那×鴻門會楚覇王。
〔綴〕　雖不比×臨潼會上秦穆公、　　那里有宴鴻門×楚覇王。
〔納〕　雖不比×臨潼會上秦穆公、　　那裏有宴鴻門　楚覇王。
〔六〕　雖不比×臨潼會上秦穆公、　　那裡有宴鴻門×楚覇王。
〔天〕⑰他沒有 ×臨潼會　秦穆公志量。怎比得×鴻門宴楚覇王的行藏。＊
〔新〕⑰他沒有 ×臨潼會　秦穆公志量。怎比得 ×鴻門宴楚覇王的行藏。＊
〔大〕⑰他沒有×臨潼會　秦穆公志量。怎比得×鴻門宴楚伯王的行藏。＊
〔紅〕⑰他沒有×臨潼會　秦穆公志量。怎比得×鴻門宴楚覇王的行藏。＊
　＊〔天〕兒、我此去說一個不大不小的話兒。　新も同じ。
　＊〔紅〕兒、我此去說一个不大不小的話兒。

〔元〕行下　　滿筵人都□□　□□□。□□□你前日上。放心
〔脈〕折麼他　滿筵人×列着　先鋒將。　　××××　××
〔綴〕×××　滿庭前折磨了　英雄將。　　××××　××
〔納〕　　　　滿眼前折沒了個英雄將。　　××××　××
〔六〕×××　滿筵前折磨了　英雄將。　　××××　××
〔天〕好一似白馬坡前　誅　　文醜、　　××××　××
〔新〕好一似白馬坡前　誅　　文醜、　　××××　××
〔大〕好一似白馬坡前　誅　　文丑、　　××××　××
〔紅〕好一似白馬坡前　誅　　文丑、　　××××　××

〔元〕小可如我萬軍中下馬刺顏良。
〔脈〕小可如百萬軍×××刺顏良時　　　那一場攘。[下]＊
〔綴〕小可的百萬軍中××斬顏良×　　　那一場嚷。[同下]
〔納〕俺也曾百萬軍中××斬顏良×　　　那一場嚷。
〔六〕俺也曾百萬軍中××斬顏良×　　　那一場攘。
〔天〕×××百萬軍中××刺顏良。魯子敬　教你一場空想。[重]
〔新〕×××百萬軍中××刺顏良。魯子敬　教你一場空想。魯子敬教你一場空想。

〔大〕×××百萬軍中××刺顏良。魯子敬　教你一場空想。[又]

〔紅〕×××百萬軍中××刺顏良。魯子敬呵　教你一場空想。

＊〔脈〕[周倉云]關公赴單刀會、我也走一遭去。

志氣凌雲貫九霄、周倉今日逞英豪。人ㄟ開弓幷蹬弩、箇ㄟ貫甲與披袍。

旌旗閃ㄟ龍蛇動、惡戰英雄膽氣高。假饒魯肅千條計、怎勝關公這口刀。赴單刀會走一遭去也。[下]

[關興云]哥哥、父親赴單刀會去了、我和你接應一遭去。大小三軍、跟着我接應父親去。

到那里古剌ㄟ彩磨征旗、撲鼕鼕畫鼓凱征鼙。齊臻ㄟ槍刀如流水、密匝ㄟ人似朔風疾。

直殺的苦淹ㄟ屍骸徧郊野、哭啼ㄟ父子兩分離。恁時節喜孜ㄟ鞭敲金鐙響、笑吟ㄟ齊和凱歌回。[下]

[關平云]父親兄弟都去也、我隨後接應走一遭去。大小三軍、聽吾將令。

甲馬不許馳驟、金鼓不許亂鳴、不許交頭接耳、不許語笑喧譁。

弓弩上弦、刀劍出鞘、人人敢勇、箇箇威風。我到那里、

一刃刀、兩刃劍、齊排雁翅。三股叉、四楞鍊(鐧)、耀日爭光。

五方旗、六沈槍、遮天映日。七稍弓、八楞棒、打碎天靈。

九股索、紅綿套、漫頭便起。十分戰、十分殺、顯耀高強。

俺這里雄兵浩ㄟ渡長江、漢陽兩岸列刀槍。水軍不怕江心浪、旱軍豈懼鐵衣郎。

關公赴入單刀會、顯耀英雄戰一場。疋馬橫槍誅魯肅、勝如親父刺顏良。

大小三軍、跟着我接應父親走一遭去。[下]

天・新・大本は末尾に下記の句を付す。

〔天〕志氣昂昂萬丈高、明朝親自赴單刀。覷看魯肅如兒戲、一葉扁舟豈憚勞。

〔新〕志氣昂昂萬丈高、明朝親自赴單刀。覷看魯肅如戲兒、一葉扁舟豈憚勞。

〔大〕志氣昂ヒ萬丈高、明朝親自赴單刀。覷看魯肅如兒戲、一葉扁舟豈憚勞。

第四折

・テキスト〔元〕元刋本、〔脈〕脈望館抄本、〔風〕風月錦囊、〔紅〕樂府紅珊、〔萬〕萬壑清音、〔怡〕怡春錦(『新鐫出像點板怡春錦』六卷　明沖和居士編　崇禎間刻本)、〔玄〕玄雪譜(『新鐫繡像評點玄雪譜』四卷　明鋤蘭忍人選輯　媚花香史批評)〔珊〕珊珊集(曲文のみのテキスト)、〔綴〕綴白裘(清玩花主人編選　鴻文堂梓行　乾隆四十二年校訂重鐫本)〔納〕『納書楹曲譜』(曲文のみのテキスト)〔六〕『六也曲譜』清張怡庵校訂　光緒三十四年序。

この他、『樂府南音』二卷（萬曆間刻、洞庭簫士選輯、湖南主人校點、刊刻者不明）があり、珊珊集と同文（版式も全く同じ）である。

・曲牌

〔元〕			【新水令】	【駐馬聽】	【風入松】	【胡十八】
〔脈〕			【新水令】	【駐馬聽】	×	【胡十八】
〔風〕			【新水令】	【駐馬聽】	×	【那吒令】
〔紅〕	【玩仙燈】	【鳳凰閣】	【新水令】	【駐馬聽】	×	【胡十八】
〔萬〕			【新水令】	【駐馬聽】	×	【胡十八】
〔珊〕			【新水令】	【駐馬聽】	×	【胡十八】
〔綴〕			【新水令】	【駐馬聽】	×	【胡十八】
〔納〕			【新水令】	【駐馬聽】	×	【胡十八】
〔六〕			【新水令】	【駐馬聽】	×	【胡十八】

〔元〕	×	×	×	【慶東原】	【沈醉東風】	
〔脈〕	×	×	×	【慶東原】	【沈醉東風】	
〔風〕	×	×	×	【慶東園】	【沈醉東風】	
〔紅〕	×	×	×	【慶東源】	【沈醉東風】	
〔萬〕	【沽美酒】	（太平令）	（前腔）	【慶東源】	【沈醉東風】	
〔珊〕	【沽美酒】	（太平令）	（前腔）	【慶東原】	【沈醉東風】	
〔綴〕	【沽美酒】	（太平令）	（前腔）	【慶東元】	×	
〔納〕	【沽美酒】	【太平令】	（前腔）		【沈醉東風】	【慶東原】
〔六〕	【沽美酒】	（太平令）	【前腔】	【慶東元】	×	

〔元〕	【雁兒落】	【得勝令】	【攪箏笆】	【離亭宴帶歇拍煞】	【沽美酒】	【太平令】
〔脈〕	【雁兒落】	【得勝令】	【攪箏笆】	【離亭宴帶歇拍煞】	×	×
〔風〕	【雁兒落】	【得勝令】	【攪箏琶】	×	×	×
〔紅〕	【雁兒落】	【得勝令】	【攪箏琶】	【歇拍煞】	×	×
〔萬〕	【雁兒落】	【得勝令】	【攪箏笆】	【歇拍煞】	×	×
〔珊〕	【雁兒落】	【得勝令】	【攪箏笆】	【尾聲】	×	×
〔綴〕	【雁兒帶得勝令】		（攪箏笆）	【煞尾】	×	×
〔納〕	【雁兒落】	【得勝令】	【攪箏琶】	【煞尾】	×	×
〔六〕	【雁兒得勝】		（攪箏笆）	【煞尾】	×	×

・本文

※樂府紅珊は冒頭に【玩仙燈】【鳳凰閣】二曲がある。（臺詞は省略）

【玩仙燈】（末：關平）

參贊軍機在我頓忘身己。滿腔忠孝有天知報國心如金石。

【鳳凰閣】（外：關羽）

寶劍血染征袍紅。自結義從戎。東除西蕩威權重。奈東吳風塵草動。惟願功收汗馬、還須奏捷飛龍。

※萬壑清音・怡春錦・玄雪譜・珊珊集・六也曲譜・綴白裘は冒頭に次の韻文と台詞がある。

〔綴〕［付扮周倉执大刀上］浩氣凌雲貫九霄、周倉今日顯英豪。父王獨赴單刀會、全仗青龍偃月刀。（中略）

〔六〕［丑嗽上］志氣凌雲貫九霄、周倉隨駕顯英豪。武王獨赴單刀會、全仗青龍偃月刀。今日東吳魯大夫、請武王飲宴、爲此駕舟前往。［淨內嗽介］［丑］道言未了武王出艙也。

- - -

〔萬〕［淨扮雲長、丑扮周倉上］［淨］波濤滾滾渡江東、獨赴單刀孰與同。

〔怡〕［淨扮雲長、丑扮周倉上］［淨］波濤滾滾渡江東、獨赴單刀孰與同。

〔玄〕［淨扮雲長、丑扮周倉上］［淨］波濤滾滾渡江東、□赴單刀孰與同。

〔珊〕　波濤滾滾渡江東、獨赴單刀孰與同。

〔綴〕　［淨上］波濤滾ヒ渡江東、獨赴單刀孰與仝。片帆瞬息西風力、
〔六〕　［淨上］波濤滾滾渡江東、獨赴單刀孰與仝。片帆瞬息西風力、

〔萬〕魯肅若提荊州事、管教今日認關公。　魯肅請某赴單刀之會、須索前去走一遭。

〔怡〕魯肅若提荊州事、管教今日認關公。　魯肅請某赴單刀之會、須索前去走一遭。

〔玄〕魯肅若提荊州事、管教今日認關公。　魯肅請某赴單刀之會、須索前去走一遭。

〔珊〕魯肅若題荊州事、管教今日認關公。　××××××××××　××××××××

〔綴〕魯肅××××××××今日認關公。周倉。［付］有。［淨］船行至那里了。［付］大江了。
〔六〕魯肅××××××××今日認關公。周倉。［丑］有。［淨］船行至那裡。　［丑］大江。

〔萬〕叫周倉、分付稍水×、將四面掛窗開了。　待我　遙觀江景一×也呵。

〔怡〕叫周倉、分付稍水×、將四面掛窗開了。　待我　遙觀江景一番也呵。

〔玄〕叫周倉、分付稍水×、將四面掛窗開了。　待我　遙觀江景一回也呵。

〔珊〕叫周倉、分付稍水的、把四面弔窗開了。　待我　好觀江景一回也呵。

〔綴〕　分付稍水×、風帆不要扯滿、把船緩ヒ而行。待某家好觀江景××也×。
〔六〕　［淨］分付梢水×、風帆不用扯滿、把船緩ゝ而行。××　××××××××

〔綴〕［付］吓呔。稍水聽者。［內應介］父王爺有令、風帆不要扯滿、把船緩ヒ而行。父王爺觀察江景哩。［內應］吓。［內吹打鳴金介］［淨作觀看江景介］呀。果然好一派江景也。
〔六〕［丑］吓嘚。梢水聽者。武王有令、風帆不用扯滿、把船緩ゝ而行。［衆］吓。［吹住淨］好一派江景也。

〔元〕［舍人云住］［一行都下］［淨上云］（以下缺）［正末扮文子席間引辛（卒）子做船上坐（以下缺）你是小可。

〔脈〕［魯肅上云］歡來不似今朝、喜來那逢今日。小官魯子敬是也。我使黃文持書去請關公、欣喜許今日赴會、荆襄地合歸還俺江東。英雄甲士已暗藏壁衣之後、令人江上相候、見船到便來報我知道。［正末關公引周倉上云］周倉、將到那里也。［周云］來到大江中流也。［正末云］看了這大江、是一派好水呵。［唱］

《雙調》【新水令】

〔元〕	大江東去□□□。	□□□	□□□□舟一葉。	
〔脈〕	大江東去浪千疊。	引着這數十人	駕着這小舟一葉。	
〔風〕	大江東去浪千疊。	稱西風	駕下×小舟一葉。	
〔紅〕	大江東巨浪千疊。	＊1趁西風	駕××小舟一葉。	＊2
〔萬〕	大江東巨浪千疊。	帶領着數十人	駕××小舟一葉。	
〔怡〕	大江東巨浪千疊。	趁東風	駕××小舟一葉。	
〔玄〕	大江東去浪千疊。	趁西風	駕××小舟一葉。	
〔珊〕	大江東巨浪千疊。	趁西風	駕××小舟一葉。	
〔綴〕	大江東巨浪千疊。	趁西風	駕着這小舟一葉。	
〔納〕	大江東去浪千疊。	趁西風	駕着那小舟一葉。	
〔六〕	大江東去浪千疊。	趁西風	駕着那小舟一葉。	

＊1〔紅〕［丑］稟爺ゝ。正遇着好西風。［外］周倉、叫水手拽起帆來。
＊2〔紅〕［丑］此去陸口比那九重鳳闕、更怕人麼。［外］

〔元〕	不比九重龍（？）	鳳問（？闕）。	這里是千□□□□。	□□□□	□。
〔脈〕	又不比九重龍	鳳闕。	可正是千丈虎狼穴。	大×夫心	別。
〔風〕	却離了九重龍	鳳闕。	早來到千丈虎狼穴。	大丈夫心	別。
〔紅〕	他怎比九重龍	鳳闕。	早來到千丈虎狼穴。	＊1×非我心猛烈。	＊2
〔萬〕	纔離了九重龍	鳳闕。	早來到千丈虎狼穴。	大丈夫心猛烈。	
〔怡〕	纔離了九重龍	鳳闕。	早來到千丈虎狼穴。	大丈夫心猛烈。	

〔玄〕纔離了九重龍　鳳闕。　早來到千丈虎狼穴。　大丈夫心猛烈。
〔珊〕纔離了九重龍　鳳闕。　早來探千丈虎狼穴。　大丈夫心　熱。
〔綴〕纔離了九重龍　鳳闕。　早來到千丈虎狼穴。　大丈夫心　烈。
〔納〕纔離了九重龍　鳳闕。　早來探千丈虎狼穴。　大丈夫心　烈。
〔六〕才離了九重龍　鳳闕。　早來探千丈虎狼穴。　大丈夫心　烈。

＊1〔紅〕[丑]東吳旣然如此、眞個好怕人。[外]大丈夫勇者不惧。

＊2〔紅〕周倉、非我誇口、覷着單刀會、猶如小兒戲耳。

〔元〕　　來來來我覷的　單刀會　似　材(村)會社。
〔脈〕　　　我覷　這單刀會　似　賽　　村社。＊
〔風〕　　　×想着　單刀會　似　賽　　村社。＊
〔紅〕　　　×××　×××一似　賽　　村社。＊
〔萬〕　　　×覷着　單刀會一似　賽　　村社。＊
〔怡〕　　　×覷着　單刀會一似　賽　　村社。＊
〔玄〕　　　×覷着　單刀會一似　賽　　村社。＊
〔珊〕　　　×覷着這單刀會一似　賽　　村社。
〔綴〕　　　×覷着這單刀會一似那賽　　村社。＊
〔納〕大丈夫心烈。×覷着那單刀會　×　賽　　村社。
〔六〕大丈夫心烈。×覷着那單刀會　×　賽　　村社。＊

＊〔脈〕[云]好一派江景也呵。[唱]

＊〔風〕[周]來到此間、却是赤壁燒潭。

＊〔紅〕[丑]啓將軍、那是甚麼所在。那石頭都是赤的。[外]當初曹操引百萬雄兵到此幷吞東吳。那時周公瑾用火攻破曹兵百萬、此江面上火趁風威風隨火勢。那石頭被火燒成赤的。因此名爲赤壁燒潭。我今日看起來呵。

＊〔萬〕你看、這壁廂天連着水。那壁廂水連着天。(怡春錦も同文)

＊〔玄〕你看、這壁廂天連着水。那壁廂水連着山。

＊〔綴〕你看、這壁廂天連着水。那壁廂水連着山。俺想二十年前隔江鬪智、曹兵八十三萬人馬屯於赤壁之間。其時但見兵馬之聲、不見山水之形。到今日里呵。

＊〔六〕來此已是赤壁、想二十年前隔江鬥智、曹兵八十三萬人馬、也是這般山水。到今日

※『風月錦囊』のみ、「臥龍臺上祭東風、鳳雛先進連環策。」が插入される。

【駐馬聽】元刊本は【駐□□(馬聽)】

〔元〕　　□□□□。　　　　　　　×××年少　周郎××　何處　也。
〔脈〕×××水湧山疊。　　　　　×××年少　周郎××　何處　也。
〔風〕憶舊×水湧山疊。　　　　　×××年少　周郎××　何處去也。
〔紅〕依舊有水湧山疊。＊1　　　×××年少　周郎××　何處　也。＊2
〔萬〕依舊有水湧山疊。　　　　　可憐那年少　周郎××　何處　也。
〔怡〕依舊有水湧山疊。　　　　　可憐那年少　周郎××　何處　也。
〔玄〕依舊有水湧山疊。　　　　　可憐那年少　周郎××　何處　也。
〔珊〕依舊有水湧山疊。　　　　　可憐×年少　周郎×在　何處　也。
〔綴〕依舊的水湧山疊。　　水湧山疊。好一個年少的周郎恁在那何處　也。
〔納〕依舊的水湧山疊。依舊的水湧山疊。好一個年少的周郎恁在　何處　也。
〔六〕依舊的水湧山疊。依舊的水湧山疊。好一個年少的周郎恁在　何處　也。

＊1〔紅〕今日見此石、忽然睹物傷情。惜乎公瑾器小不能容物。被孔明軍師三氣死于巴丘。正是山水年ゝ不改、人事一旦不同。

＊2〔紅〕周倉、當初火攻燒曹之時、聲勢炎ゝ。到今日呵。

〔元〕不着(覺)×灰飛烟滅。　可令(憐)□□□□□。　□□□□×××當時絕。
〔脈〕不覺　的灰飛烟滅。　可憐　黃蓋轉傷嗟。破曹的檣櫓×××一時絕。
〔風〕不覺　×灰飛烟滅。　可憐　黃蓋痛傷嗟。破曹的檣櫓×××一時絕。
〔紅〕××　×灰飛烟滅。＊1可憐　黃蓋痛傷嗟。破曹×檣櫓×××一時絕。＊2
〔萬〕不覺　的灰飛烟滅。　可憐　黃蓋痛傷嗟。破曹的檣櫓×××一時絕。
〔怡〕不覺　的灰飛烟滅。　可憐　黃蓋痛傷嗟。破曹的檣櫓×××一時絕。
〔玄〕不覺　的灰飛烟滅。　可憐　黃蓋痛傷嗟。破曹的檣櫓×××一時絕。
〔珊〕不覺　的灰飛烟滅。　可憐　黃蓋痛傷嗟。破曹×檣櫓×××一時絕。
〔綴〕不覺　的灰飛烟滅。　可憐　黃蓋暗傷嗟。破曹的檣櫓恰又早一時絕。
〔納〕不覺　的灰飛烟滅。　可憐　黃蓋暗傷嗟。破曹×檣艣恰又早一時絕。
〔六〕不覺　的灰飛烟滅。　可憐　黃蓋暗傷嗟。破曹×檣櫓恰又早一時絕。

＊1・＊2臺詞省略

〔元〕塵(鏖)兵×江水尤然熱。好交我心下□□□。　□□□□□□不盡×英雄血。
〔脈〕　鏖兵的江水由然熱。好交我情　慘切。＊1×　×二十年　流不盡的英雄血。＊2
〔風〕　沈兵×江水中炎熱。好交我情　慘切。＊1這　是二十年前流不盡×英雄血。
〔紅〕　沈兵×江水依然熱。好教我心×慘切。＊1×　×二十年前流不盡×英雄血。＊2
〔萬〕　鏖兵×江水猶炎熱。好教我心×慘切。＊1這都是二十年前流不盡的英雄血。＊2
〔怡〕　鏖兵×江水猶炎熱。好教我心×慘切。＊1這都是二十年前流不盡的英雄血。＊2

〔玄〕　　鏖兵×江水猶炎熱。好教我心×慘切。＊1這都是二十年前流不盡的英雄血。＊2
〔珊〕　　鏖兵×江水猶然熱。好叫我心×慘切。　這都是二十年　流不盡×英雄血。
〔綴〕只這鏖兵×江水猶然熱。好教俺心×慘切。＊1這的是二十年前流不盡的英雄血。＊2
〔納〕只這鏖兵×江水猶然熱。好教俺心×慘切。　這　是二十年　流不盡×英雄血。
〔六〕只這鏖兵×江水猶然熱。好教俺心×慘切。＊1這　是二十年　流不盡×英雄血。＊2

＊1〔脈〕[云]這也不是江水。[唱]

＊1〔風〕[末]這江水怎麼紅。

＊1〔紅〕[丑]禀將軍、前面浪滾滔ゝ、好大江水。[外]周倉、這不是水。

＊1〔萬〕[丑]大王、好一派江水。[淨]周倉、這不是江水。

＊1〔怡〕[丑]大王、好一派江水。[淨]周倉、這不是江水。(萬壑清音と同文)

＊1〔玄〕[丑]大王、好一派江水。[淨]周倉、這不是江水。(萬壑清音と同文)

＊1〔綴〕[內作水响介][付]好大水吓。[淨]周倉、這不是水。[付]吓。[淨]

＊1〔六〕[丑]嘚呀ゝ好水吓好水。[淨]周倉。[丑]有。[淨]這不是水。

＊2〔脈〕[云]却早來到也。報伏去。[卒報科。做相見科][魯云]江下小會、酒非洞裡之長春、樂乃塵中之菲藝、威勞君侯屈高就下、降尊臨卑、實乃魯肅之萬幸也。[生云]量某有何德能、着大夫置酒張筵。既請必至。[魯云]黃文、將酒來二公子滿飲一盃。[正云]大夫飲此盃。[把盞科][正云]想古今嗜、這人過日月好疾也呵。[魯云]過日月好疾也。光陰似駿馬加鞭、浮世似落花流水。[正唱]

＊2〔紅〕[丑]禀將軍、來到陸口、望見旌旂耀日、鼓樂喧天迎接、眞好齊整。[外]周倉、此乃魯肅誘我之計。你深爲隄防不可違悞。[淨]遇子無難事、逢人有異稱。小將黃文迎接。[外]黃文、通報大夫知道。[淨禀介][生]映門旗幟淸風起、對客絃歌白日閑。山川殺氣秋聲振、草木悲風夜氣寒。黃文、關將軍到也不曾。[淨]關將軍久到了。[相見介][生]將軍、請上坐。[外]關某有何德行、何劳大夫盛設。[生]黃文、斟上酒來。[外]魯大夫、人□在世須要建功立業、方願得是大丈夫。

＊2〔萬〕[末扮魯肅帶左右上、見介]君侯請了。[淨]大夫請了。念關某有何德能、敢勞大夫置酒張筵相待。[末]君侯、酒非洞裏之長春、餚乃人間之菲儀。念魯肅有何德能、敢勞君侯屈高就降。叫黃文酒來。[淨]大夫、某家但是赴會、先將酒祭過刀、某家然後飲酒。叫周倉、取刀來。[丑]刀在此。[淨]某家今日赴會、少待酒席之間、倘有用汝之處、須勞你一勞。請上此酒。[丟刀介][丑接介][末]君侯、我想光陰似駿馬加鞭、人世如落花流水。去得好疾也。(怡春錦も同文)

＊2〔怡〕(前略)[末]君侯、酒非洞裡之長春、餚乃人間之菲儀。念魯肅有何德能、敢勞君侯屈高就降。叫黃文酒來。(中略)[末]君侯、我想光陰似駿馬加鞭、人世如落花流水。去得好疾也。

＊2〔玄〕(前略)[末]君侯、酒非洞裏之長春、餚乃人間之菲儀。念魯肅有何德能、敢勞

君侯屈高就降。叫黃文酒來。(中略)［末］君侯、我想光陰似駿馬加□、人世如落花流水。去得好疾也。

＊2〔綴〕(前略)［末］酒非洞府之長春、餚乃人間之非儀。敢勞君侯屈高就下、降尊臨卑、實乃魯肅之萬幸也。(中略)［末］是吓、在當陽一別、直至如今、我想光陰似駿馬加鞭、日月如落花流水。去得好疾也。［淨］果然去得疾也。

＊2〔六〕［末］酒非洞府之長春、餚乃人間之非儀。敢勞君侯屈高就下、降尊臨卑、實乃東吳之萬幸也。(中略)［末］君侯、我們那裡一會、直至如今。［淨］當陽。［末］是吓、想光陰似駿馬加鞭、日月似落花流水。去得好疾也。［淨］果然去得疾也。

【風入松】元刋本のみ

〔元〕文學得(德)行與立(？)□。□□□□。□□□國能謂不休說。一時多少豪傑(？)。人生百年□□。□□□□□不奢。

【胡十八】　〔風〕は【那吒令】　〔紅〕は外の唱

〔元〕	恰一國興、早一朝滅。	那□□□□□、□□□。	二朝阻鬲(隔)	××六年	別。
〔脈〕	想古今、立勳業。	那里也舜五人、漢三傑。	兩朝相隔	××數年	別。
〔風〕	想古今、立勳業。	那里有舜五人、漢三傑。	兩朝×隔	××數年	間別。
〔紅〕	想古今、立勳業。	＊1×××舜五人、漢三傑。	＊2兩朝相隔	××數年	別。
〔萬〕	想古今、立勳業。	＊1那裏有舜五人、漢三傑。	＊2兩朝相隔	××數年	別。
〔怡〕	想古今、立勳業。	＊1那裡有舜五人、漢三傑。	＊2兩朝相隔	××數年	別。
〔玄〕	想古今、立勳業。	＊1那裏有舜五人、漢三傑。	＊2兩朝相隔	××數年	別。
〔珊〕	想古今、立勳業。	那裏有舜五人、漢三傑。	兩朝相隔	××數年	別。
〔綴〕	想古今、立勳業。	＊1那里有舜五人、漢三傑。	兩朝相隔	只這數年	別。
〔納〕	想古今、立勳業。	那裏有舜五人、漢三傑。	兩朝相隔	又早數年	別。
〔六〕	想古今、立勳業。	那裡有舜五人、漢三傑。	兩朝相隔	只這數年	別。

＊1〔紅〕［生］敢問將軍、古今立勳業首、乃是何人。［外］

＊1〔萬〕［末］舜有五人。漢有三傑。［淨］　〔怡〕も同文。

＊1〔玄〕［末］舜有五人。漢有三傑。［淨］

＊1〔綴〕［末］舜有五人、漢有三傑。［淨］

＊2〔紅〕魯大夫、那五人是古人。那三傑是今時人。［生］莫非是賢昆仲三人。［外］那裡是正是蕭何、韓信、張良。

＊2〔萬〕［末］俺與君侯、各事其主、不能會也。［淨］　〔怡〕〔玄〕も同文。

〔元〕不付能　見也。　却又早　老□。

〔脈〕不付能　見者。　　却又早　　老也。
〔風〕不×能穀會也。　　却又早　　老也。
〔紅〕不復能　見也。＊1却又早　　老也。＊2
〔萬〕不×能　會也。　　却又早　　老也。＊2
〔怡〕不×能　會也。　　却又早　　老也。＊2
〔玄〕不×能　會也。　　却又早　　老也。＊2
〔珊〕不×能勾會也。　　却又早　　老也。
〔綴〕不獲能個會也。　　恰又早這般老也。＊2
〔納〕不復能勾會也。　　恰又早這般老也。
〔六〕不復能夠會也。　　恰又早這般老也。＊2
＊1〔紅〕魯大夫、那時在赤壁與你相別。如今不覺鬚髮俱蒼白了。
＊2〔紅〕[生]將軍、休以功業爲重、且請飲酒。[外]我平生誓不飲頭鍾。請大夫先飲。[生]今日相請、無非敍間濶之情、竝無他意。將軍、若是見疑、下官就先飲一盃。[外]既如此、你那酒過來我飲。[生]
＊2〔萬〕　　　　　　　　　　　　[末]　君侯、開懷　飲一盃。[淨]
＊2〔怡〕　　　　　　　　　　　　[末]　君侯、開懷　飲一盃。[淨]
＊2〔玄〕　　　　　　　　　　　　[末]　君侯、開懷　飲一杯。[淨]
＊2〔綴〕[末]君侯不老。魯肅到蒼了。[淨]皆然。[末]請君侯、開懷暢飲一盃。[淨]請。
＊2〔六〕[末]君侯不老。下官倒蒼了。[淨]皆然。[末]請君侯、開懷暢飲數盃。[淨]請。

〔元〕　□□□□□□、　　　　　　　　　　□心兒　唉一夜。
〔脈〕　開懷的飲數杯、＊1　　　　　　　　盡心兒待醉一夜。＊2
〔風〕　開懷暢飲、莫負懽悅。
〔紅〕且開懷暢飲、莫負懽悅。＊1　開懷處飲數盃、莫放金杯歇。＊2
〔萬〕　開懷×飲數盃、　　　　　　　　不覺的盡心×　　醉也。＊2
〔怡〕　開懷×飲數盃、　　　　　　　　不覺的盡心×　　醉也。＊2
〔玄〕　開懷×飲數杯、　　　　　　　　不覺的盡心×　　□□。＊2
〔珊〕　開懷×飲數杯、　　　開懷　飲數杯、　　俺×待要盡心兒　　醉也。
〔綴〕　開懷來飲數杯、[末]君侯　開懷來飲數盃、[淨]大夫 某只待×盡心兒可便醉也。＊2
〔納〕　開懷來飲數杯、　　　請開懷　飲數杯、　　某只待要盡心兒可便醉也。
〔六〕　開懷來飲數盃[末接]君侯 請開懷　飲數杯[淨接]大夫 某只待要盡心兒可便醉也。＊2
＊1〔脈〕[云]將酒來。[唱]
＊1〔紅〕[外]大夫說得好。我連飲三盃。[生]黃文、看馬來。[外]周倉、拿刀來。[生]下官非是討戰馬、欲取杖馬。與將軍見拳奉酒。[外]原來如此。大夫、我先出你後道來。

［生］拿三個。［外］我擒五馬。［生］請開手看。［外］大夫輸了。請飲一盃。［生］下官得酒了。［外］我道還是我三個。［生］還是我五馬。［外］請開手看。［生］將軍輸了。請多飲□盃。［外］說得好。我連飲三盃。

＊2〔脈〕［把盞］［正云］你知「以德報德、以直報怨」麼。［魯云］既然將軍言「以德報德、以直報怨」、借物不還者爲之怨。想君侯文武全材、通練兵書、習《春秋》《左傳》、濟拔顚危、匡扶社稷、可不謂之仁乎。待玄德如骨肉、覷曹操若仇讐、可不謂之義乎。辭曹歸漢、棄印封金、可不謂之禮乎。坐服于禁、水渰七軍、可不謂之智乎。且將軍仁義禮智俱足、惜乎止少箇「信」字、欠缺未完。再若得全箇「信」字、無出君侯之右也。［正云］我怎生失信。［魯云］非將軍失信、皆因令兄玄德公失信。［正云］我哥ヽ(哥)怎生失信來。［魯云］想昔日玄德公敗於當陽之上、身無所歸、因魯肅之故、屯軍三江夏口。魯肅又與孔明同見我主公、即日興師拜將、破曹兵於赤壁之間。江東所費鉅萬、又折了首將黃蓋。因將軍賢昆玉無尺寸地、暫借荊州以爲養軍之資、數年不還。今日魯肅低情曲意、暫取荊州、以爲救民之急、待倉廩豐盈、然後再獻與將軍掌領。魯肅不敢自專、君侯台鑑不錯。［正云］你請我喫筵席來、那是索荊州來。［魯云］沒、ヽ(沒)、ヽ(沒)、我則這般道。孫、劉結親、以爲唇齒、兩國正好和諧。［正唱］

＊2〔紅〕省略

※萬・怡・珊・綴・納・六本は、以下の臺詞と【沽美酒】【太平令】がある（珊と納は臺詞なし）。

＊2〔萬〕［末］請問君侯。當日辭曹歸漢、掛印封金、五關斬將、千里獨行。這一節事、下官到忘了。請君侯試說一遍。［淨］大夫。某家當日辭曹歸漢、掛印封金、五關斬將、千里獨行。這一節事、只可耳聞、未可目覩。聞則尋常、見則到也驚人。若不嫌絮煩、待俺出席手舞足蹈、試說一番、你試聽者。某家辭曹而歸時節、剛剛日已西斜、只聽得、

＊2〔綴〕［笑介］哈ヒヒ。［末］請。［淨］請。［內吹打淨飲酒介］［末］想君侯昔日辭曹歸漢、掛印封金、五關斬將、千里獨行。這一場事業、魯肅但曾耳聞、未曾目覩。請君侯試說一遍。魯肅洗耳恭聽。［淨］大夫、想某家這節事、只可耳聞、不可目覩。聞者到也尋常、見則却也驚人。大夫、若不嫌絮煩、待某家出席卸袍手舞足蹈、試說這麼一遍。［末］愿聞。［淨］周倉。［付］有。［淨］卸袍者。［付］吓。［內吹打介］［淨更衣介］大夫。［末］君侯。［淨］想某家辭曹歸漢、掛印封金、那日出得城來、日色剛ヒ這麼乍午。

＊2〔六〕［吹介］哈ヽヽ。［末］請。［淨］請。［末］請問君侯、當日辭曹歸漢、棄印封金、五關斬將、千里獨行。這節事、下官只是耳聞、未曾目覩。請君侯試說一遍。下官洗耳恭聽。［淨］大夫、若不嫌絮煩、待某家出席卸袍手舞足蹈、試說與大夫聽。［末］願聞。［淨］卸袍。［丑］吓。［吹住淨］大夫。［末］君侯。［淨］那日辭曹歸漢、棄印封金、日色　剛ヽ乍午。［末］乍午。［淨唱］

【沽美酒】

〔萬〕　　　韻悠悠畫角絕。韻悠悠畫角絕。昏慘慘日××西斜。

〔怡〕　　　韻悠悠畫角絕。韻悠悠畫角絕。昏慘慘日××西斜。

〔玄〕　　　韻悠悠畫角絕。××××××　昏慘慘日××西斜。

〔珊〕　　　韻悠悠畫角絕。韻悠悠畫角絕。昏慘慘日××西斜。

〔綴〕只聽得韻悠ヒ畫角絕。韻悠ヒ畫角絕。昏慘慘日將這西斜。

〔納〕只聽得韻悠悠畫角絕。韻悠悠畫角絕。昏慘慘日得這西斜。

〔六〕只聽得韻悠悠畫角絕。韻悠悠畫角絕。昏慘慘日得這西斜。

〔萬〕曹丞相滿捧着香醪、他×將來、我××在馬上接。＊

〔怡〕曹丞相滿捧着香醪、××將來、我××在馬上接。＊

〔玄〕曹丞相□□着香醪、他×將來、我××在馬上接。＊

〔珊〕曹丞相滿捧着香醪、××將來、我自×在馬上接。

〔綴〕曹丞相滿捧着香醪、他自將來、我自×在馬上接。＊

〔納〕曹丞相滿捧着香醪、他只將來、俺只×在馬上接。

〔六〕曹丞相滿捧着香醪、他自將來、某只待在馬上接。＊

＊〔萬〕那時曹丞相手捧着一杯酒。托了一件紅錦戰袍、賺某家下馬。那時某家在馬上。道老丞相、恕某家不下馬。

＊〔怡〕那時曹丞相手捧着一杯酒。托了一件紅錦戰袍、賺某家下馬。那時某家在馬上。道老丞相、恕某家不下馬。

＊〔玄〕那時曹丞相手□□□杯酒。托了一件紅錦戰袍、賺某家下馬。那時□□□馬上。道老丞相、恕某家不下馬。

＊〔綴〕[末]贈君侯什忩東西。[淨]贈某家紅錦征袍、要賺某家下馬。[末]君侯可曾下馬。[淨]那時某家在馬上、义手躬身、道、丞相、恕關某這里不下馬者。

＊〔納〕[末]曹丞相赶來、贈君侯何物。[淨]贈某紅錦戰袍、要賺某下馬。[末]君侯可曾下馬。[淨]某在馬上、义手躬身、說丞相、恕關某不下馬來者。

〔萬〕××卒律律刀挑起錦征袍、俺×待要去也。＊

〔怡〕××啐律律刀挑起錦征袍、俺×待要去也。＊

〔玄〕××卒律律刀挑起□□袍、俺×待要去也。＊

〔珊〕××卒律律刀挑了錦征袍、我可便×去也。

〔綴〕××卒律ヒ刀挑了錦征袍、某×待×去也。＊

〔納〕我就卒律律刀挑了錦征袍、某只待×去也。

〔六〕某就卒律律刀挑了錦征袍、某只待×去也。＊

＊〔萬〕某家行到覇陵橋。只見後面許多人馬趕將來。某家在馬上無計可施。橋畔有一株柳樹、如許之大、被某家提起青龍偃月刀、叱咤一刀、分爲兩段。但有曹兵過橋、依此柳樹爲號。（他は省略）

〔萬〕××唬得他　　人吃驚、又早馬似痴呆、　趲程途不分××晝夜。＊
〔怡〕××唬得他　　人喫驚、又早馬似癡呆、　趲程途不分××晝夜。＊
〔玄〕××唬得他　　人喫驚、又早馬似癡呆、　趲程途不分××晝夜。＊
〔珊〕××諕得他　　人吃驚、××馬似痴呆、我沒早晚不分××明夜。
〔綴〕我就嚇得他ヒ　馬怯驚、××人似癡呆、　沒早晚不分×個明夜。＊
〔納〕我就嚇得他嚇得馬喫驚、××人似癡呆、　沒早晚不分一個明夜。
〔六〕某就唬得他　　馬吃驚、××人似癡呆、　沒早晚不分一個明夜。＊

＊〔萬〕來到古城、大哥仁德之君、一言不發。三弟破口、道你那紅臉賊、旣降了曹、到此何幹。某家百般樣說、三弟只是不聽。

＊〔玄〕來到古城、大哥仁德之君、一言不發。三弟破口、道你那紅臉賊、旣降了曹、到此何幹。某家百般樣說、三弟只是不聽。

＊〔綴〕[末]不分明夜、又行至那里。[淨]行至古城。[末]令兄令弟自然相會了吓。[淨]俺大哥乃是仁德之君、一言不發。俺三弟乃是一員虎將。[末]令弟三將軍便怎忩。[淨]他就開言道、也呔、我把你這紅臉的、你旣降了曹、又來怎忩。[末]那時君侯如何道呢。[淨]那時某家百般分說、他只是不听。

【太平令】　納本以外は曲牌標示なし

〔萬〕噯天　　　好教我渾身是口、怎得樣分說腦背後將軍猛烈。　素白旗上××明明××標寫。＊

〔怡〕噯天　　　好教我渾身是口、怎得樣分說腦背後將軍猛烈。　素白旗上××明明××標寫。＊

〔玄〕噯天　　　□□我渾身是口、怎的樣分說腦背後將軍猛烈。　素白旗上××明明××標寫。＊

〔珊〕噯天　　那好教我渾身是口、怎的價分說腦背後將軍猛烈。　素白旗上他×明明的×標寫。

〔綴〕阿呀大夫吓好教俺渾身是口、怎的樣分說腦背後將軍猛烈。那素白旂上他就明ヒ的×標寫。＊

〔納〕阿呀大夫×好教俺渾身是口、怎的樣分說腦背後將軍猛烈。那素白旗上××明明得這標寫。

〔六〕阿呀大夫吓好教俺渾身是口、怎的樣分說腦背後將軍猛烈。那素白旂上他就明明得這

標寫。＊

＊各本の臺詞は省略

〔萬〕　　　×××撲咚咚鼓聲兒未絕。　撲喇喇征鞍上驟也。

〔怡〕　　　×××撲咚咚鼓聲兒未絕。　撲喇喇征鞍上驟也。

〔玄〕　　　×××撲□□鼓聲兒未絕。　撲喇喇征鞍上驟也。

〔珊〕　　　　哎　撲鼕鼕鼓聲×未絕。哎撻剌剌征鞍上驟也。

〔綴〕　　　只聽得撲通ヒ鼓聲兒未絕。　忽喇ヒ征鞍兒驟也。

〔納〕　　　只聽得撲通通鼓聲兒未絕。　忽喇喇征鞍上驟也。

〔六〕【前腔】只聽得撲通通鼓聲兒未絕。　忽喇喇征鞍上驟也。

〔萬〕　崒律律刀過去似雪。　　　骨碌碌人頭兒早落也。　那其間兄弟哥哥纔得個歡悅。＊2

〔怡〕　崒律律刀過去似雪。　　　骨碌碌人頭兒早落也。　那其間兄弟哥哥纔得箇歡悅。＊2

〔玄〕　崒律律刀過去似雪。　　　骨碌碌人頭兒早落也。　那其間兄弟哥哥纔得箇歡□。＊2

〔珊〕哎崒律律刀過去似雪哎吃咤咤×××人頭兒早落也。　那其間兄弟哥哥纔得個歡悅。

〔綴〕　卒律ヒ刀過處似雪。叱咤　　　人頭兒×落也＊1纔得個兄弟哥ヒ××便歡悅。＊2

〔納〕　卒律律刀過去似雪。××　　　人頭兒×落也。　纔能彀兄弟哥哥每　　歡悅。

〔六〕　卒律律刀過處似雪。叱咤　　　人頭兒×落也＊1才能夠兄弟哥哥每　　歡悅。＊2

＊1・＊2各本の臺詞は省略

【慶東原】　納本は【沉醉東風】→【慶東原】の順。

　風は【慶東園】。紅・萬・怡・玄は【慶東源】。綴・六は【慶東元】

〔元〕　　你把我×心下待、　將　□□　□。□□□□今日(吊)古　　閑支節。

〔脈〕　　你把我眞心兒待、　將　筵宴　設。你這般攀今覽　　古分甚　枝葉。

〔風〕　　你把×眞心×待、　將　筵宴　設。你這般學今覽　　古分甚麼枝葉。

〔紅〕只道你××眞心××、　將　筵宴　設。怎知你舉今覽　　古分甚　枝葉。

〔萬〕只道你××眞心×待、　將　筵宴　設。怎知你扳今攬　　古分甚麼枝葉。

〔怡〕只道你××眞心×待、　將　筵宴　設。怎知你扳今攬　　古分甚麼枝葉。

〔玄〕只道你××眞心×待、　將　筵宴　設。怎知你扳今□　　古分甚麼枝葉。

〔珊〕　　你把我眞心兒待、　將　筵宴　設。你這般攀古覽　　今分什么枝葉。

〔綴〕　　我把你眞心兒待、恁將那筵宴來設。×××扳今吊　　古分什怎枝葉。

〔納〕　　我把你眞心兒待、你將那筵宴來設。×××攀今吊　　古分甚麼枝葉。

〔六〕　　我把你眞心兒待、恁將那筵宴來設。×××扳今吊　　古分什麼枝葉。

〔元〕　×××××× 之乎者也。　　詩《云》子曰。
〔脈〕　我根前使不着你 之乎者也。　　詩云　子曰。
〔風〕　我跟前使不得× 之乎者也。　　詩云　子曰。
〔紅〕　×××使不得× 之乎者也。說怎麼詩云　子曰。
〔萬〕　俺跟前使不得× 之乎者也。說怎麼詩云　子曰。＊
〔怡〕　俺跟前使不得× 之乎者也。說怎麼詩云　子曰。＊
〔玄〕　俺跟前使不得× 之乎者也。說怎麼詩云　子曰。＊
〔珊〕　我跟前使不得× 之乎者也。　　詩云　子曰。
〔綴〕你在俺跟前使不得你那之乎者也。　　詩云和那子曰。＊
〔納〕　俺跟前使不得× 之乎者也。　　詩云　子曰。
〔六〕　俺跟前使不得× 之乎者也。　　詩云　子曰。＊
＊〔萬〕魯大夫、還是喫酒、還是取荊州。[末]君侯、酒也要喫、荊州必定要還。[淨]
＊〔玄〕魯大夫、還是喫酒、還是取荊州。[末]　　酒也要喫、荊州必定要還。[淨]
＊〔綴〕[末]自然要還吓。[淨]禁聲。
＊〔六〕[末]荊州原是吳地。[淨]住口。[丑]禁聲。[淨唱]

〔元〕這句話早□ □□□□。　　□□道說孫劉、　生被　您般的如吳越。
〔脈〕×××早該 豁口截舌。　　有意說孫劉、　你休目下　番成　吳越。＊2
〔風〕你這般×× 豁口截舌。　　有意說孫劉、　××目下裡番成　吳越。
〔紅〕似這等　豁口截舌。＊1只恐怕你口內說孫劉、管交你目下　×成　吳越。＊2
〔萬〕似這般×× 剜口截舌。　只教　你有義的孫劉、　××目下　番成　吳越。＊2
〔怡〕似這般×× 剜口截舌。　只教　你有義的孫劉、　××目下　番成　吳越。＊2
〔玄〕似這般×× 剜口截舌。　只教　你有義的孫劉、　××目下　番成　吳越。＊2
〔珊〕待開口×教你剜口截舌。　　你有意說孫劉、　××目下　番成　吳越。
〔綴〕但開言只教你剜口截舌。＊1　　有義的孫劉、　××目下　反成做吳越。＊2
〔納〕但開言只教你挖口截舌。　　有意×孫劉、　××目下　反成　吳越。
〔六〕但開言只教恁剜口截舌。＊1　　有意×孫劉、　××目下　反成作吳越。＊2
＊1〔紅〕[生]下官不敢。而今孫劉結親、兩國正好和諧。請息洪怒。[外]
＊2〔脈〕[魯云]將軍、原來傲物輕信。[正云]我怎麼傲物輕信。[魯云]當日孔明親言破曹之後、荊州即還江東。魯肅親爲代保不思舊日之恩。今日恩愛爲讐、猶自說以德報德、以直報怨。聖人道信近於義、言可復也。去食去兵不可去信。大車無輗小車無軏、小車無軏、其何以行之哉。今將軍全無仁義之心、枉作英雄之輩、荊州久借不還、却不道人無信不立。[正云]魯子敬、你聽的這劍界麼。[魯云]劍界怎麼。[正云]我這劍界頭一遭誅了文丑、第二遭了蔡陽。魯肅呵、莫不第三遭到你也。[魯云]沒、〵(沒)、我則這般

道來。[正云]這荆州是誰的。[魯云]這荆州是俺的。[正云]你不知聽我說。[唱]

＊2〔紅〕省略

＊2〔萬〕[末]這等說、君侯傲物輕信了。你的軍師曾有言。說拔寨隨還某家荆州。如今尙兀自以德報德、以直報怨。豈不聞論語云、人而無信、不知其可也。大車無輗小車無軏。其何以行之哉。既不取信於我、枉做英雄之輩。

＊2〔玄〕[末]這等說、君侯傲物輕信了。豈不聞論語云、人而無信、不知其可也。大車無輗小車無軏。其何以行之哉。既不取信于我、枉做英雄之輩。

【沈醉東風】元刋本は【沈醉東□(風)】 綴白裘・六也曲譜には無い

〔元〕　　□□□□□子業。漢光武秉政除邪。漢王帝把重(董)卓下、漢□□□□□□。

〔脈〕想着俺漢高皇圖王覇業。漢光武秉正除邪。漢獻帝將董　　卓誅、漢皇叔把溫侯滅。

〔風〕想着×漢高祖圖王覇業。漢光武秉正誅邪。漢獻帝把董　　卓誅、漢皇叔把溫侯滅。

〔紅〕×××漢高祖圖王覇業。漢光武秉正除邪。漢獻帝將董　　卓誅、漢皇叔把溫侯滅。

〔萬〕想着俺漢高祖圖王覇業。漢光武秉正誅邪。漢獻帝將董　　卓誅、劉皇叔把溫侯滅。

〔怡〕想着俺漢高祖圖王覇業。漢光武秉正誅邪。漢獻帝將董　　卓誅、劉皇叔把溫侯滅。

〔玄〕想着俺漢高祖圖王覇業。漢光武秉正誅邪。漢獻帝將董　　卓誅、劉皇叔把溫侯滅。

〔珊〕想着俺漢高祖圖王覇業。漢光武秉正誅邪。漢獻帝把董　　卓誅、漢皇叔把溫侯滅。

〔納〕想着俺漢高祖圖王覇業。漢光武秉政誅邪。漢獻帝把董　　卓誅、劉皇叔把溫侯滅。

〔元〕□王親合情受漢朝家×業。　則您那　吳天子　　是俺□□□□□　□□。
〔脈〕俺哥哥合情受漢×家基業。　則你這東吳國的孫權和俺劉家却是甚　枝葉。
〔風〕掩哥哥合情當漢×家基業。　×你××吳國×孫權和俺劉家　分甚　枝葉。
〔紅〕俺哥哥 合領受漢×家基業。想着你××吳國×孫權與×劉家　有甚　枝葉。＊
〔萬〕俺大哥 合×受漢×家基業。　×你××吳國×孫權與×漢家　有甚麼枝葉。
〔怡〕俺大哥 合×受漢×家基業。　×你××吳國×孫權與×漢家　有甚麼枝葉。
〔玄〕俺哥哥合×受漢×家基業。　×你××吳國×孫權與×漢家　有甚麼枝□。
〔珊〕俺大哥合×受俺漢家基業。　×你那×吳國的孫權與俺劉家　有什麼枝葉。
〔納〕他豈不合×受漢×家基業。　×恁那　吳國的孫權與×劉家　有甚　枝葉。
＊〔紅〕魯大夫、你要取荆州時節。

〔元〕　　　□你个不克己的先生×自×說。
〔脈〕　　　請你箇不克己×先生×自×說。＊
〔風〕　　　請一个不克己的先生便自分說。
〔紅〕　除非請×個不克己的××對咱分說。＊

〔萬〕來來來　請一個不克己的先生和你慢慢說。＊
〔怡〕來來來　請一箇不克己的先生和你慢慢說。＊
〔玄〕□□來　請一箇不克己的先生和你慢慢說。＊
〔珊〕　　　　請一个不克己的先生與咱分說。
〔納〕來來來　請一個不克己的先生與咱慢慢說。
＊萬と怡は同文。　綴白裘・六也曲譜はほぼ同文。
＊〔脈〕[魯云]那里甚麼響。[正云]這劍界二次也。[魯云]却怎麼說。[正云]這劍按天地之靈、金火之精、陰陽之氣、日月之形。藏之則鬼神遁跡、出之則魑魅潛踪。喜則戀鞘沈沈而不動、怒則躍匣錚錚而有聲。今朝席上、倘有爭鋒、恐君不信、拔劍施呈。吾當攝劍、魯肅休驚。這劍果有神威不可當、廟堂之器豈尋常。今朝索取荊州事、一劍先交魯肅亡。[唱]
＊〔紅〕[丑]稟將軍、刀環响。[外]周倉、有風响、無風响。[丑]是無風响。
＊〔萬〕[劍响介][末]怎麼响。[淨]是俺的劍响。
＊〔玄〕[劍响介][末]怎麼响。[淨]是俺的劍响。
＊〔綴〕[拔劍响介][末]吓什忿响。[淨]劍响。

〔紅〕[生]君侯、刀响主何吉凶。[外]此刀响主十個將頭落地。

〔萬〕[末]這劍响、主何吉凶。[淨]主人頭落地。[末]响幾次了。[淨]响三次了。

〔玄〕[末]這劍响、主何吉凶。[淨]主人頭落地。[末]响幾次了。[淨]這一次第三次了。

〔綴〕[末]主何吉凶。[淨]主人頭落地。[末]响過幾次了。[淨]三次了。[末]第一。

〔紅〕一斬顏良、二斬文丑、三斬蔡陽。這次輪該到你了。這劍呵、
〔萬〕頭一次斬顏良、二次誅文丑、三次輪該大夫了。[末]不敢。[淨]吾劍、
〔玄〕頭一次斬顏良、二次誅文丑、如今三次輪該大夫了。[末]不敢。[淨]吾劍、
〔綴〕[淨]斬顏良。[末]第二。[淨]誅文醜。[末]第三呢。[淨]莫非就掄着大夫了。

〔紅〕果有神威不可當、刀環响應兆非常。今朝索取荊州事、一劍先教魯肅亡。

〔萬〕果有神威不可當、廟堂之處豈非常。若還提起荊州事、魯肅須教劍下亡。

〔玄〕果有神威不可當、廟堂之處豈非常。若還提起荊州事、魯肅須教劍下亡。

〔綴〕[末]阿呀ヒ。言重言重。[淨]此劍神威不可當、廟堂之處豈尋常。筵前索取荊州事、我一劍須叫子敬亡。[扯住袍袖介][付執刀欲殺末介][淨攔住介]

【鴈兒落】　綴本は【鴈兒落帶得勝令】、六本は【鴈兒得勝】
〔元〕則爲你□□□□□。　□犯這三尺無情鐵。這鐵　飢食(飡)上將頭、ヒ(渴)飲讐人血。

〔脈〕則爲你三寸不爛舌。×惱犯我三尺無情鐵。這劍　饑飡　　上將頭、渴　飲　讐人血。

〔風〕只爲你三寸不爛舌。休惱發我三尺無情鐵。××　飢食　　上將頭、渴　飲　仇人血。

〔紅〕只爲你　三寸不爛舌。休惱犯　×二尺無情鐵。××　飢飡　　上將頭、渴　飲　仇人血。*

〔萬〕休賣弄三寸不爛舌。×惱犯俺三尺無情鐵。這劍　饑餐　　上將頭、渴　飲　讐人血。

〔怡〕休賣弄三寸不爛舌。×惱犯俺三尺無情鐵。這劍　饑餐　　上將頭、渴　飲　讐人血。

〔玄〕休賣弄三寸不爛舌。×惱犯我三尺無情鐵。這劍他飢飡了　上將頭、渴　飲　仇人血。

〔珊〕憑着你三寸不爛舌。×惱犯我三尺無情鉄。這劍他飢飡了　上將頭、渴　飲　仇人血。

〔綴〕憑着你三寸不爛舌。休惱×俺三尺無情鐵。這劍　飢飡　　上將頭、渴　飲的仇人血。

〔納〕憑着恁三寸不爛舌。×惱着俺三尺無情鐵。××　饑餐了　上將頭、渴　飲了讐人血。
〔六〕憑着恁三寸不爛舌。休惱×俺三尺無情鐵。×劍　飢食了　上將頭、渴　飲了仇人血。

*〔紅〕[丑]稟將軍、魯大夫今日好意相請、爲何恁般相待、衆人不好觀瞻。[外]足下請吾赴會非問是非、醉後不堪回話、恐傷故舊之情。

【得勝令】　風本は【德勝令】、萬・怡・玄・珊・六本は標示なし

〔元〕　子是×條龍在鞘中蟄。　　　　諕得人向座問(間)呆。俺這　故友　才相見、
〔脈〕　則是×條龍向鞘中蟄。　　　　虎××向坐間　　䒞。今日　故友每纔相見、
〔風〕　好似一條龍向鞘中掣。恰便似虎××向山間　　歇。今日　故友　來相訪、
〔紅〕好　似××龍向鞘中蟄。恰便似 虎××向坐間　　歇。今日*故友每×相逢、
〔萬〕這不是××龍在鞘中蜇。你恰似虎××向山中　　蟄。今日箇故友　重相見、
〔怡〕這不是××龍在鞘中蜇。你恰似虎××向山中　　蟄。今日箇故友　重相見、
〔玄〕這不是××龍在鞘中蜇。你恰似虎××向山中　　蟄。今日箇故友　重相見、
〔珊〕這不是××龍在鞘中蜇。你恰似虎××向坐中　　蟄。今日个故友每重相見、
〔綴〕這的是××龍在鞘中蟄。　　　　虎××向坐間　　歇。今日個故友們重相見、
〔納〕這的是××龍在鞘中蟄。　　　　虎××向座間　　列。今日個故友們重相見、
〔六〕這的是××龍在鞘中蟄。　　　　虎×××座間　　歇。今日個故友們重相見、

*〔紅〕若是我三弟在此了不得

〔元〕劍呵休交俺弟兄每斷問(間)別。我這里听者。你个魯大夫休喬怯。

〔脈〕××休着俺弟兄每相間　　別。魯子敬聽者。你心內××休喬怯。

〔風〕××休交我兄弟們心間　　別。魯子敬聽者。你心內××休交怯。

〔紅〕××××我兄弟們心間　　別。魯大夫 聽說着、心內××休喬怯。*

〔萬〕××休叫俺弟兄們相間　　別。魯大夫聽者。你心下××休喬怯。

〔怡〕××休叫俺弟兄們相間　　別。魯大夫聽者。你心下××休喬怯。

〔玄〕××休叫俺弟兄們相間　　別。魯子敬聽者。你心下××休憍怯。

〔珊〕××休叫俺弟兄們相間　　別。魯子敬聽者。你心下××休憍怯。
〔綴〕××休叫俺兄弟們相間　　別。魯子敬聽者。×心下××休驚怯。
〔納〕××休敎俺弟兄們相間　　別。魯子敬聽者。×心下××休喬怯。
〔六〕噯　休敎俺弟兄們相間　　別。魯子敬聽者。×心下××休驚怯。
＊〔紅〕[生]黃文再斟酒來。[外]不消飲酒了。

〔元〕暢好是　隨邪。　　休怪我十分酒醉也。
〔脈〕暢好是　隨邪。　　××吾當　酒醉也。＊2
〔風〕仗好酒　××。　　××吾當　酒醉也。
〔紅〕××××××　　　××吾當　×醉也。＊2
〔萬〕××××××　　　××吾當　酒醉也。
〔怡〕××××××　　　××吾當　酒醉也。
〔玄〕××××隨邪。　　××吾當　酒醉也。＊2
〔珊〕××××隨邪。　　××吾當　酒醉也。
〔綴〕暢好×日西斜。＊1××吾當　酒醉也。＊2
〔納〕暢好似日西斜。　　××吾當　酒醉也。
〔六〕暢好事　西斜。＊1××吾當　×醉也。＊2
＊1〔綴〕[末]吓、君侯莫非醉了。[淨]周倉。[丑]有。[淨]
＊1〔六〕[丑]君侯、莫非醉了。[淨]周倉。[丑]有。[淨唱]
＊2〔脈〕[魯云]臧宮動樂。[臧宮上云]天有五星、地攢五嶽。人有五德、樂按五音。五星者、金木水火土。五嶽者、常恆泰華嵩。五德者、溫良恭儉讓。五音者、宮商角徵羽。[甲士擁上科][魯云]埋伏了者。[正擊案、怒云]有埋伏也無埋伏。[魯云]竝無埋伏。[正云]若有埋伏、一劍揮之兩斷。[做擊案科][魯云]你擊碎菱花。[正云]我特來破鏡。[唱]
＊2〔紅〕[丑]稟將軍、外面刀鎗密ゝ、劍戟鱗ゝ。怎生是好。[外]魯子敬、好大膽呵。
＊2〔玄〕[丑]稟爺、有伏兵。[淨起扭末介]
＊2〔綴〕[末]果然醉了。[向內介]吓、軍士們。依計而行。[內喊介][淨付急揪住末介]可有埋伏。[末]沒有埋伏。[淨]旣沒有埋伏。
＊2〔六〕[末]軍士們。[內]有。[末]計而行。[內]殺吓。[淨]可有埋伏。[末]沒有。[淨]旣沒有埋伏呵。

【攪箏琶】綴・六本は曲牌標示無し
〔元〕　　　鬧炒く(炒)軍兵×列。上來的休遮　當莫□(攔)截。　我都交這劍下爲江(紅)、
〔脈〕却怎生鬧炒ゝ　　軍兵×列。×××休把我當×攔　　者。＊我×着他劍下身亡、
〔風〕他那里鬧炒ヒ　　軍兵擺列。×××休把我當×住　　着。　我×交他一劍身亡、

〔紅〕你那裡鬧炒ゝ　軍兵擺列。　敢把我攔×擋　者。我×□他一劍身亡、
〔萬〕爲甚麼鬧炒炒　軍兵擺列。有誰人敢把我攔×擋　者。我×教他一劍身亡、
〔怡〕爲甚麼鬧炒炒　軍兵擺列。有誰人敢把我攔×擋　者。我×敎他一劍身亡、
〔玄〕却怎生鬧炒炒　軍兵擺列。　休把我□×擋　者。我×叫你劍下身亡、
〔珊〕却怎生鬧炒炒　軍兵擺列。　休把我攔×擋　者。我×叫你劍下身亡、
〔綴〕恰怎生鬧炒ヒ　把軍兵×列。　誰　敢把俺擋×攔　着。×只教你劍下身亡、
〔納〕却怎生鬧炒炒　把三軍×列。有誰人×把俺擋×攔　着。*××只教他一劍身亡、
〔六〕恰怎生鬧吵吵　三軍×列。有誰人×把俺擋×攔　着。*××只教你劍下身亡、
*〔脈〕[云]當着我的呵ゝ。
*〔納〕擋着俺呵。(曲辭)
*〔六〕擋着俺呵。(曲辭)

〔元〕目前見血。　你奸似趙遁(盾)、我飽如靈下(輒)。使不着你片(騙)口張舌。往(枉)念的你文竭。壯士一怒、別話休提、

〔脈〕目前流血。　便有那張儀口、蒯通舌。　休那里　躲閃藏遮。

〔風〕目前流血。　你便似　張儀口、蒯通舌。　休交　躲　藏遮。

〔紅〕眼前流血。*1你便有　張儀口、蒯通舌。*2你休　躲閃藏遮。走那里去。

〔萬〕目前見血。　你便有　張儀口、蒯通舌。　×那裏××閃藏遮。

〔怡〕目前見血。　你便有　張儀口、蒯通舌。　×那裡××閃藏遮。

〔玄〕目前見血。　你便有　張儀口、蒯通舌。　×那裏××閃藏者。

〔珊〕目前見血。　你便有　張儀口、蒯通舌。　×那裏××閃藏者。

〔綴〕目前見血。　恁便有　張儀口、蒯通舌。　×那里去躲攔藏者。

〔納〕目前見血。　恁便有　張儀口、蒯通舌。　×那裏去躲　藏者。
〔六〕目前見血。　恁便有　張儀口、蒯通舌。　×那裡去躲　藏者。
*1〔紅〕魯大夫、他日却令人請足下到荆州赴會、亦以此相待。[生]將軍息怒。下官不敢以無別的事情。[外]
*2〔紅〕[生閃介][外]

〔元〕　來くく(來來)。好生的送我到船上者。　咱慢く(慢)的　相別。
〔脈〕　好生的送我到船上者。我和你慢ゝ　的　相別。*2
〔風〕　好ヒ×送我上船×去。×××慢ヒ　×做个分別。
〔紅〕　好生×送我上船×也。*1×慢慢　×　相別。*2
〔萬〕　好生×送俺到船兒上、　慢慢　的和你相別。
〔怡〕　好生×送俺到船兒上、　慢慢　的和你相別。

〔玄〕　　　　　　　　　　　　　　好好×送我到船上×、我與你慢慢　　的　　相別。
〔珊〕　　　　　　　　　　　　　　好好×送我到船上×、我與你慢慢　　的　　相別。
〔綴〕恁且來恁且來。[扯住走介]好ヒ的送俺到船兒上、×和你慢ヒ　　×　　×別。＊2
〔納〕　　　　　　　恁且來來來。好好×送俺到船上×、×和恁慢慢　　的　　×別。
〔六〕　　　　　　　恁且來來來。好好×送某到船上×、×和你慢慢　　的　　×別。＊2

＊1〔紅〕[生]衆軍士每不要動手。[丑]禀爺ゝ。關平將軍領兵到也。[外跳上舡推生介][生]下官好意相待將軍、肯下此惡意東吳。大小官員都在此間。望將軍留個面皮使魯肅回去亦好說話。[外]與你一個面皮。魯大夫、客未醉主人先醉跌倒在地。俺上了舡不堪相扶、快請起來後會有期。魯大夫、與你唱一個喏呵。

＊2〔脈〕[魯云]你去了到是一場伶俐。[黃文云]將軍有埋伏里。[魯云]遲了我的也。[關平領衆將上云]請父親上舡、孩兒每來迎接里。[正云]魯肅、休惜殿後。[唱]

＊2〔紅〕[生]假若掬盡湘江水、誰洗今朝一面羞。[外]周倉、叫水手漫ゝ的搖舡而去。

＊2〔綴〕[推末介][淨作上船介][末]阿呀ヒ嚇死我也。[淨]周倉。請大夫過船謝宴。[付]吓咴呔。請大夫過船謝宴。[末]不過船了。[付]諒你也不敢斬纜開船。[淨]大夫受驚了吓。[末]不敢不敢。[淨]

＊2〔六〕請大夫、過船謝宴。[丑]吓、請你過船謝宴。[末]多ゝ拜上君侯說我不過船了。[丑]量你也不敢、喝、開船。[吹介][淨]大夫、受驚了、哈ゝ。[末]散了散了。

【離亭宴帶歇指煞】　風本はなし。紅本は【歇拍煞】、萬・怡・玄・珊本は【尾聲】、綴・納・六本は【煞尾】

〔元〕　　見紫衫銀帶公人列。晚天涼江水一(冷)蘆花謝。　心中喜悅。
〔脈〕我則見紫袍銀帶公人列。晚天涼風×冷　　蘆花謝。我心中喜悅。
〔紅〕俺則見 紫袍金帶公人列。晚×涼風×冷　　蘆花謝。俺心中喜悅。
〔萬〕×××××××××××　××××××　　×××　×××××
〔怡〕×××××××××××　××××××　　×××　×××××
〔玄〕×××××××××××　××××××　　×××　×××××
〔珊〕×××××××××××　××××××　　×××　×××××
〔綴〕×××××××××××　××××××　　×××　×××××
〔納〕×××××××××××　××××××　　×××　×××××
〔六〕×××××××××××　××××××　　×××　×××××

〔元〕見昏慘く(慘)晚霞收、令(冷)颩(颼)く(颼)江風起、急颩く(颭)雲帆扯。重く(重)待、多承謝。
〔脈〕×昏慘ゝ　　晚霞收、冷　　颼ゝ　　　　江風起、急颭ゝ　　帆招惹。承管待、

承管待、多承謝。多承謝。
〔紅〕×昏慘ゝ　晚霞收、冷　飄ゝ　江風起。急颭ゝ　帆緯惹。×××
×××　×××　×××
〔萬〕××××　×××　×　××　×××　×××　×××　承款待、
承款待、多承謝。多承謝。
〔怡〕××××　×××　×　××　×××　×××　×××　承款待、
承款待、多承謝。多承謝。
〔玄〕××××　×××　×　××　×××　×××　×××　承款待、
承款待、多承謝。多承謝。
〔珊〕××××　×××　×　××　×××　×××　×××　承款待、
承款待、多承謝。多承謝。
〔綴〕××××　×××　×　××　×××　×××　×××　承款待、
多ヒ承謝。
〔納〕××××　×××　×　××　×××　×××　×××　承款待、
多多稱謝。
〔六〕××××　×××　×　××　×××　×××　×××　承款待、
多稱謝。

〔元〕道與悄(梢)工且慢者。　早纜解放岸邊云(雲)、船分開波中浪、棹攪碎江心月。
〔脈〕×喚梢　公×慢者。　×纜解開岸邊龍、　舡分開波中浪、棹攪碎江×月。
〔紅〕×喚稍　公慢ゝ者。左右你與我　×纜解開岸邊龍、　槳分開波中浪、棹攪起江心月。
〔萬〕×××　××××　×××××××　××××××　××××××
〔怡〕×××　××××　×××××××　××××××　××××××
〔玄〕×××　××××　×××××××　××××××　××××××
〔珊〕×××　××××　×××××××　××××××　××××××
〔綴〕×××　××××　×××××××　××××××　××××××
〔納〕×××　××××　×××××××　××××××　××××××
〔六〕×××　××××　×××××××　××××××　××××××

〔元〕　下談有甚盡期、　飲會分甚明夜。　兩國事　須當去也。
〔脈〕正歡悮有甚進退、且談笑分×明夜。說與你兩件事　先生　記者。
〔紅〕正歡娛有甚進退、且譚唉分甚晝夜。　兩件事　先生　記者。
〔萬〕×××××××　×××××××　兩句話兒　須　記者。
〔怡〕×××××××　×××××××　兩句話兒　須　記者。

〔玄〕×××××××　×××××××　　　　兩句話　先生你　　　記者。
〔珊〕×××××××　×××××××　　　　兩句話　先生你　　　記者。
〔綴〕×××××××　×××××××我和你這兩句話兒恁可也牢ㄣ的記者。
〔納〕×××××××　×××××××　只這兩句話兒恁可也牢牢的記者。
〔六〕×××××××　×××××××　只這兩句話兒恁可也牢牢　記者。

〔元〕　　　雖(隨)不下老《兄》心、　　　不去了(去不了)俺漢朝節。
〔脈〕百忙里趁　　不了老兄　心、急且里倒不了　　　　俺漢朝節。＊
〔紅〕怕忙里 趁　　不上老兄　知、急攘ゝ 盼不到　　　　×漢家業。
〔萬〕百忙裏稱　　不得老兄　情、急切裏奪不得　　　　×漢家基業。
〔怡〕百忙裡稱　　不得老兄　情、急切裡奪不得　　　　×漢家基業。
〔玄〕百忙裏稱　　不得老兄　心、急切裏奪不得　　　　×漢家的基業。[共下]
〔珊〕百忙裏道　　不得老兄　心、急切裏到不得　　　　×漢家基業。
〔綴〕百忙里稱　　不得老兄　心、急切裡奪不得　　　　×漢家的基業。＊
〔納〕百忙裏稱　　不的老兄　心、急切裏僨不得　　　　×漢家業。
〔六〕百忙裡稱　　不得老兄　心、急切裡分不得　　　　×漢家業。＊

＊〔脈〕雜記卷終也。
＊〔綴〕[內吹打鳴金介][淨]請了。[末]請了。[各下]
＊〔六〕[末]是ゝ。[淨]請。[末]請咳海ゝ。[下]

【沽美酒】元刋本のみ

〔元〕魯子敬沒道□(理)。也我來喫延(筵)□(席)。誰想您狗幸狼心使見了(識)。偸了我衝敵軍的軍騎。拿住也怎支持。

【太平令】元刋本のみ

〔元〕交下麻繩牢拴子(了)行下省會與愛殺人敝(撇)烈關西。用刀斧手施行可成到昜(揚)疾。快將斗來大銅□(鎚)准備。將頭稍定起。大□□(待腿脡)掂只。打爛大腿。尙古自豁不子(了)我心下惡氣。

〔元〕題目　喬國老諫吳帝　　　　司□□(馬徽)休官職
〔脈〕題目　孫仲謀獨占江東地　　請喬公言定三條計
〔風〕　　　孫仲謀霸江東　　　　暗定下三條計

〔元〕　　　□□(魯子)敬索荆州　　□(關)大王單刀會

〔脈〕	正名	魯子敬設宴索荊州	關大王獨赴單刀會
〔風〕		魯子敬索荊州	關大王單刀會